KB083395

해방기 문학과 주권인민의 정치성

이행선(李炘宣, Lee, Haeng-seon)
전남대 졸업(경제학, 국문학), 국민대 교육대학원 석사(국어교육) 이후 성균관대 국문학 석사,
국민대 박사. 동국대 서사문화연구소에서 박사후국내연수, 연구원을 했으며, 현재 고려대 글로
벌일본연구원 연구교수로 재직하고 있다.

해방기 문학과 주권인민의 정치성

초판인쇄 2018년 9월 28일 **초판발행** 2018년 10월 10일
지은이 이행선 **펴낸이** 박성모 **펴낸곳** 소명출판 **출판등록** 제13-522호
주소 서울시 서초구 서초중앙로6길 15, 1층
전화 02-585-7840 **팩스** 02-585-7848 **전자우편** somyungbooks@daum.net **홈페이지** www.somyong.co.kr

값 31,000원 ⓒ이행선, 2018
ISBN 979-11-5905-289-7 93810

잘못된 책은 바꾸어드립니다.
이 책은 저작권법의 보호를 받는 저작물이므로 무단전재와 복제를 금하며,
이 책의 전부 또는 일부를 이용하려면 반드시 사전에 소명출판의 동의를 받아야 합니다.

해방기 문학과 주권인민의 정치성

The Korean Literature in Liberation Period and the Politics of Sovereign People

이행선

소명출판

머리말

　해방기는 흔히 '민족국가 수립기'라고 한다. 이 때문에 해방기 문학 연구는 민족주의와 국민국가 비판을 제대로 하지 못했다. 민족주의와 국민국가 극복이 문학 연구의 중요한 화두이면서도 이 시기 연구는 '민족국가 수립'이라는 의제로부터 벗어나지 못했던 것이다. 해방기가 국민국가 형성 과정이라면 이제 국가 수립뿐만 아니라 '국민 형성'이 갖는 의미에도 주목해야 한다. 아직 국가가 부재한 상태에서 국민이 존재하지 않았다는 것을 감안하면 당대 조선인은 국민이 아닌 인민으로 칭하는 것이 적절하다. 당시 조선에는 민주주의가 도입되고 사회주의가 복원되면서 인민이 (재)주목받기 시작했다. 해방은 주권을 가진 인민의 출현과 형성을 의미했다.

　그동안 해방기 연구는 국가와 사회 구성원의 관계를 '국가-인민'이 아닌 '국가-민족'의 구도로 환원해 해석해 왔다. 이는 '민족국가 수립'이라는 인식이 투사된 결과다. 이 배경에는 민족주의, 국가주의뿐만 아니라 엘리트주의가 있다. '민족국가 수립'은 국가 수립과 민족 정체성을 강조할 뿐만 아니라 건국의 주체를 엘리트로 상정하였다. 그 결과 인민은 식민지기와 별반 차이 없이 무지한 존재로 인식될 뿐이었다. 하지만 '무지한 인민상'으로는 해방기 인민이 지닌 민주화의 열망과 삐라, 민중봉기, 유행어 등의 정치적 표현, 높은 투표율, 사회 민주주의적 심성 등을 온전히 해명하기 어렵다. 이미 인민은 식민지 경험과 총력전의 총후적 삶 그리고 징용과 징병 및 이산 등을 통해 상당한 '경험-지'를 축적하고 있었다. 이들은 지배 권력의 교체와 그 차이를 체감하면서 정치 권력의 의미를 파악한 존재이기도 했다. 이러한 인민이 보다 나은 삶을 대표자에게 요구하는 정치의 시대가 열린 것이다. 국가 수립과 관련된 정치 의제의 지나친 강조는 당대 인민의 삶의 문제와 그로부터 파생되는 사회 갈등을 은폐하는 결과를 낳았다. 새로운 시공간의 사회 갈등은 '국가-민족'의 관계가 아니라 사회 구성원 사이에서 구체화될 수 있다.

그래서 이 글은 해방기 문학을 '민족국가 수립'이라는 운동으로서 이해하는 방식에서 벗어나 당대 형성되기 시작한 인민과 대표자, 그리고 그 양자의 관계 문제에 주목했다. 이러한 대의정치에는 정치 주체의 정치적 '신용'이 필수적인데 여기에는 신생하는 제도와 권력, 국제 질서 등의 구조적 문제가 개입하기 마련이다. 이러한 점들을 고려하여 당대 인민의 형성과 인민주권의 의미에 대해 살피고자 했다. 이를 위해 분단과 이념의 감옥 안에 갇힌 좌익적 '인민'을 해방시켜 '사회나 국가를 구성하는 자유로운 인격으로서의 인간'을 가리키는 '인민'으로 재범주화했다.

이 책은 박사논문(2014.2)에 연구논문을 더하고 체계를 다시 세워 내용을 보완한 것이다. 졸업 이후 연구 영역을 확장하는 한편 생활을 위해 다양한 분야에 관심을 갖다 보니 그동안 박사논문을 들여다볼 여력이 없었다. 논문을 쓴 지 4년이 지나 되돌아 본 글에는 경황이 없었던 당시의 흔적이 곳곳에 드러나 있었다. 그래서 원고를 읽고 연세근대한국학총서 출간을 결정해주신 연세대 한수영 선생님께 죄송하고 감사드린다.

글을 다시 읽고 수정하는 작업은 힘들었지만 그간 나의 변화를 자각하게 되는 계기여서 뜻깊은 시간이었다.

글은 결국 혼자 쓰는 것이지만 공부는 함께 하는 것이라는 사실을 매번 실감한다. 학위 과정을 거치고 지금까지 연구자의 길을 걸으면서 많은 선생님과 선후배 동료 연구자의 가르침, 격려가 있었다. 성균관대 석사 때 천정환, 황호덕, 이혜령, 이봉범, 한기형, 박헌호 선생님의 수업을 들을 수 있었던 것은 복된 일이었다. 학문적 자의식이 없던 그 시절이었지만 선생님들의 가르침을 이해하기 위한 몸부림이 나의 학문적 밑바탕이 되었다. 이때 만난 이용희, 이종호, 정미지, 김남희는 나에게 소중한 사람들이다. 국민대 박사 때는 2년 넘게 동국대에서 박광현 선생님의 수업을 들으면서 시야를 넓히고 임세화, 홍덕구, 유인혁, 조은애, 박용재 등 좋은 친구들을 사귈 수 있었다.

박사논문은 심사위원이셨던 정선태, 서재길, 박광현, 윤대석, 조흥욱 선생님의 지도와 조언 때문에 완성될 수 있었다. 특히 오랫동안 버팀목이 되어 주신 박광현, 윤대석 선생님께 항상 깊은 존경과 감사의 마음을 드린다. 박사논문과 관련해서는 국민대 진학 이후 시작된 두 개의 세미나를 빼놓을 수 없다. 윤대석 선생님의 일제 말기 잡지 세미나와 이화여대 해방기 잡지 세미나(전지니, 서승희 선생님 등)를 병행하면서 나는 식민지 시대와 해방기를 내 나름대로 정리할 수 있었다. 또한 2년 넘게 함께한 『동원과 저항』, 『그들의 새마을운동』의 저자이자 구술전문가인 국민대 국사학과 김영미 선생님과 학형께 감사드린다. 선생님으로부터 역사학의 관점이나 방법론을 배운 것도 좋았지만 김영미 선생님의 열정과 학구열, '거침없음'은 언제나 나를 자극하고 감동시켰다. 작업 막바지에

귀한 자료를 제공해 준 성균관대 정미지에게도 감사의 마음을 전한다. 또 학위 논문을 같이 썼고 지금은 제주학의 전문가가 된 제주대 김동현 선생님은 누구보다 나의 동료이자 형이고 인생의 선배다.

내가 출간을 결심하게 된 데는 동국대 오태영 선생님의 조언이 컸다. 박사후국내연수를 할 때 박광현 선생님께서 연구소에 자리를 마련해 주셔서 2년 반 동안 허병식, 이철호, 오태영, 조형래, 이종호, 박연희 선생님 등 여러 분들을 만날 수 있었다. 오태영 선생님은 이 동생의 앞날을 걱정해줘서 늘 고맙다. 동국대에 있을 때 자주 커피를 함께 한 분은 김익균 선생님이다. 연구자는 자기갱신의 순간을 몇 차례 맞게 되는데 선생님과의 만남이 그랬다. 서정주 학위자이자 문학장 연구자, 문학평론가인 선생님께 깊은 존경을 표한다.

성균관대 석사에 입학한 지 10년이 되어 간다. 그 이전 교육대학원 시절 나는 정선태 선생님이 권한 나쓰메 소세키의 『명암』을 읽고 쓰라림을 느낀 후 문학에 입문하게 되었다. 하지만 연구자의 길은 더 쓰라렸다. 나는 선생님을 붙잡고 선생님과의 인연이 내 인생에 갖는 의미를 되물어보곤 했다. 그리고 동년배 학형을 붙잡고 10년 후 우리는 선생님 세대와 다른 연구자의 모습을 하고 있을지 묻곤 했다. 그렇게 시간이 흘렀다. 정선태 선생님이 건강하시길 항상 바란다. 이 시간을 견딜 수 있었던 것은 부모님의 관심과 지지 덕분이었다. 여전히 아무것도 답해드리지 못하지만 가족에게 이 책을 바친다. 그리고 또 한 명의 소중한 사람이 있다. 양아람. 그녀는 내 오랜 상처를 치유해주고 위안과 행복을 느끼게 해준 사람이다. 나와 전공은 다르지만 그녀 역시 연구자의 길을 걷고 있다. 안쓰러운 한편으로 좋은 연구자가 되기를 진심으로 바란다.

올해는 그녀가 연구자로서 한 단계 올라서는 경험과 기회를 맞고 있다. 어쩌면 이미 오랜 염원을 매순간 이루어가고 있다. 대신 건강에 유의하기를 나도 그녀의 부모님도 염원한다. 이러한 소회를 전할 수 있게 해주신 한수영 선생님과 소명출판의 박성모 사장님, 윤소연 편집자에게 깊은 감사의 말씀을 드린다.

2018년 초가을

이행선 씀

차례

머리말 3

제1장 **해방과 인민** 11

　　1. 문제 제기 및 연구사 검토 11

　　2. 연구대상 및 연구방법론 29

제2장 **정치의 시대**—정치적 대표성과 정치 참여 37

　　1. 정치 지도자의 '지체'된 귀환과 인민의 기대 및 준비 37

　　　　1) 지도자 귀환의 지연 37

　　　　2) 해방의 스펙터클, 발견되는 타자의 시선—정치투쟁의 전조 46

　　　　3) 지체된 귀환, 유예된 식민 청산—정치투쟁의 지난함 54

　　　　4) 지도 세력의 귀환 그 이후 65

　　2. 인민의 '경험-지知' 상승과 대표자의 정치적 '신용' 문제 68

　　　　1) '신용' 중시의 시대 68

　　　　2) 모리배의 탄생과 배신하는 동지 75

　　　　3) 항거하는 인민과 기면증의 지식인 85

　　　　4) 공론장의 위축과 '새로운 인간' 창출의 지난함 92

제3장 **갈등의 조정과 합의, '말하는 입'의 제도적 현실** 101

　　1. 선거, 대의제도와 (비)국민의 체념 그리고 자살 101

　　　　1) 인민의 권리, 선거 101

　　　　2) 성명 그리고 선거, 해방의 연속과 단절 108

    3) 도회의원과 남겨진 총후국민의 삶 113

    4) 해방, 체념의 내재화와 선거 부정 124

    5) 장례와 금권정치의 태동 140

2. 여론조사의 출현, 여론정치의 시대 148

    1) 해방과 조선 언론기관 148

    2) 여론조사와 해방기 여론정치의 가능성 156

      (1) 여론조사, 설문과 여론 반영 156

      (2) 공정한 여론 반영을 위한 노력 163

    3) 여론조사, 설문으로 본 당대 현안과 그 변화상 169

3. 유언비어와 유행어의 범람, 소문의 정치 190

    1) '정치적 신체'의 주권 표현 190

    2) 여론 통제와 쑥덕공론의 태동—삐라 192

    3) 소문과 유언비어의 정치화 197

제4장 **대외 정치 질서의 영향과 정치적 갈등의 비/고착화** 205

1. 소련·북조선 기행과 반공주의의 밀도 205

    1) 정보 격차와 기행문 205

    2) 앙드레 지드의 자유 옹호와 식민지 조선의 스탈린헌법 209

    3) 해방 후 소련 기행문, 반공주의와 공포정치 219

      (1) 에드가 스노의 소련 기행과 헌법정치의 가능성 219

      (2) 이태준『소련 기행』의 여파, 반소주의의 강도 225

    4) 북조선 기행과 반공주의의 반감半減 237

2. 미국의 출현, 조선의 미국화와 책임정치 246

    1) 조선의 미국화와 미국관 246

    2) 이민 노동자와 고학생의 미국 251

    3) 해방과 미국 문화의 대리자, 재미조선인과 유학생의 귀환 260

    4) 조선의 혼란, 미군정과 조선인의 정치적 책임 271

3. 중국 삼민주의 수용, 민주화와 '강한 국가'의 꿈 280
　　1) 중국 인식과 삼민주의 280
　　2) 중일전쟁의 지구전화와 식민 통치자의 전유, 순정 삼민주의 285
　　3) 해방, 중국 내전의 영향과 조선의 미래 295
　　　(1) 중국인의 중국 실정 비판과 자주성 295
　　　(2) 조선의 주의 범람과 '강력한 정부'의 형성 303

제5장　현실 참여의 과열과 배제의 현실 311

1. '새 조선'의 정치열과 청년, 기성세대의 청춘론 311
　　1) 청년의 정치운동과 '테러 조선'의 탄생 311
　　2) 기성세대, 식민 기억과 자기합리화—설정식 317
　　3) 축조된 청년상, 행동주의 문학과 '행동' 322
　　4) 식민 청산, 사회주의와 실력양성론의 가능성 332
　　5) 햄릿의 자화상, 포용 342

2. 갇히는 아이들, 소년수少年囚와 우생학 345
　　1) 폐허의 시대, 고립되는 미성년자 345
　　2) 사회다윈주의·우생학의 결합과 정신병적 소년수 350
　　3) 해방, 긍정되는 일제의 소년원령 368
　　4) 엘리트주의와 배제되는 동정 376
　　5) 지식과 인권의 확대 386

제6장　나가며—인민에서 사람으로 389

참고문헌 399

간행사 415

/ 제1장 /
해방과 인민

1. 문제 제기 및 연구사 검토

이 글은 해방기[1] 문학을 '민족국가 수립'이라는 운동으로서 이해하는

방식에서 벗어나 당대 형성되기 시작한 인민과 대표자, 그리고 그 양자

---

1   이 시기를 지칭하는 용어는 '해방 공간(김윤식, 단정 이전/권영민, 한국전쟁 이전), 해
    방기(신형기), 해방 직후, 미군정기, 광복 직후, 8·15 직후, 교착기' 등 다양하다. 또한
    북한에서는 '평화적(민주) 건설기'라고 지칭한다. 역사학계와 달리 최근 국문학계에서
    는 해방기(해방부터 한국전쟁 전)를 선호하는 경향이다. 단정 이후에도 여전히 해방이
    되지 않았고, 단정 이전과 이후 소설의 성격이 별반 다르지 않으며, 북한의 문학사 구분
    과 일치해야 한다는 논리이다. 그러나 해방기를 해방부터 한국전쟁 이전으로 간주하는
    것은 문제가 있다. 통일의 염원과 실재하는 체제는 명확히 구분해야 한다. 단정 이전과
    이후는 엄연히 다른 정치적 시공간이다. 그렇다면 해방부터 단정 이전까지 시기를 한정
    해서 해방기, 해방 공간으로 부를 수 있을 것이다. 여기서 해방 공간은 시대를 공간으로
    표현하는 문제 그리고 최근 문학(문화) 연구가 문학의 범주를 넘어서면서 '문학 장'의
    의미로 한정된 기존 해방 공간의 용어가 적실한지에 대한 비판이 지속되었다. 이 시기가
    '국가 부재의 상태 혹은 모든 것이 가능했다는 의미에서 열린 공간'이라는 점은 여전히
    유의미하지만 해방기도 그 의미를 함의하고 있기 때문에 해방 공간에 대한 비판은 적절
    하다. 이 글에서는 해방기로 사용하되 시기는 단정 이전까지로 하겠다.

의 관계 문제에 주목하고자 한다. 이를 통해 당대 인민의 형성과 인민주권의 의미에 대해 살피고자 한다. 그동안 해방기의 주요 테제는 '민족국가 수립'이었다. 여기서 '민족'은 구성원의 동질성을 강조한다. 민족 동질성은 구성원의 정체성과 관련된 문제다. 또한 '국가 수립'은 대외 주권과 자주성의 확립이 관건이었다. 따라서 '민족국가 수립'이란 테제하의 조선인은 '친일 청산, 봉건 청산, 외세 척결'을 위한 민족 구성원으로 호명된다. 민족의 정체성을 규범화하고 정치 의제 테두리를 명확히 하는 것은 공동체의 공적 가치를 규정한다는 점에서 그 의미가 작지 않다. 그러나 그 사회적 당위가 인민의 사적 욕망과 삶의 모든 난제를 포괄하지는 않는다. 오히려 해방과 함께 사회 구성원의 욕망이 분출하는 시대에 문학은 어떤 의미인가.

해방 이전 총력전기 문학은 국책을 위한 삶과 이데올로기를 주로 재현했었다. 공동체 윤리에 위배되는 개인주의적 욕망은 쉽사리 서사화되지 못했다. 그래서 문학 연구도 이데올로기가 식민지민과 조응하는 양상에 집중됐다. 하지만 식민지 상황의 해소는 조선인의 삶의 존재 방식의 전면적 전환을 초래했다. 종전 이후 탈식민(지)화는 국제적 평등을 의미하는 민족 자결주의를 동반했다. 이러한 국가 간 평등은 탈식민화와 함께 자국 내 구성원의 인권과 평등의식의 확산을 가져왔다. 탈식민화란 인민이 식민 권력과의 절대적 종속관계에서 해방된다는 것을 의미했다. 식민자에 짓눌렸던 조선인의 역능과 욕망은 해방과 함께 분출하였다. 사정이 이러할 때 이를 재현하는 문학 역시 조선인의 욕망을 무/의식적으로 재현할 수밖에 없다. '민족국가 수립'이라는 이데올로기적 수사와 그 재현의 문제를 묻는 방식은, '민족'에 초점을 맞춘다는 점에서 개별 인민의 삶을 은폐하는 한계를 필연적으로 내재하고 있다. 문학 연구가 당대 역동성을 복원하는 작업이기도 하다면, 이제 '민족의 정체성'에 관한 관심은 '인민의 삶과 존재방식'으로 전환될 필요가 있다.

인민의 삶의 변화는 당시 정치 세력이 이념을 불문하고 정치적 화두로 내세웠던 '민주주의'가 상징적으로 대변하고 있다.[2] 이것은 단순히 조선인의 삶에 민주주의가 필요했다거나 지배 세력이 유포한 소련식/미국식 민주주의 담론의 진의를 묻는 게 아니다. 민주주의가 정치적 의제화가 된 그 상징적 의미가 중요하다. 이는 전인민의 삶의 조건이 사회적으로 인식되기 시작했다는 것을 함의했다. 민주주의란 '인민의 지배'를 말한다. 인민이 사회 구성 및 건설의 주체로 인정받게 된 것이다. 이처럼 해방은 대외 주권의 확립과 함께 대내 주권의 민주화를 가져왔다. 문학도 추상적인 '민족 혹은 국가'가 아니라 구체적인 '인민의 삶'을 재현하게 되었다. 이제 이 시기 문학 연구의 논의 지점을 민족에서 인민으로 옮길 필요가 있다. 그런데 여기서 몇 가지 의문이 따른다. 인민은 누구이며 인민이 사회 주체가 된다는 의미는 무엇일까. 또 그것이 가능했을까. 종국적으로 문학 연구에서 인민을 다루는 의미가 무엇인지 묻게 된다.

인민은 'people'의 번역어로서 사회나 국가를 구성하는 자연인을 뜻

2　해방 이후 운위되기 시작한 민주주의는 1946년 2월 14일 우익 진영의 '민주의원' 결성과 그 다음날인 15일 중도좌파 노선의 '민주주의 민족전선' 조직에서 명칭으로 사용되었다. 그리고 1946년 4월경에 이르면 민주주의는 유행어처럼 사용되고 있었다. 4월이면 조선 민간언론기관이 민의를 반영하는 여론정치를 표방하며 여론조사를 시작할 무렵이기도 하다. 해방기에 좌익 서적이 범람하여 조선 인민이 민주주의를 좌익의 것으로 인식했다는 통념이 있다. 그러나 책의 발행 양과 실제 효과가 다를 수 있다는 것을 유념해야 한다. 백남운이 그의 『조선 민족의 진로』(1946)와 『재론』(1947)에서 계속해서 지적했듯이 우익 정치 세력의 선전 활동으로 상당수 조선인이 민주주의를 미국식 민주주의로 인식해 가고 있었다.

한다.[3] 민주주의의 '인민에 의한 지배'가 가리키듯, 인민은 힘을 가진 존

---

3 'people'의 번역어인 '인민'은 보통 '사회 혹은 국가를 구성하는 자연인'을 뜻한다. 인민
은 근대 국가 형성과 함께 했다는 점에서 국민과 동일시되기도 한다. 그 외 계급적 관점
에서 피지배자 전체를 가리키거나 사회주의 국가의 주체계급으로 지칭된다. 이 논문에
서는 '인민'이라는 개념을 다음과 같은 역사적·철학적 맥락을 고려하여 사용하기로 한
다. 역사적으로 『독립신문』의 인민은 피통치자보다는 국가의 구성원에 가까웠으며
1898년 독립협회운동 무렵에는 서서히 정치적 주체로서 모습을 갖추기 시작했다. 1905
년 이후에는 국가중심적 사고가 아직 강하긴 했지만 자유주의적 인민 개념이 사용되었
다. 1919년 임시정부의 '임시헌장'에 대한민국 구성원을 인민으로 칭했으며, 1920년에
이르면 인민은 자율적 주체로서 그 본연의 의미를 명확히 했다. 식민지하에서 인민의 개
념이 지속적으로 영향을 발휘하기는 힘들었다. 하지만 1935년 반파시즘 인민전선론이
논의되면서 공산주의 세력이 통일전선 결성을 타진하였고 그 과정에서 좌익의 인민 범
주가 확대되었다. 해방기 조선에서는 '민주주의 도입과 사회주의 복원' 등의 영향으로
인민이 (재)주목받게 되면서 다양한 의미를 띠었다. 먼저 인민은 (국가가 수립되지 않
은 상태이지만) 국민 혹은 사회 구성원과 동일시되어 사용되었다. 그러나 우익 정치 세
력에게 인민은 소련을 추종하는 남로당원, 공산당원 그리고 북조선 국민이었다. 북조선
에서 인민은 자산가와 민족반역자를 제외했다. 이처럼 이념 대립이 있었던 당대에는 인
민을 지배/피지배의 계급적 관점에서도 다루었다. 민족통일전선을 강조한 여운형은 근
로대중을 중심으로 양심적이고 진보적인 지주나 자본가까지도 포섭한 인민당을 결성했
다. 이와 달리 8월 테제를 통해 부르주아 민주주의 계급과 민주주의 건설을 주장한 박헌
영은, 조선공산당이 대변하는 인민은 노동자·농민·도시 소시민과 인텔리겐치아 및
일반 근로자 대중이라고 했다. 박헌영과 조금 노선을 달리한 좌익 성향의 백남운은, 해
방기의 '인민'을 1차대전 이후의 '인민'과 구분했다. 2차대전 이후의 '인민'은 국제적 규
정으로서 노동계급의 주체적 영도권이 부여된 인민 대중을 의미한다는 것이다. 조선식
연합성 민주주의, 인민 민주주의론을 제창한 백남운에게 인민의 범주는 농민이나 노동
자를 주도체로 한 소시민층, 기술자와 인텔리층, 양심적인 일부 자산계급과 진정한 정
의인사 등을 민주 요소로서 포섭하고 집결되어 가는 통일적인 민족의 주체를 의미했다.
또한 조선에 영향을 준 모택동은 연합독재를 강조하면서 자산계급의 일부 혁명성을 인
정하여 농민, 노동자, 도시 소자산 계급, 민족 자산 계급을 인민으로 포괄했다. 좌익처럼
인민을 사회혁명의 계급적 주체로 강조하지 않더라도 해방기에서 인민은 소외된 타자
나 수동적 대중이 아닌 국민보다 더 주체적인 성격을 강조한 개념으로 인식되기도 했다.
가령 1948년 초 헌법 제정 과정에서 북조선이 인민을 선점했다는 이유로 '국민'이 채택
되었다. 헌법 초안을 냈던 유진오는 국가에 종속적인 국민보다 주체적 성격이 강한 인민
이 더 좋은 어휘인데 안타깝다고 술회한 바 있다.
철학적으로는 주지하듯 홉스가 아메리카 인디언의 기록을 통해 국가 없는 사회를 목도
하며 문화인류학적 접근을 통해 최초의 국가 구성을 논했다. 만인투쟁 종식을 위해 인민
이 폭력을 독점한 괴물 '리바이어던(국가)'을 만들고 권리를 국가에 위탁하면서 인민은
국민이 되는 것이다. 여기서 논점이 생성된다. 리바이어던에 권리를 일임하고 종속되면
모든 문제가 해결되는 것인가. 가령 루소는 공동체의 의지와 같은 일반의지로 국가를 만
들었다고 했다. 그러나 그것이 막연하고 일관성이 없으며 유동적일 때 일반의지라 할 수

재다. 그리고 그 힘은 주권재민, 즉 인민의 제헌 권력이자 더 나아가 정치 권력이다. 그래서 루소는 인민이란 국가를 구성하는 개개인의 총체로서 일반의지에 복종할 것을 수락한 사회계약의 참여자라고 했다.[4] 여기서 일반의지란 인민이 공동체 전체의 공공선을 위해 국가를 지도하는 것을 뜻한다. 그러나 인민이 주권 및 제헌 권력을 가졌다고 외쳤을 때 대표가 인민의 주권과 역능을 온전히 신뢰할 수 있었을까. 해방기 내내 지식인 이 했던 말 중 하나가 우리는 민주주의 경험이 부재하고, 엄청난 문맹률

있느냐는 지적이 있기도 했다. 결국 국가와 인민이 본원적으로 '불화'하는 현실에서 '종속↔혁명적 역할'의 양극단을 조절하는 문제가 현대철학의 화두가 된다. 테일러의 경우 새로운 근대의 도덕질서관이 사회적 상상을 변형시킨 산물로서 인민주권을 이해했다. 인민주권은 전체 인민이 스스로를 법의 근원으로 여기는 관념을 가질 때 비로소 출현 가능한 것이었다. 그래서 인민이란 주권을 가진 집단적 행위 주체이자 정치체의 정당성을 보장하는 근원이었다. 그는 인간의 관성적인 사고습관을 고려하여 인민주권의 실천 방식과 사회 변혁의 진퇴를 설득력 있게 설명하지만 주권인민의 범주나 성격 등을 체계적으로 이론화하지는 않았다. 이는 역사적 상황에 따라 인민이 구성된다는 의미로 이해할 수 있다. 그래서 아감벤은 인민이란 '총체적이고 일체화된 인민'과 '정치로부터 배제된 계급', 이 양자 사이를 오가는 존재라고 했다. 이 글이 해방기 인민의 '경험-지' 상승을 중요하게 고려한다는 점에서 현대의 직접 민주주의를 제창한 루소의 '인민' 개념이 시사하는 바가 크다. 하지만 루소가 인민의 자질로 애국심과 덕성을 강조하고 사적 욕망을 부정한 것은 민족주의 극복과 인민의 사적 욕망을 인정하고자 하는 이 글의 취지와 맞지 않다. 반면에 고대 그리스의 직접 민주주의의 배타성을 비판하고 인간의 사적 욕망을 인정하는 헤겔의 '인간'관이 이 글에 더 부합한다. (현대적으로 재해석된) 헤겔의 관점을 고려하여 이 글에서 인민은 '사회나 국가를 구성하는 자유로운 인격으로서의 인간'을 가리킨다. 그러나 당대적 맥락에서 계급적 의미로 쓸 경우 '인민'으로 표기해 앞의 인민과 구분하겠다.

다만 사실 이 글에서 인민의 철학적 정의는 그다지 중요하지 않다. 민중, 다중, 대중지성, 인민 등의 범주와 표현은 다르고 각 대상에 대한 평가는 역시 양극단을 오가는 것이지만 그것은 그 가능성을 포착하고 싶어 하는 기대를 담지하고 있는 대상이자 개념이다. 그러나 이보다 중요한 것은 인민이 가진 용어의 시대적 함의와 효용성일 것이다. 이 말은 해방기 헌법을 구상하는 과정에서 법학자들이 넣고 싶었던 긍정적 개념이었지만 이념 갈등 때문에 실현되지 못했다. 그러나 최근 정부의 2018년 개헌改憲 논의에서 '사람'이란 말이 헌법 전문에 들어간다는 발표가 있었다. 근 70년 만에 '인민'의 구상이 (국민을 넘어선) '사람'의 구상으로 대체 실현되어 가는 국면이다. 이는 그동안 사회가 성숙되고 의식이 발전해 온 시대적 변화를 반영한 결과라는 점에서 의미 있는 진전이라고 할 수 있다.

4 박명규, 『국민·인민·시민─개념사로 본 한국의 정치 주체』, 소화, 2009, 134면.

이 보여주듯 인민의 자치 능력도 부족하다는 폄하였다. 정부 수립을 위한 선거법을 제정하는 과정에서도 문해력, 학력, 나이 등 투표 자격을 두고 식자층 간 갈등이 있었다. 실질적으로 정치 주권을 행사할 수 있는 인민의 범주를 확정짓는 것은 '주권인민sovereign people의 정체성'을 설정하는 것과 같다. 그래서 주권인민을 어떻게 정의하느냐에 따라 '인민주권popular sovereignty의 정당성'도 달라졌다.

이 예처럼 해방기에서 인민주권은 대표자에 의해 제한되었다. 다시 말해, 해방기의 민주주의는 인민의 정치라는 고전적 민주주의가 아니라 대표가 인민의 정치를 대신하는 근대 대의 민주주의였다. 여기서 대표의 문제가 발생한다. 따라서 인민주권의 확립은 지식인의 폄하로 무시될 수 있는 것이 아니라 '대표-인민'의 성립과 함께 했다. 그 결과 지도 엘리트가 인민에게 인민주권의 정당성을 묻는 것처럼, 인민 역시 누가 통치를 얼마나 잘하는지 통치의 정당성과 그 책임을 대표자에게 물을 수 있게 되었다. 이는 대표하려는 자(대표자)와 대표되는 자(인민) 간 정치의 시작을 뜻했다. 더 구체적으로 '대표자가 인민을 대신해 권력을 행사하는 대표성represention'을 둘러싼 정치적 갈등과 합의 과정이 출현했다. 조선에도 정치의 시대가 열린 것이다. 인민은 대표자에게 보다 나은 삶을 요구하고 그들을 감시했으며 새로 구축되는 제도를 통해 대표와 소통하는 과정에서 정치를 성찰하고 주권인민을 형성했다. 따라서 문학이 민족이 아닌 인민에 주목한다는 것은 식민지기 '식민 통치자-민족 지도자'가 아닌 '대표-인민'의 정치사회사적 관계를 조망하여 인민의 형성과 인민주권의 정치적 의미를 살펴보는 의미가 있다.

이러한 해방기 연구는 역사학계의 연구 동향과 관련지어 살펴볼 수 있다. 1979년부터 1989년까지 6권의 『해방전후사의 인식』이 출간되었다. 1960년대 후반부터 시작된 내재적 발전론과 식민지 수탈론, 민족주의 그리고 1970~80년대 '민중'의 발견, 민족해방론 및 분단모순 극복, 사회구성체 논쟁 등이 있었다. 이 논의 속에 민중적 민족주의를 내세운 『해방전후사의 인식』은 시대를 상징하는 책이 되었다.[5] 그리고 그 사이 브루스 커밍스의 『한국전쟁의 기원』이 번역(1986)되어[6] 전쟁의 원인으로 식민지하 축적된 모순이 지목되면서 해방 전후의 동향이 주목받았다. 1990년대 접어들어 식민지 수탈론을 경계하는 식민지 근대화론이 제기되었는데 이 주장은 '비민족주의적'인 것으로 간주돼 논란이 일기도 했다. 1990년대 후반[7] 포스트콜로니얼 및 문화 연구와 함께 1999년 『민족주의는 반역이다』가[8] 출간되면서 탈민족주의와 탈(신)식민주의 논의가 본격화되기 시작했다. 2003년에는 『식민지의 회색지대』에서[9] 식민주의와 공모하는 민족주의가 파악하지 못하는 저항의 지점들이 모색됐다. 당대학계에는 근대주의(개발지상주의, 국가주의)와 민족주의(제국주의) 극복, 방법론적으로는 학제 간 연구의 필요성 등이 제기되고 있던 무렵이다.

민족주의를 둘러싼 논쟁은 2006년 2월에 출간된 『해방전후사의 재인식』(이하 『재인식』)에 집중되었다. 『재인식』은 『인식』의 남로당 복원과 민중적 민족주의의 시각에서 벗어나 국가를 강조하고 대한민국을 긍

---

5   김남식 외, 『解放前後史의 認識』1~6, 한길사, 1979~1989.
6   브루스 커밍스, 김자동 역, 『한국전쟁의 기원』, 일월서각, 1986.
7   1990년대 중후반 '대중의 역사화'를 시도하려 한 역사학자들의 움직임과 역사학계의 분위기는 김영미, 『그들의 새마을운동』, 푸른역사, 2009에서 간략히 살펴볼 수 있다. 김영미는 해방 전후 서울의 주민사회사에 주목한 저작물을 내기도 했다. 김영미, 『동원과 저항』, 푸른역사, 2009.
8   임지현, 『민족주의는 반역이다』, 소나무, 1999.
9   윤해동, 『식민지의 회색지대』, 역사비평사, 2003.

정하기 위한 시도였다.[10] 이것은 대한민국의 정체성을 둘러싼『인식』과 『재인식』의 충돌이라 할 수 있다. 『재인식』은 서구 중심주의와 국가주의에서 벗어나지 못했다는 비판을 받았으나 민족주의 극복을 내세운 것은 이목을 끈다. 그러나 (민족을 강조한『인식』과 달리) 국민을 호명하려 한 『재인식』의 민족주의 비판은 조관자의 이광수론이 보여주듯 뉴라이트나 일본의 입장을 대변할 위험성을 내포했고 민족주의를 등질화했다는 비판도 받았다. 『재인식』에 대한 반응도 발 빠르게 나타났다. 2006년 3월 포스트콜로니얼 연구로 식민 말기를 조명한『식민지 국민문학론』,[11] 동년 11월에는『인식』,『재인식』의 냉전적 진영 논리를 비판하고, '식민지 근대, 대일 협력, 국민국가의 형성과 균열' 등 새로운 시각에서 근대를 바라보기 시작한 결과물을 모은『근대를 다시 읽는다』가 나왔다.[12] 이처럼 역사학계에서는 민족주의 극복을 위한 노력이 부단했다.

이에 비추어 해방기 문학 연구 역시 민족·민중주의와 이데올로기 대립 등의 영향하에서 1970년대 후반부터 시작되었다.[13] 그리고 그 연구의 중요 축적물은『한국전쟁의 기원』의 번역(1986) 이후인 1988~1989년 경 산출되었다. 이 시기 해방기 연구는 문단(운동)사 연구가 주류였다.[14] 그 대표격인 신형기는 문학단체운동과 이론 논의에 초점을 둔 문학운동

---

10 박지향 외,『해방 전후사의 재인식』1·2, 책세상, 2006.
11 윤대석,『식민지 국민문학론』, 역락, 2006.
12 천정환 외,『근대를 다시 읽는다』1·2, 역사비평사, 2006.
13 염무웅,『8·15 직후의 한국문학』, 창작과비평, 1975; 김윤식,「한국 소설의 미학적 기반」,『한국학보』2·3, 일지사, 1976.
14 정한숙,『해방문단사』, 고려대 출판부, 1980; 권영민,『해방 공간의 문학운동과 문학의 현실 인식』, 한울, 1989; 김윤식,『해방 공간의 문학사론』, 서울대 출판부, 1989; 김재용,「해방 직후 남북한 문학운동과 민중성의 문제」,『창작과 비평』63, 창작과비평사, 1989; 하정일,「남한 문학운동의 이념」,『현대문학의 연구』2, 한국문학연구학회, 1989.

론에 천착했다. 그것은 국가 건설과 민족문학 수립을 위한 문학운동, 그리고 이데올로기의 상관성에 기초한 문학단체 연구였다. 일찍이 권영민이 민족문학론을 전개하면서 이념에 따라 좌·우·중간파로 구분한 바 있는데,[15] 신형기 역시 이 구도를 수용하면서 좌우 대립을 극복할 수 있을 가능성을 중간파에서 찾았다.[16] 김윤식은 문학단체의 변화 과정을 구명하면서도 '해방 공간'의 기간이 짧아서 작품으로 승화하기 쉽지 않다는 점에서 좌담회 등을 통해 '문제적 개인'의 내면 풍경 탐구로 나아갔다. 이렇듯 문인의 자기비판 등 정신사를 조명한 연구는 이후 '식민 기억'을 탐색하는 연구로 발전하기도 했다. 또한 1988년 해금의 영향으로 북한문학이 적극적으로 연구대상으로 포함됐다.[17] 김승환은 북한문학(운동론)을 연구대상으로 포함해 진정한 민족문학사를 복원하려는 시도를 했다. 방법론으로는 당대 사회구성체 논의를 반영해[18] 해방기를 '식민지 반봉건사회'로 전제하고 그러한 하부 구조적 성격이 농민소설에 어떻게 반영되는지 관심을 가졌다.[19] 그는 사회·경제사적 토대인 하부 구조와 작품으로 형상화된 상부 구조와의 동질성을 살펴본다는 문학사회학적 입장이었다. 주지하듯 이러한 연구 시각은 루카치, 골드만의 '문제적 개인',

---

15 권영민, 『한국 근대문학과 시대정신』, 문예출판사, 1983; 권영민, 『해방 직후의 민족문학운동연구』, 서울대 출판부, 1986; 권영민, 『한국민족문학론연구』, 민음사, 1988.

16 신형기, 『해방 직후의 문학운동론』, 화다, 1988.

17 임진영, 「해방 직후 민주건설기의 북한문학」, 『해방전후사의 인식』5, 한길사, 1989; 김재용, 「북한의 토지개혁과 그 소설적 형상화」, 『실천문학』17, 실천문학사, 1990.

18 박현채·조희연 편, 『한국 사회구성체 논쟁』1·2, 죽산, 1989.

19 김승환, 「해방 공간의 농민소설 연구」, 서울대 박사논문, 1990. 이처럼 농민소설에 집중한 연구는 다음과 같다. 신형기, 「농민문제와 농민소설」, 『해방기 소설연구』, 태학사, 1992; 이재현, 「해방 직후 농민소설의 시대적·계급적 요소 연구」, 서울대 석사논문, 1999; 이영미, 「해방기 농민소설의 분석적 연구」, 한양대 박사논문, 2000; 최미임, 「해방문단의 농민소설 연구」, 홍익대 석사논문, 2004가 있다.

(역사적)'전망'과 함께 1990년대까지도 해방기 소설을 접근하는 주류의 위치에 있었다.

　1990년대는 이전 시대의 문단 중심 연구를 극복하고 작품 본위의 연구를 지향하는 시대였다. 신형기 역시 작품을 독해하여 소설의 전체적 판도를 드러내고 해방기의 전환기적 성격을 파악하고자 했다.[20] 이우용도 본격적인 작품론 위주의 연구 필요성을 강조하며 좌우익 작가의 소설의 인물형상화 변모 양상에 주의를 기울였다.[21] 연구자가 해방 직후 소설의 전체상을 그려야 한다는 소명을 갖다보니 북한문학 및 월북 작가 등도 논의에 포함되었다. 안한상 역시 작품에 대한 본격적인 연구의 필요성을 강조하면서 기존의 내용 위주 연구에서 벗어나 형상화 방식이라는 형식적 측면이 보완되어야 한다고 주장했다. 그는 분단의 원인과 과정에 대한 소설의 형상화 방식과 현실 인식, 소설의 구조에 천착했다. 이것은 앞에서 말한 '문제적 인물', '전망 모색의 소설 구조', '사회와 소설의 구조적 상동성' 파악이라는 앞 시대의 연구방법론의 연장선상에 있었다.[22] 반영론의 시각에서 접근한 송기섭 역시 리얼리즘 미학의 제반 요건들을 이 시기 소설들이 얼마나 성취하고 있는지에 관심이 있었다.[23] 이렇듯 1990년대 중반까지도 소설 구조, 인물 유형, 전망과 관련

20　신형기, 『해방기 소설 연구』, 태학사, 1992.
21　이우용, 『해방 직후 한국소설의 양상』, 고려원, 1993.
22　안한상, 『해방기 소설의 현실 인식과 구조 연구』, 국학자료원, 1995. 이와 같이 현실 인식과 관련된 연구는 다음과 같다. 염무웅, 「소설을 통해 본 해방 직후의 사회상」, 『해방 전후사의 인식』 1, 한길사, 1979; 박재섭, 「해방기 소설 연구」, 서강대 석사논문, 1985; 오현봉, 「한국현대소설의 사회학적 연구」, 경희대 박사논문, 1986; 임헌영, 「해방 이후 문학에 나타난 외세의식」, 『해방 공간의 문학운동과 문학의 현실 인식』, 한울, 1989.
23　송기섭, 『해방기 소설의 반영의식 연구』(1994), 국학자료원, 1998. 이처럼 창작방법론과 관련된 연구는 다음과 같다. 서경석, 『한국근대리얼리즘문학사연구』, 태학사, 1988; 신덕룡, 「해방 직후 리얼리즘 소설 연구-'문맹'계열의 작품을 중심으로」, 경희대 박사

된 '문학성'은 문화 제도나 대중 문화, 표상, 수용자, 젠더, 풍속 등 새로운 문학 연구의 세례를 받지 못하고 있었다. 또 그렇게 이 시기 연구의 유행도 잦아 들어갔다.

1990년대 중반에는 탈이데올로기의 시점에서 해방기를 바라보는 시도가 이루어졌다.[24] 문학운동론, 문학론 등에서 벗어난 주제론적 접근의 부족을 지적한 이병순 역시 소설에 나타난 이념지향성 연구를 하면서 탈이념의 작품은 정치 이념에서부터 벗어나 온전히 생활로 돌아오는 모습을 보임으로써 일상성 회복이라는 주제를 부각시킨다고 말했다.[25] 그런데 이 글에서 '탈이데올로기'란 좌우 대립의 극복을 가리키는 것이며, 일상성 회복은 개인적인 것이 정치적인 것이라는 문화 연구의 일상성과는 거리가 있었다. 또한 그는 해방기를 해방 이후부터 한국전쟁 전까지로 한정했는데 그 이유를 단정을 기점으로 이후 소설들에서 특별한 질적 차별성을 찾기 어렵기 때문이라고 설명하고 있다. 그러면서도 연구방법론에서는 정부 수립이 당대 현실의 지배적 이념 변화의 계기였을 뿐만 아니라 작품 자체의 이념까지 변화시키는 매개 역할을 했다는 모순적 주장을 하고 있다. 이 주장대로 한다면 해방기의 시기 역시 단정까지로 해야 타당하다.

1980년대와 1990년대 초중반까지 활발했던 해방기 연구는 2000년을 기점으로[26] 한동안 박사논문이 나오지 않았다. 새로운 문학 패러다

논문, 1989; 김경원, 「해방 직후 진보적 리얼리즘 소설 연구」, 서울대 석사논문, 1990.

24 김윤식, 『해방 공간의 내면풍경』, 민음사, 1996.

25 이병순, 『해방기 소설 연구』, 국학자료원, 1997.

26 김경원, 「1945~1950년 한국소설의 담론 양상 연구」, 서울대 박사논문, 2000; 이영미, 앞의 글; 현재원, 「해방기 연극운동 연구」, 성균관대 박사논문, 2000.

임과 접목하기 위한 시간이 필요했던 것이다. 그 전조는 전흥남의 책 서문에서 확인할 수 있다. 그는 1995년에 쓴 박사논문을 1999년에 출간하면서 문학 연구의 패러다임이 빠르게 변화하고 있는 시점에서 자신의 글이 시효성이 떨어지는 것 같아 고민스럽다고 밝히면서 대폭 수정해야 할 부분이 많아 곤혹스러웠다고 토로했다.[27] 그러면서 그가 취한 네 가지 입장은 첫째, 좌우 대립을 피해 작품 내재적 분석에 집중해 문학의 전체상을 규명하겠다. 둘째, 문학운동, 문학단체 중심에서 개별 작가와 작품에 대한 연구에 더 집중하겠다. 셋째, 해방기 문학을 총체적으로 조감할 수 있는 일관된 의미 체계의 해명이 미흡한 현실을 감안해 정신사적 연구 방법을 통해 시대정신을 파악하겠다. 넷째, 소홀히 다루었던 중간파 계열 작품의 보다 적극적인 수용이었다. 요약하면 보다 많은 작품 분석을 통해 소설의 전체상을 그리겠으며 특히 중간파 작가에 집중하겠다는 것이다.

이러한 관점은 2000년대 해방기 문학 연구에서도 여전히 유효하게 인정받고 있다. 해방기는 『근대를 다시 읽다』가 나온 중반 무렵부터 다시 조명받기 시작했는데 박사논문은 (비평과[28] 희곡,[29] 1950년대를 구명하기 위해 간략히 해방기를 언급한 연구를 제외하고[30]) 두 편에 불과했다. 그 중 김동석은 텍스트사회학을 원용해 문학텍스트는 언어적 구조를 경유해서만 사회적 현실과 관계 맺을 수 있다는 입장에서 작품의 미시적 분석에 집

---

27 전흥남, 『해방기 소설의 시대정신』, 국학자료원, 1999.
28 박필현, 「해방기 문학비평에 나타난 민족 담론 연구」, 이화여대 박사논문, 2009.
29 전지니, 「1940년대 희곡 연구—역사 · 지정학 · 청년을 중심으로」, 이화여대 박사논문, 2012.
30 장세진, 「상상된 아메리카와 1950년대 한국문학의 자기 표상」, 연세대 박사논문, 2008; 김준현, 「전후 문학 장의 형성과 문예지」, 고려대 박사논문, 2009.

중했다. 이 접근법은 1980~1990년대 내용과 형상화 방식을 관련짓던 연구의 연장선상에 있다. 또한 그는 권력의 담화로서의 이데올로기적 언술에 집중해 민족국가 담론을 결정짓는 친일 잔재 청산, 외세 의존 배격, 봉건 잔재 청산 등을 중심으로 소설의 의미론적 구조와 특징을 분석했다.[31] 또한 차희정은 단편소설을 대상으로 탈식민주의적 시각에서 다양한 당대상을 구명하고자 했다. 당대상이란 일제 잔재의 청산, 탈식민적 현실 인식, 하위 주체의 구성과 확장을 가리킨다. '이데올로기 대립과 단절'로 평가하는 기존 연구 경향에서 벗어나 탈식민의 여러 기획들이 '민족적 동질성을 내포하고 있는 민족과 민족주의의 형태'로 실현되었다고 주장하고 있다.[32]

김동석에게 이 시기 문학은 여전히 민족국가 수립과 관련되며 학계의 탈민족주의 논의를 반영하지 못하고 있다. 개인의 문제는 (민족)국가로 귀결되고 조선 인민을 둘러싼 일상의 정치성은 여전히 조명받지 못하고 있다. 또한 그 역시 1990년대 이래 이어져 온 방식, 즉 많은 작품을 읽고 소설의 전체상을 그리겠다는 욕망을 드러낸다. 소설의 전체상도 중요하지만 소설이 재현한 당대상이 실제 현실의 극히 일면에 불과하다면 다른 텍스트 및 미디어의 현실 반영과 그 성격을 참조하지 않을 수 없다. 그리고 차희정의 경우, 이데올로기에 갇힌 문학을 해방시키겠다는 논의는 유효하나, 탈식민주의적 접근이 다시 민족주의로 회귀하고 있다. '단일한' 민족적 동일성을 다시 상정하는 위험성이 있다. '민족주

31 김동석, 「해방기 소설의 비판적 언술 연구」, 고려대 박사논문, 2005.
32 차희정, 「해방기 소설의 탈식민성 연구―잡지 게재 소설을 중심으로」, 아주대 박사논문, 2009.

의와 국가주의'의 극복이 현 문학 연구의 한 화두이지만 해방기는 '민족 국가 수립기'라는 이유로 '민족-됨'의 문제에서 벗어나지 못하는 연구 지체 현상이 여전하다.

이러한 경향은 소논문에서도 찾아볼 수 있다. 앞서 말했듯이 해방기는 2000년대 중후반 학계의 문화사/제도 연구 경향과 함께 다시 논의되기 시작했다. 학계의 연구 동향이 식민지 시대를 벗어나 해방 이후로 확대되면서 (박사논문은 아니지만) 최근 더 많은 소논문이 제출되고 있다. 2000년대 중후반 이봉범이 『문예』, 『신천지』 등 매체 연구를 시작하면서 기존 문학단체 중심의 문학사 서술에서 벗어나게 되었다. 또한 복잡한 해방기의 변화를 조명하기 위한 주제사적 연구가 활발해졌다.[33] 이

---

33 본문에 기술한 것 외에도 다양한 논문이 나왔다. 특히 귀환 연구는 '민족-됨'을 둘러싼 정체성의 문제에 그치지 않았다. 남성의 귀환은 남성성의 회복과 관련되어 이혜령 등에 의해 심도 있는 젠더 연구로 이어지고 있다(임미진, 임회록). 귀환의 주체도 학병(최지현, 김예림, 이혜령), 재조일본인, 재만일본인(김예림) 및 재외조선인 등으로 세분화되어 연구 범위가 확장되어 갔다. 이러한 이동성의 문제는 프랑코 모레티가 국내에 소개되면서 지속적으로 관심을 받고 있다. 또한 국내외 이동은 삼팔선과 단정 수립, 국내의 이데올로기 문제와 결부되면서 스파이(임종명), 전향(이봉범), 검열 연구(이봉범, 이혜령) 등 이념 문제로도 확장되었다. 그만큼 복잡해진 국내 정치 세력 간 정쟁과 조선 인민의 내면성을 구명하기 위해 조선 내부를 '거리의 정치'(천정환), '혼란'(이봉범)으로 규정하고 탐색하는 시도가 이루어졌다. 또한 단절의 입장에서 새롭게 국민을 창출하려는 담론과 기억의 문제(정종현)가 집중적으로 연구되었다. 또한 식민 기억의 문제(손유경, 오태영)가 논의되곤 했다. 국외적으로는 인도네시아 등 외국을 통해 국제 질서의 흐름과 조선의 현재 및 미래상을 가늠해보는 연구(정재석)가 이루어졌고 3차대전(정재석) 및 원자탄(공임순)과 관련된 논의도 이루어졌다. 또한 맥아더(정종현), 이승만, 김일성(공임순) 등 지도자 표상이 다루어졌다. 문학론 연구에서는 중간파 연구(박연희, 이봉범)가 주목을 받았으며 비평 연구(서승희, 박필현, 이양숙)가 있다. 이외에도 1990년대부터 계속 이어져 온 연구 시각으로 현실반영 연구 맥락에서 각종 적산(임세화), 토지분배, 농민, 기행문(임종명, 임유경) 등 주제별 연구가 계속 되고 있다. 또한 서지(오영식) 및 책 연구(이중연)와 삐라 연구(정선태)가 이루어졌고, 언어와 관련해서는 개념사 및 번역어(황호덕, 박지영, 한승연, 김민숙), 사전 연구(박용재) 등이 있다. 북한문학은 '새 인간' 형성과 관련된 연구(신형기)가 있다. 북한영화(이명자) 연구가 있다.

지점에서 이런 연구가 '민족국가 수립'이라는 테제에서 얼마나 자유로 웠는지가 중요하다.

이 무렵 연구는 '민족국가 수립'에서 '민족'과 '국가'와의 관련성을 고 려해 구분할 수 있다. 먼저 전자인 민족 문제는 귀환서사 연구가 대표적 이다. 그 중에서도 정재석에 의해 본격화된 귀환 연구가 중요한 시발점 이 되었다. 이 연구는 정재석, 오태영, 이종호, 이혜령 등으로 이어지는 '민족-됨'의 불/가능성을 둘러싼 논의로 전개되었다.[34] 『재인식』의 논 란을 상기한다면 역사학계와 달리 문학 연구는 여전히 민족주의 비판을 온전히 수행하지 못했다는 것을 보여주었다. 후자인 '국가'와 관련해서 는 새롭게 재편되는 국제 질서에서 외국과 대한민국의 관계가 재설정되 면서 발생하는 '민족/국가nation'의 정체성 변화에 주목한 연구가 이루 어졌다.[35] 대표적으로 장세진의 작업은 새로운 외부의 출현이 조선인의 자기인식의 변동을 초래한 점에 천착한 연구다.

이와 같은 문제의식은 역으로 조선 내부의 계급·계층적 변동과 정체 성의 변화는 어떠했을까 하는 궁금증을 자아낸다. '민족/국민'의 정체 성이 단일하지 않은 것처럼 해방기 조선이 정치·경제·사회·문화적

---

[34] 정재석, 「해방기 귀환 서사 연구」, 연세대 석사논문, 2006; 정종현, 「해방기 소설에 나타난 '귀환'의 민족서사─'지리적' 귀환을 중심으로」, 『비교문학』 40, 한국비교문학회, 2006; 오태영, 「민족적 제의로서의 '귀환'」, 『한국문학연구』 32, 동국대 한국문학연구소, 2007; 이종호, 「해방기 이동의 정치학」, 『한국문학연구』 36, 동국대 한국문학연구소, 2009; 이혜 령, 「사상지리ideological geography의 형성으로서의 냉전과 검열─해방기 염상섭의 이동 과 문학을 중심으로」, 『상허학보』 34, 상허학회, 2012; 이러한 연구의 한계에 대해서는 본고 2장 1절의 '(1) 지도자 귀환의 지연'에 구체적으로 설명되어 있으니 참조하기 바란다.

[35] 장세진, 「상상된 아메리카와 1950년대 한국문학의 자기 표상」, 연세대 박사논문, 2008; 정재석, 「타자의 초상과 신생 대한민국의 자화상」, 『한국문학연구』 37, 동국대 한국문학연 구소, 2009; 임종명, 「탈脫식민 초기(1945.8~1950.5), 남한국가 엘리트의 아시아 기행기紀 行記와 아시아표상表象」, 『민족문화연구』 52, 고려대 민족문화연구원, 2010.

으로 재편되는 과정에서 그 구성원인 인민의 존재방식과 자기인식 역시 달라질 수밖에 없다. '국가-민족'의 구도로 당대를 조명하는 것은 인민을 민족으로 호명하여 인민의 목소리를 지워버리는 문제를 발생시킨다. 지식인만이 다시 중요하게 고려되며 지식인이 'nation'의 문화적 정체성을 재구성하는 기획만을 복원하는 데 관심이 집중하게 된다.

이제 '민족 혹은 지식인'의 조선이 아닌 새롭게 형성되는 인민의 삶과 주권성, 당대 인식 등을 파악하려는 노력이 필요한 시점이다. 인민에 관한 연구가 전연 이루어지지 않은 것은 아니다. 장세진의 '아메리카' 연구가 개념사 연구의 문제의식을 반영하고 있듯 개념을 소유한 주체와 활용 양태를 분석하는 연구가 시작되면서 인민 역시 조명받게 되었다. 강호정은 해방기 국민, 인민, 민족 개념이 시어로써 경쟁한 국면을 구명究明한 바 있다.[36] 이 논문을 참조해 역사학계에서도 인민에 대한 개념사적 접근이 시도되었다.[37] 또한 인민은 해방기 좌익의 민족문학론과[38] 남로당의 민족문학론에서[39] 중요하게 다루어졌다. 하지만 이러한 일련의 연구는 사회 구성원을 뜻하는 인민이 아니라 계급적 의미의 '인민'을 대

---

36 강호정, 「새로운 국가의 주체와 공동체 지향의 언어─해방기 시에 나타난 시어로서 "민족"의 유사개념을 중심으로」, 『-우리어문연구』 31, 우리어문학회, 2008.
37 김성보, 「남북국가 수립기 인민과 국민 개념의 분화」, 『한국사연구』 144, 한국사연구회, 2009.
38 여상임, 「해방기 좌익측 민족문학론의 인민성 담론과 초코드화」, 『한국문예비평연구』 37, 한국현대문예비평학회, 2012; 해방기 민족문학론과 관련된 연구는 다음과 같다. 서경석, 「미군정기 민주주의 민족문학론과 인민성의 문제」, 『한국학보』 14, 일지사, 1988; 박용규, 「조선문학가동맹의 민족문학론 연구」, 서울대 석사논문, 1989; 이우용, 『해방 공간의 민족문학사론』, 태학사, 1991; 하정일, 「해방기 민족문학론 연구」, 연세대 박사논문, 1992; 민현기, 『해방 직후의 문학론』, 문학과지성사, 1993; 배경열, 「해방 공간의 민족문학론과 그 이념적 실체」, 『국어국문학』 112, 국어국문학회, 1994; 이덕화, 「해방 직후의 민족문학」, 『현대문학의 연구』 17, 한국문학연구학회, 2001; 이수형, 「해방기 민족문학론의 형성과정에 대한 고찰」, 『한국학보』 30, 일지사, 2004.
39 김윤식, 『해방 공간 한국 작가의 민족문학 글쓰기론』, 서울대 출판부, 2006.

상으로 했다.

　이 글의 목적은 좌익 혹은 남로당의 계급적 '인민'만을 복원하는 데 있지 않다. 분단하의 민족 담론과 좌익의 '인민'에 구속된 인민을 해방시켜야만 모든 조선인이 지향했던 가치와 권리, 삶의 국면과 역동성을 재인식할 수 있다. 해방기 인민은 사회주의 복원뿐만 아니라 민주주의가 사회적 가치로 인식되면서 부상한 개념이다. 민족으로 국가 정체성과 국력을 설명하려 할 때 민족의 우월성/열등성을 둘러싼 환원론에서 빠져나오기 힘들다. 민족을 이끌어 간다고 자부하는 엘리트만이 재인식될 뿐이다. 그러나 민족이란 실재하지 않는 것이며, 있다고 해도 그것이 소수 지배 엘리트만의 '민족'이라면, 그 민족에는 인민이 배제되어 있다. 소설의 반영이 인민의 일상이기도 하다면 인민의 각기 다른 계층·계급의 관계를 논구의 대상으로 삼아야 한다. 식민지기 저항/협력 논의에서 항일과 체제 억압의 문제는 조선 내부 다양한 이해관계와 갈등을 은폐했다. 또한 해방기의 이념 대립 극복과 식민 청산 등이 요구된다면 그것 역시 민족적 주체에 의한 민족국가 수립만으로 온전히 해결되지 않는다. 가시화된 인민의 갈등은 '억압적 현실'에 대한 또 다른 저항의 모습이다. 이 갈등과 저항을 조정하는 과정이 민주적 평등성을 확보하는 길이다. 이 조정에 개입하는 것은 '민족'이 아니라 '인민과 대표'다. 이 관계의 (재)정립에서, 식민지로부터 탈식민화하는 과정과 국민국가를 수립하는 과정에서 변화된 사회·정치적 환경에 대응하는 당대인의 능동적인 활동과 내면이 파악될 수 있다. 인민은 식민 경험을 통해 습득한 경험과 지식을 바탕으로 국제/국내의 권력 구조에 대한 비판을 했다. 그러한 물적/인식론적 조건과 자율성이 마련되어 가고 있었던 것이다.

그렇다면 식민 당국에서 이승만정부로의 통치주권 이양을 둘러싼 민족·민족국가 논의보다도 조선 내부 상황의 개선을 외친 당대인의 정치적 목소리를 중요하게 조명해야 한다. 이럴 때 비로소 식민 청산을 지향하는 엘리트의 민족주의는 인민의 생존·자립 문제와 연결될 수 있으며, 그 민족주의는 민주주의 정치와 결합하게 된다. 때마침 새로운 국제 질서하에서 조선인이 갖춰야 할 새로운 형태의 정치적 정체성도 당대 주류 국가시민 윤리인 민주주의적 인간과 사회였다. 저항 민족주의나 국가주의적 민족주의와, 명목상의 민족을 위한 민족주의가 아닌, '민주주의적 민족관계'(민족이 실재하지 않다면) 더 본질적으로는 '민주주의적 인민관계'를 재구축하기 위한 민주주의적 삶의 요구가 포착되어야 했다. 이때 지배 권력이나 엘리트보다도 인민이 그 정치적 주체가 된다. 해방기의 정치는 일본, 미국, 소련으로부터 벗어나는 것만이 최종 목표가 아니었다. 그것은 대표와 인민의 관계 재정립을 통해 혼란스런 정국을 정비하고 인간다운 삶을 영위하기 위한 정치적 소통의 문제였다. 그 소통에서 갈등은 시작하고 심화되었다. 그리고 그것이 정치였다.[40]

---

40 필자의 박사논문(2014.2) 이후, 해방기 연구는 작가론·작품론 및 문학비평(신정은,「해방기 잡지의 문예평론 연구」, 홍익대 박사논문, 2016)과 문화 연구가 지속적으로 이루어지면서 박사논문이 좀 더 제출되기 시작했다. 특히 후자와 관련해 류진희,「해방기 탈식민 주체의 젠더전략—여성서사의 창출을 중심으로」(성균관대 박사논문, 2015)와 임미진,「1945~1953년 한국 소설의 젠더적 현실 인식 연구」(서울대 박사논문, 2017)의 젠더 연구가 이루어졌다. 그 이후 시기인 허 윤의「1950년대 한국소설의 남성 젠더 수행성 연구」(이화여대 박사논문, 2015)가 보여주듯 문학사를 쓸 수 없게 된 시대에 문화로서의 문학 연구가 된 지금, 이 같은 연구 흐름은 지속될 것이다.

2. 연구대상 및 연구방법론

정치는 보통 국가의 권력을 획득하고 유지하며 행사하는 활동을 뜻한다. 그 활동이 권력의 배분일 때 정치는 통치가 된다. 랑시에르는 이 통치를 치안이라 칭하고 '통치(치안) 과정'과 '평등(해방) 과정'의 마주침에 주목하여 치안으로부터의 해방 과정을 '정치la politique'라 명명했다. 그에게 정치적 주체의 등장이란 정치의 새로운 틀을 재정립해 배제된 주체를 보이게 하는 고유의 정치 공간을 창출하는 과정이었다.[41] 그러나 해방기에서 정치적 '몫이 없는 자'들이 공동체 구성원에게 보이기 시작했다고 해서 곧바로 정치적 자리를 재배치받는 것도 아니고, 기존 정치 질서를 굳히고 있는 기득권 세력이 쉽게 타자의 요구를 수용하는 것도 아니다.[42] '정치'가 불가능했던 사회의 구조적 조건은 쉽게 바뀌지 않는다.

하지만 정치든 '정치'든 그것은 본질적으로 쌍방향적인 소통 과정을 내재하고 있다. 그래서 (사실상 대의제인) 현실정치에서 '대표하려는 자'와 '대표되는 자'의 관계가 정치 갈등의 중요한 축을 차지한다. 인민이

---

41 자크 랑시에르, 양창렬 역, 『정치적인 것의 가장자리에서』, 길, 2013, 112~126면.
42 랑시에르(타자성의 철학)와는 조금 다른 입장에서, 대통령 등 정치 권력을 바꿔야 한다는 지젝(주체 회복의 철학) 등의 주장이 (그 한계에도 불구하고) 여전히 무시할 수 없는 의견이기도 하다. 이것은 아감벤이 민주주의를 고민하기 위해서는 '정치적-법적 합리성(구성 형태)'과 '경제적-통치적 합리성(통치 형태)'이 서로 절합(하지 않았더라도) 하는 문제를 사유해야 한다고 말한 것에 포괄될 수 있다(아감벤, 김상운 외역, 「민주주의라는 개념에 관한 권두노트」, 지젝 외, 『민주주의는 죽었는가?』, 난장, 2010, 24면). 그 하나의 예로 지젝은 '혁명' 직전에 축적된 대중의 분노와 그 임계 상황에 주목하기도 했다. 위의 책, 165~196면 참조.

대표자에게 더 나은 삶을 요구할 때 그것은 어떻게 가능한가. 여기에 아렌트의 정치론이 시사하는 바가 크다. 통치를 '정치'로 간주하지 않은 아렌트는, 말하고 행위하는 존재인 사람이 함께 뭉칠 때 그들이 가진 힘을 조직하고 구성하는 것을 '정치'라고 했다.[43] 그래서 그녀에게 정치 권력이란 폭력 수단의 독점이 아니라 행위자들이 함께 뜻을 모으는 행위를 뜻했다. 공적 행복을 위해 함께 행동하는 인민, 그 인민 권력을 신뢰한 아렌트는 공동의 삶 속에 야기된 갈등 조정 및 합의를 위해 인민의 참여를 강조했다. 인민이 정치에 참여하여 대표자의 정치를 지켜보고 그 정치 행위를 판단하며 공동체의 합의를 이끌어내는 것, 이것이 새로운 정치 질서를 정초하는 인민의 정치 행위였다. 이 논의에서 예상할 수 있는 것은 인민의 '판단의 정당성'과, 대표성에 내재한 '대표의 독립성'의 충돌이다. 따라서 대표-인민의 정치적 소통을 둘러싼 갈등을 파악할 수 있는 방법이 필요하다.

정치학자이자 저명한 갈등 이론가인 샤츠슈나이더는 정치 갈등을 구성하는 4가지 요소에 의해 정치의 과정과 결과가 좌우된다고 말했다.[44] 4가지 요소는 첫째, '갈등의 범위'는 갈등의 사사화/사회화 등 누가 얼마나 갈등에 관여하는가를 말한다. 둘째, '갈등의 가시성'은 사회적 이슈일수록 갈등의 발생률이 높아지는 현상이다. 셋째, '갈등의 강도'는 사회 구성원이 인권, 외교 등 무관심했던 공적 이슈에 관심을 갖는 정도를 가리킨다. 넷째, '갈등의 방향'은 각종 분파, 정당, 계급 분열로 갈등이 상

---

43 엘리자베스 영-브루엘, 서유경 역, 『아렌트 읽기』, 산책자, 2011, 121~122면.
44 샤츠슈나이더는 정당정치를 중시하는 정치학자이지만 정치 갈등에 관해 시사하는 바가 크다. E. E. 샤츠슈나이더, 현재호·박수형 역, 『절반의 인민주권』, 후마니타스, 2008, 29~36면.

쇄되고 다른 갈등으로 대체되거나 특정 갈등이 이슈화되는 것을 의미한다. 이를 정리하면 대표와 인민 사이에 갈등이 발생하게 되고, 각 정치 주체의 목소리가 미디어 및 여타의 정치적 실천을 통해 사회화된다. 통치 행위와 정치 행위 간 정치 경쟁은 이 사회화된 갈등을 해소하는 데 있다. 여기에는 합리적인 정치적 합의뿐만 아니라 갈등을 조직화하여 특정 갈등을 이슈화하고 다른 갈등을 은폐하기 위한 대표자의 통치 행위가 뒤따른다. 이러한 정치의 과정에 개입하는 인민의 정치가 인민의 정치성이다.

요컨대 이 글은 아렌트의 정치 개념과 샤츠슈나이더의 갈등 요소를 고려하여 대표성을 둘러싼 정치 갈등에 개입하는 인민의 정치성을 구명하고자 했다. 먼저 2장에서는 대표-인민의 형성과 갈등의 시작에 주목했다.[45] 1절에서는 갈등의 주체인 대표자와 인민의 관계가 설정되는 국면을 살폈다. 식민지에서 벗어난 조선은 인민이 곧바로 대표자를 선출할 수 있는 상황이 아니었다. 이런 현실에서 인민이 생각하는 지도자는 누구였을까. 그리고 흩어졌던 국내 및 국외 지도자가 조선으로 귀환하는 동안 조선 내에서 인민은 무슨 일을 했던 것일까. 이 점을 주목하여 지도자의 '지체'[46]된 귀환과, 이들에 대한 인민의 기대 및 준비의 문제를 점검했다. 2절에서는 조선의 주권을 대리한 미군정과 귀환한 지도자 및 지식인이 조선 인민과 맺는 '정치적 신용'의 문제를 살펴봤다. 갈등이 시작됐

---

45 각 장의 절과 관련된 연구사는 해당 본문을 참조하시오.
46 역사학계에서는 귀환과 함께 미귀환을 논하는데, 여기서 '미귀환'이란 일제강점기에 해외에 나가 있던 한인이 해방 후 국내로 돌아오지 못하거나 들어오지 않는 것을 말한다. 그러나 이 글에서 말하는 '지체'는 이와 조금 다르다. 귀환이 이루어지는 시간의 지속을 고려해 귀환이 늦어지는 경우나, 남조선의 가족에게 돌아오기 전에 먼저 북조선에서 일을 하고 오는 것을 가리키는 개념으로 '지체'를 설정했다.

다는 것은 그 이전에 상호 간 믿음이 있었다는 얘기다. 1절에서 인민이 대표의 출현을 '기대'했다면 2절에서는 출현한 대표와 인민 사이에 시작된 '믿음의 정치'가 '믿음의 배반'과 함께 나타나기 시작했다. 정치의 시작과 함께 등장한 불신과 갈등의 조짐을 파악했다.

3장은 갈등을 조정하고 정치적 이해를 공적으로 관철하기 위한 소통과 합의를 둘러싼 정치적 실천을 살펴봤다. 1절에서는 인민이 잠재적으로 공직 후보가 될 수 있거나 혹은 대표자를 선출할 수 있는 선거에 주목했다. 선거는 인민이 대표자를 변별하여 선출하고 지지 정당과 후보자에게 유권자로서 정치적 이해를 요구할 수 있는 기회였다. 해방기의 인민에게 선거는 어떤 의미였는지 파악하고자 했다. 2절은 선거와 달리 인민주권을 상시적으로 표현할 수 있는 여론조사에 주목했다. 대표자가 민심의 정보를 얻을 수 있는 한 통로가 여론조사다. 인민의 입장에서도 여론조사는 민심을 표현해 대표자의 국정 운영에 반영하고 선출된 권력의 정치 행위를 미약하지만 견제 및 조정할 수 있게 하는 제도였다. 이처럼 1, 2절은 해방기에서 새롭게 구축된 정치 제도에 해당한다. 하지만 이 정치적 장치들은 권력이 인민을 호명할 때만 인민주권의 실천을 가능케 한다. 혼란스럽고 급변하는 해방의 국면에서 이것만으로는 각 정치 주체가 정치적 목소리를 효율적으로 교환할 수 없다. 따라서 3절에서는 인민이 정치 제도를 이용하지 않은 채 의사를 표출한 정치적 행위를 조명했다. 그 행위가 '정치화된 신체'의 주권적 실천이라 했을 때, 비제도적 매체인 삐라 유포, 봉기, 테러, 방화 혹은 유언비어, 소문 등의 정치적 의미는 고찰되어야만 한다.

4장은 분출하는 인민의 정치적 목소리를 통제하기 위한 대표의 정치

공작을 논한다. 대표가 갈등을 조직화하여 인민의 정치적 관심과 요구를 다른 부차적인 갈등으로 대체하고 지배 권력을 세력화하며 공고히 하는 문제에 착목했다. 정치 권력이 이념 대립으로 정치 갈등을 정향하면서 인민은 균열하게 되고 정치 집단의 세력은 확장되며 '민생民生정치'는 정치 의제에서 밀려나게 된다. 그렇다면 정치 세력이 의도한 갈등의 정향과 그 내용은 무엇일까. 그것은 성립하게 될 '1948년 체제'의 성격이 그 답이 될 수 있다. '1948년 체제'가 냉전 자유주의와 보수적(체제유지적) 민주주의가 결합한 '반공 자유민주주의 국가'라 한다면, 정치 세력은 반공과 미국화에 정치적 힘을 집중했다고 할 수 있다. 그렇다면 인민은 반공과 미국화를 체화한 국민이 되어간 셈이다. 과연 정치 세력이 의도한 대로 인민의 심성과 앎이 바뀌었을까.

이 점을 구명하기 위해서 1절에서는 반공선전이 어느 정도 활발했는지 소련 기행문을 통해 접근했다. 해방기의 '좌익 탄압사건'만으로는 인민이 반공주의에 노출된 밀도와 그 변화를 알 수 없다. 2절에서는 미국식 민주주의 제도와 미국적 가치가 유포되는 조선에서 미국화에 대한 인민의 반응을 파악하고자 했다. 여기서는 '미국 대리자'를 통해 인민의 미국관과 미국화를 구명했다. 3절에서는 해방기의 인민이 왜 사회 민주주의적 심성을 가졌는지 해명하고자 했다. 정치 세력의 반공과 미국화의 노력에도 불구하고, 당대 인민은 사회 민주주의적 정치 감각을 지향했다. 이것은 인민뿐만 아니라 우익 성향의 정치 집단도 예외가 아니었다. 인민의 일반의지의 표현이자 정치 세력이 제정한 것이기도 한 헌법은, 정치적으로 자유민주주의 체제를 지향했고 사회·경제적으로는 사회 민주주의적 노선을 취했다. 사회적 합의의 산물인 헌법은 우익 성향의 정치 세력조차 당시 조선에서 사민주의적 정책의 필요성에 동의했다는 것을 뜻했다. 이러한 정치적 합의가 어떻게 가능했는지 조선과 유사하게 반식민지를 겪었던 중국과 손문의 삼민주의를 참조하여 살펴봤다. 이는 일국사적 관점을 넘어 인민의 심성을 가늠해 보려는 기획이다.[47] 종국적으로 이 합의가 낳은 정치적 의미를 되짚어 보고자 했다.

5장은 '새 조선' 건국사업을 위해 호명되면서도 외면당하는 주체의 참여와 배제의 문제를 논했다.[48] 건국사업과 재건은 모든 사회 성원의 애국심과 사회 참여를 독려했다. 국가 수립 '책임의 사회화'가 확산되고 전이되는 과정에서 정치열은 과열되고 정치의 시대가 열렸다. 이때 참여 주체의 방식과 범주가 논의된다. 1절은 정치운동의 핵심 주체 세력이었던 청년의 정치적 직접 행동을 지켜보는 기성세대의 시선에 주목했다. 해방기는 (백색)테러, 폭행, 암살, 방화, 구금 등 폭력적 탄압이 일반화된 정치 풍토가 되면서 민주적 대화정치는 정착되지 못했고 민심은 이반되었으며 사회 갈등이 증폭하면서 인민의 정치 혐오는 비등해졌다. 유력한 정치 수단이었던 청년의 직접 행동은 비판의 대상이었다. 해방 후 지나친 정치열과 '테러 조선'으로 돌변한 사회상은 기존 식민 시대를 살았던 다수 인민에게 당황스러운 국면이기도 했다. 식민지 시대 민족·독립운동에 나섰던 기성세대는 '자신'의 시대와 투쟁 방식, 이념을

---

47 정종현은 탈식민지 시기 한국 현대문화의 성격을 '일본적인 것', 식민지 지배와 무관하게 민족의 저류에 연면히 흐르고 있었던 것으로 상상되는 '전통의 문화', 새로운 세계 체제의 결정적 규정력으로 작용하기 시작한 '미국 문화' 이렇게 세 가지로 한정짓고 있다. 설득력 있는 견해이긴 하지만 여기에 반식민지였던 중국 문화의 영향이 추가되어야 한다. 정종현, 『제국의 기억과 전유』, 어문학사, 2012, 437면 참조.
48 여성의 참여와 배제에 대한 문화적 이해는 이임하, 『해방 공간, 일상을 바꾼 여성들의 역사』, 철수와영희, 2015; 임종명, 「해방 공간과 신생활운동」, 『역사문제연구』 27, 역사문제연구소, 2012, 219~265면 참조.

재구성하여 청년세대의 선배이자 조언자로서 자리매김하고자 했다. 이러한 맥락에서 기성세대의 식민 기억과 청춘의 서사에 주목했다. 2절은 길거리를 배회하다 격리·구금되었던 소년에 주목했다. 해방 이전/이후 소년수少年囚에는 죄를 범하지 않았는데도 감화원 등 각종 소년보호기관에 격리된 우범소년이 포함되어 있다. 청소년훈련을 중시한 총력전체제에서 황국신민의 기수인 소년의 소년수로의 전락, 해방기 건국의 초석이자 미래의 희망으로 호명된 소년의 소년수화는 참여의 자격의 문제를 넘어서 사회적 배제의 제도화 과정과 결부되어 있다. 이처럼 해방 전후의 소년이 비인권적 제도와 인식에 노출되어 있었다면 소년수와 관련 제도의 존재는 당국과 다수 성원의 암묵적 합의와 승인을 함의한다. 이것이 어떻게 가능한가. '합의된 시선'과 그 안에 깃든 '배제의 폭력'에는 가해자와 피해자가 공유하는 당대 '유행 지식'이 개입한다. 이 글에서는 소년수와 우생학을 통해 (새)당국의 지배와 사회 성원의 상호 조응, 배제의 메커니즘을 일부 가시화하려 한다. 이처럼 5장은 건국의 주요 주체로 간주되었던 청년과 소년의 참여와 배제의 문제를 다룬다.

제2장

정치의 시대

정치적 대표성과 정치 참여

1. 정치 지도자의 '지체'된 귀환과 인민의 기대 및 준비

1) 지도자 귀환의 지연

해방은 조선총독부의 정치적 지위의 상실과 함께 조선 정치의 시작과 갈등을 예고했다. 조선건국준비위원회의 여운형이 총독부의 자리를 대신하는 듯했지만 미군정이 출현하면서 그 지위를 인정받지 못했다. 이와 함께 다양한 정치 세력과 정당이 창궐하면서 조선은 정치적 혼란을 맞게 된다. '대표하려는 지도자'와 '대표되려는 인민' 간의 관계인 대표성의 문제가 대두된 것이다. 진정한 인민의 대표자의 자격 요건으로서 도덕성과 정치노선, 사상, 독립운동 이력 등이 중요하게 거론됐다. 미군정이 조선의 주권을 대리하게 됐지만, 조선의 모든 '임시'정부 세력을 인정하지 않은 아놀드 성명(1945.10) 이전까지[1] 정국의 주도권을 장악하기 위한 정치 세력의 경쟁이 치열했다. 아직 임정 세력 및 독립운동가들이 온전히 귀환을 하지 못한 상황이었지만 정쟁政爭이 오히려 지도자를 맞이하기 위한 토대를 마련하는 계기이기도 했다. 아놀드 성명 이전에는 조선인이 자신의 힘과 의지로 공동체를 재건하고 식민 청산을 시도할 수 있었기 때문에 조선인의 정치적 열정이 더 한층 가열될 수 있는 국면이었다. 따라서 이 절에서는 귀환할 정치 지도자의 이념적 영향을 받은 당대 조선 인민의 기대와 준비가 식민 청산과 갖는 의미를 살펴본다.

여운형·안재홍이 중심이 되어 그 기구가 선포되고 오후엔 휘문중학교정에서 중대연설이 있다는 것이 이날 오전의 큰 화제로 되고 있었다. 그런데 한편 송진우·김성수 등의 진영은 건준에 호응하지 않고 따로 정당을 만들고 있다는 이야기도 들려오고 또 다른 쪽에선 지방의 공산당이 그날 오후쯤은 정체를 나타내리라는 것, 그렇게 되면 이야기가 달라진다느니 하는 화제들이 대중없이 나돌기도 했다. 그런가 하면 중국의 임시정부의 요인들이 근간에 돌아올 터이니 그때가 되어야 정식의 정부기구가 이루어질 것이라는 등 아니 그보다 앞서서 미국으로부터 이승만 박사가 귀국을 한다느니 하는 새로운 이야기들이 연달아 들려오고 있었다. 이렇게 하루 동안에 10년간의 변화나 있을 만한 큰 뉴스들이 그때마다 온 국민의 귀를 놀라게 했다. 말하

---

1   군정장관 아놀드가 '북위38도선 이남에서의 유일한 합법정부는 주한미육군군사정부'라는 성명으로 국내 모든 '임시' 정부 세력들이 불법화된 1945년 10월 10일의 성명을 가리킨다.

자면 지난 36년간 일제의 억압으로 가려지고 쌓이고 했던 뉴스가 한꺼번에 쏟아져 나오는 셈이었다.[2]

새로운 조선의 환경에 적응해야 하는 인민에게 귀환할 지도자는 어떤 의미로 받아들여졌던 것일까. 해방은 일본인과 조선인 등 각 민족의 귀환과 이산을 낳았다. 평양·경성역을 위시한 기차역은 전재민들로 부산했고 길거리는 각종 집회나 만세 행렬로 그 자체가 스펙터클한 광경을 연출했다. 백철의 회고처럼 각종 소문이 미디어를 통해 유포되어 청각을 자극했고 거리의 소요는 직접적인 몸의 부딪침을 통해 미디어의 스펙터클을 초과하여 인민을 사로잡았다. 이처럼 해방은 조선인 모두의 환호를 불러일으켰을 것 같지만 사정은 그렇지 않았다. 해방의 흥분을 지켜보는 이의 뇌리에는 자신의 대일 협력의 행적이 또렷이 떠올랐기 때문이다. 해방은 곧 '민족-됨'이라는 검열 장치를 자연발생적으로 작동시켰을까. 이것은 새로운 삶의 조건에서 '나'와 세계의 관계 설정을 재조정해야 한다는 의미였다. 민족의 주권과 정치의 대표성에 고민해 온 지식인의 경우는 더욱 그러했다. 이들은 친일 협력의 문제뿐만 아니라 자신이 배웠던 지식이 식민 지배 체제에 위협이 되지 못하고 무용했던 경험을 한 바 있다. 그랬던 이들이 신생 국가를 재건하기 위해 새롭게 건국사업에 참여하려 할 때 무엇을 기반으로 세계를 재해석하고 행동해야 하는가의 문제에 직면했다. 과거의 참회와 새로운 참여의 진정성에 대한 고민은 피할 수 없는 숙제였다.

---

2 백철, 『문학자서전』 하, 박영사, 1975, 291~292면.

자기합리화든 자기기만이든 어떤 식으로든 과거를 바라보지 않고 새로운 출발을 감행하는 것은 어려운 일이다. 문인을 포함한 지식인의 경우 대일 협력에 대한 자기반성의 글이 극히 적고 그나마 존재하는 반성의 밀도도 극히 낮은 것으로 인식되어 왔다. 자기비판의 예가 적었다는 의미이다. 식민지기 인민의 무지와 나태를 질타하고 민족과 민족 문화를 대표한다고 자부하면서 지식인의 한계를 무/의식적으로 지웠던 이들이다. 그러나 해방이 되자 지식인은 대일 협력을 '살기 위해서 어쩔 수 없었다'는 '생활-생존'의 논리로 합리화했다. 그들은 자신의 도덕적 진정성을 (그 역시 인민이면서도) 그동안 배타시해 왔던 인민공동체의 보편적 생존 윤리에 기대는 방식으로 해소하고 자기성찰을 도외시했다고 볼 수 있다. 결과적으로 지식인의 윤리·사상·지식의 가치와 효용이, 자신들이 그토록 비판해 왔던 인민의 것과 별반 차이 없는 것으로 격하된 격이다. 지식인의 계층·계급적 지위 역시 마찬가지이다. 지식인 역시 인민이라는 인식에 도달할 수밖에 없는 시공간이 열린 것이다.

그럼에도 불구하고 여전히 식민지 조선의 민족 문화를 지키고 부흥하는데 일조한 대표 집단의 일원이라는 자부심이 문인(지식인) 집단의 공통기억을 형성·공유하고 있었다.[3] 상당수 문인이 소부르주아주의·엘리트주의와 예술적 전위를 혼동했다는 의미이다. 그런데 문인 및 기타 식자識者의 자기합리화를 위한 동원의 모델이 인민공동체 하나뿐이었을까. 자기합리화와 식민 기억의 망각은 '건국 참여'라는 명분에서도 찾을 수 있었다. 해방 국면에서 지식인은 미래에 귀환할 국내외 지도자

---

3   이런 입장의 글은 『백민』에도 다수 실려 있다. 그 중 한 예로 김광섭, 「문학의 현실성과 그 임무」, 『백민』, 1947.11, 4~8면 참조.

들 사이에서 정치적 노선을 결정해야 했다. 이러한 새로운 난제 앞에서 지식인은 식민 기억을 은폐하고 합리화하려 했다.

그런데 정치 지도자와 정치 이념의 결정은 지식인뿐만 아니라 정치 참여의 길이 열린 인민에게도 해당되는 사항이었다. 지도자의 귀환을 기다린 것은 지식인만이 아니었다. 지도 엘리트의 대일 협력을 목도했던 인민들은 해방이 되자 '진정한' 정치 지도자의 귀환을 갈망했다. 하지만 미군 주둔 이후 임시정부 요인들이 귀환했듯 대다수 민족 지도자의 귀환은 조선인의 기대와 달리 늦어졌다. 미군정과 조선 우익 정치 세력의 이해관계에 의해 임정의 귀환이 정치적으로 결정된 것처럼 국내외 복잡한 정치 상황이 한 요인이었다.[4] 또한 (가족이 남조선에 있다 하더라도) 귀향의 지점이 남조선이 아니라 평양 등 북조선이 된 경우도 있었고, 북조선을 거쳐 한참 후에 월남하기도 했다. 이 무렵 그 귀환은 내외부 복잡한 정치 세력의 부침에 의해서 혹은 스스로의 선택에 의해 '지체'[5]되었다고 보는 것이 바람직하다.

그렇다면 지도자의 귀환 문제는 '기다리는 인민'의 대응이 갖는 (식민 청산의) 의미 구명究明을 목표로 하면서도 방법론적으로는 귀환서사 연구에 대한 재독을 제기한다. 기존 귀환서사 연구는 인민의 귀향과, 국민국가의 완성 혹은 '민족-됨'의 가능성에 주목했다.[6] 여기서 더 논의가

---

4 해외 주요 인사 환국일은 다음과 같다. 1945.9.3-김두봉/9.16-김일성(평양으로 귀국)/10.16-이승만 귀국/11.23-임시정부 요인 김구 등 15명 귀국/ 12.2-임시정부 2진 귀국. 지도자뿐만 아니라 소련, 중국, 미국, 일본 등 해외 조선인(한인)의 귀환 문제에 관해서는 장석흥 외, 『해방후 한인 귀환의 역사적 과제』, 역사공간, 2012 참조.

5 '지체' 개념은 1장의 주 46번을 참조할 것.

6 정종현, 「해방기 소설에 나타난 '귀환'의 민족서사―'지리적' 귀환을 중심으로」, 『비교문학』 40, 한국비교문학회, 2006; 정재석, 「해방기 귀환서사 연구」, 연세대 석사논문, 2006; 오태영, 「민족적 제의로서의 '귀환'」, 『한국문학연구』 32, 동국대 한국문학연구소, 2007.

진전돼 그 귀환이 국민국가로 귀결되는 민족주의 서사를 재생산하는 것은 아니었다는 논지가 제출되었다.[7] 이러한 정반의 사유는 다시 합으로 이어져 그럼에도 '국민-됨'을 욕망한 귀환자의 의식과[8] 냉전의 관련성에 주목하여 그 이동성이 지닌 사상·지리적 성격이 논해지는[9] 등 논의가 깊어지고 있다.

하지만 (정치 지도자의 조선 유입을 '귀환'으로 보든 '이동'으로 해석하든) 이들 연구는 몇 가지 한계를 갖고 있다. 첫 번째, 민족을 대표하는 지도자의 귀환과 일반 인민의 귀환이 분별되어야 한다. 두 번째, 귀환자의 '민족-됨'을 문제 삼는 것은 귀환자가 귀환할 'nation'의 정체성으로부터 강한 영향을 받는다는 의미이다. 그러나 '환국할 귀환자'는 귀환할 예정지의 민족, 국가, 젠더, 정치 집단, 영토 등의 정치성으로부터 '일방'적인 영향만을 받는 존재가 아니다. 그 귀환은 그 자체로 '사건'이며 쌍방향적이다. 정치 지도자의 귀환은 그것을 기다리는 국내 인민의 정치적 상상력과 쟁투·노선 선택, 식민지 기억, 국내 건국 주체와[10] 젠더의 상관성[11] 등에도

---

7   이종호, 「해방기 이동의 정치학」, 『한국문학연구』 36, 동국대 한국문학연구소, 2009.
8   김예림, 「'배반'으로서의 국가 혹은 '난민'으로서의 인민―해방기 귀환의 지정학과 귀환자의 정치성」, 『상허학보』 29, 상허학회, 2010.
9   이혜령, 「사상지리ideological geography의 형성으로서의 냉전과 검열―해방기 염상섭의 이동과 문학을 중심으로」, 『상허학보』 34, 상허학회, 2012.
10 국내에서 귀환을 기다리는 가족이나 지지자가 있다는 것은, 이와 반대로 귀환을 꺼리는 이도 있다는 것을 반증한다. 식민말기 징병으로 일본군이 되었다가 일본 패망 이후 시베리아로 끌려간 조선인들이 그 예다. 주로 만주, 쿠릴 열도, 사할린에서 복무했던 이들은 소련에서 중노동을 하고 1948년 12월 말에 북조선으로 귀환했다. 이중 500여 명의 남한 출신이 1949년 1~2월 38선을 넘었다. 그 과정에서 한국의 38선 경비부대의 발포세례를 피해야 했고, 군경에 체포돼 인천의 전재민 수용소에서 집중 신문을 받았다. 이후 고향에 돌아가도 요시찰 인물로 오랫동안 감시를 받았다. 소련과 한국정부의 외면 속에 이들의 삶은 망가졌다. 이들은 오히려 해방 이전 식민지 조선에서 남북분단의 경험을 하지 않은 사람들이다. 그런데 불법입국이 된 것이다. 분단과 반공이 가한 폭력이다. 여기에 대해서는 김효순, 『나는 일본군·인민군 국군이었다』, 서해문집, 2009 참조.

영향을 미쳤다. 즉 정치 지도자의 귀환이 국내에 미치는 영향력의 함의가 중요하게 고려되어야 할 사항이다. 세 번째, 기존 귀환서사 연구는 귀환이 이루어지는 시간의 길이를 제대로 고려하지 않았다. 그래서 귀환의 순간과 그 국면만이 다루어졌다. 그러나 해방 후 귀환이 곧바로 이루어지지 않은 것을 감안한다면 이제 '귀환하는 순간'의 내면에만 집중할 것이 아니라, 귀환의 과정이 수반할 수밖에 없는 '귀환의 시간'이 함의하는 정치적 의미에 더욱 주목해야 한다. 미군 주둔 이전/이후를 현대사에서 질적으로 다른 시기로 구분하듯 귀환의 '시기'도 구분해야 한다. 이 글에서

---

11 그래서 귀환서사 연구에서 그 귀환을 남성성의 회복 내지 훼손된 남성성의 치유로 곧바로 치환해서는 곤란하다. 엄흥섭의 「귀환일기」(『우리문학』, 1946.2)의 경우 귀환자가 귀환 과정에서 이미 영웅적인 지도자로 재현되기도 했다. 그러나 이런 지도적 남성이 귀환자의 남성성을 대표할 수 있는지 또 지도력이 남성만의 것인지 고민이 필요하다. 작가가 창조한 소설 속 인물이기에 현실의 총체상을 대변한다고 말할 수는 없다. 일본인 귀환을 다루고 있는 『흐르는 별은 살아있다』에도 엄흥섭의 소설처럼 지도력을 가진 남성이 등장한다. 그러나 다양한 사람들이 모인 귀환 그룹이 깨지지 않고 일본으로 송환된 예는 한 그룹밖에 없었다. 결과보다 과정이 더 중요하기에 성공 사례가 더 중요하지 않을지도 모른다. 더 본질적인 문제는 귀환 속에서 생과 고투하다 죽어간 사람들이 다수인 상황에서 몇몇 지도력을 갖춘 사람을 예로 들어 민족서사로 귀결되는 남성성 회복의 귀환서사로 말할 수 있느냐의 물음이다. 여성들 역시 귀환 대책 회의에 참여하고 소속 그룹을 이끄는 등 지도력을 발휘하고 있다. 다시 말해, 귀환서사를 읽는 당대 독자들에게 이런 남성성이 얼마나 주목되었을까. 귀환은 또 하나의 생존투쟁의 장이었다. 글쓴이 후지와라 데이나 지도력이 강했던 그 남편에게 매우 참혹한 경험이었으며 송환이란 단어는 금기어가 되었다. 또한 이 소설에서 주목되는 것은 후지와라 데이가 고국에 들어왔을 때 역에서 만난 남성이 "여자들은 지독한 일을 당한다면서요?" 하고 묻는 장면이다. 잠깐 스쳐지나가는 언술이지만 이렇게 귀환의 폭력성과 성의 상관성은 외부의 호기심어린 시선에서만 다뤄질 수 있는 윤리 감각이다. 귀환자에게 외부인들의 성적 관음증이나 지도성 질타 등은 여전히 전쟁의 폭력성을 망각하고 있는 사람들의 폭력이다. 이런 시선 앞에서, 다른 루트를 통해 각기 귀환에 성공한 이들 부부는 이후 다른 태도를 보인다. 한 사람은 이렇게 소설로, 진짜 작가인 남편은 침묵으로. 첨언하면 후기에서 후지와라 데이는 귀환 후 어린 자식들에게 불행의 짐을 지운 것은 부모인 자신 책임이라고 말하고 있다. 국가나 전쟁을 직접 원망하는 말이 없다. 이 심리 역시 침묵 속에서 말해지지 않고 있는 것이다. 후지와라 데이, 위기정 역, 『흐르는 별은 살아있다』, 청미래, 2003, 257~270면 참조.

는 정치 지도자의 귀환을 기다리는 조선 인민이 자립적으로 식민 청산을 도모할 수 있었던 아놀드 성명 이전(1945.10.10) 상황에 주목했다. 네 번째, 지도자의 귀환을 기다리는 인민의 움직임이 주목받지 못했다. 지도자의 귀환 이전에 그에 대한 인민의 기대와 준비가 이루어진다. 인민은 정치 지도자의 귀환을 기다리며 정치 이념을 택하게 된다. 이때의 진정성이 인민의 정치적 활동과 식민 청산의 가능성과 직결된다는 점에 주목해야 한다. 다섯 번째, 기존에는 귀환자의 장소 역시 명확히 구분하지 않고 암묵적으로 조선이나, 남조선의 서울로 상정하여 논의를 전개하고 있다. 이것은 보통의 인민을 연구대상으로 설정하고 서울로 귀환하는 귀환소설을 논거로 들고 있기 때문이다. 그러나 귀환의 귀착점이 북조선일 때[12] 귀환자와 귀환을 기다리는 남조선 인민과 사상지리적 단절 혹은 확장을 기대할 수도 있겠다. 그때 그 서사는 '국민국가의 서사나 남조선인의 단일정체성'으로 환수되지 않는다.

　이러한 고려들이 부족한 채 기존 귀환 연구는 귀환 순간 혹은 귀환 이후 현실의 정치성만 집중하고 있다. 그러나 귀환 이후의 '현실'은 귀환을 기다리는 내부의 사람들에 의해 준비되고 있었다는 점을 유념해야 한다. 이 점에 주목할 때 귀환서사를 '민족-됨'의 불/가능성의 문제를 떠나 대표-인민의 대표성과 식민 청산의 문제로 접근하는 인식의 지평이 열릴 수 있다. 대표의 영향을 받은 인민이 수행하는 식민 청산의 모습은 어떠했을까. 그동안 국외 정치 지도자 등 '귀환이 지체된 자'를 기

12　여기서 북조선으로 간 귀환자가 오래 전부터 독립운동을 했던 엘리트 지도자만을 가리키지 않는다. 평범한 인민이었다가 전쟁 체험을 하고 각성하여 새로운 국가를 만들기 위해 정치적 투신을 결정한 이들도 있다.

다리는 국내 조선인의 내면과 행동, 그리고 아직 환국하지 않은 (잠재적) 대표자가 국내에 미치는 영향력, 이 양자가 절합하면서 식민 청산과 건국 준비 작업이 진행되는 정치성에 대한 고민이 부재했다. 요컨대 이 글은 대표를 기다리는 인민의 정치성을 구명하기 위해 귀환서사를 재독하려 한다. 이 글의 초점은 이것이다.

유의할 점은 먼저 이 글에서 다룰 소설이 아놀드 성명 이후 몇 달 지나 쓰였다는 것이다. 몇 달 후라 하더라도 정치 상황이 이념적으로 구조화된 시점에서 작품이 쓰였다는 점에서 이미 특정한 정치적 전망 속에 작품이 배치된 것은 아닌가 하는 의문이 들 수도 있다. 그러나 이런 논리는 모순적이기도 하다. 해방 직후 이미 문인의 상당수가 정치적 선택을 했다. 같은 시기에 쓰였다고 하더라도 정치적 입장이 미약하게라도 반영될 수밖에 없다. 또한 작가가 맹목적으로 소속 진영의 창작방법론을 맹종하지 않은 이상 작품의 '정치적 전망'이란 해방의 혼란 속에서 때때로 바뀔 수 있을 뿐만 아니라 당대 현실을 반영하고 있다고 봐야 한다. 애초에 '순수문학'이란 존재하기 어렵다. 또한 작품들이 해당 시기에서 1년을 넘지 않는다는 점에서도 나름 현재적이고 역사적인 것이라고 판단해야 한다. 두 번째, 정치 지도자를 기다리는 인민들의 서사라면 이것을 귀환서사로 범주화할 수 있느냐는 문제다. '환국할 정치 지도자'가 소설에서 등장하지는 않거나 편지 형식으로 소식이 전해질 뿐이지만, 귀환을 '기다리는 자'에게 강한 규정력으로 작용해 서사 전체를 지배하고 있는 작품일 경우 귀환서사 연구대상으로 설정할 수 있다. '환국할 대표자'의 정치적 성향이, '기다리는 이'의 사상에 영향을 주기도 하고 인민의 모든 활동은 대표자의 귀환만을 기다리며 준비하는 데 집중되어 있다. 또한 그 귀환이 남조선이 아닌 북조선인 경우 그 파장은 또 달랐다. 이렇듯 등장인물의 의식을 온전히 속박하는 '안 보이는 귀환자'의 영향력을 고려할 때 기존 귀환서사의 폭을 더 넓혀 귀환의 다층적인 면을 구명할 필요가 있는 것이다. 다시 말하지만 이제 '귀환서사'를 재범주화하여 '귀환'과 '늦어진 귀환', 이 양자 모두를 포괄해야 한다.[13] '귀환하는 순간'의 내면에만 집중할 것이 아니라, 귀환의 과정이 가지는 '지속의 시간'이 갖는 정치적 함의에 더욱 주목해야 하기 때문이다.

2) 해방의 스펙터클, 발견되는 타자의 시선−정치투쟁의 전조

먼저 지도자의 귀환 이전, 지도자를 기다리는 인민의 사회적 위상과 힘은 조선 내 지식인과 인민의 식민적 위계구도의 변동을 통해 확인할 수 있다. 정치 지도자의 귀환 이전, 해방의 국면과 인민의 흥분을 바라

---

13 해방 후 광복군의 한국인 병사가 전사한 전우의 유골을 들고 고국에 송환하기도 했다. 외국에서 귀환할 친지를 기다리는 가족, 다시 말해, 귀환할 자가 고국에 있는 가족에게 미칠 정치적 이념을 고려해야 한다. 이 글에서는 보통의 인민이 아닌, 정치 지도자로 귀환자를 한정해 살펴본다(아사노 도요미, 이길진 역, 『살아서 돌아오다−해방 공간에서의 귀환』, 솔, 2005, 48~49면 참조). 첨언하면 위의 예처럼 귀환자에는 전사자의 유골도 포함되어 있다. 이 유골의 장례를 어떻게 치렀는가가 전후 처리의 안건 중 하나였다. 국가가 전후에 군인을 어떻게 대우하는지 알 수 있기 때문이다. 일본의 경우, 일중전쟁 초기에는 전쟁 현지에서 화장을 해 내지로 유골을 송환했다. 그러나 전투가 격렬해지면서 여유가 점점 없어지자 손목이나 손가락을 잘라 전투 후 화장을 해 내지로 환송했다. 아시아·태평양전쟁기에는 그것도 어려워 뼈가 담기지 않은 유골상자가 늘어만 갔다. 전사자의 유품이나 영새靈璽을 상자에 담았기 때문이다. 그런데 침몰한 함선의 유해는 이 글이 쓰여 질 때까지도 정부의 외면으로 회수하지 못했다. 이를 두고 요시다 유타카는 일본 병사가 가해자이기는 하지만 동시에 정부와 군부에 의해 버려진 존재라고 지적한다(吉田 裕, 『歷史のなかの日本国憲法−戦場·兵士·戦後処理』, ケイ·アイ·メディア, 2006, pp.13~16).

보는 지식인의 시선에는 불안이 깃든다. 총력전기 동양론과 근대의 초극, 국민국가, 전쟁 등의 문제에 천착했던 지식인에게[14] 해방은 또 다른 광경에 직면하게 했다. 해방의 거리는 거지, 절도, 폭력, 살인, 방화, 무질서한 파괴공작, 시위 행렬의 간판, 삐라 등이 넘쳐나는 스펙터클한 공간이었다.[15] 환호하는 인민과 설립되는 각종 단체들이 지식인에게 어떤 의미로 다가왔을까. 해방이 과연 이들에게 트라우마를 안겨주는 계기가 되었을까. 아니면 지식인은 또 다른 변혁의 욕망에 휩쓸렸던 것일까. 이는 이들이 자신의 양심과 경험 등을 어떻게 무화 내지 합리화·회피했는가의 문제와 관련된다. 공황상태에 빠진, 아니 명확한 정세 판단이 어려운 상황에서 해방의 국면을 바라보고 있는 지식인은 순간 기시감을 느꼈을지도 모른다. 식민 말기를 경험한 지식인이라면 (근대성에 대한 고투도 있었겠지만 반작용으로) '사실'의 시대, 세태·풍속의 문학이 유행할 때 판단을 정지하고 거리를 지켜본 경험도 있을 터이기 때문이다. 지식인의 눈이란 가시적 세계의 중심이라는 환상이, 식민 말기에는 전쟁에 의해 해방 후에는 전쟁의 잔여와 독립의 흥분 등에 의해 붕괴되었다. 해방이 그동안 억압받았던 '정신적 자유'의 범주를 재규정하는 계기이기도 하다면 현실을 보는 이의 시선도 균열·붕괴될 수밖에 없다. 사회비판과, 지식계급 권력의 유지를 운명으로 하는 지식인도 현실의 급격한 변동으로 인해 지식인의 허위와 기만의식에서 일부 벗어나게 되었다.

---

14 해방 이후 이러한 '근대'에 대한 지식인의 고민은 거의 찾아볼 수 없다는 평가가 있다. 한수영, 「사상이냐 윤리냐―일제 말 문학을 인식하는 에피스테메」, 『인문논총』 66, 서울대 인문학연구원, 2011, 424면.
15 이런 현상은 단정 수립 이후에도 지속되었다. 김상협, 「민주정치의 통합성」, 『백민』, 1949.1, 101면 참조.

여기에서 정치 지도자를 기다리는 인민의 내면성에 다가가기 위한 또 하나의 단계가 있다는 것을 알 수 있다. 대표를 기다린다는 것은 그 만큼 현실 참여를 (그것이 심정적인 지지에 그친다 하더라도) 욕망한다는 의미이다. 그동안 인민은 그 참여의 방식을 자기 나름대로 정립할 필요도 있었다. 새로운 공동체에 적합한 행동 방식은 타인에 대한 모방을 통해 습득될 수 있다. 모방 욕망이 당대인의 새로운 보편윤리 감각을 형성했었던 것이다. 지식인도 예외일 수 없다. 정세의 혼란 속에서 이들은 그동안 무시해 왔던 타자의 '시선'을 통해 새로운 참여의 욕망을 다잡는 준비가 필요했다. 따라서 이제 '지식인'도 다른 인민이 어떻게 세계를 바라보고 대처하는지 참조하게 됐다. 그래서 해방기의 소설에는 그동안 말하지 못했던 타자의 '눈(시선)' 그 일부가 가시화되면서 새롭게 발견된다. 지식인이 세계를 바라보는 방식과 다른 무엇이 그 '눈'에 포착되었고, 지식인은 그로부터 어떤 영향을 받았다는 이야기이다. 본격적으로 지식인이 새로운 시대에 참여하기 전의 내면성이라 할 수 있다.

뱀장어며 딱이며 또 그것들을 불을 놓아 구어 먹자는 것이며가 다 이 희끄무레한 게 거슬때기밖에는 아니 될, 헌 사루마다를 걸치고 진 구릿빛 얼굴에 앞가슴이 톡 비어져나온 발가숭이 소년과 함께 마주 앉아서 **반말지거리를 하**며 그 아무것도 섞이지 아니한 검은 눈동자를 마주 보고 앉아 있었으면 하는 욕망밖엔 아무것도 아니었다. 언어는 내가 소년에게 건너놓고 싶은 한 미약한 靭帶에 불과하였다.[16]

16 허준, 「잔등」(『대조』, 1946.1~7), 서재길 편, 『허준전집』, 현대문학, 2009, 248~249면.

주지하듯 허준의 「잔등」(『대조』, 1946.1~7)이나 지하련의 「도정」(『문학』, 1946.7)은 해방의 국면을 흥분하지 않고 냉정을 유지한 시선으로 포착해 주목받아 왔다. 여기서 공통적으로 주인공의 시선에 사로잡힌 대상은 소년의 '검은 눈동자'[17]였다. 「도정」의 소년은 독립을 기뻐하면서도 천황을 동정한다. 인도人道적인 소년을 보고 주인공 석재는 "복수란 어른의 것"이라고 자각한다. 석재는 현실 참여를 망설이지만 일본인을 향한 인민의 복수심을 이미 인정하고 있는 인물이다. 「잔등」에서는 '나'(천복) 역시 망설이지만 일본인을 거침없이 사로잡는 소년을 부러워하는 방식으로 자신의 내면에 깃든 '행동의 열망'을 은연중 드러내고 있다. 이 망설임, '아무것도 하지 않기'의 정치적 긍정성도 있지만 어떻게 보면 무기력해 보이는 이들은 이제 새로운 체제를 위해 무언가를 해야만 한다는 당위 앞에 서게 된 것이다. 서술자는 새 시대의 기대주인 소년을 통해 지식인의 행동을 예고하고 있다. 그래서 「도정」의 마지막 장면은 석재가 "나의 小市民과 싸호자! 나는 지금 영등포로 간다"는 외침으로 끝난다. 지식인이 타자였던 인민의 시선을 참조한다는 점에서 지식인의 특권적 지위가 사라지는 형국이다.

---

17 "웨 그래 웅, 왜?" 보구 있는 동안 이 눈이 몹시 영롱하고, 빛깔이 힌, 소년이 이상하게 정을 끗기도 하였지만, 그는 우정 더 다정한 목소리로 말을 건넜다. (…중략…) "징 와가 신민 또 도모니, 하는데 그만 눈물이 나서 울었어요. …덴노우헤이까가 참 불상해요." "덴노우헤이까는 우리 나라를 빼서갔고, 약한 민족을 사십 년 동안이나 괴롭혔는데, 불상허긴 뭐가 불상허지?" "그래도 고一상을 허니까 불쌍해요." "…." (…중략…) 그는 무어라 얼른 대답할 말이 생각나지 않았다. 설사 소년의 보드라운 가슴이 지나치게 '인도적'이라고 해서 이상 더(미운자를 미워하라)고 '어른의 진리'를 역설할 수는 없었다. 그는 내가 약한 탓일까, 반성해 보는 것이었으나, 역시 '복수'란 어른의 것인 듯 싶었다. 착한 소년은 그 스스로가 너무 순수허기 때문에 미차 '미운것'을 가리지 못한다. 느껴졌다. 지하련, 「도정」(『문학』, 1946.7), 서정자 편, 『지하련 전집』, 푸른사상, 2004, 22~25면.

이 「잔등」과 「도정」은 모두 해방 직후 지식인이 지식계급과는 다른 소년의 시선을 발견하고 그것으로부터 참여의 용기를 되찾는 내용이지만 두 작품의 차이도 발견된다. 「잔등」은 주인공이 외부에서 조선으로 향하고 있기 때문에 대표자의 귀환에 대한 고려가 없다. 이와 달리 국내의 상황을 다룬 「도정」에서는 작품 결말 부분에 기철이 해외에서 동무들이 아직 귀환하지 않은 상태에서 당을 만든 이유를 주인공 석재에게 설득하려고 긴하게 노력하는 장면이 나온다. 요컨대 해방 직후 '타자의 시선'과 '정치 지도자의 늦어진 귀환'이 연결되고 있는 중요한 지점이다. 조선 인민은 '국내 지도자 및 다른 인민의 시선'과 '국외 지도자의 귀환', 이 양자를 고려한 셈이다. 지체된 귀환의 정치성에 다가가기 위해 이들 소설을 살펴본 이유가 여기에 있다. 여기까지 식민 경험에서 해방 직후 타자의 '눈' 발견에 이어, 귀환의 문제에까지 논의가 이르렀다.

이들 작품은 해방의 '순간'을 다루고 있기 때문에 이제 본격적으로 귀환서사를 다루기 위해 아놀드 성명 이전까지로 작품의 시기를 확장했다. 이 시기는 말했듯이 조선 인민이 자신의 힘으로 식민 청산을 하는 가능성을 가늠할 수 있는 중요한 정치적 국면이었다. 이 기간 동안 지식인을 포함한 인민이 기대할 수 있는 새 지도 세력은 국내외로 대별할 수 있다. 아놀드 성명 이전, 인민의 정치적 상상력의 범주는 무엇이었을까.

8·15 이후 서울 종로 네거리에는 "박헌영 동무는 빨리 나타나서 우리들의 지도에 당빨하라!"란 광고문이 오래 붙어 있어 모든 사람의 주의를 끌었다.[18]

---

18 김오성, 「박헌영론」(『지도자군상』, 1946.9.15), 임경석, 『이정 박헌영 일대기』, 역사비평사, 2004, 207면에서 재인용.

먼저 국내에서 조선건국준비위원회를 발족한 여운형과, 1945년 8월 18일경 지하조직에서 활동하다 서울로 상경한 박헌영이 있다. 그리고 국외에서는 아직 귀환하지 않고 중국에 있는 임시정부 요인들과 김구, 미국에 있는 이승만 등이 있다. 이를 범박하게 말하면 해방 직후 (소련군의 남조선 입성을 고대하는) 사회주의 운동가들이 먼저 국내에서 활동하고 있었고, 외부에서 아직 귀환하지 않은 독립운동 세력이 있었다. 이외 감옥에서 풀려난 좌우익 운동가들이 활동을 시작했다. 그래서 상해(중경) 임시정부를 지지하는 상당수 인민들이 그 귀환을 기다렸다고 볼 수 있다. 따라서 이들 정치 세력과 지도자를 지지하는 인민의 이합집산이 이루어졌다. 인민은 각기 지지하는 정치 지도자를 맞이하기 위해 그 노선에 따라 정치단체를 조직·준비했던 것이다. 이 과정에서 조직 및 단체의 직위를 차지한 '작은 지도자'가 출현했다. 이러한 '작은(군소) 지도자'들의 창궐이 가능했기에 그동안의 지식계급과 인민의 구도가 전복될 수 있는 새로운 가능성의 '해방기'였다.

우선 정치 지도자들을 더 살펴보자. 이 시기 네 대표 세력들의 정치적 입장을 간략히 살펴보면 다음과 같다. 1945년 8월 20일 '8월 테제'("현정세와 우리의 임무")를 발표한 박헌영은 진보적 민주주의와 인민 민주 공화제를 지향했다. 미군 주둔 직전 9월 6일 '조선인민공화국'을 선포한 여운형은 대중 민주주의 공화제를 표방했다. 아직 귀환하지 않은 이승만은 미국식 민주주의, 자유 민주주의 공화제를 옹호했다. 그리고 9월 3일 발표된 김구의 "국내외 동포에게 고함"은 11월 11일에서야 국내에 보도되긴 했지만 중국과 그곳에서 귀환하는 사람들은 그 내용을 일부 알고 있었을 것이다.[19] 이 선언은 임정법통론을 명확히 하고 있어 귀환

이후 미군정과 기타 국내 정치 세력 간의 정쟁政爭을 예고하고 있었다.

국외 정치 세력의 존재는 국내에서 투쟁하다 감옥에 투옥되기도 했던 운동가들과 대비됐다. 그래서 누가 진정 식민지 시대에 더 고생을 했느냐는 물음이 제기되기도 했고 이 노선의 차이가 정치 집단의 분화를 낳기도 했다. 나미키 히사히토는 조선 정치 지도자의 경력에서 3·1운동 참여의 중요성을 강조하고, 그후 대한민국임시정부와 신간회운동을 중요한 분기점으로 봤다. 그는 3·1운동 참여 이후 국외로 망명해 임시정부에 참여한 지도자와, 국내에 머물며 신간회운동 등에 참여한 (사회주의자 포함) 지도자를 구별한 것이다. 이 양자는 1948년 5·10선거에서 각각 14명이 국회의원이 되었다.[20] 인민 역시 국내외 운동가들을 비교적 고르게 지도자로 인정했다는 것을 짐작할 수 있다. 그렇다면 문인의 경우는 어떠했을까.

뒤이어 집행위원회가 재구성되면서 임화의 추천으로 집행위원회의 가장 중추적인 자리인 서기장 자리에 내 이름을 써내고 있었다. 여기엔 이유가 있는 것 같다. 어떻든 간에 내가 전쟁말기에 국내의 현실을 도피하고 국외에서 나가 있었으니 그 행적을 높이봐야 하지 않느냐 하는 것, 마치 내가 해외망명이나 했다가 돌아온 것 같은 인상을 가지는 것 같았다. (…중략…) 그러나 이 순간 나로선 자기 양심의 가책이라 할까. 스스로 자기를 비판하는 모럴이라 할까.

---

19 여기에 대해서는 장명학, 「해방정국과 민주공화주의의 분열―좌우 이념 대립과 민족통일론을 중심으로」, 『동양정치사상사』 8-1, 한국동양정치사상사학회, 2009 참조. 김구, 도진순 주해, 「국내외 동포에게 고함―임시정부의 당면 정책」, 『백범어록』, 돌베개, 2007, 27~31면.
20 나미키 마사히토, 「식민지 시기 조선인의 정치 참여―해방 후사와 관련해서」, 박지향 외편, 『해방 전후사의 재인식』 1, 책세상, 2006, 691면.

도저히 이 자리에서 주어지는 대로 그 자리를 차지할 수 없다는 생각이 왔다. 그것은 순간적으로 일어난 마음의 충격이었다. 나는 즉석에서 그 서기장의 자리를 사퇴하는 신상발언을 하였다. (…중략…) **"그렇게 되면 앞에 나서서 일할 사람들이 없는데!"** 하고 임화가 만류했지만 나는 다시 반복해서 사퇴의 뜻을 밝혔다. (…중략…) 해방직후의 큰 난맥상의 하나는 어제까지의 허물은 감쪽같이 숨기고 너 나 할 것없이 하루 아침에 애국자들로 변신을 한 사실들이다. 그런 가운데서 공석에서 자기반성의 신상발언을 하고 명예스러운 직책을 사퇴한 예는 **나의 경우밖엔 없었다**고 기억한다. (…중략…) 내가 이때에 취한 그런 **자기반성의 태도는 차츰 문단인들이 크게 나를 인정해 주는 사실이** 되었다.[21]

민족의 정치 지도자는 아니지만 당분간 문단을 조직하고 이끌어 갈 문인대표를 논의하는 모임에서 대표자에 대한 정치 감각을 일부 참조할 수 있다. (임정처럼) 식민 시기 국외 체류에 대한 감각의 흔적을 좌담회에 참석한 문인들을 통해서 확인할 수 있다. 8월 17일 원남동에서 30여 명의 문인이 모인 자리에서 백철은 서기장 자리를 고사했다. 백철은 자신이 식민 말기에 『매일신보』의 특파원으로서 북경에 주재한 일을 도피 행위로 인식했다. 이 경우 조선 내에서 생활한 사람만이 민족적 자긍심을 가질 수 있다. 그런데 추가적으로 이목을 끄는 점은 해방을 맞아 모두들 애국자로 변신하여 조직에 '참여'할 때 자기반성의 자세로 이를 고사한 사람이 자신밖에 없다는 백철의 자존감이다. 그렇다면 도피는 다시

---

21 백철, 『문학자서전』 하, 박영사, 1975, 301~302면.

민족적 행위로 간주될 수 있다. 또한 해방 후 이 정도의 반성적 태도만으로도 문인 사이에서 그 양심을 인정받을 수 있었다는 당대 정황을 알 수 있다. 사정이 이러할 때, 정치 집단이 모두 귀환하여 온전한 정치적 진영을 갖추기 이전 남조선의 민족국가 수립을 위한 실제적인 식민 청산 작업은 어떠했을까. 본격적으로 '늦어진 귀환' 관련 소설을 살펴보자.

3) 지체된 귀환, 유예된 식민 청산—정치투쟁의 지난함

'늦어진 귀환'과 관련해 문학이 그려내는 리얼리티의 결은 어떠했을까. 이 글에서는 이태준의 「아버지의 모시옷」(『첫전투』, 1946.8.14)과 김남천의 「1945년 8・15」(『자유신문』, 1945.10.15~1946.5)를 통해 대표-인민의 영향관계와 인민의 정치성을 파악하고자 했다. 김남천 작품의 경우 미완이어서 지도자의 귀환이 완료되는 국면을 형상화하지 못한 사정이 있다. 하지만 그 귀환 전에 이미 '귀환할 지도자'가 국내 인민에게 미치는 영향력이 여실히 잘 드러나 있어 참조할 수 있는 적절한 예라 하겠다. 위의 두 소설은 모두 국외에서 활동한 정치 지도자를 아버지로 둔 가족의 정치적 노선 선택과 그 갈등을 드러낸 작품이다.

> "**평양에! 아버진 왜 남들처럼 비행기로 삐젓이 서울로 오시지 않구!**"
> "이애, 어디로고 살어 귀국허신 것만 좀 경사스러우냐!"
> 38선은 자꾸 굳어 간다는데 **아버지는 아무리 기다려도 서울에 오시지 않는**다. 찬옥이는 인편을 얻어 평양으로 편지를 보냈더니 아버지께로부터는 이런

답장이 왔다.

　ㅡ나도 너이 보고 싶은 생각은 조선 와서 더 간절하다. 그러나 우리나라가 옳고 완전하게 독립하기 위하여서는 아직 우리는 여기서 할 일이 있다. 너도 너이 어머니도 이곳에서 하는 아버지의 일을 어서 알아채려 힘 자라는 데까지 거기서 호응하여라. 거기도 우리 동지들이 많고 인민 대중은 우리 편이다. 우리 조국이 통일 독립하는 날 정말 기쁘게 만나자ㅡ

　찬옥이는 비로소 정치노선에 눈을 뜨게 되었다. 그리고 자기편 노선의 어느 신문사에 취직하였다.[22]

이태준은 「해방전후」에서 국외 지도자만큼이나 국내 운동가들도 고생해 왔음을 언급한 바 있다. 그런 그가 「아버지의 모시옷」에서는 3·1 운동 때 해외로 나가 20여 년 동안 돌아오지 못한 아버지를 둔 찬옥을 주인공으로 내세운다. 찬옥은 해방이 되자 "조선두 독립이다! 오, 인전 우리 아버지도 오실 거다!"라고 생각한다. 서울에서 어머니와 곤궁한 삶을 살고 있지만 아버지가 귀환해 해결해 줄 거라는 기대가 크다. 그러나 기다렸던 아버지가 서울로 오지 않고 북조선 평양으로 갔다는 소식이 좌익신문에서 확인된다. 이후 그녀는 계속 '지체'되는 아버지의 귀환을 참지 못하고 서신을 교환하게 된다. 아버지는 온전한 독립을 위해 북조선에서 할 일이 있다며 딸인 찬옥에게 남조선에서 투쟁해 줄 것을 부탁한다. 이렇게 해서 아버지의 뜻을 이어받은 찬옥은 정치노선에 눈을 뜨게 된다.

22　이태준, 「아버지의 모시옷」(『첫전투』, 1946.8.14), 『해방전후·고향길』, 깊은샘, 1995, 55면.

이 작품은 귀환이 남조선 서울이 아니라 평양이며, 그 귀환이 '지체'되고 있고, 정치 지도자인 아버지에 의해 딸이 계도되어 건국사업에 참여하게 되는 여로로 구성되어 있다. 이 귀환서사의 의미를 정리하면, 귀환을 마치지 않은 좌익 지도자(아버지 세대)의 존재가 자식 세대의 정치노선에 영향을 미치고 있다. 그리고 그 귀환의 유예는 조선이 통일되지 않았고 이념적으로 분열되어 있음을 방증하는 것이었다. 또한 여성의 의식화 과정이 보여주듯 좌익 지도자의 북조선으로의 귀환은 아직 완결되지 않은 남성성 회복의 진행 과정이다. 아버지 세대의 남성성 회복과정이 열등한 여성의 각성에도 원천이 되고 있다. 이는 식민지기에도 있었던 가부장적 계몽 이데올로기의 재판이라 할 수 있다.

문경은 일시 동생의 삼단논법에 어리둥절해진다. 아버지는 임시정부의 요인이다. 그러니까 나는 임시정부를 지지한다. 따라서 나는 임시정부 절대 지지파에 가담해서 행동한다. 내 행동이 반동이면 아버지도 반동이냐. 이야기는 조리 있어 보인다. 역시 동생의 머리는 명석하다고 생각해 본다. 그러나 문경은 그 말을 다음과 같이 받아본다.

"네 삼단논법은 이론적 계기가 전연 없다. 네 논리학이 이루어진 대전제가 이론적이 아니요, 비논리적이다. 아버지와 아들, 아버지가 하는 일이니까 옳다, 다시 말하면 **부자간이라는** 이 가족적 혈통이 형성의 절대적인 전제가 될 수는 없는 거다. 네 형식상 일관한 삼단논법이나 논리학에는 아무런 학문적인 것도 이론적인 것도 없고, 단지 단 하나 **부자지간이라는 혈통관계만이** 있을 뿐이다. 아버지가 끼었으니 정당하다. 만약 아버지가 끼시지 않았다면 정당하지 않을런지두 모르겠다. 이건 적어두 학문은 아니다. 일종의 봉건적인 윤리의 잔재다 나두 아버지의 딸이다, 네가 아버지의 아들이듯이. **그러나 그것만으론 조선 민족이 산다던가 죽는다던가 하는 문제를 해결할 수는 없는 거라구 난 생각한다.** 아버지, 아버지의 생각과 자식의 생각이 일치한다는 건 얼마나 행복된 일이냐. 그리구 얼마나 아름다운 일이냐. 우리는 그렇게 되기 위해서 노력하자. 모든 애정과 존경을 기우려서 정성껏 노력하고 성심껏 전력하자."[23]

김남천의 「1945년 8·15」 역시 이를 잘 재현하고 있다. 이 작품도 21년 전에 조선을 떠나 임시정부에서 활동한 아버지(박일산, 52세)의 귀환을 기다리고 있는 가족을 배경으로 한다. 그 가족은 어머니와 동래고녀 교편을 잡는 박문경(23세) 그리고 남동생이자 학도병 출신인 박무경(20세)이다. 여기서 남동생은 아버지의 귀환을 기다리고 그의 정치노선을 따라 우익적 성향을 취한다. 이에 반해 누이 박문경은 해방 이전 사모했던 김지원을 따라 사회주의를 지지한다. 격문사건으로 감옥에 수감되었던 김지원은 그곳에서 사회주의 노선의 독립운동가들을 만나 제대로 된 교육을 받고 해방 후 출소한 인물이다. 한 남매가 우익의 아버지와 좌익의 연인을 두고 다른 정치노선을 취하고 있는 형국이다. 그리고 이 작품 역시 좌익 여성의 의식화 과정은 이태준의 작품과 닮아 있다. 좌익 노선인 박문경과 김지원을 살펴보자. 교사인 박문경은 나름대로 고등교육을 받은 지식인 여성이라 할 수 있다. 그러나 그녀는 연약한 여자로 그려지고 정치 의식 역시 김지원과 그의 좌익 동지들에 의해 각성하게 된다. 더 정확히 말하면 사회주의 운동가에 의해 학생인 김지원이

---

23 김남천, 『1945년 8·15』, 작가들, 2007, 253~254면.

자각을 하고 이후 박문경을 계도하는 구도다.

이 작품의 특이성은 장편소설인 만큼 단편소설이었던 이태준의 소설과 달리 더 많은 인물이 등장하고 거기에는 좌익뿐만 아니라 우익 성향의 인물도 포함된다는 점이다. 특히 좌익 인물들의 정치적 노선 선택 과정과 남성성의 문제와 달리, 우익 인물들은 정치적 노선에 대한 진정성과 식민 청산의 문제와 관련된다는 점에서 주목을 요한다. 구체적으로 인물들과 그 관계를 살펴보면 박문경의 동생이자 아버지의 노선을 따라 우익정치를 지지한 학도병 박무경, 식민 말기 대일 협력을 했던 대흥콘체른 이사장 이신국과 그 딸, 그리고 그 딸의 남편인 김광호가 등장한다. 이신국의 사위인 김광호는 친일 자본가 가족을 제3자적 입장에서 비판적으로 바라보지만 결국은 협력하게 되는 인물이다.

장인 이신국은 해방 이후 자숙하기는커녕 친일 지주 세력을 대변하는 대한공회당을 만들어 정치 활동을 시작한다. 그 사위이자 지식인인 김광호는 그런 장인이 못마땅했다. 그래서 자신만은 정치를 하지 않겠다고 다짐한다. 그러나 현실에서 그는 장인의 그늘에서 살아가고 있다. 장인 회사의 중역인 그는 관리권을 달라는 방직공장 노조의 파업을 무마시켜야 했다. 사회적 지위와 비판적 지성, 이 간극에 선 김광호는 무기력하고 분열하며 비행동적이었다. 그의 아내 경희는 가문의 영달을 위해 정치에 나서지 않고 끝없이 불만과 회의만을 일삼는 남편의 태도를 이해하지 못한다.

[A] "비판정신이나 견식이 투철하고 예리해서 그(광호-인용자)의 도저하고 고결한 인격이 번갯불처럼 번뜩인다고 생각해 보는 순간, 한편으론 자

기 자신에 대한 폄하의식과 자조의식이 가끔 그를 몰아 극도의 비굴과 노열한 생활의식 가운데로 처박아서 경희는 이러한 남편의 성격을 눈앞에 놓고 누를 수 없는 고적과 불안과 민망을 경험치 않을 수 없는 것이다.

반대면 반대로 어째서 용감하게 나가지 못하는 것인가. 하나의 취미나 기호인 것처럼 **비판만 늘어놓고, 그 비판 끝에 하나로 창조되어 나오는 것이 없다. 그것을 가리켜 지식인의 고고한 비판의식**이라 일컫는 것인가."(192면)

[B] '나(박무경 – 인용자)는 이렇게도 약하디 약한 용단성도 용기도 없는 우유부단한 성격의 소유자였던가.' 무경은 이를 깨물며 방의 불을 *끄*고 복도에 나섰다. 복도에는 희미한 전등이 쾡하니 비치어 있다. (…중략…) 용기를 내어 도어의 핸들을 잡는다. 딸깍 소리가 난다. 그 소리에 놀라서 벌컥 문을 열고 안으로 들어간다. (…중략…) "나가! 썩썩 물러나 가지 못할 테냐!" (…중략…) 허기는 **김광호의 사상, 행동, 성격, 그런데서 오는 불만에 대한 약간의 복수심리도 섞이지 않은 배는 아니다. 실천력이 없고 행동성이 없고 대담치 못하고 끈기가 없고 정열적이 못 되고** – 그러한 모든 것에 대한 참을 수 없는 불만이 그의 탈선의 원인의 한 가닥이 된 것도 미상불 사실이다.(204~214면)

[A]는 광호를 향한 아내 경희의 속내다. 그녀는 비판은 잘 하지만 그렇다고 행동은 하지 못하는 남편을 답답해했다. 식민 말기에는 '행동하지 않은 지식인'도 '체제의 억압이라는 외적환경'을 탓할 수 있었다. 또한 그 '행동'이 대일 협력으로 귀결되기 쉬웠기 때문에 오히려 '행동'하지 않는 게 더 민족적이고 지식인의 양심에도 합당한 것으로 여겨졌다. 그러나 억압의 사슬이 해제되고 건국을 위한 행동이 요구되는 시대를

맞아 지식인은 더 이상 환경을 탓할 수 없게 되었다. 민족의 새로운 삶을 재건하기 위해서는 정열과 흥분이 요구됐다. 따라서 해방의 흥분을 제3자적 시선에서 냉철하게 바라보며 머뭇거리는 지식인의 자세는 더 이상 긍정이 아닌 부정적으로 간주됐다. 오히려 '성격' 그 자체가 문제시 된다.

그런데 이 '민족의 새로운 삶'에서 그 민족이 누구이며 어떤 '행동'인지가 문제이다. 앞에서 살펴본 좌익 인물들은 노동투쟁, 대일 협력 청산 등 정치·경제민주화를 지향했다. 그러나 이 작품처럼 대일 협력을 했고 정당을 만들어 활동하는 정치 자본가 집안이 하는 '행동'이란 기존 권력과 부를 보존하고 오히려 확대하기 위한 기반 마련과 관련된다. 여기에는 자신들의 삶의 태도를 합리화하는 변명이 뒤따른다. 김남천의 이 작품에서는 그 역役을 광호의 아내 경희가 맡았다. 그녀는 '돈을 벌어 잘 살기 위해서 열심히 살았을 뿐 세상이 자신과 가족을 "반역자 친일파"로 칭하는 것'에 대해 매우 불쾌히 여긴다. 직접적인 친일 혐의가 없는 딸이 '생존-생활'의 논리로 아버지를 변호하는 셈이다. 그녀의 세상에 대한 반발은 지식인 광호에게도 투사되고 있다. 결국 김광호는 아내의 종용에 굴복하고 장인의 회사를 대표해 협상에 나서서 노조의 요구를 들어주지 않는다. 김광호의 지성과 양심이 무기력해지는 순간이며 지식인의 무능함을 증명하고 있다. 정리하면 경희는 행복한 삶을 위한 부의 축적론을 펼치지만 노조의 행복을 위한 요구는 받아들이지 않았다. 친일 청산의 문제가 계급투쟁의 다른 이름이며 종국적으로 민주주의 문제임을 알 수 있다. 결국 '변절'한 김광호를 우익의 큰 범주 안에 넣을 수 있다면, 앞의 이태준 소설에서 나타난 구도와 반대로 우익 남성성이 여성에 의해 회복되고 계도되는 것으로 볼 수 있다. 이것을 또 다른 형태로 더 명확히 드러내는 것은 박문경의 동생이자 학병 출신인 박무경이다.

[B]는 학도병 박무경과 광호의 아내 경희가 불륜을 저지를 때 이 두 사람의 심리 상태다. 아버지를 지지해 공산당을 반대하고 임시정부를 지지한 그는 좌익화된 학병단체에서도 탈퇴하고 우익청년회 활동을 한다. 그런 그가 그전부터 알고 지내던 이경희에 성적 호감을 느끼고 불륜을 저지른다. 여기서 주목되는 것은 두 가지다. 하나는 생활과 이념의 분리다. 새 나라 건립의 신성한 주체로 나선 청년이지만 자신의 욕망에만 주목할 뿐 타자(광호)에 대한 고려는 전혀 없다. 두 번째는 역시 무기력이다. 여기서 건국 주체의 남성성은 성적 욕망으로 전도되며, 행동을 망설이는 의미도 '건국사업 참여'에서 성적 욕망을 채우고자 하는 '사적 욕망'으로 바뀐다. 친일 기업가를 부친으로 둔 경희 역시 자신의 불륜을 '머뭇거리'는 남편의 무기력한 탓으로 돌리고 합리화한다.

이상과 같이 우익 진영의 남성성은 좌익의 예와 달리, 민족국가 수립을 위한 '공적 욕망'과 성이라는 '사적 욕망'과 관련된다. 그리고 그것은 (부정적으로 평가될 수도 있는) 정치 자본가의 딸이자 결혼한 유부녀에 의해 회복되며 계도된다. 문제는 그 회복이 좌익의 경우 긍정적이었던 것과 달리, 우익은 부정적이라는 데 있다. 그래서 우익의 남성성 회복은 부정적이기 때문에 결론적으로는 그것을 비판해서 좌익 남성성의 긍정적 회복에 일조하고 있다고 생각하기 쉽다. 이런 인식은 기존 귀환서사 연구가 남성성의 회복과 여성의 '민족-됨'의 어려움을 주로 논했던 것의 연장선으로도 볼 수 있다. 민족주의적 시선에서 바라보면 타당할 수도 있는 견해이다.

　그러나 이러한 민족적 관념에서 벗어나면 다음과 같은 문제가 제기된다. 첫째 해방 직후 조선인의 사상 선택에서 진정성의 문제, 둘째 대일 협력 했던 사람들의 자기보신적 삶의 자세와 돈의 욕망을 '식민 청산의 명분'으로 쉽게 청산(배척)할 수 있는가 하는 물음이다. 먼저 전자의 경우 (사회주의에 공명한 작가의 시각이 반영된 것이겠지만) 이 작품은 각 등장인물이 건국사업을 참여할 때 그 고민의 밀도와 진정성이 어떠한지 보여준다는 점에서 시사적이다. 자식 세대의 정치적 성향에 영향을 미치는 다양한 요인 중 하나가 아버지였다. 이 아버지는 정치적 지도자, 즉 대표자를 상징한다. '귀환할' 독립운동가를 아버지로 둔 가정과 총력전기에 애초에 '떠나지 않았던' 친일 아버지를 둔 가정, 이렇게 좌우익으로 나뉜 양상이다. 그리고 귀환할 대표자의 귀환이 '지체'되고 국내 정치 세력 간 정쟁으로 인해 이들을 지지하는 인민의 정치 이념 역시 분화되었다. 여기서 귀환할 대표자의 정치적 영향력도 기실 그것을 지지하는 인민의 진정성에 따라 좌우된다는 것을 확인할 수 있다. 인민이 진정성이 부족한 채 정치노선을 선택할 경우 '좋은 삶'을 만들어 가는 게 목표인 정치의 종국적 의미가 실종하고 만다. 타자를 위한 일상적 삶의 추구도 사실상 어려워진다. 특정 정치 이념을 선택한 이유가 소설에서처럼 혈연 이외에 찾을 수 없다면 '대표자-대표되는 인민'의 관계는 쉽게 금이 갈 수밖에 없다. 대표자는 인민(지지자)을 신뢰할 수 없게 되고 정치 집단의 '작은 지도자'가 된 지지자는 '정객-모리배'로 전락하기 쉽다. 이들의 정치적 진정성과 사상의 부재는 생활윤리의 부족으로 현상하게 되는 것이다.

다시 작품을 돌아보면, 좌익을 지지한 딸은 비록 연인에 의해 정치적 각성이 시작됐지만 이론 공부를 병행하면서 자신이 선택한 이념을 이해하고 체화했다. 이에 반해 아들은 아버지로부터만 사상 선택의 명분을 찾았고 불륜으로 나아갔다(지식인 광호도 아버지는 사실상 장인이었다).²⁴ 정치 참여를 위한 '명분'이란 자신을 비롯해 수많은 타인을 위한 '배려'에서 깃든다. 그러나 생활과 이념이 분리된 박무경은 광호의 입장을 전혀 고려하지 않고 그의 아내와 불륜을 저지른다. 이것이 특히 문제가 되는 이유는 작가가 이들이 필연적으로 만나게 되는 여건을 소설적 장치로 마련해 놨기 때문이다. 그것은 이 두 집안이 식민지 시대부터 절친한 '이웃'이라는 설정이었다.

그래서 '가난한 좌익 집안'과 '부유한 우익정치 자본가'의 관계는 이 두 사람만의 불륜 사건에 그치지 않고 식민 청산의 문제로 확장되고 만다. 식민 권력에 협력한 이를 단죄할 대표자가 온전히 귀환하기 전에 김광호의 장인은 정치 집단을 만들어 임정 요인들의 가족을 지원하거나 아예 정당을 만들어 대외적으로 활동하면서 자신의 친일 전력을 은폐하려 했다. 이러한 내력을 가장 잘 알고 있는 이는 박무경의 누이인 좌익 성향의 박문경이었다. 박문경은 남자친구와 그 동지들의 도움으로 공부

---

24 여기에 한 가지 더 이목을 끄는 것은 임시정부 요인의 딸이면서 사회주의를 지지하는 박문경과, 장인이 친일 자본가이자 자신은 회사 중역인 지식인 광호가 지닌 '복수(複數)의 정체성'이다. 국가 간 경계 사이에 서 있는 난민만이 그 존재가 모순적이고 어색한 것은 아니다. 강도는 다르겠지만 자신을 둘러싼 공동체와 다른 정체성을 가진 이들이 서 있는 '공동체 내의 어색함' 역시 자기 분열을 낳는다(서경식, 임성모·이규수 역, 『난민과 국민사이』, 돌베개, 2006, 318~319면 참조). 박문경은 이념의 확고함과 실천으로 그 분열을 봉합하지만 광호는 자신이 지닌 비판적 지성으로 사태를 해결하지 못하고 더 깊은 모순으로 빠져 들어간다. 이것 역시 식민 지배의 유산이라 하지 않을 수 없으며, 귀환의 지체 관련 소설이 갖고 있는 또 하나의 특이성이라 하겠다.

를 하고 사상을 굳게 신념화해 왔다. 하지만 그녀는 친한 이웃이었던 이 우익정치 자본가 사람들을 마음속으로 아주 조금 못마땅해 할 뿐 사실상 거의 비판적으로 바라보지 못했다. 마찬가지로 동생인 박무경은 민족국가를 수립하겠다고 청년회 활동을 하면서도 대일 협력을 한 이웃과 유부녀에게 아무런 민족적 불만도 드러내지 않는다. 오히려 성적 욕망만을 느낄 뿐이다.

이러한 상황에서 식민 청산 작업이 제대로 될 리 만무하다. 친일 기업가의 존재는 계급투쟁과 관련된 문제이지만, 작가는 여기서 더 나아가 대일 협력을 한 사람들이 우리 '이웃'인 당대 현실을 지적하고 있다. 식민 청산의 대상이 이웃일 때 청산이 과연 가능한가 하는 문제가 무/의식적으로 소설화되고 있는 것이다. 대일 협력자 처벌은 쉬운 일이 아니었다. 실제로 해방 무렵 건준을 조직했던 여운형도, 나중에 귀환한 김구 등도 '심하게 대일 협력을 하지 않은 이상 친일파를 용인하게 하겠다'고 천명한 것도 불가피한 일이었다. 결국은 모두 같은 민족, 이웃이었고 체제 억압의 환경에서 살기 위해 해야만 했던 행동들을 서로 이해하고 감싸줘야만 했기 때문이다. 이렇듯 정치투쟁이란 쉬운 일이 아니었다. 그러나 유예된 식민 청산의 여파는 친일파의 '정치 자본권력의 재구축'으로 나타났다. 구축되기 시작한 권력을 '해소'하기란 더욱 지난한 일이다. 그렇게 다시 인민은 정치·경제적으로 소외되어 갔고, 대표자는 무능해져 갔다.

4) 지도 세력의 귀환 그 이후

해방이 되자 사람들은 자신을 이끌 다양한 세력들의 귀환을 갈망했다.[25] 귀환해 온 전재민도 마찬가지였다.[26] 감옥, 조선이나 내지에 숨은 사람, 해외에서 들어올 사람도 있었다. 여기에는 일본이 아니라 새롭게 등장할 연합군도 마찬가지로 포함된다. "건준의 지도자가 해방 직후 소련군이 외교사절처럼 기차타고 올 줄 알고 여학생에게 꽃을 들려 경성역으로 마중 나갈 정도로 무정견하게 허둥거린"[27] 일도 있었다. 이 허둥거림은 미래를 예단하기 어려운 당대의 혼란을 여실히 보여주고 있으며 그런 이유로 대표를 기다리는 '인민'을 비난할 사안도 아니다. 또한 연합국의 조선 진군은 그동안 조선을 지배했던 일본 당국에게도 주요 관심사였다. 조선총독부 및 조선군은 8월 20일 전후로 남쪽에 미군이 진주한다는 것을 알게 되면서 조선인에 대해서는 강경 정책으로 선회했다. 또한 이들은 조선에 들어온 미군에게 "조선을 공산주의에 물든 위험지대로, 조선인을 폭도로 선전하면서 안전한 신·구 지배자 간의 인수인계를 위해 경험 있는 일본인에 의지할 것을 권유했다"[28]고 한다. 귀환

---

25 정치 지도자의 귀환을 기다리는 대다수 문인도 지성에 뿌리를 둔 존재들이기는 하지만 현실을 예단하기 어려웠고 이들 역시 과거 식민 지배 체제의 유산에 얽매여 있었다. 그 중 일부가 식민 유산을 격렬한 현실 참여로 지우려 한 것처럼, '머뭇거림'도 또 다른 하나의 표현 형태였다. 이것은 자기비판이자 그와 반대로 무기력을 나타내기도 했으며 그 자체로 식민지 체험과 해방의 격렬함이 남긴 정신적·육체적 피로이기도 했다.

26 이들은 귀환할 정치 지도자가 외국에서 고생해 봤기 때문에 같은 전재민의 심정을 잘 헤아려 구제사업과 배상 문제에 힘써 주실 것이라 믿었다. 장세의, 「혈한血汗의 대가를 찾자」, 『민성』, 1949.1, 30면.

27 東田生, 「解放後 一年間의 政治界」, 『민성』 2-9, 1946.8, 4면.

28 정병욱, 「해방 직후 일본인 잔류자들—식민 지배의 연속과 단절」, 『역사비평』 64, 역사문제연구소, 2003, 148면.

세력의 정치성이 조선 내 각종 세력과 인민들, 향후 정국 운영에까지 미친 큰 영향을 짐작할 수 있다.

이렇듯 귀환할 대표자는 조선으로 인입할 때 도착 예정지의 민족, 국가, 젠더, 정치 집단, 영토 등의 정치성으로부터 일방적인 영향만을 받는 존재가 아니다. 그것은 그 자체로 '사건'이며 쌍방향적이다. 대표자의 정치성은 귀환을 기다리는 자에게 영향을 미치며, 귀환 역시 곧바로 이뤄지는 것도 아니다. '귀환의 지연 및 불가능성'에 주목해야 하는 이유가 여기에 있다. 그렇다면 귀환할 대표자의 정치성은 어떻게 구체적으로 증명할 수 있느냐는 질문이 제기될 수 있다. 대표자의 정치성은 대표 자신의 의도와 상관없이 기다리는 자가 그를 평가하는 데서 출발한다. 귀환 이후 정치적 행보를 통해 드러나는 대표자의 실체 및 변모는 또 다른 정치적 국면이다. 그래서 대표되려는 인민이 대표자에 갖는 기대는 식민지 시대의 이력을 통해 가능했다. 대표자에 대한 기대의 첫 출발은 이러했다. 그래서 대표의 귀환 이후 인민의 인식 변화는 '기대'의 수준에서 더 나아가 '정치적 상호 신용'의 문제와 직결된다. 다음 절에서 대표와 인민 간의 '정치적 신용'의 문제를 통해 대표성의 문제를 고찰하려는 이유가 여기에 있다.

'귀환할 대표자'를 기다리는 것은 이 절에서 살펴본 청산되지 못한 대일 협력자들, 전재민, 미군정, 국내 정치 지도자들, 경제 혼란, 지난한 국민통합과 조국 재건의 문제, 정부 수립 등의 산적한 문제들이었다. 그러나 미군정이 실질적으로 주권을 대리하면서 민족 지도자들이 조선을 주체적으로 재건하려는 움직임이 상당히 제약되고 말았다. 하지만 해방기의 '혼돈'이 오히려 조선의 새로운 출발을 위한 다양한 상상력의 충만함과 그 실천 가능성을 시험했던 흔적이 아니었나 싶다. 그리고 그것에 가담한 인민들의 정치적 내면성을 '환국할 대표자'의 정치성과 관련지어 묘파한 점이 '귀환서사'의 가치였다. 이는 인민의 정치적 역동성을 가시화한다는 점에서 그 의미가 크다. 그런데 이 인민의 역동성은 귀환할 최고 대표자뿐만 아니라 도처에 출현하는 '작은 지도자' 및 미군정과의 관계를 고려할 때 더 확연해질 수 있다. '대표하려는 지도자—대표되는 인민'의 경쟁 및 협업의 구도에서 다시 귀환 문제를 봤을 때 귀환의 정치성은 '귀환할 정치 지도자'에만 국한되지 않는다. 징용·징병 등에 나갔던 인민들의 귀환도 이루어졌다. 이들 인민은 '경험—지'가 높아지면서 소시민적 지식인의 현실 파악 능력 및 대처 능력을 넘어서거나 비등해지게 되었다. 지식인과 인민의 위계 전복은 결국 인민과 '조선/미군정 등의 정치 대표'와의 관계 변동을 예고하고 있다.

2. 인민의 '경험-지知' 상승과 대표자의 정치적 '신용' 문제

1) '신용'[29] 중시의 시대

해방기 인민의 '경험-지' 상승에 따라 지식인·미군정의 실체가 가시화되는 것을 소설이 포착한다고 했을 때 그것을 형상화하는 문인의 내면 역시 드러날 수밖에 없다. 우리는 당대 인민의 심성을 문화 엘리트의 기록을 통해서만 접할 수밖에 없다. 특히 지식인적 서술자에 의해 인민의 현실이 포착되는 경우가 많다. 그래서 독자는 인민의 당대 욕망을 간접적이고 제한적으로만 파악할 수밖에 없다. 그럼에도 우리가 인민에 접근하고자 한다면 (구술사를 택하지 않은 이상) 지식인 및 문인을 매개로 할 수밖에 없다. 따라서 이 장에서는 아놀드 성명 이후 대표(지도자 및 미군정)와 대표되는 사람(인민)과의 관계, 즉 대표성의 중요한 요소인 '신

---

29 본고의 '신용'이란 말에는 '신뢰'의 의미도 포함하고 있다. 현재 신뢰는 사람 간의 믿음과, 신용은 돈거래와 관련하여 사용되기도 하고, 신용이 신뢰와 동의어로 쓰이기도 한다. 해방 공간에서는 사람 간의 믿음을 '신용'으로 사용하고 있는 경향이 있다. 이것은 그 이전인 식민지기 일본 유학생 잡지인 『학지광』에서도 살펴볼 수 있는데 대인간의 믿음은 "신용信用"으로, 그 믿음이 무너진 것은 "불신不信"으로, 믿을 만한 과학지식에 대해서는 "신뢰信賴"라고 쓰고 있다. 상당한 시간이 흘렀지만 그 쓰임이 유사한 것을 알 수 있다. 물론 이것은 사례일 뿐이며 일반화하기는 어렵다. 그러나 해방 공간에서 믿음이 '신용'의 어휘로 표현되고 있고, 본고가 인민과 문인(지식인)의 역학관계를 '돈'과 '지식인의 직접투쟁'으로 구명하는 과정에서 '경제적·정치적·문화적 신용'의 문제가 수반되기 때문에 '신용'을 사용하고자 한다. 참고로 『학지광』에 나타나는 어휘의 용례이다. "몬저 同情의 쓰거운 血淚와 博愛의 모든 犧牲으로써 一般人心을 征服하야 社會의 信用을 買收하며 社會의 組織을" (金利埈, 「出陣하는 勇士諸君에게」, 『학지광』 6, 1915.7, 29면) "科學界에서 從來에 唯一 眞理로 信賴하든 原子說과 物質不滅의 法則이" (斗南公民, 「科學界의 一大革命」, 『학지광』 4, 1915.2, 38면) "噫라 卒業生이 墮落에 陷하야 世人의 不信을 招함은" 강주한, 「卒業生이 되어 諸君의게 希望하난바」, 『학지광』 6, 1915.7, 40면.

용'의 문제를 문인의 기록인 소설을 통해 간접적으로 조명하고자 했다. 해방기에서 계급 간 투쟁이 본격적으로 혹은 은연중에 일어난다고 했을 때 대표로 자임하는 지도자의 권위 역시 변동할 수밖에 없다. 그것을 지켜보는 문인의 불안함과 진정성 등이 사회상과 함께 작품에 나타났다. 지식인을 자임해 온 문인의 사회적 위치도 예외가 아니다. 따라서 이 절은 새롭게 형성되는 인민과 대표자의 관계 사이에서 낀 존재로서 기존 지식인을 대표해 왔으며 자신도 한 인민임을 직시하게 되는 '문인의 자의식과 사회를 향한 시선'을 중심으로 대표자와 신용의 문제를 제한적으로 고찰하고자 한다.

해방은 새로운 국민국가 건설이라는 중대 과업을 민족 구성원에게 부여했고 이들은 다양한 방식으로 정치 참여를 했다. 그 일원 중 하나인 문인 역시 발 빠르게 문예단체를 조직하여 '민족문학 수립'이라는 사명 하에 결집하거나 인민의 계몽을 위해 신문사·출판사 등 언론기관 또는 (대)학교의 강단으로 투신했다. 이는 문인도 인민으로서 축적해 온 지식을 생존을 위해 활용하고 작가라는 직업을 영위하기 위한 움직임이었다. 그러나 해방기의 문학은 문단 초창기인 20년대 문학을 연상하게 할 만큼 대체로 소설이 짧고 작품 수준이 낮은 편이다. 이러한 문학의 왜소함을 두고, 총체성을 구현하는 소설의 장르적 특성상 갑자기 다가온 해방을 제대로 형상화하기에는 어려웠다는 평가가 일반적이었다. 그러나 원인이 그것뿐인가. 당대 소설이 특정 계급 및 계층의 '전형'을 주체로 내세워 사회를 재현하는 것이라면, 소설의 왜소함은 작가가 새로운 '전형' 창출에 실패했다는 의미이기도 하다. 과거 식민 말기 소설이 '쇠락한 지식인'만을 주인공으로 등장시키고 있는 풍토를 『인문평론』의 한

평론이 신랄하게 비판한 일이 유비적으로 상기된다. 과거는 식민 지배 체제라는 실존적 조건을 참작할 수 있다. 그러나 식민지 억압의 사슬에서 풀려난 시공간에서 왜 또 문인들은 '머뭇거릴' 수밖에 없었는가. 그것은 첫째 정치 참여의 어려움, 둘째 '억압'과는 또 다른 이유로 '전형'을 직조해내는 문인의 사회 인식이 확립되지 않았다는 방증이다. 이러한 문인의 세태 판단의 어려움은 계몽의 주체인 문인이 계몽 대상자를 설정하고 그 관계를 형성하는 구도 변화에서도 기인했다.

식민지기 대다수 문인은 문학의 완성도를 높이기 위해 만주 체험, 전쟁지 답사, 공장 취업 등과 같이 실제 현장 속으로 들어가 체험하기를 원했다. 그 직접 경험은 문인이 제도교육 내지 책을 통해 접하는 간접 지식과 함께 인민과 분리되어 지식인으로서 군림하고 계몽의 주체로 설수 있는 기반이었다. 정치 지도자가 부재하는 식민지에서 문인은 조선인을 대표하는 문화 엘리트 및 민족 지도자였다. 그런데 해방기에서는 노동자·농민·학생 등 인민의 정치투쟁(직접 경험)이 활발해지면서 인민과 문인의 앎 내지 의식의 수준이 비등해지거나 주객이 전도되기 시작했다.[30] 현장에서 노동자 등의 강렬한 투쟁은 '경험-지'의 성장을 의미했고, 그것은 '책-앎'의 영역을 과잉·초과하는 결과를 낳았다. 문인(지식인)[31]과 인민과의 지적 격차가 좁혀지고 오히려 인민의 '경험-지'

---

30 여기에 대해서는 해방기의 정치를 한국 정치사상 유례없는 '거리의 정치' 내지 '거리의 민주주의'로 파악한 천정환, 「해방기 거리의 정치와 표상의 생산」, 『상허학보』 26, 상허학회, 2009를 참조. 이렇게 해방의 거리를 정치적 열정이 가득하게 바라본 입장과 관점을 달리해, 해방 공간 문화의 일면을 하루 생계를 해결하기 위한 생존의지와 욕망이 여실히 펼쳐진 카오스의 공간으로 분석한 연구는 이봉범, 「해방 공간의 문화사」, 『상허학보』 26, 상허학회, 2009가 있다. 그리고 (인민의 '경험-지'와 연결지을 수도 있는) 해방기 치안유지와 관련됐던 청년들이 손에 들었던 총의 당대적 의미를 분석한 이혜령, 「해방(기)-총 든 청년의 나날들」, 『상허학보』 27, 상허학회, 2009가 있다.

가 문인의 것을 넘어서게 된 국면이다.[32]

이런 상황에서 문인은 어떤 대상을 설정하여 무슨 얘기를 직조할 수 있었을까. 여전히 문인은 그 계몽적 지위를 유지하려 하지만, 그 객체인 인민은 식민지기와 달리 (또는 보다 더) 그 말의 진의를 의심하고 검증하려 하기 시작했다. 각종 정치 집단과 인민이 투쟁의 거리에 뿌린 수많은 삐라의 범람은 그것을 보는 이에게 선택을 강요함과 동시에 (지식인만의 '지'가 아닌) 새로운 '지'를 창출했다. 또한 정보의 과잉은 보는 이로 하여금 무엇을 믿어야 할 것인지 '신용/불신'의 문제를 야기했다. 다시 말해, 문인(지식인)은 계몽하기 이전에 인민에게서 '신용'을 확보해야만 했다. 그 '신용'은 '돈'과 '지식인의 직접 투쟁' 두 가지로 검증받았다. 문인은 모리배가 넘치는 공간[33]에서 돈벌이나 명예를 위한 문학이 아닌 인민을

---

31 이 글에서는 문인, 지식인이란 말을 혼효해서 쓰고 있다. 서론에서는 문인의 전형 창출을 논하고 있지만 당대 사회상을 설명할 때는 여타의 식자층을 포괄하고 있으며, 여기서 다루는 소설 역시 문인뿐 아니라 여타의 식자층이 주인공으로 등장하기 때문에 어느 하나로 한정하기 어렵다. 본문 텍스트 분석에서 주인공이 문인일 경우는 그것을 밝혀줬고 그외 당대 사회상을 설명하거나 소설에서 인물이 식자층일 경우 지식인이라 칭한다.

32 조성면은 '해방기', '해방 공간', '해방 직후' 각 용어가 가진 한계를 지적하고 '미소분할기'를 제안한 바 있다. 그러나 조성면이 제안한 '미소분할기'는 일부 한계점을 내포하고 있다. 그는 이념이나 문학단체운동 중심의 텍스트 분석에서 벗어나 독자의 수용미학에 주목하자고 하면서도 미소분할기라는 이념상의 대립구도를 다시 소환하여 독자가 아니라 문학 이념과 세력 다툼을 다시 강조하는 모순을 범하고 있다. 그래서 그가 내린 당대의 "독자는, 구호상의 주체였지 실제상으로는 교화 내지 시혜의 대상에 불과했던 타동적 존재"(253면)로 격하되고 만다. 그러나 독자는, 다시 말해 인민이며, 인민의 실제적 삶의 고투 그 과정에서 빚어지는 정신적 성장을 전혀 고려하고 있지 않는 것이다(조성면, 「독자를 통해서 본 미소분할기의 문학」, 『한국문학·대중문학·문화콘텐츠』, 소명출판, 2006, 234~237면 참조). 이중연은 해방 이후 혼란 시기의 체험이 독서인의 '비판안'을 성장시켜 책을 선택하는 판단력 성장의 계기가 되었다고 지적한다(103면). 해방이후 책에 대한 수요가 급증했는데 구체적인 출판 독서 시장에 대해서는 이중연, 『책, 사슬에서 풀리다―해방기 책의 문화사』, 혜안, 2005를 참조.

33 "애꾸만 사는 세상에 두 눈을 가지고 갔더니 병신 구실을 하였다든가. 확실히 지금 이 판국에 맘 바르고 행실이 똑똑한 사람은 병신 구실을 할 수밖에 없다. 모리배가 신사요

위한다는 진정성을 시험받게 된 것이다.[34] 그 시험의 규준은 문인 자신은 모리배가 아니라는 점을 증명하기 위해서라도 (지식인의 '직접투쟁' 문제와 함께) '돈'이라야만 가능했다. 여기서 왜 모리배가 작품 분석의 틀이 되어야 하는지 물음이 있을 수 있겠다.

해방기에서는 얌생이, 38따라지, 사바사바, 새치기, 양갈보, 통역정치, 마카오 신사, 얌생이, 팔십오전八十五錢, 빨갱이, 모리배 등이 대표적인 유행어였다.[35] 이 유행어는 당대 대중의 정서를 매개하고 혼란한 시

수회관리收賄官吏가 유능한 관리요 친일파가 애국자로 되어 있는 세상에서 청렴한 자 밥을 굶고 개결介潔한 관리는 미움을 받아야 하며 애국자는 감옥이나 가야 하는 것은 의당한 일이라 기괴할 것이 없을 것이다"(오기영, 「선량善良의 질식窒息」, 『신천지』, 1947.2), 『진짜 무궁화 해방 경성의 풍자와 기개』, 성균관대 출판부, 2002, 28면). 참고로 서중석 교수에 따르면, 오기영은 1928년 이후『동아일보』기자였고 수양동우회 회원으로 안창호가 숨질 때까지 모셨다. 사상적으로는 (아버지도) 우익이었지만, 공산주의자인 형과 매부의 혁명 정신을 이해했고, 치과의사인 부인과 함께 위험을 무릅쓰고 혁명운동을 도왔다고 한다. 이러한 공간에서 '신용'의 근저에 깔린 도덕성・진정성은 (새삼) 중요한 지식인의 덕목일 수밖에 없다.

34 해방 당시 한 노동자는 "노동자가 얼마나 힘들게 사는지 이해하는 사람, 스스로 그러한 생활을 경험했던 사람들이 조선을 이끌어야 할 필요가 있다. 공장주와 지주들은 우리가 아닌 자기들의 돈벌이만 생각할 것이다"라고 말했다. 해방은 어떤 계급 세력, 국제적 지원자가 완전한 민족독립과 조선의 사회진보를 보장할 수 있을지 민족 구성원에게 물었다. 그 중에는 지방에서 올라온 농촌이나 노동자들이 규합한 프롤레타리아트의 통합된 조직도 있었다. 그러나 미군정의 억압 아래 세력 간의 불균형이 심화되기 시작했고, 정치 세력의 이합집산이 이루어지는 과정에서 자신의 세력으로 끌어들이기 위해 상대를 속이는 일(위장된 애국주의・민주주의・정치술)이 비일비재 했다. 지식인과 인민 간의 '신용'뿐 아니라 지식인 사이에서도 '신용'은 새로운 동원의 중요한 요소였던 것이다. 파냐 이사악 꼬브나 샤브쉬나, 김명호 역, 『1945년 남한에서』, 한울, 1996, 110~141면 참조.

35 모리배는 해방 이전 이미 예견된 것이기도 했다. 2차대전 당시 추축국이 무너지는 과정에서 지식인은 해방 이후 사회의 무질서를 예상했다. 채만식은 「민족의 죄인」(『백민』, 1948.10)에 "오직 한 가지 일본이 패전을 하는 그날 그 순간부터 그동안까지의 치안과 사회질서는 완전히 무능한 것이 되는 동시에 세상은 걷잡을 수 없는 혼란과 무질서의 구렁이 되고 말리라는 것 이것만은 확실한 것으로 나는 믿고 있었다"(36면)고 쓴 바 있다. 문인이 혼란 속에서 어떤 태도를 취해야 할 것인지 나름의 고민이 있었을 것이라는 것을 짐작할 수 있다.

또한 주창윤은 모리배를 1946년 대표 유행어 중 하나로 꼽았다. 그는 모리배를 불신, 부정, 부조리와 연관하여 사회・경제의 담론 영역으로 분류하고 있다. 그는 유행어를 '정

대상을 반영했다. 여기서 모리배는 자유의 과잉·살인적인 물가상승과 그에 따른 사회적 병리현상의 대표적 예에 해당했다. 문필 활동만으로는 도저히 생계를 꾸리기 어렵다는 김기림의 지적처럼 문인(지식인) 역시 일종의 인민이라는 점에서 모리배라는 유행어를 통해 문인의 심성을 구성할 수 있겠다. 식민지기 문인의 곤궁한 삶을 고려했을 때, 문인의 사회적 위상 하락은 단순히 경제적 측면에 국한되지 않았다. 해방은 식민지기 언어 민족주의를 바탕으로 '상상된 조선'을 대변한다던 문학(이라는 대타자)을 붕괴시킨 정치적 사건이기도 했다. 이 시기 극화된 정치 투쟁 속에서 문학 역시 정치와 밀접한 듯 보이지만 해방은 문학과 정치의 분리가 시작되었음을 알려주는 상징적 계기였다.[36] 문인도 원래는 인민이었으나 지도자·사상가·문학가 등등의 명명법으로 스스로를 위장해 왔다. 해방 이후 문인이 사회 참여를 하거나 생계를 위한 일에 관여하게 되면서 그 속물적 이면을 가시화하게 된다. 모리배와 밀접한 '신용'의 문제로 지식인의 존재 증명을 살피려는 이유가 여기에 있다.

그러나 이 글이 해방기의 '모든' 문인 혹은 문학 장에 작동했던 보편 심성을 구명하려는 것은 아니다. 우익 문인들은 대체로 '해방 국민의 감격'을, 좌익 문인은 '인민의 감격'을 형상화하여 인민을 고무시키고 힘줄 수 있는 문학을 창출하려 했다. 이와 더불어 문학계와 권력의 결탁에

서의 담론discourses of feeling'이라는 시각에서 접근했다. 그는 해방 공간의 유행어를 통해 당대 대중의 심성을 빨갱이 정서, 기회주의에 대한 냉소, 배타적인 지역 정서, 양키이즘 등으로 파악한다. 주창윤, 「해방 공간, 유행어로 표출된 정서의 담론」, 『한국언론학보』 53-5, 한국언론학회, 2009.10, 370면.

36 지젝은 '미국 권역'이라는 대타자 형상의 붕괴를 9·11사건으로, 소련의 경우는 스탈린주의를 비판한 흐루쇼프의 연설을 통해 설명한 바 있다. 이러한 문제의식이 시사하는 바, '해방'이라는 상징적 사건이 식민지기 문학(장)이라는 대타자에 미친 영향에 대해 고민할 필요가 있다. 이현우, 『로쟈와 함께 읽는 지젝』, 자음과모음, 2011, 84~91면 참조.

대해 비판적이거나 경계했던 '중간파(적) 문인'[37]들이 있었다. 여기서 (대체로 아놀드 성명 이후에서 단정 이전의) '중간파적 문학(인)'들의 작품을 통해 인민과 지식인 및 미군정의 관계를 일부 구명하려는 것이다. 유의할 점은 이 글은 특정 문인을 먼저 중간파로 규정해 놓고 접근하는 방식이 아니라 중간파적 성격을 갖는 문학 작품을 선별했다.

따라서 이 절은 대표자와 인민의 '신용'의 균열을 '돈'과 지식인의 또하나의 증표인 '행동 투쟁' 등을 통해 살펴보고자 한다. 요컨대 문인 및 지식인을 매개로 인민과 대표자 간의 균열·갈등이 본격적으로 조명될 수 있다. 신용이 진정성의 다른 표현이기도 하다면 대표자의 진정성을 가늠하는 문제가 중요한 이유는 결국 그것이 새로운 시대를 만들어가고 다른 인민을 이해하고 대변할 수 있는 '신인간'의 성립·발견에 대한 사회적 기대와 바람으로 귀결되기 때문이다. 다수 인민은 새로운 대표자와 더 나은 사회를 끊임없이 기대하고 기다리며 그 대표는 인민 속에서 나온다.

이를 위해 먼저 해방 이후 지식인이 모리배로 전락하고 동료 지식인을 배반하는 과정을 엿본다. '지식인의 죽음'을 목도한 다른 문인은 정치 참여를 경계하면서 문학자로서 새 시대의 인간을 형상화하기 위한 모색을 한다. 소설의 '새로운 인간'을 발견한다는 의미는 인민에 대한

---

37 여기서 '중간파적 문인'이라 칭한 이유는 해방 직후에는 순수한 중간파 문인 그룹이 존재했다고 여기기 어렵기 때문이다. 해방 직후와 단정 직후의 중간파 문인의 규모와 성격에 대해서는 이봉범, 「단정 수립 후 전향轉向의 문화사적 연구」, 『대동문화연구』 64, 성균관대 대동문화연구원, 2008, 231~247면 참조. 좌우 편향에 경사되지 않고 세계 '전후'의 민족표상을 주조해 낸 문학자들(김기림, 배인철, 박인관, 김광균)을 잠정적으로 '중간자'로 파악한 연구로는 박연희, 「해방기 '중간자' 문학의 이념과 표상」, 『상허학보』 26, 상허학회, 2009가 있다.

재평가를 수반하기 마련이다. 식민지가 아닌 시대, 인민을 바라보는 지식인의 시선은 여전히 엄혹한데 이렇게 폄하된 인민이 정작 새로운 압제에 항거하는 주체가 되고, 상대적으로 지식인은 그 도의적 책임을 회피하기도 했다. 이렇듯 지식인의 소명을 저버린 이들을 지켜보는 문인이 식민지기와는 또 다른 권력들의 억압에 직면하여 새 시대 '새로운 인간'의 전형을 창출하기 어려워진다. 그것은 인민의 정치 공간이 위축되는 과정을 의미했다.

2) 모리배의 탄생과 배신하는 동지

당대 지식인의 타락과 돈의 욕망 등의 사회상을 잘 대변하는 언어 중 하나가 모리배이다. 지식인이 모리배와 만나기 위해서는 먼저 모리배가 탄생해야 한다. 그 모리배가 같은 지식인일 때 '지식인의 죽음'을 둘러싼 긴장감은 더욱 고조되며 그로부터 지식인의 고뇌 내지 양가성이 드러날 것이다. 지식인의 '돈 관념'과 모리배로 변신할 때의 자의식의 한 유형을 만주에서 『만선일보』 기자로 활동했던 김만선이 「한글 강습회」, 「귀국자」에 그리고 있다. 만주를 배경으로 한 「한글 강습회」에서 팔월 십오일 이전의 원식(주인공)은 돈을 벌기 위해 무진 애를 썼던 인물이다. 그러나 "해방 이후의 그는 아주 딴 사람"이 된다. 신기하다고 할 만큼 돈에 대한 관념이 달라졌다. "해방 직후 폭도들에게 부지깽이 하나 남기지 않고 깡그리 살림살이를 약탈당했으나 그는 알뜰히도 위하던 살림살이들을 아까웁게만은 생각지 않으며 앞으로의 살림도 그다지 근심만은 않는다."³⁸ 오히려 원식은 해방 직후 무료 한글 강습회를 열어 일반 민중을 이끌 직원이나 각 청년단체 사람들에게 철자법을 지도하려 한다. 이것은 원식이 해방에 대한 기대를 하고 사명감을 갖고 재건사업에 임했기에 가능했다.

그러나 귀국 후에는 돈 관념이 달라진다. 「귀국자」에서 주인공 '혁'은 신경에서 귀국한 후 아내의 정치적 노력으로 적산가옥을 불하받았다. 그러나 "만주서 왔다는 이유만으로도 그는 (서울에서) 처세하기에 곤란한 것을 알았다. 그것은 만주서 살았었다면 아편을 팔았든지 계집장사였겠지 하는 항용 국내 동포들이 갖는 잘못된 선입관" 때문이다. 게다가 만주에서도 사기꾼으로 지목받던 자들이 서울에 나타나 새로 조직되는 정당의 중요한 자리에 앉아보려다 과거 이력이 폭로되어 일조에 매장을 당한 일이 있어서 더욱 큰일에는 참여하기가 힘들어졌다. 또한 그는 신경의 신문사에서 일할 때 일본 제국주의 타도를 선동하던 동료 장덕수가 민전 民戰에서 맹활동 중이란 소식을 듣고 더욱 자신을 잃고 말았다.³⁹ 왜냐하면 그는 그 당시 장덕수의 운동을 외면했었다. 무엇보다 아내가 신경에서 만주국의 고관들 부인이나 특수회사 사장급 아내와 친교를 맺어 자신 역시 이득을 많이 봤기 때문에 겁이 났다. 그의 마음 한 구석에 친일 협력의 흔적이 깊게 자리했던 것이다. 그래서 옛 만주 친구들이 군정청 같은 곳에서 윗자리에 앉아 있는 것을 목도하고서도 욕심을 줄여 ××전문의

---

38 김만선, 「한글 강습회」, 『압록강』, 깊은샘, 1989, 135면. 이것은 김만선의 「이중국적」에서도 나타난다. 박노인의 아들 명환은 해방이 되자 아버지가 다른 이에게 빌려 준 이만 원을 떼게 생겼다고 해도 "웬일인지 그만 것에 구애되지 않는 자신임을 발견했다." 본 고의 인용 면수는 인용문 끝에 표시하거나 각주를 병기하겠다.
39 김만선, 「귀국자」, 위의 책, 169면.

영어 교수가 된다. 그는 길거리에서 자신의 학교 학생들이 맹렬히 시위하는 모습을 보지만 외면하고 만다. 새로운 사회 건설에 참여하고 싶지만, 그는 "해방 후 한 번도 마음껏 조선독립만세를 외쳐 본 일"이 없었다. 그래서 그는 "조선 안에서는 발을 붙여놓을 곳이 없는 것 같다. 그렇다면 하루 속히 떠나야 할 것이 아닐까. 아니 그렇다면 이런 기회에 아주 아내의 청을 들어 돈벌이라도 마음껏 해 보는 것이 살 길이 아닐까. 양심이니 체면이니 하는 것도 이제는 돌아볼 계제가 못되지 않는가" 하는 생각을 하게 된다. 만주에서 귀국한 이의 어려움을 엿볼 수 있지만 만주 귀환자가 모리배로 전신하는 한 예이다.

그렇다면 '혁'이 해방된 조선에서 만날 수 있는 모리배는 좌우익 성향의 지식인 모리배라 할 수 있다. 이렇게 시작된 모리배, 지식인과 인민의 조우에서 먼저 좌익 성향의 지식인 모리배와 인민의 '신용'관계는 강형구의 「탈피」(『우리문학』, 1947.3)에서 엿볼 수 있다. 주인공 차윤하는 Y군 일대의 전농全農 책임자로서 중앙에서 내려가면 갈매울 공화당에 숙소를 정하고 각 촌으로 순회하며 강연을 했다. 하지만 강연을 하면서도 "윤하는 양복 입은 이방인이 되는 것을 스스로 등 뒤에 느낀"[40]다. 그래서 "저(농민-인용자)와 나와의 거리를 점점 멀리하는 것"이다. 이렇듯 그는 강연을 할수록 농민과의 '거리감'을 체감하고 "자기비판을 경험"한다.

"왜놈의 세상이 그대로 있다면, 혹 또 모르겠다. 이제는 우리의 세상이 되

---

40 강형구, 「탈피」(『우리문학』, 1947.3), 『해방 공간의 문학』 2, 돌베개, 1988, 195면.

지 않았느냐. 거마를 가지고 모시러 오기를 어떻게 바란단 말이냐. 포부 있으면 나가 한번 시험해 볼 때가 아니냔 말이다. (…중략…) 보아라 글세, 해방이라 내 세상이라 하여, 하늘로 머리둔 사람은 제각기 한 몫을 보겠노라, **서울로 서울로 달려드는 판이 아니냔 말이다.** 너는 언제든지 이러고 벽항궁촌에 앉아서, 하늘만 치어다볼 작적이냐?" 아버지는 답답히 앉았는 아들에 대하여 적잖은 분로까지 품은 모양이었다. 큰 기침을 칵하고, 흰수염을 쓰다듬었다.

"포부는 무슨 포부가 있겠습니까. 덮어놓고 가기만 하면 비이는 곳이 있을 것 아니겠습니까. 벼슬도 좋지만 모두들 지도만 하려 들면 지도를 받을 사람은 누구겠습니까. **지도란 것보다도 지배를 해 보자는 노릇이겠읍지오. 허영은 늘 허영으로 남을 것이겠읍지오!**"[41]

이때 윤하가 만나는 농민은 누구일까. 마을의 구장이 된 성실한 농사꾼 원집 씨와 젊은 청년들이다. 이 작품에서는 젊은 청년들의 성격을 밝히고 있지 않지만 그것은 박노갑의 「역사」(『개벽』, 1946.1)에서 참고할 수 있다. 해방이 되자 마을에서 가장 똑똑하고 한때 소작인운동도 주도했던 만오는 아버지의 종용과 마을 사람의 기대 속에 서울로 상경한다. 서울에서 큰 뜻을 펼치기 위해 모 정당의 수령을 찾아가지만 그 집 앞에는 자신과 같은 처지의 정치 지망생들로 문전성시를 이루고 있었다. 결국 고향으로 되돌아와 야학을 만들고 청년들을 모아, 우리 '자신의 힘'으로 농민의 역사를 만들어 가자고 주장한다.[42] 따라서 「탈피」의 윤하

---

41 박노갑, 「역사」,(『개벽』, 1946.1), 『해방 공간의 문학』 1, 돌베개, 1988, 32면.
42 "보았으나 안 보았으나, 며칠 전만 한 대도 압박의 대상이요, 증오의 표적이요, 문전이 냉락하기 짝이 없는 쓸쓸한 소위 반도인의 집이었을 이 집이, 갑자기 권세의 전다으로 화한 느낌이 없지 않았다. 자기 따위의 명함은 주기는 하였으나 통할 가망이 없을 것 같

가 만나는 젊은이들 중에는 서울에서 '상처' 받고 고향으로 귀환한 만오와 같은 인물도 있을 수 있다. 게다가 만오는 서울의 중앙정치에 실망했을 뿐만 아니라 서울에 올라가기 전에도 인민을 "지도하려는 것이 아니라 지배"하려는 "허영"적 욕망이 자신에게도 있는 것은 아닌가 염려하며 정치 참여를 '머뭇거렸던' 인물이다. 다시 말해, 도시에서 파견된 지도자는 '머뭇거리'는 젊은 농촌 지도자와 대면하면서 그 진정성을 의심받을 수밖에 없다. '신용'의 문제가 발생할 것을 예고하고 있다.

과거 식민지기 지식인이 농촌에 들어가 야학 등 문화사업을 할 때는 상상의 공동체인 '민족'의 일원으로서 (지역 감정이 있는 타지역 사람이 온 경우를 제외하고) 하나의 '민족-됨'을 의심받지 않는 게 일반적이었다. 그러나 해방이 되자 '민족-됨'의 문제에 은폐된 경제적 이해관계가 표출되었다.[43] '경험-지'가 성장한 농민들에게는 '모리배'와 진정으로 '농민을

왔다."(34~35면) "일체를 도맡아하는 이 따로 있고, 잘못엔 책임을 같이 진다는 것은 묵은 역사를 되풀이 하는데 불과한 것이겠지요."(여관방 어떤 남자의 말) (…중략…) (만오 日) 자기 앞에 가장 표 있게 붙는 것은 턱없이 비싼 여관비였다. 온 서울 안에 자기는 끈 떨어진 뒴박이었다. 계통 하나 잡지 못한 표류의 날을 계속하는 것뿐이었다. 그 대신 자기와 나날이 멀어가는 것은 **민중과의 거리**였다. 만오는 이에 나의 옛마을 사람들을 다시 생각하지 않을 수 없었다. 농민을 초탈하려던 할아버지의 꿈은 깨졌거나 말았거나, 그 시대엔 의례 있을 듯한 꿈이었다. 그러나 오늘 자기의 꿈은, 비록 일개인의 영달을 꾀한 것이라고는 생각지 않을지라도 너무도 일개인의 지나친 무모한 행동임을 알았다. 만오는 하루라도 빨리 제 마을에 돌아가 내 마을 농민들과 더불어 일하고 싶었다. 위의 책, 38면.

43 서북청년회의 청년들이 (조선공동체라는 상상의) '민족'과 (남한의) '국민'을 구분하고 빨갱이를 비국민(敵)으로 간주해 폭력을 행사했다. 이것은 정치적인 구분이지만 그 이면에는 실리의 문제도 포함하고 있었다. 문제안 외, 『8·15의 기억』, 한길사, 2005, 44~45면 참조; 참고로, 또 다른 국가주의적 민족주의 청년단인 조선민족청년단(족청, 1946.10~ 1949.1)은 "민족지상, 국가지상"이라는 명제를 내걸었고, '민족'은 '至上'의 지위에 오른다. 훈련소 중심으로 전개된 족청의 초기 활동은 "한국청년의 애국심과 민족관념을 주입하는 데" 주력했으며 이를 위한 지능훈련에는 이범석, 정인보, 안호상, 장덕수, 조봉암, 배성룡, 설의식 등 20여 명이 담당했다(임종명, 「조선민족청년단(1946.10~1949.1)과 미군정의 '장래 한국의 지도세력' 양성 정책」, 『한국사연구』 95, 한국사연구회, 1996, 187면). 임종명

위한 자'의 구별이 중요했던 것이다.[44] 요컨대 「탈피」의 윤하는 이러한 만오 같은 젊은 농민 · 지도자와 구장 등의 '신용'을 얻어야만 했다.

"물건은 그림자두 보도 못하고 돈은 돈대로 남의 손에 가서 하룻밤을 자고……" 구장은 머리를 저었다. "그건 요새 물건 매매의 속을 몰라서 하시는 말씀입니다." 변이 구장의 말을 받았다. "어듸 요샛물건을 밖에 내놓고 파나요. 속에 감춰 놓고 팔거던요."(209면)

(윤하) "좋은 일도 그만두고 오늘은 비료나 얼른 해결 지읍시다."
(변) "그것은 며칠만 더 참우. 그 대신 동무 돈 가져왔지. 그것을 이틀 동안만 이용합시다. 저기 어듸 서양사람의 약이 있는데 이것을 사가지고 38이북에서 온 장사꾼헌테 넘기면 곱쟁이는 남는거요. 동무도 용돈을 좀 써야지. 그게 뭐요. 옷 한 벌 변변히 못 얻어 입고"(216면)

마침 갈매울에서는 농사를 위해 비료가 급하게 필요했기 때문에 윤하 자신이 직접 나서서 비료를 조달하려 했다. 그런데 서울에서 전농의 (좌익)동지 '변'을 사무실에서 만나 비료를 구입하려 할 때 기묘한 장면이 펼쳐진다. 동행한 구장은 변에게 먼저 돈을 주지만 비료는 바로 받

에 따르면 당시 남한 엘리트들은 '국가'를 지역적 통치 사회로서 영토적 구획을 가진 집단이며, 일정 지역을 그 존립의 기초로 하는 지역적 집단으로, 다시 말해, 땅을 같이 하는 국토 사회로 파악했다.

44 이때 인민들에게 발견된 또 다른 '적'은 경찰이었다. 식민지에서 벗어나 이제야 인민을 위할 줄 알았던 경찰이 또 다시 적으로 등장한다. 그래서 1946년 2월 16일 민전의 결성 대회 이튿날에는 학병동맹사건, 국군준비대 문제와 함께 "악질경관 처벌문제"가 집중 논의되기도 했다. 진덕규, 『권력과 지식인―해방정국에서 정치적 지식인의 참여논리』, 지식산업사, 2011, 249~250면 참조.

지 못하게 된다. 구장은 그러한 상황을 납득하지 못하고 변을 사기꾼으로 생각한다. 결국 구장과 변은 충돌했고, 윤하는 중재를 하는 도중에 변에게서 "나를 그렇게 아는 것은 즉 동무를 불신한다는 단적 표현"이라는 말을 듣는다. 여기서 돈은 일종의 이데올로기의 '신용'과 직결되었고 그에 따라 윤하는 말문이 막히고 만다. 동지 '변'을 믿는 윤하는 "신용이란 인격 문젠데 인격 없이 일은 도저히…"라고 하면서 구장을 인격이 모자란 사람으로 폄하하고 만다. 그러나 결국 비료를 구해주기로 했던 변이 갈매울 사람들이 힘겹게 모은 돈을 가지고 장사꾼처럼 투기에 이용하려는 사실을 알고 윤하는 크게 실망한다.[45] 변이 사적 이익을 챙기기 위해 이문을 남기려는 모습에서 좌익 지식인의 '신용'은 명분일 뿐이며 모리배임이 드러나고 만다.[46]

---

[45] '변'을 굳이 긍정적으로 평한다면 '신용거래'라 할 수 있는데, 일본 최초의 경제소설인 『일본영대장』에서는 외상거래는 믿을 수 없기 때문에 현금거래로 전환해 성장한 장사꾼의 예를 보여주고, 외상거래 할 때는 그 상대와 마음을 터놓는 사이가 되지 않도록 하는 것이 성공하는 상인의 비결이라고 한다. 친해지면 외상해 준 돈을 돌려받기 힘들어지기 때문이다. 그렇다면 윤하는 동지 '변'을 너무 신용하면서 (동지를 처음부터 이용하려 했던) 변에게 돈융통의 마음을 먹을 수 있는 기회를 제공했다고 볼 수 있다. 또한 구장의 입장에서는 모리배처럼 물건을 직접 주지 않는 변이 윤하가 말했던 그런 '신용'할 만한 인물이 아님을 직감한 것이다. 거짓말은 '신용'의 지속성 문제와 직결하며, 결국 '변'은 신용을 주장하다 신용을 저버리는 결과를 가져왔다. 이하라 사이카쿠, 정형 역, 『일본영대장』, 소명출판, 2009, 50~233면.

[46] 구체적인 맥락은 다르지만 중국에서도 비근한 예를 찾아 볼 수 있다. 레이 황에 따르면 중국에서 해방 직후 "가장 가난한 농민들이 빈농동맹을 만들었고 이 조직은 농민협회 및 촌민회의의 중심이 되었다. 지방의 공산당원 그룹이 운동을 지도했지만, 공산당원들은 자신들이 그것을 만드는 데 일조했던 평민 조직의 검증을 받아야만 했다. 어떤 구성원이 빈농동맹, 농민협회, 촌민회의 등의 인준을 얻지 못했다면, 그는 공식적으로 인정받지 못했다".(레이 황, 구범진 역, 『장제스 읽기를 읽다』, 푸른역사, 2009, 536면) 동지 변이 모리배로 전락한 것을 한 개인의 문제로 치부해서는 곤란하다. 인민을 대변한다는 대표적인 조직 중 하나인 전평이 물자를 감춰 놓고 판매하는 방식은 일반 이익단체나 상업조직과 별반 다르지 않다. 여기서 '신용'이 정치·경제적 문제와 관련돼 다뤄질 수밖에 없는 이유를 확인할 수 있다.

이번에는 농촌이 아닌 도시(서울)에서 좌익의 가면을 쓴 우익의 모리배를 살펴보겠다. 해방 직후 상당수 지식인이 좌익 진영을 형성할 때 동료들의 '신용'을 확보하면서 그들로부터 이권을 획득하기 하기 위해 '좌익의 탈을 쓴 자'를 포착한 작품에는 김만선의 「어떤 친구」가 있다. 주인공 글쟁이 C는 동경 시대 대학동창이자 적산가옥을 불하받은 부자 P에게서 "만약 출판사를 하게 되면 그 돈을 다 써도 좋으니까 마음껏 기획을 세워 보라"[47]는 얘기를 듣는다. 당시 C는 정치투쟁을 하는 친구들을 보면서 "문학은 십 년 동안이나 해왔지만 문학적으로는 아직도 유치한데 이 유치한 것 까닭에 정치 방면으로 진출한 것"이 아닌지 생각했다. 그래서 그는 문학과 정치를 분리하고 "진지한 문학생활"을 표방하고 있었다. C는 중학 동창이자 대학 교수로 "정치와 윤리"라는 글을 쓰던 K를 우연히 만나 출판사 얘기를 했다. K는 자신이 잡지 허가를 받은 출판사를 가지고 있으니 사장은 자신이 하고 C가 투자만 하는 방식은 어떠냐는 제안을 받게 된다.

"저 친구가! 저 친구 여간한 모리배가 아닌데……"
K의 이 말을 들은 C는 대번에 말문이 막혔다. 더 좀 들어보니 악질적인 모리배였고 K의 해석으로는 출판사를 낸다는 것은 그러한 **민족적인 죄악을 캄플라지하기 위한 한낱 수단**일 것이며 그러니까 백만 원을 내느니 일천만 원을 써도 좋으니 하는 말도 모두가 헛소리일 게고 고작 써야 이삼십만 원일 게라 하며 "그러나 저러나 **모리배의 돈으로야 문화사업을 할 수가 있겠오.**"(53면)

---

47 김만선, 「어떤 친구」, 『압록강』, 깊은샘, 1989, 43면.

"형! 출판사를 이 K하구 해보는 게 어떨까?" P가 이렇게 제안하는 데는 더 참을 수가 없었다. C는 P가 그와 만나야 할 일에 약속을 어기고 그래서 이렇게 어색한 좌석에서 만나게 된 전후 사실을 P의 이 한마디로 대번에 눈치챌 수가 있어 그는 벌떡 일어섰다. 그리고 K를 한참 노려보고 "에이 더러운 자식!" 하는 욕이 나올 뻔한 것을 억지로 참으며 방에서 뛰어나오니 (…중략…) 그런 지 여러날 지나간 어느날 새벽에 배달된 신문을 자리낮에서 펼쳐보던 C는 "에이 더러운 자식!" 하면 신문을 내동댕이쳤다. 준비 중이던 '사회노동당'은 전날 여운형 씨의 제안이 있어 해체되는 줄로만 알았더니 그에 임시 중앙집행위원회를 선거 발표했는데 거기 **인민당의 한 사람으로서 K의 이름도 박혀 있는 것이었다.** C는 또다시 경찰에 잡혀가 수일 내로 군정재판에 회부될 것이란 그 친구를 연상했다. 그 친구와 K와를 대비해 생각할 때 **누가 정치가냐** 싶었다.(54면)

그런데 K가 C에게 투자하는 이가 누구냐고 묻게 되고 C가 P라고 알려주자 K는 P가 모리배라고 폭로한다. 출판사를 하고 싶었던 C는 K의 말처럼 P가 조금밖에 투자를 안 할 것인지 확인하기 위해 그의 집을 찾는데 그곳에 K와 P가 함께 있는 희극적인 상황과 대면하게 된다. "모든 정치문제는 정치를 하는 인간의 인간성 여하에 달렸"다고 주창하던 K는 "모리배(P)의 돈을 가로챈 K(자신—인용자)의 인격"을 여실히 드러냈다. K는 돈을 아끼고 출판사라는 문화사업의 미명하에 "민족적 죄악을 캄플라지 하"려 했던 P의 이해관계와 맞아떨어지면서 연합을 하게 된 것이다. C는 '신용'이 무너진 이들을 보면서 노동투쟁을 하다 잡혀간 친구와 비교하며 "누가 정치가냐"라는 생각을 한다. 즉 구속된 친구가 진정한 '정치가'이며, K와 P는 자신의 실리를 챙기려는 '정객-모리배'였다. 이런 모리배가 도시에서 농민들을 위한다며 외치는 목소리는 "도시의 정치 연설도, 시낭독도, 영화 감상도, 그리고 문호의 향상도 자유의 옹호도 정작 흙의 노예(농민-인용자)와는 아무런 관련도 없었다." "민족을 구성한 팔 할을 이러한 지경에 내버려둔 채 도시에서만 떠들어 대고 아무리 열심히 UN을 바라본대야 거기서 무엇을 얻을 건가"[48]라는 오기영의 지적처럼, '정객-모리배'는 앞의 「탈피」에서 살펴본 젊은 농민들의 '불신'만을 초래했다.

소설은 이렇게 끝나지만, 문제는 그가 잡혀간 친구를 긍정하게 되면서 문학과 정치(직접 투쟁)를 분리했던 지식인의 고민이 다시 시작될 수밖에 없다는 점이다. 이것은 지식인이 직접 투쟁을 할 것인가 아닌가의 문제와 관련된다. 또한 실상 그 문학은 정치적 성격을 간접적이지만 상당 부분 담보하고 있었다. 우익 문인들은 주로 '해방 국민의 감격'을 노래했고, 좌익 문인은 '인민의 감격'을 형상화하여 인민을 고무시키고 즐겁고 힘줄 수 있는 문학을 창출하려 했다. 그렇다면 직접 행동하지 않는 자의 문학은 무엇을 전달할 수 있는지가 고민이었다.[49] 식민지기 문학은 정치와 일치한다는 상징적 권위 아래 인민을 계몽할 수 있었다. 그러나 해방이 되면서 문학과 정치의 분리가 시작했다. 비등해가는 인민의

---

48 오기영, 「비농가非農家」(1948.7.20), 『진짜 무궁화 해방 경성의 풍자와 기개』, 성균관대 출판부, 2002, 151면.

49 참고로, 소설가뿐만 아니라 비평가 역시 '나라 만들기'의 노선을 두고 나름의 고민이 있었다. 김윤식에 따르면 해방 공간에서 가장 논리적이고 힘 있는 이론이 이원조의 인민 민주주의 민족문학론이었다. 모택동의 신민주주의론을 기반으로 한 그의 이론은 임화와 함께 남로당의 민족문학론을 형성했다. 김윤식, 『해방 공간 한국 작가의 민족문학 글쓰기론』, 서울대 출판부, 2006, 131~142면.

지성, 창궐하는 모리배, 더 나아가 좌우 대립이 심화되어 테러가 극화해 가는 상황에서 문인은 지식인으로서 계몽자의 위치를 유지하기 위해 작품에 어떤 자의식을 표출할 것인가. 그 자의식에는 식민지 시대 침윤된 정신적 유산을 탈각하지 못한 부분도 있을 것이며, 나름의 자기반성과 미래를 향한 새로운 문학적 전형을 찾기 위한 고통도 내재하고 있었다. 그 전형이란 '변혁의 주체'였고 따라서 문인은 지식인과 함께 '경험-지'가 성장한 인민에 주목하지 않을 수 없게 된다. 그리고 그때 인민과 지식인·미군정과의 간극이 가시화될 수 있었다.

3) 항거하는 인민과 기면증의 지식인

새로운 전형을 직조하려 한다면 문인이 인민을 '새롭게' 보는지가 중요하다. 그렇다면 우선 식민지기 문인이 인민과의 지적 차이를 어떻게 생각하고 있었는지 유진오를 통해 일부 엿볼 수 있다.[50] 그는 임어당의 입을 빌어 독자는 저자를 절대로 따라잡을 수 없다고 말한다. 또한 당시

[50] "그렇겠죠. 그런 사람은 늘 남이 하는대루 따라 엉병뗑―하다 말겠죠. 자기의 세계란 건 찾지 못하구 말겠죠. 그렇지 않구, 일정한 비판을 가지면서 읽는다 치드래두 讀者는 도저히 著者를 전부 이해 못하는 거라구 林語堂이 말했어요. 전에 어디 그런 얘길 쓴 일이 있는데 林語堂의 말은 著者는 讀者보다 언제나 한 계단 우에 서 있는게라구. 著者가 열을 의식하구 썼으면 讀者는 그 중에서 하나두 取하구 둘두 取하구 셋도 取하구 기껏 많이 취한대자 일곱 여덟쯤 밖엔 못취한다구… 그래두 讀者들은 아주 뭐 著者보다 優越한 것처럼 뭐가 어쩼느니, 幼稚하니, 안됐느니 하구들 떠들죠. 이러는 사람들은 다 自己自身의 敎養이 부족해서 자기의 理解力이 부족해서 그런 것인 줄 알아요. 水準이 나즈면 나즐사록 더할줄 압니다. 著者가 쓴 열중에서 하나나 둘밖엔 모르구 그 남어지 여덟은 왼통 모르니까, 자기 모르는 말은 다 안된 것 같겠죠, 다 되지 않은 소리같겠죠." 「兪鎭午氏의 讀書淸談, 綠蔭의 季節과 讀書論」, 『삼천리』 13-7, 1941.7.1, 174면.

조선문학자의 작품을 읽지 않는 풍토에 대해 "아는 者래야 朝鮮作家의 것을 읽을 興味를 가질 겁니다. 그쯤 되자면 적어두 專門이나 大學을 卒業하구두 어느 정도까지의 硏究가 있는 者가 아니면 안 될걸요" 하며 독자와 저자의 엄청난 간극을 드러내고 있다.

그런데 지식인과 인민과의 거리는 교양의 수준에서 그치지 않는다. 김동인은 「속 망국인기」(『백민』, 1948.3)에서 문사로서 적산가옥이라는 "대접"을 요구하고 정당화했다. 문인은 총독부 검열계의 철저한 제한과 사회 대중의 무시와 모멸 속에서 붓을 잡아 왔고 "조선문학이 오늘만한 형태라도 이루어진 것은 전혀, 거기 종사하는 사람들의 (모멸을 모멸로 보지 않는) 무신경과 정성의 산물"[51]이라는 것이다.

> 망국인에게는 수와 암의 구별은 있을지언정 다른 구별이 있을 까닭이 없으니, 우수한 인종이 입주하려면 마땅히 물러서는 것이 당연할 것이오, 그들이 가까이 사귀고 고문삼아 의논하는 이나라 사람들로 미루어 보아서 짐작할 수 있는 세계의 가장 열등의 민족에게는 오막사리일지라도 너무 거룩할지도 모르오. 무슨무슨 처장, 무슨무슨 장—그들이 마주 사괴고 의견교환을 할 수 있는 이 나라 인종은 민족적으로는 아메리카 토인보다도 민족애에 결핍되고 단결력이 없고 서루 깎고 할퀴기만 위주하는 유례없는 망종임을 영리한 그들은 인전 너무도 명료히 알았을 것이다. "그대들은 이땅에 와서 웨 가장 이땅의 열등인종과만 사괴고, 그 국부적의 좁다란 지식으로서 이 땅이 민족을 율코저 하는가"(109면)

---

51 김동인, 「속續 망국인기亡國人記」, 『백민』, 1948.3, 101면.

겉으로는 사회 대중의 모멸을 받았다고 했지만 인민을 바라보는 그의 시선은 냉혹하다. 불하받은 적산가옥을 다시 내놓아야 하는 상황이 되자 미군정과 만나 정책을 결정하는 관료를 '이 땅의 가장 열등한 인종'이라 폄하하고 인민 역시 '세계의 가장 열등의 민족'이라고 말했다. 유진오가 교양의 수준을 말했다면 김동인은 식민지기 내면화된 인종주의의 유산을 떨치지 못하고 직접 문학에 발화하고 있는 셈이다.[52]

> "우리 눔이 잡혀갔어요, 선상님 이 일을 어쩜 좋아요." 목수영감의 떨리는 소리였다. 날더러 처음 그는 "선상님"이라 하였다. 목수영감의 뒤를 이어 철용 아버지의 이애기는 이러하였다.[53]

이러한 문인(지식인)의 자의식은 최정희의 「風流잽히는 마을」(『백민』, 1947.9)과 안회남의 「불」(『문학』 1호, 1947.7)에서 '높임말'로 돌출적으로 현상한다. 나이 지긋한 목수영감이 지식인에게 높임말을 하는데 그것이 소설의 맥락과 전혀 맞지 않게 갑자기 등장해서 작품을 쓰는 지식인의 자의식이 투사되었다는 것을 쉽게 눈치챌 수 있다.

그러나 자부심이 강한 문인도 해방기의 '새로운 인간'의 문학을 제출하려 할 때 그 자의식에 균열이 발생한다. 안회남의 「불」이 그것을 잘 보여주는데 주인공 소설가 '나'는 정월 보름날 새해 복을 받으라는 어머니의

---

52 김동인의 사유는 계층·계급뿐 아니라 국토 피탈과도 관련된 인종주의적 민족관이라 할 수 있다. 식민지기 내면화된 인종주의가 해방기 국토 민족주의와 맺는 관련성에 대해서는 임종명, 「탈殖식민지 시기(1945~1950년) 남한의 국토 민족주의와 그 내재적 모순」, 『역사학보』 193, 역사학회, 2007을 참조. 임종명은 국토 내지는 자연환경이 인간과 민족 자체를 구성하고 그것의 발전을 규정짓는 구체적 존재라고 말하고 있다.
53 최정희, 「風流잽히는 마을」, 『백민』, 1947.9, 84면.

재촉에도 불구하고, 마찬가지로 집안의 복을 기원하기 위해 온 이웃집 이서방 모친에게 그것을 양보한다. 여기에도 헛된 미신을 믿는 어머니와 이웃에 대한 지식인의 우월의식이 드러난다. 중요한 것은, 죽은 줄 알았던 이 서방이 징병에서 돌아오면서 그 권위의식이 무너진다. '나'는 징용을 다녀왔지만 집안이 넉넉하여 징용 전과 달라진 자의식을 갖고 있지 않았다. 하지만 이 서방은 자신이 징병에 간 사이 아내가 도망가고 집안은 몰락해 징병 이전처럼 다시 누군가의 소작인이 되거나 공장의 노동자가 돼야 했다. '나'는 이런 "이서방의 마음은 어떨까. 나는 그를 한번 만나보고 싶었다. 이웃사람으로서의 동정심도 있었지만 사실 고백하면, 보다 소설가로서의 호기심이 컸"다. "그의 통곡하는 소리를 듣"고, "이런 비참한 통곡소리를 어떻게 붓으로 그려낼 수 없을까!"[54] 생각했던 것이다.

그는 본시 농민이나 그러나 내가 그를 처음 봤을 때, 얄미운 야미꾼으로 추측했던 만큼 그는 지금에는 확실히 농민이 아니었다. 그의 말을 들으면 미일美日 양 해군의 격전지로 유명했던 태평양 상의 고도 '토라크'도에 있다 왔다는데 거기서 오래 지내는 동안, 그렇게 변하지 않았나 생각된다. 순박한 농민의 얼굴 위에 늘 예민하고 표독한 표정이 흐르고 있었으며 나와 정식으로 인사를 한 후에도 뚝방 위에서 서로 지나치며 나를 주시할 때처럼 한결같이 무엇을 탐색하는 눈초리를 짓는 것을 보면, 그러한 표정이 일시적인 것이 아니라 버릇이 되어 버린 상 싶었다. 나이는 서른 다섯이라고하나 마흔이 넘은 사람처럼 뵈였다. 얼굴에는 까맣게 진이 앉았으며 광대뼈가 제일 눈에 띠게 툭

---

54 안회남, 「불」, 『문학』 1호, 1947.7, 38면.

불거졌고 그의 이마 위에 굵게 잡힌 주름살은 그의 고생한 모든 이야기를 누구에게나 믿게 할 만큼 유난스럽고 인상적인 것이었다. "살아나온 것이 꿈입니다. 아직 정신이 없습니다…" 그는 이렇게 말하였다. 말하는 어조도 충청도의 농민이 아니었다. "처음 부산에 떨어져 울면서 땅을 어루만져봤습니다."

"그립고 그리운 건 조선의 물이더군요. 먹는 물요…" 이런 말을 들을 때는 해외의 사지에서 헤매이며, 오랫동안 풍상을 겪어온 무슨 위대한 정치가의 감상담을 듣는 듯한 느낌이었다. 충청도 농민들은 항용 말 끝에 "유–" 하는데, 그 "유–" 대신 이렇게 올바로 "요–" 하는 사람은 도회지의 물을 먹었거나, 그 이상의 바람을 쐬인 인물들이다.

"코큰 사람들이 라바우루 하구 도락구에는 끝끝내 상륙을 못했죠. 그래서 도락구에다 맨 처음 원자폭탄을 쏠랴구 했었습니다. 도락구도에 있든 일본해군은 제4함대였는데, 나중엔 할 수 없이 할복했지요." 이렇게 되고 보면, 더군다나 이서방이 이서방 같지 않았다. 제4함대라는 말을 쓰는 조선의 농민을 앞에다 앉혀 놓고 나는 어안이 벙벙하였다. (40~41면)

그러나 이 서방을 만난 '나'는 당황하고 만다. 그는 징용보다 수위가 높은 '진짜' 전쟁 체험을 한 인물이었다. 그는 소설가 '나'가 알고 싶은 전쟁의 정보를 꺼내 소설에 이용할 수 있는 대상이었지만, 역사의 '진실'을 전한다는 소설의 소설가보다 '진짜' 역사를 알고 있었다. 정리하면 '나'는 소설이 필요 없는 사람과 대면하고 만 것이다. 이 서방은 '나'를 "탐색하는 눈초리"로 바라본다. 이 시선 앞에서 '나'가 자부하는 지식인이란 사회적 권위는 여지없이 무너졌다. 태평양전쟁 체험이 이서방에게 가져온 외면적 변화 중 하나는 언변 능력이었다. 그는 다른 농민과 달리 높임말은커녕 지식인처럼 표준어에 가까운 말을 구사했다. 군대에서 습득한 것이겠지만 그 변화는 그만큼 '경험-지'의 상승을 의미했다. 그런 그 앞에서 '나'는 "위대한 정치가"의 얘기를 듣고 있는 것으로 착각한다.[55] 징용 체험을 했지만 지각의 변화가 없고 안온한 집으로 돌아올 곳이 있었던 지식인과 전쟁 후 다시 길거리로 내던져진 농민의 정신적 위상이 전복하는 순간이다.

그러나 그 전복은 전쟁 체험에서 그치지 않고 당대에서도 행해진다. 지식인의 정의가 '행동하는 지성'이라 가정한다면, 직접 행동하는 사람과 대비되는 행동하지 않는 지식인의 자기모멸은 자기정체성의 부정을 동반할 만큼 심대하다 할 수 있다. 최정희의 「풍류風流 잽히는 마을」에서[56] 지식인 '나'(주인공)는 쪽제비가 닭을 물어가고 또 그 과정에서 자신의 소중한 채마밭이 망가지는 것을 염려한다. 그래서 그녀는 서흥수네 작인이자 목수인 창선 영감에게 새 닭장을 부탁한다. 그런데 목수영감이 며칠에 걸쳐서 찾아오지 않거나, 와도 그 다음날에는 무슨 일인지 또 오지 않았다. 영감을 알선해 준 문서방은 그녀가 삯전을 죄다 한꺼번에 치러줘서 그렇다고 말하지만 그녀는 영감의 '신용'을 의심하지 않다가 여드레가 훨씬 지나자 문서방 말대로 미리 돈을 준 것을 후회한다. 영감이 번번이 연락 두절되는 내막에는 채독에 걸려 며칠을 앓거나, '나'에게 빌린 돈으로 양옥수수를 사먹고 설사가 생겨 나흘 넘게 고생을 하는

---

55 인민의 사회·정치적·민주주의적 지위 상승에 따른 소설 내 주제와 인물들 사이의 위계 변동은 '이서방'이 보여주듯 문체의 변화와 민주주의 원칙인 평등의 확산 조짐으로 나타난다. 그 충격이 재현된 맥락이라 할 수 있다. 이 문학의 정치성에 대해서는 자크 랑시에르, 유재홍 역, 『문학의 정치』, 인간사랑, 2009, 9~50면 참조.
56 최정희, 앞의 글.

등 여러 사연이 있었다. 무엇보다 결정적으로 지주인 서홍수에게 소작하던 땅을 다시 돌려주게 되면서 영감은 심병이나 쓰러졌던 것이다.

'나'의 가면이 벗겨지기 시작한 사건은, 목수영감이 그 아들과 함께 '나'의 집을 찾아 닭장을 만들고 다음날 마무리짓기로 약조했는데, 마무리하는 날 벌어진다. 소작하던 땅이 떨어질 때 "나아리댁을 불질"르려 했던 그 아들이 결국 서홍수의 환갑잔치 상을 부셔버리고 순사에 의해 잡혀간 사건이 발생한다. 서홍수는 마을의 악독한 지주로 해방 이전에는 주재소 순사와 면직원에 빌붙어 자신의 이권을 유지했다. 해방 이후에는 잠시 죽은 듯이 지내더니 자신의 아들이 군정청에 들어가면서 다시 득세하기 시작한 인물이다. 미군정의 출현이 조선인의 친일파 청산에 오히려 해악이 되었다는 것을 보여준다. 해방/점령군인 미군정 역시 모리배와 함께 인민을 온전히 대표하기에는 부족했다.

나는 그 자리에 푹 주저안고야 말았다. 마음의 격동을 어찌하는 수가 없을 때에 늘 하는 내 버릇인 것이다. 주저앉아서 나는 무얼 생각했든지 모른다. 나는 새납소리 징소리를 귀에 아련히 느끼며, 잠이 들었든 것만은 사실이다. 독자는 날더러 맹탕이라고 우서도 좋다. 내게는 푹 주저앉는 버릇과 함께 절박한 감정을 누를 수 없을 때, **잠이 소로르 들어 버리는버릇**도 있는 것이다. 정말 나는 자 버렸다. 그처럼 나를 **격등식히든 풍류소리**가 내게 자장가로 들렸을 리는 만무했을 게나, 분명 나는 잠들어 버린 것이다. 소나무 그늘들이 짙고 해서 나는 꽤 오래 잤든 것이다.

원래는 지식인 '나'가 서홍수 환갑잔치에 가서 난장판을 만들어야겠다고 다짐했었다. 그런데 정작 "서홍수네 잔채 노리터에서 오는 풍류소리가 참 요란하"게 들려오는 중요한 시점에서 '나'는 갑자기 잠이 들어버린다. 이는 일종의 기면증嗜眠症이다. 그리고 그 대신 목수영감의 아들이 상을 뒤엎고 잡혀간 형국이다. 서홍수 집을 불 지르겠다던 아들을 타박하는 목수영감을 전시대 인물로 치부하고 부정했던 '나' 역시 직접 투쟁을 나서야 할 때 발을 빼버린 셈이다. 이것은 일종의 도피[57]이자 자기배반('불신용')이며 관념적일 뿐인 지식인의 단면을 드러내는 표상이었고 농민을 위해 주는 척 '말'만으로 일관하는 지식인의 전형적 행태이다.

4) 공론장의 위축과 '새로운 인간' 창출의 지난함

해방기의 새로운 전형을 창출해야 했던 문인은 모리배로 전락하거나 좌우익정치에 투신하기도 했고, 앞에서 봤듯이 현실 참여의 중요한 국면에서 그 주체가 되지 못했다. 이런 상황에 문인은 회의를 하고 절필하거나 다른 직업으로 이직하기도 했다. 이와 같이 '정치-문학'의 분리는 문인의 직업과 그 소명에도 균열을 가져왔다. 식민지 시대 많은 문인들이 언론기관에서 기자로 재직하면서 민족혼을 불태웠는데, 해방기에 다시

---

57 사에구사 도시카쓰三枝壽勝는 채만식의 「민족의 죄인」에서 해방 이전 '지조'를 둘러싼 두 친구의 언쟁을 듣고 "집으로 돌아와 병난 사람처럼 오늘까지 꼬박 보름을 누워 있었다"는 대목을 '의식상실과 죄책감'의 문제로 분석한 바 있다. 그런데 이 작품과 최정희의 「風流잽히는 마을」에서 보여주는 의식상실은 다른 맥락에 있다. 최정희의 '의식상실'은 과거 자신의 과오에 대한 자기비판의 성격이 아니라, 당대 중요한 현실 참여의 순간 그 도의적 책임을 방기한 문제이다. 사에구사 도시카쓰, 심원섭 역, 「질서 일탈자와 의식 상실의 모티프」, 『한국문학연구』, 베틀·북, 2000, 47~71면 참조.

문학의 정치성 문제가 제기되는 것이다. 문학과 문인의 삶을 일치시켜야 한다는 입장의 작가는, 사회주의 문학인들이 생활과 문학 사이에서 분열하는 전향자를 용납하지 않았던 것과 마찬가지로, 시대의 압제에 나름의 방식으로 저항했다. 『중외일보』 대구 지국에서 기자 생활을 하다 1930년 대구 시내에 항일 격문을 뿌린 대구격문사건에 연루되었던 이육사가 그 비근한 예이다.[58] 그러나 해방기 문인의 정치 참여의 가치를 인정하면서도 그것을 경계하는 작가, 다시 말해 직접 투쟁이 아닌 작품 활동만을 하는 이들은 자신의 소임을 어떻게 합리화하고 시대의 '신인간'을 창출할 수 있을까. 이것은 미군정하에서 어떤 인간을 '신용'할 수 있는가의 물음이다. 즉 미군정하의 조선 사회를 변혁할 수 있는 주체는 누구냐는 것이다. 앞에서 살펴본 것처럼 무기력하고 모리배적 지식인이 넘쳐날 때 '직접 행동을 감행하는 인민'에게 시선이 가는 것은 당연지사다.

이봉구의 「모사」(『문학평론』, 1947.4)에서 작가인 '나'는 "민족과 문학의 양심마저 팔아 버리고 세력에 아첨해 버린 절조 없는 작가와 시인들이 지방으로 강연을 다니고 부민관에서 문인보국회 무슨 회니 만들어 가지고 악을 쓰며 활보할 제 이 구역나는 패들과는 거리를 멀리한 그늘 아래서 고고孤高한 문학정신"[59]을 지키는 인물이다. 그는 자신을 문인이

---

58 이육사는 1932년 3월 장혁주 인터뷰 기사를 쓴 직후 김원봉의 조선혁명군사정치간부학교에 입교하기 위해 『조선일보』 기자직을 그만두고 중국으로 떠났다. 그가 다시 『조선일보』 기자가 된 것은 1934년 무렵이다. 그는 조선일보사 사회부장 이상호의 배려로 『조선일보』 대구 특파원에 임명됐으나 부임 도중 일본 경찰에 검거 되었다. 조선일보사 사료연구실, 『조선일보 사람들』, 랜덤하우스중앙, 2005, 211~215면. 문인 외 기자의 경우에는 1936년 8월 25일 유해붕 기자, 이상범 화가 등 『동아일보』 직원이 마라톤 손기정 선수의 일장기를 말소하는 등 다양한 저항의 움직임들이 있었다. 천정환, 『끝나지 않는 신드롬』, 푸른역사, 2005, 243~253면.
59 이봉구, 「모사」(『문학평론』, 1947.4), 『해방 공간의 문학』 1, 돌베개, 1988, 272면.

지만 직업상 신문기자라고 자처한다. 그리고 "죽고 밟히고 끌려가면서도 끊임없이 뻗어나는 이 강철 같은 인민들 앞에 나는 얼마나 미약한 정신의 소유자인가 생각할 제 그러면 나는 문학을 통해 어떻게 이바지할 것인가"를 고민한다. '나'는 직접 투쟁은 하지 않고 작품 활동만을 하는 기자인 것이다. 그는 "八·一五가 낳은 새로운 인간들과 그 타입을 그리는 것은 오로지 좋은 작품으로 쓰는 길밖에 별도리가 없다"고 판단한다.

해방 후 새 현실이 주는 감동, 울분, 긴장, 분노 이 네 가지 감정에 복바치여 약한 나는 사실 수없이 눈물을 먹으며 지내왔다. 학병장예날 모든 벗들과 함께 것잡을 세 없이 터저나오는 비분과 서름 그 후 학병공판을 비롯하야 정판사위페 사건 공판에 있어 모든 것을 초연한 자리에서 심판하는 듯한 **이관술李觀述의 태도와 그 안광眼光**, 八·一五는 다시 온다고 소리치는 피고들의 불을 뿜는 듯한 **송언필**, 아지 못할 주사를 맞고 중태에 빠저 "나는 과거 조선 민족해방을 위하야 감옥에서 지하에서 미흡하나마 싸워 온 사람이다. 오늘 해방되였다는 이 땅 우에서 나의 반대의사에도 불구하고 강제로 주사를 놋는 것은 언권유린으로서 나 자신은 물론, 조선민족을 모욕하는 것이다. 나는 민족의 긍지矜持를 위하야 단식으로서 대하겠다. 내가 죽거든 시체나 거더 달라"고 형무소에 면회간 변호사에게 말한 후 단식을 **단행하야 중태에 빠졌든 이주하李舟河**, 간수 등에 엎이여 공판정에 드러와 창백한 얼골로 의자에 몸을 의지한 후 갑분 숨을 쉬여 가며 한 마디 두 마디 추호도 부당한 것이 없다고 **신렴을 말하는 태도**, 모두가 내가 처음으로 대하는 **새로운 인간들**이였다.(273~274면)

그가 발견한 "새로운 인간"[60]은 식민 권력을 대신해 억압의 주체로 등장한 미군정과 지배 정치 세력에 대해 저항의 의지를 꺾지 않는 존재였다. 비록 '나'가 직접 투쟁에 나서지는 않지만 작가인 자신의 직분을 가치 있다고 여긴 것은 문학단체에서 활동하는 동료들에게 당국의 검거의 손길이 뻗치고 이들이 방황하기 시작했기 때문이다. '새로운 인간'을 신문과 작품으로 현현하여 저항의 정신을 잇고자 한 작가의 명분이 여기서 합리화될 수 있었다. 이 '새 인간'은 작가의 좌익적 성향이 반영된 좌익의 인간이라 할 수 있다. 하지만 인용문이 보여주는 것처럼 이데올로기를 넘어 민주주의와 인간의 기본권을 지향한다는 점에서 민주주의를 주장한 우익의 입장과 본질적으로 다르지 않다. 그것은 부조리한 억압의 사슬에서 벗어나려는 인간의 몸부림이기 때문이다.

그러나 거기에는 이 '새로운 인간'을 사회에 지속적으로 인민에게 드러낼 수 있는가의 문제가 수반한다. '새로운 인간'은 또 다른 '신인간'을 창출하기 때문이다. 그러나 '나'가 의지하는 신문 역시 정치의 굴레에서 자유롭지 않았다. 일례로 김만선의 「형제」에서 형인 경수가 다니는 "신문사는 중립을 지키려는 신문사"[61]였다. 어느 날은 "맹휴사건 기사"를 실었다가 "대학생 수십 명이 몰려와 테러"를 하고 기사를 취소하라는 요구를 받는다. 신문사 국장은 출판기기가 부서질 것을 우려해 그것을 수용한다. 이렇듯 신문사는 정당정치 세력의 억압뿐만 아니라 학생들의 테러 속에서 소신 있는 발언을 명확히 하지 못하게 된다. 이것은 자유로

---

60 단일한 이데올로기로 균질화되어 간 북한문학과 달리, 지난한 이념투쟁의 현장이었던 남한문학은 더 복잡다단할 수밖에 없다. 우익·좌익이 감격한 문학 그리고 그것과 거리를 둔 문학 등이 얽혀있는 형국인 것이다. 해방 직후 북한문학의 '새로운 인간'에 대해서는 신형기, 「해방 직후 북한문학의 '신인간'」, 『민족문학사연구』 20, 민족문학사학회, 2002를 참조하시오.

61 김만선, 「형제」, 『압록강』, 깊은샘, 1989, 75면.

운 의사소통의 공간이라 할 수 있는 공론장의 붕괴를 의미했다. 그리고 그 상징적 사건 중 하나가 1946년 6·10만세운동 기념공연에서 만담가 신불출이 국기 모독 문제로 관객들에게 구타당하고 구속당한 일이다.[62] 『동아일보』는 이 신불출을 신랄하게 비판했다. 이는 1946년 5월 4일 언론통제 법령을 공포한 미군정의 조치와 함께 당대 분위기를 엿볼 수 있다.[63] 인민의 정치 공간의 위축 및 폐색되어 가는 국면이 확인된다. 이러한 도시와는 또 다른, 농촌에서의 '여론-장' 붕괴는 최정희의 「풍류風流잽히는 마을」에 나타난다.

> 그들은 서홍수네 이야기보다, 재미난 것이 있었다. **마을 한가운데 서 있는 늙은 정자나무 그늘에서 국사를 논하는 것이 재미가 났다.**(68면) (…중략…) 마을은 다시 눈물의 바다 한숨의 골자구니로 되얐다. 해방전 그 무섭든 생지옥-주림과 중병과 증용과 보국대와 증발로 우름의 바다요 한숨의 골자구니든 이 마을이 그적애와 똑같은 생지옥을 연상하는 마을이 차츰 되어갔다. **마을 한가운데 서 있는 늙은 정자나무 그늘에서 히색이 만면해서 재미나 하든 정치담도 마을 사람들은 다 잊어버렸다.**(77면) (…중략…) 진정 그들은 독립(해방)이 다시 돼야 한다고 느끼기는 하나, 그 '독립'이라는 것이 어떠한 형태로서 그들 앞에 나타날 것은 짐작하지 못하는 것이였다.(78면)

---

62 반재식, 『漫談 百年史』, 백중당, 2000, 205~210면.
63 미군정은 1946년 5월 4일 군정 법령 제72호 「군정 위반에 대한 범죄」를 공포하면서 언론 통제를 시작했다. 언론 관련 내용은 "① 미군 또는 군정에 대한 공무방해·비방·모욕·명예훼손·적대행위 등의 금지, ② 무허가통신의 금지 및 방송의 검열, ③ 불법결사운동의 금지 ④ 무허가집회 및 시위의 금지와 이들에 관련된 발행, 유포 등의 언론활동 처벌, 그밖에 치안 및 질서를 교란하는 행위를 광범위하게 처벌하는 규정이 포함되어 있다." 조소영, 「미국정기 및 제헌기의 한국헌정사—미군정의 점령 정책으로서의 언론 정책과 언론법제의 고찰」, 『법과 사회』 24, 법과사회이론학회, 2003, 199~200면.

해방 이후 농민들은 '마을 한가운데 정자나 그늘' 아래에서 시국을 논하게 된다. 이는 식민지기에 하지 못했던 경험이다. 그러나 미군정이 들어서고 그 권력을 등에 입은 친일파 서흥수네가 다시 득세하면서 마을은 생지옥이 되고 정치담談도 사라진다. 마을 정자나 그늘은 일종의 마을회관(공회당)의 환유라 할 수 있다. 이곳은 주민의 결속력과 여론 형성의 장이자 자치문화적 생활 공간 및 공적 공간이었다. 사회 구성원들이 합리적 토론을 통해 보편적 이익을 도출해내던 공간의 폐쇄는 여론 민주주의의 종언을 의미한다. 도시와 농촌에서의 '여론-장' 즉 정치 공간의 위축 및 소멸은 "새로운 인간"의 창출과 발화를 원천 봉쇄하는 시대의 시작을 의미했다. 그 결과 (잠재된)'신인간', 문학 역시 왜소해질 수밖에 없었던 것이다.

예컨대 백남운에 따르면 남조선 민주주주의 특징이 '언론의 자유'에 있다고 하여 '정치적 의사표시 자유'가 미소공위 속개의 중요 조건으로 강조되기도 했다. 그러나 미군정은 조선 여론의 선봉을 대개 빨갱이로 간주했다. 따라서 언론 자유란 공산주의(자)를 박멸하자는 선전의 용인과 묵인만을 의미했다. 이에 반해 인민의 참다운 말은 실질적으로 봉쇄되어 "숙덕공론"만 늘어갔다. 그래서 백남운은 인민층의 참된 여론인 '숙덕공론'은 구미식의 여론조사로는 알 수 없으며, 조선에 여론이 없다고 하는 이는 조선 사람의 신경을 모르는 반가통의 조선 사람일 것이라고 주장했다.[64] 이 관점에 따르면 남조선의 언론은 기사를 왜곡하여 언론조작을 하는 등 사이비보도를 횡행했다. 인민은 편향적 (관제)미디어

---

64 백남운, 「조선 민족의 진로 재론」(1947.4), 『조선 민족의 진로·재론』, 범우, 2007, 96~98면.

에 노출되었고 언론 민주화는 요원한 문제가 되어 갔다. 여기서 언론은 결국 사상과 관련되는 것이기도 했기 때문에 남조선이 사상의 자유가 억압된 시공간이 되어버렸다는 의미이기도 했다.

정리하면 단정 직후인 1949년 1월 백철은 중간파를 "태도상에선 기회주의요 문학적으론 그 일에 철저해야 할 논리와 배반되는 무력한 것밖엔 된 것이 없다"고 비판한다. 또한 "그러한 시대적 이념·문학적 신념의 결여와 막연한 입장에 선 것이 이 작가군의 문학이 안이성에 떨어지고만 원인도 되는 것"이라고 지적했다.[65] 그러나 지금까지 살펴본 문학 작품들을 '신용'의 문제를 제기한 '중간파적 문학'이라 통칭할 수 있다면 이들 문학은 문인·지식인·미군정과 인민의 만남 그것에서 대표성의 중요 요소인 '정치적 신용'을 새롭게 드러냈다.

대표를 자처한 미군정과 지식인은 인민의 목소리에 얼마나 귀 기울였는가. '자유의 나라'에서 온 미군정은 애초에 한 약속과 달리 민주주의적이지 않았다. 중간파적 문학은 언론 및 사상 탄압이 심화되고 친일파 청산이 유예되는 현실에서 새 시대의 주역인 '새 인간' 창출이 어려워지는 저간의 사정을 드러낸다. 자유롭게 말할 수 없는 반민주주의적 공간에서 인민은 분명 행복할 수 없다. 그럼에도 인민의 '경험-지'가 상승한 정치 현실은 인민이 대표자의 정치적 선택을 일부 제어하기 시작했다는 것을 시사한다. 이는 지식인에도 영향을 미쳐 지식인 중 한 집단인 문인의 작품에도 나타났던 것이다. 당대 문학자의 자기반성, 일종의 윤리의식이 작품에 표출된 것은 지식인이 '지식인의 죽음'을 자각했다

---

65 백철, 「現狀은 打開될 것인가—主로 旣成作家의 動向에 對한 展望 ⑤」, 『경향신문』, 1949.1.11, 3면.

는 것을 방증한다. 그런 점에서 이들 문학은 '미약하지만 그래도' 신뢰할 수 있는 '신용의 문학'이며, 그러한 사유를 해야만 하는 시대가 다가왔다는 것을 상기하고 있다. 그만큼 해방은 '대표-인민' 간 민주주의적 관계의 확장을 가져왔다. 이것은 대표와 대표되는 자 간의 '신용' 회복을 위해 새로운 소통 방식이 요구됐다는 것을 시사한다. 다음 장에서 이 소통의 문제를 살펴보자.

갈등의 조정과 합의,
'말하는 입'의 제도적 현실

1. 선거, 대의제도와 (비)국민의 체념 그리고 자살

1) 인민의 권리, 선거

'대표-인민'의 구도는 실상 다양한 사회 구성원의 이해관계를 함의하고 있다. 인민은 좋은 삶을 만들기 위한 공동체의 일원이지만 다른 한편으로 사적 이익을 추구하는 존재다. 이런 인민이 국가 체제를 기획하고 수립하는 과정에서 그 방법론이나 정치 의제의 우선순위를 둘러싼 정치적 갈등은 필연적이다. 그래서 인민과 대표가 각자의 이해를 표출하고 갈등을 조정하며 소통하기 위한 제도의 구축이 구상되었다. 이러한 제도는 정치 체제에 따라 달라지기 마련인데 해방기는 아직 그 정체

政體가 확정되지 않은 실정이었다. 하지만 미군정을 대신해 민족의 현안을 주도적으로 해결할 대표를 선출해야 한다는 데는 이의가 있을 수 없었다. 그 선출의 주체는 인민이어야 했고 인민의 주권 표현은 (북조선이 그 선례를 보여 준) 당시 현실적 안이었던 선거를 통해 실현되었다. 당시 인민에게 선거는 무엇이었을까.

선거란 자유민주주의 체제에서 정치 권력을 향한 사회 세력 및 정치 집단들의 공적 경쟁이다. 또한 정치 권력의 민주적 정당성을 보장하고 위로부터의 국민통합을 가능하게 하는 핵심 수단이다. 선거 상황에서 일시적으로 사회적 위계질서가 무너지고 후보자가 유권자의 표심을 얻기 위한 노력들이 이루어진다. 하지만 자유민주주의 체제의 선거란 국민이 일시적이고 제한적으로 자신의 주권을 행사할 수 있는 '비정규직 주권'이라는 해석도 비등하다. 또한 선거가 인민의 합리적 선택과 그로 인한 최선의 공공선을 도출하는 것도 아니다. 가령 유권자가 도저히 대표자로 수용할 수 없는 '적'을 낙선시키기 위해 자신의 계급이해와 관계없는 후보를 지지하는 등 다양한 정치 현상이 벌어진다. 그래서 '선거 민주주의'는 선거 기간에만 제한적으로 실현된다고 설명되기도 한다.

실제로 민주주의를 자리매김하기 위한 투쟁의 국면에서 선거와 관련된 우리의 역사는 부정부패로 얼룩졌다.[1] 선거 과정에서 유권자와 후보

---

1   1987년 4월 14일 전두환 정권은 대통령 직선제를 수용하지 않는 호헌을 발표했고 이는 6·10민주항쟁을 가져와 6·29선언으로 이어졌다. 1969년 대통령의 3회 연임을 허용하는 개헌안이 통과되고 1972년 유신헌법으로 간선제 방식의 대통령 선출이 이루어졌다. 이에 따른 반발을 긴급조치권으로 무마하고, 폭력조직을 각목부대로 동원해 다른 당의 전당대회를 방해하기도 했다. 이런 폭력동원은 1950년대 자유당정권과 깡패정치에서도 횡행했던 일이다. 1956년 5·15정부통령 선거에서 참패한 자유당 정권이 대한반공청년단 등을 동원한 1960년 3·15부정선거가 있었다. 마산에서 대통령·부통령 선거의 투표 부정에 대한 항의 시위(1960.3.15)가 일어났고, 이후 마산상고 김주열의 죽음은 4·19혁

자의 권력관계가 일시 중지되어 온전히 평등해지는 것도 현실적으로 어려운 일이었다. 본래 선거란 특정 정치 세력이 지배집단으로 부상하게 되는 정치의 과정이다.[2] 선거 이전/이후란 정치 권력을 획득한 세력과 그것에서 소외된 인민 간의 영속적인 갈등을 의미한다. 그렇다면 이 영속의 출발지점은 언제일까. 현대사의 원점이라는 해방기의 단정 수립 과정을 되돌아 보고자 한다. 기존 해방기는 8·15를 둘러싼 한·중·일 기억, 반공 체제 수립 과정, 미군정 통치전략, 중간파의 정치·사회사적 의미 등이 논해져 왔다. 그러나 선거를 둘러싼 문학 속 기억의 문제는 소홀히 해왔다.

해방기의 선거가 왜 중요한가. 인민의 모든 정치 행위가 선거로 수렴되는 것은 아니지만, 선거는 인민이 정당(국가)에 대해 공식적으로 정치·경제적 '청원'을 하는 장이다. 그것은 인민이 국민국가의 '국민'[3]이 된다는 것이 어떤 (대접을 받는다는) 의미인지 확인받는 계기였다. 국가의 단정 수립을 위한 선거는 그 선거를 하는 유권자, 다시 말해 '국민'의 범

명의 도화선이 되었다. 강준만, 「죽음의 문화정치학」, 『한국언론학보』 54-5, 한국언론학회, 2010, 94~95면; 서준석, 「1950년대 후반 자유당 정권과 '정치깡패'」, 성균관대 석사논문, 2010, 51~59면.

2 이것은 부르주아의 혁명이 역사적으로 가져온 봉건적 신분 구조의 철폐가 역설적으로 특권적인 경제계급을 발생하게 했다는 루카치의 고전적인 지적을 떠올리게 한다. 해방이 일종의 혁명이기도 하다면 그 혁명이 가져온 체제의 변동은 선거와 같은 제도 등을 통해 또 다른 특권계급의 등장을 예견하게 하기 때문이다. 게오르크 루카치, 박정호·조만영 역, 『역사와 계급의식』, 거름, 2005, 139~140면 참조.

3 해방 직후는 아직 체제가 확정되지 않았고 그만큼 '국민'도 결정되지 않은 시기였다. 그래서 국민이 있는 것처럼 먼저 상정해서는 안 된다. 해방이나 그로 인한 귀환 그 자체가 온전히 민족주의나, 국민국가의 완성으로 수렴되는 것은 아니기 때문이다. (이것은 국적법이 시행되지 않은 식민지 조선도 마찬가지이다) 다만 호적을 통해 인민은 '국민'이 되었다. 이 글이 해방 이전/이후를 연속의 차원에서 접근한 글이므로 '국민'이라는 상상의 공동체의 성격을 갖는 대목은 국민으로 사용하고, 그 외에는 인민을 사용하겠다.

위와 성격을 결정짓고서야 가능했다. 기존 세력이 자신의 권력을 공고히 하기 위해 유권자를 선택하는 것은 (임시)국가가 누가 '국민'인지 호명하는 과정이기도 했다. 따라서 '국민'의 경계를 설정하기 위한 국적법과 선거법은 주요한 사안이었다. 미군정기 '임시조례'를 기초로 한 국적법은 1948년 11월 10일 국회에 제출되어 12월 11일에 공포되었다. 국적법과 관련된 '임시조례'가 1948년 5월 11일 공포되어 제대로 시행되지도 않았다[4]는 것을 상기하면 해방기의 인민은 국민이자 비국민이었다고 할 수 있다.

2차 공위를 대비해[5] 준비하기 시작한 선거법의 경우도 우익 세력이 비등한 과도입의에서 제정해(1947.9.3 공포) 좌익을 지지하는 일부 세력은 제외됐다.[6] 이러한 배제는 5 · 10선거 이전에 이미 존재했다. 남조선

---

4   재산권과 시민권을 확립하기 위한 국적법은 '일본인 등기'(1945.10.8)와 '조선성명복구령'(1946.10.23) 등을 통해 조선인과 일본인을 구분했다. 외부인과의 분리는 내부인의 정체성 정립도 수반했다. 외국국적을 취득한 이중국적의 조선인은 혈통의 순결성과 단일한 민족성을 훼손하는 문제로 비춰졌기 때문이다. 당대 세계와 교류하고 선진 민주주의 체계에 발맞추기 위해 지도층은 외국 여성이 대한민국의 처가 된 경우 국적 취득을 허용하는 '관용'을 보여줬다. 여기에는 역으로 남성 혈통 보존을 강조하는 가부장적 논리가 근저에 깔려 있었다. 김수자, 「대한민국 정부 수립 전후 국적법 제정 논의 과정에 나타난 '국민' 경계 설정」, 『한국근현대사연구』 49, 한국근현대사학회, 2009, 118~137면.

5   "모로토프 蘇外相은 (…중략…) 全朝鮮에 普通選擧權과 同等選擧權을 賦與한다는 原則下에 民主主義의 機具를 設置할 것"을 미국에 요구한다. 「美蘇共同委員會 5월20일 서울서 再開 '마'氏 聲明에 '모'氏 回翰」, 『동아일보』, 1947.4.24, 1면.

6   과도입의에서 결정된 선거법에서는 투표권 연령 23세, 문맹자 배제, 특별선거구 등의 제한이 있었다. 이것을 미국이 수정 · 폐지하여 투표 연령을 21세로 낮추고 소선거구─다수대표제 채택, 문맹유권자는 자신이 택한 사람의 도움을 받아 등록 양식에 날인만 하면 선거권을 보장받게 했다. 좌익이 젊은 층에 큰 영향력을 미치고 있는 상황에서 연령을 높여 투표에서 배제하려고 했던 우익의 노력이 (20세는 배제했지만) 좌절된 것이다 (박찬표, 「제헌국회 선거법과 한국의 국가형성」, 『한국정치학회보』 29-3, 한국정치학회, 1996, 83~89면). 선거는 어떤 성향의 세력을 배제할지 결정하는 중요한 제도다. 함상훈은 선거제도의 여하도 중간파 성립의 조건이 된다고 지적한다. "大選擧區制와 投票의 比例代表制가 되면 中間派 小黨들도 成立할 수 있으나, 소선거구제와 다수당투표제로하면 소당, 중간파는 등장하기

은 1946년 10월 (민의를 대변하지 못한) 입법의원선거가 있었지만, 선거인 명부 작성이 부실했고 비밀선거와 직접선거의 원칙도 지켜지지 않았다.[7] 이들 선거는 식민지기 경성부회를 떠올리게 한다.[8] 명목상 자치제가 실시되고 있었지만 일정 금액 이상의 세금을 내는 사람만이 유권자가 될 수 있었던 것을 감안하면 실질적으로 거의 다수가 선거권을 가질 수 없었다. 그런 점에서 해방 이전/이후 인민의 주권적 조건은 일정 부분 연속성을 유지하고 있었다.[9]

따라서 5·10선거(남조선단독선거)의 문학적 재현만이 아니라, 선거를 행하는 인민의 실존적 삶의 조건과 심리적 여로를 구명究明할 필요가 있

곤란하다"는 것이다. 그는 신진新進, 신한인민新韓國民, 민주통일民主統一, 민중동맹民衆同盟 등을 중간파로 규정하고 이들이 미소공위를 아직까지도 지지하는 공상에 빠져 있다고 한다(함상훈, 「중간파에 대한 시비」, 『신천지』, 1947.10, 7~8면). 이외 삼팔선 논의도 있었다. 1947년 7월 미소공위가 사실상 결렬되기 이전, 미소공위에서는 임시정부 수립과 "臨時政府에 依하야 施行될 全朝鮮統一 自治 政府樹立을 爲한 自由選擧를 實施할 豫備의 手段"으로서 미국측의 "삼팔선 철폐" 주장이 논의되었다(홍종인, 「美蘇共委 再開에 際하여」, 『신천지』, 1947.6, 44면).

7 해방 이후 선거는 북조선에서 먼저 이루어졌다. 1946년 2월 북조선임시인민위원회 출범, 1946년 11월 3일 총선거가 실시되어 북조선인민위원회가 수립되었다. 이에 비해 북조선은 11월 선거에서 시-군 인민위원을 뽑았고 이듬해 1947년 2월 24~25일, 3월 5일 선거에서는 리-동-면 인민위원을 선출했다.

8 1920년 '개정 면제령'으로 면협의회가 설립되어 지정면의 경우 일부 특정유권자의 비밀 보통선거가 이루어졌다. 지수걸, 『한국의 근대와 공주사람들』, 공주문화원, 1999, 92면.

9 사법적 지위 역시 그 연속성에 대한 또 하나의 참조점이 되겠는데 식민 말기·미군정기 조선인은 법적 인권을 보장받기 힘들었다. 일례로 1941년 5월 10일 내지에서 전시형사입법인 국방보안법이 시행되면서 검사가 법원을 통하지 않고 강제 처분권을 행사할 수 있게 된다. 그런데 "이러한 검사의 강제처분권은 조선에서는 기왕부터 조선형사령의 특별규정에 의하여 내지와는 달리 일반적으로 인정되어 있"었다(정광현(법학자), 「防諜과 國防保安法」, 『신시대』, 1941.6, 106면). 여기에서 일제 당국이 법의 효율성을 높이기 위해 절차적 정당성을 갖춘 법을 정지시켜버린 '초법적 통치'가 식민지 조선에서 일상적으로 행해졌다는 것을 다시금 파악할 수 있다. 해방 이후에는 1947년 4월 11일 조선인에게 (무소불위의 횡포를 자행한) 미군정 재판을 적용하지 않겠다는 군정청 공보부의 발표가 있기까지 사법권 이양이 되지 않았다(「朝鮮人에 對한 軍裁撤廢 司法權移讓으로 十一日부터」, 『동아일보』, 1947.4.13, 1면).

다. 인민은 선거를 통해 대표와 소통하고 행복한 삶을 회복할 수 있었을까. 선거를 하기까지 인민은, 식민 말기 전시국가총동원령(1938)에서 '국가만들기 프로젝트'가 횡행한 해방기에 이르기까지 '동원' 체제 속에서 살아갔다. 선거라는 주권 행사를 획득하기 이전/이후까지 국민이면서 (식민지기에도 국적법이 시행되지 않았듯) 비국민으로서 주권을 행사할 기회가 드물었다. 해방 이후에 진정한 '독립을 희망하는'[10] 목소리가 높았던 이유도 주권의 실질적 회복에 대한 욕망이 그 근저에 있었다. 또한 인민이 공적 주권을 행사해 얻을 수 있는 실질적 이득 역시 체감하기 어려웠다. 하지만 그 '권리'가 인민의 자존감 내지 사회적 지위를 확인하는 계기이기도 했다. 그리고 그것은 '국가-국민'의 관계에서만 확보되는 것은 아니었다. (마을)지역 및 직장 등 공동체를 함께 영위하는 이웃과의 관계에서도 발생·확인할 수 있다. 그래서 이 글은 해방 이전/이후 여전히 권력에서 배제되어 살아가는 인민의 체념적 삶에 주목했다. 그리고 그 삶을 조형하는 구조적 억압의 매개로서 도회의원에 착목하게 된 것이다.

도회의원을 비롯한 각 하위 의원의 선거는 식민지 조선의 자치 제도를 형성했다. 자치제는 명목상일 뿐 자치의 외피를 둘러쓴 수탈의 도구라는 비판도 있었지만 1930년대 접어들면서 선거에 대한 인민의 관심과 참여가 높아지기 시작했다.[11] 도회의원이 되는 사람은 지역 유지나 고등교

---

10 「編輯後記」, 『백민』, 1948.1, 108면.
11 동선희, 『식민 권력과 조선인 지역 유력자—道評議會·道會議員을 중심으로』, 선인, 2011 참조. 이광수는 지난 21일 조선 전도에서 행해진 부읍면회 총선거가 민중의 정치 교육과 자치 훈련의 차원에서 중요하다고 지적했다. 또한 자치제의 의원이 민중 개개인의 생활의 지배인이라는 실감을 가져야 한다고 말한다(이광수, 「자치훈련」,(소화 14년 5.28), 김원모·이경훈 편역, 『동포에 고함』, 철학과현실사, 1997, 196~197면; 「無事故의 明朗選擧 新人이 過半數占領 今番道會議員總選擧의 結果」, 『매일신보』, 1941.5.14, 2면). 첨언하면 1920년 데모크라시란 말이 유행할 때 조선인 역시 보통선거운동을 정치적 데모크라시로

육을 받은 엘리트들이었는데 또 한편으로는 당시 주민자치제도였던 정・동 총대 제도에서 총대를 역임했던 이들이 부회의원이 되기도 했다.[12] 즉 식민지 조선은 정・동 총대직에서 부회의원, 도회의원으로 정치적 지위가 상승하는 사회 구조를 형성하고 있었다. 이것은 식민지 당국과 인민의 사이에 (군수, 도지사 등과 같은 관료와 함께) 다양한 외형의 자치제도를 통해 양산되는 지역 유력자가 있었다는 것을 새삼 확인하게 한다. 그리고 이들이 해방 후 각계각층의 대표자가 되었다는 점에서 해방 이전/이후를 연속성 차원에서 고찰할 수 있다. 도회의원은 체제의 구조적 억압과 모순의 한 자화상이라 할 수 있겠다. 식민 말기, 해방기 소설에 모두 도회의원이 등장한다는 것은 당시 인민의 원한 어린 '감정 기억'[13]

인지하고 있었다. 그러나 영국의 경우와 달리 식민지 조선에서 참정권을 논하는 것은 모욕이 될 것이라 말한다(고영환, 「데모크라시의 意義」, 『학지광』, 1920.7, 40~41면).

12 경성부회 의원들 가운데 총대 경력자가 점차 증가하고 있다. 특히 1930년대 후반의 3대와 4대 부회 의원들을 보면 약 절반에 가까운 사람들이 총대 출신이다. 초기 부회 의원들은 명망가 중심으로 선출되었지만 점차적으로 지역 사회를 기반으로 정치적 토대를 닦은 새로운 인물들이 부회 의원으로 진출하고 있다. 이는 정・동 총대직이 부회 의원으로 나아갈 수 있는 실권을 가진 자리였음을 말해준다. 김영미, 『동원과 저항』, 푸른역사, 2009, 101면.

13 쑨거는 (일반화한 용어는 아니지만) '감정 기억'을 논한 바 있는데, 나는 인접국 간의 형성되기 쉬운 '가해자-피해자'의 관계에서 피해자의 '감정 기억'뿐만 아니라, 당대 조선 내부 피해자의 '감정 기억'을 어떻게 대면해야 하는가도 중요한 문제라고 생각한다. 흩어진 기억의 파편인 '감정'과 만나는 작업이 필요하다. 소외되어 있는 대중들의 '감정'을 복원하여 기억을 재구성하고 역사적 의미를 부여하는 것이 대중의 역사화라 할 수 있다. 감정은 기억이고 기억은 정치의 문제다. 그래서 그 감정은 해방기의 화두였던 '친일 청산' 문제와 관련된다. 친일 청산은 조선 민족 재건이라는 전후의 상상력과 관련된 문제이며 또한 조선인의 전쟁 책임을 포괄하고 있다. 식민 지배의 피해자로서의 조선인 표상은 제국 일본에 동조・협력한 조선인과 표리관계에 있다. 이것이 서로 착종되어 해방 조선인의 각기 다른 정체성을 형성했다. 무의식적인 공범자 의식 속에서 '지금-여기'까지도 듣지 못하고 있는 당시 인민의 분노어린 외침은 무엇일까. 그 목소리를 다시 찾고 기억할 필요가 있다. 가족을 징용・징병・강제이주 등으로 떠나보내고 '남겨진 자'의 슬픔을 말이다. 쑨거, 윤여일 역, 「동북아의 '전후'를 어떻게 논할 것인가」, 『사상이 살아가는 법』, 돌베개, 2013, 64~75면; 쑨거・윤여일, 『사상을 잇다』, 돌베개, 2013, 221~230면 참조.

과 관련된다는 점에서 식민 기억 및 식민 청산의 문제와도 관련된다.

식민 지배 체제의 '동원'에 저항하거나 '탈동원'하는 대응방식도 있지만, 삶에 침잠해 그 체제에 무감하다가 (예민했더라도) 자의 반 타의 반으로 동원되는 '대다수' 인민이 존재했다. 생존권을 지키기도 힘든 삶을 살아가는 인민의 삶에 균열을 일으킨 권력의 틈입이 가져온 생의 몰락, 그리고 남겨진 사람들의 삶의 내막을 살펴보려 한다. 요컨대 이러한 삶의 조건에 관여하고 지원했던 도회의원을 통해 선거의 실체와 대표자와 인민의 관계를 해방 이전/이후 두 시기에 걸쳐서 파악할 수 있을 것이다.

2) 성명 그리고 선거, 해방의 연속과 단절

해방 이전/직후 이 시기 '국가-국민'(대표-인민)의 관계에서 성명·선거는 국가의 폭력성과 인민의 실존적 지위를 가시화하고, 국민으로서 국가에 포섭되어 가는 한 유형을 보여준다. 선거가 인민의 모든 정치 행위를 대변하는 유일한 것은 아니다. 선거의 결과가 모든 인민의 이해를 대변하기도 어렵다. 그러나 보통선거권이 전제된 선거는 구성원으로 하여금 국민의 일체감을 형성하게 한다. 여기서 중요한 것은 인민 중 누가 국가와 일체감을 형성할 수 있느냐(역으로 호명되느냐)의 문제이다. 그리고 그 일체감은 일방적일 수 없으며 인민의 출세욕과 무관하지 않다. 인민이 지향하는 권세란 단순히 부를 기반으로 한 입신만이 아니라 정치 권력과 관련된다. 사적 영역이 공적 권력과 분리되지 않은 사회의 한 자화상이라 할 수 있다. 그리고 거기에는 이 글이 살펴려는 도회의원도 포함된다.

해방 이전/이후를 다룰 때면 체제의 현격한 변동으로 인해 연속/단절의 문제가 제기된다. 그래서 연속성을 논할 때는 식민지기의 것을 기원으로 설명하려는 방법론이 일반적이다. 이 글 역시 (기원을 논하지 않더라도) 해방 이전/이후 선거를 연속성상에서 논할 수 있는지 고려해야 했다. 식민지기는 일정 재산을 가진 사람만이 유권자가 될 수 있었다. 해방 후 5·10(단독)선거에서는 21세 이상의 모든 이가 선거를 할 수 있었지만, 그 이전 입법의원 선거와 이후 대통령선거는 간접선거여서 일반 인민은 제외됐다. 해방 전후 유권자의 주권적 위치가 유사하다고는 할 수 없다. 그러나 도회의원의 경우 해방 이후 친일파 처벌이 사실상 무산된 상황에서 과거에 극악한 친일을 하지 않은 한 국회의원 선거에 출마할 수 있었다는 점을 고려하면 연속성의 차원에서 논할 수 있겠다.

그런데 여기에는 몇 가지 물음이 제기된다. 첫째, 식민 말기 성명·방침 등을 선거의 공약과 등치시킬 수 있을까. 식민지 조선은 일본과 달리 정당정치가 없었기 때문에 해방 후 선거 상황과 다르지만 지역구 국회의원처럼 읍·부회의원, 도의의원 등이 지역의 민의를 대변했다는 점은 유사하다. 그러나 1942년경이 되면 도의회가 결전의회 성격으로 변모하고 만장일치제로 원안을 가결하여 지방자치가 유명무실해진다.[14] 당국의 성명·방침 등이 지방자치의 핵심 현안이 되고 지역의 대표자를 통해 인민에게 전달되었다. 그 과정에서 지역 대표자로서 지역민의 민

---

14 여기에다 1941년에는 식민 당국에 충성하는 의원을 선출하기 위해 '추천제' 발언이 나왔고 1942년 일부 시행됐다가, 1943년의 부·읍회, 면협의회 총선거는 일제히 추천제로 실시되었다. 지방선거의 기능이 상실한 것이다. 동선희, 『식민권력과 조선인 지역 유력자―道評議會·道會議員을 중심으로』, 선인, 2011, 45~318면.

의와 지역 유지의 실리, 그 양자를 조정하고 그것을 당국에 요구를 하면서 가질 수 있었던 각 의원들의 '대표성' 역시 상실된다. 의원이 중재자에서 위로부터의 성명·지침을 하달·실천하는 대변자의 처지가 된 것이다. 이들 지역 대표자의 선거 공약 역시 당국의 국책을 답습하는 내용으로 수렴된다는 점에서 '성명·방침 등 ≒ 선거 공약'으로 간주했다.

둘째, 식민 말기 성명이 천황을 위한 죽음을 강제하는 것이었다면, 해방 후 남조선 단독선거는 국민의 경계를 설정하고 그것에서 벗어난 이의 배제·죽음을 의미했다. 성명·선거란 전 인민의 생존권 보장이라기보다 폭력을 독점한 국가의 강제적 동원·배제의 장치였던 것이다. 이 글이 장례를 전면화하지는 않지만, 성명·선거의 효과와 그 연속성을 설명하기 위해서는 해방 이전/이후 성명·선거가 죽음과 맺는 상관성 역시 논해져야 한다. 식민 말기 철저히 제도화된 상황하의 동원과 죽음은, 해방 후 나라 만들기 과정의 정당 동원·죽음과 층위가 다르다. 그럼에도 그것은 국가 이데올로기에 포섭된 인민의 공적 죽음과 거기서 배제된 사적 죽음의 양면성을 내포하고 있다. 이는 공적 정치 행위와, 세속적이고 비정치적인 것인 일상의 (장례)의례가 온전히 분리될 수 있는가[15]와도 관련된다.

주지하듯 총력전기 당국은 조선인에 대한 불신을 일소하고 '황민-됨'을 확증하는 방식으로 전장에서의 죽음을 요구했다. '성명 = 동원 ≒ 죽음'의 상관성이 성립하는 것이다. 예를 들어 지원병 조선인 1기부터 신

---

15 테일러는 서구 사회에서 국가와 분리해 독립해가는 사적 영역 등의 의미에 대해 고찰하고 있다. 찰스 테일러, 이상길 역, 『근대의 사회적 상상—경제·공론장·인민주권』, 이음, 2010, 157~166면 참조.

사에 모셔졌다는 점에서[16] 장례는 국가로부터 독립된 사적 영역이 아니라 공동체 전체에 영향을 미치는 공적 의례였다. 또한 식민 말기 부친의 장례를 미루고 십리나 되는 면사무소에 가서 도평의회 선거에 참여해 관민의 칭찬을 받았다[17]는 총후 미담이 선전·유포되기도 했다.[18] '선거'를 강조하기 위해 '선택'된 총후국민의 '장례'는, 그만큼 장례가 일상에서 가장 중요한 의례 중 하나라는 것을 의미한다. 그것을 연기하고 투표를 했다는 것은 총후국민의 모범적 실천의 사례라 할 수 있다. 장병의 죽음과 같이 공적 죽음은 중요하게 다뤄지지만 국가와 분리된 개인의 사적 죽음은 우선순위에서 밀려난다. 그런 점에서 이렇게 배제된 사적 죽음이 갖는 의미에 대해 묻게 되는 것이다.

해방 후에는 지도자가 공적인 죽음을 공식적으로 강제하지는 않았고 그 대신 희생에 대한 공적 보상이 이루어졌다. 독립운동가나 이 시기 등장한 (우익)단체 등에 관여한 사람, 그리고 이들의 가족이 사망한 경우 소속단체에 의해 '애국자 (집안)의 죽음'으로 호명되고 (국민장, 단체장 등의) 장례가 치러졌다.[19] 이렇게 공헌도에 따라 위계화된 장례는 인민들

---

16 「오늘의 세계정세」, 『신시대』, 1941.5, 92~98면. 그 이전 1939년 6월 22일 중일전쟁에 지원한 조선인 지원병 이인식 상등병의 전사 역시 칭송받았고 표충비表忠碑가 세워진 예가 있다. 이승원, 「전장의 시뮬라크르―박영희의 "전선기행"을 중심으로」, 『정신문화연구』 109, 한국학중앙연구원, 2007, 226면.

17 선거는 면사무소에서 이루어진다. 「우국방공단의 표창」, 『신시대』, 1941.6, 160면.

18 "선거에 관한 계몽운동에 관하여서는 될 수 잇는대로"라듸오"문서 등에 의하야 실시에 힘쓰고 연설회는 이를 행하지 안흘것" 「都會議員選擧에 翼贊會方針을決定」, 『매일신보』, 1943.8.14, 1면.

19 괴한의 피습으로 사라진 상왕십리동 민보단 총무부장 김일권 씨를 위해 서울시 민보단과 성동구 민보단에서는 씨의 장례식을 민보단 합동단장으로 하기로 결정하고 28일 자택 앞 광장에서 성대히 집행하기로 한다. 「고 김일권 씨 명복 빌며 민보단 합동장례」, 『동아일보』, 1948.11.27, 2면; 이북군의 월남 내습으로 사망, 團葬으로 장례식을 집행 「대한청년단원전사 단장으로 장례집행」, 『동아일보』, 1949.5.14, 2면; 애국자 장덕수 박사가 비검

로 하여금 국가공동체의 일원이라는 실감하게 해 주는 국민국가의 의식
儀式이라 할 수 있다. 하지만 그러한 장례는 역으로 남조선 국민이라는
동일성에서 벗어나는 사람들에 대한 배제를 의미했다. 따라서 남조선
단독선거는 그 자체로 남조선 국민의 경계 설정을 선언하는 정치적 사
건(선거 ≒ 배제 ≒ 죽음)[20]이기도 했다. 그 경계를 확실히 하기 위해 선진
자유민주주의 체제를 지향한(할) '도덕'적인 국가가 먼저 공적으로 총
을 들 수 없었고 지지자를 이용했다. 이미 그 이전부터 진정한 남조선
국민이 되고자 했던 서북청년단 등 우익단체에게 (이들 가해자 역시 목숨을
내놓은 채) 총과 무기를 들게 하고 그 테러를 묵인했다. 그로 인한 (가해자
든 피해자든) '사소한' 죽음은 서사화되지 않다가 제주4·3사건과 같이
국가 정체성을 위협하는 '공공의 적'으로 치부됐을 때 집단적 죽음으로
다뤄졌을 뿐이다. 그래서 역사적으로 서사화될 수 있는 숭고한 죽음이
란 공적 권력에 의해 규정되고 승인되는 '국민의 죽음'이어야만 했고 명
예로운 장례 역시 수반될 수 있었다. 다시 말해, 국가를 위한 숭고한 죽
음을 요구하던 사회였다.

두 물음을 정리하면 해방 이전/이후 국가의 성명·선거는 공적 죽음

한 암살로 서거를 했다. 「애국자 잃었다 '하' 중장성명」, 『동아일보』, 1947.12.5, 2면; 1년
전 "총선거의 대업을 이루기까지 많은 애국자와 경찰관 향보단원들이 무참히도 거룩한
죽엄을 당하였"다. 「민족통일의 대업을 완수하자」, 『동아일보』, 1949.5.11, 2면; 백범 김
구의 장례는 국민장으로, 장례일은 임시공휴일로 지정되었으며 28일 누적 조문객이 36만
명에 달했다. 「조의빙자경거망동은 백범선생영영모독 정치적모약배도양업계」, 『동아일
보』, 1949.6.30, 2면; 윤병규는 이승만 대통령과 아일구화회의에 한국 대표로 참가, 이준
과 이상설 열사를 도와 활약, 파리강화회의에서는 북미한국거류민단 대표로 참여했던
인물이다. 「애석! 윤병규씨 급서」, 『경향신문』, 1949.6.1, 2면.
20 예컨대 5·10선거 이전에도 공산당과 싸움이 있었고, 선거 중에도 제주도 두 개 선거구는
폭동 등으로 선거를 치르지 못했다. 「유종의 미」, 『경향신문』, 1948.5.22, 2면.

을 중심으로 '성명 = 동원 ≒'죽음'(장례) ≒ 배제 ≒ 선거 = 공약'의 상관성을 형성한다. 선거와 죽음을 고려한 것은 이와 같은 맥락에서 연유했다. 이것이 시사하는 바는 다음과 같다. 먼저 국가란 성명·선거를 통해 전달되었어야 했을 인민의 요구는 반영하지 않으면서, 역으로 그것을 통해 암묵적인 죽음을 요구했다. 그리고 국가의 요구에 응한 소수만을 장례를 통해 '국민'으로 대접해 줬다는 것을 알 수 있다. 두 번째로는 국가에 의해 '국민'으로 호명되지 않는 인민의 삶들, 가령 총력전기 극심한 궁핍 속에 죽어간 사람들과 해방 후 여전히 영속되는 체념적 삶을 살았던 다수 인민의 인간다운 삶의 욕망은 외면받았다. 그리고 이들의 초라한 죽음과 왜소한 장례는 계속됐다. 나라의 주인은 바뀌었지만 특권층만을 위하는 국가의 '본질'은 변하지 않았던 것이다.

3) 도회의원과 남겨진 총후국민의 삶

총력전기 문학은 식민지민의 목소리가 제국의 논리에 균열을 일으키는 경우도 있지만 대체로 총후문학(≒성명)을 형성한다.[21] 이들 문학과

---

21 총후문학이 성명으로 작동하는지 살피는 것이 우선이겠다. 최재서가 발행한 『신반도문학선집』(1944)에는 전향한 조선인 작가뿐만 아니라 재조일본인 작가, 일본인 작가의 작품이 실려 있다. 이 시기 이런 국책문학을 '국민문학'이라고 칭하기도 하는데 '만주 농촌개척소설'처럼 이들 문학은 조선 개척서사의 성격도 내포한다. 이 개척은 조선이 일본으로 온전히 편입한다는 것이 정신적·물질적 성장을 의미함을 확증시키는 것이어야 했다. 조선인 발화자는 일본에게 자신의 '황민-됨'의 진정성을 편지 등의 형식으로 고백해야 했고, 다른 한편으로 읽는 조선인 독자에게 총후적 삶의 질적 가치를 입증해 보이고 고양시켜야 했다. 그래서 정인택의 「뒤돌아보지 않으리」(『국민문학』, 1943.20)에서 부락 개조에 힘쓰다 돌아가신 아버지를 둔 아들은 지원병으로 전장에 나가서 고향에 있는 어머니에게 '황민-됨'의 가치를 절절히 담은 편지를 보낸다.

아들의 기억 속에 있는 조선인의 삶은 극히 저열한 것이었다. 고양된 가치를 드러내기 위해서 기존 조선적 삶을 왜곡·과장해 부정하는 것은 필연적 귀결이기도 했다. 한설야의 「대륙」처럼 만주를 개척하다 세상을 떠난 아버지를 둔 일본인 아들이, 아버지의 성과와 전략을 일부 부정하고 다른 방식의 만주 개척을 꿈꾼 예가 있다. 마찬가지로 이 작품은 조선 부락을 개조하기 위해 노력하다 돌아가신 아버지 그 뒤를 이은 아들이 중국사변을 통해 모범부락 더 나아가 모범반도 되기를 새롭게 지각하게 된다. 일 개인(아버지)의 힘으로 바꿀 수 없던 조선인이 "천황의 은혜"로 "명예로운 지원병제도"가 실시되자 황국신민으로 거듭나 "헌금, 증산, 저축 등 애국 정성"이 샘솟고 "조국을 가지는 기쁨과 슬픔을 배워 조국의 운명에 모두를 완전히 맡기"게 된 것이다.

일본은 이 반도의 자각에 상응한 답례를 준비한다. 출병하고 남은 가족을 위해 농번기 지원을 하거나, 국방경비 수행 중 사망한 이의 장례를 치러 그 공을 기리고 전쟁 중 사망한 조선인 장병의 자녀를 일본에 초청하여 "천황폐하께서 내리시는 어친배를 받들고" 아버지가 신사에 모셔지는 것을 경험하게 하는 등 다양하고 세밀했다. 이뿐 아니라 개척 일본인은 위의 조선인이 농촌 부락 개조를 위해 힘썼듯 도시와의 균등한 발전을 위해서라도 조선농촌의 교육에 힘을 쏟았다. 이광수의 「加川校長」(『국민문학』, 1943.10)은 누구도 가려 하지 않는 시골 신설 공립중학교에 일본인 카카와가 부임하여 학교를 확장하고 조선인 학생을 잘 지도해 보려는 노력들을 진정어리게 그리고 있다.

이런 작품을 포함해, 경주·나라奈良 등을 통해 일본과 조선의 역사적 친연성을 창조하고, 농촌 등을 개척하거나, 지원병·징병을 종용하는 등 식민말기 코드화된 소설의 내용은 당대 독자가 이미 알고 있어서 새로운 것이 아니었을 가능성이 다분하다. 1941년경 지원병의 수가 14만에 달하는 상황인 것을 감안하면 총후문학의 문학적 기능은 어떤 새로운 깨달음 보다는 독자가 기대한 것을 만족시키는 충일감이었을지도 모른다. 또한 총후문학은 이런 '황민-됨'을 강화하고 총력전 체제에 동원하기 위한 프로파간다의 기능도 수행했다.

"이 무슨 불행한 착각인가! 범 군, 일본과 자네 조국은 화합하면 유지되고, 싸우면 쓰러진다는 상관성 있는 관계야. 이것을 가령 공동운명성이라고 하지. 운명공동체라고 하는 편이 더 적절할 지도 몰라. 일본이 자네 조국의 영토를 빼앗아 자네 조국을 쓰러뜨리고, 일본만이 일어서려 한다는 야심이 없다는 것은 고노에 성명에 의해 분명해졌겠지. 자네는 고노에 성명을 알고 있지?"

"예, 알고 있습니다."

"자네는, 고노에성명을 문자 그대로 믿어 주겠지?"(카야마 미쓰로, 「대동아」(『녹기』, 1943.12), 『신반도문학선집』 2, 제이앤씨, 2008, 21면)

이광수의 「대동아」(『녹기』, 1943.12)에서 일본인 카케이 박사는 일본과 중국간 전시상황에서도 일본 당국의 '성명'을 믿어달라고 중국인 범에게 말한다. 이 물음에 범은 "믿고 싶습니다만, 종래 열강의 성명이라는 것이 얼마나 믿을 수 없는 것인지를 본 저희들로서는 곧장 신뢰할 수는 없"다고 단호히 말한다. 비상시에 각종 성명은 명령이자 통지이지만 동시에 선거의 공약과 같이 비전을 동반한 (국민에 대한) 일종의 '청원'이라 할 수 있다. 그러나 선거 공약의 검증이 쉽지 않은 것처럼 성명의 진의 역시 단기간에 파악하기 어려우며, 외려 시국의 변화에 따라 또 다른 성명이 출몰하기도 한다. 예컨대 고노에 성명 이후 1941년 4월에는 조선국민총력연맹의 대방침이 결정되기도 했다. 여기에 해방 후 총력전기를 서사화하고 있는 소설은 전연 다르다. 이 간극에서 식민지민의 삶을 일부라도 가시화할 수 있겠다. 민생고가 심화되는 총력전 상황에서 총독부 정책과 인민의 괴리를 '조정'할 수 있는 이는 누구였을까. 면장, 군수, 도회의원 등이었다. 면장은 지역 유지이거나 군수가 입맛에 맞게 지명한 인물이었지만 어찌됐든 해당 지역의 민의를 대변해야 했다. 지역 연고와 관계없이 임명받아 부임한 군수의 경우 면장과 이해관계가 달라 충돌하기도 했다. 그럼에도 조선인 군수 역시 조선 농민의 비참한 현실을 현지에서 목도하는 지방 행정관으로서 지역 현안을 해결해야 했다. 이를 테면 1930년대 3면 1교 원칙에 따라 면내 학교의 위치 선정은 각 마을공동체의 자존심이 걸린 사안이었다. 또한 군수는 농촌 문제의 핵심인 소작쟁의, 총독부 개발에 따른 토지 수용 문제 등에 (경찰권은 없었지만) 지방행정청의 수장으로서 개입했다.[22] 이들

는 조선 문단을 통제하는 문화부의 실천대강도 설정되었는데 그중에는 인민의 명랑한 기분을 북돋는 일도 포함되어 있다. 총후국민의 안온한 삶을 재현해 전시에 나간 장병들의 불안을 미연에 방지해 사기를 떨어뜨리지 않으려는 방첩문학으로서의 기능도 전제하고 있는 것이다. 따라서 총후문학이란 성명을 반영한 국책을 잘 실천하고 있는 '장치'였다.

그러나 최재서의 「부싯돌」 등 대용품의 소설적 재현은 (조선과 일본의 역사적 친연성 강조를 넘어서 역으로) 궁핍한 현실을 드러냈다. 그리고 오비주조의 「등반」에서 나타난 조선인에 대한 전방위적 사찰, 이것은 내선일체라는 '공약'을 믿고 그것을 통해 정신적·물질적 안위를 누리고자 했던 조선인의 '기대'에 어긋나는 것이었다. 즉 총후문학과 실제 민중의 삶은 간극이 존재했다. 해방될 때까지도 조선의 독립을 예상치 못한 문인도 있었다고 하지만 1945년 초 연합군의 일본 본토 공습이 있듯 일제 패망이 가시화되는 1944년 이후 조선에는 유언비어가 확산·유포되었다. 1944년 일본 패전, 조선 독립, 징용, 공습, 징병, 적 잠수함 출몰 등 불온언론으로 1,640명이 조선임시보안령(1941), 육해군형법 등의 법령에 저촉되었다. 여기에는 양곡물자 공출과 식량·경제 사정에 관련된 내용도 168명에 달했다. 이행선, 「(비)국민의 체념과 자살―일제 말·해방 공간 성명·선거와 도회의원을 중심으로」, 『순천향 인문과학논총』 31-2, 순천향대 인문과학연구소, 2012, 17~22면.

22 이송순, 「일제하 조선인 군수의 사회적 위상과 현실 인식―1920~30년대를 중심으로」, 『역사와 현실』 63, 한국역사연구회, 2007, 77~93면.

사안이 말해주듯 총독부의 명령과 지역의 요구는 상당수가 재정의 문제와 관련됐고 지역 유지·엘리트가 긴밀히 관여하고 있었다.

이들은 (2차 지방제도 개정 명칭인) 자문기관 면협의회, 의결기관 부·읍회·도회에 참여해 지방자치를 실천했다. 식민 말기 소설에는 보통 면장, 서기가 징용과 관련해 등장했으나, 도회의원의 경우도 징용, 학교나 지역 사회 문제와 관련해 다뤄졌다. 도회의원은 발안권과 입법권이 인정되지 않았으나, 상부의 지시를 그대로 집행하는 식민통치기관의 관료와는 다른 존재였다. 도회의원은 내선차별대우, 가봉철폐, 도항 문제, 광업·어업권 차별 등을 문제 삼기도 했다. 그래서 총력전기에 들어설 무렵인 1937년 당국은 관선도회의원 임명 시 종래처럼 열력閱歷, 재산, 연령 등에 의한 전형을 청산하고 현하 비상시에 시국의 식견을 가진 신진인사를 임명하겠다고 밝힌다. 1942년경 도회에서는 만장일치 의결 방식을 택해 예외 없이 원안대로 의안 가결이 이루어졌다. 1943년에는 부·읍회, 면협의회 총선거가, 대동아전쟁하 시국이 요청하는 충량유위한 인재 선출과 지방의회의 쇄신강화, 민중이 선거운동에 지나치게 몰두하는 사태를 피한다는 명목에서 일제히 추천제로 바뀌면서 지방의회의 실질적인 의미는 상실하게 된다.[23]

"이 주일인가 삼 주일 진단서를 바쳐서 경찰서에 고소를 냈네그려. 허니깐

---

23 동선희, 『식민권력과 조선인 지역 유력자—道評議會·道會議員을 중심으로』, 선인, 2011, 42~318면. 부회·읍회·면협의회 유권자의 자격은 기본적으로 납세액 5원 이상인 자였다. 도회의원 정원의 2/3은 부·읍회, 면협의회 의원의 간접 선거로 선출하고 1/3은 도지사가 임명했다. 도회의원 피선거권자의 자격은 25세 이상의 남자로 독립된 생계를 영위하고, 1년 이상 도내에 거주하는 자였다(위의 책, 55~59면).

아무개가 아무개를 걸어 고소를 냈다더라 하니깐 그 판에서야 왁자지껄할 수밖에 ─ 소위 금융조합조합장이오 면협의원이오 뭐요 뭐요 하는 판이니깐 안 그렇겠나. 신문기자가 와르르 둘인가 셋인가 몰려갔네그려. 고소가 없었으면야 기사거리 될거나 뭣 있겠나만은 **지방 명망가요** 할 만한 일이거든! 그래 찾아온 **기자**들에게 돈 십 원이나 던져주어서 이럭저럭 쓱싹해버리려고 했는데 보내고 나서 생각하니 그놈들이 그것 가지고는 아니 될 상싶은 얼굴들이요, 또 그럴 필요 없다고 생각했는지 **그 녀석들을 걸어 협박죄로 도로 고소를 걸었네그려!** 그래 그 녀석들이 잡혀가 취조를 받았는데 큰일은 없이 나왔으나 신문사도 자기 직원이 그 사건에 시야비야하고 있는 이상 이러니저러니 신문에 쓸 수도 없게 되지 않았겠어. 그게 그런 놈이야. 그렇게 **무서운 놈이야.**"[24]

도회의원은 민의를 대변해 조선인의 권리를 주장하기도 했지만 소설에서는 보통 부정적으로 서술되고 있다. 허준의 「야한기」(『조선일보』, 1938.9.3 ~11.11)에는 주인공 남우언의 아내인 춘자와 불륜을 저지르는 민보걸이 등장한다. 그는 금융조합장, 면협의원, 학교 평의원 등을 역임하는 "지방 명망가"[25]다. 자신의 직권을 남용하여 부를 축적하고 밀실에서 권력과 야합하는, 다시 말해 돈과 색을 추구하는 전형적 인물이다. 예를 들면 민보걸은 송명옥이라는 기생에게 화대를 제대로 지불하지 않고 가짜 소절수로 농간을 부렸다가 고소를 당한다. 그러자 그는 사건 과정을 취재하는 신문기자를 매수하고 오히려 맞고소를 해 사건을 무마하는 등 치밀하고 저열한 성품으로 그려진다.

---

24 허준, 「야한기」(『조선일보』, 1938.9.3~11.11), 서재길 편 『허준 전집』, 현대문학, 2009, 131면.
25 위의 글, 131면.

이런 면협·부회의원이 더욱 탐내는 도회의원은 그만큼 그냥 주어지는 자리가 아니었다. 도회의원은 대도시와 농촌 지역의 교육시설 공평화, 농가 갱생을 위한 자작농 창설, 농촌의 위생, 면직원 대우 개선 등을 '어렵게' 당국에 요구하기도 했다. 그러나 각 도의 도회가 전시 체제기에 일종의 '결전의회決戰議會'화되면서 비행기 헌납, 육해군 장병 위문, 창씨개명 독려, 미곡공출 격려 강연 등을 해야 했다.[26] 이런 일을 해야 하는 자리였지만 유지·엘리트는 지방의 중요 현안 중 하나인 학교 설립에 공헌하여 도회의원이 되고자 했다.

후원회라는 것은 K중학교 설립 기성회의 후신으로, 교사나 기숙사 건축, 요리나 체육에 관한 설비 등, 아직 이 후원회에서 수십 만 원의 돈을 끌어내지 않으면 안 된다. 그런데 **지방의 부호**는 대개 읍내에 살고 있어서 **학교의 위치를 읍내로 하고 싶다고 강하게 희망했음에도** 불구하고, 당국은 그 희망을 받아들이지 않았기 때문에 부호나 유력자들은 일부러 심술궂게 나오고 있어 좀처럼 협력해 주지 않는다. 또 어느 유력자 같은 경우는 자신의 아이가 입학 못한 것에 불만을 품고 게으름을 피우고 있다.[27]

이것으로 이가는 책략의 전모를 대강 분명히 했다. 그 책략이라는 것은 다른 것이 아니다. 타 회장과 쿠레모토 부회장을 그만두게 하고, 카네가와와

---

26 동선희, 앞의 책, 316~319면; 「徵兵制에 感激旋風―皇恩에 恐懼感激―江原道會議員 丁藤殷變氏 談」, 『매일신보』, 1942.5.12, 4면; 「時局講演盛況 平山道會議員맞이해」, 『매일신보』, 1944.3.25, 2면; 「道會議員에 告」, 『매일신보』, 1941.5.15, 2면.

27 카야마 미쓰로, 「카카와 교장」(『국민문학』, 1943.10), 『신반도문학선집』 1, 제이앤씨, 2008, 24면.

보쿠자와를 옹립하려는 것이다. 그렇게 하면 카네가와는 10만, 보쿠자와는 5만을 꼭 낸다는 것이다. 카네가와는 전 도회道會의원이고, 보쿠자와는 양조醸造성금으로 도회 의원이 되고 싶어 하는 사람이다. 어쨌든 쿠레모토와는 정반대의 인물이다. 어디까지나 이기적이고, 하나를 주면 반드시 하나를 돌려받아야 하는 사람이다. 실은 카카와도 이가의 소개로 두 사람을 만난 적이 있지만, 첫 대면의 인상이 군자君子라면 가까이 할 사람이 아니라고 보았다.[28]

이광수의 「카카와 교장」에서 K라는 시골 신설 공립중학교는 가교사仮校舍로 마을 사립학교 교실 두 개를 빌려 사용하고 있었다. 일본인 카카와는 조선 농촌을 개조하겠다는 신념에 K로 들어왔다. 그러나 지역은 도청을 찾아가도 예산이 없어서 후원회에 기댈 수밖에 없는 형편이었다. 그는 지방의 관민 유력자를 찾아다니지만 문화 정도가 낮아 대부분 이야기 상대가 되지 못하였다. 그리고 후원회의 부호들은 학교 설립 실적으로 도회의원이 되려고 후원회 회장 · 부회장 직위를 탐내는 자들뿐이었다. 이에 비해 카카와의 "정직"한 성품은, 만주 개척서사에서 개척촌의 학교와 목장 등을 이용해 사욕을 취하려는 지방 부호들을 달래다가 결국 실패하면서도 이상촌 건설을 포기하지 못하는 정직한 조선인들과 아주 흡사하다.[29] 이 카카와의 사명감과 정직이 빛을 발할수록 도회의원을 비롯한 지역 유지의 (총력전기 일소해야 할 사상이었던) 개인주의는 부각된다.

---

28 위의 책, 28면.
29 일례로, 안수길의 「북향보」는 목장과 학교를 통해 이상촌을 건설하려는 정학도와 그 유지를 물려받든 주인공 오찬구가 주주들의 반대를 이겨내고 어렵지만 새롭게 마을을 재건하려 한다.

그래도 난 이제까지 그것들을 원수로는 생각해오지 않았다. 그야, 일본으로 끌려간 전후에는 그렇지도 않았지만 시일이 지날수록 이것도 다 우리네 팔자로만 돌려왔던 것이다. 그런데 이게 웬일인가, 참말 이 원한을 어떻게 풀어야 옳단 말이냐. 두 번 아니라 불 속에 뛰어들어 내 몸이 손톱 하나 안 남게 타버려 죽는 한이 있기로서니 이 원수들을 잊는다면 내년이 아니로다. 배가 고픈 게 다 무엇이랴⋯⋯.[30]

학교 문제와 함께 도회의원의 또 다른 중요 책무는 소속 지역 '징용' 등의 시국 현안이었다. 징용은 학교 문제보다도 더 도회의원과 지역민 간 이해관계의 괴리를 나타냈다. 이 문제는 식민 말기 소설보다는 해방 이후의 소설 속에 재현된 식민 말기의 상황을 통해 파악할 수 있다. 억압의 굴레에서 벗어나면서 과거의 식민 기억이 재현된 셈이다. 홍구범의 「창고 근처 사람들」(『백민』, 1949.3)에는 남편을 징용으로 보내고 품팔이로 하루를 연명해 가는 입장댁(주인공)과 차순네가 등장한다.[31] 또

---

30 홍구범, 「창고 근처 사람들」(『백민』, 1949.3), 권희돈 편, 『홍구범 전집』, 현대문학, 2009, 89면.
31 총력전하에서 징용·징병을 보내고 남은 가족들의 삶은 지난했다. 이것은 일본 역시 마찬가지로 미야모토 유리코는 전 일본의 몇 십만 곳에 '과부 마을'의 파탄이 벌어졌다고 지적했다(미야모토 유리코, 이상복·김영순 역, 『반슈평야』, 어문학사, 2011, 103면). 중일전쟁은 중화학공업 중심으로 일본 경제 구조를 재편하면서 국민의 경제적 이동을 가속화했다. 일본은 전쟁 동원을 지속적이고 안정적으로 수행하기 위해 1938년 후생성을 설립한다. 국민건강보험과 노동자연금보험 등을 제도화하지만 졸속 행정과 전쟁의 여파로 국민의 신뢰를 얻지 못한다. 또한 농촌 관련 해서는 농업근대화(농가경영안정, 기계화, 생활수준향상, 협동소유지)를 표방한 '적정 규모 농가론' 지지자들이, 높은 인구 증가율을 국력 강화의 기반으로 파악한 '민족=인구정책론' 지지자들(보수우익)에 의해 비판받고 결국 기획원사건(1941.1.16)이 벌어지면서 밀려나게 된다(高岡裕之, 『総力戦体制と'福祉国家'』, 岩波書店, 2011, pp.167~260). 그러나 유리코의 지적처럼 가족공동체의 경제적 붕괴·경제·정치적 목적의 이산은 인구 증가를 저해하는 요소로 작용했다.

한 이들이 사는 시골의 "대표적인 유지"인 강 조합장이 있다. 그는 "국민총력연맹의 이 고장 참사이며, 군 농회 부회장, 석유배급조합장, 읍평의원, 생활필수품조합장, 방앗간업자 통제조합장, 또 무슨 조합장, 무슨 이사장 하여 이름을 걸어놓은 게 아홉 가지"나 된다. 화려한 주택과 그 옆에 큰 창고를 가진 그는, 몇 달 전부터 도회의원이 되고자 맹렬히 운동을 하고 있는 중이었다.

사건은 남편들을 징용 보내면서 남은 가족을 잘 보살피겠다던 강 조합장이, (못 먹어서 걸리는 병인) 들피증에 걸린 입장댁을 대신해 밥 한 그릇 청하러 간 차순네를 외면하면서 벌어진다. 이들은 그동안 자신의 처지를 "팔자 탓", "하느님이 대신 (강 조합장에게 – 인용자) 죄를 내릴 거라는 생각" 또는 "짐승 같은 것들 생각하면 뭘 하나. 우리도 언제 잘 살 때가 있을 테지"라는 식으로 '합리화'하는 방식으로 '체념'하며 힘겹게 살아가고 있었다. 그러나 입장댁은 밥을 얻지 못하고 빈손으로 돌아오는 차순네를 보자 "지금까지 지니고 있던 희망이 일시에 낙담으로 변함과 함께 더욱 참지 못할 식욕이 무섭게도 온 창자를 휩쓸"게 된다. 생존권을 '육체'로 체감한 이들 여성은 비로소 "원수"를 자각하게 된다. 다만 그 저항은 쌀이 가득 찬 창고에서 쌀을 조금 훔치는 '소심한' 방식이었다.

"이 사건의 진상은 이에 더 확대될 염려는 없습니다. 물론 서장도 아시다시피 내 개인의 물품만도 아닌 군내의 배급될 물품이니만큼 나의 책임도 중대한 것은 사실이고, 이에 따라 나도 현재 그 손해액을 배상할 각오까지 하고 있는 터입니다. **오직 이번 원인은 극히 단순한 것이고** (…중략…) **나의 공적公的 체면이란 아주 매장될 것**을 아시겠지요? 그러하니 아주 이 자리에서 보고할 재료를 결정하여 주심을 바라는 바입니다." (…중략…) "사실 이 강씨는 특별히 생각해야 할 것입니다. 그냥 평범한 사람도 아닌, 말하자면 **이번 전쟁에 공훈이 많은 열성가의 체면**이 조금이라도 손상된다면 군내는 물론 적지 않은 앞날엔 그 영향이 도내에까지 미칠 것입니다. 또한 그것도 그렇고 **징용 간 자의 가족이 절도를 한다는** 소문이 일반에 퍼진다면 역시 이것도 영향이 클 것이며 더구나 이 주인으로 말하면 또 평시와는 달러 **언제 도회의원이 될지 모르는 터에** 이 문제로 하여 그것이 실현 안 된다면, **우리 둘에게도 나중에 영향이 없다고는 할 수 없단 말여**……." [32]

그러나 창고 안에서 차순네가 실수로 성냥을 떨어뜨려 불이 나자 밖에서 망을 보던 입장댁은 도망가고 미처 빠져나오지 못한 차순네는 불에 탄 채로 발견된다. 강 조합장은 자신의 "공적 체면"이 중요했기 때문에 공의公醫, 서장과 함께 사건을 조작·은폐한다. 이러한 때 이 사건을 구실로 삼아 군수, 읍장, 세무서장, 우편국장 등 "일류신사가 인사차" [33] 찾아온다. 이들 앞에서 강 조합장은 화재 사고를 반성하며 '고장 체면에 걸리는 신사神社 문제 해결을 위해 건축 일절의 비용을 내놓겠다'고 연설(선언)한다. 일류 신사들은 일제히 박수로 감격을 표시했고, 얼마 지나지

---

32 홍구범, 「창고 근처 사람들」(『백민』, 1949.3), 권희돈 편, 『홍구범 전집』, 현대문학, 2009, 104면.

33 1930년대에는 선거운동자와 후보자들은 **유권자의 호별 방문**을 할 수 있었는데, 방문시간은 오전 8시부터 오후 8시이며 정견을 발표하는 **연설회는 경찰서에 신고할 의무**가 있었다. 그러나 1941년 선거에는 그때까지 허용되던 후보자의 유권자에 대한 호별방문을 금지하고 선거운동원 수와 선거 경비를 엄격히 제안했다. 당국은 선거 취체를 강화하고 선거운동에 대한 제한을 강화했던 것이다(동선희, 앞의 책, 78~87면). "선거에 관한 계몽운동에 관하여서는 될 수 있는 대로 라디오 문서 등에 의하야 실시에 힘쓰고 연설회는 이를 행하지 않을 것"(「都會議員選擧에 翼贊會方針을決定」, 『매일신보』, 1943.8.14, 1면)

않아 강 조합장은 자신을 도회의원으로 임명하는 통지를 도청으로부터 받는다.[34] 위로부터의 통지 형식으로 도회의원이 된 것이라면 그 통지는 관선 도회의원을 가리킨다. 그리고 그 공약의 내용이 국책이며, 공약의 대상이 지역민이 아닌 지역 유력자라는 것을 확인할 수 있다.

도망간 입장댁은, 자신이 "원수"라고 외쳤던 그리고 절친한 이웃인 차순네가 불에 타죽은 강 조합장네에서, (충격적으로) 집안일을 해 주며 '체념적 삶'을 살아간다. 그녀는 차순네의 딸인 차순이를 등에 업고 주인집 주부를 따른다. 기실 차순네가 죽은 것은 입장댁에게도 상당한 책임이 있었다. 창고에 불이 나서 차순네가 기어 나오려 할 때 입장댁이 "도적이야! 불이야!" 하고 외치는 바람에 당황한 차순네가 못 나오고 숨졌기 때문이다. 입장댁은 자신이 숨지게 한 사람의 아이를 평생 돌보겠다고 다짐한다. 평생 지난 과오를 되씹으며 스스로에게 천형天刑을 내리는 그녀는 인간으로서의 '양심' 그 자체다. 밥 한 그릇 주지 않는 강 조합장에게 '복수'를 하기 위해 쌀을 훔치러 가지만 의도하지 않게 불이 나자 무의식적으로 '도적, 불'을 외칠 수밖에 없었던 그녀다. 평범한 사람의 아둔하면서도 (강 조합장과 달리) 한없이 선량한 심성을 입장댁이 잘 보여준다. 이는 식민 권력을 기반으로 농민을 수탈하는 도회의원과 체념적 삶과 죽음으로 내몰리는 인민들의 한 단면인 것이다.

---

34 도회의원은 재정적 지원뿐만 아니라 근로 봉사에도 모범적으로 참여했다. 예컨대 부여신궁 조영공사에 황해도 도회의원들이 모여 이틀 동안 근로 봉사를 행한 후 부여의 사적시찰을 하기도 했다. 「扶餘神宮造營工事에 黃海道會議員들 奉仕」, 『매일신보』, 1941.7.5, 3면.

4) 해방, 체념의 내재화와 선거 부정

해방 후 사람들이 다시 돌아오기 시작했다. 「창고 근처 사람들」에서 입장댁의 남편은 징용을 가면서 강 조합장에게 아내가 경제적으로 어려울 경우 잘 보살펴 달라는 부탁을 하고 떠났었다. 입장댁처럼 버티면서 남편을 기다리는 경우도 있었지만 집을 나가 재혼을 하는 여성도 많았다. 이 경우 남겨진 가족들은 생활의 궁핍으로 자살하는 등 현실은 지난한 삶의 연속이었다. 이처럼 징용·징병 등으로 타지에 나간 이들이 '해방' 후 고향으로 돌아왔을 때 직면하게 되는 가정의 상황은 참담했다. 가정과 마을공동체를 정상화하고 재건하기 위해서는 경제·정치적 기반을 다져야 했다. 여기에 관여할 새로운 지역·국가의 대표자에게 거는 인민의 기대가 그만큼 클 수밖에 없다.

저녁밥도 한술 뜨지 않았다. 상을 물린 택이에게 어떻게 해야 좋으냐고 하며 양씨는 자기와 무슨 원수 사이기에 사람을 이렇게까지 망쳐놓는지 모르겠다고 떠듬떠듬 이야기하였다. 택이는 이게 다 팔자에 매어 된 것이니까 뭘 어찌하느냐 하고는 어린것 데리고 살다 때를 보아 마땅한 여자나 나서면 얻어 살아갈 수밖에 별반 도리가 있느냐 하였다. 그러면서 **참 양씨가 해방 후부터는 사람이 아주 딴판으로 변했다면서 그는 공산패가 되었다는 말을 했다.** 요즈음은 자기들에게도 말솜씨나 몸가짐이나 **천양지판으로 고맙게 군다는** 것이었다. 날마다 하다시피 여러 번 자기들을 모아놓고 이야기하는 폼이 쇠련인가 쏘련에게 붙어 나라가 들어서면 농부들이 나서서 나라 일을 보고 누구나 지금보다 잘 살 수 있다고 연설을 하였다고 한다. 이런 연설은 읍내에 가서도 해서 사람들이 모두 좋아해서 **군수를 시킨다고 야단**이라 하며 순만도 전의 일은 다 잊어버리고 찾아가면 반갑게 대할 것이니 가서 인사라도 하라고 권고하였다.

순만은 공산이니 쏘련이니 연설이니 하는 말은 도무지 처음 듣는 것으로 무엇인지를 몰랐다. 다만, 그가 생각하는 것은 그저 우둥퉁하고 기름이 번쩍이는 무서운 얼굴에 몽둥이를 들은 양씨의 모양이었다. (…중략…) "**난 자네네들 편일세. 항상 없는 사람들이 측은해서 요즈음 견딜 수가 도무지 없단 말이야. 그래서 우선 내일쯤은 이 동리 집집마다 쌀을 서너말씩 그냥 주기로까지 생각하고 있지.**"[35]

홍구범의 「농민─순만의 일생」(『문예』, 1949.8)에서는 징용으로 일본 구주에 있는 탄광에서 일하다 한쪽 팔이 잘리고 돌아온 주인공 순만이 "아내가 양 씨의 몽둥이에 맞고 죽었다"는 소식을 전해 듣는다. 여기서 양 씨는 「창고 근처 사람들」과 마찬가지로 순만을 징용 보낸 사람이다. 또한 양 씨는 순만이 징용 가기 전에 임신한 아내의 생계를 부탁하자 "나라를 위해 일만 잘 하면" 처자는 안심해도 된다고 했었다. 양 씨는 총력전기 물자 통제기관을 모조리 도맡아 영리를 취하고 전쟁이 끝날 즈음에는 도평의원에까지 승진하여 모든 사람들의 상전이었다. 그런데 순만이 징용 간 사이, 양 씨 부인이 순만의 아내인 복순이에게 자신의 친척인 홀아비 삼뱅이와 같이 살아 주면 쌀도 주고 돌보아 주겠다는 말을 했다가 싸움이 벌어졌다. 그리고 이 사실을 안 양 씨가 찾아가 복순이를

---

35 홍구범, 「농민─순만의 일생」(『문예』, 1949.8), 권희돈 편, 『홍구범 전집』, 현대문학, 2009, 156~158면.

몽둥이로 때려 죽여 버렸다. 이후 순만과 순만의 아이를 돌봐 준 친구 택이는 (이들 남자 역시 「창고 근처 사람들」의 여자들처럼) "다 팔자"라며 이 일을 그냥 넘어가고 오히려 해방 후 사람들이 군수를 시킨다고 할 정도로 놀랍게 변신한 양 씨에게 인사까지 간다.

그러나 "사람들이 측은해서 집집마다 쌀을 서너 말씩 그냥 주기로" 했다는 양 씨의 말에 순만의 몸이 자기도 모르게 부르르 떨린다. 순만은 "이 새끼……. 쌀로 또 누굴?……." 하면서 앞에 놓여 있던 쇠재떨이를 양 씨 이마를 향해 던지고 방을 뛰쳐나간다. 「창고 근처 사람들」의 입장댁이 쌀밥 한 그릇에 자각한 것처럼 순만도 '쌀' 얘기에 각성하고 분노를 표출한 것이다. 그러나 양 씨는 재떨이에 맞지 않고 다만 놀라 비명을 질렀을 뿐이다. 하지만 순만은 사람이 죽은 것으로 오인해 양 씨에 의해 대장간으로 바뀐 자신의 옛집을 찾아가 들보에 목을 매고 자살하고 만다. 입장댁이 자신이 실수로 죽인 이의 딸을 키우는 '천형'으로 인간의 도리를 다했다면, 순만은 아내를 죽인 원수이지만 그래도 사람을 죽였다는 죄책감에 순간적으로 정신착란을 일으키고 스스로 죽음을 택하고 만다.[36] 그는 권력이 바뀔 때마다 전변하는 지방 유지의 윤리와는 전혀 다른 심성을 지닌 '보통' 사람들의 전형이라 하겠다.

그 후, **부면장**은 면민의 비난을 피한 외에 **승진해서 면장이 되었다**. 모든 사람들이 놀라고 분개하였다. 비록 그들이 부면장을 특히 용서는 해주었으나, 인제 새 세상이니까 옛날의 죄진 놈은 마구 불원 떨어지려니 했었는데, 그

---

36 식민지기 정신착란과 자살에 대해서는 천정환, 『자살론』, 문학동네, 2013을 참조할 것.

반대이고 보니 처음에는 어안이 벙벙하였다. 현구도 그랬다. 그는 **군정의 방침이 의심났다.** 돌쇠 말마따나, 이석기는 일제시대에 행한 소위로 보아, 의당히 처벌될 인물임에도 불구하고, 오히려 더 잘 되는 것은 모를 일이었다. 노인들의 말처럼 관대하고 싶었으나, 도저히 그럴 수가 없었다. 더구나 면장이 좀 더 관료적태를 부리려 할 때, 점점 노해 가는 격정을 어찌할 수 없었다.

인민위원회, 농민조합, 민주청년동맹 이런 좌익 계열의 단체가 장거리에다 커단 간판을 붙이고, 그것에 대치해서 대한독촉 등의 우익단체의 지부가 생기더니, 면장은 덜썩 그 지부장이 되었다. 독촉에서는 어째 하필, 그런 사람을 지부의 책임자로 두나 하고 갑갑하고 의아했다.[37]

죽은 사람 이외, 남겨진 사람들은 단정 수립 선거 이전에 이미 마을의 '장'(대표자)이 바뀌는 것을 통해 해방의 의미를 파악해 갔다. 안회남의 「폭풍의 역사」(『인문평론』, 1947.4)는 해방 직후 좌익사상이 비등하게 된 원인으로 면장과 우익단체 간부, 입법의원 등을 거론하고 있다. 해방 후 부면장은 같은 동네 사람이라는 이유로 용서를 받는다. 그러나 군정에 의해 면장이 되고, 우익단체의 지부장이 되자 사람들은 군정과 이승만을 '의심'하기 시작한다. 관공리와 유지들, 모리배, 친일파, 투기꾼 등은 군정과 독촉을 기반으로 총무부장, 문교부장, 선전부장, 재무부장, 고문 등이 되어 다시 득세한다. 게다가 식민 시대의 반역자들은 "인민투표로 다시 관리를 선거한다는 것이 퍼지자, 다시 한 번 더 어엿한 관리가 되어 보려고 갖은 노력과 음모를 다"했다. 이런 상황에서 민의를 대변해야 하

---

37 안회남, 「폭풍의 역사」, (『인문평론』, 1947.4), 『한국소설문학대계』 24, 동아출판사, 1955, 512면.

는 "민주의원[38] 입법의원 등의 군정 하우스에는 오르간이 설치되었"고, 미곡米穀수집령[39]과 식민 시대에도 없던 하곡夏穀수집령이 발령되었다. 배급이란 말뿐이고, 굶주리는 인민들은 남녀노소 없이 먹을 것을 찾아 각지로 헤매었다. 인민이 대표를 신용할 수 없는 정치 현실이었다.

과도입법의원 선거 반대를 주장하는 (조선공산당 또는 민전 측의) 전단 〈동포여!〉

*입법기관이란 무엇이냐? 미군정이 시키는 일을 조선 사람의 탈을 쓴 자들이 **법률로 만들어** 우리를 구속하자는 것이다.

*미군정은 무엇을 시키느냐? 강제로 크레디트를 설정하여 경제권을 빼앗고 米제국주의를 반대하는 진정한 조선사람을 사살 검거 투옥하여 조선을 식민지로 만들자는 것이다.

*왜 거짓 좌우합작을 시키느냐? '좌우'가 합작하여 입법기관을 만들었다고 선전하려는 것이다.

*왜 대의원 90명 중 4, 5명은 선거를 하라고 우리에게 강요하느냐? 조선 사람이 선출한 대표들이 하는 일이니 그들이 하는 일은 **조선사람의 의사에**

---

38 민주의원(남조선대한인민대표민주의원)은 1946년 2월 14일 이북의 인민위원회에 대항하는 목적으로 군정청에서 비상인민회의 최고 정무위원회에 붙인 이름으로, 군정청 자문기관이었다. 이 기관은 좌익의 민주주의 민족 전선과 좌우 대립의 축을 이루었는데 지방 조직과 하위 조직을 갖지는 않았다.

39 식민 말기에는 '식량관리법조선시행령'(1942.6.26)이 시행되어 농촌 내부의 최소한의 자율성도 배제되었다. 해방 후 미군정은 자유시장 정책을 시행하지만 한 달도 못되어 통제 정책으로 바꾼다. 공정가격으로 미곡과 하곡을 수매하여 도시민에게 배급하는 정책으로 복귀한 것이다. 여기에 대해서는 해방 이전과 이후 식량관리제도의 변천을 시계열적으로 분석한 이송순, 「식민지기 조선의 식량관리제도와 해방 후 양곡관리제도의 비교 —식량관리법령에 대한 분석을 중심으로」, 『한국사학보』 32, 고려사학회, 2008.8 참조.

의한 것이라고 선전하려는 것이다.

　*누가 입법기관을 찬성하느냐? 옛날 반탁운동으로 삼상회담결정을 반대하고 미소공동위원회를 휴회시켜 **우리 민주주의 정부수립을 방해하던 반동거두들뿐**이다.

　*남조선의 진정한 우리 동포들의 싸움을 보라! 그들은 생명을 걸고 싸우고 있는 것이다.

　동포여! 이래도 우리는 **조선식민지화의 도구 입법기관을 위하여 더러운 선거를** 할 수 있겠는가? 단연코 선거를 거절하자! 미소공동위원회를 열어 남북이 통일된 우리 정부를 직접 세우는 것만이 진정한 조선민족 해방의 길이다.[40]

　도회의원을 비롯해 친일파가 다시 공직에 진출할 수 있는 여건은 단정수립을 위한 남조선 '단독선거'[41] 이전 과도입법의원 선거에서도 조성되고 있었다. 군정청은 1946년 10월 12일 공보부를 통해 법령 제118호 '조선과도입법의원의 창설' 즉 입법기관에 관한 법령을 발표했다. 러취 장관은 과도입법원 의원 자격을 집무에 취임하는 날까지 만 25세 이상되는 조선인 남녀로서 선출 직전 일 년 이상 대표하는 도나 지역의 합법적 거주자로 정했다. 그러면서 식민지 시대에 중추원 참의 또는 도부회의원 또는 칙임관급 이상의 지위에 있던 자 또는 자기 이익을 위하여 일본인과 협력함으로써

40 「과도입법의원 선거 반대를 주장하는 (조선공산당 또는 민전 측의) 전단 〈동포여!〉」, 김현식·정선태 편, 『삐라로 듣는 해방 직후의 목소리』, 소명출판, 2011, 311면.
41 오기영은 단독선거를 총선거처럼 주장하는 정치권을 비판한다. 그러나 단독선거가 이북의 비위를 거슬려 동족 간 불화를 가중시킬 수 있다며 감정을 자극하는 이 용어를 삼가할 필요가 있다고 말한다. 그러면서 이 선거는 국제적으로 공식상으로 '가능지역선거可能地域選擧'라고 되어 있는 만큼 이 용어를 사용하는 게 좋겠다고 했다. 오기영, 「可能地域政府」, 『진짜 무궁화 해방 경성의 풍자와 기개』, 성균관대 출판부, 2002, 89~93면.

조선 사람에게 해독을 끼친 자 등은 출마를 제한해 공정성을 확보했다고 주장한다.[42] 그러나 '간접선거'[43]였기 때문에 친일파, 민족반역자, 모리배, 일제 잔재 세력이 침투될 가능성이 많았다. 준비가 부족한 급진적 시행도 문제였다. 또한 아직 민족적 독립성이 없고 노농대중의 의사를 완전히 반영하지 못하고 있는 실정이었다. 그 결과 소요사건으로 계엄 상태에 이른 상태에서 대의원선거의 불가능성, 좌익 탄압으로 진정한 민족주의자 배제, 선거 연기의 필요성, 의원 일부를 관선으로 뽑는 선거 방식 비판 등 각 정당들의 다양한 반론이 있었다.[44] 특히 좌익은 입법기관 설립을

---

42 「日帝殘滓는 除外 대의원선거에」, 『동아일보』, 1946.10.30, 1면.
43 당시 여러 형태의 간접선거가 문제를 안고 있었다. 박노자는 민주주의 개혁을 표방한 조선노동조합 전국평의회(전평)가 막강한 영향력을 행사할 중앙간부를 매우 간접적인 투표 방식으로 선출해 절차적 민주주의를 훼손했다고 지적한 바 있다. 박노자, 「해방전후사의 재인식, 혹은 우리는 왜 역사를 이야기하는가?」, 『인물과 사상』, 인물과사상사, 2006, 210면.
44 「입법의원과 민선의원 각정당의 견해는 이러하다」, 『경향신문』, 1946.10.27, 2면. 이런 비판적 견해와 정반대되는 견해는 다음과 같다. "우리는 한민족의 완전한 자주독립국가의 건설과 민주주의적 임시정부의 수립을 요망하며 그를 위하여 온갖 노력을 경주하고 있다. 그러나 그것만을 무기한으로 기다리고 있을 수는 없다. 현하의 긴박한 민생, 경제, 사회, 정치 등등의 문제는 일일이라도 속히 군정의 행정권이 우리의 손에 이양되어야 할 것을 요청하고 있다. 이 긴박한 현실적 민족적 요청을 구현화함에는 먼저 민의를 대표하는 입법기관과 다음에는 이 입법기관에 전책임을 지는 행정기구의 조직이 필요함으로 본 당은 8·15 해방 1주년 기념을 점하여 이 민족적 요청을 대표하여 입법권과 행정권을 포함한 남조선의 정치적 전권을 한인에게 이양하기를 하지 장군에게 요구하였던 것이다. 금번에 설치되는 입법기관은 이러한 일반적 요청에 의하여 되는 것이니 곧 우리의 완전한 임시정부가 수립될 때까지라도 한인의 민의에 의한 자치적 정치를 현실하기 위하여 취한 임시적 조치의 한 단계인 것이다. 그 구성방법 등에 있어서 불비한 점이 多多한 것은 물론이다. 그러나 이 점은 입법기관이 성립된 후에 제정될 선거법에 의하여 십분 교정될 수 있고 또 그 교정이야말로 금번 입법기관의 중대한 사명의 하나이다. 본 당은 이러한 몇 가지 조건하에서 입법기관 설치에 찬성일 뿐 아니라 그를 적극적으로 주장하여 온 것이다. 그런데 최근 보도에 의하면 지난 24일 조선인민당, 남조선신민당, 조선공산당, 사회민주당, 신진당, 민족혁명당, 청우당, 재미한족연합회, 한국독립당, 독립노동당 등 열 개 단체가 입법기관문제에 대하여 공동성명을 발표하고 目下 진행 중에 있는 입법의원 선거의 중지를 요청하는 동시에 그 이유로서는 '민생문제'의 해결 대량으로 검거 투옥된 인민의 즉시 석방 등 민심의 수습을 위한 처치가 가장 緊切한 까닭이라 하였다. 본 당은 이 공동성명을 크게 유감으로 생각하는 동시에 단호 반대한다. 目下 민생

조선인이 미군정의 의도대로 법률을 만드는 것으로 간주했다. 이 외에도 입법기관 설립은 조선 대표자를 내세워 절차적 정당성을 확보한 것처럼 선전하는 것이자 남북합작 통일정부 수립을 방해하는 식민지화의 도구로 인식됐다. 주지하듯 김동리의 「혈거부족」(『백민』, 1947.3)에서 입법기관 수립을 할머니를 비롯해 사람들이 독립으로 착각하는 장면은[45] 간접선거인 입법의원 선거가 지도층이 아닌 다수의 인민을 어느 정도 소외시켰는지 짐작케 하는 대목이다.

여기서 더 나아가, 새로운 시대와 체제에 대한 인민의 기대와 좌절·실망의 내면화가 민주주의의 시원이어야 할 정부 수립 선거에서 '완성'된다는 점에서 역설적이다. 단독선거는 현대 정치의 세계사적 행정行程에 비추어 세계평화와 투쟁 없는 인류사회 형성, 평등한 사회, 세계 민주주의 원칙에 부합하며 민족의 자주정치를 건설하는 첫 단계로 칭송받았다.[46] 그래서 그것을 지지하는 세력에게 '총선거'로 불리었다. 그러나 5·10(단독)선거는 좌익, 김구·김규식 등의 민족주의자는 물론 일반 서민들에게도 환영받지 못했다. 그 선거는 총선거가 아닌 남조선만의 선거였으며 남북 분단을 의미했기 때문이다. 유엔 조선위원단이 들어와 지도부의 의사를 조사할 때 김규식은 남조선만 총선거를 실시한다면 영구히 모국의 연방화 및 위성국화될 수 있다며 비판했다. 김구도 미소

이 도탄에 빠져 헤매는 難境은 누구나 다 같이 통절히 느끼는 바이다. 그러나 긴급함이 민생문제의 해결을 위한 책임정치의 기구로서 성립되는 입법기관을 반대하고 민생문제의 해결이 선결조건이라고 呶呶하는 것은 마치 투약을 반대하고 病治를 주장하는 것과 같은 논리의 모순이요, 정치적 상식을 벗어나는 일이다." 「한인민주당 〈소요사건과 입법기관에 대한 성명〉」(1946.10.26), 김현식·정선태 편, 앞의 책, 321면.

45 김동리, 「혈거부족」, 『백민』, 1947.3, 48~50면.
46 백남훈, 「UN조선위원단감시하에 실시되는 總選擧의 世界史的 意義」, 『백민』, 1948.5, 34면.

양군의 즉시 철퇴와 남북요인회담에 의한 자주총선거와 정부 수립을 주장했다.[47] 또한 당시 여론조사에서 90%에 달하는 수가 선거인 등록을 강요당했다고 말할 정도로 인민들의 자발적인 참여만은 아니었다.[48]

농민의 '총선거'에 대한 부정적 인식이 여실히 잘 나타난 작품이 산촌을 배경으로 한 안회남의 「농민의 비애」(『문학』, 1948.4)이다.[49] 탄광으로 징병 나간 아들이 죽고 며느리를 데리고 사는 서대웅 노인이 주인공이다. 그마저도 며느리가 재가再嫁하여 서 노인은 여손자만 데리고 어렵게 살아간다. 이웃에 젊은 농부가 살아서 가끔 가서 밥을 얻어먹지만 해방 이후는 그 전보다 살기 더 어려웠다. 가마니 공출, 쌀 공출에, 도시와 차별적인 쌀 배급, 도시민이 몰래와 곡물을 훔쳐가는 등 지역 민심은 피폐했다. 또한 소작료 삼칠제를 적용하여 농토가 작은 지주도 살림 꾸리기가 어려워졌다. 그래서 "마을에는 얻어먹는 사람의 수효가 늘어 갔다. 고개 밑에 움을 파고 지내는 전재민들 외에도 한몫 살림을 하는 사람들도 모두 반거지가 되"었다. 사람의 뱃속뿐만 아니라 산도 이미 민둥산이었다. 젊은 장정이 모두 일본으로 징용을 나가 나무꾼도 땔나무도 없었다. 덕분에 노동 가능한 인원은 모두 나서서 가까운 산의 나무를 해

---

47 함상훈, 「UN과 조선독립문제」, 『백민』, 1948.3, 14면.
48 당시 5·10선거의 투표율은 92%였고, 미디어에서는 성공적인 선거이자, 우리 민중이 단정을 희망했다고 선전했다. 공감이 가는 주장이지만 이 선거를 비판하는 입장에서는 일종의 여론 조작이라 할 수도 있겠다. 임몽정, 「조국도립에 訴함」, 『백민』, 1948.7·8, 40~41면 참조.
49 소설에 재현이 된다고 해서 그것이 모두 당대에 일어난 것처럼 생각해서는 곤란하다. 그래서 소설 인용 시 조심해야 하는데, 이 작품 역시 정치적 편향 때문에 당대에 비판받기도 했다. 그러나 이 비판 역시 안회남과 다른 입장에 선 이데올로기적 입장이기도 하다. 정치적 견해를 직접 드러낸 부분을 제외하고는 농민의 삶을 상당히 잘 형상화하고 있다. 김광주, 「최근의 창작계」, 위의 책, 54~56면 참조.

왔던 것이다. 해방 직후의 상황은 더 했다. 정리하면, 젊은이가 징용으로 나간 집은 지주가 수확률을 염려하여 땅을 회수해 버렸고, 땅이 없는 인민은 지주의 허드렛일을 해 목숨만 연명하다 죽음을 맞는 '총체적 절망'(공동체의 붕괴)의 시기였다.

그러나 8·15 전에 일본놈이 다 돼가지고, 조선말을 하지 말아라 조선글을 쓰지 말아라 하던 친일파들이, 지금은 왜 별안간 가갸를 배우라는 것인가. 서대응은 야마무라, 최만돌은 다케야마로 강제 창씨를 당했었다. 농민들의 성명을 빼앗고 조선 사람을 말쇄하던 자들이 어째서 지금은 성명 석 자를 써보라는 것인가. 그들은 친일파가 하는 일은 믿지 않았다. (…중략…) 어째서 별안간 그 사람들이 독립을 한다고 떠드나 어디서 (유엔) 손님이 왔다는데, 다른 누구보다도 왜 그들 친일파가 좋아하나, 대통령을 뽑는 눈치인데 선거란 뭔가 도무지 알 수 없었다. 필연코 좋지 못한 징조라고 농민들은 느꼈다. (…중략…) 그러나 그들은 단 한 가지를 잘 알고 있다. 지금 조선의 현실이 우선 농촌만 보아도, 해방 이전과 진배없는데 다른 것은 그만두고 그것을 찬성하느냐? 안 하느냐? 하는 이 한 가지만 따지자는 것이다. 그러면 단지 오늘날 좌우익 어느 편이, 금일의 현실을 지지하고 좋아하고, 친일파와 손을 맞잡고 있느냐? 이것 한 가지다. 그것으로 어느 편을 따라가야 옳다는 것을 즉각적으로 느껴 알고 있다.[50]

이렇게 생존이 곤란한 농민들은 남조선 단독선거, 단독정부 수립을

---

50 안회남, 「농민의 비애」(『문학』, 1948.4), 『한국소설문학대계』 24, 동아출판사, 1995, 565~566면.

잘 몰랐다. "기껏해야 그저 요지부동으로 늘, 대통령은 누가 되나? 될 사람 되겠지! 왜 언젠 정부가 없어 걱정인가? 언제 조선 사람이 안 했어……?" 하고 시국에 반응했다. 다만 농민에게 특별히 민감한 것이 하나 있었는데 그것은 친일파에 관한 것이다. 해방 전후의 면서기를 구별하고 새 면서기에게만 기대와 호의를 갖는 것은, 농민 특유의 생의 감각이었다. 농민은 '친일파와 손을 잡는 세력'이 같은 편이 아니라는 것을 직감적으로 알았다. 그들은 선거를 하는데 친일파가 나서서 농민들에게 글을 배워 이름 석 자를 쓰라고 종용하는 저의를 의심한다. 이는 입법의원들이 선거법을 만들면서 우익을 지지하지 않는 농민 계층 전체를 선거에서 배제하기 위해 만든 자구책이었던 것이다. 이 규정은 미국에 의해 철폐되어 농민의 선거 참여에는 지장이 없게 되는데, 소설은 이것이 철폐되기까지 당국이 준비했던 과정을 재현한 셈이다. 아이들은 학령이 지나도 가난해서 학교에 못 다니고 자란 후에는 생계곤란 때문에 부랑패처럼 떠돌아다니는 판국에 그 부모는 선거 덕분에 공부를 하는 아이러니한 상황이 벌어진다.[51]

그러나 도회인의 자본이 쌀에 집중되어 대도회보다 산골 농촌의 쌀값이 더 고등한 현실에서 부양해주는 자식도 없는 서대웅 노인의 삶은 선거와 무관했다. 그는 "고두럼 장작 때고 냉수 먹세"라는 유행어를 '모범적'으로 실천한다.[52] 방은 고드름으로 장작을 땠는지 몹시 차가웠고

---

51 추가적으로 작가는 단독선거 반대 이유로 '일본 침공설'을 들고 있다. 이는 통일정부가 수립되지 않고 남조선만 정부가 수립될 경우 그만큼 국력이 약해져 일본의 침공이 다시 있을 수 있다는 공포였다.
52 이 작품에 나온 말은 "먹자판이 재판소", "가져오라 면사무소", "텅텅 볏다 배급소" 등과 함께 무능한 미군정과 부패한 사회상을 풍자한 유행어였다. 강준만, 『영혼이라도 팔아 취직하고 싶다』, 개마고원, 2010, 12면.

그 추운 방속에서 노인은 냉수를 먹어야 했다. 이는 농민의 빈한함을 표현하는 동시에 "차고 깨끗한 체관, 체념"을 드러낸다 하겠다. 그러나 이 '체념'도 개가改嫁했던 며느리가 찾아와 노인이 유일하게 정을 주고 있던 손자를 데려가 버리면서 붕괴되고, 노인은 결국 자살에 이르고 만다. 그나마 힘이 남아 있는 젊은 농군들도 "사실 논 있어두 농사 못 짓네. 무슨 돈으루 쌀 팔아 일꾼 밥멕이구 무슨 돈으로 품삯 물어!" 하며 "깨끗이 단념"하는 실정이었다. 민의가 거의 반영되고 있지 않는 비유권자 농가의 우울·체념·죽음의 총체성을 보여주고 있다.

위의 작품은 "지주, 소지주는 죽을 지경이고 대지주는 태평했고, 영세 자작농과 영세 소작농이 조선 농민의 대부분이"었다고 말한다. 이처럼 영세 농가의 입장에서 선거를 부정적으로 바라본 것과 달리, 채만식은 「낙조」에서 대지주 역시 쉽지 않은 삶을 살았던 것으로 기술하고 있다. 인민학교 교사이자 주인공인 '나'가 포착하는 주요 인물은 황주 아주머니 집안이다. 그들은 '나'의 (「농민의 비애」에 비하면 훨씬 대지주이며 도시에 거주하는)[53] 아버지의 당대 인식과 비교된다. 아버지는 대지주이지만 해방 후 소작료가 1/3을 넘지 못하는 상황[54]에서 물가가 급등하고, 공정가격 공출이 심해지며, 토지개혁 소식으로 토지매매가 이루어지지 않아 현금이 돌지 않자 빚을 지게 된다. 자연히 집을 계속 줄이면서 살

---

53 식민지 조선에서 부재지주가 증가한 이유는 도시에 거주할 경우 세금이 면제되거나 일부만 내어도 됐기 때문이다. 이외 구체적인 내용은 윤해동, 『지배와 자치』, 역사비평사, 2006, 244~247면 참조.

54 미군정은 1945년 10월 5일 법령 제9호를 공포, 소작료율을 당해 토지생산물의 최고 3분의 1을 넘지 못하게 하는 조치를 단행하였다. 이 '3·1제' 소작료율제는 1946년 2월경 본국 정부(국무성)로부터 한국의 토지개혁 권고를 받고 그것을 전제로 한 소작료율 인하였다. 식민지기부터 고율의 소작료로 고통 받는 사람들의 생활조건을 개선시키기 위한 일차적 조치였다. 이대근, 『해방후·1950년대의 경제』, 삼성경제연구소, 2002, 75~77면.

아야 하는 형편이었다. 이와 달리 황주 아주머니네는 이북에서 장남 재춘이 순사가 되었다가 계속 진급을 하는 과정에서 너무 많은 재산을 약탈·횡령하다 결국 해방 후 맞아 죽게 된다. 이후 집이 습격당하고 "재산의 몰수, 추방명령"으로 일가족은 월남을 해야 했다. 황주 아주머니는 큰아들이 왜 사람들의 원성을 사고 맞아 죽었는지도 잘 모를 정도로 무지하며, 공산당을 향한 적개심이 아주 강했다. 그래서 먼 일가인 '나'의 집에 찾아와 (대통령선거[55]가 직접인지 간접선거인지도 모른 채) 이승만 박사가 대통령만 되면 정부가 수립되고 그러면 다시 기 펴고 잘 살 수 있을 거라며 투표를 역설한다. 그러나 물가와 늘어가는 빚으로 세상 물정을 체감하는 아버지는 대통령선거에 대한 기대가 전혀 없다.[56]

황주 아주머니는 여전히 희망을 버리지 아니하였다. 여전히 오래지 않아 곧, 오래지 않아 곧 38선이 트이고, 트이는 그날로 공산당이 몰살을 당한 이북 땅 황주로 달려가, **집과 전장을 도로 찾아 가지고 편안히 다시 살 것을 믿으**며 기다리기를 마지아니하였다. 그것은 눈앞의 생활이 궁하여짐에 따라 반비례하여 **더욱 조급성을 띠고 강화되었다.**

거기다가 겹쳐서, 객관적으로 남조선에 5·10선거가 실시되어 국회가 생

---

55 대통령선거는 인민선거로 하자는 수정안에 대한 토론이 약간 있었으나 결국 국회에서 선거하는 원안으로 가결되었다. 「明日內로 完了 政府樹立의 熱誠披瀝」, 『동아일보』, 1948.7.7, 1면.
56 "그동안 백성이 못 살구 죽을 지경을 한 것이 달리 그랬나요? 쌀은 한 말 천 원이 넘구, 남군 한 마차 육칠천 원이죠, 광목 한 자에 사백 원이요, 설렁탕 한 그릇이 백 원이요, 다 이래, 백성들이 살기가 어려웠든 게여든요, 그러니깐 아주머니 말씀대루, **이박사가 대통령으로 뽑혀 백성이 살 길이 나서자면, 제일 첫째, 쌀만 물가가 뚝뚝 떨어져야 할 게 아니겠나구요?**" (…중략…) "**옳아, 정부가 생기면이라…… 정부만 생기면 그땐 쌀 금새두 내리구, 장작이랑 광목두 금새가 내리구 해서, 백성들이 살게 되는 판이군요?**" "그러믄요," 채만식, 「낙조」, (『잘난 사람들』, 1948), 『한국소설문학대계』 15, 동아출판사, 1995, 470면.

기고, 이승만 박사가 의장이 되어 헌법을 마련하고, 마침내 이승만 박사가 대통령으로 들어앉고 하는 것으로써 황주 아주머니의 희망과 기대는 드디어 움직여지지 않는 일종의 신앙이 되었다.[57]

"전, 최고지도잘 믿습니다. 이승만 박살 믿습니다. 평화적인 방법으루다 하다 하다 못 하는 날이면, 그때 비로소 비상수단을 취한다는 어젊과 총명이 있을 줄 믿습니다. 그리구, 그러니깐 전 명령이 나리는 날이면 이건 어쩔 수 없는 최후의 수단, 피치 못할 막다른 수단인 결루 전적 신뢰를 하구서, 총 잡구 38선으루 달려간다는 것뿐입니다. 핀 흘리더래두, 통일을 하는 편이 차라리 나을 테니깐요."(…중략…)

"이승만 박사께서, 미국 신문기자한테 남조선에 독립정부가 서드래두 미군은 눌러 그대루 주둔해 있어 달라구 할 테라구 말씀을 하셨다는 신문 기살, 허긴 저두 보긴 봤습니다. 그렇지만, 전 이승만 박살 믿는만침, 그 으런이 절대루 그런 말씀을 하셨으리라군 믿구 싶질 않어요. 그 으런이 그런 생각을 가지구 기실 이치가 없어요. 아마 미국 자신이 어떤 정치적 필요에서, 의식적으루 꾸며 낸 정치적 제스처기 쉴 겁니다."

"그럴까?"[58]

대통령선거 얘기가 나오는 것처럼 이 작품은 5·10선거(만이 아니라) 이후 '1948년 7월 20일 대통령선거와 정부 수립'에 대한 인식까지 포괄하고 있다. 특히 공산당에 적개심이 가득한 월남인의 선거를 향한 기

---

57 안회남, 「농민의 비애」, (『문학』, 1948.4), 『한국소설문학대계』 24, 동아출판사, 1995, 504면.
58 위의 책, 492~493면.

제3장_ 갈등의 조정과 합의, '말하는 입'의 제도적 현실 137

대가 극렬하게 표출되어 있다. 그리고 그 기대가 황주 아주머니만이 아니라 그 둘째 아들이자 남조선의 국방경비대에 들어간 영춘에게도 나타나는 점에서 세대 간의 차이 역시 드러낸다. 빼앗긴 "땅과 전장"(개인 영리)을 되찾는 게 중요한 아주머니와 달리, 작은아들 영춘은 사적 이익이 아니라 "통일 독립이라는 우리 조선 민족의 지상 명령"을 가슴에 품고 있었다. 그럼에도 두 사람은 모두 남북한의 전쟁을 불가피한 것으로 인식하고 있다. 아주머니는 정책 실패로 치솟는 물가에 생활이 매우 궁핍해지지만, 그녀에게 정권이란 북진北進만 하면 되는 존재였다. 이렇듯 그녀의 북진에 대한 기대는 '신앙'이 되어 간다. 이에 비해 영춘은 '통일 독립' 외에 또 하나의 신앙이 있었다. 지도자 이승만에 대한 맹목적인 집착과 믿음이 그것이다.[59] 그는 자신의 신념이 맞다는 것을 확증하기 위해 이승만의 잘못을 지적한 신문보도조차 왜곡해 지각하는 지경이다. 이들의 기대가 실현되는지의 여부는 알 수 없이 소설은 끝나지만, 아주머니와 영춘의 '신앙'은 한국전쟁이 벌어질 때까지 유예되었고 전쟁 발발과 함께 그 기대도 무너졌다는 것을 역사가 증명하고 있다. 당시 대통령선거가 직접선거는 아니었지만 월남인에게 희망이었고, 전쟁과 부의 회복 그리고 남북통일 등을 표상했던 것이다.

그런데 이 작품의 말미에는 남조선정부 수립과 비견하여 북조선에서도 8월 15일 총선거를 할 것을 선포하고 있다. 북조선의 총선거는 북조

---

59 최고 지식인이면서 독립운동가였던 이승만은 국가 수립기에 정통성보다는 국가의 질서에 중점을 두었다. 칼라일이 영웅의 조건으로 정신적인 측면을 강조한 것과 달리, 그는 도덕적 명분보다는 현실적 이득을 택했다. 이승만은 설득과 타협의 자질이 부족하고 고압적이었으며 경찰과 관료에 의지해 반의회적 태도를 취했다. 건국 초 국가를 위한 그의 리더십은 점차 개인의 권력을 유지하기 위한 리더십으로 변질되었던 것이다. 서희경, 「이승만의 정치 리더십 연구」, 『한국정치학회보』 45-2, 한국정치학회, 2011, 59~70면.

선에만 실시하는 것이 아니라 남북조선의 전체적인 선거, 즉 남조선에서는 소위 지하선거라는 비밀선거를 한다는 설명이 간단히 있다. 일찍이 1946년 11월에 있었던 이북의 선거가 자유, 직접, 평등, 비밀투표의 방법으로 인민들의 환희에 들끓었다는 것은 잘 알려져 있다.[60] 그렇다면 공산당에 원한이 있는 월남인이 아니라, '공정선거'를 이룩한 이북에서는 남조선의 5·10선거를 어떻게 바라봤는지 살펴보면 조금이나마 시각의 낙차를 확인할 수 있겠다.[61]

　월북 작가인 이동규의 「그 전날 밤」(『그 전날 밤』, 1948.7)은 단독선거 전날을 다루고 있다. 선거에 출마한 공장 사장 신태화가 자신이 선출되기 위해 공장 내 저항 세력을 진압하려 하지만 결국 실패하고 노동자가 공장을 장악하는 내용이다. 신태화 사장은 "매국매족의 입후보자를 타도하자"[62]는 공장 직원을 두드려 패 색출하고 대한노총에 억지로 가입시킨다. 결국 모든 직원이 대한노총에 가입하게 되지만 공장에는 여전히 매국노의 "단독 선거를 반대", "남북연석회의 지지"라는 삐라가 유포되었다. 그래서 이미 겉으로라도 같은 편이 된 노동자 중 의심되는 이를 불러다 때리고 협박하기에 이른다. 그러나 종국에는 폭력의 '과잉'에 굴하지 않는 노동자들의 승리로 끝난다는 점에서 북의 이데올로기가 반영된 '행동문학'

60　A. 기토비차·B. 볼소프, 최학송 역, 『1946년 북조선의 가을』, 글누림, 2006, 210~226면. 이와 다른 견해도 있다. 후보자를 북조선 민주주의 민족통일전선에서 일괄적으로 지명했기 때문에 보통선거로 볼 수 없다는 것이다(서중석, 『대한민국 선거이야기』, 역사비평사, 2008, 25면).

61　남로당은 북로당과 함께 5·10선거 반대투쟁을 벌인다. 선거를 보이콧하기 위한 선전사업을 위주로 하면서 파괴투쟁을 병행하는 방향이었다. 여기에 대해서는 김남식, 『남로당연구』, 돌베개, 1884, 326~333면 참조.

62　이동규, 「그 전날 밤」(『그 전날 밤』, 1948.7), 강혜숙 편, 『이동규 선집』, 현대문학, 2010, 235면.

에 가깝다. 이목을 끄는 것은 사장 측이 전평 산하의 노동조합을 파괴하기 위해 직공을 잡아다 패면서도 선거할 때 사장을 뽑도록 협박한다. (비밀) 신거할 때만이라도 유권자의 마음을 사기 위해 노력한다는 일반의 '상식'을 뒤엎고 있다. 이처럼 이 월북 작가에게 5·10선거는 매국노들이 의원이 되는 길이며, 남북통일정부 수립을 불가능하게 하고, 유화책이 아니라 오히려 폭력의 과잉을 유발하는 '불공정 선거'로 인식되고 있다.

5) 장례와 금권정치의 태동

지금까지 논의를 정리해보자. 식민지기에는 지방자치를 실시하고 있었지만 일정 이상의 세금을 내지 못하는 이는 유권자가 될 수 없었다. 그것은 해방 후 남조선의 첫 선거인 입법의원 선거(1946.10)에서 또 반복된다. 입법의원선거에서 문맹자, 실직자, 빈민층, 전재민 등이 제외됐고 폭력단체가 호별 방문해 강제하기까지 했다. 이외에도 복잡한 선거자등록법 등 입의선거는 유한계급에게 선거 특혜를 제공한 사이비선거로 판명되었다. 자연스레 이게 무슨 민주주의냐는 세간의 비판이 비등했다.[63] 또한 관선/민선 입법의원을 선출하기 전 (도회의원과 같은) 친일파를 제외하는 게 진정으로 민의를 대변하는 선결 문제였으나 온전히 실현되지 못했다. 1947년 7월 통과된 '친일파 처단 특별법' 역시 군정장관이 인준을 거부하면서 진정한 국민의 대표를 뽑는 게 사실상 어려

---

63 『민성』, 1947.3, 3면.

웠다. 이미 민선의원 다수가 좌우합작을 백안시하고 있었고 미군정에 등용되고 있는 고관대작의 대부분이 우익적 성향을 지니고 있었다. 조선의 미래상이 서로 달랐던 지도층은 대립했고 5·10선거에서 김구·김규식 등 다수의 우익중도 민족주의자들이 선거에 불참하는 사태가 벌어졌다. 더 큰 문제는 간접선거로 치러진 대통령선거였다. 당시 헌법 초안 심의 중 "주권은 인민에게 있다고 했는데 어째서 대통령선거를 간접적으로 국회에서 하느냐"는 질의가 있었다. 그러자 헌위 위원장 서상일은 "대통령을 직접선거하지 않는다고 해서 주권이 인민에게 없고 대통령에게 있는 것이 아니라 주권의 소재는 대통령선거와 별개의 것이다"라고 대답했다.[64] 그러나 이는 인민주권을 부정한 발언이었다.[65]

총력전기 유권자가 되지 못하고 동원만 당했던 사람들은 '체념', '자살'을 내면화했었다. 해방 이후 치솟는 물가와 극심한 식량난 속에서 민의를 대변할 대표자를 직접 선출하지 못하는 등 '국민'이면서 국민으로 대접받지 못했다. 이것이 국가에서 '국민'의 실존적 지위인 것이다. 당시 '선거'는 인민 개개인의 정치·경제적 지위와 경험에 비추어 다양한 의미로 받아들여졌다. 이를 테면 친일파의 득세, 중간파의 쇠약, 우익의 테러, 자주정치, 전쟁, 무의미한 것, 단독선거/총선거/가능지역선거, 남북통일 방해 및 촉매제, 세계평화와 투쟁 없는 인류사회를 형성하고 평등한 사회, 세계 민주주의 원칙에 부합 등으로 해석됐다. 하지만 선거가 임박하면서 그렇지 않아도 치솟는 물가가 더 등귀하여 선거 비용을

---

64 「국호, 국체, 정체 등 의의 각 의원과 '헌위' 간 문답내용」, 『경향신문』, 1948.6.27, 1면.
65 제정된 헌법은 국민의 선거와 심판의 권리가 전혀 없다고 비판받았다. 대통령 독재 가능성을 지적하면서 국민에게 직접적으로 참정하도록 해야 한다고 주장했다. 『민성』, 1948.12, 10~12면.

감당할 수 있는 사람만이 선거 후보자가 될 수 있었다. 당시 1948년 4월 선거 후보자 일인당 평균 백만 원씩은 들 것이라 예상됐다. 결국 "돈 많고 세력 있는 사람만이 우선적으로 입후보하게 될 것으로 예상되었다."[66] 선거는 결국 금권정치를 가리켰다. 권세가가 인민의 이익을 온전히 대변하기는 쉽지 않다. 이처럼 자본주의 의회 제도는 출발점부터 한계를 내재하고 있었다.

게다가 친일파 청산이 사실상 어려워지면서 선거 후보자 중에는 도회의원과 같이 식민지 시대에 국책 협력을 수행했던 이들도 포함되어 있었다. 이들은 단순히 소설에 파편적이고 산발적으로 등장하는 소재거리가 아니라, (일부는 정·동 총대직을 역임했고) 체제의 구조적 억압과 모순을 조장한 문제적 개인이었다. 해방 이후에도 이들은 정치 권력뿐 아니라 경제적 이권을 획득하려고 노력했다.[67] 이러한 현실에서 사실상 선거에서 배제된 사람들은 정치에 대한 '실망'을 깊게 내면화하고 생존권조차 위협받게 된다. 체념과[68] 죽음이 계속되는 실존적 조건인 것이다.

---

66 이종모, 「南韓選擧와 六十億圓 消耗戰」, 『민성』, 1948.4, 19면.

67 전 도회의원의 정치 참여뿐 아니라 경제적 진출도 있었다. 일례로 반민법反民法이 발동되어 제일착으로 박흥식朴興植이가 수감되었다는 보도가 전해지는 날, 공직 추방 해당자를 중요 간부로 임명한 대한식량공사의 괴이한 처사가 문제가 되기도 했다. 이때 전 도회의원 이한명을 변호·보증해 준 인물이 충남도지사와 국회의원 모씨이다. 권력과 돈, 인맥이 유착되어 있는 전형적 사례라 할 수 있다. 「大韓食糧公社, 친일파 李漢明을 충남지사장으로 임명하여 물의」, 『조선중앙일보』, 1949.1.12(『자료대한민국사』, 국사편찬위원회 한국사데이터베이스http://db.history.go.kr).

68 극심한 고물가와 궁핍 속에서 국가에 기대할 수 없는 (비)국민이란, 모두 애국적일 수는 없다. 인간이란 나약한 존재이기에 불안하고 막연한 미래를 예언 같은 미신에 기대기도 했다. 실제로『진본眞本정감록』, 『활자본活字本정감록』, 『훈주訓註정감록』 등 6종이 넘는 정감록이 시중에 유포되고 "5원짜리 춘향전, 심청전보다 10원, 20원짜리 정감록이 날개가 돋쳤다" 하니 단순한 호기심이 아니었다. 이를 비판한 이는 정감록을 찾는 심리가 "불평등한 이 세계를 한번 뒤집어 모든 동포가 더 행복을 누리자는 심리가 아니오, 오즉 한몸 한집을 살자는 생각"(임경일, 「鄭鑑錄에 對하야」, 『신천지』, 1946.7, 98~101면;『정감

142   해방기 문학과 주권인민의 정치성

도회의원, 서기 등에 의해 부유층은 징집에서 빠지고 돈 없는 이들은 전장에서 죽음을 맞아야 했던 것도 현실이었다. 이러한 보통 남자들의 '슬픈 경험'은 그 이후 한국전쟁에서도 반복적으로 목도할 수 있는 우리 사회의 '진실'이다. 전후 선거 민주주의의 한계가 목도되는 지점이다.

그러나 공적 권력에서 배제되었다고 해도 일상의 인정 욕망은 여전히 민중의 자존감과 체면[69]을 유지하게 하는 중요한 요인이었다. 낙담했던 인민의 행복과 일상 욕망이 회복되어 가는 양상을 논하는 것이 추후 행해져야 할 연구 과제라 할 수 있다. 공적 권력을 갖지 못한 사람들이지만, 공동체를 영위하는 사회적 존재로서 '체면' 유지는 일상의 인정 욕망과 관련해 언제나 중요하기 마련이다. 체념·자살, 죽음 그 근저에도 욕망은 자리하고 있다. 당대가 성명, 방침, 연설, 공약, 폭력, 죽음 등이 난무했던 시기였으며, '체념·자살─과시·오만'의 양극단을 오가는 것이 인간의 욕망이기에 더욱 그렇다. 그런 점에서 앞에서 살펴봤던 가난하

록』이 삼팔도선을 예언했다는 대목도 나온다)이라고 하지만 일신을 위로하고 안위를 돌보는 것은 당연한 욕망이라 할 수 있다. 일제 말 개인주의가 국책 담론으로 비판받았다면, 해방 이후에는 국민국가 만들기 프로젝트에 위배될 만한 사적 허영은 또 비판받았다.

[69] 공적 권리·권위에서 배제된 이들이라 하더라도 거세·억압된 입신출세라는 사적 욕망과 우열을 가늠하기 어려운 처지에 놓인 이웃 간의 인정 욕망은 '체면·무시·자존심' 등의 사적이고 내밀한 자존감과 연결되어 표출되기도 했기 때문이다. 일례로, 1944년부터 1946년 말까지 바진(본명-리야오탕李尧棠/필명-바진巴金)이 쓴 『차가운 밤寒夜』은 국민당 정부가 피난 온 충칭을 배경으로 일본의 공습과 진군에 대한 사람들의 불안·공포를 그려내고 있다. 바진은 곧 붕괴할 구사회, 구제도, 구세력이 등장인물들의 행동을 뒤에서 조절했고 그들이 이에 반항하지 않기 때문에 모두 희생자가 되고 말았다고 말한다. 봉건적 가정윤리에 대한 비판인데, 바진의 의도와 별개로 필자가 생각하기에 이 작품의 또 하나 중요한 일상의 욕망은 전쟁 상황 속에서도 남들의 시선을 의식하고 스스로 자신의 사회적 지위를 규정하는 '체면'(이라는 환각)이다. 즉 포탄이 떨어지는 전쟁 상황에서도 이들 등장인물은 봉건적 가정윤리, 체면을 중시하다 모두 희생자가 되었다. "내 **일생의 행복**은 모두 전쟁과 생활에 다 바쳤고, **체면**을 차리는 데 허비했어." 바진, 김하림 역, 『차가운 밤寒夜』, 시공사, 2010, 92면.

고 소외된 인민의 죽음 의례는 초라할 수밖에 없었다. 그러나 여전히 장례는 주목받지 못하고 과시할 수 있는 기회가 부족한 한 개인 및 가문의 인정 투쟁의 장이기도 했다. 다시 말해 장례식이 사람들의 '체면-위신-출세'를 가장 극명하게 드러내는 일상의 의례 중 하나인 것이다.

이렇듯 사회 속 개인은 권력에 의해 주어진 그 '공적 주권'을 제한적으로만 행사할 수 있는 제한된 존재이다. 하지만 다른 한편으로 장례와 같은 사적 영역의 의례를 통해 사회적 존재로서의 자존감(일상의 욕망)을 확증·고양하며 한 생을 살아갔다. 해방이 되자 양반 문중을 중심으로 각종 전통 가례가 재기되고, 농촌에서는 동사同祠가 재건되었다.[70] 또한 유명한 유학자 하겸진의 경우는 사림의 차원에서 90일 간 사림장이 치러졌고,[71] 김구, 여운형 등과 같은 이의 국민장도 있었다. 장례를 치르지 못하는 궁핍한 사람들은 지역공동체에서 돈을 걷어 장례를 해 주기도 했다. 그러나 이 경우는 최소한의 장례일 뿐 과시 욕망과는 무관했다. 해방기에서 보통 하층민이 '권세' 있는 장례를 할 수 있는 경우는 국가와 관련된 '애국자(집안)의 죽음'이어야만 가능했다. 이런 '정치적 죽음'은 사적 욕망이 공적 권력과 접속할 수 있는 계기가 됐다. 정치 대표가 돈과 권력을 매개로 보통의 사람을 정치에 동원한다고 했을 때 '정치적 죽음'을 둘러싼 장례는 현대 금권정치가 시작되는 국면과 맞닿아 있다. 이 장례와 금권정치 태동의 일면을 살펴보면서 이 절을 마치고자 한다.

---

70 박성수 주해,『渚上日月』, 민속원, 2003, 580~583면; 전상인, 「해방 공간의 사회사」, 박지향 외,『해방 전후사의 재인식』2, 책세상, 2006, 152면에서 재인용.
71 「하겸진 씨 서거」,『동아일보』, 1946.8.17, 2면.

"너희 나 죽으면 화장할 테냐? 화장이면 두 번 죽는 거지……." 하는 말이다. 이것은 언제나 같은 음성의 같은 투의 말이었다. 송진두는 이런 때 대개 책상다리를 한 발바닥을 손으로 비비며 앉아 있다가 "그렇게 할 수야 없읍지요." 하고는 "글쎄 그건 안심하시라니까." 하는 위로의 대답을 하곤 했다. (…중략…) 그는 아무도 듣지 말기를 바라며 "아무래도 화장을 받을 팔자의 몸인데 왜 저리 야단이람……."[72]

"내가 알았으면 약이래도 써볼걸……." 하는 푸념이었다. 상주는 푸념에 간이 서늘할 정도로 아찔하였다. 쥐구멍이라도 있으면 들어가고 싶은 심정이었다. 그는 그 푸념이 남의 귀에 담기지 않도록 자기도 체면 없이 눈물없는 답곡을 마구 터트리며 한편 영감쟁이를 마음속으로 못마땅하게 생각했다. (…중략…) "애, 참 장하다! 참 훌륭한 차림이다. 네가 출세를 했구나……." (…중략…) 처음 한동안은, 아니 그보다 시체를 이곳으로 옮긴 즉후까지도 자기의 귀와 눈을 의심했던 터였다. 그런데 시간이 지나고 따라 본 정신이 돌고 또한 지금 영감의 치사까지 있고 보니 그제야 차츰 흐뭇한 마음일 들기 시작했다. 세상에 나온 이후, 가장 무능한 자기가 이렇게 대접을 받아보기란 참으로 처음 당하는 일이다. 거기에다 얼굴도 잘 모를 손님들 대원들의 부형이 연방 조문을 하는 데는 오직 하늘을 나는 새와 같은 심정이었다. 이 마음 역시 난생처음 가져보는 상쾌하다느니보다 통쾌에 가까운 것이었다. 그는 세상에서 떠드는 '사람의 행세!'란 게 바로 이런 것을 가져다가 하는 말이라고 혼자 심중에 삭였다.[73]

---

72 홍구범, 「구일장」, (『문예』, 1950.2), 『홍구범 전집』, 현대문학, 2009, 239~241면.
73 위의 글, 248~249면.

궁핍하더라도 가족 구성원의 죽음은 생의 중요한 사건이다. 홍구범의 「구일장」(『문예』, 1950.2)에서 주인공 송진두는 별다른 직업이 없이 지내다 가난한 S동을 (보수 없이) 경비하는 자위대 총무부장을 맡았다.[74] 병이 깊은 어머니는 자신이 죽으면 화장될 것을 걱정하지만 장례 치를 돈도 없는 송진두는 어머니의 푸념이 "곧 자기의 체면을 송두리째 갉아 먹으려는 것이라고 여"겼다. 그는 어머니의 푸념이 듣기 싫어 집을 나가 자위대에서 지내다 임종도 지켜보지 못한다. 그는 이웃의 시선이 부끄러워 아무도 모르게 화장을 하려고 하지만 이 사실을 자위대원과 선전부장, 대장이 알게 되면서 일이 커진다. 이들은 송진두가 어머니의 임종에도 불구하고 자위대를 지키려 했다며 그 충성심을 '착각'했고 자위대 차원에서 성대한 장례를 치른다.[75] 이 소문이 퍼지면서 시장 비서관, 경무국에서 감사장과 금일봉을 전해 주었고 많은 유력자가 장례식에 참석했다. 송진두는 태어나 지금까지 자신을 세상에서 가장 무능하다고 여

---

74 본고는 이 시기 인민이 국가와 연결될 수 있는 한 방식으로 당시 넘쳐나는 애국단체에 주목했다. 밥과 돈을 미끼로 넘쳐나는 실직자들을 정치 도구로 활용했던 것이 사실이다. 가입한 인민 역시 애국심과 무관한 사람도 있었다. 그래서 이 글은 중요한 일상의 인정 욕망의 한 변형태인 '체념-체면'을 내면화한 인민이 애국단체에 가입했다가 성대한 장례식을 경험하면서 (단순히 입신출세가 아닌) '권세'를 가진 사람 행세라는 것을 처음으로 자각하게 되는 과정을 착목했다. 장례가 사적 영역이긴 하지만 그 의례 효과가 장례 기간에 한정되지 않고 그 계기로 사회적 발언권을 확대해 가는 것이기도 한다면, 이것은 공적 권력과 관련되어야만 가능했다. 이 경우 장례는 정치 영역에 포함된다. 사적 영역의 독립이 확보되지 않았던 이 시대, 사회의 한 자화상이라 할 수 있겠다. "해방 공간 각종 정당은 실업자, 청년 등에게 밥을 미끼로 현혹하여 각 단체에 가입시키고 폭력행사에 동원했다." 강준만, 『영혼이라도 팔아 취직하고 싶다』, 개마고원, 2010, 12~17면.

75 이와 달리 『1945년 8 · 15』에는 공장 직공으로서 노동 투쟁을 하는 오성주의 자식이 죽은 예가 서사화된다. 여기서도 한 직공이 공장 동무 전체에게 이 참척의 부고를 알려야 한다고 말하지만 성주는 노동투쟁에 방해된다며 이를 거부한다. 자식의 장례를 성대하게 치르려 하지 않는 그 내면이 「구일장」의 송진두와 사뭇 다른 것을 알 수 있다. 김남천, 『1945년 8 · 15』, 작가들, 2007, 320~321면.

겨왔던 터라 "통쾌"했고 "사람행세"라는 것을 처음으로 자각하게 된다. 어머니가 아파도 들여다보지도 않던 친척 한의원 영감이 찾아 오기까지 했다.

그런데 자위대가 동지로서 이 애국자를 위해 5일장을 지내주려 하면서 일은 더 커진다. 송진두는 3일장을 하려고 하지만 의원 영감이 그에게 "넌 행세란 걸 모르는 구나, 천치다 천치"라고 자극을 주자 송진두는 어머님이 늘 구일장을 바랐다고 (소설에서 이 말의 진의는 확인할 수 없지만) 말한다. 그래서 구일장을 하게 되는데 한여름에 역한 시체 냄새로 주위의 눈총을 받게 된다. 애국자의 장례라는 이유로 9일장을 치르는 '과잉'이 송진두의 허세를 불러온 셈이다. 그러나 세상은 권세 노름이라는 주위의 부러운 시선, 자신의 가족이 세상을 떠날 때 역시 같은 대접을 받고 싶은 자위대원들의 동조에 의해 묵인된다. (작품에 드러난 사실을 당대 사회의 보편적 사실로 일반화하는 것은 조심스러운 일이지만) 장례식이 우리 사회에 중요한 '정치적 행사'가 되어 가는 내막을 일부분 엿볼 수 있다. 사적 일상의 욕망까지도 국가로 수렴되는 이 시대의 한 자화상이라 하겠다.

살펴봤듯이 송진두는 극빈 동네의 실직자였다. 이런 사회적 지위의 그가 '체념'만큼이나 '체면'을 강하게 가지고 있었던 것은 특이하면서도 그만큼 인간에게 있어 '욕망'의 중요성을 방증하고 있다. 40년을 넘게 살면서 소외됐던 그가 단체장을 통해 우연히 권세를 가진 '사람 행세'의 맛을 자각하게 된 것이다. 송진두는 자신이 장례를 치르면서 평소 만나 보지 못했던 '권력자'를 만나고 사회의 극진한 '대접'을 받으면서 이것이 "민주주의인가" 하고 외친다. 그는 공동체 안에서 풍문으로만 듣던 민주주의를 (찾아온 이의 저의나 사회 구조적 문제는 염두에 두지 않은 채) 금권정치의 한 방식으로 실감하면서 '행복'한 삶의 방식을 체감하고 모방·습득해 간(갈) 것이다. 이처럼 '대표-인민'의 관계는 공공의 이익과는 무관한 형태로도 형성되기 시작했다.

2. 여론조사의 출현, 여론정치의 시대

1) 해방과 조선 언론기관

식민지와 해방의 연속을 논할 때 인민을 억압하는 권력 주체만 바뀌었을 뿐 근대 국가의 구조적 폭력은 여전히 지속되었다는 평가가 있다. 하지만 해방은 그 구조적 억압의 틈새를 만들었다. 민주주의가 공공연히 표방되기 시작했고 대다수가 문맹인 인민도 제 목소리를 내기 시작했다. 정치적 자유를 허가한 미군정은 조선 인민의 각기 다른 여론을 수렴하여 정책 방향을 결정해야 했다. 정치적 자유란 사상의 자유를 뜻하기도 했다. 군정은 사회주의를 비롯해 다양한 사상으로 포섭됐거나 되어 가는 인민을 관리해 미국을 추종하도록 조장할 필요도 있었다. 무엇보다 북조선의 소련과 일종의 체제·사상 경쟁을 펼치게 된 상황에서 미군정은 자신의 정치적 선전이 조선 각지에 깊숙이 파고 들어가는지 파악해야 했다.

그렇다면 해방은 드디어 근대적 의미의 여론정치가 조선에서 행해진 시점이라 할 수 있다. 인민의 여론을 국정 운영에 반영한다는 '사건'은 본질적 의미의 '정치'의 출현이라 할 수 있다. 이것은 인민이 자신의 정치·경제적 이해에 따라 정치 지도자를 선별하고 그를 매개로 정치·경제적 이익을 요구하는 대의 정치의 형성 과정을 뜻하기도 했다. 해방기는 이러한 정치 감각을 습득해가는 인민의 '지성'이 성장 및 발현되는 장이었다. 친일 경찰 등 친일파 청산 실패, 정치 모리배의 출몰 등 정치적 좌절감이 큰 해방의 국면이기는 했다. 하지만 그러한 상황 자체가 인민의 정치 참여를 더욱 요구했으며 참여는 인민이 근대 국가의 시민이 되는 훈련 과정이기도 했다. 인민이 간접적이지만 국정에 참여하고 있다는 정치 감각이 형성되기 위해서는 아래로부터의 목소리가 전달되는 제도적 장치가 기반되어야 한다. 또한 참여가 자율적이어야 하고 상시적인 것이기도 해야 했다. 이 역사적 소임을 언론기관이 자임하고 나섰다.

식민지기 신문사는 자타가 공히 '신문정부'라 할 정도로 조선인의 목소리를 제한적이지만 공적으로 발화할 수 있는 대표기관이었다. 하지만 만주사변 즈음 식민 당국의 검열이 강화되고 중일전쟁 이후 한층 더해졌으며 결국 『조선일보』와 『동아일보』가 폐간되기에 이르렀던 것이 주지의 사실이다. 해방이 되자 용지난에도 불구하고 『해방일보』를 시작으로 각종 신문사가 창설되면서 다시 인민의 정치적 대변조직이 될 수 있었다.[76] 정론지 성격이 강했던 신문사의 정견이 인민에게 일방적으로

---

76 해방기 언론과 그 구조에 관해서는 민족운동사적 관점에서 정리한 안종묵, 「한국 언론 구조의 성격과 형성에 관한 고찰」, 정근식·이병천 편, 『식민지 유산, 국가 형성, 한국민주주의』 2, 책세상, 2012를 참조.

전달될 가능성이 높았던 것도 사실이다. 그럼에도 신문은 정보와 동향에 목말라 하던 인민의 수요를 충족시키고 여론 형성과 민주주의 확산에 일조했다. 당시 "민주주의는 여론을 기저"[77]로 하며, "여론의 자유란 신문·통신사 마음대로 하는 것이 아니라 민중의 소유이며 대중의 복리를 도모하는 데 있다"[78]고 공공연히 표명되고 있었다. 그래서 신문사는 인민의 요구사항을 파악하여 여론에 의한 민주정치를 실현하기 위해 여론조사를 도입했다.

여론조사는 미군정에서 먼저 실시했다.[79] 소련과 체제 경쟁을 할 뿐만 아니라 조선과 조선인에 관해 지식이 일천했던 상황에서 군정 차원의 여론 담당기관이 필요했다. 같은 맥락에서 당시 급격하게 증가하고 있었던 민간언론을 활용할 수 있는 여지도 있었다. 미국으로서는 일본을 대신한 식민 지배자로 비춰질 수 있는 상황에서 인민의 여론을 참조해 민주정치를 실현해 간다는 믿음을 줄 수 있었다. 동시에 여론조사는 동아시아의 패권 장악을 위해 조선을 전략적 교두보로 활용하기 위한 미국의 정보습득처였다는 점에서 복합적인 기능을 했다. 실제로 미군정의 여론조사 결과는 미국으로 보고될 뿐 거의 공개되지 않았다.

해방 이후 『해방일보』가 창간되지만 조선 언론기관의 여론조사는 바로 이루어지지 않았다. 과학적인 여론조사 기법이 부재한 탓으로 여겨

---

77 「輿論政治」, 『동아일보』, 1945.12.10, 1면.
78 「美言論界의 三巨頭, 서울에 들렀다가 上海로」, 『동아일보』, 1946.2.23, 1면.
79 해방 이전 식민지 조선에서 미국의 갤럽 여론조사의 내용은 언론에 수시로 소개된 바 있다. 제2차대전 시기에는 "미국의 여론이 공정한 것이 아니고 세력적이며 선전에 의한 것이기 쉽다"고 평가절하 되기도 했지만, "미국은 여론의 국가"라고 평가받기도 했다. 이런 인식들을 바탕으로 미군정의 시도를 바라봤을 것이다. 한흑구, 「문화상으로 본 미국인의 성격」(『조광』, 1942.4), 『한흑구 문학선집』, 아시아, 2009, 492면.

진다. 본격화된 것은 『동아일보』가 창간된 이후부터였다. 여론조사는 요즘에도 그 신빙성을 의심받는다. 하물며 방법론이 확립되지 않은 초창기의 여론조사 결과를 온전히 신뢰하기 어렵다. 그래서 기존에 해방기 조선 신문사의 여론조사는 연구대상이 아니었다. 최초의 여론조사는 정책 결정자인 미군정에 의해 이루어졌고 기존 여론조사 연구 역시 미군정에 집중되었다.[80] 미군정이 조사한 정치 동향political trend 및 여론동향public trend은 주한미군정의 정책 참고자료로 광범위하게 활용되었다. 이러한 동향조사는 정기적으로 혹은 주요 사안이 발생했을 경우 조사되었으며, 미군정 정보참모부가 간행하는 정보보고서(G-2 Report)의 주요 항목으로 수록되었다. 해방기를 구조적 정치 지형으로 조율했던 미군정의 여론조사는, 조선인의 여론을 반영하기도 하고 정치적 필요에 따라 여론의 방향을 조정했다는 점에서[81] '여론정치'의 본질을 잘 드러낸다.[82] 하지만 앞에서 말했듯이 미군정의 여론조사는 극히 일부만

---

80 이성근, 「해방 직후 미군정하의 여론동향에 관한 연구」, 『국제정치논총』 25, 한국국제정치학회, 1985; 전상인, 「1946년경 남한주민의 사회의식」, 『고개 숙인 수정주의』, 전통과현대, 2001. 이외 주한미군사령부 방첩대의 '시민소요사건보고서'와 공보부의 '지역여론조사보고서'를 묶은 한림대 아시아문화연구소 편, 『미군정기 정보자료집-시민소요 · 여론조사』 1 · 2, 한림대 아시아문화연구소, 1995 참조.

81 정용욱은 미군정의 왜곡보도를 '여론공작'이란 용어로 규정하고 논의를 전개한다(정용욱, 「1945년 말 1946년 초 신탁통치 파동과 미군정-미군정의 여론공작을 중심으로」, 『역사비평』 62, 역사비평사, 2003). '여론 공작'은 여론조사의 예에서도 찾아볼 수 있다. 예를 들면 번스 박사가 미국 무사절단과 남조선에 왔을 때 식민지기 일본인의 토지를 재분배하는 계획을 구상한다. 그러자 미군정은 조선 소작인들이 지금 당장 땅을 원하지 않고 미래의 정부가 주기를 원한다는 여론조사 결과를 들이대 번스의 개혁안을 무산시켰던 것이다(Mark gayn, *Japan Diary*(1948), Charles E. Tuttle, 1981, pp.432~433) 미군정기 여론조사를 살펴보면, 1946년 3월 12일과 5월 15일에 토지와 관련한 여론조사를 했다. 여기서 3월은 67.2%, 5월은 64%가 새롭게 수립될 한국정부에 의한 토지분배를 원하는 것으로 나와 있다. 그런데 그 조사대상 수가 5월의 경우 총 738명에 불과해 신뢰하기 어려운 여론조사라 할 수 있다(한림대 아시아문화연구소 편, 『미군정기 정보자료집-시민소요 · 여론조사』 2, 한림대 아시아문화연구소, 1995, 402 · 434면 참조).

이 조선인에게 공개되었기 때문에 조선인이 여론조사를 통해 정치 참여와 정치 감각을 경험하는 기회를 갖기 어려웠다. 또한 미군정의 것은 군정 당국과 조선인만을 대타항으로 한다. 그 결과 조선인 지식인과 인민 간의 계몽은 가시화되지 못한다. 따라서 미군정의 여론조사뿐만 아니라 조선인의 여론조사 역시 연구되어야 한다는 논의가 대두되고 있었다.

최근 미군정과 조선 여론기관을 체계적으로 분석한 김보미의 연구성과가 제출되었다.[83] 하지만 이 연구는 언론사가 여론조사 시행 초기에 한 일련의 조치를 간과하고 있다. 또한 언론사가 여론조사의 또 다른 형태인 '설문'을 활용해 여론 수렴에 활용한 점을 미처 주목하지 못했다. 다시 말해, 여론조사가 확립되는 과정에서 해방 이전에 이미 존재했던 '설문'의 정치적 의미와 그 가능성이 '재발견'되었다. 여론조사의 도입으로 기존의 인민과 지식인의 소통방식의 하나였던 설문이 식민지기와 다른 정치적 맥락에서 기능하게 되었다. 설문의 대상은 소수의 조선인 엘리트였다. 여기에는 식민지기 당국에 암묵적으로 동조했던 이까지도 포함됐다. 계몽이라는 미명하에 이들이 다시 사회적 권위를 확보하고 인민의 우위에 섰음을 보여주는 상징적 사례라 할 수 있다. 여론조사와 설문의 역학 속에 여론조사는 여론 수렴과 함께 모든 인민에게 그 결과를

---

82 미군정의 선전 활동에 대해서는 김민환, 『미군정 공보기구의 언론활동』, 서강대 언론문화연구소, 1991; 차재영, 「주한 미점령군의 선전활동 연구」, 『언론과 사회』 5, 언론과사회, 1994; 장영민, 「미군정기 미국의 대한선전 정책」, 『한국근현대사연구』 16, 한국근현대사학회, 2001; 정다운, 「주한미군의 선전활동과 농민주보」, 서강대 석사논문, 2006; 김영희, 「미군정기 농촌주민의 미디어 접촉 양상」, 『한국언론학보』 49, 한국언론학회, 2005; 김균, 「해방 공간에서의 의식통제-미군정기 언론·공보 정책을 중심으로」, 『언론문화연구』 17, 서강대 언론문화연구소, 2011; 김학재, 「정부수립 전후 공보부·처의 활동과 냉전 통치성의 계보」, 『대동문화연구』 74, 성균관대 대동문화연구원, 2011 참조.
83 김보미, 「미군정기 여론조사에 관한 정치사회학적 연구」, 서울대 석사논문, 2012.

추종하도록 강요하는 여론정치의 기능을 수행했다. 이렇듯 여론정치는 미군정과 조선인 사이에서뿐만 아니라 조선인 엘리트와 인민 사이에서도 이루어졌다. 이 점을 간과하여 김보미의 연구는 설문과, 초기 『동아일보』의 여론조사의 규모와 취지, 방법론이 빠져 있고 여론조사의 복잡한 함의를 결여하고 말았다. 무엇보다 인민을 여전히 무지한 존재로만 가정하여 여론조사가 중요한 민주주의 훈련 과정임을 조명하지 못했다.

즉 여론조사 제도 도입은 미군정과 언론기관, 인민 모두의 소통방식 변화를 초래했다. 이때 유의해야 할 점은 미군정과 인민 사이의 중간에 끼여 있는 언론기관의 의미다. 이들 기관은 민족국가 수립과 민중계몽이라는 사명하에 분투하기도 했지만, 인민과 마찬가지로 미군정이라는 권력의 지배 아래 놓여 있었다. 여론조사 결과를 믿을 수가 없다는 통념은 언론기관이 권력으로부터 자유롭지 못한 데서 비롯됐다. 따라서 자료에 접근할 때 언론기관의 정치적 성향을 유의해야 한다. 여론조사는 여론정치로 활용될 수 있었고 그만큼 언론의 정치적 입장이 여론조사의 왜곡을 낳을 수도 있었기 때문이다. 이 의미를 더욱 확장하면 언론기관의 정치 성향뿐 아니라 여론조사가 행해지는 해방기에서 언론 자유의 난맥상을 살펴봐야 한다. 신문기자는 지배 권력의 언론 통제에 가장 민감한 존재였다. 길거리에서 인민을 상대로 여론조사를 직접 행하는 주체이기도 했다. 통치 권력에 가장 밀접한 거리에 있었던 신문기자를 통해 우리는 해방의 의미와 정치적 실감을 파악하고 언론 자유의 현실을 가시화할 수 있는 것이다. 이 글처럼 어떤 특정 제도의 도입과 그 역사적 가치를 높이 평가하여 재조명하려는 성격의 글은, 제도의 긍정적인 발달과 그 의의를 일관되게 서술하며 그동안 이를 조명하지 못한 기존 연구를 비판하기 쉽다. 그러나 민주주의가 완전하지 않듯 제도를 둘러싼 '빛'과 '그늘'은 항상 공존하기 마련이다. 여론조사와 설문의 제도적 가치를 논하면서 동시에 그것이 행해진 해방기의 억압적 언론 상황을 함께 고려해야만 여론조사의 가능성을 더 이해할 수 있다.

따라서 이 글은 2항 1구에서 먼저 '빛'에 해당하는 여론조사의 도입과 그로 인해 재범주화되는 설문, 그 시행을 둘러싼 여론정치의 사회사적 의미와 여론 반영의 가능성을 고찰한다. '그늘'에 해당하는 2구에서는 혼란한 정국에서도 여론을 공정하게 반영하기 위한 언론사의 노력들을 살펴본다. 해방기의 언론사는 정파성에 매몰되어 공정보도가 불가능했다는 게 통념이다. 이러한 인식은 여론조사를 불신하게 할 뿐만 아니라, 그 안에서 분투했던 언론인의 목소리를 완전히 지워버리는 결과를 낳는다. 공정보도를 위해 노력한 그들의 목소리를 조금이라도 드러내야만 여론조사·설문의 존재 의미도 확보될 수 있을 것이다. 이를 구명究明한 이후 3항에서는 2항의 상황 속에서 실제로 행해진 여론조사를 구체적으로 분석하여 당대 주요 현안과 그 변화를 파악하고자 했다.

요컨대 이 절은 인민의 지성 성장과 민주적 정치 훈련 과정을 염두에 두면서 조선 언론기관이 여론조사와 설문을 통해 여론정치 및 지식인 정치를 꾀하는 사회사적 의미를 고찰하는데 의의가 있다. 여론조사가 행해지는 과정을 살펴보면 인민과 조사기관의 정치적 거리, 여론추이, 조사문항이 보여주는 당대 중요 현안, 여론 왜곡, 여론정치의 가능성 등을 가늠할 수 있다. 연구의 범주는 한국여론협회와 조선신문기자협회가 중심이며 이외『동아일보』등 자체적으로 여론조사를 실시한 신문사를 포함했다. 유의할 점은 동아일보사 여론조사국은 설립 초기에만 규모 있는 활동을 하고 한국여론협회가 결성되자 직접 조사를 하지 않았다. 그 대신 한국여론협회, 외국 여론조사 기사, 미군정의 조사 등을 보도하는 역할을 했다. 따라서 한국여론협회를 중심으로 분석하되, 이들 여론조사 결과가 '여론은 이러타'와 '여론의 여론' 코너를 상시 운영한 『동아일보』에 보도되었으므로 『동아일보』를 함께 참조했다. 『조선일보』와 『자유신문』은 여론조사가 거의 없었지만 고려할 사항이 있어 포함했다. 그리고 단정 수립 이후부터 한국전쟁 이전까지는 여론조사를 주도한 (공보처는 일부) 『경향신문』을 중심으로 했다. 그런데 실제로는 시기를 더 세분화하여 분석해보면 당대 정세와 맞물려 그 변화 과정과 의미 등이 더 분명해 질 것이다. 이와 관련해 상세한 것은 3항에서 다루고 있다.

이 글은 신뢰하기 어려운 좌우익신문의 여론조사 수치를 대조하여 산술비교하려는 것이 아니다. 해방기는 소수 특권 지식계급에 의해 민족의 주도권이 확보되던 식민지기를 벗어나 민족대중으로 그것이 이행되기 시작한 시기라 할 수 있다.[84] 이들에게 직접적으로 세상을 보여주는 신문은 정치 감각을 습득할 수 있는 주요한 수단 중 하나였다. 동시에 인민은 여론조사 제도를 통해 자신의 목소리를 제한적으로 지배 권력에 전달할 수 있었다. 인민과 지배 권력 간에 쌍방향적 소통을 할 수 있는 제도가 마련되었다는 의미이다. 다시 말해, 민의를 반영해 (그 과정에서 왜곡이 발생한다 하더라도) 정치를 수행한다는 '여론정치'[85]의 민주주

---

84 『민성』, 1947.10, 18면.
85 이 용어에 대한 보충적 이해를 돕기 위해 당대 글을 제시한다. "민주주의 아래의 정치는 여론정치래야 하고 여론기관은 또한 민중의 소리를 속임 업고 꾸밈 업시 직접 반영하는 참된 소리의 기관이어야 한다."(「본보 독자 제1회 여론조사, 보도에 대한 희망은」, 『자유신문』, 1948.2.16, 2면) 여기서는 아래로부터의 민의 반영만을 말하고 있지만, 여론과 군중심리를 구분하면서 여론정치를 논한 시선도 있다(「여론정치」, 『동아일보』, 1945.12.10, 1면).

의 정치 원리가 현실화되었다. 이때 권력과 인민 사이에서 그 목소리를 매개했던 여론단체와 언론사에 주목해야 했던 것이다. 좌익의 협회에 대항해[86] 만든 우익의 조선신문기자협회 사무실이 동아일보사를 근거지로 했다. 『동아일보』가 한국여론협회(우익)와 군정청, 외국 언론의 각종 여론조사를 보도했으며 한민당의 기관지 역할을 했다는 점에서 협회와 『동아일보』의 관련성을 짐작할 수 있다. 여론조사를 조작했다는 전제를 가정한다면 당대 해방 정국에서 사회주의를 최대로 타자화한 언론사임을 감안하면서 여론조사 결과를 해석할 필요가 있겠다.

2) 여론조사와 해방기 여론정치의 가능성

(1) 여론조사, 설문과 여론 반영

식민 말기 검열기관이었던 관방정보과는 조선총독부의 공보 업무를 담당했고 조선인의 내면이 없었다고 말해질 만큼 언로言路를 통제했었다.[87] 그러다 해방이 되자 미군정에 의해 '조선인관계정보과'로 바뀌었

올바른 여론형성을 위한 지식인의 지도를 강조한 것이다. 그래서 해방기는 지식인의 '설문'을 통해 엘리트와 지배 권력의 위로부터의 계몽이 작동하거나, 지배 권력이 여론조사 결과를 유리하게 도출되도록 처음부터 조작하거나 결과를 왜곡하는 방식을 통해 여론을 조장하고 정책을 운용하기도 한다. 이러한 점과 대중지성의 성장이 복합적으로 맞물려 작동한 맥락을 고려해 '여론정치'란 용어를 사용하고자 한다.

86 "동아일보는 해방 후 초기 기자단에 가입도 못하고 기자 취급도 못 받았다." 이에 반감을 갖고 정치적으로 움직이지 않겠다고 선언하면서 우익 진영의 기자협회를 만든 것이다. 좌익의 조선신문기자회는 각사의 편집국원을 일률적으로 가입했는데, 이에 대항해 우익 진영은 개인단위로 가입을 받았다. 김사림 편, 『一線記者의 告白—新聞記者手帖 姉妹篇』, 모던出版社, 1949, 26면.

87 이런 견해는 오늘의 연구자뿐 아니라 당대에도 많이 발견된다. 다음은 그 한 예이다. "오

다. 여기서 미군정은 과학적인 통치합리성이라는 명목으로 조선인의 내면을 솔직하게 말하도록 하고 그것을 계량화하는 여론조사를 행하게 된다. 이후 미군정의 여론 담당 부서의 변천을 간략히 정리하면 〈표 1〉과 같다.

〈표 1〉 미군정 여론 담당 부서

부서 변천	주요 활동
1945.9.20, 「정보·공보과」(IIS)	「여론처 조사계」
1945.11.25, 「정보과」	「여론처 대민접촉계」 → "여론 청취조사" 방법(벽보관찰, 집단인터뷰, 서울과 이북지역 정치 시찰) 조사와 선전활동 동시
1946.2, 「공보국」	「여론국 여론조사과」가 신설되면서 미군정의 여론조사 방법이 체계화됨, 양적조사 → "자기기입식 우편조사"(설문지 보내 응답지받는 방식)일부, 전국 주요 도시에 요원파견, 주류 "조사원방문과 면담조사" 방식(우편·인구조사·주민등록체계 정비 안 된 상태; 해방 직후 12세 이상 문맹률 77%, 1948년은 41%로 떨어짐)
1946.3, 「공보부」	1946.10, 2국에서 5국으로 개편
1947.5.30, 「공보원」	지역공보원 지부, 지역별 조사 강화(미군 공보프로그램이 작은 마을에 침투된 정도를 측정), 총선거 선전에 노력을 기울임

미군정의 초기 조사는 현지조사가 주였다. 군정은 각 지역에 출장을 나가 인민들의 여론을 수렴하는데 그치지 않고 벽보를 관찰하거나 정치적으로 민감한 서울 이북지역 정치 시찰을 자주했다. 또한 미군정은 여론조사시 선전물을 살포하면서 군정 정책을 홍보했다. 1946년 4월에는 지식인에서 일반 대중으로 여론조사 대상을 확대했으며 각 도청에 공보과를 설치하면서 지역의 여론에 집중했다. 하지만 여전히 도시 주

늘날의 저널리즘은 사회의 표면을 흐르는 '옵티미즘'만을 반영한다. 오늘날의 여론이니 하는 것들은 모두 '옵티미즘'의 소산이다. 그리 되는 것이 자연스러우며 그리 안 될 수도 없다. 오늘의 정세는 '페시미즘'의 표화를 허할 리가 없다!" 서인식, 「문화시평」(『조선일보』, 1940.2.8), 차승기·정종현 편, 『서인식 전집』 2, 역락, 2006, 177면.

민의 비중이 높았고 지방은 거점지역만 적당히 조사했기 때문에 농민의 성향 조사는 적절히 이루어지지 않았다.[88] 미군정의 여론조사는 공중의 여론 형성보다는 '여론 지도'에 방점이 있었고, 미군이 생산한 각종 전단지의 유포 정도 등을 측정하여 여론정치의 가능성을 타진하는 경향이 있었다. 그렇지만 군정 당국은 그 결과를 거의 공개하지 않아 인민의 입장에서는 여론조사라 하기도 어려웠다. 다만 인민이 구술과 서면을 통해 정치적 견해를 밝힐 수 있게 된 경험은 중요한 정치적 훈련 중 하나라 할 수 있다.

미군정이 1946년 4월 여론조사 대상을 확대할 때 민간신문의 여론조사도 본격화되었다. 특히 동아일보사는 여론조사국을 신설하면서 "민족의 표현기관으로서 여론 반영을 좀 더 과학적이고 조직적으로 구상할 필요가 있으며 민의를 환기하고 조성하기 위해 사회와의 유기적 관계를 긴밀해야 한다는 사명"[89]을 내세웠다. 여론의 결과가 신문에 게재되어 전 인민이 참조할 수 있다는 점에서 새롭게 출현한 제도는 인민의 정치 참여 욕망을 일정 부분 만족시켰다. 다른 한편으로 그것의 출현은 다양한 공동체 및 정치 집단의 편가르기를 가시화하여 정치 세력 간의 쟁투를 가속화하는 데 일조하기도 했다. 그 결과야 어찌 됐든 인민이 신문사 및 미군정과 쌍방향적 소통이 가능해진 상황이 연출된 것이다. 드디어 인민이 지식인의 계몽의 대상에서 벗어나 그들과 함께 정치적 의사를 표출하고 전국적으로 공유할 수 있게 되었다. 이 점을 고려했을 때, 당대 수많은

---

88 김보미, 「미군정기 여론조사에 관한 정치사회학적 연구」, 서울대 석사논문, 2012, 14~59면.
89 「輿論調查局特設 一般社會와의 直結紐帶 各界人士의 名簿登錄」, 『동아일보』, 1946.4.9, 1면; 「여론조사」, 『동아일보』, 1946.4.10, 1면.

신문이 특정 이념을 대변해 언론의 공정성을 상당 부분 상실했다는 기존 통념은 재고되어야 한다. 이러한 지적은 상당히 수긍할 수 있는 여지가 있긴 하지만 삶 속에서 체득한 인민의 지성을 너무나 폄하하는 견해이다. 인민은 자기 나름의 규준으로 현실을 판단하며 신문 역시 분별할 수 있기 때문이다. 인민의 '경험-지' 성장에 따라 (역시 인민이기도한) 지식인의 위상 변화가 필연적으로 수반되는 쟁투의 장이 해방기의 특질 중 하나였다. 그리고 그것이 여론조사를 매개로 발현되었다.

당시 여론조사는 가두조사, 엽서 발송, 인터뷰 의견조사, 현지조사 등 다양했는데 특히 주목을 요하는 것은 『동아일보』가 여론조사를 시작하면서 동시에 병행한 '지식인 대상 설문'이다. 각 방면의 지식인을 대상으로 실시한 설문은 "대중의 여론은 과연 어떠한가를 독자 여러분에게 알리고자" 하는 목적으로 이루어졌고 그 답변은 신문에 게재되었다. '무지한' 인민의 의사는 여론이 아니라 감정적인 '군중심리'로 간주될 우려가 있었다. 설문은 올바른 여론 형성과 계몽을 위한 조치였다. 그러나 실상 첫 설문이 겨우 지식인 14명의 의사를 타진하고 "여론은 좌우합작을 지지한다"[90]는 제목으로 발표됐다. 원래 여론조사란 개인적 차원의 선택이 아닌 인민 대다수가 구현하고자 하는 특정한 생활 양식을 말한다.[91] 하지만 이 설문조사는 지식인이 인민보다 '당연히' 더 많이 알고 있다는 과거 계몽주의적 발상에서 발원한 것으로 지식인의 우월성을 인민의 정신에 (재)기입하는 의사표시라 할 수 있다.[92]

---

90 「輿論은 이러타 左右合作을 支持」, 『동아일보』, 1946.7.16, 3면.
91 이성용, 『여론조사에서 사회조사로』, 책세상, 2003, 51면.
92 『조선일보』 사설에서도 정의와 진리의 첨병으로서 지식인을 지칭하고 지성의 판단력으로 진리를 사수해 온 지식인의 역할을 명백히 하고 있다. 「지식계급의 소리」, 『조선일

소수의 의견으로 다수를 통제한다는 점에서 설문조사는 '지식 권력'이라는 사회적 의미를 가지게 된다. 대세를 보여주는 유력한 지표가 전국적으로 유포되는 환경이 조성되면서 특정 지식인 그룹에 의해 그 대세가 조장되는 지식인 정치가 가능해진 것이다. 과거 식민지기에도 설문은 있었다. 하지만 잡지 『신민』, 『삼천리』에서 본격화되었다고 평가받는[93] 설문의 정치는 현실적으로 미약했었다. 단순히 '설문'이었던 것이 해방기에서 여론조사로 재범주화되면서 대의민주주의 사회의 기본 양태 중 하나인 여론정치의 층위에 놓이게 되었다. 설문은 신문사 여론조사에서 여론을 환기하는 주도적 양식이 되었을 뿐만 아니라, 잡지에도 자주 이용되면서 신문사–잡지사 간 상호 보완적으로 지식인 정치를 구현할 수 있는 토대가 되었다.

신문은 설문뿐만 아니라 선진국의 여론조사를 번역·게재하고 특히 갤럽여론조사를 원용하여 인민이 여론조사의 과학성과 보편성에 신뢰감을 높일 수 있도록 자극했다. 여론이 중요해진 만큼 상대적으로 공정성에 대한 논란도 높아져 갔다. 그것은 여론조사를 통한 '믿음의 정치'가 실상 가능했냐는 물음이다. 인민이 조사원을 경관, 고등경찰로 오인해 답변을 잘 하지 않거나 침묵으로 일관하기도 했다. 지배집단을 신뢰하지 않는 인민은 여론조사의 실효성을 의심하고 조사해봤자 삶의 조건은 바뀌지 않음을 간파했다. 언론인 설정식도 미군정 여론조사의 처리 방식을 일제 식민지의 연장으로 파악했다. 조사원들도 미군정에 호의적

보』, 1945.12.6, 조간 1면.
93 이경돈, 「삼천리의 세와 계」, 천정환 외편, 『식민지 근대의 뜨거운 만화경』, 성균관대 출판부, 2010, 41~63면; 이경돈, 「신민新民의 신민臣民 ─ 식민지의 여론시대와 관제 매체」, 『상허학보』 32, 상허학회, 2011 참조.

인 사람들을 만나거나 유도심문을 하는 등 스스로 그 객관성을 결여하는 행동을 하기도 했다.

좌우익 여론 협회의 갈등도 심했다. 좌익 성향의 조선여론협회와 조선신문기자회(1945.10)에 대한 대당對當으로 우익 진영에서 한국여론협회(1946.7), 조선신문기자협회(1947.8)를 창립했다. 1947년 7월에는 대한독립청년단과 서북청년회가 좌익 성향의 조선신문기자회의 가두조사에 550명의 소속 회원을 동원해 공위에서 남로당을 제외하는 표를 던졌는데 결과는 174표에 불과했다면서 결과 조작을 주장하는 일이 벌어졌다.[94] 한민당의 기관지격인 『동아일보』의 여론조사는 거의 대부분 우익을 지지하는 내용이었다. 그러나 두 번은 예외였다. 한번은 『동아일보』가 직접 한 조사가 아니라 군정청 여론국에서 한 것을 대신 발표했다. 설문에 참여한 70%인 6,037명이 사회주의를 지지한다는 결과가 여과 없이 보도됐다.[95] 이것은 좌익과 관련된 것이었고, 다음의 한 번은 중앙청 공보부와 관련된 사안이었다. 한국여론협회가 1,262명을 대상으로 충무로입구와 종로네거리에서 선거인 등록이 자발적이었는지 아니면 강요였는지 조사했다. 이 중 91%가 강요로 했다는 결과가 나왔다. 공보부에서는 이 결과를 신뢰할 수 없으며 공정성과 객관성을 확보하기 위해 추후에는 조사장소와 시일 내용을 미리 명시해야 한다고 천명했다.[96] 하지만 각 여론조사 기관은 다른 정파의 모략을 방지하고 공평하며 과학적인 측정을 위해 조사시일을 비밀에 부치려 했던 것이다.[97] 앞의 사례에서 동아일보사의

---

94 「不正確한 街頭輿論 記者會의輿論調査反駁」, 『동아일보』, 1947.7.9, 2면.
95 「政治自由를 要求 階級獨裁는 絕對반대 군정청여론조사 (一)」, 『동아일보』, 1946.8.13, 3면.
96 「民間輿論調査에 過政公報部要請」, 『경향신문』, 1948.4.16, 2면.
97 「여론조사 비방에 기자회 논박 성명」, 『조선일보』, 1947.7.11, 조간 2면 참조.

입장과 중앙청 공보부의 입장이 일치하지만은 않았다는 것을 알 수 있다. 이러한 상호 비방 때문인지 해방기에서 신문보다는 라디오가 더 인기 있는 선전 매체였다고 한다.[98] 이는 대다수가 문맹이었던 당대의 현실적 여건 때문이기도 하다.

이런 갈등에도 불구하고 인민은 신문을 통해 당대를 배웠고, 여론조사는 언론사의 언론조사국에 한정하지 않고 민의를 반영하는 정책의 도구로써 다방면에서 활용되었다. '설문-여론조사'를 둘러싼 지식인과 인민의 인정 투쟁을 넘어서, 여론조사가 애초에 이루어지지 않은 거와 마찬가지라는 식으로[99] 형해화되지 않고 사회 성장의 긍정적 기제로 자리 잡아가게 된다. 그 사례를 살펴보면 강원도지사 전출 발령을 거부하고 유임운동을 하고 있던 전라남도지사 서민호의 문제와 관련해 과도정부의 인사 이동에 관한 여론조사가 있었다.[100] 또한 공보부 여론조사국은 여론조사만 하는 것이 아니라 미곡배급 사정과 같이 중요 경제 현안에 대해 조사과를 파견하여 현지 조사를 통해 실정을 파악하고 정책에 직접 반영하는 역할도 했다.[101] 무엇보다 이 무렵 경기도청의 활동은 문제적이다. 도청은 민중의 공정한 여론을 수집해 도정의 명랑을 기하고자 새로운 방법으로 도내 21부군과 각 면의 유력자를 조사했다. 이들에게 매주 한 번 혹은 수시로 모든 방면의 여론을 조사하는 한편 건설적 의견을

---

98 해방 당시 라디오 보급률이 약 3.7%에 불과했지만 보급이 진행되면서 점차 대중적인 매체로 자리 잡아 갔다.

99 보드리야르식으로 보면 여론조사는 신문의 성공만을 확인하는 것일 수 있다. 그러나 그러한 (역사적) 의미 부여 이전에 해방기의 조선인에게는 날 것 그대로의 '외설' 충격일 수도 있다. 보드리야르, 하태환 역, 『시뮬라시옹』, 민음사, 2001, 104면 참조.

100 「全南道廳人事異動問題」, 『경향신문』, 1947.7.9, 2면.

101 「道義心잃은 食糧配給所 四十七%가 부정」, 『동아일보』, 1947.12.14, 4면.

수렴하는 방안이었다.[102] 경기도는 이전에도 구호자들에게 곤궁하게 된 원인과 앞으로 관청이 도와줄 사항을 조사하여 구호시책을 추진했다.[103] 이것은 단순히 여론조사가 아니라 공동체의 문제와 관련된 현상을 분석하는 '사회조사'로써 그 가치가 분명하다. 이러한 사례는 단독정부 수립 이후 나병환자 대책 수립 과정에서도 나타난다. 보건부에서 전국의 2만 여명에 달하는 나병환자를 대상으로 '방랑하는 것이 좋으냐, 환자끼리의 사회를 원하느냐' 등 다양한 조사했는데[104] 이것 역시 사회조사의 성격이다. 민의를 더욱 배려하는 사회로 나아가는 도정을 '사회조사'로 전신轉身해 가는 여론조사 제도가 방증하고 있는 것이다.

(2) 공정한 여론 반영을 위한 노력

앞에서 밝혔듯이 여기서는 혼란한 정국에서도 여론을 공정하게 반영하기 위한 언론사의 노력들을 살펴본다. 해방기의 언론사는 정파성에 매몰되어 공정보도가 불가능했다는 게 통념이다. 이러한 인식은 여론조사와 설문을 불신하게 할 뿐만 아니라, 그 안에서 분투했던 언론인의 목소리를 완전히 지워버리는 결과를 낳는다. '공정 언론'을 위해 노력한 그들의 목소리를 조금이라도 드러내야만 여론조사·설문의 존재 의미도 객관화될 수 있다.

언론사에서 행한 여론조사는 해당 기자의 소임이었다. 조사원의 유

---

102 「民間有力者動員 輿論調査를 實施」, 『동아일보』, 1948.2.6, 2면.
103 「要救護者輿論調查」, 『동아일보』, 1946.12.19, 2면.
104 「당신은 무엇을 원하나?」, 『동아일보』, 1949.9.4, 2면.

도심문 등이 문제가 되었던 것처럼, 조사의 공공성을 확보하기 위해서 선결적으로 기자의 훈련이 필요하다는 얘기다. 미군정이 허가제를 폐지하고 자유방임 정책을 취하면서 언론사가 우후죽순 생겨났고 기자의 수요가 급증하게 되자 그 선발과 양성이 중요해졌다. 특히 여론조사 분야를 체계적으로 가르치는 언론기관, 학교가 전무한 상황이었기 때문에 대책이 시급했다. 이미 일본에서는 1926년 오노 히데오가 동경대에서 최초로 비교신문사 강의를 했다. 1932년 4월 정규 신문학과가 최초 등장했지만 상대적으로 식민지 조선에서는 부재한 상황이었다.[105] 초기 여론조사 기법 습득은 미군정 공보기구 여론국 내 한국인 직원에 대한 미국인의 업무 인계 과정에서 이루어졌다.[106]

조선인들도 자체적으로 1946년 1월 조선신문연구소를 창립했다. 특히 언론인의 수요를 충당하고 언론을 학문적으로 연구하기 위해 1947년 4월 조선신문학원을 만들어 본격적으로 학생들을 모집하고 양성하여 언론사에 공급했다. 이후 1949년 4월 처음으로 서울대 문리과대학에서 신문학 강좌를 개설했다. 여론조사가 독립적인 수업으로 행해진 것은 〈여론과 선전〉(1952), 〈여론조사법〉(1954)이었으며, 이즈음 1954년 3월 홍익대에서 최초의 신문학과가 설립되었다.[107]

군정청 출입기자라는 직함이 보여주듯 기자는 식민지기에도 그 이후에도 여전히 최고 권력자들과 가장 빈번하게 접촉할 수 있는 위치에 있었다. 그럼에도 언론사의 급증과 입법·사법·행정 등 관료 사회로의 진

---

105 정진석, 『조선신문학원의 기자양성과 언론학연구』, 서강대 언론문화연구소, 1995, 7면.
106 김보미, 「미군정기 여론조사에 관한 정치사회학적 연구」, 서울대 석사논문, 2012, 26면.
107 정진석, 앞의 책, 52~58면.

출이 대폭 열리면서, 경제·정치적으로 직업 간의 위계가 구조적 변동을 하게 됐고 신문기자의 사회적 위상 역시 재조정 된다. 이 국면에서 기자의 복잡한 시선을 엿볼 수 있겠다. 하나는 식민지기보다 제고된 기자의 자존감, 두 번째는 언론의 자유 보장이다. 근대 초기 신문은 계몽의 도구로써 신지식을 전달했고 1910년내 『매일신보』는 총독부의 세부적인 시정 방침을 알리는 한편 민간에 떠도는 소문을 수합했다. 그러다 3·1운동 이후 문화통치 아래 세태 인정과 최첨단의 유행 지식 등 다양한 이질성이 혼효混淆한 대중 뉴스신문으로 전신하였다. 기자는 직접 기사를 작성하여 정론을 양산하는 주체가 될 수 있었고 문예가로서 문인기자 집단을 형성하기도 했다.[108] 보통 '논설, 정치(경제), 사회, 문화면'으로 분류되었던 신문에서도 사회부 기자들의 자부심은 대단했다. 1924년 11월 19일 '철필구락부'를 결성했던 사회부 기자들은 기자 중의 기자로 불렸고,[109] 해방 이후 회고에도 "사회부 제일선기자는 하늘의 별따기보다 어려울"[110] 만큼 훈련과 검증 과정이 혹독했다.

하지만 전국적 유통망과 민족의 표현기관이라는 자긍심이 생산한 기사는 당국의 주된 취체取締 대상일 수밖에 없었다. 1920년대 후반 『조선일보』와 『동아일보』의 좌파 기자들이 퇴출되고, 검열도 그 흔적이 인쇄물의 겉으로 드러난 '자기현시적검열'에서 그것이 지워진 '자기은폐적검열'로 강화되었다. 1930년대 민간신문의 기업화와 상업성 추구에 따라 문화면이 증강되어 통속·오락화되어 갔다.[111] 만주사변과 국가총

---

108 권보드래, 「신문, 1883~1945」, 『오늘의 문예비평』 47, 오늘의문예비평, 2002, 178~183면.
109 정진석, 『극비 조선총독부의 언론검열과 탄압』, 커뮤니케이션북스, 2008, 212면.
110 김사림 편, 앞의 책, 41면.
111 한만수, 「만주침공 이후의 검열과 민간신문의 문예면 증면, 1929~1936」, 『한국문학연

동원 무렵 두 번에 걸쳐 검열이 강화되고,[112] '원고난·경영난·검열난'의 삼난三難 속에 식민 말기 전쟁선전과 심리전의 도구로 전락한 것이[113] 과거 신문의 이력이었다.

그러다 해방으로 억눌렸던 욕망이 표출 가능해지자 신문사는 배달제를 실시할 여건이 안 된 상황에서 가두판매제를 시행한다. 이 당시 모든 신문이 수지타산을 무시하고 구독료 없이 무료로 신문을 뿌리면서 정파적 선전매체로써도 소임을 충실히 했다. 자연히 '신문의 세력'이란 말이 유행했고 정파성이 문제가 되었다. 과거 식민지기 기자란 우국지사인척 행세할 수 있었고 아첨하지 않고도 살아갈 수 있는 직업이었다. 그들은 '무관의 제왕', '민족의 대변자', 지도자, '사회의 목탁', '사회적 공기公器' 등으로 자임하기도 했다. 그러나 해방 이후 기자는 정치단체의 이해관계 대변자로 전락하고 '삐라적 신문', '장작적 신문', '낙지적 신문' 등으로 비난받기 시작했다.[114]

정파성은 보도주의적 신문을 실종케 하였으며,[115] 인민은 신문을 불신하기에 이른다. 오보를 해도 자기비판이 없고 책임감이 없으며, 인민에

구』, 동국대 한국문학연구소, 2009, 257~274면.

112 일본에서 만주사변 이후 육군이 신문기사와 사설을 검열하기 시작했고, 국가총동원법 이후 1939년 더욱 강화돼 신문사 내에 자체 검열과 설치가 필요할 정도였으며 1940년 정보국이 신설됐다. 내무성에 납본을 제출했고, 내무성 정보국 검열과에서 군사 관련기 사를 허가했으며, 1941년에는 각 전선 전보를 특정 기사 취급하라는 지침이 내려졌다. 김철우,『日本戰犯者裁判記』, 朝鮮政經研究社, 1947, 53~60면.

113 失鍋永三郎(國民總力朝鮮聯盟 文化部), 「戰時文化方策」,『新時代』, 1942.1, 89면.

114 김사림 편,『新聞記者手帖』, 모던出版社, 1948, 鶴2-櫻9면.

115 송건호는 해방기 기자들의 성향을 다음과 같이 분류한 바 있다. ① 처음부터 어느 정당의 당원 내지 비밀 당원으로 기자가 된 경우, ② 특정 정당원은 아니나, 특정 이데올로기의 지지자로서 여론지도자를 자처한 경우, ③ 정당·사회단체에 매수되어 움직이는 경우. 송건호 외,『한국언론 바로보기 100년』, 다섯수레, 2012, 169면.

게 구독을 강권하는 등 독재적이란 비난도 받았다. 언론이 불신을 받게 된 데에는 기자의 책임도 있었다. 해방 후 기자들의 취재력 등 그 자질이 전반적으로 떨어져 인민이 알기 쉽도록 사건·사고를 전달하는데 미숙했다. 그래서 소설가와 시인이 편집국장 내지 주필을 하는 경우 기자는 특히나 무시를 많이 당했다. 인민 역시 직언직필은 잘하면서도 모략 기사 등 무상식의 보도로 자기반성이 거의 없는 기자를 경찰보다도 경원했으며 직업상 사교적으로 처세하는 기자를 신용하지 않기도 했다. 일상에서도 식민지기와 달리 돈이 없다는 이유로 기생은 환대는커녕 모리배만 바라봤다. 당시 여학생의 99%가 배우자로 외교관을 선호하며 기타 교수, 군인 등을 추종하는 현실에서 기자의 위상은 더욱 하락했다.[116]

더 큰 문제는 언론사를 대하는 권력층이었다. 돈만 내면 신문이 되는 줄 알거나 관료적인 일본 잔재가 남아 있어 무엇이든 보도하라고 지시하면 신문사는 '황송합니다. 알았습니다' 하고 따라야 했다.[117] 서울시 경찰국이나 헌병사령부에서는 취소 조치를 해 사실보도를 허위보도로 만들어 버리는 경우도 허다했다.[118] 장택상은 신문기자에게 일절 정보를 제공하지 말라는 지침을 일선 경찰서에 하달하기도 했다. 또한 제도적인 억압도 구축되기 시작했다. 미군정이 초기에는 언론의 자유를 천명했지만 정기발행물 간행을 허가제로 강화하는 '미군정법령' 제88호(1946.5.29)를 공포했다. 또한 민심을 현혹케 할 선동적 기사를 게재하거나 악영향을 파급할 목적으로 허위보도시 허가를 취소, 정지하고 벌칙을 가하겠다는

---

116 김사림 편, 『一線記者의 告白─新聞記者手帖 姉妹篇』, 모던出版社, 1949, 34~42면.
117 김사림 편, 『新聞記者手帖』, 모던出版社, 1948, 鶴14면.
118 김사림 편, 앞의 책, 22~36면.

'신문 기타 정기간행물법'이 입법의원을 통과(1947.7.19)하기도 했다.[119] 잡지『민성』은 특정 정당의 기관지적 성격을 떠나 공정한 언론의 길을 걷고 문화면이라도 삼팔선이 없도록 하기 위해 북조선 특집을 기획했다가 폐간의 위기까지 겪기도 했다.[120] 과거 1920년대 중후반 집회·회합 금지, 압수·발행금지 처분에 항거해 언론은 생존이요 집회는 그 충동이라고 외치며 자유가 없는 조선은 감옥과 다를 바 없다고 외쳤던 언론인에게[121] 미군정은 또 다른 식민자로 실감되었다. 그리고 그 '식민자'의 억압은 교묘했다. 해방 정국에서 일본정부가 언론통제의 방법으로 용지 부족을 활용한 것처럼[122] 미군정은 1946년 6월 용지난을 이유로 신문의 신규 허가를 중단한다고 발표하고 정기간행물의 신규 허가를 수시로 정지하는 방식으로[123] 통제를 가했다.

해방기가 언론사가 상호 경쟁하는 장이었던 만큼 언론사의 허물도 드러났다. 대표적인 예를 들자면『민성』은 인민이 일본전범재판에 대한 소식을 알 권리가 있음에도 조선의 신문사들이 보도하지 않는 것을 비판한 바 있다. (앞의 '여론조사와 설문'의 예에서 알 수 있듯이) 신문사와 잡지 간의 상호 비판적 관계가 형성되었던 것이다. 이와 같은 비판이 있기는 했지만 언론사도 공정보도를 위해 노력했다.[124] 특히 외국의 기자단

---

119 송건호 외,『한국언론 바로보기 100년』, 다섯수레, 2012, 152~157면.
120 「머릿말」,『민성』, 1947.3, 130면.
121 정진석 편,『日帝시대 民族紙 押收기사모음』I, LG상남언론재단, 1998, 183면;『日帝시대 民族紙 押收기사모음』II, 195·405면.
122 설국환,「일본의 언론자유」,『일본기행』, 수도문화사, 1949, 69면.
123 김민환,『미군정기 신문의 사회사상』, 나남출판, 2001, 241~242면.
124 다음의 '신문평'이 보여주듯 자기반성과 외부비판의 존재는 언론의 현실과 함께 소명의식을 엿볼 수 있게 한다. "지금 동아일보는 '우익의 대변자'가 되었는데, 조선일보는 그 입장을 아직 정하지 않았다. 장차 공격목표를 택擇한다면 그것은 저절로 좌우의 어느 편이 아니면 안 된다. 조선일보는 지금 이 지극히 가느다란 줄을 서툴게 타고 있다. 이 신문의 논진論陣이

과 접견하여 조선의 내부 실정을 소개하고 세계 각국에 전파해 줄 것을 염원하는 등 그들은 민족의 자립과 독립을 위해 역사적 사명을 다했다.

3) 여론조사, 설문으로 본 당대 현안과 그 변화상

해방 이후부터 한국전쟁 이전 무렵까지 『동아일보』와 『경향신문』, 그리고 일부 『조선일보』와 『자유신문』의 여론조사 관련 보도기사를 살펴봤다. 그 내용을 살펴보기 전에 여론조사의 신뢰성을 위해 어느 정도 규모의 표본 집단을 확보하고 있는지 검증해야 했다. 갤럽조사기관(1933년 창설)이나 통계학자들은 일반적으로 천 명을 표본 크기로 설정하며 '무작위' 방식이 가장 성공적인 추출 방식이라고 한다.[125] 조사는 그 시일을 제외하고 조사인원수만 기술하면 6,671명, 3,678명, 7,709명, 1,960명,

---

아무 편에도 쌔지게 도전적이 아닌 대신에 날카로운 맛, 강한 맛이 적은 것도 이 줄타기의 조심스러운 심정인情줄 알만하다." 그리고 "자유신문은 이승만이 귀국하여 조선신문기자 대회 석상에서 찬사를 할 때 다른 신문보다 발 빠르게 '국부'로 올려놓았으나, 며칠 만에 이 박사의 독립운동이 공격받자 아무런 입장표명도 없었고 반탁의 언사를 일언반구도 하지 않았다. 이후 이 신문의 화형기자가 다른 석상에서 자유신문이 좌와 우 모든 면에서 비판을 받고 있는데, 저널리즘은 '그날그날의 주요 사건중심'을 기사화하는 것이라는 입장 표명을 한 적이 있다."(「조선일보」·「自由의 성격」, 『신천지』, 1946.4, 20~21면) "인민보는 첫 출발부터 그 논조가 선명하고 예리했지만, 현대의 신문이 가져야 할 요소를 고려할 때 그러한 것만으로는 부족하다. 대중에게 강요하는 것이 아니라 독자로 하여금 동감되어 따르게 해야 한다. 최근 항간에서는 극우신문을 大東이라고 하고, 극좌신문을 인민보라는 말을 듣는다. 진정한 신문은 욕설이나 사상의 강매를 해서는 안 된다. 진정한 민중의 기관지 라면 공명정대하면서 독자로 하여금 그 스스로가 감명받도록 해야 한다." 또한 "중앙신문 지면에서도 우리는 삼팔선을 보게 되었다. 지면의 상단은 이북이요, 하단은 이남으로 나누어 지게 되었다." 그리고 "동아일보는 주간主韓의 냄새가 너무 강하다."(「인민보의 위기」·「중 앙신문의 내부」·「동아일보」, 『신천지』, 1946.5, 70~75면).
125 프랭크 뉴포트(미국 갤럽 편집장), 정기남 역, 『여론조사』, 휴먼비지니스, 2007, 225면.

1,149명, 1,262명 등이었다. 나름의 규모가 확보되어 있다. 여론결과의
신뢰도를 높이기 위해 인력을 확보하려 한 노력들이 짐작된다.

〈표 2〉 여론조사 보도기사

신문보도 일자	여론조사 관련 기사 제목 및 부제
『동아일보』, 1946.1.11, 2면	(군정청 사회과 여론조사) 漢字廢止를 一般은 贊成
『동아일보』, 1946.4.9, 1면	(동아일보) 輿論調査局特設 一般社會와의 直結紐帶 各界人士의 名簿登錄
『동아일보』, 1946.4.10, 1면	(동아일보 여론조사) 여론조사—일반의 협력
『동아일보』, 1946.4.12, 1면	(동아일보 투서모집) 民族綱紀의 肅淸—구체적사실을 지적한 투서대환영
『자유신문』, 1946.5.10, 1면	사설—여론과 여론조사
『동아일보』, 1946.5.14, 2면	(동아일보) 學園에 謀略의 魔手 京醫專生들이 단결로 일축
『동아일보』, 1946.5.31, 1면	〈미여론조사〉激減된 美大統領의 人氣 五個月間에 52%로 추락—트루만
『동아일보』, 1946.6.11, 2면	公報課長會議—공보연락 여론조사, 악평검토
『동아일보』, 1946.6.20, 1면	〈미여론조사〉美國中心의 世紀的 十偉人
『동아일보』, 1946.7.8, 2면	참다운 民聲을 喚起—"한국여론협회" 신발족(우익)
『동아일보』, 1946.7.11, 1면	〈미여론조사〉트루만大統領의 人氣 갈수록 墜落
『동아일보』, 1946.7.16, 3면	(동아일보 여론조사) 輿論은 이러타 左右合作을 支持
『동아일보』, 1946.7.16, 3면	(한국여론협회조사) 合作支持가 多數—신탁문제는 정권 수립 후
『동아일보』, 1946.7.23, 3면	左右合作의 方法은 무엇 相互理解가 급무 무조건합작이 통일의 원칙
『동아일보』, 1946.7.23, 3면	(한국여론협회조사) 初代大統領은 누구
『동아일보』, 1946.7.30, 4면	(한국여론협회조사) 行事는 統一로 輿論協會의 調査—8·15기념행사
『동아일보』, 1946.8.6, 3면	(한국여론협회조사) 팔원칙지지가 다수, 위폐공판소동은 공산당계의모략
『동아일보』, 1946.8.13, 3면	(군정청여론조사) 政治自由를 要求 階級獨裁는 絕對反대 (一)
『동아일보』, 1946.8.13, 3면	(한국여론협회조사) 左翼合黨은 頹勢挽回의 모략
『동아일보』, 1946.9.4, 1면	〈AP記者論評〉媾和會議는 失敗 미소충돌의 불가피를 예언
『동아일보』, 1946.9.25, 1면	〈워싱턴 AP합동〉對蘇政策强化63% 溫和政策支持 11%
『동아일보』, 1946.10.29, 1면	〈런던 발〉公平이 五三%넘우寬大가 20%

신문보도 일자	여론조사 관련 기사 제목 및 부제
『동아일보』, 1946.12.19, 2면	〈경기도청〉要救護者輿論調查
『동아일보』, 1947.2.5, 2면	"謀利天下" 濟州島 警察幹部, 통역 등이 주로
『동아일보』, 1947.2.14, 1면	〈미국기자단좌담회〉朝鮮問題의解決은 美蘇間理解成立 안 되면, 四相, UN에 상정
『동아일보』, 1947.3.29, 1면	〈워싱턴 AP합동〉共產思想對抗 美國輿論 沸騰
『경향신문』, 1947.4.20, 1면	〈뉴욕 발〉行政院長에 周恩來 氏 主席엔 장개석 씨 지지
『동아일보』, 1947.5.8, 1면	〈뉴욕 발 UP조선〉蘇를民主主義國家로 承認은 겨우 六分之一
『경향신문』, 1947.5.28, 1면	〈뉴욕 발〉美蘇協調多數 美國의 輿論調查
『동아일보』, 1947.6.14, 1면	〈파리 여론조사 결과〉莫府會議는 失敗
『동아일보』, 1947.6.22, 2면	(공보부 조사) 選擧資格어떠케?
『경향신문』, 1947.6.27, 1면	〈파리 AFP합동〉難測의 佛內閣壽命 輿論調查結果區
『동아일보』, 1947.7.4, 4면	臨協傘下百七十餘團體 共委의 답신원칙을 결정
『조선일보』, 1947.7.6, 2면	(기자회) 국호는? 정권형태는? 기자회서 가두여론조
『경향신문』, 1947.7.9, 2면	(한국여론협회조사) 全南道廳 人事異動 問題
『동아일보』, 1947.7.9, 2면	不正確한 街頭輿論 記者會의輿論調查反駁 — 신문기자회에 반발
『조선일보』, 1947.7.11, 2면	(기자회) 여론조사 비방에 기자회 논박 성명
『동아일보』, 1947.7.20, 2면	〈헬믹 대장 성명〉米穀海外輸出說 一部의虛僞宣傳
『경향신문』, 1947.7.25, 2면	〈安長官 談〉光州·木浦等地食糧配給 從來小賣商組合職員도 登用善處
『동아일보』, 1947.8.6, 1면	〈워싱턴 UP조선〉白人威信은 失墜
『동아일보』, 1947.8.10, 2면	(우익) 조선신문기자협회 결성 — 동아일보사 안에 사무실
『동아일보』, 1947.9.5, 1면	朝鮮問題에 對한 中國의 輿論 (6) — 고대교수 이상은 역
『동아일보』, 1947.9.17, 1면	〈워싱턴 UP조선〉朝鮮에 UN使節團
『경향신문』, 1947.10.23, 2면	南朝鮮過渡政府 中央機構改革成案內容
『동아일보』, 1947.11.18, 1면	〈뉴욕 UP조선〉美國輿論 調查結果 對蘇强硬策希望 — 미소간 전쟁설대두
『동아일보』, 1947.12.14, 4면	(공보부 여론조사국 조사) 道義心잃은 食糧配給所 四十七%가 부정
『경향신문』, 1947.12.16, 2면	(공보부 여론조사국 조사) 쌀配給所의 殆半이 不正
『경향신문』, 1947.12.17, 2면	記錄에依해 處決
『동아일보』, 1948.2.5, 1면	유엔朝委의 意見은 朝鮮民族의 希望과 일치?

제3장_ 갈등의 조정과 합의, '말하는 입'의 제도적 현실 171

신문보도 일자	여론조사 관련 기사 제목 및 부제
『동아일보』, 1948.2.6, 2면	〈경기도청〉 民間有力者動員 輿論調査를 實施
『자유신문』, 1948.2.16, 2면	〈자유신문〉 본보 독자 제1회 여론조사, 보도에 대한 희망은-서울시, 설문형태
『동아일보』, 1948.3.31, 1면	〈뉴욕 UP조선〉 美大統領候補人氣 듀이氏가 第一位
『조선일보』, 1948.4.10.	〈한국여론협회〉 자발적 선거인등록은 7퍼센트 미만
『동아일보』, 1948.4.16, 2면	人心紊亂目的한 『韓國興論』에斷 公報部서 최후경고
『조선일보』, 1948.4.16, 2면	선거관한 여론조사 공보부서 不遠 指摘
『경향신문』, 1948.4.16, 2면	民間興論調査에 過政公報部要請
『동아일보』, 1948.5.19, 1면	〈영국 여론조사〉 保守黨의 人氣 勞働黨을 凌如馬
『동아일보』, 1948.7.28, 2면	〈상공부 조사〉 商業의指導育成强化 商工部에서 가두여론조사
『경향신문』, 1948.10.29, 1면	〈뉴욕 RP공립〉 듀이氏 當選確實 興論調査結果二對一
『동아일보』, 1948.10.29, 1면	〈뉴욕 RP공립〉 一週日을 앞둔 選擧 듀이氏當選確實
『동아일보』, 1948.11.4, 1면	〈뉴욕 UP고려〉 大勢는듀이氏에 興論으로본選擧結果
『동아일보』, 1948.11.20, 2면	〈개성 여론협회〉 下情上通의 一案 投書函을 配置
『동아일보』, 1948.12.18, 1면	〈뉴욕 UP고려〉 美國民對中 援助熱 冷却
『동아일보』, 1948.12.26, 2면	水産資料蒐集次 五國會員地方視察
『경향신문』, 1948.12.29, 2면	戊子年政治經濟界總決算
『동아일보』, 1948.12.29, 2면	〈공보처 조사〉 民論은 이렇다 誰問二十一-시청직원200명대상
『경향신문』, 1948.12.29, 3면	一九四八年 文化界回顧 似而非出의 배제 (承前)
『자유신문』, 1949.2.4, 4면	〈공보처 조사〉 여론조사, 공보처서 실시-전국설문 대통령이하 국무위원 누구냐. 국무위원 각자에게 소망하는 바 한 가지 적으시오
『동아일보』, 1949.2.10, 2면	民保團弊端是正 言論人入團强要는 부당
『경향신문』, 1949.2.24, 1면	〈포지 미상원 여론조사〉 對蘇聯宣傳에 贊成
『경향신문』, 1949.3.9, 4면	〈서울시 공보실 조사〉 市公舘問題로 市民興論調査
『동아일보』, 1949.3.12, 2면	휴지통
『동아일보』, 1949.4.5, 2면	〈의정부〉 楊州記者團에서 興論調査函設置
『동아일보』, 1949.6.21, 1면	非國民行動 調委設置建議
『동아일보』, 1949.7.3, 1면	〈워싱턴 UP고려〉 平和時最大支出은 美國新會計年度始作
『경향신문』, 1949.7.7, 1면	〈동경 UP고려〉 最好國은 美國 日通信의 興論調査

신문보도 일자	여론조사 관련 기사 제목 및 부제
『동아일보』, 1949.7.22, 1면	〈뉴욕 UP고려 갤럽〉 美國人67% 大西洋同盟支持
『동아일보』, 1949.7.27, 2면	國際스파이事件眞相 (5)
『경향신문』, 1949.7.31, 1면	〈뉴욕 UP공립 갤럽〉 武器援助案에 贊成輿論49%
『경향신문』, 1949.7.31, 1면	餘滴
『동아일보』, 1949.8.17, 1면	〈동경 UP고려〉 永久中立希望 日人輿論調査
『동아일보』, 1949.9.4, 2면	〈보건부 전국환자 소원조사〉 당신은 무엇을 원하나? —문둥병자
『경향신문』, 1949.10.11, 2면	한글날을 당하여 (下)
『경향신문』, 1949.10.18, 1면	産兒制限論을 駁함
『경향신문』, 1949.10.28, 2면	輿論을 尊重하라 區民舘問題微妙
『동아일보』, 1949.11.7, 2면	〈경향신문〉 農地改革은 어찌 되려나? 나는 이렇게 要望 (여론조사)
『경향신문』, 1949.11.10, 1면	〈경향신문〉 紙上 國會 開幕 —국회의원 임기연장 문제
『경향신문』, 1949.11.15, 2면	〈경향신문 조사〉 어린이는 國家寶貝 —가두방송 및 소년운동 여론조사
『동아일보』, 1949.11.16, 2면	〈국민보도연맹 조사〉 南勞黨員根滅策 頭目死刑으로 可期 자수자의 여론조사
『경향신문』, 1949.11.19, 2면	〈경향신문 조사〉 少年運動 少年은 大韓의 아들 民國의 역군 본사후원
『경향신문』, 1949.12.1, 1면	〈뉴욕〉 캬랖 輿論調査 承認은 絶對不可
『동아일보』, 1949.12.1, 1면	〈뉴욕 발 UP한국〉 中共承인 反42%, 贊20% 美개럽 여론조사
『경향신문』, 1950.1.18, 1면	〈뉴욕 캬랖 여론조사소〉 共黨은 美의 敵
『동아일보』, 1950.1.30, 1면	反對가八割(팔할) 任期延長忠南輿論實態
『경향신문』, 1950.2.3, 1면	〈경향신문 조사〉 協力하라 改憲輿論調査
『경향신문』, 1950.2.10, 2면	〈경향신문〉 겨레關心의 焦點改의 與否 본사여론조사반 가두에 진출
『경향신문』, 1950.2.11, 1면	〈경향신문 조사〉 "改憲"街頭輿論 本社 서울地區豫備調査
『경향신문』, 1950.2.11, 1면	全國調査結果 15日까지發表
『경향신문』, 1950.2.15, 1면	〈런던 BBC공립〉 英總選擧週餘에 迫頭 勞動?保守?
『경향신문』, 1950.2.16, 1면	改憲全國輿論調査17日 發表
『경향신문』, 1950.2.16, 1면	納稅는國民의義務
『경향신문』, 1950.2.17, 1면	〈경향신문 조사〉 改憲全國輿論

신문보도 일자	여론조사 관련 기사 제목 및 부제
『경향신문』, 1950.2.17, 1면	〈경향신문 조사〉 改憲輿論調査를 마치고
『경향신문』, 1950.2.17, 1면	餘滴
『경향신문』, 1950.2.19, 1면	冷靜戰爭의 據點 東西南北時事解説 (5)
『동아일보』, 1950.2.24, 1면	〈런던 UP한국〉 英國民의 審判注目 保守勞動両黨勢力伯中
『동아일보』, 1950.2.24, 1면	勞四五%保四三% 選擧直前輿論調査

또한 문맹이 상당수 존재했던 당대 인민의 지성이 의심되는 상황에서 이들의 민의를 반영할 뿐만 아니라 계도하고 이끌 지식층의 규모와 성격에 대한 파악도 필수적으로 요구되었다. '지금-여기'의 관점에서 얼핏 우익신문을 떠올리면 친일파와의 결탁을 떠올리기 쉽다. 그러나 우익이든 좌익이든 해방기의 중요한 역사적 과업 중 하나는 식민 청산이었고 특히 친일파 척결은 핵심 사안이었다. 최소한 1946년 4월 동아일보사의 움직임은 그런 '기대'에 확실히 부흥했다. 동아일보사 여론조사국은 "민족적 강기숙청"을 내걸고 4월 12일에서 5월 15일까지 전국의 독자에게 "친일파, 민족반역자, 악질수전노, 악질모리배, 악질관공리악질사상가 등"[126] 을 투서해 달라고 보도했다. "민중의 의사"를 모아 추후 적절한 시기에 "민중의 재판"을 하기 위해 자료를 모으겠다는 취지였다. 미군정도 단기간에 쉽게 할 수 없는 문제를 언론기관이 대행하고 있는 국면이다.

이것이 '아래로부터'의 민의를 청취하려는 노력이었다면, 다른 한편으로 동아일보사 여론조사국은 동년 4월 9일 '위로부터'라 할 수 있는 식자층의 민의를 수렴하기 위한 또 다른 시도를 감행한다. 새 나라 역군이 될 전국 각계 인사의 명부 등록을 하겠다는 이유로 관제엽서를 보내달라

---

126 「民族綱紀의 肅淸」, 『동아일보』, 1946.4.12, 1면.

는 광고를 한 것이다. 그 관제엽서에 기입할 사항은 "① 관청, 정당, 종교단체, 사회단체, 문화단체, 금융산업기관, 점포 등의 각 부서의 책임자 ② 대학으로부터 초등학교, 유치원에 이르기까지의 교직원 전부 ③ 의사, 변호사, 저술가 그 외 일반희망자조사항목 ④ 성명 ⑤ 주소 ⑥ 연령 ⑦ 최후학력과 이력 ⑧ 직장과 직함 ⑨ 연구 방면과 저서 ⑩ 특기취미, 기술, 전공 ⑪ 소속단체 ⑫ 사상경향"[127] 등으로 방대하고 자세했다. 엄청난 양과 비용, 시간을 예상할 수 있는 작업이다. 그뿐만 아니라 역으로 한 언론기관이 너무나 많은 개인 정보를 수집한다는 비판을 받을 수도 있었다. 수집된 자료가 특정 정당이나 정부기관으로 흘러들어 갔을 때 정치 사찰·테러에 이용될 수도 있는 문제였다. 여하튼 이 역시 미군정도 쉽게 시도하지 못할 일을 하나의 언론기관이 하고 있다. 『동아일보』는 수집된 자료를 바탕으로 추후 여론조사나 설문을 할 때 활용을 했을 것이다.

동아일보사가 이렇게 대대적인 활동을 할 때 여론조사를 향한 당대의 시선은 어떠했을까. 동아일보사가 여론조사국을 설치하고 활동을 막 시작할 때가 1946년 4월이다. 그로부터 한 달여가 지난 5월 10일 자유신문은 사설에서 '여론과 여론조사'라는 주제를 다루었다. 이 글을 보면 "근일 흔히 여론의 가치를 논하며 그 조사를 행하는 일이 일종의 신사조를 이루고 있"다고 지적한다. 민의 반영과 여론조사가 이 무렵 하나의 '유행'이 된 것을 알 수 있다. 또한 "민주주의 정치를 위해 국민의 통일적이고 참된 여론이 형성되도록 지식인들이 적절히 지도하여 여론의 의의를 국민이 인식할 수 있도록 하는 것이 이상적인 국민적 여론성립을 위해 절대로

---

127 「輿論調査局特設 一般社會와의 直結紐帶 各界人士의 名簿登錄」, 『동아일보』, 1946.4.9, 1면.

필요"하다고 조언을 하고 있다. 이를 위해 여론조사를 실시하는 사람도 기초적 교양을 습득해야 하고, 대답하는 대중 또한 질문자의 유도질문과 상관없이 당당히 자기 의견을 발휘해야 한다며 글을 끝맺고 있다.[128]

이처럼 참된 민성民聲을 반영·조성하겠다는 긍정적 취지를 표방하고 야심차게 등장한 동아일보사 여론조사국은 3개월이 지난 1946년 7월 한국여론협회가 발족하면서 여론조사에 직접 나서지 않는다. 동아일보사는 역할을 변경해 한국여론협회나 미군정 혹은 외국 여론조사 결과 등을 대신 보도하는 일을 하게 된다. 따라서 단정 수립 이전의 여론조사는 한국여론협회가 주도하게 된다. 한국여론협회와 동아일보사, 미군정은, 우익을 대변하는 기관답게 여론조사 결과도 그러한 정치적 입장을 상당히 반영하고 있었다. 물론 우익의 입장이 아니라 실제 당대인의 정치적 민의가 반영된 것일 수도 있다.

이러한 점을 감안하고 살펴보자면 한국여론협회가 발족하고 같은 달 12일 서울 시내 7,709명에게 신탁 문제를 물었을 때 신탁 논의는 정권 수립 후에 하고 우선 좌우합작을 하자는 민의가 50%였다. 그리고 5일 후인 17일 대통령 후보 설문은 이승만이 29%, 김구 11%, 김규식과 여운형이 각각 10%, 박헌영이 1%였다. 또한 28일 좌우파에 대한 설문에서 우파가 적극적으로 활동하기 바란다는 문항이 총 3,678명의 응답자 중 2,196명의 지지를 받았다. 그런데 이 설문은 총 4개였다. ① 좌파는 고집을 버리고 민족적 성의에 입각하라. 247인, ② 좌파의 합작오대원칙을 지지한다. 568인, ③ 우파는 적극적으로 활동하기 바란다. 2,196

---

128 「사설—여론과 여론조사」, 『자유신문』, 1946.5.10, 1면.

인, ④ 우파는 좌파와 협조하야 나가기를 바란다. 523인. 여기서 ①번과 ③, ④번의 대비에서 알 수 있듯 좌파에 대한 설문 구성이 이미 부정적인 질문으로 유도되어 공정성을 잃고 있다.

반공 여론정치가 가시화되고 있는 시점에서 인민이 정국을 어떻게 바라 보고 있었는지 1946년 8월 6일자 여론조사 결과를 살펴보자. 주지하듯 1946년 5월에 발생한 정판사 위폐사건은 가장 큰 이슈 중 하나였다. 그것 과 좌우합작원칙, 여운형 피습사건을 함께 설문조사한 8월 3일 여론조사 에 따르면 우익의 팔대원칙에 대한 지지는 49%인 반면, 좌익의 오원칙에 대한 지지는 9%에 불과했다. 위조지폐 공산재판정 소동은[129] '공산당의 모략적 테러 행위이다'가 53%, '당연한 행동이다'는 9%에 불과했다. 이 와 달리 여운형 피습사건은 '(사건 자체가) 허위이다' 41%, '공산당의 모략 이다' 13%, 대답에 응하지 않은 이가 32%였다.[130] 이것은 비슷한 시점인 8월 13일 군정청 여론국 여론조사에서 인민의 70%인 6,037명이 '사회주 의를 지지한다'는 결과와[131] 명확히 배치된다. 우익에 대한 정책 지지 도가 상대적으로 너무 높을 뿐만 아니라, 실제로 벌어진 여운형의 피습사 건이 없었던 것처럼 간주하는 것은 동아일보사의 언론조작이자 언론에 현혹된 인민의 현실로 해석할 수 있다.

한국여론협회가 우익의 입장을 옹호하기 위해 조작을 했든 하지 않았 든, 다음의 조사는 미군정에 대한 인민의 인식을 상당히 명확하게 보여 주고 있다. 1946년 8월 11일 서울 4,782명을 대상으로 한 여론조사에

---

[129] 1946년 7월 말 정판사사건 재판정 소요사건으로 체포된 50명 중 44명이 3년 이상의 징 역을 구형받아 군정재판의 신뢰를 떨어뜨렸다.
[130] 「팔원칙지지가 다수, 위폐공관소동은 공산당계의모략」, 『동아일보』, 1946.8.6, 3면.
[131] 「政治自由를 要求 階級獨裁는 絶對反대 (一)」, 『동아일보』, 1946.8.13, 3면.

서 군정이 잘 한다고 생각하는 사람은 없었고 무응답이 98%, 위생시설 개선이 2%였다. 즉 무응답이 군정을 부정하는 입장으로 해석할 수 있다. 잘못했다고 생각하는 질문에는 식량 정책이 53%, 산업 운영과 주택 관리가 31%에 달해[132] 군정의 국정 운영 능력을 불신하는 민의를 확인할 수 있다. 그런데 이 설문에서 공산당 해소에 따라 좌익 정당이 합동하는 문제에 불신하는 입장이 67%였다. 한국여론협회 여론조사는 좌익을 적으로 삼고 있으며, 외부 세력인 미군정에 대해서 그다지 우호적으로 포장을 하지 않고 그대로 보도한 것이 아닌가 생각된다.

이런 기조는 다음 해에도 지속되었고, 1947년도 공론장에서 가장 중요한 논쟁은 '미소공위'였으며, '친일파 청산 법안'도 중요했다. 그런데 여론조사를 살펴보면 1947년에는 1946년에 그렇게 활발히 활동하던 한국여론협회의 활동이 사실상 정지된 것처럼 보인다. 전남도청 인사이동 문제를 다루고 있을 뿐이다. 이와 달리 잡지 『민성』과 『신천지』에서는 미소공위를 중점적으로 설문조사하고 있고, 식민 청산을 위해 입법의원이 발의한 부일협력자, 민족반역자, 간상배 처단 법률안에 대한 설문도 이루어졌다. 실질적으로 1947년 최대의 정치적 화두가 여론조사의 차원에서는 사실상 외면받은 것이다. 2차 공위가 시작되기도 전인 2월 이미 UN상정 얘기가 나왔고, 6월에는 선거 자격을 둘러싼 공보부의 설문조사가 있었다. 우익 진영이 정치적으로 불리한 사안을 의도적으로 회피했다는 것을 알 수 있다.

그러면서 다른 한쪽에서는 선거를 자신의 정치적 이해에 유리하도록 활용하려는 우익 진영의 움직임이 펼쳐졌다. 20세에서 39세 중에서는

---

132 「左翼合黨은 頹勢挽回의 모략」, 『동아일보』, 1946.8.13, 3면.

55%가 20세를 투표 가능 나이로 봤고, 30.7%가 초등학교 졸업자 이상에게 선거권을 부여해야 한다고 했다. 또한 26.2%는 문자 해득자에게 선거권을, 25.3%는 교육 여부를 불문하고 줘야 한다고 했다.[133] 이렇듯 '무지한' 인민과 지식인의 정치적 공민권을 대등하게 인정할 수 있냐는 대의제의 오래된 쟁점이 이 당시에도 제기되고 있었다. 과도입의에서는 좌익 청년들을 선거에서 배제하기 위해 23세로 결정했다가, 대외적으로 민주적 제도를 확립하고·선전할 필요성이 있었던 미군정에 의해 21세로 조정되었지만 20세라는 민의는 온전히 반영되지 못했다.

그렇다고 해서 한국여론협회와 동아일보사, 지배 권력의 입장이 완전히 동일한 것은 아니었다. 1948년 초부터 단정 이전까지의 핵심은 총선거와 자주정부 수립을 둘러싼 논란이었다. 이때 한국여론협회에서 1948년 4월 12일 선거인 등록이 자발적이었는지 강요였는지 묻는 여론조사를 실시했는데 1,262명 중 91%가 강제였다는 응답을 했다. 그런데 이것을 『동아일보』는 보도하지 않았고, 그 대신 『조선일보』에서 4월 15일에 보도해 버렸다. 그러자 같은 날 중앙청 공보국장이 한국여론협회 여론조사를 비난하는 발언을 하고, 다음 날인 4월 16일 『동아일보』에서 공보국장의 입장을 전하면서 4월 15일 좌익 계열의 보도기관에서 조사결과를 대대적으로 취급했다고 적고 있다. 『동아일보』의 논리에 따르면 『조선일보』가 좌익신문의 하나가 되고 만다.[134] 이 조사만을 보면 한국여론협회

---

133 「選擧資格 어떠케?」, 『동아일보』, 1947.6.22, 2면.
134 그 이전에도 『동아일보』와 『조선일보』가 간접적이지만 대립한 일이 있었다. 1947년 7월 9일 대한독립청년단과 서북청년회가 좌익계열의 신문기자회 가두 여론조사가 조작되었다고 비판했다(「不正確한 街頭輿論 記者會의輿論調査反駁 – 신문기자회에 반발」, 『동아일보』, 1947.7.9, 2면). 그러자 이틀 후인 11일 『조선일보』에서 기자회의 반박 성명을 보도해줬다. 그러나 유의해야 할 것은 『조선일보』가 좌익신문은 아니다(「여론조사 비방에 기자회

와 『조선일보』는 언론으로서 공정성을 추구한 반면, 『동아일보』는 권력과 더 밀접한 관계를 맺고 있다.

지금까지 단정 이전의 상황을 살펴봤는데, 시기별로 여론조사 주체를 더 세분화하여 접근할 필요가 있다는 것을 알 수 있다. 앞에서는 이해를 돕기 위해서 해방기는 한국여론협회, 단정 이후부터 한국전쟁 이전은 『경향신문』이 중심적으로 활동했다고 범박하게 설명했으나, 각 시기별로 여론조사의 주체를 더 구체화해 보면 〈표 3〉과 같다.

〈표 3〉 시기별 여론조사 주도 기관

1946년	1947년	1948년	1949년~한국전쟁 이전
초기 잠깐 『동아일보』 /이후, 한국여론협회가 활발히 활동	외국 여론조사의 보도가 주도(한국여론협회 활동 거의 미비, 공보부 여론조사국 조금)	단정 이전 경기도청, 한국여론협회, 자유신문 실시/단정 이후에는 공보처와 개성여론협회에서 실시	전반기 공보처, 서울시, 의정부 실시/중반 보건부/1949년 후반부터 『경향신문』이 대대적으로 활동
	*외국 여론조사 일관되게 많이 등장(미국 가장 많음. 영국, 프랑스, 일본 가끔) *조선의 행정기관에서 간헐적으로 여론조사 실시해 정책 반영		

〈표 3〉에서 확인할 수 있듯 단정 이전에는 한국여론협회의 여론조사뿐만 아니라, 군정청의 여론조사, 그리고 1946년 후반부터는 외국 언론기관의 여론조사가 점점 증가하기 시작했다. 이때 남조선에 전해지는 외국의 여론조사는 주로 미국이었다. 남조선에 가장 큰 영향력을 미쳤던 미국은 남조선의 미군정과 남조선 밖의 미국으로 구별되어 논의할 수 있다. 미군정은 소련과 달리 조선의 쌀을 해외로 빼돌리지 않으며,[135]

논박 성명」, 『조선일보』, 1947.7.11, 2면). 해방기 『조선일보』의 기사 논조는 중도우파에 가까웠다(서중석 외, 『대한민국의 정통성을 묻다』, 철수와영희, 2009, 226면).

조선 독립의 사명을 실천하고 있고 정치적·영토적 야망이 없다는 것을 주입하고자 했다. 이에 비해 미국 현자 소식은 자국의 이익을 반영했다. 1946년에는 미국 내 점증하는 미·소 전쟁 즉 제3차 세계대전에 대한 염려의 목소리가 많았다. 당연히 발발의 원인은 소련이 될 것이라며 책임을 소련에게 전가하고 있다. 그에 따라 1947년에는 미소대결을 본격적으로 내세우고 반공주의적 색채가 강하게 드러났다. 따라서 외국 여론조사에 의한 여론정치는 국내외의 각기 다른 입장이 중첩되면서도 일면 단일한 반공주의로 수렴하려는 욕망을 드러냈다. 해방기는 민족과 국가의 역사를 (재)구축하기 위한 각종 기억이 분투하는 장이다. 그러나 그것은 과거의 기억만을 전유하는 것에 그치지 않는다. 당대의 매순간 재구축되어야 했고 거기에는 선별돼 유입된 외국 여론조사도 일조했던 것이다.

그런데 1946년에는 미 대통령 트루먼의 지지도 하락이 자주 언급되기도 했다. 이러한 기사는 조선인도 이제 자신의 지도자를 선택할 수 있다는 '당연한' 권리를 자각하게 하는 계기가 되었을 것이다. 민주주의를 지향하는 나라에서 선택이란 선거를 의미했고 따라서 남조선에서도 1947년 선거법이 다뤄지고 1948년 5월 총선거는 강요든 아니든 호기심의 대상이자 중요한 정치 실천이기도 했다. 미국에서도 동년 11월 대통령선거가 있었는데, 반공주의와 그에 따른 전쟁에 영향을 줄 수 있는

---

135 소련이 북조선의 쌀을 가져간 것을 신랄하게 비판했던 미군정이다. 따라서 미군정이 부족한 남조선의 미곡을 해외로 빼돌리는 것은 문제가 될 수 있었다. 심지어 일본에 조선의 쌀이 수출된 정황이 드러나기도 했다. 군정장관대리 헬믹 대장은 수출설을 해명하는 성명을 해야 했다. 「米穀海外輸出說 一部의 虛僞宣傳」, 『동아일보』, 1947.7.20, 2면; 「미군정의 대답은 무엇이냐? 조선 쌀 500만 석 일본으로 가다」, 김현식·정선태 편, 『'삐라'로 듣는 해방 직후의 목소리』, 소명출판, 2011, 316면 참조.

미국 대통령선거에 관한 관심이 세계적으로 급증하였으며 이에 대응해 단정 이전부터 갤럽이 선거 여론조사를 계속해서 발표했다. 당시 갤럽은 공화당 후보 듀이의 대통령 당선을 확신했지만,[136] 실제로는 민주당 트루먼 대통령이 재선에 성공했다. 갤럽여론조사조차 오류가 발생할 수 있다는 '진실'이 명백히 나타난 사건이었다. 미 대선은 조선인에게 여론조사에 회의를 품게 하는 동시에 노자 협조를 우선하는 민주당과 미국인의 미소제휴, 공화당의 국수주의 비판, 평화 지향의 열망을 확인할 수 있는 기회였다.

이 미국 대선은 남조선의 단정 수립 이후에 있었고, 이 시기를 기점으로 여론조사의 주체와 경향도 바뀌게 된다. 기존 여론협회는 대한민국여론협회로 바뀌었다. 단독정부 수립으로 반소반탁, 미소공위 등 다양한 정치 대립적 요소가 사라졌고, 우익의 정치적 목적이 달성되어 남/북조선을 둘러싼 정치적 의제를 여론조사로 다루는 일도 극히 줄어들게 된다. 이제 관심은 새롭게 수립된 정부에 집중되었고 체제 안정과 지속의 문제가 더 중요해졌다. 그래서 1949년 2월 공보처에서는 전국을 대상으로 대통령 이하 국무위원이 누구이며, 이들에게 소망하는 바를 한 가지 적으라는 설문조사를 실시했다. 대한민국여론협회는 여론조사를 실시해 민의를 반영하는 사업을 사실상 추진하지 않았고 정부와 체제의 공고화를 꾀하는데 주력했다. 그래서 협회는 (국수주의를 비판했던 일부 미국인의 교훈을 망각하고) 남한 내 미군사 고문단 철퇴를 요청한 6명의 국회의원을 고발하기 위해 "非韓행동조사위원회"를 설치하라는 청원서를

---

136 「듀이氏 當選確實 輿論調査結果 二對一」, 『경향신문』, 1948.10.29, 1면.

국회에 제출하는 '한국적 국수주의' 행동을 하기도 했다. 그런데 단정 수립과 여순사건 등 일련의 사건으로 반공주의가 명확해진 상황에서 반공의식을 파악하는 여론조사는 별 필요가 없었기 때문에 그것과 관련된 조사도 없었다.

따라서 단정 수립 이후 국내에서는 설립된 정부의 민주적 운용과 실제 인민의 삶의 개선이 여론조사의 핵심을 이루었다. 당대 주요 국정현안은 토지개혁, 국회의원 임기 연장 문제 등이었고, 특히 『경향신문』이 엄청난 규모로 주도한 '개헌 여론조사'가 가장 큰 사회적 이슈였다. 또한 단정 수립 이전 과도정부가 민의를 반영해 합리적으로 정국을 운영해가는 국정 능력을 인민에게 과시하기 위해서 (이전 절에서 말했듯이) 여론조사는 이미 사회조사로써 행정력의 유용한 수단으로 활용되었다. 이 시기에도 서울시, 의정부, 보건부[137] 등에서 여론조사를 실시해 정책을 운영해 나갔다.

토지개혁 문제는 과거에 단정 수립 이후에 논의하자고 미루어 왔던 것이기 때문에 다시 중요 안건으로 대두되었다. 이런 논의의 근저에는 정부가 수립되면 인민의 삶도 그만큼 더 개선될 것이라는 믿음이 깔려 있었다. 따라서 새롭게 국민의 대표가 된 지도자들을 향한 관심이 높았고, 그 기대와 어긋날 경우 실망감이 클 수밖에 없었다. 경제 재건과 민주사회의 실현을 갈망한 국민은, 총선거에 선출된 국회의원에 대한 실망, 지나친 대통령의 권력, 나아지지 않은 삶의 조건 등을 새삼 자각하게 된다. 이에 따라 철저한 민주정치와 책임정치를 열망한 젊은층이 내각책임제를 주장하고 국회의원 임기 연장에 반대했다.[138] 그러나 국민의 국회의

---

137 「당신은 무엇을 원하나? – 문둥병자」, 『동아일보』, 1949.9.4, 2면.
138 「反對가 八割 任期延長忠南與論實態」, 『동아일보』, 1950.1.30, 1면.

원 지지 상실과 달리 이승만 대통령을 향한 장년층의 지지는 여전히 강고했다. 과거 독립운동의 경력과 철저한 반공주의자라는 점이 긍정적이었고,[139] 강국 미국의 대통령 중심제를 취해야 국가의 번영도 보장된다는 주장도 이를 뒷받침했다. 반공주의를 유포한 지배 권력의 의도가 인민에게 영향을 미쳤고 이미 상당수 국민 역시 체제내화되어 가는 현상을 보였다. 미국 제도를 우월한 것으로 간주하고 맹신하는 무/의식과 지배 세력의 정치적 결탁의 원형을 여기서 엿볼 수 있다. 외국 여론조사는 역시 갤럽여론조사소가 주도한 미국이 중심이었고 '반공주의'가 핵심이었다. 미국 내부 기사는 중국 관련 과도한 예산 지출과 국민당의 열세 등 중국 내전이 야기한 정보들이 주를 이루었고, 국제정치를 향한 미국의 관심은 반공주의를 향하고 있었다.

신문과 함께 상호 보족적 역할을 한 잡지의 '설문'은 앞에서 살펴봤듯이 1947년 여론조사의 성격을 구명할 때 유효한 참조사항이었다. 해방기의 주요 문예잡지인 『민성』, 『신천지』, 『백민』의 설문을 참고했다. 여기서 『백민』은 설문의 답변이 부실해 고려의 대상이 될 수 없다. 단정 수립 이전까지 중간적 입장이었다고 평가받는 『신천지』와 중도좌익에 가까웠다고 하는 『민성』은 한국여론협회와 좋은 대비가 될 수 있다.[140] 인민을 직접 지도하는 설문의 역할은, 여론조사와 분명하게 차별화된다. 그런데 직접 살펴본 결과 이들 잡지는 설문조사를 할 때 그 대상을 정치적으로 좌·우·중간 골고루 배치해 나름 균형 잡힌 태도를 취한다. 그래서 답변

---

139 개헌 여론조사는 경향신문이 대대적으로 행했다. 「"改憲"街頭輿論 本社 서울地區豫備조사」, 『경향신문』, 1950.2.11, 1면 「改憲全國輿論」, 『경향신문』, 1950.2.17, 1면 등.
140 잡지 『민성』과 『신천지』 설문의 대략적인 목록은 〈표 4〉에 정리했다.

이 설문 대상자의 정치적 성향에 따라 각 입장을 대변하는 전형적 목소리로 나타나 신문과의 직접적인 내용 비교는 의미가 없었다. 정치적 의제도 동일한데 특이점이라면 잡지의 설문인 경우 답변자의 사회적 위치, 소속을 명확하게 밝히고 있어 그렇지 않았던 신문과 좋은 대비를 이루고 있다. 또한 1947년 3월 민성에서 입법의원 초안 관련 설문을 하는 경우처럼 전문적인 지식이 필요한 조사일 때 관련 전문가를 대상으로 했다. 즉 설문 대상자를 설정할 때 해당 설문에 합당하는 전문가들을 배치해 그 전문성과 신뢰도를 높이고 있다. 앞에서 말했듯이 올바른 민중 여론의 형성을 위해 인민에게 올바른 지식과 교양을 전달해야 한다는 『자유신문』 사설의 견해를 잘 실천한 예라고 할 수 있겠다. 그리고 신문과 달리 설문의 의제가 책과 청년을 위한 조언, 미국 영화 등 정치 의제에서 벗어나 교양과 문화 영역으로 확장되어 있는 것을 확인할 수 있었다.

이 글에서 신문을 통해 살펴본 민심은 (삐라의 예처럼) 거친 거리 투쟁으로부터 성장한 인민의 여론[141] 및 정서와 간극이 있을 수밖에 없고 일부는 조작됐을 수도 있다. 그럼에도 아래로부터의 목소리가 전달되는 민주주의 제도가 도입되면서 인민과 지식인·과도 정부 간 여론정치가

---

[141] 해방 이후 '세론世論'이란 용어가 '여론輿論'과 함께 쓰였다. 서울신문에서 기자들이 독자에게 유용한 정보를 제공하기 위해 1949년, 1951년, 1954년에 걸쳐 '사교실'이라는 작은 책을 발간했다. 거기에는 신문, 통신사, 기자, 정당, 정치, 사회, 문화, 경제 등 다양한 용어 해설 및 지식을 제공하고 있는데, 독자들이 여론과 세론의 차이를 궁금해 한다면서 같은 뜻이라고 설명하고 있다(천일방, 『속 사교실』, 수도문화사, 1954, 13면). 하지만 이미 일본에서 여론은 메이지 원년(1868) 천황의 신정부 시정방침을 논한 「5개조의 서문」의 제1조에 등장했고, '세론'은 1882년 발포된 「군인칙유」에 등장했다. 여론public opinion과 세론popular sentiments은 전전戰前까지는 구별해서 사용되어 왔다. 여론과 세론의 구체적 내용과 정치에서 여론이 어떻게 세론이 되었는지는 佐藤卓己, 『輿論と世論 —日本的民意の系譜額』, 新潮社, 2008 참조.

구축되는 복합적 정황과 그 과정에 개입한 언론기관의 노력은 긍정할 만하다. 국가가 성립하기 이전의 시공간에서 여론조사와 설문은 정치적 결사체인 정당과 미군정 등 각종 정치 세력이 다수 인민의 의사를 반영해 정책을 결정하고 추진하도록 유도했다. 아직 제도화되지 못한 조선의 민주주의가 보완·발전하게 되는 것이다. 그럼에도 한국여론협회나 미군정의 반공주의적 경향은 충분히 확인할 수 있었다. 단정 이후에는 헌법의 개헌과 삼권분립, 선거, 정국 운영을 위한 민심 파악 차원의 공보처 조사 등 실질적 삶의 문제가 여론조사의 화두가 되었다. 때문에 국내에 한정해서는 '단정 이전의 반공주의'가 다시 나타나지는 않았다.

〈표 4〉 설문교정

잡지 일자	잡지 설문 제목 및 내용	필자
『민성』, 1945.12	1. 8월 15일 정오 일본황제가 항복방송을 할 때 귀하는 어디서 무엇을 하고 계셨습니까? 2. 그때의 감상은?	시인 김안서, 조선어학회 이극로, 경기고교교장 高凰京, 평론가 이원조, 민속학자 송석하, 소설가 안회남, 梁橿煥
『신천지』, 1946.2	漢字廢止의 可否 國文 橫書의 可否	林和, 金南天, 李軒求 外 23名
『신천지』, 1946.2	1. 8월 15일의 감격 2. 과거 일본인의 죄악 3. 조선독립은 언제? 4. 어떠한 형태의 정부를 원하나	林和, 金南天 外 24名
『민성』, 1946.2	*각 정당의 대답은 이렇다— 1. 신탁통치를 어떻게 생각하는가? 2. 이제 어떻게 타개해 나갈까? 3. 귀 당의 책임은 없는가? 4. 귀 당은 곧 해체할 용의는 없는가?	국민당 안재홍, 공산중앙당위원회, 한국민주당 함상훈

잡지 일자	잡지 설문 제목 및 내용	필자
『신천지』, 1946.5	1. 第3次 世界大戰이 일어나겠다고 생각하십니까?(어째서) 2. 만일에 일어난다면 어떠한 陣營으로 갈리겠읍니까? 3. 안 난다면 現在의 複雜한 情勢를 어떠한 方法으로 收拾해야 하겠읍니까.	민주주의민족전선 사무국 李康國, 함상훈, 설의식, 서울신문사 서강백, 소설가 이태준, 백남운, 오기영 등
『민성』, 1946.7	1. 좌우합작은 가능한가? 2. 소련 영사관 철폐와 미소관계 · 조선임시정부 수립관계는? 3. 미소공동위원회는 언제 어떻게 재개될까?	조선민주당 김병연, 인민당 이강국, 한국민주당 함상훈, 민전의장 이태준, 김광섭, 김남천, 이헌구
『민성』, 1946.7	1. 우리 청년에게 읽히고 싶은 책은? 2. 청년에게 주고 싶은 말은?	신남철, 민주일보사장 嚴恒燮, 이태준, 이헌구, 박치우, 이원조, 김광섭
『신천지』, 1946.12	1. 미소공위는 언제쯤 열리겠읍니까 2. 공위가 속개된다면 그 성과가 어찌 되겠읍니까. 3. 미소 양대표자에게 주고 싶으신 말씀	민족문화연구소 이북만, 민주일보사 한선용, 동아일보사 설의식, 경향신문사 염상섭, 이극로 등
『민성』, 1947.10	*民擾와 공위와 합작의 비판― 1. 남조선민요 발생의 원인은 어디 있다고 보는가? 2. 미소협조는 가능하다고 보는가? 3. 좌우합작 7원칙을 어떻게 생각하는가?	서울대학교수 손병태, 동아일보사 설의식, 신민당 중앙위원 최성환, 조선민주당 李允榮, 인민당 李如星 등
『민성』, 1947.3	*어떻게 보는가?― 1. 입법의원의 부일협력자, 민족반역자, 간상배처단 법률초안을 어떻게 생각하는가? 2. 귀하는 초안이 통과되기를 바라십니까 혹은 반대하십니까? 그 이유는?	(도착순) 변호사 강중인, 서울지방검찰국장 김용찬, 서울지방검찰청검찰관 김임용, 서울지방시밀원심판관 최동욱 등
『민성』, 1947.4	*공위속개와 좌우여론― 1. 미소공위의 재개와 그 결과는? 2. 만일 합의를 보게 된다면 임정구성에 있어서 좌우비율? 3. 결렬되는 경우에는 남조선단정을 어떻게 보며 그 귀추는?	세계일보사 주필 배성룡, 조선어학회 이극로, 조선통신편집국장 이종모, 한국민주당 선전부장 함상훈, 조선애국부녀동맹 박은성 등

잡지 일자	잡지 설문 제목 및 내용	필자
『민성』, 1947.7	*조국조선에의 희망— 1. 귀하는 본국에 어떠한 정체가 서기를 희망하십니까. 2. 귀하는 조선과 일본과의 관계를 좌기중 어느 것을 희망하십니까. 3. 귀하는 본국에 있어서 어느 것을 희망하십니까. 4. 귀하는 여하한 사정으로 귀국하지 않습니까. 5. 귀하의 재류동포의 민생문제해결책은 여하? 6. 귀하는 현세계 각국 중 어느 나라가 선정을 하고 있다고 보십니까. 7. 귀하는 재일동포가 무엇을 연구하여 본국에 기여해야 할 것이라고 생각하십니까.	재일본조선동포의 여론조사
『신천지』, 1947.10	*철자법 문제 *한자문제 (소학교에서 한자폐지의 가부) *한자어문제 *현재의 소학교 교과서에 대한 감상	새한민보사 설의식, 자유신문사 李貞淳, 중앙중학교 金汶基, 李熙昇, 이응규, 서울창신공립국민학교 고락균, 염상섭 등
『민성』, 1948.1	*1948년?— 1. 자주정부가 설립되리라고 보십니까? 2. 삼팔선이 제거 되겠지요? 3. 반드시 해결되어야 할 것 세가지는? 4. 부디 없애야할 것 세가지는?	자유신문사편집국장 李貞淳, 계용묵, 홍종인, 독립신보사 편집국장 서광운, 평론가 김동석, 오기영 등
『신천지』, 1948.1	*UN과 조선 문제— 1. UN의 조선문제에 관한 결의안은 실현되겠습니까. 2. 소련의 제안을 어떻게 생각하십니까. 3. 선생이 생각하시는 조선문제의 해결안 4. 소련의 참가없이 대일강화회의가 성립되겠습니까. 5. 인도대표가 조선문제에 적극적으로 발언한 이유는	함상훈, 세계일보사 주필 배성룡, 소설가 염상섭, 평론가 정진석 등

잡지 일자	잡지 설문 제목 및 내용	필자
『신천지』, 1948.1	*미국 영화에 대하야― 1. 해방 후에 보신 미국영화 중에서 가장 감명이 깊었던 영화 2. 이런 것은 수입하지 말았으면 좋겠다고 생각하신 영화 3. 대전전의 영화와 특히 달라졌다고 느끼신 점 4. 귀하가 좋아하시는 스타는 누구 5. 미국영화에 대한 귀하의 비판	韓道三, 宋志英, 서광제, 박인환, 임동규, 신문기자 許愼, 신문기자 趙敬姬, 소설가 허준, 趙豊衍 등
『민성』, 1948.8	*조선인교육문제를 어떻게 보나― 1. 교육용어는 조선어로 한다. 2. 교과서는 조선인초등학교편찬위원회에서 재일조선인아동에게 적합하도록 편찬한 교과서를 사용한다. 3. 경영관리는 학교단위로 조직된 학교관리조합에서 행한다. 4. 일본어를 正科로 채용한다.	조선인교육대책위원회에서 일본정부문부성당국의 조선인학교 강제폐지문제에 관하여 '각계 일본인 인사'에게 설문조사
『신천지』, 1949.5·6	*미군 철퇴과 통일 문제	
『민성』, 1949.8	*국회의원에 대한 세가지 질문― 1. 귀하가 투표 선출한 국회의원은 공약대로 행동합니까. 2. 시종 일관하게 무언거수하는 의원을 어떻게 보십니까. 3. 무소속의원들의 정당 가입을 어떻게 보십니까.	안재홍, 국도신문사 주필, 이헌구, 이진태, 서울중학교장 김원규 등
『신천지』, 1949.10	1. 당신은 민주주의를 진심으로 좋다고 생각하십니까 혹은 반대하십니까. 그 이유는? 2. 오늘 우리의 현실에서 당신이 보고들은 민주주의풍에 대하야 좋은 점과 나쁜 점 3. 貴社에서는 어떤 방법으로 민주주의를 실천하십니까?	염상섭, 김광섭, 김영랑, 李貞淳, 최현배, 안수길, 고재욱, 최영수, 김동성, 趙寅鉉 등

3. 유언비어와 유행어의 범람, 소문의 정치

1) '정치적 신체'의 주권 표현

여론조사와 선거는 대표가 인민을 호명할 때만 인민이 정치적 의견을 표현할 수 있기 때문에 인민보다는 대표의 정치적 수단에 가깝다. 대표는 여론정치를 통해 갈등을 조직화하고 이슈를 창출하면서 민심을 조율했다. 그러나 사회 갈등은 상시적이며 복잡한 이해관계의 산물이다. 당대 조선은 극심한 물가 변동 및 생필품 부족, 실업인구의 급격한 증가, 이념 갈등 등 복잡다단한 해방 정국이었다. 공동체의 구성원이 상시적인 삶의 문제 해결을 대표에게 요구하는 것은 자연스런 현상이다. 이 정치적 요구를 둘러싼 인민-대표 간 정치적 협의가 시작되는 것이다.

대표는 한정된 나라의 재정을 고려하여 인민의 요구 중 우선순위를 결정하고 일부만을 정책에 반영한다. 그래서 인민은 각자의 이해관계를 정치적으로 사회화하기 위해 모든 정치적 자원을 총동원하게 된다. 이 과정에서 인민을 이용해 정치적 기득권을 쟁탈하기 위한 정치 집단이 출몰해 세력화를 꾀하게 되고 정치 집단의 정쟁政爭이 심화된다. 그래서 역설적으로 인민을 위한 민생정치가 실종되기도 한다. 대표-인민 간 소통의 정치가 사라지게 되는 것이다. 그 결과 다수 인민은 정치권을 더욱 불신하게 되고 그밖에 일군의 인민은 정치권의 첨예한 정쟁 사이를 비집고 민생 현안을 공론화하기 위해 정치투쟁을 펼치게 된다. 그 투쟁의 방식은 정치권의 제도화된 수단이 아니라 인민에게 익숙한 정치적 실천이거나 사회 상황에 맞게 새롭게 창출되었다. 이를 테면 해방기에서는 민중봉기, 테러, 포스터, 방화, 삐라[142] 등 인민의 직접적인 정치 행동이 주권적 표현이자 소통의 장치로 등장하였다.

대표-인민 간 '정치적 합의' 과정에서, 정치 권력이 제도화되지 않은 인민의 정치적 주권 표현을 수용할 수 있느냐의 문제가 정치 갈등의 중요한 축이란 점을 확인할 수 있다. 이것은 정치적 갈등이 공적으로 관철되는 과정에서 인정받을 수 있는 정치적 의사소통 방식의 문제였다. 또한 더 본질적으로는 사회 구성원의 표현의 자유가 어느 정도 보장될 수 있었는가와 관련되었다. 인민은 언론·집회·결사의 자유를 외치지만, 정치권은 '정치적 신체'화된 인민의 직접 행동을 위법 행위로 간주하고 탄압에 나선다. 정치 표현의 절차적 정당성을 강조하는 지배 권력과 실질적인 정치·경제민주화를 염원하는 인민의 타협할 수 없는 충돌은 필연적인 정치 현상이었다.

정치권이 포고, 처벌, 검열 등 공권력을 동원한 정치 탄압과 정치 선전을 감행할 때, 인민의 직접 행동은 사실 쉽지 않다. 이럴 때 여론조사나 선거로 민심이 온전히 표출될 리도 없다. 당국의 탄압이 심해질수록 제도화된 정치 장치로는 파악할 수 없는 인민의 쑥덕공론이 더욱 활발해 질 수밖에 없다. 그런데 인민의 직접 행동과 쑥덕공론이 별개로 작동한 것만은 아니다. 해방기와 같은 지난한 현실에서 정치권의 강압과 무능, 태만은 민중봉기를 촉발했는데 거기에는 소문도 동반했다. 그리고

---

142 해방기 삐라에 대해서는 정선태, 「삐라, 매체에 맞서는 매체」, 『서강인문과학논총』 35, 서강대 인문과학연구소, 2012; 정선태·김현식 편, 『'삐라'로 듣는 해방 직후의 목소리』, 소명출판, 2011; 이혁 편 『愛國삐라全集』, 조국문화사, 1946을 참조할 것

그 소문은 때론 직접 행동보다 더 큰 정치적 힘으로 정치 권력에 영향을 미쳤다. 이처럼 인민의 입소문은 민중봉기, 삐라 등과 함께 정치적 여론을 실체화했다. 이제 정치권은 인민의 직접 행동뿐만 아니라 소문, 유행어, 유언비어 등과도 정치적 대결을 펼쳐야 했다.

요컨대 인민의 입소문이 여론화되어 정치권에 미친 영향은 과연 어떠했을까. 이 장에서는 인민이 야기한 소문의 정치성을 구명하고자 했다. 이를 위해 먼저 정치권의 탄압과 인민의 직접 행동이 충돌하는 과정에서 소문이 태동하는 국면을 살펴봤다. 그 후 유행어와 소문, 유언비어의 의미와, 그것이 정치에 미친 영향을 파악하고자 했다.

2) 여론 통제와 쑥덕공론의 태동─삐라

정치권이 여론조사, 선거 외에 합법적으로 승인한 정치적 소통의 도구는 무엇이었을까. 입의선거에서 그 예를 찾아 볼 수 있는데, 당국은 '강연, 포스터, 삐라, 신문광고'를 선거운동에서 활용할 수 있도록 허가했다. 강연과 신문광고가 지도층으로부터 아래로 내려가는 방식이라면 포스터, 삐라는 인민에게도 익숙한 정치 형식이었다. 삐라는 흔히 '인민' 혹은 좌익정치 세력이 뿌린 것으로 생각하기 쉽다. 그러나 그것은 일개인과 좌우익 정치집단뿐만 아니라 군정도 활용한 매체였다. 삐라는 비제도적 매체이지만 사실상 정치 주체 사이에 공인된 소통방식이었다. 또한 삐라 하면 정치삐라를 떠올리기 쉽지만, (흥행)광고삐라가 경제시장의 광고 수단으로 크게 활용되고 있었다.

미군정은 조선의 언론 자유를 천명했다가 통제로 전환한 것으로 널리 알려져 있다. 그렇다면 당국의 삐라 검열을 통해 인민의 정치적 목소리, 다시 말해 '먹는 입'이 아닌 '말하는 입'의 현실적 제약 상태를 가늠할 수 있겠다. 군정과 정치 집단은 명문화된 군정법령과는 별도로 권력 및 체제 안정에 저해될 경우 암묵적으로 물리적 탄압을 가했다. 때문에 정치적 제약의 정도를 구명하는 데 서적보다는 삐라가 더 적절한 참조가 된다. 삐라는 해방과 함께 재등장했고 그것의 유포와 함께 각종 소문이 돌기 시작했다. 당국은 삐라의 불온 문구를 문제 삼았고 그것을 악질 데마(허위선전)의 한 근원으로 간주했다. 이에 따라 당국은 인민의 지지를 확보하고 민심을 안정시키며 군정 체제의 정치적 안정을 꾀하기 위해 언론을 통제하기 시작했다. 그 시점은 정판사 위폐사건과 좌익신문 『해방일보』가 폐간된 1946년 5월 무렵이었다. 군정은 1946년 5월 4일 군정비방금지와 불법결사운동 등을 금지하는 「군정 위반에 대한 범죄」(법령 제72호)와 동월 29일에는 신문 및 정기간행물을 허가제로 하는 법령 제88호를 발표했다.

러취 군정장관은 지난 25일 민중을 선동 혹은 질서를 문란케 하는 삐라나 포스터 등을 제작하여 배부 또는 가로에 붙이는 단체나 개인은 엄중히 처벌하겠다고 다음과 같이 포고하였다.

포고내용

一, 한 사람의 殺傷을 교사하는 내용을 기재한 것

一, 민중을 폭동화 혹은 질서를 문란케 하는 선동적 내용을 기재한 것

一, 군정을 훼방하는 내용을 기재한 것

一, 미국 소련 혹은 미소의 군인이나 정치 지도자를 비방한 내용을 기재한 것.

1946년 5월 1일 군정장관[143]

그러나 이미 그 이전부터 경찰은 거리에 붙여 있는 삐라를 무작위로 떼어내고 있었고,[144] 군정의 삐라 통제가 시작되고 있었다. 그 통제의 변천을 살펴보면, 삐라 유포에 관한 처벌은 처음에는 구금이었다가 1946년 12월에 이르면 군정재판에 회부해 징역 30일을 구형했다. 1947년 2월에는 징역 6년형이 내려졌는데 같은 재판에 회부된 살인죄가 5년형이었으니 살인죄보다 더한 죄로 치부된 셈이다. 동년 7월 19일에는 민심을 현혹케 할 선동적 기사를 게재하거나 악영향을 파급할 목적으로 허위보도시 허가를 취소, 정지하고 벌칙을 가하겠다는 '신문 기타 정기간행물법'이 입법의원을 통과하기도 했다.[145] 10월 14일에는 정당 간에도 정쟁을 할 때 비난의 수준에서 벗어나 선동적인 깃발이나 포스터, 삐라 등을 이용할 경우 정치적 위법 행위로 간주해 처벌할 것이라는 군정의 성명서가 발표되었다. 상황이 이 지경에 이르자 1947년 말부터 정식 허가 받은 삐라 외에 삐라의 수가 많이 줄어든다. 이에 대응하여 1948년 초 인민은 벽보삐라 대신 백묵 혹은 페인트 등으로 벽에 각종 정치적 표어를 쓰는 낙서 전략을 취했다.[146] 그 이후는 남조선 단독선거를 둘러싸고 이념 충돌과 정치 탄압이 심해졌다. 그래서인지 선거가 지나자 수도청장 장택상은 "좌익 동포"란 용어를 써가면서 경찰은 민주주의 차원

---

143 「不正삐라 단속 러 장관 일반에 포고」, 『동아일보』, 1946.5.27, 2면.
144 「삐라의 可否 요즘」, 『동아일보』, 1946.4.10, 2면.
145 송건호 외, 『한국언론 바로보기 100년』, 다섯수레, 2012, 152~157면.
146 「街頭의 落書 嚴重處罰」, 『동아일보』, 1948.1.8.

에서 폭동을 종용하지 않고 이론 전개로 구성된 삐라는 취체하지 않겠다는 성명서를 발표했다.[147]

이 같은 군정의 삐라 취체 강화는 앞서 살핀 합법화된 정치 제도(여론조사, 선거)에까지 영향을 미친다는 점에서 대표-인민 간 소통의 어려움을 보여준다. 정치 주체의 갈등은 서로 다른 가치의 지향 때문이다. 정치 세력이 권력의 안정을 꾀하듯, 인민은 생활과 사회의 안정을 바라기 마련이다. 그러한 요구가 대표에게 전달되지 않을 때 인민은 경찰서 및 관청 습격, 폭력, 살인, 테러 등 직접 행동을 통해 민심을 표출하게 된다. 군정이 삐라의 선동성을 염려한 이유도 여기에 있다. 군정은 인민의 저항투쟁도 미연에 방지하고자 군정법령, 포고, 성명, 담화, 체형 등의 공권력을 행사했다. 또한 야간통행금지,[148] 시위 및 집회 금지 등을 통해 인민의 '불온한' 움직임을 막으려 했다. 이외에도 정치 집단은 이념 갈등을 증폭시켜 사회적 균열을 조장하고 전쟁 위협 등 사회적 불안을 야기해 공포정치 및 공안정치를 조장했다. 그러나 정치 지도자가 양산한 '추상적 불안'과 사회적 당위, 이념적 가치 등은 인민이 삶 속에서 구체적으로 맞닥뜨린 생존의 급박함과 불안 앞에서 힘을 갖기 힘들다.

그래서 그 인민의 분노는 방화放火로 표출되기도 했다. 방화가 급증하자 당국은 삐라의 경우처럼 그것을 좌익 세력의 짓으로 모략했다. 그러면서 동시에 매월 초 화요일을 방화일로 제정하고 방화사상교육을 기획했다. 학교에서는 학생들에게 방화선전교육을 하고 그림 전시회를 가졌

---

147 「탄압 일관 아니다」, 『경향신문』, 1948.6.10, 2면.
148 야간통행금지에 대해서는 이행선, 「1945~1982년 야간통행금지(통금), 안전과 자유 그리고 재난」, 『민주주의와 인권』 18-1, 전남대 5·18연구소, 2018.3.31, 5~41면을 참조.

다. 또한 소방 총사령부에서 시민의 방화사상을 고취한다는 명목으로 방화선전 표어를 모집하고 대대적으로 발표했다. "꺼진 불도 다시 보자!", "너도나도 불조심 자나깨나 불조심" 등[149] 현재에도 사용되고 있는 표어가 이 당시에 만들어져 길거리에 붙여졌다. 도시 미관을 이유로 삐라를 떼어냈던 경찰이 전주電柱의 방화 간판은 뜯지 말라는 발표를 했다. 심지어 문교부장 유억겸이 별세하기 전 방화 방지를 부탁하는 유고를 남겼다는 방화선전도 있었다. 사정이 이러할 때 불 그 자체 외에 다른 정치적 언어를 갖지 못하는 방화는, 인민의 결집 도모나 정치권에 대한 구체적 요구를 하는 데는 미흡했다. 방화는 일시적이고 개별적이며 파괴적이고 산발적이어서 그 이상의 의미를 찾기 힘들다. 그래서 정치권의 방화선전 등 전시展示 행정에 오히려 역이용될 수 있었다.

　방화와 달리 대표의 정치적 권위와 공권력을 약화시키고 정치적 허위선전을 뚫고 현실의 진실을 가시화할 수 있는 것은 민중봉기였다. 미군정이나 조선 정치 세력도 민중봉기는 좌익으로 여론몰이 하기가 쉽지 않았다. 가령 해방기 하면 1946년 9월 총파업이나 대구에 발생한 10월 항쟁을 떠올리기 쉬운데, 사실 그 언저리에도 남조선 전역에서 봉기가 있었다. 거기에는 쌀을 달라는 부녀자도 있었고 김구를 추종하는 정치 세력도 참여하고 있었다. 어찌됐든 군정은 각지에 계엄령을 선포하고 진압에 나서야 했다. 민중봉기는 인민의 앎과 정치적 실천의 힘을 보여준 동시에 전국적으로 인민이 그 민심을 공유하고 정치권에 민생 현안을 실제적으로 요구할 수 있는 역사적 순간이었다. 다시 말해 그것은 정

---

149 「가정방화표어(1) 꺼진 불도 다시보자!」, 『경향신문』, 1947.1.26, 4면.

치 지도자의 무능을 향한 인민의 정치적 분노였다. 여기에 대해서는 지도 권력도 쉽게 사회 현실을 은폐하기 힘들었다. 관련 담당자는 대책을 강구하는 동시에 인민이 납득할 수 있는 정보를 제공해야 했다. 민중봉기는 방화와 달리 그 정치적 여파가 일시적이지 않았다. 봉기 전후에 인민 사이에서 '소문'이 돌았고 이 소문의 동력이 봉기를 추동하는 힘이기도 했다. 그 때문에 소문은 봉기를 낳고 봉기가 소문을 창궐시켰다. 이에 따라 인민의 '말하는 입'의 힘도 커져갔다. 당국은 인민의 직접 행동뿐만 아니라 입소문과도 정치 대결을 펼쳐야 했던 것이다. 인민이 유포한 입소문의 힘은 어떠했을까.

3) 소문과 유언비어의 정치화

당국의 탄압은 사실 및 정보의 은폐를 뜻했다. 대표는 정보를 독점하면서 권위를 갖고 권력화된다. 하지만 인민에게 필요한 정보가 적절히 제공되지 않을 때 소문, 유언비어가 시중에 출몰한다. 사실은 소문이 되고 소문은 때로 진실이 된다. 소문은 민심이자 봉기의 근저에 있다. 그래서 당국은 소문을 '소음'으로 치부하려 했다. 삐라의 불온 문구를 감시하는 한편 인민에게는 항간의 소문을 사실의 날조, 낭설, 허설, 근거 없는 유언비어라고 설명해야 했다. 이렇듯 해방기는 해명을 위한 지도층의 성명서, 담화의 연속이었다. 그러나 인민의 지도자에 대한 불신은 커져 갔고, 당국이 실체 없는 소문을 통제하기란 불가능했다.

인민은 유행어와, 유언비어 및 소문 등을 양산했다. 그런데 전자와 후자의 성격이 조금 다르다. 유행어는 세태풍자, 조롱, 냉소, 비판, 위안 등의 기능을 하면서 당대 인민의 정서를 담아냈다. 이와 달리 유언비어 및 소문은 순간순간의 사회적 사건 및 쟁점과 그 파장을 고스란히 드러 내는 역할을 한다. 소문은 인민의 시국 판단과 정책적 요구를 강하게 대 표에게 전달했다. 그러면 정치권은 유언비어, 뜬소문 혹은 풍문, 풍설 등에 대해 인민에게 설명해야 했다. 따라서 이 둘을 구분해서 살펴봐야 한다.

먼저 전자인 유행어는 '한자리 한다', '오리汚吏', '정치 모리배', '팔십 오전', '도미병渡美病' 등이었다.[150] 여기서 도미병을 제외하고 나머지는 모두 정치 지도자 및 정치 집단을 풍자하고 있는 말들이다. 해방이 되자 적산가옥을 차지한 정당, 동맹의 현판이 줄을 이었고 정당 문패가 동대문 서 서대문까지 이어졌다고 한다. 이때 '한자리 한다'는 유행어가 생겼 다.[151] '한자리'는 적산가옥과 함께 정치적 직위를 가리킨다. 이 '한자리' 를 차지한 지도자 및 정치 지망생들은 그 후에 부패한 관료인 '오리汚吏'나 타락한 정치가 '정치 모리배'로 전신했다. 이와 같은 정치 지도자의 실정

---

150 이외에도 주창윤에 의하면 해방부터 한국전쟁 전까지 주요 유행어는 "가다, 가짜, 깔치, 개천절, 땐스, 디디티(DDT), 라이터(돌), 마카오신사, 모리배, 몸뻬, 무역, 멧세지, 미스터, 민족반역자, 밀매(품), 반동분자, 빨갱이, 불고기, 빽, 사바사바, 사창, 싸인, 삼신, 삼일제, 삼팔선, 삼팔따라지, 새치기, 신탁, 통치, 씨나리오, 실업자, 얌생이(얌생이질), 양갈보, 오케이, 우익, 인민위원회, 인플레, 자유, 좌익, 친일파, 탁치, 통역정치(통역쟁이), 테러, 팔십오전八十五錢, 팟쇼, 포스터, 포쓰담(포스담) 선언, 학병동맹, 후라이간다, 홍당무, 회색 분자, 헬로"이다. 주창윤은 해방기의 유행어를 통해 당대 대중의 심성을 빨갱이 정서, 기회주 의에 대한 냉소, 배타적인 지역정서, 양키이즘 등으로 파악한다(주창윤, 「해방 공간, 유행어 로 표출된 정서의 담론」, 『한국언론학보』 53-5, 한국언론학회, 2009, 370면). 또한 "고두럼 장작 때고 냉수 먹세", "먹자판이 재판소", "가져오라 면사무소", "텅텅 볏다 배급소" 등이 무능한 미군정과 부패한 사회상을 풍자하는 유행어였다(강준만, 『영혼이라도 팔아 취직하 고 싶다』, 개마고원, 2010, 12면).
151 「여적」, 『경향신문』, 1947.5.21, 1면.

失政과 현실에 실망한 인민은 '팔십오전八十五錢'이란 유행어도 만들었다.[152] '1원도 안 되는 적은 돈'을 뜻하는 이 말은 어중이떠중이, 미성품未成品을 가리켰다. 예컨대 이는 모리배로 변신을 하거나 가식을 떨어도, 그밖에 무슨 일을 해도 제대로 하지 못하는 사람을 지칭하는 은유적 유행어였다. 여기에는 "급조된 사상가·정치가"도 예외가 아니었다. 그런데 당대인은 이 용어를 현실비판적이면서도 재미있는 말로 여겼다. 여기서 '이그 팔십 오전짜리야' 하면서 서로의 부족함을 포용하는 따뜻한 정서를 느낄 수 있다. 이렇게 인민은 세태를 풍자하고 조롱하면서도 서로 위안하면서 생의 고통을 이겨나가려 했다. 그러나 지난한 현실은 인민을 외국으로 내몰았다. 다수의 실업자가 황금의 나라이자 기회의 나라로 인식되었던 미국으로 떠나고 싶어 했다. 1947년 생긴 '도미渡美병'이라는 유행어는[153] 그러한 심리 상태를 실감 있게 반영하고 있다. 그런데 가부장적 사회인 조선에서는 재미조선인 2세와 결혼하려는 여성을 두고 도미병에 걸렸다고도 했다. 이 '도미渡美병'은, 여성이 재미 2세와 결혼을 해 호강을 누리고 싶어 하는 욕망을 폄하하는 말로, '호강병'으로도 불리었다. 그러나 도미병은 조국을 떠나고 싶을 만큼 조선의 사회 상태가 열악했음을 방증한다. 형편이 이러할 때 인민의 불만과 소문 역시 급증하게 된다.

소문은 정치 권력에 미치는 영향력에서 유행어보다 훨씬 심대했다. 그만큼 소문은 특정 현안과 밀접하게 관련되어 있었다. 그 중에서도 쌀 수급 문제와 통일의 문제가 해방기 소문의 가장 큰 비중을 차지했다. 먼저 당국의 쌀 수급은 해방기 내내 인민의 원성을 샀다. 우선 농민들은

---

152 「三隨錄(14) 八十五錢」, 『동아일보』, 1946.4.3, 1면.
153 「거리의 話題(10) 늘어만 가는 渡美病 환자」, 『경향신문』, 1947.7.9, 2면.

미군정 이전/이후의 토지 정책을 통해 정책 수행 능력을 실감했다. 인민에게는 소작료를 1/3로 낮춰준 인공人共과 쌀 정책에 실패한 미군정이 확연히 비교됐다. 이를 인공 측이 이용했는지는 확인할 수 없지만 다음과 같은 풍설이 돌았다. "소작료가 3분지1로 된 것은 우리 인공人共의 덕택이다. 명년에는 4분지1로 해줄 터이니 수세水稅와 비료대도 모다 지주가 부담할 것이니 농민은 단결하여 기다리라."[154] 당국에서는 이를 모략분자의 선동이자 유언비어로 폄하했다. 하지만 군정과 인민의 뿌리 깊은 갈등은 1946년 10월 영남 일대의 봉기 그리고 그즈음의 전국 각지에서 '보리와 잡곡 대신 쌀을 달라'는 소동으로 표출되었다.

이렇다 보니 이 당시 "어떤 지방에서는 미군이 쌀 속에 원자탄의 원료가 섞여 있는 것을 발견했기 때문에 쌀을 실어다가 원자탄을 만든다든가, 쌀은 자양분이 밀가루보다 많으므로 쌀을 갔다가 빵을 만들어 먹고 있다는 등"[155]의 진짜 유언비어가 돌기도 했다. 당국은 추가적인 민중봉기를 막고 치안을 안정시키기 위해 미곡수집 촉성유세대를 편성하여 각지를 돌아다니며 "소요사건 이후 오히려 관민이 협력하여 허무맹랑한 유언비어가 일소되고 있다"[156]는 허위선전을 했다. 또한 러취 장관은 식량대책특별성명서를 발표하여 "군정이 작년 재고미를 확보하고 있다는 풍설과, 미국인이 조선식량을 먹었다"[157]는 것은 모두 낭설에 불과하다는 해명을 했다. 그러면서도 다른 한편에서는 '쌀을 내 놓으라'는 학생의 시위 행렬을 탄압했다. 그러나 인민이 조선의 쌀 500만 석이 일본으

---

154 「농민 좀 먹는 맹랑한 풍설」, 『동아일보』, 1946.1.14, 2면.
155 「쌀 수집 충남은 月內로 各道의 치안대개 확보」, 『경향신문』, 1946.11.22, 2면.
156 「유언비어일소, 쌀수집에 협력」, 『조선일보』, 1946.11.22, 조간 2면.
157 「수집은 배급의 모태」, 『동아일보』, 1946.10.24, 2면.

로 수출되었다는 사실을 일본 『아사히신문』의 보도를 통해 알게 되면서 미군정을 일제보다 악독하다고 비난하게 된다.[158]

이와 같이 민생 현안에서 쌀 수급과 관련된 소문의 정치적 파급력은 대단했다. 하지만 1947년 접어들어서는 (공출 관련 소문은 있지만) 쌀과 관련된 큰 소문은 찾아보기 힘들다. '1947년부터 미군정이 농촌에 대한 통제력을 확보했다고 자부하기 시작했고, 우익 세력이 득세하기 시작했던'[159] 당대 정황과 상당히 일치한다고 볼 수 있다.

이와 달리 정치 영역에서는 통일 관련 소문이 핵심이었는데 그 소문은 1946년 초중반부터 나타나 단정 전까지 계속되었다. 이는 쌀 문제보다 더 지속적으로 나타난 셈이다. 1946년 5월 1차 미소공위 결렬이나, 동년 6월 이승만의 정읍발언 이전에 이미 단독정부설이 돌아 민심이 불안에 휩싸이기 시작했다. 통일 관련 소문이 계속된 이유는 3·1절 행사, 8·15 기념행사가 매년 있었고 이때마다 좌우 정치 세력이 충돌할 여지가 있었기 때문이다. 그래서 이들 행사가 있기 전에는 항상 폭동설이 조선을 풍미했다.

---

158 다음은 그 관련 내용의 일부이다. "(…상략…) 즉 쌀 문제 하나만 보더라도 구구한 설명조차 할 필요가 없는 오늘과 같은 참담한 결과를 빚어낸 원인을 추궁하여 보자!! 이것은 어느 모로 보든지 결코 다른 적절한 방책이 없었음으로 말미암은 결과는 아니다. 그러하면 미군정의 무능 혹은 무성의에서 그 원인을 찾을 것이냐!? 아니다!! 사상초유의 대전쟁을 자기네의 예정한 계획대로 이겨나간 위대한 기획가 미국이 우리 조선 더구나 우리 땅도 아닌 평화경에서 그도 부족 산물이라면 몰라도 우리 조선의 산물 중에서 0位를 점하는 쌀 문제를 그처럼 무능하게 처리할 어리석은 미국은 결코 아닐 것이다. 보라!! 최근 발표된 일본 조일신문의 기사를!! 하지 중장이 그렇게도 부정하는 사실이 백일하에 폭로되지 않았는가!? 즉 조일신문에는 명백히도 해방 후로 조선 미 500만 석이 일본에 수입되었다는 기사가 게재되었다!! 이 사실은 무엇을 말하는 것이며 따라서 남조선 주둔 미군정 당국자는 이 사실을 무엇으로 대답하려는가?! 조선민중이 아무리 우매 둔감하다 할지라도 드디어는 미군정의 시책에 대하여 불만과 반감을 갖지 않을 수 없게 되는 것이 이러한 사실로 보아 너무나 당연하다. 아니 할 수 없다!! (…중략…) ", 「미군정의 대답은 무엇이냐? 조선 쌀 500만 석 일본으로 가다」, 김현식·정선태 편, 앞의 책, 316면.

159 이혜숙, 『미군정기 지배 구조와 한국사회』, 선인, 2008, 542~558면.

또 이에 대응해 매번 당국은 폭동설을 유언비어로 폄하하고 경찰력을 강화했으며 유언流言 유포자를 처벌하겠다는 입장을 취했다.[160] 그러나 이 기념행사가 정치적 대립에 의한 폭동설에만 연루된 것은 아니었다. 예를 들어 1947년 6~7월에는 "팔일오설"이 돌았다. 그 내용은 "주야로 초조하게 기다리고 있는 '민주주의 남북통일임시정부'가 오는 팔월 십오일까지는 하늘이 두 쪽이 나더라도 반드시 서고야 만다"[161]는 믿음이었다. 이러한 유언비어에서 조선인이 얼마나 통일을 염원했는지를 파악할 수 있다.

이처럼 1946년에는 경제 관련 쌀 소문, 1947년은 정치와 관련해 기념행사 무렵의 폭동설이 가장 큰 사회적 이슈를 낳았다. 1948년부터 단정 이전까지 소문은 경제와 관련해 화폐개혁과 브라질 이민설, 정치에서는 식민지 시절 일본인 관료의 조선이입설, 단독선거와 관련된 선거연기설, 민보단설과 행정 관리들의 태만설, 제주도 '폭동설'[162] 등이 있었다.

먼저 경제 분야 소문을 살펴보면, 1948년 1월 화폐개혁을 못하고 있었던 남조선의 인천에 신화폐를 실은 배 두 척이 들어왔다는 풍설이 돌았다. 그러나 당국은 산업 부분의 증산이 안 되고 있는 현실에서 화폐개혁만으로는 실효성이 없다는 입장이었다. 동년 5월에는 당국이 브라질과 교섭하여 조선 이민을 브라질에 입식케 한다는 소문이 돌아 매일 수백 명씩 중앙청 외무처를 찾아 문의를 해 업무를 마비시켰다. 그러나 외무처에서는 낭설에 불과하다는 성명서를 발표하였다. 이는 인접국인 일본인의 브라질 이민 소식이 영향을 준 듯하다.[163] 다음으로 정치 관련

---

160 「폭동 운운의 유언비어 악질적인 낭설에 불과, 張부장 談」, 『자유신문』, 1946.8.11, 2면; 「삼일전후 폭동설」, 『경향신문』, 1947.2.25, 2면
161 「거리의 話題(7) 항간에 떠도는 팔일오설」, 『경향신문』, 1947.7.2, 2면.
162 제주도 폭동설은 1947년 초부터 등장하다 1948년 급증하였다.

소문은 1948년 6월 전 조선총독부 재무국장 수전직창水田直昌과 학무국장이 부산에 왔다는 소문이 돌아 미군 당국이 데려온 것 아니냐는 조선인의 원성이 있었다. 선거 무렵에는 새로 정부가 수립된다는 이유로 기존 행정 관리들이 업무에 태만한 것을 질책하는 소문이 돌았다.

지금까지 살펴본 것처럼 소문은 사실이나 유언비어로서 현실정치에 영향을 미쳤다. 소문은 잠재적으로 민중봉기를 추동하는 기제였고 사회불안을 조장하는 기능도 했다. 소문이 군정의 통치에 대한 평가였고 점령정치의 정당성을 묻는다는 점에서 당국의 입장에서는 어쩌면 직접적인 민중봉기보다 더 뼈아픈 정치적 목소리였다. 그래서 당국은 성명, 포고, 담화 등을 통해 소문을 근거 없는 낭설 즉 유언비어로 치부하려 했다. 실제로 소문의 속성상 이치에 맞지 않는 유언비어도 있었다. 그 때문에 유언비어는 '무지한' 인민의 표현으로 비난받기도 했다. 이러한 경향은 군정뿐만 아니라 조선 지식인에게서도 발견할 수 있다.

예를 들면 『정감록』이 대표적이다. 지식인은 민주주의가 민의의 반영이긴 하지만 『정감록』의 유행을 보면 도저히 인민을 신뢰할 수 없다는 입장이었다.[164] 당시 『진본眞本 정감록』, 『활자본活字本 정감록』, 『훈주訓註 정감록』 등 6종의 책이 엄청나게 팔려나갔는데, 그 가격이 10원, 20원 정도로 5원이었던 「춘향전」, 「심청전」보다 더 비쌌다.[165] 『정감록』과 관련된 애기는 "쌀 한 말에 돈 한 말 할 때가 있으리라는 것을 정

---

163 일본인의 브라질 이민은 1908년부터 시작되었다. 여기에 대해서는 임영언, 「일계인디아스포라 브라질 이주사와 전시 문화콘텐츠 고찰」, 『일본문화학보』 50, 일본문화학회, 2011, 345~367면 참조.
164 「鄭鑑錄과 民主主義」, 『現代日報社』, 1946.6.1.
165 林耕一, 「鄭鑑錄에 對하야」, 『신천지』, 1946.7, 98~101면.

감록이 맞췄다", "계룡산의 도읍도 꼭 될 것이다", "삼팔도선을 예언했다" 등 다양했다. 그러나 『정감록』의 인기에는 인민의 '무지' 및 미신풍속과 별개로 생활 안정과 통일의 염원이 근저에 깔려 있다.

이러한 소문이 현실 비판과 희망, 망상妄想만을 담고 있었던 것은 아니다. 당국의 입장에서는 소문이 사회 혼란을 조장하는 불안 요소였지만 정보를 빠르고 효율적으로 수집할 수 있는 수단이기도 했다. 먼저 소문이 돌고 그것이 관료 및 정치가의 귀에 들어가면 관련 담당자가 소문의 내막을 확인하고 결과를 행정에 반영했다. 그 과정에서 소문은 사회 제도와 결합하기도 했다. 이를 테면 기자가 소문을 듣고 신문에 보도하거나 그 사안을 행정 책임자에게 묻는 방식으로 민간 사회와 중앙정치가 연결될 수 있었다. 이러한 방식으로 소문 및 유언비어는 상시적으로 정치 집단에 전달되었고 정책에 일부분 반영되었다. 문맹률이 높았던 사회에서 대표와 인민이 의사를 교환할 수 있었던 방식인 것이다. 소문 등의 정치적 목소리는 민심이자 공동체의 바람 및 도덕성을 내포한다는 점에서 사회 정의를 구성하고 드러내는 기제이기도 했다.

/ 제4장 /
대외 정치 질서의 영향과
정치적 갈등의 비/고착화

1. 소련·북조선 기행과 반공주의의 밀도

1) 정보 격차와 기행문

해방기 외부 열강의 정세는 조선의 향방을 가늠하는 중요한 고려 요소였다. 중국은 내전이 한창 진행 중이었고 남·북조선에 주둔한 미국과 소련의 대립은 냉전으로 확산될 조짐을 보였다. 자연히 조선인 사이에서는 제3차 세계대전이 벌어질지도 모른다는 염려가 높아져만 갔다. 그러나 불안한 국제 정세에도 조선은 자주독립이라는 민족적 염원을 실현하고자 했다. 진정한 독립은 국가의 자립을 의미하며 필연적으로 그 정체政體의 확립이 요구됐다. 미군정의 남조선과 소련하의 북조선이 통합을 통한 통일을 이루기 위해서는 어느 하나의 체제를 선택해야 했다. 소련식/미국식 민주주의를 둘러싼 이념 논쟁은 체제의 우월성 문제로 확대되었다.

관념적이고 추상적인 이념 대결은 소모적이다. 이념이 실제로 현실화된 소련과 미국 체제를 대조해 비교우위를 강조하는 편이 대중 호소력을 높일 수 있는 방법이었다. 또한 체제선전이 심화되는 상황에서 비교의 준거가 될 자료는 신뢰도와 객관성이 담보되어야 했다. 모든 사람이 직접 현지 방문을 하는 게 가장 확실한 방법이었지만 그것은 물리적으로 불가능했다. 그래서 직접 각 나라를 방문한 저명인사의 기행문이 주목받을 수 있었고 저자의 신뢰도와 비례해 파급효과도 커졌다. 특히 대립하는 양 진영에 속하지 않는 외국인의 기행문이 더 공정성을 확보하고 설득력을 높일 수 있었다. 그래서 해방기에 반소주의자는 앙드레 지드의 소련 기행을, 반미주의자는 에드가 스노의 소련 기행을 자기 진영 논리의 전거로 들었다. 해방 이후 조선에서는 (구라파와 미국이 구별되기 시작했지만) 유럽 사회와 별 차이가 없는 미국 사회보다 사회주의 이념을 표방한 소련의 사회주의적 삶에 더 관심이 많았다. 그만큼 조선인에게 소련은 낯선 체제였고 그에 대한 정보가 부족했다는 방증이다. 또한 기행문은 사회주의를 선호하는 '인민'을 겨냥한 정치 선전물이기도 했다. 이렇듯 해방기의 공론장에서 기행문은 국가 체제와 사상 등을 검증할 수 있는 유효한 도구였다.

하지만 세계적으로 저명한 유력자의 글이라 하더라도 독자가 믿지 못하겠다고 하면 그만이다. 더욱이 해방으로 조선인이 직접 소련에 찾아가 그동안 말로만 전해 듣던 '이상/공포사회'가 실재하는 현실을 확인하는 게 가능해졌다. 이에 따라 지드나 에드가 스노의 기행문에 반박하는 조선인의 기행문이 유포되어 논쟁을 더욱 격화시켰다. 기행문은 조선인의 궁금증을 일시적으로 해결해 주는 동시에 회의와 불신을 재생산했고 또 다른 기행문을 탄생하게 했다. 즉 모든 개개인이 직접 보지 않는 한 '정보 격차'는 여전히 매워지지 않았다. 따라서 이 간극을 이용해 각 정치 세력은 정치적으로 이용하고 선전할 수 있었다.

이렇듯 국내 반공 세력은 외부 정치 상황을 이용해 정치적 입지를 강화하고 인민의 정치적 의식을 반공주의로 정향하려 했다. 그렇다면 기행문의 반공주의 수준은 어느 정도였을까. 기존 역사・문학 연구는 '좌익 사건'으로만 반공의 지형도를 파악해 왔다. 이러한 접근은 여전히 유효하지만, 실제 억압의 밀도가 어느 정도였는지 파악하는 것은 사실상 불가능하다. 인민은 어느 정도 소련을 긍정/부정하며 발화할 수 있었던 것일까. 다수의 기행문은 그 해답을 위한 하나의 실마리를 제공한다. 기행문은 방문자가 그 이전의 기행문을 보고 그에 대한 긍정/부정으로 쓰였다. 따라서 개별적으로 논의됐던 기존 기행문 연구 방법에서 벗어나야 했다. 이 모든 기행문을 함께 논의의 장에 올려 정치 정세의 변화 속 기행문의 지형도를 분석해야 할 필요성이 제기된다.

요컨대 '좌익사건'이 출몰하는 시국과 기행문의 시간적 거리를 통해 반/친소주의 기행문의 지형도와 내용 변모, 반공의 밀도 변화를 구명究明하려 한다. 이를 통해 인민의 정치 의식이 반공주의로 정향 및 고착될 수 있었는지 가늠할 수 있다. 우리는 반공주의로 '공포정치'를 조장하는 남조선의 정치적 상황 변화를 기행문을 통해 살펴볼 수 있겠다. 그 과정에서 북조선과 소련에 대한 남조선의 태도 차이도 확인할 수 있을 것이다. 이때 각 기행문의 입장을 재해석할 수 있을 뿐만 아니라, 소련과 관련해 각각 지향하는 '핵심 쟁점'을 파악하고 그 정치적 효과를 논의할 수 있다. 텍스트의 정치성은 당대 정세 속에서 의미화할 수도 있지만, 텍스트 내용 자체가 전달하는 함의가 당대 인민의 (집단)심성과 공명하는 계기가 되기 때문이다.

연구의 범주는 해방기에서 체제 대립의 주요 논거 중 하나로 전유된 앙드레 지드와 에드가 스노의 기행문을 시작으로 단정 무렵까지 나온 소련·북조선 기행문과 일부 관련 기사를 고려 대상으로 삼았다. 여기서 북조선 기행문은 북조선에 비추어 남조선의 현실을 드러내는 방식을 취하고 있으므로 남조선 기행문도 일부 참조했다. 그래서 먼저 앙드레 지드를 논했다. 앙드레 지드의 기행문은 해방되기 이전부터 널리 알려졌기 때문에 해방 공간에서 사회주의를 지지하는 인민의 배경지식 중 하나이다. 그것이 나온 1930년대 중반 소련을 둘러싼 쟁점이 무엇인지 살펴보고 앙드레 지드와 식민지 조선인의 시각차를 살펴보려 한다. 그 인식이 해방 이후 이태준의 소련 기행과 어떤 차이가 있는지 확인하고 친소주의적 요소를 발견할 수 있겠다. 이후 대두하는 조선인의 반소주의적 기행문과 또 그즈음에 등장하는 외국인의 기행문을 살펴보겠다. 에드가 스노에 이어 새롭게 활약한 외국 기자의 기행문에 의해 양 진영의 기행문을 객관화하고 그 과정에서 남조선의 선전과 현실도 가시화될 것이다.

2) 앙드레 지드의 자유 옹호와 식민지 조선의 스탈린헌법

프랑스 자유주의 문학자 앙드레 지드는 콩고 기행 이후 소련을 찬미하는 입장을 표명해 세계적으로 주목을 받았다가 「소련에서 돌아오다」(1936.11)에서 다시 소련을 비판했다. 1936년 6월 고리키 장례에 초대받아 두 달여 머문 그는 소련에서 획일주의, 초기 혁명가들에게 활기를 주었던 비판정신의 결여, 소련에는 없을 줄 알았던 가난뱅이, 프롤레타리아 독재가 아닌 스탈린 일인 독재를 봤다. 그는 소련인의 행복이 무식에서 비롯되었다고 평가하며, 대중의 무기력과 게으름을 지적했다.[1] 이 일로 로망 롤랑을 비롯해 세계적 비난이 일자 그는 후속작으로 「속 소련에서 돌아오다」(1937.6)를 발표했다. 이 글에서 지드는 이전 글이 일반적이고 전형적인 소련 비판이었다고 하면서 더 자세히 악화되는 소련을 폭로했다. 첫 번째로 소련의 생산 부족과 질의 저하를 거론했다. 공장생산품의 높은 폐기율, 저열한 자동차, 불량 축음기 음반 등 생산 저하와 엄청난 불량품이 소련의 쇠퇴를 입증한다는 것이다. 또한 혁명이 복지보다 거대한 공장 건설에 집중돼 탁아소 부족, 더러운 주택, 열악한 노동자 숙소, 약국과 산원의 부족 등으로 노동자들이 고통스러웠다. 그러면서 자신이 소련을 비판하는 이유는 소련 당국이 이러한 노동자들의 형편을 부러워할 만한 것으로 포장해 세계를 속이기 때문이라고 밝혔다.[2]

자유와 문화를 옹호한 지드의 입장에서 충분히 비판할 만하다. 그러나

---

1 앙드레 지드, 김붕구 역, 「소련에서 돌아오다」(1936.11), 『앙드레 지드 전집』 4, 철문출판사, 1966, 375~392면.
2 앙드레 지드, 김붕구 역, 「續 소련에서 돌아오다」(1937.6), 위의 책, 416~425면.

그가 가장 먼저 앞세운 것이 소련의 공업 생산의 문제라면 사정은 달라진다. 그는 소련인이 게으르고 무기력하다고 했지만 모든 산업과 복지 부분의 발전을 기대하기 위해서는 그만큼 노동자의 과도한 노동을 강제할 수밖에 없다는 것을 간과한 지적이다. 일례로 러시아 작가 안드레이 플라토노프는 1930년『토공사土工事』에서 건물의 기초를 놓기 위한 토공사의 구덩이 크기가 당이 요구하는 것보다 6배 이상 확장되어 공사가 영원히 끝나지 않을 것 같은 상황을 서사화한 바 있다. 도시뿐만 아니라 농촌마을에서도 사람들은 비활동 상태로 있는 게 두려워 지시를 받기 위해 상급자를 찾는 모습으로 그려진다. 이렇듯 플라토노프에게 공업화를 추진 중인 소련은 강박적으로 쉬지 못하는 사회였다.[3] 이에 견주어 볼 때 지드는, 빈곤한 영양 상태에서 과잉 노동을 하다 세상을 떠난 수많은 소련 노동자의 처지를 동정하고 소련 체제를 비판했던 당대적 맥락을 전혀 고려하지 않고 있다. 노동자의 행복과 권리를 꿈꾸는 사회주의 국가에 들이대는 잣대가 자본주의적 문명관에 그친다면 나름의 한계를 내포할 수밖에 없다. 특히 자본주의 국가보다 생산을 더 잘하는 '문명국가'여야만 사회주의가 자본주의 보다 우월한 이념일 수 있다는 문명사적 사유는 서구 자본주의 지향에서 벗어나지 못한 발상이다. 서구가 추종한 외양의 발전 속도와 체제 경쟁을 해야만 했던 현실이 오히려 당대 사회주의의 이상을 실현하는데 장애로 작용했다. 지드의 인식처럼 소련은 서구

---

3 이 작품은 노동자가 생각하지 못하게 하고, 도시의 무리한 중공업 추진과 농촌에서 부농의 추방과 집단 농장화 과정에서 발생한 수다의 살상, 관료주의를 비판하고 있다(안드레이 플라토노프, 정보라 역,『구덩이』(1930), 민음사, 2007, 117~130면 참조). 그의 또 다른 작품에서는 생각하는 프롤레타리아의 필요성, 레닌 숭상, 관료주의 비판 등을 다루고 있다(안드레이 플라토노프, 김철균 역, 「회의하는 마카르」(1929),『예피판의 갑문』, 문학과지성사, 2012).

에 뒤쳐지지 않도록 중공업 위주의 산업화를 추진하여 상대적으로 노동자의 복지에 신경을 쓰지 못했기 때문이다.

지드의 자본주의적 문명관과 함께 또 하나의 쟁점은 소련이 미래에 개선될 수 있는가의 여부였다. 그의 기행문은, 지드가 소련이 공산주의로 발전해가는 과도기임을 부정하는 것 아니냐는 식자의 우려를 자아냈다. 이에 지드는 소련이 나아지길 위한 비판을 했을 뿐이라고 항변한다. 그러나 두 번째 기행문에서 "자본주의의 소멸이 반드시 노동자에게 해방을 주지 않는다"고 적고 있다. "불란서 무산계급은 이를 깨달을 필요가 있으며, 불란서 공산당이 소련에 속으면 안 된다"고 주장한다. 이 지적은 사실상 소련 사회주의 국가의 종언론이다. 그가 소련에 방문할 때 프랑스에서는 인민전선을 결성한 좌파가 선거에서 승리해 동년 6월 최초로 사회주의자가 내각을 이끌고 있었다.[4] 이 점을 고려하면 조국의 정치적 상황을 염려한 반응이 아닌가 하고 추측해 볼 수도 있다.[5] 그러나 보다 분명한 해석은 사회주의 혁명과 소련을 향한 '완전한 지지 철회'라 할 수 있다.

또한 프랑스 노동자가 혁명을 해도 소련의 전철을 밟게 된다는 인식을 드러내 또 다른 혁명의 길을 상상하지 못한다는 점에서 여전히 그는 탈근대를 사유하지 못하고 자본주의를 대변하는 위치에 서고 만다. 그는 스탈린정치와, 성실한 공산주의자 및 사회주의를 구분해야 한다는 조언 역시 수용하지 못했다. 지드는 방문할 때 소련이 인간을 어떻게 만

---

4 다니엘 리비에르, 최갑수 역, 『프랑스의 역사』, 까치, 2013, 376~379면.
5 그 전해인 1935년 프랑스의 앙리 바르뷔스가 스탈린 전기 『스탈린은 오늘의 레닌』을 쓴 것에 대한 지드의 반발도 있을 수 있겠다. 로버트 서비스, 윤길순 역, 『스탈린』, 교양인, 2010, 555면 참조.

들 수 있으며, 또 어떻게 만들어 놓았는지 중점적으로 살펴보겠다고 했지만 결정적으로 러시아 민중이 명랑하고 행복하게 보이는 것을 '무지'로 치부했다. 이는 러시아혁명을 일으켰던 그들이라면 체제의 억압이 심화될 때 또 다른 혁명을 시도할 수도 있을 거라는 가능성을 외면한 엘리트주의적 발상이다.[6]

이러한 지드의 기행문은 식민지 조선에서 어떻게 수용되었을까. 조선인의 논의를 보기 이전에 먼저 식민 모국인 일본과 소련의 관계를 고려해야 한다. 일본의 반소주의 선전은 대소련 외교와 관련되기 때문이다. 일본은 기본적으로 반공주의를 취하고 있었지만 1925년 1월 20일 일로조약을 체결하면서 적극적인 반소선전을 할 수 없었다. 이 조약으로 소련이 조선인 독립운동가를 추방하는 조치를 취하자 조선 사회주의자들이 실망하기도 했다. 하지만 동년 4월 『동아일보』 기자 이관용이 소련의 수도를 방문하고 메이데이를 보고 돌아온 후 기행문을 신문에 보도했다. 전란과 내란으로 생활이 곤란하리라 예상했지만 모스코바는 예상 외로 번화한 메트로폴리스였다. 전란의 여파로 걸인이 많기는 했지만 길거리에서는 장사치가 넘쳤고, 교회당이 많았으며, 유색 인종이

---

6 참고로 연구자의 중립성이 상기하듯 필자는 소비에트 연방을 긍정적으로 그려낸 기행문을 옹호하는 입장에서 논문을 쓴 것이 아니다. 소련이나 미국 사회의 장단점은 식민지 시기에 이미 어느 정도 알려졌다. 따라서 지드나 에드가 스노, 기타 기행문의 내용들이 일정 부분 타당성을 확보하고 있는 것도 사실이다. 다만 각 입장을 그대로 드러내면서도 다른 한편으로 타자화해야 했기 때문에 나름의 비판적 시선을 가시화했을 뿐이다. 지드가 사회주의 인식이 불철저했다는 식의 이분법적이고 맹목적인 비판이 아니다. 이러한 관점은 과거 연구들의 접근법이라 할 수 있다. 이보다 중요한 것은 글쓰기의 정치적 전략이 잘 구현되었는지 평가하는 문제다. 이를 설명하기 위해 각 기행문이 가진 논리의 정합성을 분석한 것이다. 또한 이 글에서 식민지기의 분량이 꽤 많다. 그러나 여기에 대한 기존 연구가 부족했고, 해방기와의 연관성을 위해서도 필요한 부분이었다.

거리를 왕래했다. 그는 런던을 세계 노예 민족이 거미줄을 친 곳으로 본 반면, 모스크바를 세계 모든 민족의 이상이 집중된 곳으로 고평했다. 아직 혁명의 뿌리가 완전하지 않아 부르주아 선전을 경계하고 여행권 감시가 심하긴 했다. 하지만 그가 본 모스크바는 권익을 주장하는 시위 행렬이 없는 날이 없었다. 즉 노동자, 소학생, 여자 등 각기 다른 계급이 자신들의 정치·경제적 요구를 할 수 있는 열린 사회였던 것이다. 이런 사회인만큼 남성에 의존하는 여성도 찾아 볼 수 없었다.[7] 이렇듯 조약 직후 조선 기자의 시선에 사로잡힌 소련은 사회주의 이상이 실현돼 가고 있는 사회였다.

이후 식민지 조선 내 반소주의란, 1927년 트로츠키가 노농로국공산 당에서 축출될 때, 트로츠키가 '진정한 레닌주의자들'이 스탈린을 공격하기 위해 모일 것이라는 기사가 보도되는 수준이었다.[8] 레닌이 1924년 1월 사망한 이후 시선이 스탈린으로 향하는 것을 짐작할 수 있다. 외국의 분쟁에 휘말리지 않으려 했던 소련은 만주사변 이후인 1931년 12월 21일 일본에 불가침조약을 제안했다.[9] 일시적이었지만 우호적인 관계가 맺어진다. 하지만 1927년 이후 농업 집단화와 중공업 중심의 1차 경제개발이 시행되고 나서 많은 아사자가 발생하고 숙청이 빈번해지자, 식민지 조선에서 스탈린은 독재자로 인식되기 시작했다. 또한 코민테른이 1935년 '일본, 미국 내의 적화공작'을 운운하자 각 나라에서 항의를 하는 일이 벌어졌다.[10] 결국 지드가 소련을 방문하고 있던 1936년 11월

7   이관용, 「赤露首都 散見片聞 (1~5)」, 『동아일보』, 1925.6.13~18, 2면.
8   「"스탈린 씨는 반혁명주의자" 트로츠키 씨 공격」, 『동아일보』, 1927.11.21, 1면.
9   가토 요코, 김영숙 역, 『만주사변에서 중일전쟁으로』, 어문학사, 2012, 147면.
10 「반소선전에 비하면 전혀 문제도 안 된다」, 『동아일보』, 1935.8.28, 1면; 「일본, 적화공작에

25일 독일과 일본간 반코민테른협정이 맺어졌다.[11]

이 무렵은 1933년 나치 집권과 1936년 스페인 내전이 벌어지던 시점이기도 했다. 앙드레 지드가 소련 방문하기 전인 1935년에 이미 영국의 자유주의 문학자 웰스와 스탈린의 대담 중 일부가 신문에 보도된 바 있다.[12] 자신을 잘 드러내지 않는 것으로 유명한 스탈린과 나눈 직접적인 대화 내용이었지만 웰스는 조선인의 이목을 끌지 못했다. 반면 이후 동년 6월 '문화옹호 국제작가 대회'의 리더였던 앙드레 지드가 세계적으로 조명을 받게 된다. 왜냐하면 웰스가 주재하는 펜클럽이 국제적인 작가 친목회와 좌담회 등을 하긴 했지만 비정치적이라는 이유로 외면 받았기 때문이다.[13] 이에 비해 소련 지지로 유명해진 지드는 반파시즘과 문화를 옹호하는 대회를 이끈 양심적 작가로 인식되었다. 특히 조선인 문인은 같은 문인으로서 지드의 정치적 성향을 설명하고 평가했다. 일례로 이원조는 지드가 전향했다는 평가는 일종의 모독이며 그는 언제나 휴머니스트였다고 지적하면서 개인주의자이자 부르주아 이데올로기에 충실한 사람이라고 판단했다.[14] 그리고 지드의 두 번째 기행문까지 읽은 백철은 그가 후속글을 쓰지 않기를 바랐다고 하면서도 학살이 사실일지도 모른다며 지지하는 입장을 취한다.[15] 또한 유진오는 지드의 기대와

대하야 소련에 정식항의!」, 『동아일보』, 1935.9.4, 1면 참조.

11 니콜라스 V. 랴자놉스키 · 마크 D. 스타인버그, 조호연 역, 『러시아의 역사』 下, 까치, 2011, 781면.

12 「스탈린과 웰스의 對話 1~10」, 『동아일보』, 1935.2.16~1935.3.7, 3면; 신남철, 「전환기의 이론」(1948), 정종현 편, 『신남철 문장선집』 II, 성균관대 출판부, 2013, 258~285면에도 수록되어 있다.

13 박치우, 윤대석 · 윤미란 역, 「국제 작가대회의 교훈―문화실천에 있어서의 선의지」, (『동아일보』, 1936.5.28 · 29 · 31; 1936.6.2), 『사상과 현실』, 인하대 출판부, 2010, 369면.

14 이원조, 「앙드레 지드 연구 노트 서문」, 『조선일보』, 1934.8.4~10.

15 백철, 「歐米現代作家群像 나의 지드觀 상 · 하」, 『동아일보』, 1938.2.5 · 6, 4면.

현실의 괴리가 소련에 헌법(이미 획득된 것)과 함께 강령(앞으로 성취해야 할 것)이 있다는 것을 간과한 데서 기인했다고 하면서, 이상주의자인 지드는 오직 진실의 탐구자로서 생을 마칠 것 같다는 판단을 내렸다.[16]

유진오의 평가는 소련에서 국가의 의미와 그 운용 방법(헌법, 강령)을 환기하고 있어 주목을 요한다. 이 관점에서 지드의 기행문을 다시 살펴보면, 지드는 '레닌의 국가는 사멸한다'는 표현을 "그 과정의 완만함과 자연발생적인 진행을 동시에 나타내고 있"[17]는 것으로 해석했다. 온건한 지드의 욕망이 투사된 해석이라 할 수 있다. 하지만 원래 그 표현은 부르주아 국가는 자연스럽게 프롤레타리아 국가로 대체되는 것이 아니라 폭력 혁명을 통해서만 '폐지'될 수 있다는 뜻이다.[18] 주지하듯 폭력 혁명을 통해 획득한 국가 권력과 체제가, 공산주의가 아닌 사회주의 단계라고 했을 때, 과잉된 국가를 어떻게 운영하고 나아가 미래에 '폐지'할 수 있는지의 문제다. 유진오가 헌법과 함께 강령을 거론한 것은 소련을 사회주의 단계로 인지하고 '폐지'의 가능성을 강령에 기대한 결과이다.

그렇지만 지드는 소련의 현재를 히틀러의 독일보다도 억압적이고 공포스럽게 바라봤다. 무엇보다 먼저 사람이 바뀌지 않는 한 사회는 바뀌지 않으며 다시 부르주아적 인간이 탄생할 것으로 내다봤다. 따라서 신헌법(=스탈린헌법, 1936)은 외부의 비판을 무마하기 위한 방어용에 불과

---

16 유진오에 따르면 "1936년 11월 NRF에서 출판한 지이드의 「소련기행기」(첫번째 기행문
     ―인용자)는 1937년 1월 중앙공론에 전부는 아니지만 번역글이 나타났다. 다시 「세르팡」,
     2월호에는 지이드의 여행기에 대한 「프라우다」지의 반격이 있었다"고 한다. 유진오, 「지드
     의 소련 여행기―그 물의에 관한 감상수제」(『조선일보』, 1937.2.10~11.14), 『구름위의
     만상』, 일조각, 1966, 375면.
17 앙드레 지드, 김붕구 역, 앞의 글, 430면.
18 레닌, 김영철 역, 『국가와 혁명』, 논장, 1988, 30면.

하며, 신헌법은 물론 강령 역시 제 기능을 하지 못한다고 주장한다. 앞서 지적했듯 이런 태도는 소련 사회주의의 종언을 선언한 셈이다. 그는 제도로는 사회를 바꿀 수 없다면서 개인의 내면적 변혁을 통한 사회의 변화를 꾀했다. 개인의 내면적 변혁을 통한 사회의 변화란 쉽지 않은 '혁명론'임을 자본주의 국가에서 이미 체험했지만, 지드는 구조의 변혁이 아닌 개인의 정신적 발전에 매달렸다. 푸코가 제도나 지도자가 바뀌어도 근대의 억압적인 삶의 구조는 바뀌지 않는다고 말했던 것과 비교해보면 지드는 일말의 희망을 붙잡고 있었던 것이다.

그러나 지드가 현실 사회주의의 폭력성을 적실히 비판했다고 인정한다 하더라도, 그것은 유진오처럼 변모하는 소련의 미래를 긍정적으로 평가한 수많은 이들에게 일시적이고 제한적인 단점에 불과했다. 단점은 보완될 수 있는 것이다. 또 때마침 지드가 소련에 머무르고 있었던 1936년 12월 신헌법이 발표되었기 때문에 소련은 세계적인 주목을 받고 있을 때였다. '헌법정치'가 가능하냐는 물음이 제기될 수밖에 없었던 당대였다. 앞에서 지드의 헌법 비판의 예가 보여주듯, 그 질문은 반소주의의 가장 큰 논쟁 중 하나다. 소련의 강력한 국가 권력의 발달이 국가 폐지를 오히려 어렵게 하고, 신헌법이 소련 제도에 충성하는 특권계급을 창조·보호하며, 소련 사회주의가 결국 자본주의의 확대에 불과하다는 서구의 '자기방어적 비판'도 연이어 보도됐다.[19] 다시 말해 이 무렵 유진오와 지드의 입장은, '헌법정치'가 가능하다는 입장과 그것과 반대로 헌법은 단순히 정치적 수단일 뿐이라는 '헌법에 의한 정치'로 대별된다.[20] 앞서 말

---

19 런던 타임스 주보(週報)에서 보도한 기사다. 「레닌對스탈린 理論과 實地의 矛盾 상·하」, 『동아일보』, 1937.9.1~2, 3면.

했듯이 지드에게 헌법이란 이미 권력자의 지배도구로써 정치의 시녀가 되어 버렸고, 소련은 '법 없는 정치'(=헌법에 의한 정치)가 행해지는 공간이었다. 하지만 지드와 반대 입장에서는 기존 헌법과 신헌법은 다르다고 반박할 수 있었다.

식민지 조선에서는 스탈린헌법 초안 일부가 신문에 그대로 실리는 등[21] 신헌법에 보내는 관심과 기대가 상당했다. 같은 시기 스탈린을 독재로 칭하고[22] 연속되는 숙청을 보도하는 기사도 병존했지만, 경제공황과 전쟁을 야기한 서구 부르주아 국가와 달리 새롭게 도약하는 소련 사회주의를 소개한 기사가 다수 등장했다. 이때 조선인에게 신헌법은 "구헌법에 비교해 현저히 민주화"한 것으로 인식됐다. 종래의 소련 최고기관이었던 소비에트대회를 소련최고회의로 개칭하고 민족양회의民族兩會議의 이원제二院制를 채용했으며, 선거법도 평등비밀 직접선거로 바꾸고, 소련 내 모든 민족이 평등한 권리를 갖게 되어, "종래의 독재국가에서 민주주의적 국가로 접근했다"[23]고 바라봤다.

이 중에서도 민주주의적 의회 제도의 도입은 특히 고평되었다. 소비

---

20 '헌법정치'는 법의 공정한 운용과 지배를 긍정하는 입장이며, '헌법에 의한 정치'는 정치 권력의 우위를 뜻한다. '헌법정치'를 위한 논의는 다음을 참조. 안경환 외, 『법·정치와 현실』, 나남, 2005; 최장집, 『논쟁으로서의 민주주의』, 후마니타스, 2013.

21 「勞働은 義務의 蘇聯憲法草案 1, 2, 3」, 『동아일보』, 1936.6.24·25·26 참조.

22 독재자이긴 하지만 소련 인민의 이익을 위해 항상 고심하는 인물로 소개되고 있다(「독재관 푸로필 中 스탈린」, 『동아일보』, 1936.3.19, 3면). 반공주의를 펼칠 때 스탈린 개인을 향한 비판이 많을 것 같지만, 그는 다른 지도자와 달리 대중에게 자신을 잘 드러내지 않아 다루기 쉽지 않았다. 그래서 외부의 서구에서 비판하기도 어려웠고, 역으로 소련 내부에서도 스탈린 찬양은 적거나 보통의 다른 지도자와 다른 방식이었다. 스탈린의 이미지 관리에 대한 구체적인 사항은 로버트 서비스, 윤길순 역, 『스탈린』, 교양인, 2010, 550~563면 참조할 것.

23 「스탈린憲法」, 『동아일보』, 1937.12.15, 3면.

에트연방의 실력이 증진하고, 영미불 등의 민주주의적 국가와 우호적 관계를 도모하는 한편 그동안 사회주의적 훈련이 완성되어 국력이 충실해졌기 때문에 민주적 자유를 일반 국민에게 허락할 수 있게 됐다는 분석이 이루어진다. 또한 "종래에 개인의 권리와 자유를 존중하지 않는다는 것이 가장 많이 공격 받아오던 점이었는데, 신헌법이 대수정되어 개인의 권리 및 자유를 절대로 존중하"게 됐다고 평가받았다. 이러한 변화는 그만큼 소련 국내 사정이 안정되었다는 방증이기도 했다. 따라서 언론은 최종적으로 "세계 각처에서는 독재적 경향이 농후해 가는데, 소련에서는 자유주의적 경향이 증진하고 있다"는 후한 점수를 주었다.[24] 이 정도면 당시 조선인이 소련의 현재와 미래에 거는 기대가 얼마나 상당했는지 짐작할 수 있다.

이렇듯 소련 내 숙청과 수많은 인민의 아사가 실제로 존재하는 역사적 사실이긴 했지만, 소련의 신헌법 제정과 경제 성장으로 식민지 조선에서 소련의 위상은 높아져 갔다. 이러한 당대 현실에서 앙드레 지드의 소련 기행문의 영향력은 상대적으로 줄어들 수밖에 없었다. 또한 '지금-여기'의 관점에서 지드가 생산력을 지나치게 강조하고 그것을 서구 국가와 비교한 문명사적 사유는 비판받을 만하다. 하지만 세계적 지성과 양심의 작가로 평가받은 앙드레 지드의 자유 옹호와 그에 기초한 소련 비판은 (그것이 부르주아적 자유 옹호라 할지라도) 언론 자유와 숙청 등의 문제에서는 여전히 그 나름의 가치를 확보하고 있다. 따라서 해방 이후 반소 및 반공주의자들이 자신의 논리를 펼칠 때 지드의 기행문은 여전히

---

24 「쏘비에트연방의 신헌법」, 『동아일보』, 1936.6.16, 3면.

적절하고 유효한 증거로 활용할 수 있었다. 요컨대 1930년대 중후반 지드의 반소주의적 기행문은 '문명사적 사유'와 '자유와 문명의 옹호'가 핵심 키워드였다. 그리고 식민지 조선인에게는 스탈린헌법이 (부가적으로는 스타하노프운동 등 산업 정책) 가장 핵심적인 관심사였다는 것을 알 수 있다. 이러한 배경지식을 바탕으로 식민지 조선인은 해방과 소련을 맞이하게 된다.

3) 해방 후 소련 기행문, 반공주의와 공포정치

(1) 에드가 스노의 소련 기행과 헌법정치의 가능성

해방 후 앙드레 지드가 다시 소환되어 반소주의가 논의될 때, 저명한 저널리스트 에드가 스노Edgar Snow의 기행문이 남조선에 번역·출판된다. 1946년 5월 인정식이 『중국의 붉은 별』(1937)을 발췌·번역한 『홍군종군기―중국해방구의 실정과 그 지도자들』이 나왔다.[25] 그리고 다음 달 6월 30일에 소련과 중국, 몽고 여행기인 『민주주의의 승리―대전중 소련·중국·몽고여행기』(원제명―『인민은 우리 편』)가 서울에서 발간됐다.[26] 이 책에는 중국, 몽고도 일부 포함되긴 했지만 사실상 소련 기행문이다. 에드가 스노는 일제 시기에 이미 다른 신문기자인 아그네스 스메들리, 안나 루이스 스트롱과 함께 중국에서 오랫동안 활동하면서 널

---

25 에드가 스노, 인정식·김병겸 역, 『紅軍從軍記―中國解放區의 實情과 그 指導者들』, 동심사, 1946.
26 에드가 스노, 왕명 역, 『民主主義의 勝利―대전중 소련·중국·몽고 여행기』, 수문당, 1946.

리 알려진 인물이었다. 에드가 스노는 미국인 기자였기 때문에 그가 바라본 중국 공산당은 이념 갈등이 심한 조선에서 이목을 끌기에 충분했다. 더욱이 그가 소련도 방문했기 때문에 중국과 소련을 잘 아는 유명 저널리스트로 인식되고 있었다. 게다가 책이 출간된 1946년 5월은 정판사 위폐사건으로 사실상 공산당이 불법화되는 무렵이었다. 조선인 사이에서 '대체 소련은 무엇인가' 하는 궁금증이 증폭될 수밖에 없는 상황이었다. 번역자 역시 서문에서 "소비에트 러시아의 적나라한 실정을 개괄적이면서도 구체적으로 파악하는 것은 건국의 대업을 짊어진 조선지식인들에게 적지 않은 도움이 될 것"이라는 번역 취지를 밝히고 있다.

에드가 스노의 소련 기행문이 여느 다른 기행문과 차별화되는 것은 체류기간이다. 1926년 12월에 모스크바를 찾은 발터 벤야민은 두 달여 머물렀고,[27] 앙드레 지드 역시 1936년 6월에 방문해 두 달 정도 체류했다. 그곳에서 두 개인주의자는 개인이 없는 사회를 발견하고 소련을 외면했다. 이에 비해 에드가 스노는 중국에서 1941년 귀국해 미국에 있다가 독소전이 벌어지자 1942년 10월 소련에 들어가 6개월 간 관찰했다. 나름 충분히 관찰을 할 수 있는 시간이다. 무엇보다 그는 중국 공산당과 함께 생활한 이력이 있어 사회주의적 삶과 가치에 대한 공정한 이해를 확보했다고 평가받을 수 있었다. 여기에 그가 기독교도 출신이자 신문기자라는 점이 신뢰를 더했다. 그 때문인지 뒤에서 살펴볼 외국 저널리스트들은 모두 에드가 스노의 기행문을 읽고 남/북조선을 방문했으며, 그의 의견에 긍정하는 입장을 취하고 있다. 그의 영향력이 상당했

---

27 발터 벤야민, 김남시 역, 『발터 벤야민의 모스크바 일기』, 그린비, 2009.

다는 것을 알 수 있다. 그래서 해방기에서 소련을 논할 때 좌우익 양 진영에서는 앙드레 지드와 에드가 스노를 각각 논거로 들었다.

　이러한 장점에도 불구하고 그의 기행문은 해방기 조선인의 욕망을 완전히 채워주기에는 부족했다. 우선 시간적 배경이 1942년이었기 때문에 해방 이후 소련의 모습이 아니었다. 해방이 되고 소련군이 북조선에 진주했으며 남조선에서도 일부지만 모습을 드러내는 상황이었다. 또한 조선인이 직접 소련에 방문해 실상을 파악할 수 있는 여건이 조성되었기 때문에, 에드가 스노의 저서는 '고전'의 자리로 밀려날 수도 있었다. 실제로 당시 기행문 중 가장 크게 조명을 받은 건 이태준의 『소련 기행』이었다. 그리고 그것은 당대를 반영했다. 이 새로운 기행문의 출현 이후, 에드가 스노의 것은 과거와 현재의 소련을 비교하여 그 발전상을 가늠하는 정도에서만 가치가 확보될 수 있었다. 이런 점을 고려했을 때 에드가 스노의 기행문이 (외국인이 아니라) 조선인에게 실질적으로 강하게 영향을 미칠 수 있었던 것은 이태준의 기행문 출간 이전까지라고 봐야 한다. 그리고 말했듯이 그 시간적 배경이 1942~1943년이라면 에드가 스노의 기행문은 앙드레 지드의 것과 비교해야 할 것이다. 이를 통해 서구 외부자들이 소련을 바라보는 관점이 1936년에서 1942년 사이에 어떤 차이를 보이는지 확인할 수 있겠다.[28]

　에드가 스노의 기행문은 앙드레 지드의 (것을 아마도 읽었을 텐데, 읽지 않

28　에드가 스노의 글과 비근한 예로 1942년 후반 중국(중심), 소련(일부)을 방문한 미국 특사 윌키의 기행문(1943)도 있다. 그의 글은 『신천지』에 번역·연재된 바 있고, 1947년 9월에 단행본으로 발행된다. 그는 "공산주의를 생기가 있고 진동하며 공포가 없는 경제적사회적정치적민주주의"라고 고평했다. 웬델 L. 윌키, 옥명찬 역, 「우리의 同盟－소련」, 『하나의 世界』(1943), 서울신문사 출판부, 1947, 106면.

았다고 해도) 소련 비판을 완전히 반박하는 글쓰기인 듯하다. 그는 1942년 10월 초부터 1943년 3월까지 6개월 동안 스탈린그라드와 모스크바 등지를 돌아다니며 전쟁 중인 소련의 모습을 지켜본다. 그의 시선은 '소련인의 민족성'과 '소련이라는 나라의 국격'으로 대별하여 살펴볼 수 있다. 에드가는 소련인이 자국에 대한 자만과 허영심에 차 있다고 비판한 지드와 달리, "이들만큼 거만에 민감하고 불쾌하게 여기는 사람은 없을 것"이라며 글을 시작한다. 그는 "남자, 여자, 아이 할 것 없이 소련인 모두에게 '새로운 의식'을 뚜렷이 엿"[29]볼 수 있었다. 그가 직접 스탈린그라드의 마을로 들어갔을 때 당시 그곳은 독일의 침공으로 극심한 물자부족과 기근에 시달리고 있었다. 남자들은 대부분 전선에 나가 여성들만 남아 생계를 꾸려나가고 있었는데 목숨 걸고 전쟁에 임하는 여성의 모습은 '버터 없이 어떻게 사냐고 투정하는 미국 여성'과 달리 강인했다. 힘든 여건이었지만 밤에는 라디오가 집집마다 나오고 음악이 흘러나오며 풍족하지 않은 음식이지만 소련인은 나름의 삶을 영위하고 있었다. 이들은 놀랍게도 "히틀러당과 싸우는 것이지 선량한 독일인을 업멸할 생각은 없다"는 '선량한 생각'을 하고 있었다.

독일과 전쟁을 막 시작할 때만 해도 외국에서는 모두가 소련의 빠른 패배를 예상했었다. 그런데 그토록 항전이 계속되고 심지어 모스트바 전투 등에서 승리하게 된 근거로 에드가는 앞에서 살펴본 소련인의 "사기", 그리고 또 하나의 요소로 '소련 체제의 우수성'을 들었다. 그는 소련처럼 유기적인 전쟁 도시를 본 적이 없다고 평가하면서 "소련정부와

---

29 에드가 스노, 왕명 역, 앞의 책, 3면.

공산당원의 효율적 지도는 소련사회주의의 승리이자 소련계획의 승리"라고 고평했다. 전쟁의 성패를 문명 간 우위로 파악하고 사상의 우월성을 가늠하는 태도는 지드와 유사하다고 할 수 있다.

그런데 그는 여기서 그치지 않고 "전쟁 후 소련은 어떤 모습을 갖게 될 것인가" 하고 자문하면서 독특하게도 그 가능성을 소련의 '전쟁 이전과 전쟁 과정'의 변화에서 찾았다. 이 물음이 에드가 기행문의 가장 개성적이고 중요한 점이다. 그에 따르면, 당시 외국에서는 "소련이 국가주의화, 자본주의화되고 있고, 미래에 될 것"이라는 비판적 시선이 많았다. 농민과 인민위원, 노동자와 인텔리, 사관과 병졸 사이의 심한 차별과 심한 숙청이 문제였다. 또한 사회주의 국가이면서도 종교에 관대한 것과 학교의 남녀공학제도의 폐지도 비판받았다. 이런 현상이 스탈린이 보수화, 우익화되어 공산주의를 혼합 내지 포기해 가는 것의 증거가 아니냐는 물음이었다. 에드가는 이러한 외부의 지적을 조목조목 근거를 들어 반박했다.

그가 바라봤을 때 소련 제도하에서 숙청된 희생자는 "특권계급에 한정"되었다. 소련군은 징병과 승진이 만민에게 평등하게 시행되는 "민주주의적 군대"였고, 인종·민족의 장벽도 없었다. 이 보다 더 희망적인 것은 전쟁 중에도 협동농장, 집단농장 등 사회주의적 소유 구조가 전혀 바뀌지 않았다. 또한 지드가 스탈린을 나치와 동일시한 것과 달리, 에드가는 나치 독재와 스탈린의 사회주의적 프롤레타리아 독재는 성격이 다르다고 말했다. 초기 미국에 대한 편견이 그랬듯, 신문명의 새로운 제도를 과거의 시선으로 이해하기는 어렵다는 게 그의 입장이었다. 에드가는 '진정한 사회주의'가 스탈린에 의해 왜곡됐다는 시선, 즉 "스탈린의 생각이 이론과 얼마나 유사한가" 하는 태도에서 벗어나야 한다고 주장한다. 오히려 그는 "1936년 스탈린헌법이 전시하에서 어떻게 달라지는지, 혹은 사회주의 체제가 유지되는지[30]를 살펴보면 소련을 명확히 해석할 수 있다는 입론이었다. 이것은 분명 앙드레 지드와 비견된다. 에드가는 소련이 공산주의 국가가 아니라 그 과도기인 사회주의 국가임을 분명히 했다. 그러면서 그는 미국헌법과 소련헌법의 차이를 통해 소련체제를 이해하고, 헌법정치가 실질적으로 실현되는 소련을 긍정적으로 바라봤다. 이런 관점은 지드가 스탈린헌법을 표피적인 외교상의 명분으로 간주했던 것과 다르며 식민지 조선인이 신헌법을 주목한 것과 유사하다고 할 수 있다.

그가 소련헌법을 미국헌법과 비교한 결과, 언론의 자유와 인권의 불가침성은 미국헌법이 우위에 있었다. 소련은 사회주의 국가 방침에 반대되는 경우 인권을 제한하기 때문이다. 그러나 그가 본 소련은 다음과 같다. 1일 7시간 노동·휴식·유흥·보상이 보장되고 초·중등교육이 계속 추진돼 2차대전 중에도 교육비 지출이 늘었다. 소련이 교회 등 종교의 자유를 허용해 준 것은 사회주의의 배신이 아니라 노인세대의 지지를 끌어내기 위한 조치였다. 또한 프롤레타리아 독재는 '당의 독재'이며 공산당이 최고 권력이었다. 그리고 모든 재산을 사회화한 소련이 사유재산의 미국보다 나으며 소련인은 인종을 불문하고 경제·국가·문화·사회·정치 생활에서 균등하게 누리고 있었다. 더욱 놀라운 점은 여성이 모든 생활 분야에서 남자와 동등한 권리 및 제도적 보장을 받았다. 남녀공학, 낙태법의 실시는 사회주의의 퇴보가 아니라 여성의 자기결정권을 존중해 준 결과였다.[31] 이로써 에드가는 "소련이 사회주의국가헌법의 약속에

---

30 위의 책, 82면.
31 위의 책, 81~97면.

충실한가, 하지 않는가"라는 물음에 대답이 되었을 것이라고 자평했다.

그러면서 그는 소련이 장래에 "국가주의화, 자본주의화되지 않을 것"이라고 역설했다. 에드가는 철저하게 앙드레 지드와 반대되는 입장이며 소련에서 '헌법정치'가 실현되고 있다고 확증하고 있다. 따라서 이 글을 읽은 조선인은 과거 자신이 스탈린헌법(1936)으로 변모해 가던 소련을 향해 품었던 열망 및 환상을 재확인하고 더 키워갈 수 있었다. 미군정의 결함이 가시화될수록 그 정도는 더욱 강화되었을 것이다. 이 책이 나온 1946년 6월이면 공산당 탄압이 무르익어 갈 시점이기에 더욱 그렇다.

(2) 이태준『소련 기행』의 여파, 반소주의의 강도

아래 〈표 5〉는 해방기에서 나온 기행문과 관련 주요 기사를 정리한 것이다. 그 시기를 살펴보면 소련을 긍정하는 이태준의 기행문이 나온 이후 그것을 반박하는 반소주의 기행문이 나오고 (뒤에서 구체적으로 살펴보겠지만) 단정 무렵이 되면 소련 비판의 강도가 강해지는 것을 확인할 수 있다. 그렇게 하여 반소주의가 심화되어 갈 무렵, 외부 기자들이 북조선을 긍정하고 남조선의 실상을 폭로하는 기행문을 해외에서 발행하는 형국이다. 기행문이 발간되는 시기별로 그 성격이 확연히 구분되는 것을 알 수 있다. 무엇보다 주목을 요하는 것은 그 시기를 다시 살펴보면 미군정의 공산당 탄압 등 미소대립이라는 강력한 규정력을 확증하는 '좌익 사건'으로 당대의 시국 변화를 구명하는 것과 기행문의 성격과 밀도가 상당히 다르다는 것을 확인할 수 있다. 그래서 이 글은 기존의 접근법과 통념을 극복하기 위한 기획이었다. 에드가 스노에 이어 조선인은 어떻게 소련을 바라봤는지 계속해서 논의를 진행해 보겠다.

〈표 5〉 소련, 북조선 기행문

소련 긍정 기행문	소련 부정	북조선 긍정(남조선 부정)
1946.6. 에드가 스노, 『民主主義의 勝利-대전중 소련·중국·몽고 여행기』(서울)		
1947.2. 「북조선특집」과 「訪蘇문화사절단보고」, 『민성』(이 일로 폐간 위협 받음)		1947.2. 「북조선특집」과 「訪蘇문화사절단보고」, 『민성』(이 일로 폐간 위협 받음)
1947.5.이태준, 『소련 기행』(평양)		
1947.9. 웬델L.윌키(Wendell L. Willike), 옥명찬 역, 「우리의 同盟-소련」, 『하나의 世界』(1943), 서울신문사 출판부.	1947.8.10/9.7/9.14/이동봉, 「理想과 實體 尙虛의 蘇聯 紀行을읽고(상·중·하)」, 『경향신문』	
	1948.5. 金一秀, 『쏘련의 일상생활』(세계문화연구소)	
		1948.7. Mark Gayn(미국), 『Japan diary』-남조선 기행 포함
		1948.8.1. 온낙중, 『북조선기행』(서울 : 조선중앙일보출판부)
	1948.10월 28.29.31일/11월 2~5일. 朴元政, 「蘇聯紀行 1~7」, 『동아일보』	1948.10. 서광제(남조선 좌익계열 『독립신보』 신문기자), 「북조선 기행」(서울, 동경)
		1948. 볼소프(소련), 『1946년 북조선의 가을』
		1949. 안나 루이스 스트롱(미국), 『북한, 1947년 여름』

에드가 스노의 책이 나온 두 달 후 1946년 8월 10일 이태준은 평양 조소문화협회의 초청으로 이기영, 이찬 등과 함께 소련을 방문한다. 기간은 10월까지 70여 일이었다. 그리고 기행문은 다음 해인 1947년 5월

평양에서 발행된다. 이태준의 기행문이 나올 무렵[32] 이기영, 이찬의 소련 기행문도 함께 나왔으나[33] 이태준의 것만 대중적으로 주목을 받았다. 여기서 이태준의 문단적, 대중적 인지도가 확인된다.

책이 나온 5월 남조선의 정치적 상황은 어떠했을까. 그 전해인 1946년 10월 항쟁을 정점으로 충돌이 격화되고 있었고, 1947년 3월 22일에는 좌익이 무리하게 '24시간 총파업'을 주도했으며, 4월에는 좌익 청년들을 납치·살해한 '대한민청사건'이 벌어지고 있었다. 문화계에서는 2월에 잡지 『민성』이 특정 정당의 기관지적 성격을 떠나 공정 언론의 길을 걷고 문화면이라도 삼팔선이 없도록 하기 위해 '북조선특집'과 '방소訪蘇문화사절단보고'를 보도했다가 폐간의 위협을 받기도 했다.[34] 이런 상황에서 문단을 대표하는 이태준이 소련을 긍정하는 기행문을 발표해 소련을 지지하는 이들의 욕망을 채워줬다. 그 반면 남조선 지배 권력은 공들여 온 반공선전의 효과가 상쇄될 수 있어 난처할 수밖에 없었다. 특히 2차 미소공위가 논의 중이어서 우익 세력은 달가울 리 없는 상황이었다. 이태준의 글이 남조선인에게 더욱 신뢰를 확보할 수 있었던 이유는 그가 소련 방문 후 북조선에 남아버리기 때문이다. 그 행위는 단순히 몇 마디 칭찬하는 수준이나 정치적인 수사가 아니었다. 그것은 북조

---

32 이태준, 『소련 기행』, 평양 : 북조선출판사, 1947; 이태준, 『소련 기행·농토·먼지』, 깊은샘, 2001.

33 이기영, 이찬, 허민 한설야의 소련 기행문에 대해서는 임유경, 「미 국립문서보관소 소장 소련 기행 해제」, 『상허학보』 26, 상허학회, 2009; 임유경, 「'오빼꾼'과 '조선사절단', 그리고 모스크바의 추억―해방기 소련 기행의 문화정치학」, 『상허학보』 27, 상허학회, 2009; 박태상, 「새로 발견된 이기영의 『기행문집』 연구―공산주의적 유토피아로서의 '소련'」, 『북한연구학회보』 5-2, 북한연구학회, 2001 참조; 이기영·이찬, 『쏘련참관기』, 평양 : 조쏘문화협회, 1947; 이찬, 『쏘련기』, 평양 : 조쏘문화협회 중앙본부, 1947를 참조.

34 「머릿말」, 『민성』, 1947.3, 130면.

선과 소련이 정주할 만큼 남조선보다 좋다는 것을 의미했다.

이태준은 남조선에서 미군정을 겪어본 사람으로서 소련에 가서 무엇을 보고자 했을까. 그는 러시아혁명이 일어난 지 30여 년이 지난 시점에서 "중국은 과거, 소련은 현재이자 미래"라고 했다. 그 역시 다른 방문자들처럼 다양한 사회주의 제도와 삶을 고평했다. 이태준은 국력을 이념의 가치와 거의 동일시했던 지드나 스노와 마찬가지로, 경공업을 중시했던 트로츠키파와 달리 스탈린이 중공업을 중시했기 때문에 전쟁에서 이겼다고 평가했다. 또한 그가 목격한 소련은 '건설 중인 도시, 활기찬 거리, 사회복지시설 확충, 화려한 지하철, 남녀차별 없이 유쾌하게 노동하는 여성, 고서가 보관된 도서관과 유서 있는 박물관, 종교의 자유 보장, 문맹타파를 위한 교육기관' 등으로 전쟁의 흔적이 빠르게 지워져 가고 있었다. 이태준의 눈에 포착된 소련은 (자동차 등 공업이 조금 덜 발달되긴 했지만) 사람들이 "철저한 의식을 갖고 역사를 만들어나가는 사회"[35]였다.

이런 일반적 인식 혹은 찬미 때문에 기존 연구에서는 이태준의 "균형있던 지성이 퇴행"한 것으로 평가하기도 했다.[36] 그러나 이태준의 "무지, 아첨, 왜곡"을 지적하는 이러한 일련의 이해는[37] 지나치게 일면적이다. 이태준이 식민지와 전쟁, 미군정을 경험한 조선인이라는 점을 유념하며 그의 글을 독해해야 한다. 이태준의 차별화된 관점은 '민족주의 배격(민족문제)'과 '예술 옹호(새 인간의 문제)' 이 두 가지였다. 그는 해방을 맞았지만, 여전히 약소국가의 일원으로서 일본이 아닌 또 다른 제국과

---

35 이태준, 「소련 기행」, 『소련 기행·농토·먼지』, 깊은샘, 2001, 52면.
36 권성우, 「이태준 기행문 연구」, 『상허학보』 14, 상허학회, 2005, 205면.
37 三枝壽勝, 심원섭 역, 『한국문학연구』, 베틀·북, 2000, 439~450면 참조.

대면해야 했다. 소련과 미국 중 어느 나라가 진정으로 조선에 '평화'와 '자립'을 줄 수 있을지 분별이 필요한 상황에서 그 규준은 이들 나라가 민족주의를 대하는 태도였다. 해방 이후 이태준에게 지나친 "민족주의는 가장 준열한 비판"의 대상이었다. 그런데 연방제 국가인 소련은 스탈린헌법에 각 민족의 언어와 문화를 존중하고 민족 간 침략과 배타적 태도를 못하도록 명문화하며 민족 무차별과 경제 평등주의를 표방하고 있었다. 이태준은 조선인이 소련에서 고등교육까지 받아 지식인이 된 예를 목도하기도 했다. 그에게 소련의 사상과 정책은 과거 "약육강식을 자연의 법칙이라고 내세웠던 파시즘이나, 일본의 대동아협동체론과 구별되는 것"으로 인식되었고, 조선이 의지할 진정한 나라로 비춰졌다.

민족 문제와 함께 두 번째로 소련의 '새 인간' 출현의 가능성이었다. 이태준은 러시아혁명 이후 30여 년의 세월이 지나 새롭게 사회주의적 교육을 받은 이들이 충분히 성장했을 거라 짐작하고, 자본주의적 인간과 다른 '새 인간'이 실재하는지 궁금했다. '새 인간'이 사회주의의 가능성을 가장 확증하는 실례이기 때문이다. 그는 특이하게도 고리키 등 자신이 과거에 읽었던 러시아 작가의 작품과 혁명 이후의 것을 비교해 그 '문학 속 캐릭터 변화'[38]로 '새 인간'의 출현을 확증했다. 또한 놀 줄 모르는 조선인과 달리 소련의 젊은이들은 노래와 춤이 생활화되어 있고 감정에 솔직하며 구김살이 없고 천진했다. 사람들은 협동해서 일을 잘하고, 다른 이에게 아부하지 않으며, 여자들도 부끄럼 없이 남자에게 말을 잘 했다. 이러한 습속과 함께 '새 인간'의 내면을 완성시킨 것은 소련

---

38 이태준, 앞의 책, 23면 참조.

의 예술문화였다. 소련인은 일하는 시간 외에 누구나 예술과 쉽게 접할 수 있었다. 수많은 극장에서 러시아 고전부터 최근의 연극까지 공연을 했다. 그것은 오락기관이면서 동시에 예술로 민중을 교화하고 생활화하는 문화의 장이었다. 소련 국민은 예술의 민족이었던 것이다. 이태준 역시 예술인으로서 조선 예술과 삶의 미래를 모스크바의 예술에서 발견했을 지도 모른다. '문화의 번성과 인류의 정의 감정, 일련의 개혁 사상'은 한 나라의 국격을 높이는 결정적 요소 중 하나였다. 그래서 이제 이태준에게 최고의 서구 문명은 "파리가 아니라 모스코바"가 되었다.[39] 북조선에 정착한 그의 내면이 이해되는 순간이다.

이태준 기행문의 여파가 남조선에서도 크게 일자 〈표 6〉에서 알 수 있듯이 그것을 반박하는 기사와 기행문이 세 편 정도 나오게 된다. 모두 이태준의 기행문을 겨냥하여 쓴 글이다. 먼저 세 달이 지난 1947년 8월 북조선에서 월남했고 소련에도 가 본 경험이 있는 이동봉李東峰이란 인물이, 3회에 걸쳐 『경향신문』에 글을 싣는다.[40] 뒤에 나오는 다른 글에 비하면 가장 양도 적고 비판의 강도가 약하다. 오히려 초반에는 "정치적 대립이 심각해져 가는 조선을 떠나 서백리아를 횡단하는 기행문을 읽으니 속이 시원하다"고 얘기한다. 그러면서도 그는 이태준을 안내한 대외문화협회가 소련의 대외 선전기관으로서 가장 좋은 면만을 보여줬을 거라고 지적한다. 모든 것을 비평할 수는 없으므로 자신은 (이태준이 강조하기도 했던) 문화면에 대해 한두 마디 하겠다고 밝힌다.

---

39 위의 책, 169면.
40 이동봉, 「理想과 實體 尚虛의 蘇聯紀行을 읽고 (상·중·하)」, 『경향신문』, 1947.8.10·9.7·9.14.

먼저 그는 이태준이 찬양한 무대예술이란 이미 혁명 이전부터 발달했으며 오히려 현재 소련은 혁명정신을 고취하는 선전극을 해야 하는 비극적 상황에 처했다고 주장한다. 이동봉에게 소련은 "서양문화사상에 비추어 문예부흥 같은 운동도 없었던 후진국"이었다. 그에게 소련은, 이미 미국이나 영국이 지나쳐온 문명화 과정을 뒤따라가는 도중에 불과했다. 다시 말해, 그에게 근대는 서구 영미였고 사회주의 혁명을 거친 소련은 또 다른 근대가 아니라 여전히 서구 근대의 미달태였다.

이동봉의 마지막 글이 14일에 보도된 후인, 1947년 9월 23일부터 「철의 장막 삼팔선답사」가 10회에 걸쳐 『동아일보』에 실린다. 이 기사에서 북조선과 소련에 대한 태도를 보면, 북조선은 통일의 대상이자 같은 민족이어서인지 빈곤은 지적하지만 직접적인 비판은 이루어지지 않는다. 삼팔선 접경 지역 소련군의 군사 위협이 언급되는 정도다. 이 글과 이동봉의 글을 함께 고려했을 때, 제2차 미소공위가 한창 진행 중이며 전조선인의 기대가 큰 상황에서 본격적인 반소주의는 어려웠을 것으로 짐작된다. 이후 미소공위가 결렬되어 UN으로 조선 문제가 이관되고 남조선 단독정부 수립을 위한 총선거가 행해지는 1948년 5월이 되자 드디어 본격적으로 반소주의 입장에서 이태준을 반박하는 글이 나온다.

남조선 총선거가 행해지기 약 한 달 전에 나온 김일수金一秀의 『쏘련의 일상생활』은 서문에 "언론문화의 사명과, 민족양심을 구현한 양서의 필요성, 외국에 배타적이지 않고 똑바른 친선"[41]을 위해 책을 썼다고 적고 있다. 그러나 마치 선거나 친소주의에 영향을 주기 위해 작심하고 썼다는 듯이,

---

41 김일수, 『쏘련의 일상생활』, 세계문화연구소, 1948.5, 7~9면.

1장이 시작하는 순간부터 책 마지막 한 장까지 매우 강렬한 반소주의를 펼친다. 그리고 그 근거는 소련 공산당 기관지인 『프라우다』지와 소련에서 탈출한 소련인 고위 관료 및 미국기자의 기사에 의존하고 있다. 앙드레 지드의 두 번째 기행문처럼 소련의 선전을 비판하면서도 소련의 언론을 근거로 비판해, 오히려 소련 나름의 언론 자유를 확인하게 하는 역효과를 낳고 있다. 그럼에도 자신은 소련이 제시하는 자료를 인용하기 때문에 가장 객관적이라고 자부하고 있다.

그런데 저자는 이 비판을 전쟁 이후의 소련이 아니라 6, 7년 전의 자료를 근거로 하겠다고 밝힌다. 전쟁 이전이나 이후나 별로 달라진 게 없다는 주장이다. 소련의 단점을 더 강조하기 위한 전략인데, 실제로는 6, 7년 전 자료도 적다. 왜냐하면 2차대전 직전에는 소련이 경제적으로 가장 풍족한 시점이었기 때문이다. 그래서인지 12~16년 전 빈곤과 기아가 속출했던 1930년대 초중반의 자료를 원용하고 있다. 이 때문에 해방기의 조선인이 보기에는 그다지 객관적이지 않을 수 있었다. 이런 맥락에서 구성된 책의 각 장의 제목과 해당 분량은 다음과 같다.

〈표 6〉 『쏘련의 일상생활』의 목차 및 구성

장	1장	2장	3장	4장	5장	6장 제목 없음	7장	전체
제목	주택 참상	식생활 결핍	가정 없는 소련	자유의 찬탈자, 그것은 소련의 공산주의	한국과 소련의 의도	(잡다하게 언론, 세계공산당원 등)	外報 여론	(서문 포함)
분량	8면	4면	30면	18면	22면	8면	107면	208면

제목을 보면 알 수 있듯이 하나 같이 소련을 비판하고 있다. 5장은 해방기의 소련과 조선의 입장을 드러낸 부분이고, 7장은 해외 언론을 원용해 비판하는 대목이므로 우선 이를 차치해 놓고 보면, 경제 상태를 비판하는 대목은 의외로 적다. 그리고 반소주의의 핵심 키워드가 "가정, 자유"라는 것을 확인할 수 있다. 이것을 다시 말하면, '성의 문란, 스탈린의 민족주의와 공포정치'로 구체화할 수 있다. 따라서 이 책은 남조선이 소련의 지배하에 놓일 때 사회가 어떻게 몰락할 수 있는지 보여주기 위한 기획으로 여겨진다.

김일수는 먼저 '문란한 성문화'를 소련 가정비극의 원천으로 지목했다. 그것은 "위선적 남녀평등으로 여성이 가정을 떠나버리고 있는데, 남성은 여성의 주방 복귀를 원하지 않을까"라는 물음이다. 이는 가부장적 조선 남성의 주관적 욕망이 투사되어 소련 문화가 유입될 경우 남조선의 가정이 파탄이 나고 남자의 위신이 땅에 떨어질 것이라고 경고하는 것과 같다. 그가 보여주는 소련은 "후안무치한 성적 교섭이 횡행"해 낙태가 급증하고 교섭의 상대가 누구인지 모를 정도여서 이혼 후 자녀양육비도 제대로 청구하기 어려운 실정이었다. "여자 대부분이 사실상 매춘부"가 된다는 주장도 이어진다. 소련 여성은 어릴 때부터 성적 방종 속에 진정한 연애를 하지 못하며, 『붉은 연애』를 쓴 콜론타이가 그러한 풍조를 대표하는 인물로 낙인찍혔다.[42] 이런 문화의 여파로 버려지는 아이 수가 너무 많고 14세만 되면 가족적 유대에서 완전히 벗어나기 일

---

42 그러나 콜론타이는 이러한 가부장적 성윤리의 위선을 타파하고, 여성이 국가 및 계급, 인류에 대한 의무와 관련해 그 현명함과 능력을 존중받기를 기원하면서 이 책을 썼다. 알렉산드라 콜론타이, 김제헌 역, 『붉은 사랑』(1927), 공동체, 1988, 7면.

수였다. 게다가 소련 국가는 가정교육을 학교로 대체했기 때문에 김일
수는 아이가 "부모의 자식이 아니라 스탈린의 자식"이 되고 말 것이라
고 위협한다. 더 심각한 것은 소학교의 선정적 교육으로 방종, 음주, 음
란, 자살 등이 만연한 현실이었다. 즉 김일수는 성적 문란이 "공산주의
의 완전한 도적적 파산, 인간성 상실"이며, "육적 쾌락의 추구는 공산주
의의 유물주의, 물질주의 때문에 초래"했다고 간주한다.[43] 이때 소련이
낙태금지와 이혼 수속을 더 까다롭게 바꾼 사실이 탈각되고, 유물사관
은 쾌락과 동일시돼 전유되고 있다.

소련 성문화의 사회파괴적 타락성은, '스탈린의 민족주의와 공포정치'
그리고 '남조선 내 공산당의 테러·적화공작'과 결부되어 '소련 이미지=
공포문화·공포정치'로 표상된다. 여기서 김일수가 주장하는 소련 민족주
의의 실체는 이태준이 기행문에서 연방제의 각 민족을 존중하며 평화롭게
공존한다며 고평했던 것과는 완전히 배치된다. 그는 소련이 무한한 확대주
의와 '철의 장막'을 바탕으로 세계 적화의 야욕을 펼치고 있다고 주장한다.
소련뿐만 아니라 전세계의 소련인은 경찰의 철저한 감시하에 행동과 교제
를 단속받고 있으며 그 생사가 공산당에 달려있다는 것이다. 그에게 '철의
장막'은 쇄국 정책과 같은 말이며 소련인은 "공포의 전율" 안에서 노예화된
삶을 살고 있어 "죽음의 수용소"와 마찬가지였다. 심지어 국제레닌대학에
서 대학생에게 폭동모반술을 무료로 교수하고 있다는 것이다. 소련이 외부

---

43 김일수, 앞의 책, 35~40면. 남조선에서는 소련의 남녀공학이 성문란의 한 원인이라고
원색적인 비난을 했다. 그러나 미 교육사절단은 동경교육사절단회의에서 조선 내 각 학교가
남녀공학 제도를 수립해야 할 것을 제의했다. 남조선에서도 오천석 등이 남녀공학을 논한
바 있고 실제로 논의·실행되었다(「조선에 남녀공학제를」, 『조선일보』, 1946.4.14, 조간
2면 참조). 또한 성의 전면적인 자유를 강조하는 닐의 영국 학교 서머힐이 소개되기도
했다(「성교육과 자유—A.S.닐」, 『민성』, 1948.8, 86면).

식민 지역에 관여할 때 사태는 더 복잡해진다. 그가 파악한 소련은 문명의 전파보다는 파괴적 혁명을 장려하고 "민족을 파괴, 국가를 분쇄하는데 목적"이 있었다. 이 때문에 남조선 내 공산당도 테러와 파업, 대중선전, 국내 질서 교란, 정부 전복 등 파괴공작을 거듭했다는 것이다.

종국적으로 그에게 공산분자는 조선 민족 전체의 사활보다 소련의 이익을 위해 봉사하는 반민족적 세력이었다. 그리고 그들이 추종하는 소련식 민주주의는 반대 사상을 무조건 압제하고 숙청을 자행해 "민족의 양심"이 없었다. 이 말에 따르면 소련이 남조선을 지배할 경우 성풍속의 문란, 남성권위 하락, 가정파괴, 자녀교육 붕괴, 내란, 부르주아계급을 향한 피의 살육 등이 벌어지고 사회가 혼돈 내지 붕괴되고 말 것이다. 이러한 인식은 반사회주의가 형성되던 초창기 3·1운동~1925년 사이에 '소련=공창국가'로 명명한 선례의 재판이기도 하다.[44] 그리고 그것은 반소주의, 반공주의로 '공포정치'를 조장하면서 남조선 인민의 통합을 꾀하는 서술 전략이라 할 수 있다. 김일수는 민족주의를 내세워 (정보가 늘어가고 있지만 여전히 미지의 곳인) 소련 혐오의식을 조장하고 불안한 공중의 상상력을 지배하려 했다. 그의 기획은 소련이 정치적 대안이될 수 없다는 믿음과 공포를 양산하는 '안보정치'를 획책한 셈이다.[45]

이 책이 나온 후 총선거를 하고 8월 단정이 수립되어 반소주의도 일단락되었을 것 같다. 하지만 흥미롭게도 이태준의 기행문에 반기를 든 기행문이 10월 『동아일보』에 또 실린다.[46] 필자인 박원민朴元玫이 1947

---

44 박헌호, 「1920年代 前半期 『每日申報』의 反-社會主義 談論 研究」, 『한국문학연구』 29, 동국대 한국문학연구소, 2005 참조.
45 프랭크 푸레디, 박형신·박형진 역, 『공포정치』, 이학사, 2013, 167~182면 참조.
46 박원민, 「蘇聯紀行 1~7」, 『동아일보』, 1948.10.28.·29·31; 1948.11.2~5, 2면.

년 1월 17일 소련 파견교원 자격으로 소련을 방문해 3개월여 교육을 받은 후 동년 5월 20일에 귀국한 것을 감안하면 때늦은 기행문이라 할 수 있다. 이 글은 11월 5일 7회분 연재 후 중단되는데, 첫 회에 "이태준이 말한 소련과 다르다는 것을 폭로할 목적"으로 썼다고 대놓고 밝히고 있다. 단정이, 당시에는 통일을 위한 우선 작업의 하나로 표명되었지만 사실상 분단국가의 성립을 의미했듯 이 기행문도 이런 분위기에 미약하지만 일조하고 있다. 글은 감정적으로 기술되어 객관성이 조금 떨어지고 그 내용도 이전 다른 반소주의 글과 크게 다르지 않고 재확인하는 수준이다. 구체적으로는 소련에 걸인이 많고, 시베리아 철도가 낡았으며, 학교 설비가 안 좋고, 식량난이 심하며, 제3차 세계대전이 소련에서 일어날 것 같다는 내용이다. 또한 슬라브 민족이 소연방제국을 지도하여 전쟁에서 이겼다고 하는데 이것이 민족주의나 일본의 대동아공영권과 별반 다르지 않다고 주장했다. 그에게 소련의 평등은 미명일 뿐이었다.[47] 가령 그가 만나본 소련 유학생은 북조선을 소연방에 가입시키는 것을 중요하게 생각하고 있었다. 또한 그 유학생에게 북조선의 과제는 이남의 반동분자를 철저히 숙청하고 남북통일을 하는 것이었다. 이러한 소련의 민족주의 비판과 '공포 분위기' 조장은 김일수의 반공 노선과 별반 다르지 않다. 추가한 게 있다면 소련군이 중공군처럼 변장하고 국공 내전을 지원하는 중이라는 언급 정도다. 이렇듯 단정 수립 전후로 하여 반소주의가 강화되는 정황을 파악할 수 있다.[48] 그리고 그 핵심은 '민족 간

---

47 김일수의 책을 포함해 반소주 책에 거의 빠짐없이 등장하는 것 중 하나가 소련의 조선인 강제이주 사건이다. 이 문제는 이미 식민지기부터 비판되어 왔던 것이다. 그것이 작품화된 한 예는 1942년 10월 제1회 국민연극 경연대회 참가작으로 공연되어 인기를 끌었던 임선규의 「빙화」이다. 임선규, 「氷花」, 이미원 편, 『국민연극』 4, 월인, 2003, 273~466면.

평등'의 문제이며 더 정확히는 '민족주의'였다.[49]

4) 북조선 기행과 반공주의의 반감半減

지금까지 논의를 정리해 보면, 앙드레 지드의 '자유 옹호와 스탈린헌법 무용성'에 맞서 에드가 스노는 미국헌법보다 더 '우월한' 스탈린헌법을 재조명했다. 이들 서구인과 달리 이태준은 약소국가의 일원으로써 진정한 우방을 새로운 '사회주의적 새 인간의 가능성'과 '민족주의의 결'로 소련을 고평했다. 이에 반발해 나온 후속 글 중 이동봉은 서구 영미의 근대를 근대의 유일한 형태로 생각해 소련을 그것에 미달한 후진국으로 간주했다. 이후 단정 수립이 정치적으로 확정된 후에 김일수의 글이 등장했다. 이 책은 '소련 문화의 퇴폐성과 사회질서의 파탄 양상' 그리고 '소련 계급 정치의 폭력성과 배타성'을 공포정치와 안보정치를 위한 전략적 수사로 활용했다. 단정 직후에 나온 박원민의 것은 김일수의 입장과 별반 다르지 않았고 감정적인 수사를 일삼다 연재가 중단되었다.

해방기의 기행문을 살펴보면 조선인의 관심이 군정을 실시하고 있는 미국이 아닌 소련에 집중된 사실을 알 수 있다. 미국 기행문은 잡지 등에 단편적으로 존재하다 단정 이후에서야 본격적으로 등장했다.[50] 또한

---

48 그런데 특이하게도 이들 반소주의적 기행문에서 빨갱이란 용어가 등장하지 않는다.

49 해방기의 '민족주의적 반공'에 대해서는 신형기, 「해방 직후의 반공이야기와 대중」, 『상허학보』 37, 상허학회, 2013을 참조할 것. 다만 이글은 반공이 탄생하는 맥락을 구명하면서도 반공의 밀도 변화를 구체적으로 논하고 있지 않다.

50 미국 기행문에 대해서는 임종명, 「1948년 남북한 건국과 동북아 열강들의 인식-해방 이후 한국전쟁 이전 미국기행문의 미국 표상과 대한민족大韓民族의 구성」, 『사총』 67, 고

북조선 기행문도 찾아보기 쉽지 않다. 이 얘기는 남조선인이 사회주의나 소련에 더 공명하고 있다는 방증이다. 동시에 남조선 좌익 세력이 반대세력의 반소/반북조선 선전에 비판적으로 대응할 만한 정보가 여전히 부족했다는 의미이기도 하다. 북조선은 삼팔선이 있어도 일부 왕래가 가능해 내부 상황을 어느 정도 파악할 수 있었지만 여전히 다수가 넘어갈 수 없었다. 또한 토지개혁과 인민재판 등으로 월남한 사람들의 반소, 반북 정서가 (각기 밀도는 다르지만) 비등해 가는 상황이었다.[51] 그래서 여성이 월남하는 소설에 북조선의 소련인은 돈과 성을 탐하는 흉악한 존재로 그려지기 십상이었다.

하지만 조선인이 소련과 미국 등을 갈 수 있듯, 외국 저널리스트들도 남조선과 북조선을 방문해 실상을 파악할 수 있는 시대였다. 그래서 단정 즈음 남조선의 반북조선 정서가 조금씩 형성되어 갈 때, 조선을 취재한 외국 기자의 기행문도 등장했다. 외국어로 출간되어서 엘리트 지식인만이 독자가 될 수 있었지만, 조선을 이끌어야 할 엘리트에게는 당대의 현실을 제3자의 시선에서 객관화할 수 있는 유용한 자료였다. 또한 1948년 4월 김구, 김규식 일행 등 400여 명이 남북협상을 위해 북조선으로 올라

려대 역사연구소, 2008 참조.

51 반공주의에서 반소, 반북이 밀접하지만 동일하게 작동한 것은 아니다. 단정 수립이 통일을 위한 기반으로 인식되기도 했던 만큼 반소주의의 강화에도 불구하고 북조선에 대한 긍정적 인식도 여전히 존재했다. 소련을 부정하는 김일수의 기행문이 나온 이후에 북조선을 긍정하는 온낙중(『조선중앙일보』기자)의 기행문 등이 출현한 것이 이를 방증한다. 온낙중은 북조선에서 인민이 주체가 되어 이루어지는 개혁에 큰 의의를 부여했다. 북조선의 정치·경제적 성장은 닥칠지 모르는 일본의 위협으로부터 벗어나 조선이 아직도 잔존한 세계 각국의 식민지 상태로 다시 회귀하는 사태를 미연에 방지할 것으로 내다봤다. 온낙중, 『북조선기행』, 조선중앙일보 출판부, 1948.8.1; 김남식 외, 『한국현대사자료총서』 11, 돌베개, 1986, 788~789면.

갈 때 기자들이 동행했기 때문에 이들의 북조선 기행문도 나올 수 있었다. 이렇게 하여 단정 수립 무렵에 나온 조선인 기자의 북조선 기행문 2편, 미국인 기자의 남조선 기행문 1편, 북조선 기행문 1편, 소련 작가의 북조선 기행문 등을 살펴봤다. 정리하면 남조선 1편, 북조선 4편이다.

이들 중 이 시기상으로 이른 남조선 기행문은 1948년 7월에 발행된 미 신문기자인 마크 게인의 *Japan diary* 안의 조선편이다. 마크 게인은 1946년 10월 15일에서 11월 8일까지 남조선을 방문해 서울, 개성, 옹진, 부산, 동래, 대구 등을 찾았다. 그동안 남조선 권력은 소련의 독재와 숙청, 체제선전 등을 비판해 왔었는데, 마크 게인이 남조선 사회의 난맥상을 들추어낸 형국이었다. 그가 남조선에 들어왔을 때는 9월 철도파업에 이어 10월 대구항쟁으로 대단히 혼란스런 시국이었다. 그가 조사한 결과 10월 봉기는 "토지·식량·정의에 대한 굶주림"의 분출이었다. 비민주적 경찰과 군이 민중을 향해 총격을 가하고 대한독립촉성전국청년단 등 사적 테러 집단을 동원해 불법체포를 하는 현실에 그는 경악한다. 마크 게인은 공산주의 탄압으로 "민족주의자도 좌익으로 몰려 감옥에 잡혀" 들어가고 "전평, 전농을 비롯해 좌익단체들이 지하로 잠입한 상황에서 좌우합작이나 민주선거가 잘 될 리 없다"고 판단했다. "민주주의의 수사와 제도들을 비민주적 목적을 위해" 사용하는 지도자 이승만은 "시대착오적 인물"이었다.

그렇다면 미군정은 남조선을 어떻게 운용했는가. 러취 장관은 개혁은커녕 복구 노력도 기울이지 않고 현상 유지만을 꾀했다. 당대 갈등의 핵심 중 하나였던 친일 경찰 문제를 살펴보면 경찰민주화 노력은 계속 이루어지고 있다는 게 장관의 일관된 입장이었다. 오히려 장관은 "일본인을 위해 열심히 일했다면 미국을 위해서도 열심히 일할 것"이라며 친일 경찰을 두둔했다. 또한 미군정은 조선인을 더럽고 믿을 수 없으며 바보로 여겼고 점령군으로서 조선인을 대했다. 특히 군정이 조선인민공화국을 와해시킨 것은 조선의 자주권을 무시한 전형적인 사례였다. 이외에도 토지개혁을 미루는 등 조선인의 군정 지지도는 과거 일본보다도 낮았다. 게인이 봤을 때 "북조선을 운용하는 소련의 역동적인 이념과 달리, 미국은 아무런 이념적 무기도 없"었다. 비민주적이며 행정적·정치적 부조리와 "가장 음험한 우익반동세력과의 동맹"[52]만 일삼는 군정을 신랄하게 바라본 그는, 미군의 정국 운용이 "소련공산주의 공포에 기초한 정책"뿐이며 "해서는 안 될 일을 '공포'의 이름으로 자행하고 있다"고 비판했다. 미군정은 이러한 남조선의 현실이 미국 본토에 알려지는 것을 꺼려해 미국 특파원들이 화를 낼 정도로 심하게 기자의 행동을 감시·제한했으며 정보를 제공하지 않았다. 소련의 쇄국주의를 비판한 미군 역시 조선을 쇄국주의로 다스리는 격이었다.

1948년 말 이미 '소련 공포' 선전이 절정을 향해 치닫고 있는 상황에서, 그의 글이 단정 수립 직전 달에 발간돼 미국에 미친 그 파급 효과가 상당했을 것이다. 미군정과 미국 간의 갈등은 익히 알려져 있는데, 미국 사회에 남조선의 실태를 고발한 마크 게인의 글은 미군정의 정치적 입지를 상당히 어렵게 하는 작용을 했다. 마크 게인의 글은 영어뿐만 아니라 일본어로도 번역돼 소개되었기 때문에 당대 조선 지식인도 많이 읽었다. 북조선과의 통일을 염원하는 사람들에게는 반북조선 정서를 상쇄

---

52 Gayn, Mark, *Japan Diary*(1948), Charles E. Tuttle, 1981, p. 429.

하는 효과가 있었다. 그리고 이 대북 정서는 북조선을 직접 방문하고 소개한 기행문에 의해 더욱 개선될 수 있었다.

여기서는 3편의 북조선 기행문을 살펴볼 텐데 북조선을 방문한 시기를 고려해 순차적으로 배열하면, 소련에서 나온 『1946년 북조선의 가을』(1948),[53] 미국에서 나온 『북한, 1947년 여름』(1949), 1948년 4월의 북조선을 다루고 서울과 동경에서 발간된 『북조선 기행』(1948)이다. 북조선 하면 흔히 무용가 최승희, 김일성, 김일성대학, 모란봉 등이 얘기됐는데, 필자들이 무엇을 보고 말하고자 했는지 시기별 북조선의 변천상과 함께 살펴봤다.

볼소프의 『1946년 북조선의 가을』은 소련 작가들이 1946년 7월 초에서 11월 초 선거까지 머무르면서 관찰한 견문록이다. 이 글은 소련이 남조선의 미군정보다 정치·경제적으로 "민주적인 나라"임을 밝히는 것을 목표로 하고 있다. 미국은 조선인을 열등민족으로 인식하고 남조선을 식민화하려는 목적을 갖고 있지만, 소련은 북조선의 정치민주화와 경제적 자립을 도모한다고 주장한다. 소련은 정치적으로는 조선 민족의 자결 원칙 아래 조선인의 민주주의적 역량을 높이 평가하여,[54] 노동 인민들이 정치 활동에 참가하는 민주주의 제도 건설을 표방했다. 예를 들어 11월에 있을 제1차 선거와 선거법을 홍보하기 위해 선전원을 파견하여 주민들에게 설명을 해줘 일반 여성도 새로운 제도와 취지에 대해 매우 잘 알고 말도 논리정연하게 잘 하였다.[55] 이렇듯 소련은 지원을 하면서도 '조선인

---

53 A. 기토비차·B. 볼소프, 최학송 역, 『1946년 북조선의 가을』(1948), 글누림, 2006.
54 위의 책, 240면.
55 기자는 남북으로 나뉘지 1년 만에 인민의 지성 격차가 확연해진 것을 실감한다. 그러면서 남조선은 언제 이렇게 되나 하는 한탄을 한다. 『민성』, 1947.2, 34면.

의 노력'이 가장 중요하다는 입장을 취했다. 이는 경제적 영역도 해당됐다. 미국은 남조선이 공장을 짓지 않고 미국 상품을 수입해서 쓰면 된다고 말하지만 그것은 경제적 식민지나 마찬가지였다. 이에 비해 소련은 토지개혁을 실시하여 북조선 농민의 72%가 무상배분을 받았다. 농민들은 토지를 분배받고 사람처럼 살 가능성이 높아지자 결혼을 하게 되고 더욱 선량해졌다. 이렇듯 이 글은 앞서 말했듯이 '소련=민주적인 나라'를 선전한 기행문이다.

이로부터 1년여가 지나 미국기자인 안나 루이스 스트롱이 1947년 8월 북조선을 찾았다. 당시 미국 통신사들은 북조선을 직접 방문하는 것보다 북조선을 탈출한 피난민에게 소식을 듣는 것을 선호하는 풍토가 있었다. 그러나 스트롱은 직접 북조선을 취재한 서방 최초의 기자로 평가받게 된다. 그녀는 북조선의 새로움 두 가지를 "토지개혁과, 말할 수 있는 자유"로 꼽았다. 북조선을 돌아다니면서 소련 점령 지역과 미국 점령 지역을 비교하고, 통일론과 내전론에 대한 나름의 답을 찾았다. 스트롱은 북의 정부가 이승만정부보다 오래갈 것이라 전망하면서 소련은 북조선 내정에 간섭하지 않고 '지배' 아닌 '영향력'을 펼칠 뿐이라고 했다. 경제적으로 1947년 여름, 북한은 모든 식량을 재배하는 등 자급자족 경제를 수립하기 위해 노력하고 있었다. 정치적으로는 도쿄의 미군방송이 라디오에 수신이 되고 있는 등 뉴스 통제가 없었고 사람들은 정치적 역량을 충분히 자각한 의식을 보여주고 있었다. 그녀는 다른 나라들이 조선에서 내전이 일어날 것으로 예견하고 있지만 이는 조선인의 통일의 염원을 간과한 인식이라고 일축한다.

이외 그녀의 글에서 이목을 끄는 두 가지를 꼽을 수 있다. 하나는 검

은 상자와 흰 상자를 사용하는 북조선의 부락선거였다. 그녀는 이 방식
이 유권자의 의사를 섬세하게 반영하는 것 같아 호기심을 느꼈다. 이는
서구의 정당 간 합의에 따라 세워져 인민이 인준하거나 거부하는 단일
후보 방식이 아니어서 또 다른 민주주의 제도의 형태를 실험하고 있는
것으로 해석되었기 때문이다. 다른 하나는 "토지개혁에서 인민의 힘을
지나치게 과신하는 경향이 있는데, 계급투쟁 없이 개혁을 한 이상 추후
에 실질적인 계급투쟁을 겪게 될 것"[56]이라고 했다. 만일 이 예상대로
통일이 되었다면 토지분배를 두고 갈등했던 사람들과 계급투쟁이 벌어
졌을 것이다. 다른 한편으로는 체제가 안정되어 다시 부를 축적한 계층
이 출현한다면 갈등과 투쟁의 과정을 겪게 될 것이라는 예견이기도 하
다. 안나 루이스 스트롱은 미국기자이지만 앞에서 북조선을 방문한 소
련 작가와 사실상 동일하게 소련을 긍정하고 있다. 미국정부의 반소선
전이 무색해지는 순간이다.

뒤이어 『북조선 기행北朝鮮紀行』(1948)은 남조선 좌익신문인 『독립신
보』의 기자 서광제徐光霽가[57] 1948년 4월 남북회담 특파원으로 북조선
에 올라가 관찰한 기행문이다. 이 책은 서울과 일본에서 발간됐다. 이남
대표 4백 여 명과 함께 각 신문사에서 17~18여 명의 기자가 함께 했기
때문에 기행문의 증인이 많다고 할 수 있다. 그는 북조선을 사회주의 체
제라고 지칭하지 않고 조국 민족주의가 결합된 형태라고 설명했다. 북

---

56 안나 루이스 스트롱, 「북한, 1947년 여름」, 김남식 외, 『해방전후사의 인식』 5, 한길사,
   2006, 506면.
57 서광제는 해방 후 미국영화를 한 편도 보지 않았다고 한다. 우리 민족에게 백해무익한
   미국 영화가 범람하는 현상을 신랄하게 비판하고, 통일정부가 수립되기 전에는 절대로
   보지 않겠다고 답변한 바 있다. 그의 대미 의식을 엿볼 수 있는 대목이다. 「설문—아메
   리카 영화에 대하야」, 『신천지』, 1948.1, 155면.

조선은 개인 상점도 있고 개인의 소유권과 저축, 상업이 법적으로 보장되어 사회주의의 현지화 작업이 원활히 이루어지고 있었다. 소련인이 북조선의 법을 지킬 만큼, 소련 주둔하에서도 북조선 나름의 민주주의적 근대화와 자주독립이 진행 중이었다. 그는 북조선의 자주성을 말하고자 한 듯하다. 그 중에서도 '민주개혁'에 의한 북조선의 변화에 주목했다. 제철소, 제강소, 운수, 전기기계 등 산업 토대가 급진적으로 복구, 발전해 과거의 몰락한 농업국에서 공업농업국으로 발전하고 있었다. 이를 위해 선결적으로 토지개혁, 산업국유화법령, 사회보험법이 마련되었다. 그래서 그는 남조선을 겨냥해 토지개혁 없이 완전한 조선의 민족해방이란 없다고 발언한다.

또한 새로운 문화 제도의 도입으로 사람들이 '새 인간'으로 변모해 가고 있었다. 도서관의 증가, 공장 내 기술문화 써클조직, 군인음악회, 조소문화협회의 문화 활동 등이 활발했다. 북조선은 의무교육과 남녀평등을 추구하여 축첩 제도를 배격하고 "일주일에 3~4차례 독보회讀報會에서 신문, 잡지 등을 읽어 여성의 교양과 교육 수준이 놀라울 정도"[58]였다. 이렇듯 북조선 사회는 발전하고 있는데 남조선에는 북조선을 비방하는 선전을 하고 있다. 그런데 북조선의 일반 가정에 라디오가 보급돼 있고 이남 방송을 들을 수 있기 때문에 남조선의 비방은 오히려 북조선인의 조롱과 결집만 낳을 뿐이었다. 요컨대 서광제는 '북조선식 사회주의 체제 형성'과 소련과 북조선의 민주화에 의한 '새 인간'의 출현 등을 포괄적으로 내세우고 있다.[59]

---

58 서광제, 『북조선기행』, 청년사, 1948; 『북조선기행』, 장야시 재일조선인 연맹출판부, 1948.10, 24면.

3편의 외국인 기행문은 외국어로 쓰였고, 외국에서 발간되어 국제 사회와 미국에 조선의 실상을 드러내는 기회가 됐다. 또한 그 글들은 미국의 대외/내부의 반소주의 선전의 효과를 반감하게 했다. 남조선에서는 엘리트 지식인만이 접할 수 있다는 점에서 조선 민중 내 파급력은 미약했다. 그러나 통일을 꿈꾸는 지식인에게 기행문은 북조선과 소련을 긍정하게 하는 하나의 원동력이 되었으며 미군정의 실정失政을 비판하는 논거가 될 수 있었다. 그런 면에서는 남조선 기자 서광제가 서울과 동경에서 동시에 발간한 북조선 기행문이 가진 대중의 영향력은 더 컸다. 기자는 회담 후 다시 돌아왔지만 홍명희와 이극로는 평양에 남아 버렸다. 이전에 이태준의 예처럼 두 사람의 결단은 남조선 인민이 북조선을 긍정적으로 바라보는데 일조했다. 이러한 친북·친소주의가 단정으로 이미 '분단 권력'이 정착된 구조를 뒤흔들 수는 없었겠지만 남조선 인민의 통일의 염원을 지속하게 하는데 (미약하더라도) 긍정적으로 작용했을 것이다.

그러나 그 염원을 바탕으로 또 다시 조선을 위한 체제를 상상해야 할 때 상호 비방으로 드러난 각 체제의 병리성을 보고서도 어느 하나를 대안으로 여기기는 힘들었을 것이다.[60] 그래서 단정 수립 이전, 소련도 미국도 조선의 대안이 될 수 없다는 일부 식자의 부르짖음은 여전히 메아

---

59 서광제와 달리, 이 남북회담 때 백범 김구의 비서로서 북조선에 올라간 선우진은 공연이 김일성 찬양 일색이어서 보기 민망했다거나, 메이데이 행사가 전체주의 분위기였다는 정도의 비판적인 견해를 드러냈다(선우진, 최기영 편, 『백범 선생과 함께한 나날들』, 푸른역사, 2009, 138, 165면). 앞서 언급했듯 서광제와 마찬가지로 북조선을 새로운 질서가 탄생해가는 공간으로 바라보고 긍정한 온낙중의 기행문도 1948년에 나왔다. 그는 『조선중앙일보』 기자다(온낙중, 『북조선기행』, 조선중앙일보출판부, 1948.8.1; 김남식 외, 『한국현대사자료총서』 11, 돌베개, 1986).
60 임지현, 『민족주의는 반역이다』, 소나무, 1999, 321~330면 참조.

리되어 인민 사이를 떠돌았다. 그 비판이 현실적 대안으로 실천되지 못했다고 하더라도 말이다. 요컨대 기행문 연구를 통해 한국전쟁 이전까지 남조선 인민에게 반사회주의가 잘 먹히지 않았다는 (아직도 온전히 해명되지 않은) 통념을 일부 이해할 수 있었다. 국내 정치 세력이 외부 정치 질서를 이용해 인민의 정치 의식을 반공주의로 정향·고착하려 했으나 실제로는 그리 효과적이지 않았다는 점이 확인된다.

2. 미국의 출현, 조선의 미국화와 책임정치

1) 조선의 미국화와 미국관

해방기의 소련은 반공주의를, 반식민지였던 중국은 조선인의 사회민주주의적 내면성을 구명하는데 유효한 인접국이었다. 이와 달리 미국은 남조선의 주권을 대신한 실질적인 정치적 주체였다. 그만큼 해방기에서 미군정의 규정력은 상당했고 조선의 전후 민주주의 역시 그 강한 자장 속에 존재했다. 미국은 어떤 나라였는가. 당시 국제 사회는 구라파의 독일과 중동, 유대인과 관련한 팔레스타인, 동양의 중국, 조선 등에서 충돌하고 있었고 그 배후에는 승전국인 미·소가 있었다. 미국은 기존 제국과 달리 침략적 야욕이 없는 것처럼 선전했지만 자유 민주주의가 아닌 주의ism와 국가는 배척했다. 문제는 그러한 미국이 주둔한 조선 역시 정치사상적으로 황무지가 아니었다. 일본이 떠나가고 난 조선에는 각종 주의가 창궐하고 경쟁하고 있었으며 조선식의 주의를 창출하려는 노력도 이루어지고 있었다. 미군정과 조선인의 정치적 대립은 필연적일 수밖에 없었던 셈이다.

미국은 자국의 정치적 이해관계와 조선인의 자주독립의 바람을 어느 정도 일치시키는 정치를 해야 했다. 남조선의 다양한 정치 세력이 적대적으로 공존하는 상황에서 미군정은 이들과 의존·순치·억압하는 관계였다. 조선인 역시 식민지 전시국가 체제가 해체되기는 했지만 여전한 준전시 상황하에서 혼란의 상황을 정비하고 인민의 복리를 위한 정치를 미군정에 기대했다. 인민이 자유와 해방을 원하면서도 그것을 국가의 물리력에서 찾게 되는 상황이었다. 강력한 공권력을 기반으로 한 근대 국가의 정치가 출현하게 되었다. 모든 권력이 정부에 집중되어 국가의 힘이 강화되는 역설적 상황이 조선 민주주의의 조건이었다. 하지만 민주주의 정치는 여론의 지지를 필요로 한다. 미군정의 새로운 정치를 향한 인민의 기대가 큰 만큼 실망도 비례할 수밖에 없다. 그래서 미군정은 해방군과 점령군의 모순적 이미지를 갖게 된다. 식민지기 일본과 마찬가지로 미국에게도 민족 감정이 서서히 투사되었다. 미국이 조선의 우방이자 정치 모델이 될 수 있는가의 물음이 제기되는 것이다. 미국은 국제 정세 속에서 소련과 경쟁할 뿐만 아니라 주둔국에서도 체제 경쟁을 해야 했던 셈이다. 그것은 '이념전쟁'이자 '이미지전쟁'이기도 했다. 미국이 자신의 대타항으로 소련을 설정했고 북조선에 소련이 주둔한 상황에서 남조선인은 사상과 정치적 입장에 따라 친소반미, 친미반소로 나뉘게 되었다. 친미/반미 감정, 친미/반미주의가 조성된 것이다.

사정이 이럴 때 과연 해방기에 남조선인에게 미국은 무엇이었을까. 유명익은 "미국이 조선인민공화국이나 임시정부 등을 인정하지 않았고 신탁통치안을 내세워 비판을 받긴 했지만, 민주주의·과학기술·개척정신·평등주의 등과 같은 미국 정치와 문화에 대한 긍정적 인식을 중심으로 매우 이상화된 미국관이 지배적이었다"고 평가했다.[61] 이러한 견해는 유선영이 1930년대 식민지 조선의 지배적 문화 현상을 아메리카니즘으로 규정하면서 보충·강화되었다. "영화와 기술문명, 생활양식의 유입으로 미국은 조선이 지향해야 할 서구적 발전모델로 자리매김했다. 그래서 해방 직후 조선인들이 전통 문화보다 미국 문화에 더 친근감을 느끼는 기현상이 일어났다"[62]는 분석이다. 과연 이러한 인식이 해방기의 조선인이 지닌 미국관의 총체상이었을까. '이미지전쟁'이라고 했을 때 조선인이 산출한 소설을 통해 형성되는 미국의 이미지, 더 나아가 아메리카니즘을 구명할 필요가 있다. 미군정 관련 단편소설을 연구한 황종민에 따르면 미국은 해방 이후 조력자이자 모방의 대상에서 점점 독립의 대상으로 변모해 갔다.[63] 이것은 '이상화된 미국'이었다는 인식의 재점검을 시사한다.

그런데 작가가 미국을 재현할 때 어려운 점은 없었을까. 식민지기에 식민자를 재현하기가 쉽지 않았다는 것은 익히 알려진 바다. 그렇다면 해방 이후 일본을 대신한 미국의 경우는 어떠했을까. 예를 들면 문인좌

61 유명익, 『한국인의 대미 인식』, 민음사, 1994, 231~236면.
62 유선영, 「대한제국 그리고 일제 식민 지배 시기 미국화」, 김덕호·원용진 편, 『아메리카나이제이션』, 푸른역사, 2008, 50~84면.
63 황종민, 「해방기 소설에 나타난 미국 표상 연구」, 서울대 석사논문, 2009.

담회에서 모윤숙은 "해방 후 5년 동안에 미국사람의 세계 하나 그린 사람이 하나도 없"다고 지적하면서 "대한민국하고 떨어진 미국 사람을 그리라는 게 아니라 우리한테 연락되고 생명에 관련이 있는 여기 들어와 있는 미국 사람을 그려"야 한다고 주장했다. 이는 미군정 혹은 조선에 들어온 미국인을 재현해야 한다는 입장이다. 또한 김동리는 "미국 사람을 주제로 취급한다고 해도 군정 시대에 와 있는 인물들이 등장한 것이지 무슨 뉴욕이나 워싱턴에 있는 미국 사람들을 취급한다는 것은 미국의 현실을 취급하는 것이 되겠"다고 말했다. 이때 이하윤의 경우 "우리의 것도 못 그리는데 왜 그것을 그리냐"고 말한다.[64] 이들의 대화에서 미국과 미군정이 구분되고, 일본을 대신해 등장한 새로운 지배자를 소설화하는 것 그 자체를 꺼리는 마음도 엿보인다. 조선인에게 미국과 미군정의 이미지가 중첩되면서도 조금 다르다는 방증이다. 식민지기와 달리 미국에 민족 감정이 개입하는 상황에서 미국과 미군정에 대한 조선인의 양가적 감정은 미국을 사랑하는 뜻을 강조하는 아메리카니즘이라는 용어로 온전히 설명되기 어렵다. 이 글에서는 '미국화'와 관련짓는 게 더 적절하다고 하겠다.

　해방이 되고 미군이 조선에 주둔하면서 조선인은 영화나 라디오, 신문 등을 매개로 한 간접경험을 넘어 미군정의 문화를 직접 접하고 표상하기 시작했다. 이를 재현하는 소설은 이념을 직접적으로 유포하는 정치계몽서가 아니다. 그것은 일상 영역을 소재로 한다는 점에서 미국화를 모방하거나 부정하는 인물을 다룬다. 따라서 조선에서 미국화의 효

---

64 「새로운 文學의 方向을 論함」, 『백민』, 1950.6, 119면.

과를 구명究明하기 위해서는 미군정뿐만 아니라 미유학생 · 재미조선인[65] 등 '미국 대리자'로 연구의 범주를 확장해야 한다. 미국 표상 연구를 한 황종민은 미국에서 들어온 유학파나 재미조선인 등을 고려하지 않았다. 이제 우리는 미국 문화의 체현자이자 영어 사용자인 '미국 대리자'[66]들에 의해 미국 문화의 이미지가 좌우되기도 했다는 것을 유념해야 한다.

'미국 대리자'는 해방기에서야 최초로 출현했지만 그 전사라 할 '원형'이 식민지 시대에 존재했고 소설화되기도 했다. 그렇다면 미국의 출현과 함께 그 '원형'의 이미지가 바뀐 것이다. 조선의 미국관에 있어서 기억의 변화가 짐작된다. 소설은 기억의 문제이고 이 변화를 조장하는 국면이 '정치'라 한다면 '기억의 전쟁'이라 할 수 있다. 기억의 정치에는 다양한 미디어가 필연적으로 개입한다. 보통 일개인은 미디어의 역사화된 기억에서 자유롭지 않다. 그러나 여러 미디어가 존재하고 기능하면서 다양한 층위의 기억이 충돌하게 되고 역사화된 기억에 균열을 일으키기도 한다. 이러한 기억의 재편 속에 다른 미디어와 달리 소설에서의 미국 재현이 갖는 수준과 의미는 무엇인지 고찰할 필요가 있다. 이를 통해 소설의 재현이 갖는 밀도와, 소설의 내용이 지시하는 직접적인 의미뿐만 아니라 그것이 간접적으로 제기하고 있는 당대 문제를 파악할 수 있다. 이는 작품이 쓰인 맥락과 정치적 효과를 고려한 접근이라 할 수

---

65 요즘에는 미국에 거주하는 이를 '재미한인, 미주한인' 등으로 지칭하지만, 식민지 시대와 해방기에서는 '재미조선인'이란 말이 더 쓰였다. 이 글에서 살펴본 소설에도 재미조선인이라고 쓰는 경향이 있기 때문에 이 글에서는 '재미조선인'으로 통일했다.

66 '미국 대리자'란 미국(인)을 대신해 말하거나 미국 문화를 체현해 행동하는 인물이다. 조선인에게 미국(인)을 매개하는 정보 및 지식의 제공자 내지 생산자를 뜻한다.

있다. 문화 영역에서 조선의 미국화든, 정치 영역에서 미군정의 조선통치든 주권을 대리한 미국의 '책임정치'[67] 문제가 따를 수밖에 없기 때문이다. 권리에는 책임이 뒤따르는 게 민주주의의 기본 원리이기도 하다. 다른 나라의 권리와 자유를 대신 확보해 주겠다고 나선 '외부 국가'의 책임은 더욱 심각한 문제를 동반할 수 있다. 이를 구명究明하기 위해 이 글에서는 기존 연구에서 미처 심도 깊게 다루지 못한 '미국 대리자'를 통해 조선인의 미국관과 미국의 실상을 살펴볼 것이다. 먼저 다음 항에서는 기억의 지속과 굴절을 고려하여, 식민지기 미국 관련 소설을 통해 미국상과 '미국 대리자'의 전사를 살펴보겠다.

2) 이민 노동자와 고학생의 미국

미국이 본격적으로 소설화되고 문단사적 의미를 갖게 된 것은 1930년대 접어들어서였다.[68] 1920년대 미국 유학을 갔던 학생들이 1920년

---

67 '책임정치'는 지금-여기에도 흔히 쓰이는데 해방기에서도 쓰인 역사적 용어이다. 다음은 그 일례이다. "남조선군정의 목적이 조선민주주의국가 수립에 잇다고 하였으니 만치 조선 민주발전을 위하야 모든 행정분야에 있어서도 책임정치가 아니면 안 될 것이다. 민주주의의 생명은 "자유와 책임"의 결합으로써 발전하는 것이니 책임 없는 정치는 독재일 것이오, 여론 무시의 행정은 전제일 것이다. (…중략…) 당면한 초미의 기아선상에 방황하는 민생문제 해결을 위하야 軍政으로서 확호한 소신이 잇다면 거기에 의거하는 것도 한 가지 방법일 것이니 거기에는 당연히 책임 소재를 석연히 하지 않으면 안 된다는 것을 거듭 지적하는 바이다. 이것이 민주정치의 실태인 동시에 식량조선의 근본해결을 약속하는 책임정치의 실효일 것이다." 「식량행정과 책임정치」, 『동아일보』, 1946.9.20, 1면.
68 식민지 이전 조선에서 미국은, 1880년경 청나라 공사관의 참찬관이었던 황준헌이 자신의 저작인 『조선책략』을 일본에 제2 통신사 자격으로 파견된 김홍집에게 주면서 알려지기 시작했다. 중국인이 본 미국관이 조선에 유입된 예라 할 수 있다. 이 책은 청나라가 남하하는 러시아 세력을 견제하기 위해 조선이 미국·일본과 협조해야 한다는 내용이

대 말에서 1930년대 초 귀국하기 시작했다. 미국은 일본에 이어 조선인이 두 번째로 많이 유학을 가는 나라였다. 남자는 공학, 경제, 경영, 교육, 신학, 의학 등을 주로 전공했다. 여자는 유학을 마치고 돌아와도 취업의 기회가 확대되지 않았고 주로 교직에 종사했기 때문에 가정학이나 종교학을 많이 전공했다. 이들에게 유학은 미국이 부강한 나라가 된 원인을 파악하고 지도자로서의 능력과 자격을 갖추며 자아실현의 기회였

다. 여기서 미국은 워싱턴의 유훈을 지켜 예의로써 나라를 세우고 유럽을 멀리하며 침략을 싫어한다. 그래서 항상 약소국을 돕고 아시아를 가까이 하며 신의가 있는 국가로 설명되고 있다(황준헌, 김승일 편역, 『조선책략』, 범우사, 2007, 73・83・98면). 문호를 개방하고 미국과 친교를 돈독히 하면서 자강의 터전을 마련해야 한다는 조언이다. 이후 조선은 1893년 4월 콜롬버스 400주년 기념으로 개최된 시카고 만국박람회에 정경원 등 조선 대표단을 파견해 미국 문명의 수준을 목도하기도 했다. 하지만 미국은 1905년 7월 미일 가쓰라 태프트 밀약을 통해 일본의 조선 종주권을 묵인했다. 과거 황준헌이 지적한 바와 달리 미국은 다른 열강과 별반 다름없는 제국성을 띤 나라였지만 1차대전을 지나면서 세계 최고로 부강한 나라로 인식되기 시작했다. 3・1운동 이후 도미가 허용되면서 1924년 미국에서 동양인 이민을 제한하는 이민법이 시행될 때까지 이민과 유학이 급증했다. '황금이 굴러다니는 나라'라는 이미지가 구축된 미국은 조선이 봉건성을 벗고 도달해야 할 문명국의 전형이 되어 갔다. 그래서 1910년대 조선에서 간행된 번역전기물의 대상도 프랭클린, 카네기, 링컨 등 유럽에서 미국 인물로 점차 바뀌어 갔다. 이 일련의 인물들이 상기하듯 그 성격도 '구국의 영웅'에서 성공한 사업가, 실업가, 정치가 등 '위인'으로 전환하였다. 즉 미국 문명은 성공과 행복, 부를 상징했다. 조선이 이러한 것을 얻기 위해서는 먼저 그 정신을 본받아야 한다는 인식이 확산되었다. 링컨의 성공비법은 도덕과 노력하는 삶의 자세였고 남북전쟁의 주역으로서 자유해방의 상징이 되었다. 민족 자결주의를 제창한 윌슨의 경우는 세계평화, 민주주의라는 수식어가 붙게 되었다. 이와 함께 '일상적 위인'인 프랭클린 역시 근면, 노력, 진실 등 성공 입지전의 대명사가 되었고, 카네기 앞에는 강철대왕이란 수식어가 함께 했다. 이렇듯 미국을 이끈 정치・경제적 주체는 공공심을 지닌 위인이며 끈기와 결단, 창조성을 바탕으로 성공한 출세가였다. 이들을 소개한 책들은 조선인이 갈망하는 입지전이자 수양서가 되었다.
소설에서는 주지하듯 이인직의 「혈의 누」(1906)에서 미국이 등장했다. 존 프랭클은 옥련의 아버지 김관일의 미국행을, 외국 문물을 습득하고 돌아와 그 외국의 이미지로 조선을 근본적으로 개조하려는 것으로 평가했다. 조선인에게 미국은 필요한 수단을 획득하기 위해 갔다가 다시 떠나올 장소이며, 어떠한 유대・우정・결연도 맺어진 바 없다. 그래서 소설에 미국인이 부재한다는 지적이다(존 프랭클, 『한국문학에 나타난 외국의 의미』, 소명출판, 2008, 254~270면). 그럼에도 미국은 옥련의 행복이 실현되는 장소이자 문명개화, 부국강병, 탈봉건성의 표징이었다.

다. 1920년대 조선인 도미 유학생 총수는 300여 명이었고 그중 여자는 60명이었다. 하지만 1930년대 들어 미국행의 수는 줄어들었다.[69] 일본보다 훨씬 많이 드는 유학 비용과 경제 공황의 여파가 있었기 때문이다. 또한 1924년 동양인 이민 배척법이 만들어지고[70] 미국 내 조선인 유학생의 학기 중 취업이 사실상 금지되면서 학비의 현지 조달도 어려워졌다. 그래서 미국에서 조선인은 고학생이었고, 그들이 만나는 조선인 이민자는 노동자들이었다. 1930년대 미국을 배경으로 한 소설에서 주인공이 '고학생' 혹은 '이민 노동자'인 이유가 여기에 있다. 앞서 필자는 해방 이후 '미국 대리자'가 유학생, 재미조선인이라 한 바 있다. 해방 이후 부정당하는 재미조선인이 실상 식민지기에는 고생하는 동포의 표상이었다는 것을 파악할 수 있다. 따라서 식민지소설과 해방 후 소설을 통해 미국상의 변화 그리고 고학생과 이민 노동자가 해방 이후 미국 대리자로 둔갑하여 부정당하는 기억의 왜곡, 그 변천을 살펴볼 수 있겠다.

1930년대 미국과 관련해 유의미한 작가는 강용흘, 주요섭, 한흑구를 들 수 있다. 모두 미국 유학파 출신이다.[71] 이들은 현지 경험을 바탕으로 재미 동포 내지 유학생들의 삶을 통해 미국과 그 문화를 재현하고 있다. 그런데 뉴욕 대학 영문학 강사인 강용흘의 『초당』(1931)은[72] 조선인 고

---

69 김성은, 「1920~30년대 미국 유학 여성지식인의 현실 인식과 사회활동」, 서강대 박사논문, 2011, 12~123면.

70 미국에서는 1894년 이민제한연맹(IRL)이 설립됐다. 이들은 우월한 앵글로 색슨의 인종적 퇴화를 주장해 1924년 동양인 이민법을 만들어 노르딕(북유럽) 이주자들에게 이주의 길을 더 열어줬다. 이 조치는 1965년 '케네디 이민법'으로 개정되어 백인·유럽 선호 규정이 완화됐다. 국가별 이민자 쿼터에서 대륙별로 바꿔진 것이다. 알리 라탄시, 구정은 역, 『인종주의는 본성인가』, 한겨레출판, 2011, 99면.

71 이는 유학파가 아닌 작가가 미국을 서사화한 경우는 드물었다는 것을 시사한다.

72 강용흘, 장문평 역, 『초당』, 범우사, 1999 참조. 그래서 『초당』은 단순히 조선 문화를 소개하는 의미에 그치지 않고 강용흘의 행복을 찾는 서사, 식민지 조선 탈출기, 고학생의

학생이 미국 유학을 떠나기까지의 과정을 미국인에게 소개하는 자서전적 소설이다. 그래서 이 작품이 환기하는 미국은 기회의 땅이자 신학문을 비롯해 근대 문명의 최정점에 자리한 나라였으며 식민지 조선인의 탈출구이자 피난처였다. 유럽 10여 개국으로 번역·소개된 이 책은 조선인에게 영어와 대학 강사의 보편적 지위를 확인시켜 주었다. 이 작품이 나올 무렵인 1931년, 여성 최초로 김활란이 콜롬비아 대학에서 철학박사학위를 취득해 조선 사회에 큰 반향이 일고 있었다. 그 외 김마리아, 김신실, 박인덕 등 다른 여성 유학생들도 귀국해 잡지에 미국의 경험을 기고하기 시작했기 때문에 미국에 대한 조선인의 관심이 높아진 시점이었다.[73]

이렇게 주목받기 시작한 미국은 주요섭, 한흑구에 의해 본격적으로 소설화되었다. 주요섭은 장편소설로 노동자를, 한흑구는 단편소설들로 고학생을 형상화했다. 먼저 중국 북평보인 대학에서 영문학을 강의하고

성공신화 등 고난극복의 소설이었다. 이 소설은 개고기 먹는 것 등 조선 문화를 폄하하거나 표피적으로 재현하고 있으며 교훈주의에서 완전히 벗어나지 못했다는 비판을 받기도 했다. 하지만 대체적으로 문장이 간결하고 지루하지 않으며 흥미 있는 내용이 넘치는 좋은 작품으로 평가받았다. 여기에 대해서는 「紐育대학강사 강용흘 씨의 草家집응」, 『동아일보』, 1931.4.27, 4면; 이광수, 「강용흘 씨의 초당Grass Roof 上」, 『동아일보』, 1931.12.17, 5면; 이광수, 「강용흘 씨의 초당Grass Roof 下」, 『동아일보』, 1931.12.18, 5면; 김재원, 「소설 초당 獨文으로 읽고」, 『동아일보』, 1933.5.13, 4면 등 참조. 이 작품의 작가인 강용흘은 문명의 땅 미국에서 뉴욕 대학 영문학 강사가 되고 소설을 쓴 입지전적 인물이 되었다. 그래서 『초당』은 단순히 조선 문화를 소개하는 의미에 그치지 않고 강용흘의 입신출세기이자 행복을 찾게 되는 서사, 일제하 조선 탈출기, 고학생의 성공 신화, 등 고난극복의 소설이었다. 미국에 가기 전 그는 이미 조선과 일본에서 사환, 신문팔이, 심부름꾼, 상점일 등을 하는 고학생이었고, 봉건적 가족으로부터 탈출하는 진취적이고 용감한 인물로 자리매김했다. 이를 통해 노력하고 공부하면 성공할 수 있다는 신화를 조선에 심어주었다. 또한 영어로 쓰인 이 소설은 독일어 등 5개 언어로 번역되어 세계 각국에 소개 되었고 '세계문학'으로서의 조선문학의 가능성을 시험하고 확인한 계기가 되어 조선문단의 뜨거운 주목을 받았다.

73 김성은, 앞의 글, 45면.

있던 주요섭은 장편소설 「구름을 잡으려고」(1935.2.17~8.4)를 『동아일보』에 연재했다.[74] 그는 미국에서 3년 동안 머무르면서 수백 명의 조선인 노동자와 만났는데 그들은 대부분 오십을 넘긴 노인이었다. 주요섭은 이들의 수많은 신세 타령을 듣고 그것을 소설의 주인공 '준식'에게 투사하여 이민 노동자의 처지를 형상화했다. 그래서 작가는 이민 노동자를 다룬 이 작품이 실화에 가깝다고 밝힌다.[75] 30세였던 준식이 1898년에 이민을 한 것을 감안하면 그가 조선인 이민 1세대 노동자라는 것을 알 수 있다. 조선 독자는 소설을 통해 재미조선인 노동자가 '황금의 나라' 미국에서 실제로 겪는 상황을 사실상 처음으로 목격하게 된다.

이전까지 조선에서 미국은 문명·자유·황금·개척정신·기독교국가 등의 이미지였다. 이 작품에서 작가는 미국을 어떻게 그렸을까. 먼저 미국인의 개척정신이 미국에서 어떤 형태로 지속 내지 갱신되고 있는지 궁금증을 자아낸다. 두 번째는 황금이 굴러다닌다고 소문이 난 미국에서 실제로 조선인이 미국식 프로테스탄티즘적 주체가 되어 돈을 벌고 축적할 수 있는가. 세 번째는 인종차별과 성문제이다.

먼저 미국인의 개척정신의 본질은 준식이 미국에 도착하기 전인 멕시코 노예 생활에서 유비적으로 잘 드러난다. 준식은 팔에 노예 화인火印을 받고 흑인, 청인, 그곳 원주민인 홍인 등과 함께 목화농장에서 "미친개"처럼 일했다. 멕시코인의 노예적 착취는 그전에 있었을 초기 미국인 개

---

74 이 소설의 주인공 준식은 1898년쯤 30살의 나이에 '아메리칸 드림'을 꿈꾸고 미국행을 하게 된다. 그러나 미국행을 중계한 "개발회사"의 술수로 멕시코에 노예로 팔려가게 된다. 4년 넘게 그곳에서 생활하다 탈출해 미국으로 들어가 고생을 하며 지내다가 64세의 나이에 세상을 떠나게 된다는 내용이다. 이 글에서는 주요섭, 『구름을 잡으려고』, 좋은 책만들기, 2000을 저본으로 삼았다.
75 「연재소설 예고」, 『동아일보』, 1935.2.16, 3면.

척자의 모습을 예증한다. 특히 멕시코인이 원주민을 무자비하게 학살하고 일부 원주민이 저항하는 구도에서 '개척'이란, 토착민의 말살 및 노예화 과정임이 여실히 드러나고 있다. 그러나 준식은 이곳을 탈출하면서도 여전히 미국에 가면 돈을 벌 수 있을 거라고 생각했다. 그는 로스앤젤레스를 밟은 지 하루도 안 지나서 샌프란시스코로 이동했다가 10년이 지나 다시 로스앤젤레스로 간다. 그동안 인구 십만에 불과하던 소도시가 백만 대도시로 변신해 있었다. 멕시코의 손에서 캘리포니아를 빼앗은 앵글로색슨족은 이주 노동자를 이용해 그 땅에 문명을 건설하고 다시 외국인들을 쫓아냈다. 그리고 백만장자들은 그 문명의 혜택을 누리기 위해 신도시로 옮겨왔다. "그 땅을 개척한 동양인들은 다시 이 새로운 주인들의 종살이로 그날그날 생계를 경영할 수밖에 없이 되고" 말했다. 즉 개척 문명이 빚어낸 '황금의 나라'라는 수사에는, 원주민 토벌뿐만 아니라 이주 노동자 착취, 그리고 인종차별[76] 등이 은폐되어 있었다.

이런 나라에서 조선인이 돈은 축적할 수 있었을까. 이 작품에서 미국인은 동양인을 흔히 "되놈"(중국인)으로 생각한다. 중국인이 미국인에게 무시를 받긴 하지만 그래도 차이나타운을 형성하고 있었다. 조선인은 그곳에 기생하는 존재였다. 이 소설의 제목에서 '구름'은 행복 내지 그 환상이자 종국에는 돈을 의미했다. 이 환상을 잡기 위해 준식처럼 많은 이들이 이국땅에 건너와 평생을 일하지만 아메리칸 드림은 구름처럼 좀체 잡히지 않았다. 부를 축적할 수 있는 미국식 프로테스탄티즘적 노동자가 되기

---

[76] "오늘날 백인과 흑인의 평등은 자명한 정치-윤리적 공리로 인식되면서 '아메리칸 드림'의 일부로 칭송받는다. 그러나 1920~30년대에는 공산주의자들만이 인종끼리의 완벽한 평등을 주장하는 유일한 정치 세력이었다." 슬라보예 지젝, 「민주주의에서 신의 폭력으로」, 아감벤 외, 김상운 외역, 『민주주의는 죽었는가?』, 난장, 2010, 168면.

위해서는 '근검, 절약, 근면'해야 한다고 하지만[77] 이주노동자는 이 세 가지를 갖추고 최선을 다해도 돈을 벌기 쉽지 않았다. 1898년에서 1929년 공황 직후를 배경으로 한 이 소설에서 준식은 제1차 세계대전과 공황을 겪으며 하루살이 인생을 벗어나지 못한다. 이제 미국은 '황금의 나라'가 아닌 '경제 공황의 나라', '노숙자의 나라'로 재현된다. 그 한 구성원인 64세의 준식은 길거리에서 노숙자를 소탕하는 미국경찰에게 머리를 얻어맞고 병원에서 사망하게 된다. 아메리칸 드림은 이주 노동자에게 불가능한 '구름'이었고 미국도 더 이상 기회의 땅이 아니었다.[78]

주요섭이 장편소설을 통해 '노동자'를 재현했다면, 1920년대 후반 공황 무렵부터 1930년대 중반까지 '유학생'의 내면은 한흑구가 단편소설을 통해 형상화했다. 유학생은 사상과 고학의 문제와 관련된다. 한흑

---

77 독일계 이민 3세이자 (엘리트주의자이며) 미국 저명 저널리스트인 멩켄은 미국정부의 왜곡과 변명, 상업적 약탈과 협박, 신학적인 저질 농담, 심미적 음담패설, 합법적인 사기와 매춘, 갖가지 부정・악행・비리・엽기행각・무절제, 차별 속에서 미국인되기가 얼마나 불쾌한 일인지 혹은 불가능한 것인지 논한 바 있다. 헨리 루이스 멩켄, 「미국인이 된다는 것」, 김우영 역, 『멩켄의 편견집』(1919~1927), 이산, 2013, 135~180면 참조.

78 작가는 준식과 서술자를 통해서 미국의 부정적 모습을 더욱 가시화한다. 식자층은 아니지만 준식은 현지 경험을 통해 자신들이 "부자를 위한 기계"에 불과하다는 것을 자각했다. 미국 사회의 자본주의적 모순이 드러난 것이다. 정치적으로는 미국 윌슨이 "데모크라시를 옹호하기 위한 전쟁"이라는 명분을 내세우며 미국청년들을 전쟁터로 내몬 일이 비판받고 있다. 윌슨이 1차대전 때 전쟁 불참가를 외치며 평화를 옹호하는 듯했지만 대통령에 당선되고 나서 태도를 바꿔버렸다는 비판이다. 그래서 서술자는 이것을 지지한 미국대중을 참으로 어리석은 집단으로 평가했다. 이와 같이 이 작품은 식민지 조선에서 미국(인)이 어떻게 수용되고 반응되는지 보여주고 있다. 작가는 미국 자본주의 경제 현실과 정치적 위선, 자국 중심주의에서 벗어나지 못하는 대중의 의식 등을 평가절하하고 있는 것이다. 미국이 민주주의와 인권을 미국적 가치로 표방하고 그렇지 못한 외국을 비판하지만, 그것이 외국에 수용되기 위해서는 자신의 나라에서도 동일한 잣대로 인권과 민주주의가 존중되어야만 설득력을 가질 수 있다. 인권 외교에 관해서는 앤드류 클래펌, 박용현 역, 『인권은 정치적이다』, 한겨레출판, 2010, 91~123면 참조. 또한 미국 소수의 정치・경제적 권력이 대자본을 독점하고 민주주의를 파괴하는 현상에 관한 비판은 나오미 울프, 김민웅 역, 『미국의 종말』, 프레시안북, 2008을 참조할 것.

구의 소설에서는 사상보다는[79] 고학생의 지난한 삶을 통해 본 미국이 주를 이룬다. 재미 유학생은 교회의 지원을 받았다고 하더라도 사실상 고학생과 다름없다. 고학생의 화두는 대학 졸업과 성공 가능성이다. 「호텔콘」(『동광』 34, 1932.6)에서는 조선에서도 박사와 학사가 흔해가고 그들의 존재와 활동이 희미하다고 적고 있다. 1931년 김활란이 여성 최초 철학박사를 받았으니 흔해간다는 것은 과장된 이야기이지만 유학생의 활동이 기대에 미치지 못한 면도 있다. 「어떤 젊은 예술가」(『신인문학』, 1935.4)를 보면 조선에서는 이미 잘 알려진 첼리스트 A군이 기회의 나라 미국에서 음대를 다니고 있지만 이름을 알리기가 쉽지 않다. 주인공 '나'는 A군이 동양 사람 중에서도 조선인이기 때문에 출세할 기회를 갖지 못한다고 생각했다. '백인-흑인' 간 차별뿐만 아니라 동양인도 차등적으로 차별하는 사회관습이 짐작된다.

취업전선에서의 성공도 문제지만 유학생은 당장 학비와 생활비에 시달렸다. 동양인 이민 배척법 제정 이후 학기 중 취업이 사실상 금지된 상황이어서 사정은 더 열악했다. 다행히 당시 미국 대학의 방학이 4개월이었기 때문에 고학생은 그 기간 동안 노동을 해서 돈을 벌어야 했다. 사실상 노동자가 되는 셈이다. 그래서인지 한흑구의 소설은 대부분 고학생이 주인공으로 등장하며 백인 과부의 집에서 기식하거나 호텔, 농장 등에서 일하다가 쫓겨나는 서사 구조로 되어 있다. 고학생이 쫓겨나

---

79 주요섭의 소설에서 대학생들이 사회주의 사상에 공명했던 것처럼 한흑구의 「호텔 콘」에서도 공황 이후 공원마다 공산주의자와 사회주의자의 캠페인이 등장한다. 미국정부는 이들을 모두 외국인으로 거짓 은폐하고 외부인을 사회혼란의 주범으로 표상한다. 그러면서 당국은 외국인이 위험 사상을 선전한다면 모두 내쫓겠다는 입장을 취한다. 이 예는 자유, 평등, 박애를 외치면서도 사상의 자유를 탄압하는 '미국성'을 드러내고 있다.

거나 일을 그만 두는 이유는 일터에서 함께 일하는 흑인 여성 혹은 백인, 혼혈 여성 등과의 염문설 때문이다. 「황혼의 비가」(『백광』5, 1937.5)에서는 농장에서 일하는 혼혈 검둥이 여자 '아이다'와 고학생의 염문설이 돌게 되고 그 여자가 자살을 하면서 주인에게 오해를 받아 쫓겨나게 된다. 여기에도 인종차별이 개입되어 있다. 소설 첫 대목에 "동은 동이요 서는 서이다. 이 두 쌍둥이는 결코 서로 만날 수 없다"는 시인 키플링의 문구가 인용된 점이 상징적이다. 미국은 흑인과 백인이 절대로 융화할 수 없는 사회였다. 그래서 "이 세상에 검둥이는 무엇이나 하려 낳나? 목화 딸 사람이 없어서"[80]라는 민요조 노래로 작품이 끝을 맺는다. 흑인 여성과 조선인 남성의 이성적 관계 역시 용인되지 않았다. 또한 「죽은 동무의 편지」(『사해공론』, 1937.11~12)에서 조선인 이춘성은 기식하던 주인집의 백인 여성이 임신을 하면서 세간의 관심을 받게 된다. 그는 모욕을 느끼고 스스로 집을 나가 버린다.

소설 내 조선인은 흑인뿐만 아니라 백인, 혼혈아 등 모든 다른 인종 간 이성적 관계가 허락되지 않았고 스스로 원하지도 않았다. 이색인종 간 이성관계는 인종적 이질감의 차원을 넘어 일종의 사회적 금기라 할 수 있다. 이는 인종 간 주택이나 거주지, 예배당의 구별로도 나타난다. 동양인이라고 하더라도 대학생의 경우는 흑인 여성보다 조금 더 높은 대우를 받았다. 백인에게 차별받는 조선인이 흑인을 역차별하는 인식이 투사되어 있다. 이와 반대로 조선인 유학생이 일하는 집의 주인은 「미국고양이」(『모던조선』, 1936)처럼 보통의 독신 과부로 설정된다. 이곳에

80　한흑구, 「황혼의 비가」(『백광』 5, 1937.5), 민충환 편, 『한흑구 문학선집』, 아시아, 2009, 229면.

서 조선인 대학생은 애완용 고양이보다 못한 대접을 받는다. 그리고 과부는 부정의 대상으로서 신경질적이고 이성적으로는 무서운 존재이며 성적으로는 타락한 존재로 형상화된다. 작가를 포함한 당대인의 무/의식적인 적대감 및 거리감이 만든 '환상 속 미국 여성상'이라 할 수 있다. 소설에 투사된 미국관은 인도·정의·평등의 나라가 아니라 인종 간 계층·계급적 차별이 횡행하는 부정적 이미지였다.[81]

지금까지 식민지 조선인이 바라본 미국관을 살펴봤다. 이를 통해 밝혀진 '미국성'이 중요한 이유는 해방 이후 진주한 미국이 과연 일본과 달리 조선 인민의 복리福利를 위한 동맹국인지 가늠할 수 있기 때문이다.[82] 해방 후 조선으로 돌아온 유학생과 재미조선인 등을 통해 미국 문화, 미군의 실상과 미국 민주주의 정치에 대한 조선인의 반응을 살펴보자.

3) 해방과 미국 문화의 대리자, 재미조선인과 유학생의 귀환

해방기 미국 관련 소설은 미군정, 영어 가능자(유학생, 재미동포 2세, 조

---

81 이외에도 한흑구의 「태평양에서 세 죽음」(『신인문학』, 1936.8)의 중국인 이민 2세대와 「이민일기」(『백광』, 1937.6, 미완초교)에 조국·고향의식이 빈약한 조선인 이민 2세대가 형상화되어 있다.

82 한흑구, 설정식 등은 식민지기에 이미 미국 소설을 통해서 미국의 국격을 파악하고 있었다. 이들이 언급한 것 중 노벨문학상을 받은 싱클레어 루이스의 『배빗Babbit』은 중산층의 속물성과 몰락을 다뤘다. 미 흑인문학을 대표하는 작가 리처드 라이트의 『미국의 아들Native Son』은 극심한 인종차별을, 미국의 대표적인 베스트셀러 작가인 업튼 싱클레어의 『정글The Jungle』은 시카고 육가공업 지대의 비인간적 상황을 폭로했다. 이들 책은 현재 번역돼 소개되어 있다. 참조할 것은 다음과 같다. 싱클레어 루이스, 이종인 역, 『배빗』, 열린책들, 2011; 업튼 싱클레어, 채광석 역, 『정글』, 페이퍼로드, 2009; 리처드 라이트, 김영희 역, 『미국의 아들』, 창비, 2012.

선 내 영어교사 등), 미국 등을 배경으로 한다. 미국 현지가 배경인 경우는 극히 드물었고 일부 단편소설만이 재미조선인의 삶을 그렸다. 미유학파인 설정식의 「프란씨쓰 두셋」(『동아일보』, 1946.12.13~22)과 「한 화가의 최후」(『문학』, 1948.4)가 그 예이다.[83] 유학 경험이 있는 작가인데도 여전히 작품에는 서양인과의 인종적 이질감이 나타난다. 전자의 작품은 조선인 유학생과 캐나다 여성의 사랑이 인종적 거리감으로 인해 벽에 부딪치는 내용을 다루고 있다. 과거 일본인과의 내선결혼을 상기해보면, 서양인에 대한 조선인의 인종적 이질감이 컸다는 것을 알 수 있다. 새로 등장한 미국인과 조선인의 심리적 낙차가 확연하다. 후자의 작품은 조국인 일본을 그다지 의식하지 않는 재미일본인 2세를 등장시켜 재미조선인 2세 역시 조국관이 희박해졌을 수 있다는 점을 시사하고 있다. 이처럼 미국인과 조선인 간, 조선인과 재미조선인 간의 심리적 거리가 가시화되고 있다.

사정이 이러할 때 해방기 조선인은 미군정의 출현과 조선인 유학생 내지 재미조선인 2세의 조선 유입을 목도하게 된다. 여기서 미군정을 배경으로 한 단편소설들은 해방 후 단정 무렵까지 미국을 조력자·모방의 대상에서 독립의 대상으로 바뀌어 갔다.[84] 이러한 변화는 조선인의

---

83 「프란씨쓰 두셋」과 「한 화가의 최후」에서 전자는 브로드웨이 D대학도서관에서 우연히 만난 주인공 조선인 '나'와 프랑스계통 캐나다 여자 프란씨쓰 두셋이 서로 이성적으로 끌린다. 그러나 '나'는 다른 인종이라는 이질감 때문에 용기를 내서 두셋에게 다가가지 못하는 내용이다. 또한 후자는 중국에서 타이얼좡전투가 벌어진 1938년 4월경을 배경으로 조선인 유학생, 폴란드 출신 화가 '유진 이바노비치 쩨롬스키', 재미일본인 2세로 화가이자 사회주의자인 '하야시 마모루'가 각자 미국에서 이방인, 예술가, 사상가로서 어떻게 살아야 할지 고민하는 내용이다.

84 여기에 대해서는 황종민, 「해방기 소설에 나타난 미국 표상 연구」, 서울대 석사논문, 2009 참조할 것.

내면에 반미주의[85] 내지 반미 감정이 미약하지만 어느 정도 형성되었을 거라는 인상을 준다. 이러한 상황에서 유학생과 재미조선인이 조선으로 귀환할 때 이들의 이미지는 어떠했을까.

앞에서 살펴봤듯이 식민지기인 1930년대 미국에서 조선인은 노동자와 고학생으로서 인종차별과 싸우며 분투했었다. 그러나 이 당시에는 조선과 미국이 직접적인 이해관계가 얽혀 있지 않아서 조선 내에 반미주의나 반미 감정이 형성되지 않았다. 그러나 해방 이후 미국에 조선인의 민족 감정이 직접적으로 투사하게 됐고, 민족을 강조하는 시대적 상황에서 미국을 향한 선망과 멸시가 착종되어 갔다. 식민지 시대 일본에 협력했던 조선인 다시 말해 '일본 대리자'가 비판받았듯, 미국의 출현은 새로운 '미국 대리자'의 출현과 조선인의 질시를 수반했다. 1930년대 미국 자본주의의 탐욕성, 과부의 성적 타락 등 '성 그리고 돈'과 관련된 부정적인 미국 문화가 고학생이었던 유학생들에게 덧씌워졌다. 이들은 해방기에서 호색한과 장사꾼·통역 등 상업·정치 모리배적 존재로 재규정되었다. 식민지기 조선의 미래를 짊어질 '지도자' 내지 노동자 동포에서 해방 이후 '타락한 민족의 초상'으로 이미지가 급격히 전환된 국면이다. 그리고 이 존재들은 미국과 그 문화의 부정적인 면을 직·간접적

---

85 총력전기 당국이 반미선전을 많이 했지만 그것으로 인해 이데올로기로서의 반미주의가 조선인에게 형성되었다고 보기 어렵다. 또한 임서하의 소설 「성서」의 경우 식민주의와 문화총서 춘추 ②에 일본에 협력한 작품으로 분류돼 있는데 적절하지 않다. 미국으로 기독교를 더 깊이 공부하기 위해 떠난 아버지를 기다리는 가족들을 다룬 소설이다. 그중 특히 아들 형기가 아버지에 대해 비판적이지만, 그것은 시국의 변화로 일본의 대미관계가 악화되면서 아버지가 박사가 되어 돌아와도 그에 준하는 풍족한 삶을 누릴 수 없을 거라는 인식에서 나온 것이다. 미국 유학 간 아버지를 비판하거나 미국의 문화를 저속하다고 해서 곧바로 일본에 협력한 작품으로 볼 수는 없다. 미국 문화의 저열성은 전쟁 훨씬 이전에 이미 알려져 있던 것이기도 하다. 임서하, 「聖書」, 『춘추』, 1942.3, 154~167면.

으로 환기하게 된다.

'성적 타락과 돈의 탐닉', 이 부정적인 미국 소비 문화를 담지한 '미국 대리자'를 형상화한 작품은 장편소설 정비석의 『도회都會의 정열情熱』과[86] 염상섭의 『효풍』(『자유신문』, 1948.1.1~11.3)이다. 먼저 연애소설인 『도회의 정열』은 '성'의 문제와 관련된다. 미국 유학파 오하림은 조선에 돌아온 것을 후회하고 미국이 "천국"이라고 생각하는 인물이다. 그는 오랜 미국 생활과 '조선 부정'으로 이미 미국인화된 정체성을 갖고 있다. 그의 오리엔탈리즘적 사고는 한혜련과 최국희의 복색을 통해 구체화된다. 서구식 화려한 옷을 입은 한혜련은 공작을, 조신한 조선복을 입은 최국희는 학두루미로 표상되었다. 그는 같은 조선인이면서도 최국희의 성격과 풍모를 자신과 다른 외국인처럼 간주하고 이국적exotic인 시선을 투사하고 있다.[87] 역으로 한혜련과 최국희는 옥시덴탈리즘적 시선에서 미유학파 출신인 오하림을 "미국적 교양인"으로 간주한다. 이들은 세계 최고 문명국인 미국 유학 출신이자 미군정에서 일을 하는 오하림을 둘러싼 '문명의 빛'에 눈이 멀고 말았다. 한혜련의 경우 오하림을 "현대청년, 모던뽀이"로 고평하는 반면 자신의 약혼자인 학병 출신 중학교원 장완기를 "시골뜨기"로 폄하해 버린다. 당시 학병은 식민지 조선에서 최고 엘리트 지식인군에 속했다. 이들은 해방 이후에도 미국 유학파 출신들과 함께 단독정부에서 많은 수가 활동할

---

86 정비석의 『도회의 정열』은 1946년에 『신인』 연재, 단행본은 평범사에서 1947년 출간. 이영미, 「정비석 장편연애·세태소설의 세계 인식과 그 시대적 의미」, 『대중서사연구』 26, 대중서사학회, 2011, 15면.

87 복색으로 민족을 구분하는 것은 이광수의 「서울」에서도 나타나는데 이 소설에서는 추가적으로 복색이 계층·계급 차별의 의미까지 덧씌워져 있다. 단발과 퍼머가 유행하는 해방기에서 조선식 머리와 복색은 몸종, 하녀나 하는 것이었다. 이광수, 「서울」(『태양신문』, 1950), 『이광수 전집』 19, 삼중당, 1963, 113·129면.

만큼 성공한 집단이었다. 이런 학병이 미국의 등장과 함께 '시골인'으로 치부되었다는 것은 조선 내 미국의 물적 · 외양적 · 정신적 위상을 보여준다. 이 작품은 위계화된 문명적 요소를 남녀의 매개로 설정하고 있는 연애서사다.

서양을 추종하는 여성의 등장은 조선에서 미국화가 어떤 식으로 이루어지는지를 보여준다. 그것은 미국을 선망하는 밀도가 확연히 다른 두 여인을 통해 드러난다. "여학교 때부터 영화라면 미쳤던"[88] 한혜련은 무도회, 사랑의 키스, 춤추는 화려한 미국 영화의 장면을 환상하며 연애와 사랑을 꿈꿔 왔다. 그녀 앞에서 서양식 풍속을 떠들어 대는 오하림의 말은 그 자체로 '권위'였다. 오하림은 지적이고 세련된 이상형의 남자다. 이와 달리 혜련보다는 영화를 덜 좋아하는 최국희는 사랑한다는 오하림의 고백을 천박하게 느낀다. 그녀는 진실한 사랑이란 미국식인 말이 아니라 마음과 마음으로 통해야 한다고 생각하기 때문이다. 문화적 이질감이 내면에 자리하고 있는 것이다. 이렇듯 최국희와 한혜련은 연애 감각에 있어서 (범박하게) '조선식 사랑'과 '서양식 사랑'으로 구분된다. 복색과 연애 감각이 일치하고 있다.

그런데 미국적 정체성을 가졌다고 자임하는 오하림의 '사랑'과 한혜련의 '서양식 사랑'이 구분된다. 이 소설은 남성이 여성의 정조를 유린하고 떠나버리는 전형적 서사를 통해 미국식 사랑 관념, 더 나아가 미국화를 비판한다. '서양식 사랑'을 지향한 한혜련은 오하림과 영화적 · 낭만적 사랑을 바라지만 두 사람은 애초에 사랑의 관념이 달랐다. 한혜련

---

88 정비석, 『都會의 情熱』, 平凡社, 1949, 27면.

은 서양식으로 세련되면서도 순정한 남자를 원했다. 이와 달리 오하림은 제 발로 걸어와 안기는 여성을 사랑해 주는 것은 현대 남성의 관대한 도덕이라고 생각했다. 그에게 한혜련은 향락의 대상일 뿐이다. 그녀가 임신을 하자 오하림은 3년 동안의 조선 생활을 지겨워하며 미국행을 결심한다. 그에게 미국은 도피처이자 '조국'과 다름없으며, 조선은 순간적인 유흥 그리고 이익의 대상이었다. 이 '미국 대리자'의 심리는 당시 주둔한 미군정의 정체성을 환기시킨다. 그럼에도 미군정과 미유학파 조선인이 완전히 일치한 것은 아니었다. 전후 미국은 '제국'으로 성장하면서 세계 각국과 외교를 새롭게 맺고 '세계 정치'의 방법을 배워가는 과정이었다. 미국 자국의 이익이 우선하지만 조선과의 지속적인 관계를 염두에 두지 않을 수 없다. 반면에 유하림과 같은 유학파는 조국, 민족과 관계없이 순간적이고 단기적인 효용으로 조선을 이용하고 떠나버리는 존재다. '미국 대리자'인 조선인이 오히려 미국보다 더 조선인에게 배신감을 준다고 할 수 있다.

　미국의 존재는 부정적인 미국관뿐만 아니라 민족성, 조국애, 여성성 등 '조선인 내부'의 문제를 촉발했다. 해방 조선에 미국의 등장은 해방 공간의 '전통 부정'과 맞물리면서 '여성의 해방'이라는 긍정적 가치를 야기했다. 동시에 그 반발로 '타락한 여성상'이 주조되었다. 그렇다면 한혜련의 인물도 재평가될 수 있다. 한혜련의 오하림에 대한 열망이 온전히 선진문명을 맹종하는 데서 기인한 것만은 아니다. 향락적인 여성으로 치부된 이들이 진정한 사랑을 찾는 의식에 깔린 사회적 맥락이 중요하다. 해방이 되고 여성의 자유와 해방, 여권 신장을 부르짖는 목소리가 높아졌다. 여성의 가사부담을 줄이기 위해 가옥 구조를 개선해야 하며 심지어 결혼 대신 독신 및 동거, 당당한 재혼도 좋다는 식의 '급진적인' 주장도 나왔다.[89] 단순히 미국 영화의 영향 때문이 아니라 봉건적 삶의 구조와 가부장적 전통으로부터 탈피하고자 하는 여성의 열망이 주체적인 사랑과 연애의 열망을 키웠다. 작가는 이를 거세하고 민족주의적이고 가부장적 서사를 재생산한 셈이다.

조국애, 민족애가 없는 유학파의 존재가 국민국가적 사유의 경계를 일부분 무너뜨리기도 했지만 그것이 해방 조선과 국제 정치의 '평화'에 이바지하지는 못했다. 오히려 민족주의적 입장에서 조선심을 강조하기 위해 '미국 대리인'은 미군정보다 더 부정적인 민족의 일원으로 부정되었다. 식민지기 지도자로 표상되던 미국 고학생이 해방기에는 타락하고 조국을 배신한 존재로 둔갑하는 국면이다. 미군정과 미국의 소비 문화에 대한 반미 감정이 조선인 유학생에게 역투사된 꼴이다. 이러한 부정에도 『도회의 정열』은 미국 영화의 영향력과 미국 문화의 전파력을 보여주고 있다.

정비석의 소설이 '성'과 관련된다면, 염상섭의 『효풍』은 1947년 크리스마스부터 1948년 단정 직전까지를 시간적 배경으로 '돈'의 문제를 다루고 있다. 이 작품은 빨갱이 문제와 함께 솜, 생고무, 마카오 종이 등 무역을 통한 부의 축적이 서사의 두 축을 이루고 있다. 하와이 출신 이진석, 전직 영어교사인 김혜란, 미국인 베커, 베커나 모리배의 뒷배를 봐주는 거간꾼이자 김혜란의 옛 스승인 장만춘은 모두 영어 가능자이자 미군정 및 미국인을 매개로 한 '권력형 비리' 무역의 공모자라 할 수 있

---

89 「재혼론」, 『민성』, 1949.6, 50면; '결혼문제특집' 및 「독신주의론」, 『민성』, 1949, 54면, '여성문제특집' 참조.

다. 서술자 역시 이민 2세로 여겨지는 이진석을 "식민지 신사"[90]로 지칭하고 있다. 정리하면 이 작품은 '미국 대리자'의 부정적 표상이 영어가능자로 확대되어 '미국 대리자'의 범주를 확장하고 있다.

'식민지 신사'는 미국이 식민자라는 의미를 함유하고 있다. 그런데 정작 미국 사람인 베커는 호색한이 아니라 혜란을 좋아하는 순정남이며 무역비리가 있는지도 선명하지 않다. 미국인 베커는 긍정적으로 그려지고 있지만, 오히려 이진석이나 장만춘 등 미국 대리자는 '식민지 신사'로서 비판의 대상이 되고 있다. 그렇지만 이 작품은 영어 가능자라고 해서 모두 잘 살거나 비도덕적인 것은 아니라는 점에서 특징적이다. 영어 가능자는 위의 인물 외에도 김혜란의 아버지 김관식이 있다. 그는 미국 유학파 출신으로 영문학을 전공하고 해방기에서도 대학에서 강의를 하고 있었다. 김관식은 경제적으로 형편이 어려운 처지에 있었지만 좌우익을 모두 싫어하는 양심적 인물로 그려지고 있다. 유학세대에 따라서 조국애가 다르다는 것을 알 수 있다.

"이런 말이야 베커 군에게 할 말은 못 되지마는 우익에게까지 지지를 못 받는 것은 군정의 실패요, 우익끼리까지 분열시킨 것도 미국의 책임이라고 아니할 수 없지. 더구나 남조선이 적화할 염려가 있다면 완전히는 당신네의 실패요."
병직이 차차 열이 올라간다.
"그 반면에 조선인 자신의 과오에도 책임이 없지 않겠소?"
"그야 우리도 모른 게 아니요, 반성反省하여야겠지마는 그러나 조선사람 모

---

90 염상섭, 『효풍』, 실천문학, 1998, 23면.

두가 미국정책에 열복悅服하지 않고 미국세력에 추수追隨하고 아부阿附하지 않는
다는 의미로 조선사람에게 책임을 물어서는 안 돼요! 적어도 그와는 정반대의
의미로 해석돼야 할 거요!"

　베커와 같은 미국청년과 다행히 일본말로라도 수작을 직접 하여 의사소통
이 되는 것만 병직이에게 시원하고 유쾌하였다.

　"그러면 미국에 추종하고 미국세력이나 끼고 놀겠다는 축만을 상대로 하니까
결국은 실패란 말요?"

　베커의 말은 옳았다.[91]

　영어 가능자의 정체성을 구분했듯, 이 작품은 비판의 화살을 '미국 대
리자'에 한정하지 않았다. "미국의 상인, 이권운동자" 등 '식민지 신사'
가 조선에서 활개를 치는 것은 미국과 미군정의 책임이기도 했다. 해방
기 조선의 모리배 창궐과 통역 정치 및 권력형 비리, 미국 대리자의 난
립을 가능케 한 것은 상당 부분 미국이 불러온 문제이기도 했다. 앞의
인용문에서 병직과 베커가 나눈 대화에는 미국과 조선인의 책임공방이
치열하다. '미군정의 방침에 반대한다고 해서 조선인에게 책임을 물어
서는 안 된다'는 지적은 해당 조선인을 빨갱이로 몰아서는 안 된다는 의
미이다. 당국이 비판자를 빨갱이로 간주해 직업을 박탈하고 신체를 구
속하는 것은 통일을 염두에 두지 않는 '분단정치'가 시작됐다는 것을 상
징적으로 예시했다. 이것은 조선을 자주독립국가로 만들겠다는 미국의
방침과도 일치하지 않는다. 그래서 미군정에 대한 조선인의 반미 감정

91　위의 책, 114면.

이 이 소설에서 특정 단어로 표현되었다. "양갈보", "민주주의다!"가 그 예이다. 베커의 차에서 내리는 김혜란을 보고 동네 아이들이 양갈보라 외치는데 이 말은 당시 조선인의 '여론재판'식 비난조라고 할 수 있다. 또한 "민주주의다"는 우익청년단에 가입하지 않으면 빨갱이로 지목된다는 말에 "그것두 지목을 받아요? 민주주의 시대란 다르군!"[92] 하는 식으로 풍자·조롱의 대상으로 사용되었다. 남녀가 팔 끼고 가는 모습을 보고 "흥! 민주주의다"라고 한 경우도 마찬가지이다. 이렇듯 미국적 가치를 상징적으로 대변하는 '민주주의'란 말이 조선인에 의해 왜곡 및 부정되고 있다.[93]

그런데 '미국이 자신을 추종하는 세력만을 끌어안는다'는 것은 아이러니하게도 이를 비판하는 병직의 아버지가 전형적이다. 병직의 부친 박종렬은 식민지기 도회의원으로서 친일 행각을 했다. 해방 후 그는 우익청년단에 돈을 지원하고 서울 양조회사 사장이 되며 정치 권력에도 줄이 닿아 있다. 이처럼 미군정에 대한 비판은 필연적으로 조선인 자신에 대한 비판을 동반했다. 조선인의 자기비판은 조선인 부패와 친일 청산 실패뿐만 아니라 전통 문화로도 이어졌다. 그래서 해방이 전통 문화 개선

---

92 염상섭, 『효풍』, 실천문학, 1998, 138면.
93 민주주의란 말을 상당수 조선인들이 잘 알지 못했다는 것도 주지의 사실이다. 다음은 그 하나의 예이다. "일본의 식민지 시기에는 언급조차 허용되지 않았던 민주주의 이념이 새롭고 폭넓게 확산되었다. 한 늙은 신사가 길고 하얀 도포를 입고 근엄하게 거리를 거닐고 있었다. 이때 노인을 공경하는 한국 문화에서는 전례 없는 일이 발생했다. 소년들이 그 노신사에게 진흙 덩어리를 던지기 시작한 것이다. 놀라고 화가 난 노신사는 당연히 소년들을 꾸짖었다. 그러나 도리어 소년들은 '할아버지가 뭐라고 하던 관심 없어요. 우리는 이제 민주주의 사회에 살고 있고, 우리가 좋아하는 일은 뭐든지 할 수 있어요'라고 외치며 진흙을 계속 던졌다. 불확실성과 혼돈의 시기였다." 플로렌스 J. 머레이, 박광화 외역, 『리턴 투 코리아』, 대한기독교서회, 2005, 64면.

에 일조한 점이 부각되기도 했다. 이를 테면 민주주의나 양갈보와 달리 "해방덕"이란 용어가 긍정적인 의미로 쓰였다. 소설에는 해방이 되고 나서 이제 여성이 자유롭게 요릿집을 구경할 수 있게 되었다고 적고 있다. 이는 여성의 사회적 지위 상승을 예증한다.

요컨대 해방 이후 소설을 통해 가시화된 미국은 물적 가치가 지배하는 자본주의 사회였다. 그 힘을 상징하는 '빌딩'은 보는 이로 하여금 '절대로 무너지지 않을 것 같은 이미지'를 선사했다. 그러한 미국이 조선에 진주하자 이제 단기적 이익을 획득하기 위한 미국인・'미국 대리자'가 미국 국가성의 성격을 가시화했다. 여기서 '미국 대리자'는 재미조선인 2세나 유학생이었다. 1930년대 유학생은 미국의 고학생이었고 식민지 조선의 미래를 이끌 미래의 지도자・지식인이었다. 또한 이민 1세 노동자들은 인종차별과 자본주의적 착취하에서 고된 삶을 영위한 동포였다. 하지만 해방 후 조선인의 미국/미군정에 대한 민족 감정이 대미 무역과 관련된 조선인 영어 가능자, 양공주[94] 등에게 투사되었다. 그 강도는 미국을 향한 것보다 더 강했다. 이와 같은 심리적 반응과 달리 현실에서는 선진 문화를 빠르게 수입할 목적으로 미국 등 외국에 유학생을 파견했던 것이 당국의 방침이었다.[95] 이러한 모순적 현상에는 국익을 위한 파견 유학생은 긍정하면서도 이미 미국화된 유학생이나 이민 2세의 조선 유입을 부정하는 민족주의적 사고가 반영되어 있다.

---

94 양공주는 일본의 경우 '팡팡'으로 호명되었다. 이 역시 "미국에 대한 직접 비판을 피하기 위한 대리 표상의 기능"을 하기도 했다(고영란, 김미정 역, 『전후라는 이데올로기』, 현실문화, 2013, 288면). 미군의 기지촌과 양공주와 관련해서는 손윤권, 「기지촌소설의 탈식민성 연구」, 강원대 박사논문, 2010을 참조할 것.

95 「外國留學生의 考選」, 『민성』, 1946.6, 7면.

또한 염상섭의 소설이 보여주듯, 해방 조선의 혼란은 그에 대한 '책임' 소재를 제기한다. 미군정과 조선인 중 누구의 책임이 더 큰가. 이 점이 당대 소설을 통해 조선인의 미국관/미국화를 구명하는 의미의 '핵심'이라 할 수 있다. 자주독립국가를 세우고자 하는 조선 엘리트와 해방자이자 점령자로 등장한 미군정 앞에는 독립과 정부 수립이라는 정치적 의제 그리고 쌀과 옷, 집 등 인민의 복리 문제 등이 놓여 있었다.

4) 조선의 혼란, 미군정과 조선인의 정치적 책임

'미국 대리자'를 매개로 미국 문화를 재현한 소설은, 조력자에서 독립의 대상으로 바뀌어가는 미군 관련 소설과 함께 조선인의 민족 감정을 자극하고 반미 감정을 조장했다. 그렇다면 반미 감정 조성에 소설이 차지하는 영향력은 어느 정도였을까. 이것은 당대 현실을 반영한다는 소설이 실제로 드러낸 재현의 폭과 밀도를 시사한다. 신문, 정치평론서, 잡지 등 다른 매체를 통해 형성된 반미의 내용과 소설의 차이는 당대 소설이 제기하지 못한 현실의 문제를 드러낸다. 즉 소설과 담론상 미국화의 차이는 미국의 가시화와 비가시화의 동시성 문제와 밀접하게 관련되어 있다. 이 간극을 살펴본다면, (소설이 지닌 재현의 한계 문제와 함께) 미군정과 조선 정치인의 책임정치 문제를 더 세밀히 관찰할 수 있다.

주지하듯 해방 직후 미국은 해방군이었다. 조선인에게 미국은 과학의 나라이자 세계 최고로 부유한 나라이기도 했다.[96] 그것은 선교사와 미국의 경제적 지원, 서양식 문화, 미국 영화 등이 실증했으며 조선인의 선망을 불러일으켰다. 주둔한 미군정은 식민지기 미국 유학파들을 전공과 상관없이 등용시켜 활용했기 때문에 조선에서 미국 유학과 영어는 새 시대 문명의 보편이자 입신출세의 수단으로 인식되었다. 미국 민주주의 등 미국적 가치를 소개하는 책들도 다수 출간되었다. 1930년경 미유학을 한 서울대 한치진 교수가 대표적이다. 그는 미국의 가치를 '자유, 평등, 기회균등'로 꼽았다. 미국식 민주주의의 근원은 청교도적 절제와 근로정신, 개척주의로 표명되었다. 각국 인종의 이주와 자연환경 그리고 청교도정신이 결합하여 미국만의 민주주의가 창조되었다는 것이다. 또한 그는 벤자민 프랭클린 등을 통해 국제주의, 낙관주의, 계몽사상, 합리적 윤리론이 미국의 정신이 되었다고 선전했다.[97] 미국의 지지를 등에 업고 등장한 정치가 이승만의 경우 미국은 정의와 인도·친절의 나라로서 세계평화와 자주평등을 지향하며 침략주의를 배격하는 도의국가였다. 따라서 한치진은 미국이 조선 등 남의 영토를 탐내지 않고 민주주의 건설을 위해 사심 없이 도와줄 것이라고 주장했다. 그는 우방이라는 점을 강조하기 위해 개화기 시절 미국이 조선의 문호개방을 도왔다는 것을 전할 뿐 일본의 조선 지배를 묵인한 사실은 언급하지 않았다.[98] 이는 미국 지지를 통해 조선 내 이념 대립에서 우위를 확보하고

---

96 참고로, 미군이 부정적으로 인식되었지만 조선을 벗어나 미국에서 미군의 위치를 염두에 두고 보면 그들도 단순히 부유한 나라의 부유한 국민이 아니라 전쟁 동원의 피해자이기도 했다. 전쟁 체험으로 정신적·육체적 파탄이 나기도 했고, 미 남부지역 출신은 북부지역에서 빈부격차를 목도하기도 했다. 여기에 대한 다양하고 구체적인 모습은 유명 작가인 트루먼 카포티의 단편소설 「차가운 벽」, 「사물의 형태」, 「마지막 문을 닫아라」 등에서 살펴볼 수 있다. 트루먼 카포티, 박현주 역, 『차가운 벽The Walls Are Cold』, 시공사, 2008 참조.

97 한치진, 『미국 민주주의』, 중앙청공보부여론국정치교육과, 1948.5, 38~128면.

98 이헌구, 『李大統領訓話錄』, 중앙문화협회, 1950, 22~69면; 함돈익, 『增補 朝鮮歷史』, 조

자 한 전략이었다. 이에 따라 미국은 제국이 아닌 '이상국가'로 인식될 가능성이 열렸다.

하지만 미국은 조선에서 '미군정'을 통해 이해되기 시작했다. 미국이 조선의 현실정치에 개입하면서 '이상국 미국'과 '점령군 미군정'으로 구별되어 인식되었다. 신탁론의 이전만 해도 미국(군)은 좌익에게도 해방군이었다. 하지만 신탁통치와 쌀 수급 문제가 정치적으로 급부상하면서 미국의 이미지가 부정적으로 바뀐 것은 널리 알려진 사실이다. 이미 당시 국외적으로 미국은 중립국이나 도의국가가 아니라 소련을 봉쇄하고 중국 국민당을 지원하는 반공국가였다. 세계의 큰 축이었던 영국에서도 노동당이 집권하면서 자유 민주주의의 사상적 '경쟁력'도 약화되고 있었다. 남조선 내에서는 '토지개혁을 실시한 소련의 북조선이나 개혁을 단행하고 있는 일본'보다도[99] 혁신의 노력이 부족했다. 국제 질서와 미국의 국가적 이익이 조선에 영향을 미치고 있었던 것이다. 이에 따라 반미 감정과 민족 감정이 착종된 조선인의 불만이 소설이나 신문, 잡지, 삐라, 정치평론서, 벽보 등의 형태로 분출하기 시작했다.

소설에 나타난 반미 의식은 다른 매체에 비하면 낮은 편이었다. 소설적 재현과 경험적 현실의 낙차는 컸다. 먼저 미국과의 관계에서 '경제적 종속'의 문제가 있었다. 경제 종속은 사대주의와 식민지를 환기한다는 점에서 국가 주권과 직결되는 문제였다. 대미 무역뿐만 아니라 국내 영

선문화사, 1945.10, 91~96면.

[99] 미국은 일본에서 헌법개정, 경찰개혁, 행정의 지방분권화, 선거제도 개혁, 간통제 폐지 등과 함께 1946년 1월 공직 추방령을 통해 군국주의적 지도자의 입후보를 제안했다. 또한 노동조합은 민주주의 학교로 불렸다. 타케마에 에이지, 송병권 역, 『GHQ 연합국 최고 사령관 사령부』, 평사리, 2011, 138~213면.

화 시장도 예외가 아니었다. 당시 미국 영화가 영화 시장을 장악하고 미국 문화를 전파시켰지만 영화 배포와 제작 과정에서 '미국성'이 드러났다. 중앙영화배급사를 통해 막대한 돈이 군정으로 흘러들어갔다. 영화 허가제 등 미군정의 영화 정책은 제작 상영의 자유를 막아 조선 영화의 민주주의적 재건을 막고 자립할 수 있는 기반을 무너뜨렸다. 미국 영화 상영기간이 확대되면서 극장에서 상연하던 조선 연극이 큰 타격을 입기도 했다. 그래서 식민지 영화 정책보다 미국의 그것이 더 비민주주의적이라는 원성이 높았다.[100]

또한 미국인과 조선인의 인종적 조우는 미군의 성폭행에서 빚어졌다. 각종 신문에 미군의 강간, 성희롱, 총기난사 사건 등이 해방기 내내 보도되었고 조선인의 공분을 샀다. 그래서 "외국인들은 모두 더러운 놈들이다", "가까이 하지 않는 게 상책이다" 등의 언설이 드높았다.[101] 미군에 대한 조선인의 감정이 얼마나 악화되었는지 어렵지 않게 짐작할 수 있다. 당시 조선 우익 진영과 미국은 소련의 성적 타락을 비판했지만, 정작 당사자인 미군이 성적으로 문란한 태도를 취하면서 퇴폐적 도덕성과 군 내부 기강의 해이함을 노출하고 말았다. 미군은 미국 민주주의의

---

100 이명자, 『신문, 잡지, 광고 자료로 본 미군정기 외국영화』, 커뮤니케이션북스, 2011, 34~44, 54・94면.

101 "우리 (미국) 병사들은 '국' 풍습을 저주하고 조금 '국말(언어)'을 배우려고 하고 '국' 여자를 추격하고 '국' 술을 먹고 장님이 되고 '국사냥'을 가고 어떤 날 '국나라'에 눈물 없이 작별을 한다."(「미국인이 본 조선안의 미국인行狀」, 『독립신보』, 1947.1.17; 허은, 『미국의 헤게모니와 한국 민족주의』, 고려대 민족문화연구소, 2008, 50면에서 재인용) 미군이 주둔한 일본도 별반 사정이 다르지 않았다. "초콜릿과 껌만 있으면, 일본여자는 식은죽 먹기", "개나 소나 입만 열면 민주주의, 천황 두 명 그게 민주주의?" 등 미군의 성적 타락과 부패는 미국이 표방한 민주주의와 함께 조롱거리가 되어 갔다(존 다우어, 최은석 역, 『패배를 껴안고』, 민음사, 2009, 523면).

주역이 아니었고 미국 초기 개척정신의 유산이 이어지지 않고 있는 것도 확인시켰다. 치안을 책임져야 할 미군이 오히려 사회불안과 공포를 조장했고 이에 조선인의 반미 감정은 폭발적으로 비등해져 갔다. 민족 감정과 경제 주권, 가부장성 등이 반미 감정에 착종되어 있다는 것을 알 수 있다. 신문, 잡지는 소설보다 훨씬 깊고 강하게 민족 감정을 표현하고 있었다.

사정이 이렇다면 해방기의 좌익 세력 역시 반미선전을 강화했을 것 같다. '이데올로기로서의 반미주의'하면 민족주의나 사회주의가 떠오른다. 좌익의 것은 단순히 일시적인 반미 감정이 아니라 이데올로기로서의 반미주의와 관련된다. 그런데 의외로 해방기에 창궐한 정치평론서는 반미 감정이나 반미주의를 크게 드러내지 않았다. 민족주의 계열의 안재홍이나 조소앙의 글과 책에는 반미주의가 거의 없다. 또한 좌익 계열도 백남운, 이강국의 경우 아주 일부에 불과하고[102] 1946년에 출간된 박헌영의 책에 어느 정도 기술되어 있을 뿐이다. 한마디로 좌익 세력은 온건한 수준의 대미 자세를 취했다. 그 이유는 백남운, 이강국의 글을 보면 쉽게 알 수 있다. 당시 조선 정치인의 상당수는 단정을 주장한 이승만 진영과 달리 미소공위가 사실상 결렬된 1947년 7월에 이르기까지 미소공위의 개최와 성공을 지지하고 있었다. 좌익 계열은 독립을 위해 미국에 '기대' 하지 않을 수 없는 상황이었다. 오히려 이들의 비판의 화살은 민주의원 등 정치 및 사상적으로 경쟁하고 있는 우익 진영을 향했다. 예를 들면 이승만은 파시스트로 폄하되기도 했다.[103]

---

102 백남운, 『조선민족의 진로·재론』, 범우, 2007.
103 이강국, 『민주주의 조선의 건설』(1946.4), 범우, 2013, 103·168면.

이런 '온건파'와 달리 박헌영은 이미 사회주의자로서 식민지기 『개벽』 등에 인종차별을 거론하며 미국 기독교의 제국주의적 속성을 비판한 이력이 있다.[104] 그는 미국 등 서구 제국주의가 자신들이 보유한 식민지의 권리를 포기하지 않을 것으로 판단했다. 그래서 그에게 1945년 12월 모스크바 삼상회의에서 미국이 제시한 10년 신탁통치안은 조선을 속국으로 취급한 비민주주의적 제국성을 드러낸 사건이었다. 또한 그는 전후 자본주의란 전전 자본주의와 별반 다르지 않다며 독점적 자본주의가 조선을 침탈해 오는 상황을 경계했다.[105] 박헌영의 문제 제기는 당시 다른 지식인도 어느 정도 공감하는 내용이었다. 특히 암시장 형성, 군정의 물가조절 실패, 정경유착,[106] 임금 하락과 대미 무역 의존도 증가 등 조선 경제의 정체 및 혼란상과 맞물려 '경제주권' 확보 문제가 공공연히 제기되었다.

이렇듯 반미 감정은 진정한 독립을 위한 정치 · 경제적 주권 확보 문제를 함의하고 있다. 미군의 주둔은 군사적 지배였고 그것은 정치적 지배를 의미하기도 했다. 미군정이 조선인의 염원인 친일 잔재 청산을 외면하고 오히려 친일 경찰을 중용하여[107] 경찰국가화했을 때 그 정치적

---

104 공임순, 『스캔들과 반공국가주의』, 앨피, 2010, 170면.
105 박헌영, 『조선 인민에게 드림』(1946.8), 범우, 2008, 93 · 106 · 163면. 조선에서 '정치평론서'가 창궐했듯 세계 지배 외교 전략을 배워가던 미국 내에도 역시 '정치평론서'가 많이 나왔다. 일례로 조선에도 유입된 『냉정전쟁』의 저자는 당시 트루만 간섭주의를 비판하고 미국이 도의국가가 되어야 하며, 외국에 주둔한 미군은 필연적으로 해당 국민의 적대감을 불러일으킬 수밖에 없다며 철군을 주장하기도 했다. 더 구체적인 내용은 월터 립맨, 박기준 역, 『冷靜戰爭』, 고려문화사, 1948 참조.
106 해방기 부산 기업가의 입법의원선거, 미소공위, 지방행정 및 경찰 지원 등 우익사업정치가의 성장에 관해서는 김지태, 『나의 履歷書』, 한국능률협회, 1976 참조할 것.
107 미군정은 친일 경찰을 동원해 미곡수집을 하는 등 1946년 중반에 이미 그 인기는 바닥으로 추락했다. 장세진, 『상상된 아메리카』, 푸른역사, 2012, 112~113면.

성격은 확연해졌다. 조선인의 불만이 경제 혼란과 맞물려 1946년 9월 총파업, 1948년 제주4·3사건 등 민중봉기의 형태로 나타난 것은 필연적인 귀결이었다. 민중은 군정연장 우려, 행정권 이양, 그리고 정부 수립 의지 등을 요구하며 미국과 치열한 대립각을 세웠다. 따라서 미군, 미국 문화와 관련된 소설에서 보이는 '돈, 성, 빨갱이' 등의 제재는 조선인의 정치·경제적 주권의 소설적 발현이라고 할 수 있다. 또한 그것은 미국의 반공정치에 편승한 진영의 '분단정치'의 시작 등을 배경으로 한 글쓰기이기도 했다. 폭발하는 갈등은 책임공방을 수반하기 마련이다. 염상섭의 소설은 사회 혼란을 야기한 책임이 미군정, 조선인 중 누구에게 있는가라는 물음까지 나아간다. 염상섭은 미군정에게 그 책임을 물었다. 미국의 지도력과 국제적 책임, 도덕성은 조선인이 추궁하기 좋은 사안이었다. 미국화를 둘러싼 소설적 재현은 미국 비판이 체제 내적으로 수렴되는 양상을 보여준다는 점에서 의미가 있다.

그러나 이러한 식견은 오히려 주권을 지켜야 할 조선인의 정치적 책임을 은폐·완화하는 결과를 낳는다. 민주주의 공화국 수립은 민족의 자치, 자결 능력을 포함한 정치 능력을 요구한다. 미국은 과거 일본처럼 조선인의 정치력을 무시했다. 조선 지도자 역시 조선 인민을 '정치적 강습생'이니 수련생이니 하며 인민이 담지한 정치적 감각을 폄하하기도 했다. 이는 삐라나 기타 신문에서 인민이 조선 정치인을 비판하고 정치적 목소리를 드높이는 '사건'의 정치성을 고려하지 않은 태도였다. 이런 현실에서 미국을 향한 비판은 남 탓만을 하는 꼴이며 내부의 문제를 외부로 전가하는 도덕적 해이 현상의 일면이다. 이와 반대로 '이상적 미국상'을 설정하고 친미주의와 사대주의를 조장하는 것도 정치인의 도덕

불감증의 단면이었다.

조선의 대미 감정을 살펴봤을 때 미국의 이미지로 조선의 전후 질서를 확보한다는 것은 불가능했다. 평화를 갈망하는 반전 정서의 조선인과 냉전 및 제3차 세계대전을 조장하는 미국 간에는 본질적인 괴리가 있다. 미소 냉전이 분단을 낳은 외부적 요인임에 틀림없다. '분단정치'의 전제가 되는 조선 분할 점령의 책임이 미국에게 있다는 것도 피할 수 없는 사실이다. 그러나 미국 비판이 조선인 간 결집을 가져오지는 않았다. 조선인은 내부의 서로 다른 사상을 포용하지 못하고 '적대적 공존'에 실패했다. 이는 미래를 쉽게 예단하기 어려운 당대적 상황에서 비롯된 문제이기도 하다. 이승만 진영 말대로 군정이나 신탁의 기간이 길어지면 독립 의지가 감소될 수 있었다. 좌익 진영은 미국을 비판하면서도 미국이 속한 연합국의 독립 약속을 믿을 수밖에 없었다. 그러나 이승만 진영은 단정, 반민주적 테러정치, 반공주의, 공포정치, 분단정치 등으로 치달았고, 좌익 진영의 기대는 미소의 국가적 이해와 이념 대립 속에 좌절됐다. 정부 수립 과정은 인민의 인권과 복리가 확보되어 가는 과정인 한편, 정부 통제의 제도화 과정이기도 하다. 미군이 주둔한 남조선에서 미국적 가치와 미국식 민주주의는 사회주의를 포용하지 못했고 결국 사회주의자를 북으로 내몰거나 탄압했다. 그러면서 미국에 대한 사대주의가 반미 감정 속에서도 커갔다. 또한 친일 청산과 자주적 주권 확보 등 책임정치의 꿈은 연기되어 갔다.

그럼에도 당대의 혼란은 조선인에게 미국과 미국적 가치를 대신할 물리적·사상적 대안이 없었기 때문이기도 하다. 이 글에서 1920년 말 공황 직후, 제2차 세계대전 미국을 다룬 소설에는 '절대 무너지지 않을 듯한 빌딩'이 등장한다. 이를 올려다보는 인물들은 일개인의 죽음과 좌절을 매번 확인할 뿐 자본주의의 종말을 상상할 수 없다. 개인이 쉽사리 대안을 모색하기 어렵다는 얘기이다. 공황 이후 전쟁에서 승리하고 세계 최고의 강대국이 된 미국이 그것을 증명하고 있다. 조선인은 미국에 휩쓸리게 되었고 미국이 주창한 '자본주의와 민주주의의 결합'을 어떤 식으로든 수용해야 했다. 그것은 조선인의 인종적·민족적 감정과 만나 다양한 인식을 파생시켰다.

이에 대한 하나의 미약한 저항의 형태로 조선인은 '향락적 미국인상'을 주조했다. 이 말은 미국 제도의 문제에 대한 비판을 미국인 개인에게 우회적으로 돌린 것과 같다. 이것은 해방기에서 객관적으로는 미국 유학이 증가하지만 주관적으로는 '반민족적 미국 대리자'가 유입을 하는 조선의 현상과 같은 맥락이다. 미국인은 부정되지만 미국은 하나의 신앙이 되어 갔다.[108] 마찬가지로 겉으로 국가의 사명을 띠고 나가는 유학파는 선망의 대상이 되지만, 유입되는 재미조선인 개인은 부정의 대상이 된다. 문명의 진보에 대한 신앙이 미국에 투사되면서도 '미국 대리자'를 비판하는 일련의 소설들이 쓰인 배경에는 이러한 심리적 메커니즘이 존재했기 때문이다. 더 나아가 미국 대신 미국인을 향한 조선인의 반발심은 외국인혐오증Xenophobia이 형성되기 시작한 계기가 되기도 했다. 이로 인해 반미 감정은 가부장성을 재생산하게 된다. 이 글의 소설이 보여주듯 그것은 미국에 대한 직접적 저항이 아니라 남성 지배권력의 질서를 유지하기 위한 것이기도 했다. 그리고 그 모습이 염상섭의

---

108 또 다른 한편으로는 (미국)국가의 자본통제 불가능성을 예증하는 것이기도 하다.

『효풍』 등 일군의 소설들에서 징후적으로 또는 미약하지만 사실적으로 재현되었던 것이다.

3. 중국 삼민주의 수용, 민주화와 '강한 국가'의 꿈

1) 중국 인식과 삼민주의

조선이 해방을 맞아 국가건설에 힘쓸 때 중국에서는 내전이 벌어지고 있었다. 조선에서도 이념 대립이 심화되고 있는 상황에서 국공 내전은 남의 일이 아니었다. 그 내전은 어쩌면 조선에서도 일어날 수 있는 문제였다. 여기서 당시 조선인에게 중국은 어떤 의미였을까 하는 물음이 제기될 수밖에 없다. 하지만 이후 공산당이 중국의 지배권을 장악하고 한국전쟁에 참전하면서 남한에게 중국은 적성국가가 되고 만다. 반공사회에서 국공 내전뿐만 아니라 중화인민공화국의 의미를 묻는 것은 용이한 일이 아니었다. 한·중 수교가 이루어지기 전까지 한국인은 대국에 대한 오래된 경외감과 중국인을 비하하는 양가적 감정으로 중국을 인식했다.[109] 그러다 1970년대 중후반 리영희 교수가 냉전적 시선으로 중국을 재단하는 경향에서 탈피하면서 일대 전환점을 맞게 되었다. 왜곡된 중국

---

[109] 주지하듯 중국의 상투적 이미지는 '중국 위협론'과 '중국 낙후론' 사이를 오가는 악순환 속에 반복되고 있다. 쑨거·윤여일 대담, 『사상을 잇다』, 돌베개, 2013, 184면.

관을 새롭게 수정하고 중국현대사를 온전히 인식하기 위해 한국인의 중국 인식 형성과 변용 과정을 탐색하는 후속 작업이 잇따랐다.[110] 한국인의 중국 인식이란 한국인의 실감을 재현하겠다는 연구자들의 화두였다. 그리고 그것은 중화인민공화국이 선포된 1949년을 조명한 연구로 가시화됐다.

1949년은 조선의 단독정부 수립 이후 시점이다. 이 당시 남한의 중국 인식이란, 분단 현실이 고착화되어 가는 과정에서 '냉전적 사고'가 투사되기 시작한 중국상이라 할 수 있다. 이 연구는 두 가지 제안을 하고 있다. 첫째, 민중의 동향을 중시한 시각에서 정세가 고착된 것이 아닌 계속된 혁명으로 보는 장기적 관점이 무엇인지 구명하는 작업의 필요성. 둘째, 한국인의 중국 인식 형성사는 중국에 대해 '알고 있는 것'과 중국에서 '알고 싶은 것'(또는 바라는 것)의 두 측면이 상호 침투하는 동태적인 인식 과정이라고 했다.[111] 여기서 '알고 있는 것'이 중요하다면, 냉전적 진영 논리가 반영되기 이전의 중국 인식은 무엇일까 하는 문제가 제기된다. 1949년보다 이전의 시점이라면 해방기 무렵이다. 그래서 최근 새롭게 해방기 조선인의 중국 인식을 구명한 최종일의 연구가 주목된다.[112]

일정 시대의 교육을 받은 우리 청년들에게는 중국인에 대하여는 경의를

---

110 필자는 '추악한 중국인'과 관련된 후속작업을 진행한 바 있다. 여기에 대해서는 이행선·양아람, 「『추악한 미국인』(1958)의 번역과 동아시아의 추악한 일본인, 중국인, 한국인(1993)—혐오와 민족성, 민족문화론」, 『한국학연구』 48, 인하대 한국학연구소, 2018, 315~350면을 참조할 것.

111 백영서, 「1949년의 중국—동시대 한국인의 시각」, 『동아시아의 귀환』, 창비, 2000, 212~214면.

112 최종일, 「냉전체제 형성기(1945~1948) 한국인의 중국 인식—『신천지』를 중심으로」, 연세대 석사논문, 2012.

발할 지식보다는 멸시할 지식을 더 많이 가지고 있었다. 중국인은 돈만 알고 애국심이 없고, 군인이 우산을 받고 전쟁을 한다든가 달아나기 잘하고, 지저분하기 파리와 같고, 이러한 재료만 일본인 교원에게서도 들었고, 일본인의 책에서 읽은 것이었다. 게다가 우리가 일상에 목격하는 중국인은 대개 호떡 가게 주인이나 노동자만이어서 만나서 말할 경우에는 '호기야' 하고 부르고 반말하는 버릇이 된 그러한 사람들이 되었던 것이다.[113]

그러나 최종일은 조선인의 '알고 있는 것'을 간과하여 해방 이전의 중국을 연구 범주에서 완전히 배제해 버렸다. 앞의 이광수 소설이 환기하듯 해방기 조선인들의 무/의식에는 식민지기 교육과 조선 내 하층 중국 인상 등이 자리하고 있었다. 여기에 대일항쟁사와 내란의 다른 이름이기도 한 '혁명'의 지속을 추가로 상기한다면, 해방기의 중국상을 고려할 때 식민지 조선인의 중국관을 포함하지 않을 수 없다. 그러나 중국상을 논한다는 의미가, 단순히 중국의 현대사 복원이나 냉전 이후 일방적 중국 인식 교정에 국한되지 않는다. 여기서 더 나아가 당시 중국이 실제적으로 조선에 미친 영향이 무엇인지 구명해야 한다.

해방기에서 중국은 반공주의의 전거로 활용되기도 했다. 반공주의에는 사상과 체제, 경제, 문화, 지도자의 정체성까지 모두 착종돼 있었다.

---

113 이광수, 「서울」, (『태양신문』, 1950), 『이광수 전집』 19, 삼중당, 1963, 154면. 인용문은 중국인을 멸시하는 시선이다. 그런데 이광수 역시 '중국인 멸시'와 '중국에 대한 경외 및 우호감'을 동시에 드러내고 있다. 다음은 그 후자의 예이다. "민족과 민족과의 친애의 정은 변함이 없었다. 그들의 성인인 공자와 노자는 우리에게도 성인이요, 그들의 시인인 도연명과 이백은 우리의 시인도 되었다. 더구나 우리 민족이 일본의 침략을 받은 이후 사십년 중국 사람은 세계의 누구보다도 우리의 친구였다. 우리 지사들은 그들 속에 가서 의접하였었고 우리의 해방을 위하여 가장 동정한 것도 그들이었던 것이다." 위의 책, 154면.

그것은 정권을 장악하고 강화하기 위한 우익 진영의 정치적 수사이기도 했다. 그러나 중국은 소련과 달리 임정과 기타 여러 독립군이 활동했었고, 중국 지배집단이 공산당뿐만 아니라 국민당과 군벌까지 다양했기 때문에 일제나 해방기의 우익에게 반공주의로만 전유된 것은 아니다. 오히려 국공 내전 중 중국 인민이 공산당을 지지하는 여론이 비등해갔기 때문에 조선에서 반공주의로 활용하기에 적절한 나라가 아니었다. 그 보다는 조선이 남북으로 갈린 상황에서 중국 내전의 갈등과 원인이 더욱 이목을 끌었다.

중국의 근대사는 각 지도자와 그 지도자를 상징하는 기호처럼 존재했던 '주의' 간의 대립이기도 했다. 소련에 레닌주의가 있다면, 중국에는 손문의 삼민주의가 있었다. 이 삼민주의는[114] 정통성과 정당성을 둘러싼 국민당과 공산당의 분쟁의 핵심에 있었다. 해방 이전에 이미 역사가 오래된 이들 진영 간 분쟁은, 해방기 중국의 국공 내전의 원인을 미소 대립 구도에서 미국책임론 등으로 인지하는 기존 해석 틀의 한계를 드러낸다.

삼민주의를 중심으로 한 중국 근대정치 발달사는 단순히 정치사의 의미에 국한되지 않는다. 공산당과 국민당 양 진영이 삼민주의를 둘러싼 헤게모니 다툼을 하는 근저에는 중국 인민의 지지를 받기 위한 정치적 명분이 깔려 있었다. 그 얘기는 삼민주의가 함의한 정치·경제적 민

---

114 『신어사전』(1934.10)에서 삼민주의는 중국 국민당의 기본강령으로 소개하면서 다음과 같이 설명한다. "민족·민권·민생의 3주의이니, 민족주의는 한족·만주족·몽고족·투르크족·티베트족 간의 자유 평등의 주장, 민권주의는 인민의 언론 결사의 자유·선거·피선거·파면·국민투표의 권리이며, 민생주의는 평균지권·자본절제 등의 주장"이라는 것이다. 『신어사전』, 1934.10; 한림과학원 편, 『한국근대신어사전』, 선인, 2010, 125~126면.

주화의 염원이 지도 엘리트의 것만이 아니었다는 것을 가리킨다. 그것은 중국 인민의 바람이기도 했다. 그래서 삼민주의를 살펴본다는 것은 반식민지 사회를 견뎌내며 살아간 중국 인민의 심성과 앎의 구조를 파악한다는 의미가 있다. 또한 인접국인 식민지 조선이 삼민주의에 영향을 받았다면, 해방기의 조선 인민이 사회 민주주의적 심성을 지녔다고 하는 통념을 해명하는데 삼민주의가 유효한 참조점이 될 것이라고 생각한다. 일국사적 시각을 벗어나 인접국 인민의 삶을 통해 우리의 내면을 견주어 볼 수 있는 가능성이 열린다.

반식민지였던 중국은 식민지 조선의 주변국 중 일본이나 소련과 달리 조선 상황과 비교하기에 가장 적절하다. 삼민주의와 함께 변모해 간 중국이 제국주의 시대의 지정학 속에 성장한 동양적 근대의 한 양태로 간주될 수 있다면, 그것이 현대국가 수립 과정에 있는 조선에 직·간접적으로 시사하는 바를 파악하는 작업은 유의미하다. 삼민주의를 참조한다는 것은 본질적으로 조선인 일반 인민의 정치 감각과 지향점이 무엇인가와 관련될 수밖에 없다. 해방기 우익 성향의 인민조차도 사회 민주주의적 심성을 지닌 이유, 다수의 주의가 범람한 이유 그리고 이 주의들의 지향점인 남조선 정치 형태 및 성격 등을 해명할 수 있는 하나의 길이 열린 셈이다. 이는 흔히 말하는 남한 국가의 성격, '강한 정부, 약한 사회'론을 되짚어 보는 계기가 될 것이다.

그래서 이 글은 (삼민주의류의) 조선의 각종 주의가 인민과 지배 엘리트의 사상·정신적 매개 역할을 했지만 그것이 일방향적이지는 않았다는 것을 주장한다. 지식인의 계몽 이전에 존재하는 인민의 정치 감각과 그것이 주의와 만나는 지점에 주목해야 한다. 그래서 이 글은 헌법의 기원으로 간주되는 임정의 삼균주의 등 해방기의 정치·경제적 민주화를 지향하는 사상(서)을 상층 엘리트의 전유물로만 간주하려 하는 기존의 관점과 다르다.[115] 오히려 그것이 인민의 보편적인 정치 감각임을 가시화하는 데 목적이 있다. 사상서를 접하는 독자 대중의 간접 체험과 제도를 구축해 가는 주체의 민주적 역량은 별개의 것이지만[116] 중첩되어 있기도 하다. 이 중첩 지점에서 인민의 지성이 가진 성격을 구명하지 않는다면 해방기 대다수 인민이 정치·경제민주화를 지향했던 당대 정서와 앎의 수준은 해명되지 않을 것이다. 이는 미국, 소련 등 또 다른 외세의 영향으로부터 인민이 정신적 주권을 견지할 수 있는 기반이 있었는가와도 관련된다. 이를 도외시한다면 인민의 주체적 역량에 대한 지도층의 폄하를 재확인하게 될 뿐이다. 그래서 새삼 일반 인민의 중국관이 중요하다. 『삼민주의』는 책이면서 그 이름 자체가 별개로 생명력을 갖춘 주의이기도 했다. 해방 이전/이후 『삼민주의』를 둘러싼 정치·독서·사상의 문화사를 통해 인민의 내면을 살펴보자.

2) 중일전쟁의 지구전화와 식민 통치자의 전유, 순정 삼민주의

일본은 조선의 옛 종주국이자 침탈해야 할 대상인 중국을 적대시해 왔다. 삼민주의와 관련된 총독부의 제제는 식민지 조선에서 삼민주의가 본

---

115 손문 삼민주의와 식민지 조선의 관계에 관한 기존 연구는 상해 임시정부에 집중되고 있다.
116 민주화운동기념사업회, 정근식·이병천 편, 『식민지유산, 국가형성, 한국민주주의』 2, 책세상, 2012, 495면.

격적으로 소개되기 시작한 1928년경에[117] 시작된다. 1929년 7월 철산 신간지회 사건, 『삼민주의』의 판금 조치가 있었고[118] 그 이전인 1928년 인천 화교학교에서도 중국인과 충돌했다. 해당 학교에서는 삼민주의 교과서를 사용하고 있었는데 당국은 치안방해를 이유로 교과서를 몰수했고 이 일로 중국 영사가 항의한 사건이었다.[119] 그 이후 『삼민주의』 중 일부는 1937년까지도 판금 조치가 계속 되었다. 중일전쟁이 발발하고 난 이후에도 '반삼민주의 기조'는 지속되었다. 일본이 봤을 때 중국 국민당의 반일교육의 핵심은 삼민주의였다. 일본에게 더 충격이었던 것은 전쟁 발발 직후인 7월 15일 그토록 국민당에 적대적이던 공산당이 홍군의 이름을 버리고 토지 재산의 몰수 중지를 선언하며 국민당의 이념인 삼민주의를 받아들일 것을 서약해 버렸다. 일본 입장에서는 중일전쟁을 승리로 이끌기 위해 삼민주의에 대한 입장을 명확히 해야 했다. 그래서 "일만지 세 민족의 융화친선을 위해 삼민주의와 같은 그릇된 국가주의 사상을

---

117 손문이 과거 비밀결사 중국동맹회에서 활동할 무렵부터 삼민주의는 운위되기 시작했지만 그 내용과 체계가 갖추게 된 것은 1924년이었다. 그러나 식민지 조선에는 25개 조로 된 국민정부의 대강大綱이 곧바로 유입되지 않아 대략적인 내용만이 소개됐다. 이후 식민지 조선에서 삼민주의는 1925년 손문의 죽음을 애도하는 과정에서 그의 생애사과 함께 조명되기 시작했고 1928년 무렵부터 신문, 잡지, 책 등을 통해 본격적으로 소개되기 시작했다. 『삼민주의』가 일본어, 중국어, 조선어로 출간되고, 내용 일부가 잡지 『동광』(1932.11), 『삼천리』(1933.4) 등에 번역돼 실리기도 했다. 또한 삼민주의의 '민족, 민권, 민생'에서 민생주의가 사회주의와의 경계가 명확하지 않아 삼민주의와 공산주의의 관계를 문의하는 신문 독자가 1930년에서 1936년 사이에 꽤 많았다. 그리고 중국 상해 국립 기남 대학 등 일부 대학이나 학원에 유학하기 위해서는 삼민주의를 묻는 입학시험을 치러야 했다. 이러한 일련의 사례는 **삼민주의가 지배 엘리트만의 전유물이 아니라 조선의 다수 인민에게도 소련의 사회주의, 레닌주의처럼 어느 정도 친숙한 사상 및 지식이었을 거라는 방증이다.**
118 김상웅, 『禁書-금서의 사상사』, 백산서당, 1987, 48~57면.
119 「삼민주의교과서를 몰수, 치안방해라 하여, 인천 중영사의 항의」, 『중외일보』, 1928.10.19, 4면.

배제할 방침을"[120] 재천명하기도 했다.

홍군을 팔로군으로 흡수한 국민당 역시 공산당의 적화선전 및 국민당의 공산화 문제에 다시 봉착했다. 1923년 손문이 공산당원의 국민당 입당을 허가한 용공容共 정책 이래 양 진영의 합작 논의가 불거져 나올 때마다 국민당은 공산당의 세력화에 대한 의심을 버리지 못했다. 실제로도 세력 확장의 조짐이 있었다. 9월 17일 모택동 등 공산당 지도부는 세력을 온존시키기로 결정하고 세 확장에 힘을 기울였다. 국민당으로 흡수될 당시 4만 5천 명에 불과하던 공산당군이 1938년 11월 조사에서는 20만으로 늘어났다.[121] 이렇듯 중국공산당의 집요한당 당선전공작에 의해 청년층의 좌경화가 지속되었다. 이에 대항하기 위해 국민당은 장개석을 단장으로 하야 삼민주의청년단을 결성했다.[122] 그러나 이 청년단은 공산주의의 청년단 조직을 모방한 것으로 인식됐고,[123] 합작하에서 공산당원의 삼민주의청년단 가입을 막을 명분도 없었기 때문에 장개석 진영의 불만은 높아져만 갔다.

이런 상황에서 일본은 1938년 10월 무한 삼진 함락에 성공하지만 장기화되어 가는 전쟁이 우려되었다. 1938년 11월 3일 중국의 민족적 독자성을 인정하는 동아신질서건설 성명과 함께 동년 12월 22일 중일 국교조정과 '선린우호, 공동방공, 경제제휴'를 내건 고노에 삼원칙을 발표했다. 여기서 새삼 삼민주의의 사상적 위치가 주목된다. 총력전기의 전쟁은 사상전이기도 했다. 서구와 동양의 구도에서 근대 초 극론은 정치

---

120 「반일교육 삼민주의배격 신정부의 교육방침」, 『동아일보』, 1937.12.17, 1면.
121 레이 황, 구범진 역, 『장제스 일기를 읽다』, 푸른역사, 2009, 219면.
122 「삼민주의의 청년단 강화」, 『동아일보』, 1938.7.25, 1면.
123 「삼민주의청년단 무한 방위에 참가」, 『동아일보』, 1938.8.23, 1면.

적으로 민주주의, 경제적으로 자본주의, 사상적으로 개인주의의 극복이
었다. 그러나 같은 동양권 내 중국보다 우위를 점하기 위해서는 삼민주
의와 동아연맹론의 관계 설정이 요구됐다. 주지하듯 일본은 중일전쟁이
장기화되고 서구와의 전선도 확대되어 가는 상황에서 인접한 동아시아
국가와 연대의 필요성이 높아졌다. 안정적으로 식민지화가 된 조선에서
동아연맹론의 거론은 불법이었고, 대만은 이미 일체의 대상이었으며, 중
국은 동아연맹의 대상이었다. 식민지 조선인 입장에서 이러한 상황은 사
상적으로 모순적이었지만 정치주권이 없는 상황에서 불만을 표현할 수
있는 사안이 아니었다. 그리고 일본도 중국과의 관계 재설정을 위해 10
여 년 동안 검속의 대상이었던 삼민주의를 재평가해야 했다. 이처럼 중
일전쟁이 장기화되면서 식민 통치자의 중국 재전유가 시작됐으며 그 프
리즘을 통해 조선인은 삼민주의를 재인식하게 된 것이다.

그동안 일본의 외교 정책은 반공주의와 삼민주의 배격이었다. 그러
나 이제 "삼민주의와 공산주의는 전연 별개의 것"으로 재규정하고 "삼
민주의가 동양황국사상에 반하지 않는다"고 입장을 정리했다.[124] 일본
의 성명은 중국의 분열을 낳는데 성공하기도 했다. 장개석의 정책 노선
에 불만을 품고 있던 왕조명이 일본의 화평 제안을 중국이 믿고 수용해
야 한다고 주장했다. 왕조명은 중국의 항전이 승리하기 위해서는 국제
적 원조가 필요하지만 영, 불은 극동을 돌볼 틈이 없었고 소련의 경제
침략주의도 의심스럽다고 판단했다. "전쟁을 중단하고 일본에 기대 경
제상의 번영을 꾀하고 평화를 확보해야 한다"는 입론이었다.[125] 또한 그

---

124 「정부의 소신을 추구」, 『동아일보』, 1939.1.24, 1면.
125 「歐米의존주의 청산 일지제휴에 노력」, 『동아일보』, 1939.9.20, 1면.

는 반공주의로 일본과 결탁할 수 있었다. 이뿐만 아니라 일찍이 손문이 작고할 때 유서를 작성했던 왕조명은 삼민주의의 정통성을 주장할 수 있었다. 그는 "지도이론인 삼민주의를 신동아의 신사태에 대응해 일지 공존공영의 이상에 맞춰 근본적 수정을 가하고 대아세아주의를 목표로 한 수정삼민주의와 흥아정치를 천명했다." 그러면서 1940년 3월 신국 민정부를 출범했고, 남경을 근거지로 해 "손문의 영이 영구히 잠든 남경 성내에서 그 역사적 산성을 올리게"[126] 됐다고 중국과 조선에 선전했다. 그는 손문에 근거해 정부의 정통성을 확보하고, 중경정부와 차별화를 시도했던 것이다.

일본도 중국 대중들이 국부로 숭상하는 손문을 긍정하지 않을 수 없 었다. 마침 1939년 5월 소설가 펄 벅의 손문 전기인 *The patriot*가 일본어 로 번역·출간되었다.[127] '애국'이라고 하면 독자에게 중국의 애국자를 상기하게 해 일본에 대한 저항심을 높일 것 같다. 하지만 총력전기 당국 은 메이지시대 수많은 장군을 강담 등의 형태로 애국자화하고 있었다.

---

126 「동아신사태에 대응차 지도원리 삼민주의를 대수정」, 『동아일보』, 1940.3.10, 1면; 「경축 신국민정부 성립」, 『동아일보』, 1940.3.30, 1면.
127 Buck, Pearl, 內山敏 譯, 『愛國者』, 改造社, 1939. 이 책의 한글 번역본은 펄 벅, 조용만·조정호 역, 『애국자』, 삼중당, 1962이다. 그리고 펄 벅, 은하랑 역, 『청년 쑨원』(1953), 길산, 2011은 『애국자』의 발췌본이라 할 수 있다. 장개석의 남경과 관련해서는 중국 농촌을 다룬 펄벅의 『대지』(1931)가 있다. 그녀가 1938년 노벨문학상을 수상하면서 조선에서도 재조명되었다. 소설은 화북의 시골과 남경이 배경이었다. 삼민주의(군정軍政, 훈정訓政, 헌정憲政)의 훈정기를 표방한 장개석의 남경은 변화한 국제도시였지만 빈부격차와 계급격차가 극심했다. 외부에서 유입된 인민들은 구걸을 해야 했고 아무리 열심히 일해도 돈을 모을 수 없는 공간이었다. 따라서 민중봉기가 일어났고, 상대적으로 화북 농촌의 가치가 강조됐다. 그러나 그곳도 5년마다 찾아오는 홍수와 가뭄으로 빈농은 생계를 유지하기 힘든 공간이었다. 지주와 소작인 간 소작료도 1/3작이 아닌 5대 5의 비율이었다. 펄 벅, 장왕록·장영희 역, 『대지』(1931), 소담출판사, 2010, 140·186·348면; 『대지』는 미국에서 영화로 만들어졌고 조선에 수입돼 상영되기도 했다.

일본은 중국과의 연대를 표방했고 황국신민의 애국심이 요구되는 상황에서 손문은 히틀러처럼 각국 애국자의 기호로써 소비될 수 있었다. 또한 손문이 '중국혁명을 진행하는 과정에서 일본의 지원과 신변보호를 여러 번 받으면서 삼민주의와 삶 등을 구상해',[128] 일본은 손문과의 친연성을 드러낼 수 있었다.

그래서인지 『삼민주의』를 검열해 왔던 일본도 동년 9월 외무성조사부에서 손문 전집을 일본어로 발간했고 조선총독부 도서관에도 유입되었다. 제1권이 『삼민주의』였는데 가격은 1원60전이었다. 번역 이유는 "삼민주의가 과거 30년 간 지나의 지도정신으로써 영향력을 미쳐왔기 때문에 현대 지나를 인식하고 對지나 외교수행상 참고하기 위해"[129]서라고 밝히고 있다.

[A] 유럽에 있어서의 수년에 걸친 대전 결과 역시 제국주의를 없앨 수는 없었다. 왜냐하면 이번의 전쟁은 한 나라와 다른 나라의 제국주의가 충돌한 전쟁으로서, 야만과 문명의 전쟁, 강권과 공리의 전쟁은 아니었기 때문이다. 따라서 전쟁의 결과 역시 어떤 제국주의가 다른 제국주의를 쓰러뜨린 것일 뿐, 뒤에 남은 것은 여전히 제국주의였다. 그렇지만 이 전쟁은 무의식 중에 인류에게 커다란 희망을 가져다 주었다. 그 희망이 바로 러시아혁명이다. (94면)

민생주의란 결국 어떠한 것일까? 민생주의란 즉 공산주의다. 사회주의다. 따라서 우리는 공산주의에 대해서 민생주의와 충돌할 수 없을 뿐 아니라 좋은 친구이

---

128 펄 벅, 은하랑 역, 『청년 쑨원』(1953), 길산, 2011, 42・66・81・117면.
129 外務省調査部, 『三民主義』孫文全集 第1卷, 第一公論社, 1939.9, p.471.

다. 민생주의를 주장하는 사람은 이 점을 유의하여 연구해야 한다. **공산주의가 민생주의의 친구인데 국민당원은 왜 공산당에 반대하는 것일까?** 그 원인은 공산당원 중에도 혹은 공산주의가 무엇인지 잘 모르는 자가 있어.(343면)

[B] 조선은 일본의 식민지, 안남은 프랑스의 식민지이다. 그리하여 **조선은 일본인의 노예**가 되었고, 안남인은 프랑스인의 노예가 되었다. 그래서 우리는 자칫 망국노라는 세 글자로 **조선인**과 안남인을 비웃고 있다. 그러나 우리는 그들의 지위는 잘 알고 있으면서, 우리들 자신이 처한 위치가 **조선인과 안**남인보다도 못하다는 사실은 모르고 있다.(58면)

얼마 전 조선에서 관리로 있는 일본인이 나를 찾아와서 이런저런 이야기를 나눴다. 잠시 이야기하고 나서 나는 이렇게 물어보았다. '지금 조선의 혁명(3·1운동을 가리킴)은 어떤 상황인가, 성공할 것 같은가?' 그 일본인은 대답을 못했다. 그래서 나는 다시 이렇게 물었다. '조선에 있는 일본 관리는 조선의 민권에 대해 어떠한 태도를 취하고 있는가?' 그가 대답했다. '그것은 결국 조선인의 민권사상이 앞으로 어떻게 되는가 하는 점에 달려 있다. 만일 조선인이 민권을 쟁취해야 한다는 것을 안다면 우리는 반드시 그들에게 정권을 돌려주리라. 그러나 지금 조선인은 아직 그것을 **모르고** 있기 때문에 우리들 일본이 그들을 대신하여 군가를 다스려 줄 수밖에 없다' 이와 같은 표현법은 자못 당당하게까지 보인다. 그러나 우리들 혁명당의 전국 인민에 대한 태도는, 인민이 민권을 쟁취해야 함을 안다면 주겠다는 따위의, 조선에 대한 일본의 태도와 같은 것이어서는 안 된다.(250~251면)(복자 강조─인용자)

그런데 이 책에는 총 12면에 걸쳐 일부분이 복자 처리되어 있다.[130] 가시적 검열을 한 셈인데 검열이 우연성을 담지하고 있듯 그 검열이 철저하게 이루어진 것은 아니다. 그럼에도 이 복자를 통해 당대 일본이 꺼려한 부분이 무엇인지 엿볼 수 있겠는데, 그 검열의 기준은 명확해 보인다. [A] '반공주의'와 [B] '조선 침략의 식민주의 은폐'가 그것이다. 전시상황에서 일본 국체를 위협하는 사회주의적 내용이, 책을 읽는 일본인과 식민지 조선인의 체제저항적 정신을 자극해서는 곤란했다. 당연히 사회주의와 소련을 찬양하는 발언은 취체의 대상이 되었다. 또한 일본의 반공주의는 왕조명의 사례처럼 중국 내 반공주의 세력과 결탁할 수 있는 좋은 외교적 수단이었다. 하지만 왕조명이 순정 삼민주의를 만들어 국체론과 삼민주의가 충돌하지 않도록 한다 하더라도 계속적으로 지적되어온 민생주의와 공산주의의 동질성은 제거해야 할 핵심이었다. 따라서 손문이 민생주의와 공산주의가 친구라고 언급한 대목은 반드시 삭제되어야 했을 것이다.

[B]의 조선 문제는 손문이 일본과 중국의 '국격'을 논할 때 주로 거론되었다. 두 지문에서 전자는 반식민지 상태인 중국이 일본의 식민지인 조선보다 상황이 좋지 않다는 내용이다. 왜냐하면 '식민 모국은 주인으로서 식민지를 원조해야 하는 의무'가 있기 때문이다. 그러나 '조선인을 망국노'라 지칭한 것은 평소 식민자이기를 자처하지 않는 '도의국가'

---

130 상호 대조 결과 위의 책과 손문, 권오석 역, 『삼민주의』, 홍신문화사, 1995의 판본이 일치했다. 그래서 이 글에는 독자의 자료접근성을 돕기 위해 권오석이 옮긴 책의 면수를 명시하고자 한다. 괄호 안은 외무성조사부 편의 해당 면수이다. 복자처리가 있는 곳은 58면(42), 87~88면(78), 94~95면(85~87), 129~130면(125), 198~199면(208), 250~251면(275), 343~345면(393~395), 348면(399), 352~354면(345~348)이다.

일본의 입장과 괴리가 있다. 두 번째 지문은 3·1운동 시기, 일본인 관료가 조선인이 각성하여 민권 사상을 가지게 된다면 반드시 정권을 돌려주겠다는 내용이다. 그러나 역사가 보여주듯 식민 말기 일본은 오히려 조선인에게 일부 권리를 부여하면서 영속적인 황국신민화를 기획했다. 손문 역시 일본인 관료의 말을 믿지 않았다. 이 책의 다른 부분에서 그는 "과거 중국은 가장 강대한 시기에도 다른 나라를 완전히 멸망시킨 일이 없었다"고 언급하며 수천 년을 함께 한 조선을 그 예로 들었다. 그러면서 중국과 달리 일본은 신의를 저버렸고 조선은 망했다고 비판했다.[131] 일본은 중일전쟁을 일으키면서 무질서한 중국을 구하는 것이 자신들에게 주어진 소명이라고 주장해 왔었다.[132] 때문에 조선을 식민지화한 역사는 그 주장의 감춰진 이면을 드러내는 것이었다. 동아협동체론과 천황국의 도의성을 강조한 일본이, 자국의 제국주의와 식민주의를 가시화하는 지적을 수용할 수는 없었다. 이처럼 일본은 삼민주의를 전유하면서 무력뿐만 아니라 사상적인 영향력을 확대해 갔다. 그리고 그러한 움직임은 신문뿐만 아니라 소설을 통해서도 이루어졌다.

풍운 가득찬 아세아대륙에 오래간만에 새벽은 찾아왔다.
화평구국의 웅지를 품은 왕정위, 주불해, 曾仲鳴 등 우국 열혈의 지사는 드디어 궐기하였다. 그들은 언제까지나 한날 우매한 蔣逆의 傀儡는 아니었다.

<hr>

131 손문, 권오석 역, 『삼민주의』, 홍신문화사, 1995, 129~130면.
132 "日本映畵社의 中井金兵衛는 과거 10년 간에 육해군성 정보국의 주문에 응하야 허다한 선전영화를 제작하였다. 1939년에는 중국의 무질서 상태를 묘사하고 이것을 구하는 것은 일본의 신성한 의무라고 한 '스토리-'로 된 『聖戰』이라고 칭하는 영화를 제작하였다." 김사림 편, 『新聞記者手帖』, 모던出版社, 1948, 桂12면.

한 時를 빼지 않고 그림자 같이 뒤를 따르며 오로지 목숨을 노리는 殘忍凶
暴한 자객의 물결을 헤치고 勇躍 공포의 도시 '중경'을 탈출하여 백척불굴 일
로매진하여 마침내 금일의 신정부를 수립하기까지의 流血史! 奮戰記![133]

1941년 2월 박태원의 「아세아의 여명」이 잡지 『조광』에 실렸다. 정
치소설로 분류된 이 작품에서 주인공 왕조명은 당시 중국 국민당 본거
지인 중경을 목숨 걸고 탈출한다. 왕조명은 일본에 대항하는 항전파와
는 반대의 정치적 입장이었다. 그가 보기에 군사 최고당국은 무모한 전
쟁을 계속하면서 인민의 생명, 자유, 재산을 안중에도 두지 않는 비윤리
적 지도집단이었다. 때마침 중일 국교를 근본적으로 수정하는 일본의
성명(선린우호, 공동방공, 경제제휴)이 발표된다. 왕조명은 "국가의 목적을
생존독립"에 두었기 때문에 일본의 화평 제안을 수용해야 한다고 확신
했다. 그래서 그는 화평통전和平通電이란 성명을 발표한다. 박태원의 소
설 안에는 이 성명의 전문이 그대로 실려 일본 당국의 '도의성'이 부각
되고 있다. 소설 내 장개석은 왕조명의 귀환을 종용하면서 다른 한편으
로 암살단을 보냈기 때문에 왕조명은 거처를 계속해서 옮긴다. 그런데
그때마다 왕조명이 "손문 선생의 초상"을 가지고 다니며 우러러보는 장
면이 형상화된다. 왕조명 자신이 손문의 뜻을 이어받은 삼민주의의 적
자임을 강조하는 것이라 할 수 있다. 이렇듯 일본과 중국의 정치 관계가
급변하면서 조선인은 일본 괴뢰정부의 수장격인 왕조명과 손문의 관계
를 찬양하는 소설을 접하게 되었다.

---

133 박태원, 「亞細亞의 黎明」, 『조광』, 1941.2, 311면.

이런 상황에서도 국민당과 공산당의 반목과 갈등은 여전하여 1941년 1월 7일부터 6일간 전투가 벌어져 약 3천 명이 사살당한 '신사군 사건'이 일어났다.[134] 양자 간의 충돌은 제2차 세계대전 종전 직전까지도 산발적으로 계속되었고 그러한 내전 상황이 식민지 조선에 알려지고 있었다. 정리하면 중일전쟁이 발발하고 장기화되면서 일본이 중국 국민당과 공산당의 삼민주의를 둘러싼 대립에 개입한 형국이다. 이것은 조선 인민에게 국민을 통합하는 '국가정신'의 필요성과 중요성을 각인시켰고, 지도 엘리트에게는 지도자의 필수적 자질 중 하나가 '지도자만의 특색 있는 사상'임을 환기하고 있는 것이다.

3) 해방, 중국 내전의 영향과 조선의 미래

(1) 중국인의 중국 실정 비판과 자주성

조선은 미·소 양국이 남북으로 주둔해 3·8선으로 나뉜 상태에서 중국의 내전을 지켜봐야 했다. 따라서 조선인의 변화된 중국상과 그 안에서 삼민주의의 영향은 무엇이었는가 하는 물음이 제기될 수 있다. 식민지 조선이 해방을 맞자, 에드가 스노의 『중국의 붉은 별』이 일부분 번역·소개되고,[135] 제2차 세계대전기 미국 특사였던 윌키의 『하나의 세

---

134 레이 황, 구범진 역, 앞의 책, 223~227면.
135 에드가 스노, 인정식·김병겸 역, 『紅軍從軍記─中國解放區의 實情과 그 指導者들』, 同心社, 1946.5. 인정식의 책을 원본과 대조한 결과, 홍수원 역본 기준으로 상권 3부 1절, 제5부, 제6부, 제7부, 제8부 2절, 하권 제10부 4절이 번역된 것이다. 에드가 스노, 홍수원 외역, 『중국의 붉은 별』 상·하, 두레, 2002.

계』가[136] 『신천지』 등의 잡지에 기고되다 단행본으로 출간되기도 했다. 이들 책이 공산당을 고평하고 있긴 하지만 과거 전쟁기의 기록이었다. 내전이 대두된 상황에서[137] 당대 중국인의 직접적인 목소리를 반영한 신문, 잡지의 영향력이 더 클 수밖에 없다. 『신천지』를 중심으로 조선의 중국상을 분석한 최종일은[138] 그것을 크게 세 가지로 대별한 바 있다. 첫째, 국제 질서하에 놓인 같은 운명공동체로서의 중국, 둘째, 좌우합작을 추진하는 입장에서 참조되는 중국, 셋째, 국가 수립을 위한 개혁모델로서의 중국이다. 이때 조선인의 중국상을 조형하는 기반은 해방된 조선에 유입되기 시작한 모택동의 이론, 미국의 대중 외교, 중국의 국공 내전이 핵심이었다. 따라서 여기서는 먼저 이들 요소와 삼민주의의 관계를 살피고, 그 다음에 조선과 삼민주의의 관계를 살펴보도록 하겠다.

먼저 모택동은 종전 후 공산당과 국민당이 다시 분열했는데도 삼민주의에 기초해 중국혁명을 완수하겠다면서 신민주주의론을 제창했다. 항일전쟁 중 국민당의 삼민주의 기치 아래 흡수되었던 모택동이 승전 이후

---

136 웬델 L. 윌키, 옥명찬 역, 『하나의 世界』(1943), 서울신문사 출판부, 1947.9.

137 중국의 승전 이후, 1945년 8월 28일부터 44일간 중경에서 공산당 대표단과 국민당 대표단의 협상이 진행됐다. 헐리 장군의 요청으로 모택동이 장개석을 방문했다. 장개석은 국민당의 무장반란을 미연에 방지하기 위해 해방구 안의 인민정권 승인을 거부하고 군대와 영토의 포기를 요구했다. 공산당의 군대 포기는 공산당의 존립과 직결되는 핵심 사안이었고 결국 합의는 무산됐다. 이후 1946년 1월 미국의 마셜이 양측을 중재하면서 정치협상회의가 성사된다. 그러나 동년 7월에도 국민당의 만주지역 공산당 공격이 있었고, 연말에는 공산당을 배제한 채 헌법 초안을 만들면서 양자 간의 내전은 격화되었다. 마셜도 이듬해인 1947년 1월 중재를 중단하고 미국으로 떠났다(「역사적 회의 개막」, 『동아일보』, 1946.1.12, 1면). 동년 6월에도 마셜의 중재로 만주에서 회의가 있었다(조너선 스펜스, 김희교 역, 『현대중국을 찾아서』 2, 이산, 1998, 67면; 「횡설수설」, 『동아일보』, 1946.4.27, 1면; 「신중국헌법 왕총혜 씨 해설」, 『경향신문』, 1946.12.27, 1면).

138 최종일, 「냉전체제 형성기(1945~1948) 한국인의 중국 인식-『신천지』를 중심으로」, 연세대 석사논문, 2012.

당의 정체성인 공산주의를 다시 표면화하지 않는 이유가 조선인의 호기심을 자극했을 것이다. 식민지기 삼민주의 대동아협동체론의 대립이, 승전 이후 삼민주의 대 신민주주의로 대체된 형국이다. 신민주주의론은 1940년 1월 9일 모택동이 섬감녕변구 문화협회 제1차 대표대회에서 한 연설이며 동년 2월 15일 연안에서 출간된 『중간문화』 창간호에 실렸다. 조선에서는 1946년 2월 단행본으로 발간되었으며,[139] 동년 12월 잡지 『민성』 12호와, 같은 달 또 발간된 중국특집편 13호에 모택동의 신민주주의론이 소개되었다. 모택동은 신민주주의론에서 중국혁명의 단계를 세 단계로 나눴다. 일 단계가, 식민지·반식민·반봉건적 사회 형태로부터 탈피를 목표로 한 손문의 혁명이다. 이 혁명은 자산계급 민주주의혁명으로 '구민주주의'에 해당한다. 두 번째로 중국은 1917년 러시아혁명의 영향으로 구민주주의에서 벗어나 현재의 신민주주의로 진행됐다. 중국 역시 사회주의 혁명이 궁극적 목표지만 중국 내 여건상 과도기 단계라 할 수 있다. 이 단계를 거치면 마지막으로 무산계급 사회주의 혁명을 추구하게 된다.

여기서 삼민주의를 '구민주주의'라고 해서 모택동의 신민주주의와 다르다고 생각해서는 곤란하다. 손문이 1924년 1월 국민당대회에서 천명한 삼민주의는 그 이전의 것과는 다른 진짜 삼민주의, '신삼민주의'였다. 왜냐하면 이 선언으로 삼민주의와 공산주의가 본질적으로 다르지 않게 됐고, 공산당의 국민당 입당이 허락됐기 때문이다.[140] 공산당 입장에서

---

139 모택동, 신인사 역, 『신민주주의론』, 신인사, 1946.2; 모택동, 김승일 역, 『모택동선집』 2, 범우사, 2002.
140 모택동, 김승일 역, 위의 책, 376~383면.

삼민주의와 공산주의의 성격이 중첩되어 있다면 그것은 앞에서 언급한 대로 무산계급 사회주의 혁명을 하기 전 단계인 과도기의 상황에 부합했다. 그래서 모택동은 신민주주의 공화국과 신삼민주의 공화국을 동일시하고, 민주적 연합정치를 꾀하고자 했다. 이러한 공산당의 움직임 때문에 국민당은 삼민주의를 미끼로 중공이 중간파를 포섭하고 있으며, 신민주주의론의 이론도 삼민주의가 아닌 스탈린주의에 근거한 것이라고[141] 신랄한 비판을 했다. 삼민주의가 여전히 중국 일반 인민의 중요한 가치였다는 것을 확인할 수 있다.

1924년 손문의 『삼민주의』를 모택동이 '신민주주의, 신삼민주의'라고 전유할 수 있다면, 내용상으로도 상호 간 친연성이 있어야 한다. 1924년 손문이 그랬듯이 모택동은 반식민지 국가의 혁명은 제국주의에 반대하는 혁명적 계급이 연합독재의 공화국을 형성하는 과도기적 단계가 필요하다고 했다. 또한 그는 손문의 경자유전 원칙을 거론하며 토지소유권의 개혁을 주창했다. 토지개혁의 구호를 선점하는 것은 공산당과 국민당의 정치적 생명을 좌우할 만큼 가장 중요한 당대 현안이었다. 1946년 12월 『민성』을 살펴보면 승전 이후 국가를 재건해야 하는 상황에서 토지문제는, 양 진영 간 헤게모니 쟁취의 도구나 단순히 토지분배의 의미에 한정되지 않았다. 중국은 장기적인 국가 성장 모델로써 농업국가를 지향했고 그것을 달성하기 위해 공업화와 외부의 원조가 동반되어야 한다고 주장했다.[142] 그래서 농업국가로 성장하기 위한 공업화를 도모하는 과정

---

141 「두개의 중국과 그 전도(一) 삼민주의 미끼로」, 『동아일보』, 1949.10.12, 1면; 「구국이념과 지식인」, 『동아일보』, 1949.3.5, 1면.
142 『민성』, 1946.12, 11면.

에서 미국의 지원을 기대하기도 했다.[143] 이처럼 국민당뿐만 아니라 공산당 역시 자신의 정책과 가치를 손문에 기대어 설명하고 있었다. 해방기에 중요했다고 인식되고 있는 모택동의 인민 민주주의론이 실상은 당대 조선인에게 손문과 삼민주의의 중요성을 계속해서 환기하고 있는 셈이다.

국민당과 공산당의 중국 인민 회유가 한창 진행 중일 때, 1945년 후반 미국은 마샬을 보내 중재를 하며 중국의 행정 관리나 내부 문제는 중국 국민의 책임이며 스스로 해결해야 한다는 입장을 밝혔다. 이러한 사실은 조선에도 전해졌다. 그러나 미합중국정부와 연합국은 국민정부를 공인정부로 인정한다는 태도를 취해 사실상 국민당의 손을 들어줬다. 이후 미국은 군사개입 의도가 없다고 하면서도 국민당에 막대한 무기와 자금을 지원했다. 미국의 대중 외교 정책은 미군이 직접 주둔하고 있는 남조선에서 공산당과 그 세력이 처하게 될 미래를 충분히 예증하고 있었다. 그런데 미국의 지원과 기대에도 불구하고 중국 내전이 장기화되고 격화되면서 조선인의 불안과 걱정이 심화되었다. 자연스레 중국의 정국을 진단하는 미디어의 움직임도 활발했다.

잡지 『민성』은 1948년 4월 또 다시 중국특집을 기획했다. 이 무렵은 이미 장개석 진영이 심각한 타격을 입고, 공산당의 우위가 확정적이었다. 미국은 대선 전이었고, 엄청난 물적 지원에도 국민당의 패색이 짙어지자 중국 지원을 놓고 내부 갈등이 심할 때였다. 따라서 이 특집의 내용은 국민당이 실패한 이유를 구명究明하는데 초점이 맞춰져 있었다. 기사는 이전 특집과 달리 간접보도의 형식이 아니라 중국 정치가의 글을

---

143 위의 책, 15면.

번역하여 당대 중국인의 목소리를 객관적이고 직접적으로 전달하려고 노력했다.

사실 조선에는 이미 그 이전에 국민당이 중국 인민의 외면을 받은 이유가 알려져 있었다.[144] 봉건지주와 부농, 재벌의 이익을 대변한 국민당이 인민의 염원인 토지개혁을 제대로 실시할 수 없었다. 또한 인플레이션이 극심해지면서 도시 지식인, 노동자, 중소상공업자의 반발이 커져 갔고, 이와 연동하여 국민당 내부의 심각한 부패도 인민의 화를 불러일으켰다. 군사물자를 지속적으로 하지 않은 미국책임론 또한 거론되는 등 이상의 것들이 국민당이 몰락하는 이유로 인식되고 있었다.

여기에 『민성』은 국민당 계열 인사의 입을 빌어 국민당의 결함을 비판하는 기획을 시도했다. 글은 국민당의 현실에 대해 조금만 불평해도 좌익사상이라고 인식되기 쉽지만 양심적으로 말하겠다며 시작된다. 소련인을 통해 소련을 비판하는 '반소주의 글'이 갖고 있는 패턴과 흡사하다. 그러나 그 내용은 상당히 수긍이 간다. 필자는 "국민당이 항전으로 중국을 망국의 위기에서 구한 것은 큰 공이나, 정권을 논공행상 보수로 삼고 정권욕에 휩싸여 타인과 조금도 나누려고 않고 있다"고 말한 것이다. "민주는 나누기"이며, 국민당에 민주와 자유를 요구하는 중국 인민의 목소리가 높아지고 있었다. 저자는 "금후의 정부는 인민의 정부이어야 하며 그 전과는 달라야 한다"고 목소리를 높였다. 또한 인플레이션을 해결하지 못하는 당의 무능함, 농촌과 중간계급이 몰락하고 권력가만

---

144 당시 미디어는 화합을 기원하면서도 자신의 정체성에 비춰 중국관을 독자에게 제시했다. 『동아일보』는 내전책임을 공산당에게 묻고 민주주의적 갱생을 위해 민족우익이 우위에 서야 한다고 주장했다.

부유한 현실을 한탄했다. 그러면서 그는 "국민당은 삼민주의의 일원인데 왜 민주주의를 버려두냐"며 반문한다. 그는 "민주주의는 미국에서 가져오지 않았다"는 입장이었다. 중립적 자주 외교를 주장한 그는 미소충돌은 내전의 한 구실일 뿐 내전은 결국 우리의 책임이며, 연합정부가 수립되면 당연히 내전은 중지될 것이라고 전망했다.[145]

이 글은 국민당 정권의 문제, 중국정부와 사회가 만들어 가야 할 민주주의적 지향, 중국의 경제적 곤란상, 자주적 민주주의관, 내전책임론과 자주외교까지 망라해 탁월한 식견을 드러내고 있다. 특히 중국의 민주주의 전통이 삼민주의에서 비롯돼 존재했다는 관점은 동양적 근대의 문제와 함께 조선인의 민주주의적 전통은 무엇인지 묻게 한다. 또한 냉전적 시선과 '미국 역할론'으로 내전을 바라보지 않고 중국 내부갈등이 정국을 결정한다는 견해도 해방기를 구성해 간 조선인의 책임론, 더 나아가 '지금—여기' 한국전쟁을 접근하는 최근의 해석 틀과도 닮아 있어 시사하는 바가 적지 않다.[146]

---

145 『민성』, 1948.4, 20~23면.
146 대세가 공산당으로 기운 1948년 4월에 이어 모택동의 군대가 북경을 점령한 동년 12월 민성은 중국특집편을 또 냈다. 이번에는 경제개혁이 초점이었다. 중국은 경제안정화와 경제불평등을 완화하기 위해 저물가 정책에서 벗어나 화폐개혁을 논해야 했다. 그래서 경제민주를 실행하는 기본조건인 토지개혁을 단행해 경자유전, 지권균등과 토지공유제를 실시해야 한다고 말한다. 또한 기존의 소농경영 및 개체농업생산방식에서 벗어나 집단적 공업기계화적 경영 방식이 요청된다고 했다. 조선도 8월 단정이 수립되고 그동안 미뤄왔던 토지개혁과 화폐개혁 등 경제민주화를 추진해야 했기에 그와 관련된 기사를 실었다는 것을 짐작할 수 있다. 참고로 당시 20세기 가장 위대한 사진사로 꼽히는 앙리 카르티에 브레송은 1948년 12월 모택동이 북경을 점령하기 12일 전 북경을 찾았고, 이후 1949년 해방군이 남경에 들어올 때까지 남경에 머물렀다. 그가 본 공산군은 세 가지 명령을 암송했다. 첫째, 실과 바늘이라도 빼앗지 마라. 둘째, 인민을 가족처럼 생각하라. 셋째, 탈취한 모든 것은 돌려주어야 한다. 그가 본 공산군은 갈채를 받았지만 중국에서 군인은 언제나 국민들을 등쳐먹는 약탈자로 간주되어 군대가 심한 경멸의 대상이었기 때문에 민중의 마음에는 일말의 불안감도 있었다(앙리 카르티에-브레송, 권오룡 역,

지금까지 1946년 12월 모택동의 신민주주의론, 1948년 4월 국민당 결함 비판 등을 통해 중국상과 삼민주의의 관계를 살펴봤다. 그런데 이러한 일련의 역사적 사실 인식의 근저에는 중국을 재건해 가는 중국 인민에 대한 조선인의 시선 및 감정이 투사되어 있을 수밖에 없다. 당시 조선에서 미군은 조선인의 자치 능력을 불신하고 있었다. 식민지에서 벗어났지만 여전히 식민지적 무의식이 내면에 잔존해 스스로의 역능을 깨닫지 못하는 조선인이 있었던 것도 사실이다. 스스로 자치 능력이 충분하다는 조선인과, 그와 반대로 무지몽매한 조선인이라는 분열적 시선이 실재했던 것이다. 조선인도 그러한 자신의 내면을 무/의식적으로 알고 있는 상태에서 그것이 혼란 중인 중국에 투사되었다. 이렇게 대국이면서도 열등한 민족이라는 조선의 중국관이 재생산되었다. 이러한 인식은 식민지적 무의식과 민족성이 결합한 산물이며 탈중화적 욕망도 절합하고 있다.

예컨대 장개석은 중국이 식민지기에 일본에 항쟁한 것은 조선 해방과 독립을 위한 것이었다고 미화했다. 그러면서 그는 해방된 조선이 독립을 못하면 중국 독립에 방해가 될 뿐 아니라 동아세계평화에도 악영향을 미칠 수 있다고 했다.[147] 이것은 전형적인 중화적 사고의 발언이다. 그러나 조선이 당대 최고의 선진 문명국인 미국과 신뢰를 쌓아가고 있는 상황에

『영혼의 시선』, 열화당, 2006, 52~57면). 1948년 12월에 이어 1949년에는 단정으로 남조선이 수립되고 여순사건 이래 반공주의가 확산되었기 때문에 중국 국민당 몰락은 안타까운 일이면서도 비판의 대상이 되었다. 중국 취재를 한 김병도는 민국 정부의 실패로 개인주의, 가족주의, 종족주의 만연, 국가주의·민족주의 부재를 꼽았다(김병도, 『신문기자가 본 중국』, 서울문화사, 1950, 12~14면; 장세진, 『슬픈 아시아—한국 지식인들의 아시아 기행(1945~1966)』, 푸른역사, 2012, 120~121면에서 재인용).

147 「조선문제에 대한 중국의 여론」, 『동아일보』, 1947.9.5, 1면.

서 내전 중인 중국이 조선의 선진 모델국이 될 수 없었다. 이 탈중화 현상에는 미국을 등에 업은 식민주의적 시선이 조금이라도 가미되었을 수밖에 없다.

그렇다면 조선인에게 '중국적 가치'란 무엇이었을까. '중국적 가치'라고 하면 '일본적 가치'와 함께 또 하나의 '동양적 도덕'으로 여겨질 수 있다. 그러나 문명사적 사유를 하는 조선인이라면 한때 반식민지였고 아직도 내전 중인 중국의 것은 열등의 기호에 불과했다. 중국의 도덕은 "국민도덕에 이르지 못한 가족주의도덕이었고, 아시아적 정체성의 사회를 주조한 봉건전제도덕으로서"[148] 청산해야 할 전근대적 유산이었다. 그렇다면 이러한 맥락에서 삼민주의의 가치도 약화될 수밖에 없다. 하지만 이런 상황에서도 삼민주의가 조선에서 직·간접적으로 환기하는 것은 무엇이었을까.

(2) 조선의 주의 범람과 '강력한 정부'의 형성

이제 중국이 아닌 조선과의 상관성에 더 주목하여 삼민주의를 살펴보자. 해방기에도 손문의 『삼민주의』는 번역되었다. 번역자는 서문에 "손문이 민생주의는 공산주의 곧 대동주의라고 말했지만, 중국에는 계급이 없으니까 계급투쟁도 있을 수 없다고 하면서 맑스주의의 실천은 중국에는 적당치 않다"고 단언했다. 그러면서 "해석에 따라서 삼민주의의 목표는 자본주의의 개량에 있다고도 할 수 있고 또는 그 倒壞에 있다고도 볼 수 있다"고 설명하고 있다.[149] 언뜻 보면 중국 내 사정을 고려한 이론 수

---

148 『민성』, 1948.10, 18면.
149 번역자는 뒤이어 "국민정부가 삼민주의로 통일을 꾀하고 있는데 공산당 측에서 맹렬히

용 과정처럼 보이지만 맑스주의적 실천이 적당치 않다는 것은 손문의 민생주의를 부정한 것이며 자본주의 개량 운운한 것은 우익적 전유라 할 수 있다. 이러한 예는 『주의와 해설』이라는 일종의 용어사전격 저서에서도 나타난다. 이 책에서는 민생주의를 아예 없애 버리고, 삼민주의를 민족, 민권, '민주'로 규정하고 있다. 원래 정치적 민주주의는 민권에 해당한 것이다. 그런데 이 책은 '민주'를 경제적 민주주의로 해석해 사용하고 있다. 그러면서 이 책은 민주주의는 지나가 통일된 뒤가 아니면 실행하기 곤란하기 때문에 오늘까지는 민족주의, 민권주의만을 목표로 하여 가고 있다고 적고 있다.[150] 중국인의 민주적 역량을 폄하하는 한편 경제민주화를 위해 투쟁했던 역사의 기억이 은폐되고 있다.

그러나 이미 살펴봤듯이 각종 잡지와 신문에서 중국인의 고민이 잘 소개되고 있어서 왜곡된 기억이 조장될 가능성은 낮았다. 삼민주의는 중국 근대의 경제·정치적 변화의 궤적을 꿸 수 있는 가장 핵심적인 키워드이면서 후발 반식민국가의 고민이 통치 철학으로 확장된 사상서라 할 수 있다. 이를 매개로 한 중국인의 반봉건·반외세 투쟁은 중국인뿐만 아니라 인접한 조선에도 지대한 영향을 미쳤다. 임정의 역사가 그랬고, 삼균주의청년동맹(1946.12)이나, 족청을 만든 이범석도 그 한 예였

반대하고 있다"고 언급해 사실을 오도하고 있다. 손문, 성인기 역, 『三民主義』, 대성출판사, 1947, 3~4면.

150 문화당편집부, 『主義와 解說』, 서울문화당, 1947, 60~61면. 1952년 이종항의 『신어사전』에도 민생주의를 민주주의로 적고 있다(이종항, 『신어사전』, 영웅출판사, 1952.1.20, 57면). 그러나 해방기의 『신어사전』에는 다음과 같이 올바르게 설명되어 있다. "중국국민당의 기본강령이다. 민족, 민권, 민생의 三主義이니 민족주의는 한족, 만주족, 몽고족, 토이기족, 西藏族 간의 자유평등의 주장, 민권주의는 인민의 언론결사의 자유, 선거피선거, 파면, 複決의 권리이며 민생주의는 평균지권, 자본절제 등의 주장이다." 민조사출판부 편, 『신어사전』, 민조사, 1946.4, 73면.

다. 이범석은 1910년대에 이미 손문의 중국동맹회와 관계를 맺었고, 1930년대 후반에는 국민당의 삼민주의청년단과 중앙훈련단을 보면서 청년훈련 방법 등을 습득했다.[151]

이외에도 조선에는 삼민주의와 모택동의 인민 민주주의론[152] 등의 직·간접적 영향을 받은 다수의 주의가 범람했다. 주의는 정치·사회윤리와 관련된 것이기도 했다. 혼란스러운 시기일수록 윤리가 필요하다. 그 윤리의 지침을 제공할 수 있는 것이 주의이기에[153] 삼민주의와 같은 사상이 중요하다. 삼민주의의 '군정 → 훈정 → 헌정'은 정치발달사의 모델을 제시하는데, 그 변화는 인민이 시민권을 획득하는 과정이기도 했다.

---

[151] 후지이 다케시, 『파시즘과 제3세계주의 사이에서』, 역사비평사, 2012, 42~58면. 그런데 국민당이 당의 목적을 위해 청년단을 동원했듯 이러한 청년단체는 국가주의에 수렴되거나 이용될 가능성도 있었다. 해방이 되고 이범석이 조선에 돌아오기 전인 1945년 12월에 이미 43개의 청년단체가 연합회의를 열고 통일결속을 염원하는 대한독립촉성 전국청년총연맹의 결성대회가 있었다. 이 회의의 정신은 "임정을 신봉하고 순국殉國정신으로 직진"이었다. 순국정신은 애국적 의미에서는 나름 바람직하지만, 오히려 청년의 비판정신을 잃게 할 염려가 있었다. 예를 들면 문인 김동리는 순국을 순정으로 치환하고 "삼민주의청년단과 독일의 유겐트를 운위하면서, 청년의 순정은 조국애·민족애의 결정"이라 칭송한 후 "타협 없는 순정"을 주장했다. 타협이 없다는 것은 "윤리 관념을 벗어버리고 좌우합작을 반대"하라는 의미였다. 김동리, 「청년과 순정에 대하야」, 『동아일보』, 1947.2.4, 4면.

[152] 조선에서 인민은 모택동의 인민민주주의의 영향으로 주목받기도 했다. 특히 이원조, 임화 등은 모택동의 신민주의론을 기반으로 한 남로당의 민족문학론을 형성했다. 이렇듯 해방기 인민은 민주주의 도입, 인민성을 기반으로 한 좌익의 민족문학론, 모택동의 이론을 토대로 한 남로당의 문학론 등의 영향으로 주목받게 될 것이다. 좌익 및 남로당의 민족문학론에 대해서는 다음을 참조하였다. 김윤식, 『해방 공간 한국 작가의 민족문학 글쓰기론』, 서울대 출판부, 2006; 여상임, 「해방기 좌익측 민족문학론의 인민성 담론과 초코드화」, 『한국문예비평연구』 37, 한국현대문예비평학회, 2012.

[153] 예컨대 안재홍은 『新民族主義와 新民主主義』의 서문에 다음과 같이 적고 있다. "해방의 날이 온 후 민중은 확실히 들뜨고 있다. 그러나 아무리 행동주의자라도 이제 심각한 사고를 요한다. 통일민족국가건설은 문제浩大하니 민족 천년의 운명에 관계 깊다. 시국에 심대한 관심가지는 諸氏여 바쁜 마음을 냉정히 가라안치고 이 일편을 통독하시고 그러고 공평히 비판하라." 안재홍, 『新民族主義와 新民主主義』, 민우사, 1945.12, 1면.

그것은 마샬의 시민권 발달 순서(자유권→정치권→사회권)와 다르며,[154] 손문이 『삼민주의』에서 계속 강조한 중국적 특수성의 표현이었다. 삼민주의뿐만 아니라 혼란한 정치 질서는 실정에 맞는 정체 수립을 위한 '조선적인 정치 이념'을 고안토록 조선 지도자에게 강제하는 결과를 초래했다. 이러한 고민은 조선 지도자에게도 발견된다. 해방기의 지식인은 소련식도 미국식, 프랑스식도 아닌 '조선식의 체제'를 만들어야 한다고 역설했다.[155] 중국도 조선도 제국으로부터 탈민식화가 시작된 혁명의 시기를 맞아 진정한 해방을 위해 원대하고 고심어린 이론적 구상이 필요했고 또 실제로 시도되었던 것이다.[156]

조선에는 해방기의 대표적 세 이론가 안재홍, 조소앙, 백남운 외에도 여러 주의·주장이 있었다. 이러한 주의는 원칙이자 동시에 윤리였기 때문에 맹목적인 국가주의나 민족주의와는 성격이 달랐다. 그리고 그 연원에 서구 민주주의와 사회주의, 중국의 삼민주의, 신민주주의론 등의 토대가 있었다. 특히 삼민주의는 대한민국 건국강령인 임정의 삼균주의의 성립에 큰 영향을 미친 것이 주지의 사실이다. 해방기에 왜 그토록 많은 지식인의 주의·주장이 범람했고, 다수 인민의 현실 인식도 대표자의 것과 별반 다름없이 경제민주화를 지향했는지 (식민지기에 이미 대중화된 '지식'인) 삼민주의와 중국 인민을 통해 일정 부분 이해할 수 있다. 따라서 삼민주의, 삼균주의 등을 인민과 유리된 지식 엘리트의 전유물로 여겨서는 안 된다. 후발 식민지에 처한 인민의 정치적 공통 감각이

---

154 차성수, 「시민권의 사회학—마샬의 이론을 중심으로」, 『사회과학논집』 12, 동아대 부설 사회과학연구소, 1995 참조.
155 『민성』, 1948.10, 13면.
156 위르겐 오스터함멜, 박은영·이유재 역, 『식민주의』, 역사비평사, 2006, 175면 참조.

며, 중국 그리고 조선에서도 이미 상당수의 인민에게 하나의 상식이자 보편화된 심성이었다고 할 수 있다.

그래서 위에서 말한 조선의 세 이론가의 사상을 살펴보면 모두 자주성을 강조하고 있다. 조소앙의 삼균주의는 정치·경제·교육의 평등을 주장하는데, 프랑스·미국식 자유 민주주의는 경제·교육이 불평등하고 공산주의는 정치적 독재와, 교육이 불평등하다고 지적했다.[157] '신민족주의와 신민주주의'를 주창한 안재홍은 민족주의 사상의 빈곤을 비판하는 목소리를 경계하면서 조선이 조국 재건을 위한 자치 능력을 가진 강고한 운명공동체임을 강조했다. 그 과정에서 "조선의 순수피, 동일지역, 동일언어, 문화, 신라 화백회의" 등을 언급했기 때문에[158] 언뜻 보면 파시즘으로 오해받을 수도 있다. 그러나 화백회의는 해방 조선의 민주주의적이고 자주적 역능의 기원을 찾고자 언급한 것이며, 좌익 이론가 백남운도 조선의 민주주의적 연원을 찾고 민족의 자존감을 높이기 위해 언급한 바 있다. 백남운은 '연합성 민주주의론'을 내세우면서 "국제노선을 유일한 공식으로 삼아 정치적 자주성을 망각하면 민중과 분리될 정치적 위험을 초래할 것"이라고 했다. 그러면서 "국수주의가 아니라 이제 조선의 정치는 인민본위의 민주주의 정치(민주정치)여야 한다"고 주장했다. 또한 자유민주주의는 불란서혁명의 산물로 시민본위, 유산층 본위의 민주주의라면서 미국의 그것과 구분한다.[159] 그가 좌익이긴 하지만 8월 테제의 박헌영과는 다른 노선과 정체성을 분명히 하고 있다. 이렇듯 이 세 이론가는

---

157 김기승, 『조소앙이 꿈꾼 세계』, 지영사, 2003, 193면.
158 안재홍, 「新民族主義와 新民主主義」(1945.12), 안재홍선집간행위원회 편, 『민세안재홍선집』 2, 지식산업사, 1983, 19·37면.
159 백남운, 「조선 민족의 진로」(1946.4), 『조선 민족의 진로·재론』, 범우, 2007, 14~22면.

모두 '조선적인 가치'를 발굴하려 하고, 인민의 정치·경제적 민주화의 염원을 공유하고 있었다. 그리고 '신'민주(족)주의의 '신'이 의미하듯 조선의 주의는 외부로부터 유입된 것만은 아니었으며 낯선 용어인 것만도 아니었다.

그렇다면 자주성을 강조한 삼민주의, 삼균주의, 기타 주의 등의 궁극적 최종목표는 무엇이었을까. 그 지향점은 '강한 국가'였다. 조선의 경우, 미곡 정책과 물가 정책 등을 해결하지 못한 미군정을 향한 인민의 불만이 매우 높았다. 중국의 삼민주의적 실천 역시 정치·경제민주화를 실현하기 위한 강한 정부와 정책이 요구됐다. 또한 제2차 세계대전 중에 확대된 국가의 영향력을 이미 체험한 인민들의 '효율성에 대한 상상력'이 거대 정부 이외의 대안을 찾지 못한 때문이기도 했다. 이것은 조선, 중국만이 아니라 전후 재건 국면에서 영국, 미국 등도 예외가 아니었던 세계적 추세였다. 당시 영국의 국민이 사회주의적 경제 개혁을 원했고 그 결과 노동당이 집권한 것처럼 전후 처리를 위해서는 국가의 강력한 '통제 정책'이 요구됐다.

'강한 국가'는 인민이 언제나 원하는 국가상이다. 특히 이 시기는 조선이 식민 지배에서 벗어나 새로운 국가와 정부의 영광된 출범을 고대하는 탈식민화 과정이었다. 그만큼 강한 국가에 대한 인민의 염원은 컸다. 강한 국가 창설을 위해서는 국가 제도를 완비하고 국가정신과 정통성을 확립해야 했다. 그러나 조선 민족은 3·8선을 경계로 남북으로 분리되었고, 이로 인한 이념적 갈등이 심화되고 있었다. 남조선에서는 토지개혁, 화폐개혁 등 핵심 경제민주화 현안이 정부 수립 이후로 미뤄졌다. 또한 폭력을 공적으로 담지한 국가가 성립된다는 것은 정치 지배 세력의 등장과 공고화를 수반한다. 이는 대표의 등장을 의미하기도 했지만 그를 둘러싼 지배 세력이 공고화된 이후 대다수 인민을 위한 급진적 개혁은 쉬운 일이 아니다. 따라서 이승만 정권을 견제하고 민의를 반영하기 위한 세력이 필요했다. 임정 계열의 중도파가 선거에 참여하지 않은 것은 이 점에서 비판받을 점이 있다. 우익 진영 입장에서 선거는 공권력을 장악하고 우익의 권력 지배를 제도화하며 정당성을 부여할 수 있는 기회였다. 우익정부가 출현한 셈이다.

그러나 이 시기 강력한 국가의 꿈은 우익 진영 세력의 확장 차원에 한정되지 않고[160] 모든 조선인의 염원이었다. 그래서 정부로의 권력 집중은 필연적인 수순이었다. 이유는 많았다. 다시 외국의 지배를 받아 식민지가 되는 일을 미연에 방지하기 위해서는 '강력한 정치'가 요구됐다. 거기에는 외국 원조로 인한 경제 종속 문제도 포함된다. 외부적으로는 정규국방군을 창설해 무력을 갖춰 국가 주권을 확보해 국제적 위신을 세워야 했다.[161] 내부적으로는 민중봉기의 원인이 되는 토지개혁과 물가안정, 친일파 청산, 민주적 제도 확립 등 해방 이후 쏟아지는 난제를 해결하기 위해서도 국가의 통일된 원칙과 강력한 추진력이 절대적으로 필요했다. 다시 말해 (국가와 정부는 다르지만) 이 시기는 민의의 지지를 받는 '강력한 정부'의 정치력이 요구됐다.

요컨대 후발 반/식민지였던 중국, 조선은 승전과 독립을 하게 되면서

---

160 좌익의 경우 박헌영은 독점자본가의 해소하고 자본주의의 폐해인 공황과 실업이 없는 사회를 지향하기 위해서 국유화에 의한 국가지배력의 강화를 강조했다. 독점적 자본주의를 국가의 힘으로 제압하겠다는 입론이다. 박헌영, 『조선 인민에게 드림』(1946.8), 범우, 2008, 163·215면.
161 「政治는 힘」, 『동아일보』, 1945.12.10, 1면.

지도자의 사상이 (지도자가 지녀야할 필수요건처럼) 요구되는 통합의 시대로 들어섰다. 삼민주의 등 각종 주의가 그 예였다. 그것이 공유한 경제·정치적 탈식민화 및 민주화는 '강력한 정부'를 지향했다. 인민은 사회 민주주의 심성을 가지고 정치·경제민주화를 원했지만 혼란한 전후 질서는 그것을 정부에 기댈 수밖에 없게 만들었다. 3년의 군정기를 좌충우돌하며 그렇게 출범한 남한은 대외적으로 약한 국가, 공권력은 확보했지만 정당성(정통성)과 지지도가 약한 정부였다.[162] 그리고 공권력을 정부가 독점했다고 하지만 1949년 6월 공세 이전은 (미약하지만) 그래도 언론·사상의 자유가 어느 정도 잔존한 듯하다. 권력의 반공주의에도 불구하고 인민이 그다지 반사회주의적이지 않았던 이유를 이해할수 있다. 그 근저에는 삼민주의의 지향처럼 후발 식민지민이 삶 속에서 정치·경제적 민주화의 필요성을 체화해 왔던 정치적 감각과 심성이 자리하고 있었던 것이다.

---

162 여순사건으로 국가보안법이 제정되었지만 다른 한편으로는 국회의원들이 사건의 책임을 정부에 물어 무력한 정부를 개조해야 한다는 결의안을 통과시키기도 했다. 그러자 이승만은 '내각제로 되면 당쟁으로 난국을 해결하지 못할 거라고' 말하면서 그 근거로 임정을 든다. 3·1운동 때 상해에서 "창조파와 개조파로 나뉘어 몇 달을 두고 싸우다가 독립은 다 결단나고 말았다는 것이다. 이것은 임정을 계승한 대한민국의 정통성을 스스로 부정 및 훼손하는 것과 같다. 김광섭 편, 『李大統領訓話錄』, 중앙문화협회, 1950, 107~109면.

/ 제5장 /

현실 참여의 과열과 배제의 현실

1. '새 조선'의 정치열과 청년, 기성세대의 청춘론

1) 청년의 정치운동과 '테러 조선'의 탄생

해방은 오랜 식민 지배에서 벗어난 조선인에게 완전한 독립과 주권 통치의 염원을 심어줬다. 기존 기득권 (지배)세력인 친일파·민족반역자의 청산과 신생 국가 통치시스템의 구축이 긴하게 요청됐다. 건국사업과 재건은 모든 사회 성원의 애국심과 사회 참여를 독려했다. 이처럼 국가 수립 '책임의 사회화'가 확산되고 전이되는 과정에서 정치 지도자의 등장, 시민 사회의 형성, 인민의 정치 참여에 따른 정치의 시대가 열렸다. 이중에서도 가장 유력한 정치 주체는 청년이었다.[1]

---

1 여성의 참여와 배제의 문제와 관련해서는 다음을 참조. 이임하, 『해방 공간, 일상을 바꾼

동원과 징집에서 복귀한 청년은 경험이나 학식을 갖춘 집단으로서 다수의 조직을 갖춰 갔다. 청년단체는 학생운동, 청년운동, 기타 대중운동뿐만 아니라 치안유지에도 가담한 정치운동의 핵심 주체 세력이었다.[2] 하지만 청년단체 지도자나 다수의 정치 지도자는 정치 훈련을 제대로 받은 적이 없었다. 새로운 정치 환경에서 이들은 이합집산을 반복하면서 정치노선과 정치적 소통방식 등 정치 관계에 대한 공동 결정의 학습과정 습득뿐만 아니라 신념과 인생에 대한 자기 결정을 수행해 나가야 했다.

이를 압축적으로 보여준 장면이 1945년 말 뒤늦게 김구가 조선에 귀환했을 때 좌우익 진영의 청년단체 대표가 김구를 방문한 순간이다. 수십여 개 청년단체들이 모여 결성된 독립촉성중앙청년회(이승만계)의 대표자 김창엽 외 25명, 그리고 좌익계 전국청년단체총연맹 서울시연맹의 남녀 대표 100여 명이 백범을 찾았다. 청년 지도자들은 독립운동과 민족대표를 상징하는 임시정부의 유력 지도자로부터 정치적 탁견과 지혜를 얻고자 했다. 이때 백범은 단체가 지나치게 많다고 지적하면서도 "여러분을 돕고 여러분을 지팡이 삼아 여생을 건국에 바칠까 한다. 청년인 여러분들이 앞으로 직접 간접으로 면담 혹은 서신으로 연락을 주면, 그것을 참고해서 싸워 나가겠으니 나를 도와주기 바란다"[3]고 말했다. 식민지 말기 조선의 지식인도 서신과 면담을 통해 조언하는 멘토를 자

여성들의 역사』, 철수와영희, 2015; 임종명, 「해방 공간과 신생활운동」, 『역사문제연구』 27, 역사문제연구소, 2012, 219~265면. 소년과 청년의 차이는 다음 2절 소년수를 다루는 편에서 2항을 참조할 것.

2 김행선, 『해방정국 청년운동사』, 선인, 2004, 37면.
3 김구, 도진순 편, 『백범어록』, 돌베개, 2007, 46면.

처한 바 있다.[4] 그러나 해방의 시대 민족 지도자는 정치적 지향을 표출하는 동시에 지지 세력을 확보해야 했다. 세력이 가장 큰 청년 집단은 정치선전과 세력 확장을 위한 정치 수단으로서 중요했고[5] 조선 각지의 실정을 파악하기 위한 통로이기도 했다. 이제 청년은 일방적인 지도의 대상이 아니라 '조언자'이자 변혁의 주체로서 운동가였다. 이처럼 정치 지도자와 정치 집단이 된 청년의 긴밀한 결속은 민주적 정당정치의 토대가 될 수 있었다.

하지만 정치 문화가 형성되는 이 중요한 시기의 주된 정치적 운동 및 대화방식은 폭력이었다. 여운형암살사건, 대한민청사건 등이 보여주듯 (백색)테러, 폭행, 암살, 방화, 구금 등 폭력적 탄압이 일상화된 정치 풍토가 되면서 민주적 대화정치는 정착되지 못했고 오히려 민심은 이반되었으며 사회갈등은 증폭했다. 좌우 대립이 격화되는 상황에서 "'청년'의 이미지는 우익들에 의해 좌우되었다. 우익 청년은 좌익에 맞서 싸우는 실질적인 물리력의 실체였다. 기독청년들을 비롯하여 북조선에서 일찍 월남한 청년, 학생들은 지역별로 조직화하기 시작했다. 월남한 사람들 가운데 50% 이상이 20대 청년층이었고, 특히 1945~1946년 사이 월남한 청년들은 북조선에서 발생한 일련의 반공투쟁에 가담한 사람들이었다. 좌우익이 대결하는 청년단체들은 물리적 대결의 전위대들이 되었다. 1946~1947년 사이 우익 청년단체의 회원수는 폭발적으로 늘어

---

4   여기에 대해서는 이행선, 「총력전기 베스트셀러 서적, 총후적 삶의 선전물 혹은 위로의 교양서-'위안'을 중심으로」, 『한국민족문화』 48, 부산대 한국민족문화연구소, 2013, 61~98면을 참조.
5   「建國은 靑年의 團結로」, 『동아일보』, 1945.12.22, 2면; 「朝鮮靑年에게 告함」, 『동아일보』, 1946.5.28, 1면.

낳"[6]는데, 특히 "제2차 미소공위가 다시 속개되는 시기를 전후로 해서 좌우익 진영 간의 투쟁은 청년단체를 중심으로 치열하게 전개되었다. 극우청년단체들의 폭력주의에는 광란적인 반공히스테리와 적대적 증오감이 반영되어 있었다."[7]

　해방 정국의 정치적 대립은 서로 다른 체제를 지향하는 '이데올로기 전쟁'으로서 특정 세력이 지지계급의 이익을 대변하면서 권력을 장악하고자 하는 정치투쟁의 실체를 적나라하게 드러냈다. 이는 정치 권력의 단순한 헤게모니 쟁투를 넘어서 당대의 현실을 진단하고 비전을 제시하는 이념의 과학성을 둘러싼 인정투쟁이었기 때문에 '올바른 지식'을 둘러싼 청년 간 자존심을 건 싸움이었다. 누가 더 현실의 본질을 제대로 보고 있는가. 그러나 이익을 사유화하는 정치 모리배와 폭력적인 투쟁의 정치 수단이 된 청년은 다수 인민에게 정치 혐오를 불러일으켰다. 청년은 '국가 건설의 역군, 건국의 초석'이 아니라 민족 갈등을 추동하는 '파괴 세력'으로 오인되었다.

> "순수하고 직정에서 우러나온 **정치적 직접행동**일지라도 이것은 언론·집회·출판의 자유가 억압되고 군주전제의 탄압이 인권 유린에 극달極達한 시대면 용혹무괴로되 비록 미군정하라 할지라도 서상敍上의 자유가 어느 정도로 확보된 민주주의 시대의 금일에 있어 자유로운 의사 표시의 수단과 기회를 자기 自棄하고 폭력을 사행肆行함은 그 결과의 득실은 차치하고라도 우선 이것은 봉

6　이기훈, 「식민지의 젊은이들, 오늘의 젊은이들」, 이기훈 외, 『쟁점 한국사─근대편』, 창비, 2017, 164면.
7　김행선, 앞의 책, 740면.

건적 잔재라 아니할 수 없는 것이요, 더욱이 정치모략이 동기인 경우면 이것은 전前 세기의 권모술수를 시사是事하던 구관구투舊慣舊套를 미탈未脫하고 민족적 신기원을 창조하려는 이때에 망국·멸족하던 병폐를 옮겨 심어 국사와 아울러 혈기방장한 유위有爲 청년을 그르치게 하는 민족반역적 범행이라 할 것이다."(20면)

    오늘날 같이 정치활동이 사랑방에서 가두로 못가고 정견발표 立會 연설은 고사하고 一夕의 정치 강연조차 들을 기회가 없이 민중과 정치가 완전히 괴리된 때는 없으나 이렇고도 민주주의요, 언론의 자유는 향유되었다는가. 테러는 정치활동을 저해하고 정치인에게 함구령을 下한 형태이며 민중을 정치면에서 철벽으로 격리하여 놓은 결과를 齎來하였다 하겠다.(21~22면)[8]

    특히 "정치적 직접행동"에 나선 젊은 세대를 바라보는 기성세대는 폭력이 난무하는 사회 현상에 당황했다. 예를 들어 염상섭은 과거 "조선에는 테러가 없었다 하여도 과언이 아니다. 그 조선인이 비록 그 일부이나마 해방 이후에는 이렇듯 역행적으로 돌변한 원인은 무엇인가"하고 고심했다. 문화민족, 백의민족, 동방예의지국을 표방하는 문화인에게 해방 후 조선은 '테러 조선'이었다. 염상섭은 청년들의 "동족상잔의 잔인성 발휘, 폭력적 망동의 원인"을 "일제시대에 부지불식간에 감염된 일인日人의 경조표독輕佻慓毒한 그 성행性行을 모방하고 소위 그들의 무사도 정신이란 파쇼적 부면의 좋지 못한 영향만을 받"았기 때문이라고 설명했다. 그러면

---

8   염상섭, 「폭력행위를 절멸하자 (상), 테러와 정계 (하)」(『경향신문』, 1946.11.28~29), 한기형·이혜령 편, 『염상섭 문장 전집』 III, 소명출판, 2014, 17~23면.

서 그는 "테러는 직접위해가 목적인 경우도 있겠으나 민중에 대한 선전적 효과에 치중하는 경우가 많을 것인데 기실 민중은 혼란과 불안이 가중할 수록 정치 활동 및 정치인에 대한 환멸과 嫌忌가 자심하여가는 역효과를 出現함이 사실이니 현하의 민중이 정치에 냉연한 것을 넉넉히 짐작할 수 있"다고 비판했다. 이 때문에 염상섭은 정치 지도자가 정치 문화를 개선하고 청년을 그릇되게 이용해서는 안 된다고 주장했다.

> 엄청난 현실에 망연자실하고 층암절벽에 갈 길 몰라 방황하는 인민들에게 '이 말'을 들으라! '이대로' 하라!고 가르처 주는 이가 있다면 그야말로 '암초의 등대'일까 한다.[9]

이처럼 '테러 조선'이 되어 버린 현실을 이해하고 조선의 길을 모색하기 위해 언론은 기성세대인 원로 지도자의 경륜 및 조언을 듣는 자리를 마련했다. 서재필은 "사이비 애국자의 협잡과 음모" 때문에 권력과 세도가 민중과 완전히 괴리되는 현실을 한탄했다. 그는 "이간중상과 음모비방을 정치수단"으로 삼고 "사대주의와 파쟁심派爭心, 과학적 정신의 결여"에 사로잡혀 있는 사이비 정치 지도자와, 그들을 추종하며 "골목마다 있는 몽둥이든 친위대" 청년이 민생문제를 외면하고 "높은 지위를 얻을 가망"성만 따지는 정치풍토를 비판했다. 그러면서 그는 선량한 국민은 정확한 증거 없이 타인의 행동을 비난해서는 안 되며 자기를 찬동하는 사람의 말을 듣는 것과 같이 반대하는 사람의 말도 잘 듣는 것이

---

9 서재필, 「구국투쟁과 신국민운동」, 최기영 편, 『서재필이 꿈꾼 나라』, 푸른역사, 2010, 349면.

지혜로운 일이라고 조언했다.[10]

이처럼 해방기는 정치의 시대가 되고 청년단체처럼 다수가 정치적 주역을 자처했지만 이념 대립이 격화되면서 각종 폭력이 난무하는 '테러 조선'이 되어 갔다. 이로 인해 정치적 직접 행동에 나서는 젊은 세대의 정치 문화를 이해하고 그들에게 조언하기 위한 기성세대의 진단과 논리가 나름대로 제기되는 국면이었다. 이때 과거 식민 시대의 민족운동의 주체였던 기성세대의 조언자로서의 자기서사와 기억이 설 자리가 열리게 된다.

2) 기성세대, 식민 기억과 자기합리화—설정식

지금까지 살펴본 것처럼 해방기는 남·북조선을 냉전 체제 및 분단 체제로 편입시키는 역사적 사건들로 점철되었고 민족·지역·세대·젠더 등 다양한 주체들의 헤게모니 투쟁의 각축장이었다. 때문에 해방기는 전국민의 건국사업 참여가 요구된 '행동'의 시대였다. 청년은 정치적 직접 행동에 나섰고 다른 한편으로는 새로 도입된 여론조사가 인민의 의지를 집산하여 정치에 반영하고 선거 제도가 구축되어 가면서 다수 인민의 간접적인 정치 참여의 길도 열리기 시작했다. 당시 (여론조사를 행하는) 기자는 여론을 수렴하면서 동시에 잡지·신문의 '설문'의 예처럼 멘토의 역할도 자임했다. 특히 언론인이자 문필가이기도 했던 일

---

10 서재필, 「선량한 국민과 민주주의」, 위의 책, 419~422면.

부 '언론인-작가'는 언론보도·여론조사로 조선의 현재와 미래를 구축해 나가는 한편, 창작물의 방식으로도 여론을 조성하고 인민과 소통했다. 다양한 계층·계급의 정치적 목소리가 분출하는 국면에서 지식계급은 멘토로서 인민이 올바른 정치적 견해를 갖도록 계몽하기를 게을리하지 않았으며 그러한 역할을 스스로도 원했다.

계몽은 권위를 전제로 한다. 그리고 그 권위란 창조된 것이기도 했다. 사회의 중견이 된 지식계급은 기성세대로서 '식민지 시대와 그 세대'를 부정하려는 청년세대와 대면하게 된다. 이념으로 무장된 '신'청년들은 정치적 실천을 통해 자기주장을 관철하고자 했으나 폭력적인 방식은 정치적 질곡을 심화하고 정당성을 확보하지 못했다. '건국세대'의 '오류'를 수정하여 운동 문화를 개선할 뿐만 아니라 그들의 지지를 받기 위해 30대 후반에서 40대에 이르는 장년세대는 기성세대만의 지혜와 가치를 내세울 필요가 있었고 (자존감의 차원에서라도) 식민 경험을 특권화해야 했다.

해방기 국가 건설의 기수로 표명되는 청년이 일제 잔재와 친일 청산을 주장할 때 기성세대 역시 식민의 책임에서 일정 부분 벗어나야만 선배 세대로서 실존적 정당성과 자존감을 확보할 수 있다. 민족운동 세력으로서 권위가 인정되어야만 기성세대도 그것을 기반으로 해방기에도 여전히 지식계급이자 지도자로서 청년 및 기타 다수의 인민에게 '행동'을 촉구할 수 있다.

해방의 날이 온 후 민중은 확실히 들뜨고 있다. 그러나 아무리 **행동주의자이라도 이제 심각한 사고**를 요한다. 통일민족국가건설은 문제浩大하니 민족 천년의 운명에 관계 깊다. 시국에 심대한 관심가지는 諸氏여 **바쁜 마음을 냉정**

히 가라안치고 이 일편을 통독하시고 그러고 공평히 비판하라.[11]

직접 행동에 따른 정치 갈등이 심각한 시대에 행동의 '정당성'이 심도 있게 논의되어야 한다. '행동'의 동기가 중요하다. 그래서 안재홍은『신민족주의新民族主義와 신민주주의新民主主義』를 발간하면서 서문에 '행동주의자도 바쁜 마음을 냉정히 가라앉히고 심각한 사고思考를 해야 한다'고 지적했다. 이러한 맥락에서 청산해야 할 식민 시대의 경험을 다룬 문학은 '사고'한다는 점에서 단순한 피해서사가 아니라 계몽뿐만 아니라 자기반성과 자기합리화를 포함하게 된다. 흔히 말하듯 과거 지나간 청년들의 역사와 그 교훈이 해방기 젊은 세대의 현실과 미래에 개입할 수 있는 정당성이 되는 것이다. 그러나 그만큼 작품에 자기반성과 이념, 전망의 문제 등이 개입되기 때문에 식민 경험을 서사화하는 일은 쉽지 않다. 해방기에 자기반성의 글이 적고, 당대를 조망한 장편소설의 수가 적은 것도 이 때문이다.

해방기의 주요 장편소설인 김남천의『1945년 8·15』, 염상섭의『효풍』, 김동리의『해방』도 해방 이후 당대 청년들의 고민과 행동을 서사화하고 있을 뿐이다. 그러나 식민 시대의 청년을 다룬 장편소설『청춘』(『한성일보』, 1946.5.3~10.16)[12]이 발굴되면서 (식민지를 살았던) '중견 세대'의 지향을 조망할 수 있게 되었다. 『청춘』의 작가인 설정식이 '언론인-작가'로서 이전 세대에게 전하는 메시지는 세대론뿐만 아니라 식민 기억과

---

11 안재홍,『新民族主義와 新民主主義』, 민우사, 1945.12, 1면.
12 이 글의『청춘』은『설정식 문학전집』(산처럼, 2012)의 것을 저본으로 한다. 인용면은 본문 인용에 한해 표기했다.

도 관련된다는 점에서 중요하다. 해방기는 민족과 국가의 역사를 (재)구축하기 위한 각종 기억이 분투하는 장이기도 했다. 이를 상기한다면 식민지기를 거쳐 장년에 이른 문인이 과거 기억을 역사화하여 민족의 수난사를 특정계급 및 이념의 것으로 특권화 할 여건이 조성된 것에 주목해야 한다. 과거 민족수난사의 회고라면 청년기가 주가 될 수밖에 없다. 식민지기에 청년시절을 보냈던 세대가 해방기의 청년에게 말을 거는 형국이다.

그러나 해방기의 청년들은 식민 청산을 외치며 기성세대를 부정하고 나섰다. 그래서 해방 이후 청년들이 각종 청년단체를 결성하고 자신의 세대는 식민 체제와 무관하듯 언술하는 데에 동의하는 평가도 있다.[13] 그러나 총력전기 수많은 지원병 지원자를 상기한다면 식민의 유산으로부터 자유로운 청년세대라는 말도 무색한 면이 없지 않다. 때문에 이 지점에서 대일 협력에 저항한 기성세대가 말할 수 있는 '틈새'가 열린다.

이 글에서 장년의 '언론인-작가'로서 다룰 설정식은 1937년에서 1940년까지 미국에서 영문학을 공부했고 해방 직후인 1946년 9월에는 조선공산당에 입당했으며 동년 10월에는 미 군정청 공보처 여론국장으로 일한 독특한 이력을 갖고 있다. 「신문이 커졌다」라는 시에서 신문을 "인민의 전령"이라 명명한 바 있는 그는 (정치적 영향력뿐만 아니라 문인으로서) 해방기에서 가장 많은 시와, 소설을 쓴 작가군에 속한다.[14]

---

13 박용재, 「해방기 세대론의 양의성과 청년상의 함의」, 『비교문학』 53, 한국비교문학회, 2011.

14 그동안 설정식의 소설 연구는 김윤식의 논의 외에 거의 없었다. 김윤식은 설정식의 시를 '청춘'과 연관하여 해석하면서 해방 공간에서 혁명시인으로 행세한 그가 실질은 관념론의 신봉자에 불과하다고 말했다(김윤식, 『해방 공간의 문학사론』, 서울대 출판부, 1989, 239면). 또한 김윤식은 설정식의 소설에 서정적 순간이 개입하여 소설로서의 가치가 떨어진다

요컨대 본고는 자기반성에서 더 나아가 '자기합리화와 계몽'에 주목하여 장편소설『청춘』의 축조된 '청년상'의 함의를 구명究明하고자 했다. 이를 통해 식민 기억의 함의와 설정식의 정치적 지향도 분명히 하고자 한다. 그동안 설정식은 중간파로 분류되어 왔다.[15] 그러나 중요한 것은 중간파라는 분류가 아니라 정치사상적 지향에 대한 정치한 분석이다. 그럼에도 설정식의 성향을 잠시 살펴보면 다음과 같이 운위됐다. 김동리가 1947년 후반 설정식을 당의 문학에 동원된 작가로 분류했고, 1948년 5월 홍명희가 설정식이 자신과 사상 및 주의가 다른 것으로 말한 바 있

고 했다(김윤식, 「설정식론」, 『한국현대소설비판』, 일지사, 1981). 김은철은 설정식이 이데올로기와 민족 관념에 매몰되어 시의 의장을 무시했다고 평가했다(김은철, 「정치적 현실과 시의 대응양식-설정식의 시세계」, 『우리문학연구』 31, 우리문학회, 2010, 301면). 이후 본격적인 연구는 2012년 설정식 전집이 간행되면서 시도되고 있다. 전집을 낸 곽명숙은 "내면의 진술이 사건의 서술을 압도하여 조선문학가동맹의 일반적인 사실주의적 창작 방법과는 거리가 있다"고 평가했다. 오히려 "서구적인 모더니즘 소설에 가깝다"는 게 그의 진단이다(곽명숙, 「비운의 작가, 설정식의 삶과 문학」, 『설정식 문학전집』, 설희관 편, 산처럼, 2012, 819면). 이후 김휘열은 설정식의 해방 후 모든 소설을 주체성과, 문단 내 순수문학과의 대립적 위치에 주목하여 파악한다. 그 결과 장편『청춘』에서 항일투쟁에 나서지 않는 주인공 박두수가 설정식으로 규정된다(김휘열, 「비정치적 주체의 정치적 상상-설정식 소설 연구」, 『우리문학연구』 40, 우리문학회, 2013). 그래서 작품은 설정식이 정치적 주체가 되지 못했던 과거를 반성한 소설이 된다. 이는 해방기 자전적 소설이 자기반성 뿐만 아니라 계몽과 자기합리화를 강하게 내장하고 있는 것을 간과한 일면적 접근이다. 또한 김휘열은 「한 화가의 최후」에서 미국 내 화가의 다다이즘적 순수그림을 김동리의 순수문학으로 가정하고, 화가의 죽음을 순수문학의 한계로 규정한다. 이는 소설의 장소성을 고려하지 않은 분석이다. 이 작품은 1930년대 후반 미국에서 살아가는 주변부 이민생활자의 애환과 고통을 다룬 소설이다. 필자의 분석에 의하면 설정식의 장편소설『청춘』은 식민 경험과 이념, 실천의 문제를, 단편소설인 「프란씨쓰 두셋」, 「한 화가의 최후」는 미국화(인종, 피, 결혼, 민족, 경계인)의 본연적 어려움을 다룬 작품이다. 이런 논의와 별도로 조은애, 「통역/번역되는 냉전의 언어와 영문학자의 위치-1945~1953년, 설정식의 경우를 중심으로」, 『한국문학연구』 45, 동국대 한국문학연구소, 2013, 7~51면도 참조할 것.
15 최윤정은 설정식을 좌우이데올로기에 편향되지 않은 민족주의자로 규정하고 있다. 최윤정, 「식민지 이후의 탈식민주의-설정식 시를 중심으로」, 『한민족문화연구』 39, 한민족문화학회, 2012, 343~346면; 이봉범, 「근대지식으로서의 사회주의와 그 문화, 문화적 표상-단정 수립 후 전향轉向의 문화사적연구」, 『대동문화연구』 64, 성균관대 대동문화연구원, 2008.

다. 작품에서는 1948년 11월에 발간된 설정식의 시집 『제신의 분노』에서 좌익이 선점한 '인민'이란 단어가 빈번히 등장했다. 또한 소설 『청춘』이 연재된 『한성일보』는 우익신문이긴 하지만 중간파로 분류되는 안재홍이 사장이었고, 이 작품이 1949년 1월 단행본으로 발간되었을 때는 설정식이 보도연맹에 가입하기 이전 시점이었다. 그의 지향이 좀 더 명확해진 것은 한국전쟁 무렵이다. 설정식은 1950년 한국전쟁이 발발하자 인민군에 자진입대 후 월북했다.

검열이 강화되고 좌익적 목소리를 드러내기 쉽지 않았던 정치 상황을 감안하더라도[16] 설정식은 중간파이면서 동시에 좌익사상이 '지식으로서 갖는 현실 인식'에 조금은 더 공명하고 있었던 것 같다. 그렇다면 이러한 좌익적인 혐의를 지우는 이중적 글쓰기 전략이 필요했을 것이다. 이는 결국 이 글이 구명究明하고자 하는 자기합리화와 계몽의 내용과 연결될 수밖에 없다. 설정식은 식민 시대의 재구성을 통해 해방기 젊은 세대에게 무엇을 전달하고 싶었던 것일까.

3) 축조된 청년상, 행동주의 문학과 '행동'

설정식은 소설 후기에 "1930년대에서 1940년대를 걸어온 우리 세대

---

16 설정식은 "백의동포란 말이 15년도 안 되어 어색한 말이 되고만 것처럼, 동무란 말이 조금도 어색하지 않을 시대가 멀지 않았다고 누가 말하겠나" 하고 말한 바 있다(「故鄕 친구」, 『경향신문』, 1947.3.23). 또한 "일본정부와 맥아더 사령부가 재일조선인에 대한 교육이 좌익분자의 불온사상 전파의 도구로 쓴다는 명목으로 탄압"한 것을 애통해 하면서 "진보적인 교육 내지 민족문화의 특수한 발전을 위해서 실로 가탄할 일이 아닐 수 없다"고 지적하기도 했다(「재일동포의 문화옹호」, 『새한민보』, 1948.6.1).

가 일제 폭압하에서 어떠한 모양으로 그 정신과 육체를 살리고 또 길러 왔던가 하는 것을 그려보려고 한 것이 『청춘』이다"라고 밝히고 있다. 설정식이 해방기의 청년 세대에게 식민지기 선배세대의 삶을 보여주고자 선정한 서사의 시간은 '1931년 만보산사건 직후에서 만주사변' 무렵이다. 소설은 사회주의 청년인 김철환과 사회주의자는 아니지만 그 친구이자 이 소설의 실질적인 주인공 '박두수'가[17] 중요한 주축을 이룬다. 설정식이 1929년 11월 광주학생운동 이후 중국 유학을 떠나 만보산사건의 여파를 직접 체험했다는 점에서 식민 기억이라 할 수 있다.

이 작품의 내용을 일별하면 중국인의 위협을 피해 동북대학에서 천진의 남개대학으로 전학을 감행한 박두수가 그곳에 거류하는 조선인들과 조우하게 된다. 그곳에서 그는 어릴 적 친구인 김철환과 조선인 의사 신병휴를 아버지로 둔 난카이 고급중학도 신기숙과 밀접한 관계를 맺는다. 신기숙이 박두수를 마음에 품게 되자, 평소 신기숙을 눈여겨보던 김철환은 마음을 접고 자신의 본분인 사회주의운동에 매진한다. 이와 달리 박두수는 신기숙이 아닌 아나키스트 공학孔學의 여인인 한소련에 마음이 끌리게 된다. 사회주의자 김철환은 친일 조선인 촉탁 '현영섭'을[18]

---

17 설정식의 다른 단편소설인 「擲相製造業者」에서 '나'는 '박두수'가 주가 되는 미완성장편소설을 가방에 넣어 가지고 미국을 돌아다니는 대목이 나온다. 설정식, 「擲相製造業者」, 『민성』, 1948.1, 32~35면 참조. 『설정식 문학전집』에는 빠져 있는 작품이다.

18 등장인물의 이름이 친일인명사전에 실려 있는 현영섭(일본명 : 天野道夫, 1906.12.29~?)과 일치하다는 것을 알 수 있다. 그는 1931년 7월 즈음 중국 상해에서 남화한인청년연맹에 가입해 활동하다 1935년 11월 20일 치안유지법 위반으로 검거된 바 있다. 1936년 12월 녹기연맹에 가입하고 1937년 8월 즈음 녹기연맹 이사가 되었으며 대표적인 친일 인사가 된다(친일반민족행위진상규명위원회, 『친일반민족행위진상규명보고서』 IV-19, 2009, 307~308면). 그는 1936년 5월 불기소처분을 받고 석방되자 전향했다. 그보다 주목을 요하는 점은 1929년 11월 광주학생운동이 일어났을 때 경성제국대학에서 시위를 벌일 것을 계획하고 이후 중국으로 건너갔다는 사실이다. 당시 광주학생운동 이후 중국 유학을

죽이려고 계획하는데, 정작 그 일은 현영섭에게 쫓기던 공학和學이 대신하게 된다. 어찌됐든 이 일로 김철환은 경찰의 의심을 받아 결국 체포된다. 한편 신기숙의 계속된 구애에도 마음을 열지 않던 박두수는 학교 입학이 불허되고 부친상父親喪을 당한다. 결국 그는 친구인 김철환의 소식도 모른 채 식민지 조선의 경성으로 돌아가게 된다. 뒤이어 그를 따라 조선에 들어온 신기숙과 무혐의로 풀려나 경성으로 들어온 김철환은 다시 박두수와 해후하게 된다. 여전히 신기숙을 외면하던 박두수는 연모해 왔던 한소련이 공학和學의 아이를 임신한 채 경성에 들어와 낯선 남자와 한방에 있는 모습을 목도하고 신기숙에게 다시 관심을 갖기 시작한다. 이 무렵 김철환은 조직 구축을 기획하다 발각되어 또다시 잡혀 들어가고 만다. 이후 박두수는 일본에서 학업을 계속하게 되고 그의 마음을 확인한 신기숙은 경성에서 그를 기다리며 그녀 역시 학업에 정진하는 내용이다.

주지하듯 세대론은 '너희와 달리 우리 세대는 이만큼 고생했다 혹은 경험했다'는 정언명제가 그 핵심이다. 해방 이후 식민 지배의 사슬에서 풀려난 청년에게는 희생을 감수할 만한 (위험) 행동이 극히 희소할 수밖에 없다는 게 선배세대의 비판 겸 자기변명이다. 이전 세대의 희생을 극대화할 수 있는 상징적인 일로 설정식은 만보산사건을 택하고 있다. 그 사건의 여파로 "평양을 중심으로 하여 일어난 중국인 학살 구축 사건"은 식민 주체의 농간에 반식민지민(중국)과 식민지민(조선)이 충돌한 참

떠난 설정식과 상당히 비슷하다. 한때 저항적이었던 현영섭이 전향을 하고 지나사변 이후 중국과 관련해 친일 발언을 한 것을 설정식이 염두에 두고 (자신과 비견될 수 있는 그를) 의도적으로 설정한 인물인 듯하다. 「현영섭」, 친일인명사전편찬위원회 편, 『친일인명사전』, 민족문제연구소, 2012 참조.

사의 한 예였다. 그 결과 일제뿐만 아니라 중국인들과도 적대적 관계 속에서 독립투쟁을 병행해야 했던 것이 중국 내 조선 청년의 위치였다는 것이다.

이들 청년을 문학이라는 가상의 공간으로 소환했을 때 설정식은 작품 제목을 '청년'이라 하지 않았다. 그 대신 과거의 젊은 시절의 추억을 떠오르게 하는 '청춘'이라 명명했다. 낭만이라는 감성적 생의 충만함을 함의한 청춘은 청년과 연애의 조합이 어울리는 개념이다. 이 소설 역시 사회주의 청년 김철환의 투쟁과 회의주의자 박두수 간의 갈등 그리고 연애, 이 두 축으로 구성되어 있다. 하지만 서술자는 연애의 중요한 축인 신기숙을 두고, "신기숙이는 초상난 집 지붕 위에 와서 5월을 즐거이 노래하는 암비둘기와 같다고나 생각해두는 것이 우리 이야기의 전개를 위하여 필요하겠다"는 편집자적 논평을 했다. 이 관점에 따르면 소설 내 연애의 위상은 격하되고, 청춘은 사실상 '청년'화되고 만다. 그래서 이 소설은 '청춘＝청년＝조국≠연애'로 1931년 무렵의 청년상을 규정하고 있다. 결과적으로 그 주체를 남성으로 설정하여 (예를 들면 해방기 양공주처럼) 흔히 여성의 수난 서사를 민족수난사의 코드로 활용하는 방식에서 벗어나 민족사를 남성의 수난사로 특권화하고 있다.

이 청년상은 1920년대 말에서 1930년대로 들어서면서 심화되는 청년층의 향락화 현상을 크게 우려하던 당대와 거리가 있다.[19] 즉 이 작품

---

19 주지하듯 이 무렵 '청년의 향락화' 연구는 당대 사회의 또 다른 단면을 보여주는 현상에 대한 고찰이다. 당시 모든 청년들이 향락적이었다는 의미가 아니다. 청년 관련 연구로는 김지영, 「식민지 대중문화와 '청춘'표상」, 『정신문화연구』 34-3, 한국중앙연구원, 2011, 166면이 있다. '청춘'이란 개념은 1920년대 초 활성화되어 '예술'과 '연애'를 함의하다 1920년대 중반 '혁명'과 '연애'로 바뀌게 되고 1930년대 접어들면서 더욱 다기한 계층·계급의 감성들과 결합하게 된다. 구체적인 '청년' 논의는 다음과 같다. 이경훈, 「청년의 다이내

은 '애국청년'을 당대의 청년상으로 역사화하면서 그 이후 1940년 초까지 병존했던 각기 다른 청년상을 탈각하고 있다. 1929년 미국발 세계공황의 영향으로 식민지 조선인은 무슨 일이든 "경제 공황 때문"이라는 말을 입에 달고 다닐 만큼 "경제 공황병의 중독자"가 되어 있었고 청년은 친구에게 차 한 잔 사주기 어려운 실정이었다.[20] 이러한 현실에서 희망 대신 환멸밖에 발견할 수 없었던 청년은 민족주의적 청년운동에 쏟아 부었던 그동안의 집단적 정념을 털어내고 성장하는 대중 문화의 향유자로 자리매김하기도 했다. 그 과정에서 1930년대 일제 당국이나 식민지 조선인의 시선에 포착된 청년은 희망의 일꾼이 아닌 지도와 교화의 대상이 되어 갔다. 그 잔영 내지 결과물로 1930년대 말에는 유진오의 「가을」에서와 같이 과거 학생시절 저마다 가슴에 품었던 사상을 버리고 생활에 침잠하거나, 혹은 김남천의 「사랑의 수족관」처럼 사상을 붙들고 분투했던 이전 세대와 분명한 선을 긋고 직분과 소명론을 지향하는 새로운 청년이 출현하기도 했다.

이와 견주어 볼 때 설정식의 『청춘』은 민족운동에 투신했던 청년들을 전경화하여 기성세대의 오점을 지우는 일종의 민족주의적 서사라 할 수 있다. 또한 당대의 다른 청년상이 개별적 욕망을 추구할 때, 『청춘』에서는 김철환으로 대표되는 사회주의자가 민족항일투쟁을 계속 전개하는 소수 지식인 집단으로 표상화된다는 점에서 해방기의 청년들에게 사회

믹 청춘의 테크닉」, 『문학과사회』 18-3, 문학과지성사, 2005; 정우택, 「한국문학의 로컬리티와 디아스포라 현해탄의 청춘공화국 「정지용시집」(1935)을 중심으로」, 『민족문학사연구』 44, 민족문학사학회, 2010; 최성민, 「청년개념과 청년 담론 서사의 변화 양상」, 『현대문학이론연구』 50, 현대문학이론학회, 2012; 이기훈, 「일제하 청년 담론 연구」, 서울대 박사논문, 2005; 소영현, 『불량청년 전성시대』, 푸른역사, 2008 참조.

20 고영환, 「경제공황은 어느 때 끝날까 (一)」, 『동아일보』, 1933.3.15, 1면.

주의의 민족적 가치를 보여주고 있다고 할 수 있다.

이러한 식민 기억의 탈각은 사회 외부 조건의 변화에 따라 다양하게 병존했던 청년상의 선별에 한정하지 않는다. 민족의 청년이 되기 위한 선결 조건이 '행동'이었다. 투쟁이란 자신의 사상을 체계화하고 고통을 감내하는 극기의 과정이다. 그래서 항일을 표면으로 내세운 『청춘』의 경우 그 실천을 명백히 하고 다짐하며 여기서 더 나아가 그 행동의 정당성에 대한 심도 깊은 고민을 드러낸 '행동주의 문학'이다. 실제로 투쟁의 연대 확장을 위해 사회주의자 김철환이 키에르케고르의 책을 들여다보는 박두수를 계속해서 설득하고 실제적 '행동'을 촉구하는 대화의 장면이 소설 곳곳에 등장한다.[21] 또한 김철환뿐만 아니라 그와 다른 성격의 '행동'을 지향하는 박두수의 고민과 기타 부수적 인물들의 '행동'에 대한 세세한 인식의 차이도 (각기 다른 방식으로) 서술된다. 이렇듯 행동, 다시 말해 실천을 옹호하는 '행동주의 문학'은 프랑스에서 발원하여 일본을 거쳐 1935년 식민지 조선에 유입된 역사적 용어이기도 하다.

앙드레 지드의 사회주의 지지 등 세계적으로 발흥하는 파시즘에 대한 지식계급의 대응으로 행동주의가 모색될 때, 일본과 조선에서는 사회주의가 당국뿐만 아니라 반사회주의자에 의해 배격되고 있었다. '행동주의 문학'은 1934년 생떽쥐베리의 『야간비행』과[22] 앙드레 말로의

---

21 예를 들면, "두수는 한참 잠자코 있다가 '자네 그럼 어떤 직접 행동을 계획하고 있는 건가?' 하고 물었다." 설정식, 설희관 편, 『설정식 문학전집』, 산처럼, 2012, 316면.

22 생텍쥐페리, 堀口大學 譯, 『夜間飛行』, 東京 : 第一書房, 昭和9. "요즘 좀 뜸해진 모양이나 한동안 행동주의니 능동정신이니 하고 꽤 작가들을 현황케 하였다. 생텍쥐페리의 「야간비행」이 유명하다기에 그 무렵에 읽어보았다. 호리구찌대학堀口大學의 번역인데 원문도 그런지는 몰라도 문장 묘사가 세익스피어에게서와 같은 고전미 도는 형용사들에는 놀라웠다. (…중략…) 다만 읽고나서 (…중략…) 그에게 느껴지는 것은 '청년'이요 그리고 감정과 의지를 냉정히 정리해 나갈 수 있을 때 누구나 행동의 영웅이 될 수 있다는 웅변이다."

『정복자』가[23] 일본어로 번역되면서 본격적으로 소개되었고, 유치진이 '능동정신'을 내세우는 등 식민지 조선 문인들에게도 반향이 일었다. 유럽 지식계급이 대안으로 삼은 사회주의는 카프 해체를 목도한 사회주의 문인들에게 작은 위안이기도 했다. 하지만 지식계급의 자성의 목소리는 그동안 사회주의에서 상대적으로 홀대받았던 인간성 옹호의 방향으로 노정되었다. 설정식은 이보다 앞선 시기를 소설의 시간적 배경으로 설정하여 조선에서의 사회주의의 몰락을 식민 기억에서 지우면서도 작품 내적으로는 '행동주의 문학'을 지향했다. 사회주의자 김철환이 '행동'을 계속해서 역설하고 작품 결미에서 일본으로 공부를 떠난 박두수의 '행동'이 현실 회피로 간주하는 등 '사회주의적 행동'은 상당히 긍정되고 있다. 하지만 박두수에 의해 김철환의 가치가 일정 부분 재조정된다는 점에서 식민지 조선의 행동주의 논의에서 마르크시즘적 독단론이라 평가받는 한효와는 거리가 있다.[24] 앞으로 설정식이 의도한 이 '행동'의 성격을 구명究明하는 것이 해방기에서 민족주의와 세대론 등의 성격을 갖는 『청춘』의 의미를 가늠하는 잣대가 될 수 있겠다.

설정식이 '행동'을 소설의 핵심 의제로 설정한 이유를 구명하는 문제는[25] 당대 전환기에 있어 지식계급의 '행동', 다시 말해 현실 참여의 방식과 그 지향점을 분리해 논의할 수 없다. 행동주의 문학 논쟁은 1936

이태준, 「야간비행」, 『무서록』, 깊은샘, 1994, 88면.

23　アンドレ・マルロオ, 小松清 譯, 『征服者』, 東京 : 改造社, 昭和 9.

24　이해연, 「프로문학자의 행동주의 문학론─지식계급론에의 편중성」, 『한국문학논총』 16, 한국문학회, 1995.

25　설정식만 '행동'을 강조했다는 접근이 아니다. 당대 각계각층에서 '행동'을 강조하는 논의는 많았지만 설정식은 과거 식민지기의 청년상으로 해방기의 청년들에게 이야기를 건네는 방식을 택하고 있다. 따라서 식민기억과 세대론, 청년·청춘론, 사회주의 등 중층적이고 복잡하게 얽혀 있는 소설의 의미를 구명究明해야 할 필요가 있는 것이다.

년 소진되지만,[26] '행동'은 식민지 말기 대다수 지식계급의 내면을 설명하는 중요한 표제였다. 가령 『인문평론』 등에서 사실상 사상적 리더로 평가되는 서인식의 전향서로 평가받는 「지성의 시대적 성격」의 첫 문장이 "오늘날의 시대적 정열은 지식계급의 행동을 절실히 요망한다"[27]였다. 서인식은 처음에는 '행동'이란 용어를 사용하다가 이후 (물체의 교섭 연관인) '행동'과 (인간의 주체적 표현적) '행위'를 구분하고 전자를 부정, 후자를 긍정한다. 마찬가지로 역사철학자 박치우는 '단순 행동'과 '실천적 행동'(로고스에 즉한 행동)을 구분한다. 그런데 그는 "선과 악의 새로운 규준을 확립하여야만 될 거대한 전환기"에 "최고의 선은 다만 '한다는 것' 그것뿐이며", "악은 '함이 없는 것' 그것이"라 단언했다.[28] 이 말의 뜻은 무엇을 의미하는가.

이들은 제국의 담론이 식민지 조선에 실효성을 확보하고 있는지 철학적으로 분별한 공헌이 있으며 탈근대의 실험에 동참하고 있다는 점에서 사상사적인 입지점을 확보하고 있다. 그러나 진보의 열망에 사로잡힌 이들은 행동의 '근원적 이유'를 철학적 인식 대상에서 제외함으로써 파시즘으로 휩쓸려갈 위험을 담지하고 있었다. 앞에서 서인식이 언급한 "시대적 정열"이 흘러들어오고 있는 것을, 김남천 역시 냉혹히 주시하고 있었던 데에는 이러한 조짐을 감지했기 때문이기도 했다.[29] 해방 이

---

26 다른 맥락에서 행동주의 문학은 1930년대 후반 내선일체론을 주장하던 일제나 그에 협력하는 작가(이석훈 등)에 의해서 추동되기도 하는데 이 역시 해방기 건국세대의 '행동'의 모델이 될 수 없다.

27 서인식, 「지성의 시대적 성격 – 문화의 창조와 그 연관성」(『조선일보』, 1938.7), 차승기 · 정종현 편, 『서인식 전집』 1, 역락, 2006, 96면.

28 박치우, 「나의 인생관 – 인간철학 서상」(『동아일보』, 1935.1), 윤대석 편, 『박치우 전집』, 인하대 출판부, 2010, 77면.

29 김남천, 「지식인의 자기분열과 불요불굴의 정신」, 『조선일보』, 1937.8.14.

후 민족주의적 관점에서 엄밀하게 말했을 때, 역사철학자인 서인식, 박치우는 식민 지배의 담론에 일부 동조한 것으로 비춰질 수 있었다. 또한 '행동'의 정당성을 제대로 묻지 않는 이들의 '행동론'은 사상사적으로도 다음 세대에게 전할 긍정적 유산은 아니었던 것이다.[30]

설정식은 이러한 1930년대 후반 역사철학자의 행동론 역시 지우고 『청춘』의 김철환을 빌어 사회주의자의 '행동'의 존재 이유를 자문했다. 김철환은 친일 조선인 촉탁 현영섭을 죽이려고 계획을 세울 때 이미 주사위는 굴러졌고 다시 생각할 여유가 없다고 하면서도 심각한 심적 갈등에 휩싸인다. 그는 자의적인 살인 결심과 '살인'에 대한 사회 혹은 볼셰비키가 내릴 평가의 간극 사이에서 고민한다. 이때 역사 법칙에 따른 선악의 분별에 따라 친일 반역자는 자신이 나서지 않아도 자멸할 것이라는 자기합리화가 그를 망설이게 했다. 또한 살인 감행이 대의가 아닌 영웅심에서 나온 자기만족적 행동일 수 있다는 식의 자기비판도 이어졌다. 이처럼 김철환은 복잡하게 살인 '행동의 정당성'을 되묻는다. 항일 민족주의 서사여서 '행동'의 정당성을 회의할 필요가 없는 조건임에도 설정식은 '행동'에 대한 성찰을 하고 있는 것이다.

이처럼 해방기에 설정식이 이런 사유가 가능했던 기저에는 해방기의 무질서한 '행동'과 식민 말기 '행동'의 이유에 대한 본원적 질문을 던지지 않은 역사철학자의 교훈, 그리고 1930년대 중반의 행동주의 문학 논쟁 등 역사적 경험의 무/의식적 영향이 있었다. 특히 행동주의의 선구자인 앙드레 말로가 해방기에 여전히 거론되기도 했었다. 설정식의 『청

---

30 당대 주요 역사철학자의 '행동'론을 고찰한 것이지, 이들이 친일적 행동주의 문학을 추동했다는 의미가 아니다.

춘』이 놓여 있는 문학사적 의의 중 하나가『정복자』등 행동주의 문학에 비견되는 '행동'에 대한 성찰이라 할 수 있는 것이다. 이것은 (뒤에서 살펴볼) 김철환의 친구 박두수에 의해 다른 방식으로 본격적으로 논의되기도 했다.

희생어린 헌신적 행동은 실천의 정당성뿐만 아니라 또 다른 조건 역시 필요로 한다. 정지용의 "나의 청춘은 나의 조국"과 같은 언술로 청년상이 표상되고 있을 때, '욕망의 절제'는 희생의 절대적 조건이다. 사회주의자 김철환의 항일투쟁과 연이은 투옥은 '고아되기'의 과정이며, 혁명가에게 연애는 사치스런 감정이다. 이것은 회의주의자인 박두수도 예외가 아니다. 박두수는 혁명가 김철환과 달리 '사적 욕망'을 생활의 자연스런 일부로 인지하고 사랑의 감정을 확인하려 했다. 하지만 서술자는 박두수의 상대 여성인 한소련이 타락하고 비참한 죽음을 맞는 서사적 장치로 설정해 소설에는 제대로 된 연애가 이루어지지 않는다. 작품 결말에서도 박두수가 신지숙을 놔두고 혼자 일본으로 건너가 공부를 하는 것에서 소설 내 연애의 위치를 다시 한번 확인할 수 있다.

이렇듯『청춘』은 문화적 변혁의 주체이기도 한 청년을 민족적 주체로 단일화하고 그 소명을 방해하는 요소를 제거하여 '청년-혁명가'의 심리적 파탄을 봉합하고 있다. 이것이 작가 자신의 세대가 식민지에서 정신과 육체를 길러온 자세라는 것이다. 사회주의에 일부 공명한 설정식에 의해 창출된 '청년'은 청춘의 열정이 민족의 문제로만 정향되었다.

4) 식민 청산, 사회주의와 실력양성론의 가능성

이전 시대와 세대를 옥죄었던 억압의 사슬은 해방과 함께 풀어졌다. 식민지 경험은 희생으로 등치될 수 있었고 억압의 조건이 없는 후속세대에게는 일종의 부채 의식이 될 수도 있었다. 각종 소설에 빈번하게 나타나는 아버지의 부재, 그 이유가 징용이든 독립운동이든 그 빈자리는 청년세대에게 새로운 삶을 위한 '행동'을 촉구했다. 이러한 움직임을 부정하는 기성의 목소리 역시 높아갔다. 이런 맥락에서 설정식의 소설 『청춘』은 과거 세대의 권위를 고착화하면서 해방기의 청년이 본받아야 할 선배의 모델을 구축하는 의미를 띨 수 있었다. 또한 해방기에 다시 정치사상사적으로 '인민'의 지지와 공감을 얻게 된 사회주의의 맥락에서 『청춘』의 청년상이 해석되고 후속세대에게 이해될 수 있었다. 사회주의가 식민지 시대뿐만 아니라 해방기에서 여전히 유효한 시대정신 중 하나일 수 있게 된 셈이다. 그러나 이러한 해석은 『청춘』에서 사회주의자인 김철환의 '행동'만을 지나치게 강조한다는 점에서 일면적이다.

소설 『청춘』은 계속해서 번민하고 회의하는 박두수와, 친구인 사회주의자 김철환이 등장해 김철환이 박두수의 사회주의적 참여를 설득하는 구도로 전개된다. 이러한 서사 구조는 덕기와 병화를 두 축으로 한 염상섭의 장편소설 『삼대』를 연상시킨다. 두 가치관이 대립하고 갈등하며 긴장하는 국면에서 다양한 형태의 삶과 사유, 실천이 가능해진다. 그렇다면 소설 내 사회주의의 가치를 인정하면서도, 사회주의로 환원되지 않는 여러 지점을 조명하여 그것이 갖는 의미를 예각화해야만 해방기 설정식의 정치사상적 지향이 더욱 명확해질 것이다. 사회주의와 무장투쟁을 강조하는 김철환과 달리, 박두수는 (뒤에서 구체적으로 다루겠지만) '생활 개선'을 강조한다. 다시 말해 서사가 사회주의 김철환과 실력 양성론의 박두수의 구도인 셈이다.

『청춘』과 해방기의 사회주의, 실력양성론 등과 관련해 논의해 볼 지점은 동포 연대의 문제, 사회주의 투쟁 방식, 일상의 정치성, 봉건타파 등의 교훈이다. 먼저 동포 연대의 문제는 친일파 청산과 사회주의 투쟁 방식으로 대별할 수 있다. 이 작품에서 친일파 청산 문제는 중국 천진의 친일 조선인 촉탁인 현영섭과 관련된다. 사회주의자 김철환은 현영섭을 민족 반역자로 규정하고 단죄하기 위해 총을 입수한다. 그런데 그가 계획을 진행하기 전에 현영섭에게 쫓기고 있던 한소련의 연인이자 아나키스트인 '공학孔鹤'이 대신 살해하게 된다. 민족 반역자에 대한 살인은 전혀 범죄라 여기지 않는 전형적인 민족주의 서사라 할 수 있다.

그럼에도 이 작품의 특이성은 '공학'을 체포하기 위해 공학의 은신처인 북양아파트에 찾아가는 이른 아침, 현영섭이 길거리에서 잠들어 있는 어린아이와 대면하는 장면에서 발견된다. 현영섭은 공학을 체포하기 위해 북양아파트로 먼저 보낸 일행을 상기하면서도 어린아이를 깨워서 밥을 사 먹인다. 그는 따뜻한 시선과 말로 아이를 다독이며 심지어 일본 영사관까지 데려가 관원에게 잘 보살펴 달라고 부탁까지 한다. 그뿐만이 아니다. 북양아파트 언저리까지 왔을 때 이번에는 꽃바구니를 들고 있던 서양 소녀가 꽃을 사달라고 매달리자 그는 "빙글빙글 웃으면서 십원을 내주었다." 이 두 사건이 지나서야 그는 북양아파트를 급습한다. 현영섭이 어떤 이유로 친일을 하는지 작품에서는 전혀 안내가 없다. 하지만 이것은 작가가 의도적으로 현영섭을 심성이 선량한 인물로 설정해 친일파 역시 식민 지배 체제가 낳은 비극적 산물임을 드러내는 서사적 장치로 활용하고 있다.

　　타락을 계획적으로 한 인간은 없었을 게다. 타락이란 타락하는 사람이 일정한 생각을 쓰기 전에 타락에 의하여 그 행동이 앞서버리는 것으로 타락하엿다는 자각은 행동에 대한 판단이 뒤미처 왔을 때 성립하는게 아닌가. 행동을 뒷받침하는 생각이 박약한 데서 오는 것이 아닐까. 뒷받침할 생각이 능히 있으면서도 우정 행동을 앞서게 하는 것은 타락이 아니라 도리어 악이 아닐까, 그러므로 타락이란 다 악한 것이라고 하는 것은 그릇된 삼단논법의 공식 논리가 아닐까.

　　다만 타락이자 곧 악에 부합되는 행위라는 것은 행위자가 '내가 옳다'고 할 때에만 성립되는 것이요, 그와 반대로 타락이 무력에서 왔을 때에는 구원이라는 것이 도리어 그 타락 속에 내포되어 있는 것이 아닐까, 인간이란 마치 중병 환자가 오히려 그 얼굴에 날아와 앉은 파리를 쫓아 달라고 애원하는 것같이 어주리없이 무력한 것이라고 해도 무방하다면 또 인간이 그 육체와 정신의 완전한 균형에서 쪼개어낸 절대치를 생활화할 수 없이 지리멸렬한 상태에서 우왕좌래한다면 생각과는 전혀 동떨어진 행동을, 하게 될는지도 모를 행동과는 또한 전혀 다른 생각을 할는지도 모른다.(330면)

　　여기서 더 나아가 작가는 친일파인 현영섭뿐만 아니라 천진에서 한 소련의 삼촌이자 『반도신문』의 지국장이며, 사교계의 거간屈牐 격으로 나오는 조선인 한걸 역시 일정 부분 변호한다. 공학儿挙은 일종의 모리배인 한걸을 굉장히 싫어한다. 작가 역시 그것을 동의하면서도 "한걸을 동정해서가 아니라 자초지종을 잘 아는 나로서" 편집자적 논평을 가미한다. 한걸을 비판하는 것은 쉽다. 그러나 다른 한편으로 생각하면 '행동을 뒷받침할 사상과 조건이 박약'한 당대 현실이 한걸과 같은 인물을 낳았으며 한걸 이외의 사람들에게도 강한 영향을 주고 있었다. 따라서 한걸은 현실적으로 무력할 수밖에 없는 보통의 식민지 조선인이 택할 수 있는 또 하나의 자화상이며 그렇기에 나름의 이해가 필요하다는 지적이다.[31] 해방을 맞은 조선인이 새로운 관계를 맺고 삶을 영위하기 위해서는 '과거의 잘못'을 어느 정도 용서하는 사회윤리가 필요하다. 이점에 주목하여 설정식 역시 민족주의적으로는 부정적 인물도 포용하는 서사를 택했다고 봐야 한다.

다음으로는 사회주의의 문제다. 앞서 밝혔듯이 '식민 체제하 행동'의 다양한 군상을 설정하고 그에 대한 작가 나름의 평가를 하고 있는 『청춘』은 1934년 번역돼 나온 앙드레 말로의 『정복자』와 상당히 닮아 있다.[32] 『정복자』에서 홍콩과 맞선 광동의 선전부를 맡고 있는 피에르 가

---

31 설정식의 다른 소설에서도 이와 유사한 장면이 있다. "방송은 서울에서 조직된 건국준비위원회 책임자의 말이었다. 일제는 망하였으나 아직 그 군대가 주둔하고 있으니 조선 사람들은 절대 자중하여야 될 것이라는 것을 강조하는 연설이었다. 책임자는 건국준비위원회가 성립된 경과를 말하고 나서 장래에 설 우리의 정권 아래서는 일제시대의 협력자들이라고 할지라도 하급관리들은 관대한 처분을 받을 것이나 부질없는 공동을 하지 말고 안심하라는 것도 부연하고 치안확보에 전적으로 협력하여 달라는 것을 부탁하는 것이었다." 이는 단순한 사실의 재현이 아니라 작가의 선택적인 당대상이라는 관점에서 이해할 수 있는 맥락이다. 설정식, 「해방」, 설희관 편, 『설정식 문학전집』, 산처럼, 2012, 23면.

32 1933년 콩쿠르상을 받고 유럽, 일본과 조선에서 행동주의문학 열풍의 중심에 있었으며 해방기에도 계속 소개되고 있던 앙드레 말로를 외국문학에 민감한 설정석이 모를 리 없다. 그러나 설정식이 말로의 작품을 단순 모방했다는 것이 아니다. 고전 내지 정전이란 어떤 화두에 대한 깊은 통찰을 조건으로 한다. 생텍쥐페리의 『야간비행』이나 말로의 『정복자』 등이 그러하다. 이와 비교할 때 설정식의 『청춘』 역시 '행동'에 대한 나름의 깊은 성찰을 하고 있다는 점을 지적하는 것이다.

랭, 일명 가린은 반제국주의자로서 사회주의자와 공명하면서도 무정부주의자로서 볼세비키의 독단론에 큰 반감을 품었다. 마찬가지로 사회주의의 존재양태에 대한 회의는 지도사상의 존립근거를 묻는 중대한 과정이기도 했다. 『청춘』에서 식민 지배하 사회주의에 대한 재평가는 해방의 국면에서 중요하다. 사회주의가 흥한 해방기에서 사회주의를 일부 긍정하는 작가가 그것을 타자화하는 시선의 창출이란 제한적일 수밖에 없다. 하지만 그 시도는 김철환의 친구인 박두수에 의해 일부 가시화되고 있으며 사회주의자 김철환 본인에 의해서도 이루어지고 있다.

그것은 사회주의 투쟁 방식의 문제였다. 볼세비키를 추종하는 김철환은 절친인 박두수에게 중국 그리고 경성에서도 자신의 활동을 허심탄회하게 털어놓지 않았다. 오히려 그는 일본으로 간다는 둥 거짓말을 한다. 식민 당국의 감시가 삼엄한 현실을 감안할 수 있으나 친구인 박두수 입장에서는 심사가 뒤틀리는 일이었다. 결과적으로 박두수를 포섭하려는 김철환의 계획은 용이하지 않았다. 극소수의 몇 사람이 산발적인 무장테러를 펼치는 투쟁의 방식도 박두수의 공감을 이끌어내지 못했다. 식민지 시대 사회주의의 비밀 테러투쟁 방식은 선배세대의 지난했던 투쟁의 역사를 환기한다. 또 그것이 명백한 현실이기도 했다. 그러나 박두수의 거부는 식민지 시대의 폐쇄적이고 단절적인 투쟁 방식이 해방기의 복잡다단한 사회 구성원의 연대를 도모하는 데 효과적이지 않다는 것을 방증하고 있다.

사회주의와 거리를 둔 박두수는 조선물산권장회를 조직했던 박효범의 아들이었다. 박두수가 중국에 있을 때 병중에 있었던 부친은 "克己外無學 즉 나를 이기는 것 외에 학문이란 없는 것"이란 수찰手札을 자식에게 보냈다. '나', 자아에 대한 고민의 대두는 민족 문제와 같은 공사의 동일성에서 비롯하는 무게에서 벗어나 사적 영역의 세계, 즉 '생활'의 가치를 격상시켰다. 제국에 짓눌린 식민지민이라 하더라도 모두 투쟁하는 혁명가일 의무는 없다. 김철환식의 '직접 행동'과 박두수식의 '생활 속 극기를 요하는 행동'[33] 등이 복합적으로 존재할 수밖에 없는 게 식민지배하 지식계급의 중층적인 면모이다. 박두수의 '자아' 강조는 1930년대 중반 행동주의 문학이 조선에서 수용되었던 맥락과 사실상 동일하다. 당시 행동주의 문학 논의가 이루어질 때 불안 담론의 하나로 셰스토프의 철학이 영향을 미치고 있었고 그것이 앙드레 말로의 『정복자』 등 행동주의 문학 작품의 수용에도 영향을 미쳤다. 셰스토프 철학은 "한번 사상의 간섭을 받았던 이가 그 사상의 압제로부터 벗어나면 어떻게 움직이는가"[34]라는 화두를 던졌다. 그 결과 사상이나 사회 문제가 아니라 사회에 대한 자기 자신 즉 '자아'의 문제가 대두했다. 이런 맥락에서 조선에서 앙드레 지드, 앙드레 말로, 생떽쥐페리 등이 해석되었던 것이다. 이와 아주 흡사하게 소설 속 박두수는 '자아'와 함께 '생활'의 가치를 중시한다. 앙드레 말로의 『정복자』에서 "간디는 동포들에게 살아가는 법

---

33 설정식은 홍명희와의 대담에서 "조선이나 중국 같은 데서는 '학생운동'이라는 것이 곧 사회운동의 일익을 부담하고 있는 것이 사실인 것만 보더라도 인텔리겐치아라는 정신 기술의 축적 부대는 비록 행동성을 결여하고 있다고는 하더라도 어떤 때는 행동 이상의 것을 다하고도 있다고 생각"한다고 말한 바 있다. 여기서 박두수를 긍정하는 설정식의 입장을 엿볼 수 있다. 「홍명희-설정식 대담기」(『신세대』, 1948.5), 설희관 편, 앞의 책, 788면.

34 정우상, 「春日隨想 (二) 쉐스톱의 態度」, 『동아일보』, 1936.3.25, 7면. 이원조에 따르면 조선에서 バンジャマン クレミウCremieux, Benjamin, 増田篤雄 譯, 『不安と再建 : 新らしい文學概論』, 東京 : 小山書店, 1935도 많이 읽혔다. 이원조, 「무너져가는 낡은 구라파」, 『조선일보』, 1940.7.2 참조.

을 가르치고자 하는 고통스럽고 열정적인 욕망"[35]을 갖고 있었다고 평가되는 것처럼, 박두수는 '생활' 속에 들어가 "아직 완전히 무풍지대에서 핍진한 생활의 날카로운 다면에 접촉하지 않고 있는 젊은 청년"상이라는 껍질을 벗겨내려 했다. 그는 이념이나 청춘의 낭만이 아닌 '실질적인 생계와 일상의 낙후성'에 주목했다. 조선물산권장회를 조직한 아버지처럼 박두수는 실력양성론의 입장에 있는 것이다. 이것이 사회주의자 김철환과 달리 박두수가 고민한 '행동'의 방향성이었다.

> "독선이지 뭐요? 동네도 생각하고 남들이 다 어렵게들 사는 것도 생각해야 하지 않우? 앞으론 내 집 마당만 싹싹 쓸고 대문을 꼭 닫아놓고 조석으로 부침개질이나 해먹고 살아갈 시대가 못 돼요. 문밖에 길에 똥도 같이 치우고 쓰레기도 치우고 해야만 살아요."
> "다른 집은 안 그런다데."
> "그러니까 집집마다 다 이 탈을 벗어버려야 된단 말이에요."(404면)

이러한 '생활'의 가치는 사회의 봉건성을 포함한 일상의 정치성과도 관련될 수밖에 없다. 박두수는 경성으로 돌아와 세상을 떠난 아버지를 대신해[36] 가장의 역할을 하기 위해 취업전선에 뛰어든다. 그는 마땅한 일자리를 찾지 못하다가 중국 영사관의 번역일을 겨우 맡게 되면서 자신의 지식과 경험의 무력함과 현실 감각의 부재를 오롯이 자각하게 된

---

35 앙드레 말로, 서명숙 역, 『정복자』(1928), 지만지, 2008, 97면.
36 설정식이 미국 유학을 하고 있을 때 아버지가 1940년 4월 9일 세상을 떠난다. 그 때문에 조선으로 귀국했다. 『청춘』이 설정식 자신의 체험을 바탕으로 한 자전적 성격을 갖고 있음을 알 수 있다.

다. 그러면서도 박두수는 부친의 삼년상을 거부하는 등 봉건 유제遺制 타파, 그리고 '내 집 앞 쓸기'[37] 등 인륜성의 강화를 역설한다. 이는 해방 기의 중요 의제 중 하나이기도 했기 때문에 사회주의자가 아닌 청년이 행하는 자기쇄신의 노력 역시 해방의 다음 세대에게 시사하는 바가 적 지 않다.

박두수가 '생활' 즉 일상의 개선을 강조한 점은 충분히 높이 평가할 만하다. 그러나 그 이전에 박두수가 중국 유학을 하고 또 작품 결말에서 일본 유학을 간 것 모두 집안의 조력 때문에 가능했다. 부친은 병사病死 하셨지만 그 이전부터 학생들에게 하숙을 놓을 수 있는 집안 형편이었 다. 그래서 박두수는 친구인 김철환과 달리 여전히 '책 속에서 청춘'을 보낼 수 있는 청년이었다. 그런 그가 병든 부친 대신 집안을 책임져 온 어머니와, 남편과 이혼한 누이에게 계몽적 발화를 할 때 가부장적 사회 에서 견뎌 온 이들 모녀가 단순히 계몽의 대상으로만 존재할 리 없다.

누이 최옥순은 박두수를 찾아와 사회주의 사상을 설파하는 김철환의 사상에 공명하고, 박두수를 사랑하는 신기숙 역시 사상적으로는 김철환 에 동조하는 등 전형적인 남성주의 서사이기는 하다. 그러나 '착한' 혁 명적 남성이 계몽적 수사로 가르치지 않더라도 무지해 보이는 이들(누이, 어머니)은 이미 가부장적 생활이 가르쳐 준 차별의 실감을 통해 자신 에게 배당된 현실적인 실존감을 성취하고 있었다.

---

37 북조선이 고평가 되는 것 중 하나가 공동체의 일원으로서 가지는 윤리의식이었다. "아침마 다 三十分間 싸이렌에 따라 시민들이 各其 자기 집 근처 행길을 掃除하기 때문에 거리는 퍽도 깨끗"했다고 한다. 박찬식(본사 특파기자), 「북조선답사기」, 『민성』, 1947.5, 16면.

"쌈? 쌈이라도 시원히 하는 인간이면 또 좋겠다. 쌈이 다 뭐냐? 어디나간 사이 여자 경대나 닦아놓고 하는 위인이 그냥 조라지고 궁상맞은 스라소니야, 두말할 것 없이 인간 이하의 인간이야. 단 하루를 살더라도 남자라는 게 무슨 발전하고, 뭐 좀 달라지고 커지는 게 있어야지 않아?" 하고 옥순이는 기탄없이 자기 심중에 파묻어두었던 분노와 증오를 추상적으로나마 이렇게 토로하였다. (…중략…)

이날부터 두수도 또 하나 새로운 문제를 생각하게 되었다. 그는 여태껏 이혼이라는 것은 남자가 일방적으로 취하여온 방법이라고만 생각하였다. 같이 살아본 아내가 마음에 맞지 않는 경우에 또는 아내보다 더 아름다운 여성이 나타나서 거기에 지고 들어가는 경우에 집에 돌아와서 치하는 남편의 태도요, 담판하는 방법인 줄만 알아왔다. '콜론타이'의 사랑이고 '노라'고 하는 따위는 예언자들의 머릿속에만 있는 신기루 같은 상상인 줄만 알았었다. 그러던 것이 상상이 아니라 바로 자기 눈앞에 있는 현실이라는 것을 깨달았을 때 두수는 머리를 크게 흔들고 머릿속에 있던 모든 낡은 기성의 관성을 떨쳐버리지 않으면 안 되었다.(407~408면)

남편과의 이혼을 스스로 선택하고 취업을 알아보는 누이가 남편을 평가절하하는 데서 알 수 있듯이 누이의 현실 인식은 책 속에서 지식을 얻은 박두수의 그것과 비등하거나 오히려 월등함을 확인할 수 있다. 따라서 소설 『청춘』은 무능하다고 평가받아 왔던 타자의 존재론적 평등을 시사한다는 점에서 사회주의뿐만 아니라 '생활'의 지식과 가치를 재조정할 필요성을 (작가의 의도와 상관없이) 주창하고 있는 것이다. 그뿐만 아니라 작품 말미에서 박두수의 유학은 현실을 절실히 체험하고 자각한 후에 이루어졌다는 점에서 막연한 학생시절의 실력양성론과는 전혀 다른 차원이다. 이로서 생활개선, 실력양성론 노선인 박두수의 비전과 미래는 더 신뢰할 수 있게 되는 것이다.

요컨대 설정식은 극단적인 사회주의 경향에서 벗어나려 했던 해방기의 흐름에 조응하면서 동시에 반사회주의를 방어했다. 또한 '생활'에 주목하고 실력양성론을 표방한 박두수를 사실상의 주인공으로 내세움으로써 해방기에서 다른 정치 세력과의 연대 가능성을 높였고 반공주의를 피해 사회주의적 가치를 일면 드러내는 이중적 서사 전략을 취하고 있다. 결과적으로 설정식이 장편소설 『청춘』을 통해 시사하는 바는 다음과 같다. 해방기의 그는 민족주의의 실력양성론과 사회주의의 필요성을 인지하고 양자를 일정 부분 긍정했다. 그러면서 그 주체였던 선배세대의 수난사는 민족운동사와 결부된다. 이처럼 지난했던 과거를 강조하면서도 작품은 식민지 시대에 타락했거나 대일 협력했던 조선인을 제한적이지만 포용하는 태도를 통해 연대와 이해의 필요성을 제기하고 있다. 또한 소설은 여성의 각성 과정을 통해 지식계급의 계몽성과 타자의 현실 인식이 대등하게 병존할 수 있는 세계를 보여주었다.

이러한 점과 함께 『청춘』은 후속세대인 해방기의 청년들에게 추가적인 메시지를 주고 있다. 『청춘』에서 박두수 어머니의 하숙집에 기숙하는 젊은 학생들은 해방기의 청년이 될 존재였다. 설정식은 그들을 박두수의 시선을 통해 다음과 같이 설명하고 있다. "합숙소 같이 소란한 자기 집에 드러누워 떠들썩한 학생들의 아무 책임 없는 젊은 자유를 그는 다시 부러워하는 것이다." 즉 서술자는 당대 젊은 학생이 지닌 사회적 고민을 직접 발화하지 못하게 설정했다. 결과적으로 해방기 무렵 청년이 된 이들은 여전히 말하지 못하고 선배세대에게 지도를 받아야 하는 세대가 되고 만다. 이들은 선배의 지도를 받지 않더라도 식민지를 살았던 선배 세대의 고난을 존중해야 하는 최소한의 의무 및 윤리를 강요받게 된 셈이다. 그러나 앞에서 타자와의 연대 가능성과 사상의 유연성에서 확인했듯이, 선배의 메시지가 권위적인 것으로만 귀결되는 것은 아니다. 새 시대의 청년에게 무엇이 필요했을까. '행동'이 범람하는 해방기에서 청년은 '건국세대'의 주체로서 각자의 '행동'에 대한 정당성을 계속해서 '숙고 및 주의'해야 한다는[38] 일종의 자수자양自修自養의 논리를 『청춘』이란 조선판 '행동주의 문학'이 말하고 있다.

5) 햄릿의 자화상, 포용

지금까지 논의를 정리하면 『청춘』에서 여자의 사랑은 격하되면서 청춘은 사실상 '청년'화되고 만다. 그래서 이 소설의 청년상은 '청춘 = 청년 = 조국 ≠ 연애'이다. 민족사를 남성의 수난사로 특권화하고 민족운동에 투신했던 청년들을 전경화하여 기성세대의 오점을 지우는 일종의 민족주의적 서사이다. 특히 김철환으로 대표되는 사회주의자가 민족 항일투쟁을 계속 전개하는 소수 지식인 집단으로 표상화된다는 점에서 해방기의 청년들에게 사회주의의 가치를 입증하고 있다. 그래서 『청춘』은 고민하고 회의하는 박두수와, 친구인 사회주의자 김철환이 등장

---

38 자크 랑시에르, 양창렬 역, 『무지한 스승』, 궁리, 2008, 68~72면 참조.

해 김철환이 박두수의 사회주의적 참여를 설득하는 구도로 전개된다.

이러한 서사 구조는 덕기와 병화를 두 축으로 한 염상섭의『삼대』를 떠올리게 한다. 하지만『청춘』은 실력양성론도 주요하게 다루어진다. 사회주의와 무장투쟁을 강조하는 김철환과 달리, 박두수는 생활 개선을 강조한다. 이로서 작품은 사회주의 김철환과 실력양성론의 박두수의 구도이다. 그 결과 설정식은 극단적인 사회주의 경향에서 벗어나려 했던 해방기의 흐름에 조응하면서 동시에 반사회주의를 방어했다. 또한 생활 개선, 실력양성론 노선인 박두수를 내세워 해방기에서 다른 정치 세력과의 연대 가능성을 높이고 반공주의를 피해 사회주의적 가치를 일면 드러내는 이중적 서사 전략을 택했다. 해방기의 설정식은 실력양성론과 사회주의의 필요성을 인지하고 양자를 일정 부분 긍정한 것이다. 또한 여성의 각성 과정을 통해 지식계급의 계몽성과 타자의 현실 인식이 대등하게 병존할 수 있는 세계를 보여주었다.

그러면서도 후속세대는 철없는 존재로 그렸다. 해방기에 청년이 된 이들은 여전히 말하지 못하고 선배세대에게 지도를 받아야 하는 세대가 되고 만다. 이들은 선배의 지도를 받지 않더라도 식민지를 살았던 선배세대의 고난을 존중해야 하는 최소한의 의무 및 윤리를 강요받게 되었다. 그러나 선배의 메시지가 권위적인 것으로만 귀결된 것은 아니다. 설정식은 '행동'이 범람하는 해방기에 '건국세대'의 주체인 청년에게 '행동'의 정당성을 계속해서 '숙고 및 주의'해야 한다는 자수자양의 논리를 조선판 '행동주의 문학'을 통해 하고 있다. 민족국가 건설과 기억/망각을 통한 탈식민화 작업이, 당대 문학의 일반적인 양상이긴 하다. 그러나 설정식은 행동의 진정성을 누구보다 깊이 고민하고 작품화한 작가라고 평할 수 있겠다.

해방기의 최고 번역가 중 한 명으로 평가받는 설정식은 햄릿을 번역한 바 있다.[39] 번뇌하는 햄릿의 자화상은, 식민지 시대의 『청춘』뿐만 아니라 해방기 청년 행동의 정당성과 방향성을 고민하는 설정식의 모습과 유비되어 겹친다. 시 「작별」에서 설정식은 해방기 청년을 민주주의 쟁취를 위해 투쟁하는 존재라고 규정한다. 이러한 사명감 때문에 모진 희생을 해도 "진실로 슬퍼할 필요가 없는 세대"[40]라는 평이다. 이것이 설정식이 바라본 해방기 청년세대의 자기정체성이기도 했다. 이처럼 「작별」, 「청춘」의 청년상은 특정 집합적 정체성의 조형과 관련되지만, 민주주의 투쟁에 나선 「작별」의 청년상은 민족이라는 집합적 체험과 기억에 수렴되는 『청춘』의 것을 넘어서고 있다.

이러한 설정식의 식민 기억과 정치적 지향은 채만식, 이태준의 해방기 기억 서사가 갖는 '일 개인의 자기 재정립의 욕망'과는[41] 다르다. 주지하듯 식민 기억의 서사에서 '기억-망각'은 과거 이해와 기억의 복원 문제이자 공통 기억의 형성과 관련된다는 점에서 기억 주체의 아이덴티티와 직결되는 문제이다. 때문에 『청춘』 속 인물 유형의 다양성과 인물 평가의 포용성은, 당대 현실적으로 존재했던 복수적 정체성의 상호 인정과 공존의 필요성을 함의하고 있다. 이 작품은 자기반성 및 비판을 통한 주체 정립과 세대·사상·계급 간 사회의 포용성이 복합적으로 다뤄지고 있기 때문에 긍정적인 민족적 경험만을 재현하고 있지 않다. 오히

---

39 Shakespeare, William, 설정식 역, 『Hamlet』, 白楊堂, 1949.
40 설정식, 「작별」(『제신의 분노』, 1948), 설희관 편, 앞의 책, 169면.
41 오태영, 「해방기 기억의 정치학—해방기 기억 서사 연구」, 『한국문학연구』 39, 동국대 한국문학연구소, 2010.

려 결점을 조금씩 드러내면서 과거의 짐을 덜어내고 다음 세대의 이해를 구하는 효과가 있다. 그만큼 해방기는 서로 용서하고 상처를 치유하며 함께 어울려 사는 공동체를 구축해야 했던 시대였다. 이를 위해 민주주의 투쟁이 또 필요했다. 이것이 식민지 시대와 해방기를 영위했던 한 작가가 자신의 시대와 세대를 대변하며 식민 유산의 짐을 청산해가는 하나의 방식이기도 했던 것이다.

2. 갇히는 아이들, 소년수少年囚와 우생학

1) 폐허의 시대, 고립되는 미성년자

소년수少年囚들이 있는 감옥이 위치한 서울 근교도 돌아다녔다. 아이들의 **대부분이 부랑이나 도둑질로 여기에 오게 되었다.** 사회단체의 요구에 따라 그들을 석방하여 집으로 보냈다. 하지만 모두에게 집과 가족이 있는 것은 아니었다. 몇몇은 시골의 이웃들이 데려갔다. **또 다른 애들은 아마도 또다시 부랑생활을 할 것이다.**[42]

해방 직후, 식민지 조선의 소련 영사관에서 근무했던 파냐 이사악꼬

---

42 파냐 이사악꼬브나 샤브쉬나, 김명호 역, 『1945년 남한에서』, 한울, 1996, 94면.

브나 샤브쉬나의 회고에는 해방과 함께 감옥에서 풀려나는 두 무리의 대조적인 모습이 포착되어 있다. 정치범으로 석방된 이들은 애국자로 호명되어 안면도 없는 이들의 집으로 초청되거나 후원금을 받기도 했다. 이와 달리 소년수를 환대하는 이들은 일부 일가친지를 제외하고 없었다. 사상범은 식민 지배의 피해자이고 소년수는 범죄자일 뿐인가. 해방 이전/이후에도 길거리를 배회하는 소년·소녀(이하, 소년)의 삶은 누구의 책임인가. 위안부, 징용자 등 전후 책임은 아직까지 해결되지 않은 문제이지만 각종 미디어에 회자되어 민족주의와 인권을 자극하는데 반해 이 소년수는 우리의 기억 속에 완전히 망각된 존재로 자리하고 있다.

그렇다면 소년수가 왜 기억될 필요가 있는가. 샤브쉬나는 소년수로 기술하고 있지만 사실 거기에는 죄를 범하지 않았는데도 감화원 등에 격리된 우범소년이 포함되어 있다. 식민지 말기 『매일신보』에서도 이를 구분하지 않고 각종 소년보호기관에 갇힌 소년을 소년수로 불러 보통 사람들이 부정적으로 인식하는데 일조했다. 총력전 체제에서 소년이 격리되었다는 것은 중요한 의미를 갖는다. 당시 일본은 제1차 세계대전에서 몰락했던 독일이 다시 부흥하게 된 이유로 "청소년훈련의 성공"을 그 첫머리에 뒀다.[43] 마찬가지로 일본의 미래-대륙개발의 성업은 청(소)년의 두 어깨에 달려있다고 간주되었다. 황국신민의 기수인 소년을 전쟁도구로 활용하지 않고 배제한다는 것은 해당 소년이 황국신민의 아이덴티티에 미달되며 사회적 효용성이 없다는 의미이다.

죄 없고 어린 이를 가혹하게 추방한 식민 당국이 비난받을 대목인가?

---

43 「시국과 청년운동」, 『신시대』, 1941.8. 23면.

이 답을 유보해 두고, 그렇다면 해방 후 추방된 이들은 '조국'에 의해 다시 사회 안으로 들어오게 되는가? 결론부터 말하면 그렇지 않다. 오히려 소년 격리는 확대된다. 여기서 소년수를 둘러싼 기억의 망각은 다른 질문에 직면하게 된다. 지배 권력의 정책과 사회 성원간에 동조-합의된 시선이 있었고, 때문에 '기억의 망각'이 아니라 '기억할 필요가 없는 사안'이 되었던 것은 아닌가. 다카하시 데츠야는 기억의 계승을 위해서는 민족과 국가의 벽을 넘어서야 한다고 말했다.[44] 그 기억의 범주를 한정하는 것은 가족, 성, 민족과 국가 등에 국한되지 않는다. '합의된 시선'과 그 안에 깃든 '배제의 폭력'에는 가해자와 피해자가 공유하는 당대 '유행 지식'이 개입한다. 그래서 당국과 다수 사회성원의 '합의' 및 묵인을 통해 소년은 식민지 시대 전쟁의 도구로 전락하게 되고 종전 후에는 신생하는 조국의 희망으로 호명되면서도 강제구금과 격리를 당하는 존재였다.

이처럼 해방 전/후의 소년이 비인권적 제도와 인식에 노출되어 있었다면 소년수의 존재는 당국과 다수 성원의 암묵적 묵인의 매커니즘의 문제뿐만 아니라 해방 후 새롭게 출현한 실질적 주권자인 미군정 성격의 문제와도 관련된다. 식민지 조선에 독립을 안겨 준 미국은 해방 이후 조선의 우방국友邦國이 된다. 그후 미국의 정치·경제·문화적 착취에도 불구하고 '좋은 친구'라는 신화가 우리 사회를 지배하고 있다. 그렇다면 우방 미국은 식민 지배 체제라는 '불량 국가'로부터 조선 민족을 해방시켜 준 것인가. 해방이 선물이라면, 그것은 식민지 말기 일본을 위해 목숨

---

44 다카하시 데츠야, 이규수 역, 『일본의 전후책임을 묻는다』, 역사비평사, 2000, 102면.

을 바치려 했던 조선인들과 감금된 소년에게도 선물이었을까. 조선인에게 미군정은 식민 지배자였던 일본 당국과 대비될 수밖에 없다.

주지하듯 식민 지배, 전쟁 수탈 등 지금 보면 자명해 보이는 역사적 증거에도 불구하고 당대 일본은 천황이 광대무변한 황은을 식민지에도 하사한다는 '착한(도의) 국가'[45] 신화를 유포했다.[46] 일본 신민은 짐의 적자赤子이고 신민 중에는 한 사람도 편히 지내지 못하는 자가 있다면 이는 짐의 죄라는 메이지천황의 대어심은 면면히 이어져 내려와 팔굉일우, 동아협동체론 등으로 변형돼 식민 지배 이데올로기의 신화로 자리매김했다. 그렇다면 조선 지배에 욕심이 없다는 미군정은 '착한' 민주주의 국가의 대리 집행자였는가. 이처럼 다른 국가와 민족을 돕겠다고 나서는 강대국은 선의를 표방하고 '착한(도의) 국가'의 이미지를 구축해야 하는 숙명에 봉착한다. 이때 미군정의 행정은 합리적이어야 하고 해당 국민의 지지 및 동의를 담보해야 한다.

요컨대 필자는 소년수와 당국의 시국 현안(소년수 문제)을 둘러싼 담론의 기저에 우생학과 사회다원주의라는 지식을 놓고 '사회적 배제'와 결부된 '착한 국가', 전후책임, 국민윤리, 인권 등의 문제를 살펴보려 한다. 조선인이 일본, 미국을 '착한 국가'로 긍정하고 협력하거나 암묵적

---

45 '착한/불량국가'에서 '불량국가'는 촘스키가 말한 "스스로를 국제 질서에 구속되지 않는 것으로 간주하는 불량국가rouge state"를 참조한 것이다. 이러한 특권적 지위의 미국과 맥락은 약간 다르지만 국제연맹에서 이탈하고 서양과 다른 동양을 꿈꾼 일본에게 내부적으로 국민의 지지를 바탕으로 한 강력한 국력은 필수적이었다. 따라서 국민을 동원하기 위해 일본은 성전, 천황제를 기반으로 한 도의국가, 친절한 나라 등 '착한 국가'의 이미지 역시 구축해야 했고, 상당수 국민은 그렇게 믿었다. 이런 맥락에서 '착한/불량국가'라 했으며 이후 '착한 국가'로 쓰겠다. 노암 촘스키, 장영준 역, 『불량국가』, 두레, 2001, 7면 참조.
46 여기에 대해서는 황호덕, 「천황제 국가와 증여의 신화」, 『벌레와 제국』, 새물결, 2011 참조.

으로 묵인·동조하게 된 원인이 무엇인지 구명되지 않는다면 소년수와 같은 약자의 피해는 계속해서 양산되고 '착한 국가'라는 지배 권력의 신화의 본질도 온전히 드러나지 않을 거라는 점이다.

그래서 이 글에서는 소년수를 통해 (새)당국의 지배와 사회 성원의 상호 조응, 거짓(착한 국가)의 신화를 긍정의 신화로 받아들이게 하는 메커니즘을 일부 가시화하려 한다. 여기서 상호 조응은 천황의 증여와 그에 대한 보답이 가능하거나 해야 하는 위치의 조선인 사이에서만 이루어지는 것이 아니다. 동원 가능한 조선인을 설정하고, 그 조선인과 지배 당국과의 거리를 (각종의 제도·정신적) '동원과 저항'으로 접근해 온 논의구도에서 벗어나려 한다. 그 대상을 보은이 불가능하거나 보은의 자격이 박탈당한 소년수로 설정했을 때 상호 조응을 둘러싼 담론을 재구축할 수 있지 않을까 하는 물음이다. 입신출세, 생명보존, 내선일체, 차별 철폐, '천황제 종교국가' 등과 다른 그 무엇 말이다.

기존 연구에서 식민지 말기 전시 우생학의 '유화적 문화정치'를 건전 신체오락과 결부지어 논의된 바 있다.[47] 그러나 식민지 말기 국책으로 전유되어 폭력기제로 작동한 우생학 담론을 면밀히 고증하지 못해 그 이전 시기와의 차이를 확연히 드러내지 못하고 일면적인 현상 나열에 그치고 있다. 우생학과 구체적인 주체와의 관련성에서는 민족 문제와 젠더 정치의 문제를 우생학과 관련지어 여성에 가해지는 이중의 억압을 다루기도 했다.[48] 이는 일반적인 젠더 논의이다.

---

47 김예림, 「전시기 오락 정책과 '문화'로서의 우생학」, 『역사비평』 73, 역사비평사, 2005.
48 이선옥, 「우생학에 나타난 민족주의와 젠더 정치―이기영의 『처녀지』를 중심으로」, 『실천문학』 69, 실천문학사, 2003.

이 글에서는 여성이 아닌 미성년자와 우생학, 국가 장치의 관계를 분석해 일국사적 관점을 넘어 식민 지배에서 식민지민의 책임 문제를 논하려 한다. 식민 권력의 우생학적 조치에 조선인은 어떤 (공모적) 인식을 하고 있었는지 보여주기 위해 신문과 함께, 저항적 민족주의자와 제도와 관련된 법조인을 참조해 2, 3항에 각각 배치했다. 2항 식민지 말기와 3항 해방 공간에서는 (조선인의 시선도 함께 다루지만) 정책과 제도를 중심으로 그 연속과 단절의 문제를 다루었다. 4항에서는 '국가와 개인 사이에 작동하는 우생학과 제도를 분석한 2, 3항'과 달리, 개인과 개인 사이, 즉 식민지 말기 재조일본인과 식민지 조선인 혹은 해방 후 지식인과 인민 사이에서는 어떻게 작동했는지 문학 작품을 통해 살펴봤다. 제도의 문제로 포착하지 못한 복잡성이 더 드러날 것이다. 이를 통해 '불합리한 지식'이 우리 삶에 주는 폐해와 사회적 '배제'의 실상을 자각할 수 있는 계기가 될 것이다. 대체 식민지 말기·해방 이후 소년은 누구고, 우생학이란 지식은 식민자와 식민지민 그리고 식민지민 중에서도 타자화된 소년에게 어떻게 작용했던 것일까.

2) 사회다윈주의 · 우생학의 결합과 정신병적 소년수

소년은 청년과 어떤 차이가 있을까. 소영현은 청년을 규정하기란 어려워 청년이 아닌 존재를 배제하는 방식으로 그 성격이 구체화되고 분화된다고 했다. 그럼에도 그 용어가 탄생된 이래 민족의 중추이자 근내 국가건설의 주춧돌로서의 청년상은 공유되었던 듯하다. 또한 젊음과 진취성을 의미하는 청년적 세대 감각을 (여전히) 가진 이들도 청년이 될 수 있었다.[49] 생물학적 연령으로 규정하기 곤란한 이 청년은 1898년경에는 소년, 학생과 중첩되기도 했고, 1909년경 청년학우회에서는 통상 만 17세 이상, 중학 이상의 교육을 받은 자를 청년으로 가리키기도 했다.[50] 1930년대 말에는 청소년이란 표현이 급증했는데 일반적으로 중등학교 재학 정도의 연령대를 지칭했다.[51]

청소년을 기준으로 하면 식민지 말기 소년은 중등학교 이전인 심상 소학교까지의 학생을 의미하게 된다. 일본에서는 메이지 12년 9월 학제가 폐지되고 교육령이 새로 공포되면서 소학교는 6~14세까지, 8년의 학령기로 규정되었다.[52] 조선의 경우는 오성철이 취학률을 조사하면서 조선 내 인구의 연령 구성비를 고려하여 만6세에서 11세에 달하는 인구를 학령 인구로 설정한 바 있는데,[53] 식민 지배 당국에서는 6세부터 6년을 학령으로 해 아동수를 산정하고 있다.[54] 나이가 중요한 이유는 당시 1942년 소년원령이 식민지 조선에서 시행되기 전까지 감화원과 소년형무소가 소년범죄자의 대표적인 수용소였는데 여기서 감화원이 14세 이하 소년을 대상으로 하고 있다.[55] 그 규정이 일본의 소학교 나이를

---

49 소영현, 『부랑청년 전성시대』, 푸른역사, 2008, 40~45면.
50 소영현, 『문학청년의 탄생』, 푸른역사, 2008, 26~27면. 1919년경 『학지광』에서는 유식계급의 범위를 "중학교 정도의 교육을 받은 청년"으로 지칭하고, 그 청년들의 부랑화 현상을 비판하고 있다. 極熊, 「識者階級의 覺醒을 要함」, 『학지광』, 1919.1, 57~58면.
51 이기훈, 「일제하 청년 담론 연구」, 서울대 박사논문, 2005, ccvii면.
52 가타기리 요시오・기무라 하지메 외, 이건상 역, 『일본 교육의 역사』, 논형, 2011, 111면.
53 오성철, 『식민지 초등 교육의 형성』, 교육과학사, 2000, 132면.
54 「의무교육이 될 때까지」(『국민문학』, 1943.4), 문경연 외역, 『국민문학』, 소명출판, 2010, 456~457면.
55 14세를 기준으로 한 것은 더 근본적으로 일본이 받아들인 서구의 법과 관련돼 보인다. 서구에서 역사적으로 소년범죄자를 성인범죄자에 비해 관대히 취급한 것은 중세 교회

기준으로 설정됐다는 것을 유추할 수 있다. 그리고 청소년을 포함해 총칭으로 사용한 당시 소년범죄는, 보통 18세 미만으로 잡았지만 각종 신문에서 20세 이하까지 소년이라 칭하고 있는데 정확히는 20세 미만으로 규정되었다.[56] 14세 미만은 형사령의 적용을 받지 않아 대다수가 훈방 조치 되거나 그 중 일부는 법적 형벌 없이 감화원 등에 수용되었고 14세 이상은 전과자가 되었다.

소년범죄는 가장 많은 게 절도였고, 강도, 방화, 산림령山林令 위반, 관세법 위반, 사기, 주세령 위반 등 다양했지만 식민지 말기 이전까지만 해도 당국의 주된 관심사가 아니었다. 1922년 조선의 보이스카우트라 할 수 있는 소년척후단이 조직된 이래 당국은 그 소년단체가 주의(사상) 선전의 도구로 이용될 것을 우려했고, 1925년 이후 주의(사상)적 색체가 있는 소년·소녀의 집회운동에 대해서는 절대금지의 방침이 내려지기도 했다.[57] 1925년 4월 치안유지법이 제정되었듯이 당시에는 사상범이 중점 관리 대상이었다. 소년과 청년이 중첩되어 있듯 소년도 사상범

의 영향에서 비롯된다. 교회에서는 인간이 만 7세가 되기 전에는 이성의 능력이 갖추어지지 않았다고 보았다. 이에 따라 7세 이하의 소년에 대해서는 형사책임을 인정하지 않았으며 14세까지도 특별취급을 받았다. 더 살펴보면 유럽 형사사법에서 소년을 성인과 달리 취급하게 된 또다른 원인으로 소년은 가족의 일원으로서 부친의 엄격한 통제 하에 있어야 한다는 가부장적 로마법의 영향이다. 이러한 로마시대의 사상은 영국 문화에 영향을 미쳐 국친사상parens patriae으로 연결되어 법을 위한한 소년에 대한 부의 권한이 국왕 혹은 국가에 의해 대치되었다. 국왕은 모든 국가기구 성원에 대해 아버지와 같은 역할을 하면서 신민에 대한 권한을 행사한다고 본 것이다. 박상기 외, 『형사정책』, 한국 형사정책연구원, 2012, 495~496면. 현재 소년법은 14세 이상 19세 미만이다.

56　1938년 4월 시행된 미성년자 '끽연 음주 금지법'에서도 만 20세를 기준으로 한다. 「1일부터 실시되는 신법령 가지가지 육군지원병제, 개정교육령, 증세령, 미성년자 금주금연법, 도로령, 임시물품조치법」, 『조선일보』, 1938.4.1, 석간2면.

57　조선총독부 경북경찰부, 류시중·박병원·김희곤 역주, 『고등경찰요사』(1934), 선인, 2009, 135~136면.

인 경우 법적 책임을 져야 했다. 하지만 소년범죄 통계에서는 사상범을 분리해 다루지 않고 있다. 그러던 것이 중일전쟁이 발발하고 지원병제가 시행되면서 사회질서 안정과 인적자원 확보가 중요한 현안으로 대두하였고, 가두 미관과 사회 불안을 조장한다는 이유로 부랑소년이 취체의 대상이 되기 시작한다.

'대동아전쟁' 이전 불량소년,[58] 부랑소년, 룸펜소년·소녀, 거지떼 등으로 불리웠던 소년수를 포함해 소년의 권익을 보호하는 법규는 미비한 실정이었다. 일본에서는 대정 11년 4월 17일 소년법과 교정원법이 제정된 이래 아동학대방지법(1933), 모자보호법(1937) 등 다양한 제도가 마련된다.[59] 그러나 소년법은 제1차 세계대전 당시 일본 내 급증한 소년범죄를

---

58 식민지 시대 불량소년 담론에 대한 논의는 소현숙, 「식민지시기 '불량소년' 담론의 형성
    -'민족/국민' 만들기와 '협력'의 역학」, 『사회와 역사』(구 한국사회사학회논문집) 107,
    한국사회사학회, 2015, 41~72면을 참조할 것.

59 1938년 당시 일본에서 시행되고 있던 소년소녀보호법제는 다음과 같다.
    *아동보호법-곧 아동보호관계법령으로 구호법, 군사구호법, 아동학대방지법 모자보
    호법 등을 들 수 잇다. 구호법은 13세 미만의 아동으로써 빈곤하야 생활할 수 없는 아동
    을 구호하고 아동학대방지법은 14세 미만의 아동에 대하야는 학대를 할 수 없게 하는
    것이며 모자보호법은 13세 이하의 아이를 가진 어머니가 빈곤으로 인하야 생활할 수 없
    고 또는 그 아들을 양육할 수 없는 때는 일정한 부조를 하기로 된 것이다.
    *소년보호법-소년소녀의 보호법으로는 14세미만의 아동이 저지른 행위는 처벌하지
    않는다. 형법만은 조선에도 적용되거니와 14세 미만의 아동으로써 불량행위를 하고 또
    는 불량행위를 할 우려가 있는지를 구호하는 소년구호법과 교정원법 등은 조선에는 실
    시되지 않는다.
    *노동보호법-이외에도 노동관계 있어서 일정한 직업에는 종사하지 못하게 하고 또는
    취업시간의 제한과 야간취업의 금지 등을 규정한 여러 가지 법규가 적지 않다.
    *공장법-공장주인은 16세 미만의 아동과 부녀자에 대하여는 하루에 11시간 이상을 취
    업하지 못하게 한다.
    *공업노동자최저연령법-14세 미만자는 공업에 사용함을 금한다. 그러나 12세 이상의
    자로 소학교의 교정을 수업한 자는 금치 안는다.
    *광부노역부조규칙-광업권자는 16세 미만의 자와 여자로 하여금 항내에서 취업케 함
    을 금한다.
    *선원최저연령법-14세 미만자를 선원으로 사용함을 금하며 18세 미만자를 석탄부 또

관리하기 위해 대륙제국의 법을 채택하면서 시행되었다. 처벌이 해당 법의 본질이었던 것이다. 일본에서는 메이지기에 이미 부랑소년이 있었고 1930년경에는 보통 25세 정도의 리더를 정점으로 그 다음 중견간부(20세 전후) 그리고 구성원(14~22세)으로 구성된 피라미드 구조의 부랑그룹 형태로 존재해[60] 나이와 조직에 있어 식민지 조선의 것과는 성격이 달랐다.

조선에서는 개화기에 부랑청년이 이미 존재해 이들을 부랑자 감화원이나 공설공탁소를 설립해 가둬야 한다는 말이 나왔고, 보통 부랑청년이라면 룸펜지식인이나 모던보이를 지칭했다. 이 글에서 다루는 부랑소년은 주로 부랑청년 이하의 교육을 받거나 문맹으로 절도·강도 등의 범죄를 저지른 이와, 그러한 범죄를 저지를 가능성이 있는 거리의 소년[61] 그리고 사상범 등을 가리킨다.

이들을 관리한 기관 및 법의 변천을 개괄적으로 정리하면 다음과 같다. 1923년 8월 조선총독부 감화원 관제가 발표되고 조선 최초의 관립감화원 영흥학원이 1923년 개원한다. 이 감화원은 경찰서에서 설유나 구류로는 개조시키지 못한(할) 부랑소년을 수용해 교육하는 곳으로 법적인 처벌을 받지 않은 14세 이하를 대상으로 했다. 1936년에는 전조선의 부랑소

는 화부로 사용함을 금한다.
*농업에 종사할 수 있는 아동의 연령에 관한 조약—10세 미만의 아동은 수업시간 이외가 아니면 일체 공사의 농업적 기업 또는 분과에서 사용되거나 혹은 노동함을 금한다.
*해상에 사용할 수 있는 아동의 최저연령을 규정한 조약—14세미만의 아동은 동일한 집에 속하는 자만을 사용하는 선백을 제한 외의 선박에서 상용 혹은 노동함을 부득한다.
「兒童保護法規의缺如」, 『동아일보』, 1938.5.13, 2면.
60 武田知弘, 『戦前の日本』, 彩図社, 平成21年, pp.49~53.
61 행려병자 구제는 공적 권력의 책임 중 하나였다. 행려병은 '질병'으로 인식되어 의학적 관리의 대상으로 간주되었다. 한귀영, 「'근대적 사회사업'과 권력의 시선」, 김진균 외, 『근대주체와 식민지 규율권력』, 문화과학사, 1997, 330~333면.

년이 1만8천 명에 달했으나 영흥학교에 수용된 인원은 80명에 불과했고, 이외에 사립으로 명진사, 보호소, 수색갱생원, 평양갱생원, 부산적기학원, 전남공제회, 목포공생원 등 7개에 수용된 아동이 260인으로 총 수감 인원이 340인에 그쳤다.[62] 법적 형벌을 받아 수감되는 소년형무소는 1929년 금천과 개성 두 곳뿐이었다가 1936년 인천 소년형무소가 개청하였다. 1937년 소년수형자는 1,957명으로 대정 11년 소년형무소 특설 당시의 4배에 달했다.[63]

소년범죄는 날로 증가했지만 재정 부족 등의 이유로 외면받다가 중일전쟁 이후 전시 체제로 접어들면서 사회 문제로 대두된다. 천황통치는 폭력적 권력 지배가 아니라는 것이 국체론의 근본이었고 천황이 하는 전쟁은 서구 제국주의 열강의 군국주의적 침략, 그 탐욕적 야욕으로부터 동양을 구제하는 성전聖戰이라 했다. 도의 정치의 근간은 공동체 개개인의 지지와 상호 인정이었고 따라서 소년범죄 내지 부랑소년의 거리 활보, 수감 그 자체는 천황제국가의 '현실'을 드러내는 '사건' 자체라 할 수 있다. '친절 국가'를 표방한 식민 주체는 1942년 3월 23일 드디어 조선소년령과 조선교정원령을 공포했고, 25일 경성소년심판소 발족과 함께 시행에 들어갔다.

"사랑의 법률"로 참칭돼 하사된 조선소년령은[64] 사실상 식민지민을 통

---

62 「萬八千不良少年 訓育의 機關은 몃여」, 『동아일보』, 1936.7.19, 2면.
63 「少年犯罪는 增加 思想犯은 落潮 年頭所感의 一端으로 (下)」, 『매일신보』, 1937.1.6, 1면. 고아원·감화원 등 고아와 관련된 더 구체적인 사항은 소현숙, 「경계에 선 고아들—고아문제를 통해 본 일제시기 사회사업」, 『사회와역사』 73, 한국사회사학회, 2007 참조.
64 문) 이번 실시된 범죄소년 또는 범죄위험소년을 위한 제 법령은 무엇을 목적한 것인가 답)지금까지는 죄를 범한 소년은 개성 인천 금천에 잇는 소년형무소에 보내여 '전과자'라는 일생을 통하야 지울 수 업는 낙인을 찍어 전도가 요원한 소년의 압길을 막어버리거나 그러치 안으면 사회에 아무런 보호도 업시 내버리어 부랑아나 범죄상습자가 되여버

제하는 각종 법안의 거의 막바지에 해당한다고 할 수 있다. 그 이전에 있었던 「국민체력관리제도」(1940) 실시, 6년제 국민학교에 「공립청년훈련소」(1940) 설치, 「조선사상범예방구금령」(1941.3.10), 「전시범죄처벌특례에 관한 건」(1941.12.26) 공포, 「조선임시보안령」(1941.12.27) 공포와 그 이후에 있었던 「조선청년특별연성」(1942.10.1) 공포에 이르면서 비/정상의 소년은 예외 없이 관리된다. 황국신민의 자격을 갖춘 소년은 국민학교에서 연성을 받았고, 국민학교 초등과에 수료하고 상급학교에 진

려 본인뿐 아니라 사회에도 적지 안은 해독을 끼치게 된 것이다. 이들에게 갱생의 문을 열어주고 광명잇는 생활을 만들어주고 더욱이 전시에 1년에 4만 4천 명이나 넘는 인적 자원을 선도보육하여 생산확충의 위용한 국민이 되게 하려는 것이다. 지금까지도 사설 감화원이나 또는 멧멧 독지가가 이들 불량소년의 일부분을 보호개심하기에 힘써 왓지만 그는 전체로 볼 때 문제도 안 되리만치 극소 부분에 지나지 안엇든 것이나 이번의 제 법령에 의하야 국가에서 모든 범죄소년 또 위험잇는 소년을 전부 취급하게 되엇고 또 철저히 갱생하는 날까지 보호를 계속하는 것이다.
문) 어떤 성질의 범죄소년이 어떤 경로를 밟아서 소년심판소의 심판을 밧게 되는가 답) 14세이상 20세미만의 소년이 치안유지법, 육군형법 그박게 극히 악질의 범죄를 저질넛슬 경우는 말고 그외의 범으로써 경찰서를 거처 검사국이나 재판소에서 보호처분을 의뢰하여 오거나 또는 도지사 소년심판소 밋 그 직원이 불량성이 만어서 범죄를 저즐을 위험이 잇다고 인정하고 소년심판소에 보호를 부탁하여오게 되는 경우 이들을 소년심판소에서 취급한다
문) 심판관이 각가지의 보호처분에 부칠때는 무엇을 참작하여 결정하는가 답) 범죄내용 성격 지금까지의 걸어온 내력 주의의 환경 등을 세밀히 조사하여 혹은 교정원에 보내고 혹은 감화원에 혹은 사설보호단체 등 적절하다고 생각한 곳에 보내며 또는 단지 보호사의 관찰보호에 부치는 것이다.
문) 교정원은 어떤 곳인가 답) 제일 악질은 범죄소년을 이곳에 보내게 되는데 보호처분의 중점이 여기에 잇는 것이다 얼마 안 잇서 고양군 은평면에 경성소년원이 건설되는데 여기에 수용된 소년은 아침부터 밤까지 엄격한 규율잇는 생활 속에서 성격을 도야시키고 근로정신을 붓도드며 학업과 생업을 가르킨다. 성과를 보아 철저하게 갱생하엿다고 인정하면 세상에 내보낸다.
문) 한번 보호처분에 부치면 소년심판소의 책임은 그만인가 답) 그리치 안타 보호에 처분한 후도 늘 련락하여 갱생하는 날까지도 감독을 계속한다.
문) 아무리해도 갱생의 징후가 보이지 안을 때는 어떠케 하는가 답) 25세 이상이 되어도 갱생 하지 안을 때는 재판소에 넘기어 다른 방도에 의한 갱생책을 꾀한다. 「14歲以上 20 歲未滿의 犯罪少年 完人으로 保護敎育−朝鮮少年令과 矯正院令은 어떤것」, 『매일신보』, 1942.3.30, 2면.

학하지 않은 13세에서 22세 사이의 조선인은 청년훈련소에서 군사교육을 받았다.[65] 국가총동원법, 전시특별법이 시행되면서 '엄벌주의'가 극도로 강화되어 절도죄의 경우 최저 3년 최고 무기징역에 처하게 된다. 절도죄와 강도죄 등과 같이 기존에는 소위 친고죄라 하여 피해자가 고소해야만 처벌했는데, 전시의 비상사태 하에서 피해자의 고소가 없더라도 처벌이 이루어지게 된 것이다.[66]

이런 전시특별법에 비하면, 교화를 표방한 조선소년령은 당국의 말처럼 "사랑의 법률"이라 할 만한가. 중요한 것은 이 시행으로 기존 감화원은 14세 이하, 새로 생겨난 교정원(=소년원)은 14세 이상 18세, 소년형무소는 20세 미만을 관리하게 되면서 통제 불가능 영역에 있었던 미성년범 대책이 전체적으로 완성된다. 이 소년령의 특징은 장래 범행이 예견되는 우범소년을 격리해 보호·관리하겠다는 조항이다. 이것은 사상범보호관찰제도와 흡사하다는 것을 쉽게 알 수 있다. 실제로 보호관찰소가 소화11년 설치된 이래 1942년 봄 새 법령이 공포되어 '사상, 소년, 보통'의 세 가지로 분리해 보호 범위가 설정됐다. 사상범은 보호관찰소와 보호교도소에서, 소년범은 소년심판소와 교정원에서, 그리고 보통 즉 일반범은 사법보호위원회에서 보호하게 된 것이다.[67]

---

65 학교와 사회에서 이루어진 군사교육에 관해서는 신주백, 「일제 말기 조선인 군사교육」, 『한일민족문제연구』 9, 한일민족문제학회, 2005; 신주백, 「일제 말기 체육 정책과 조선인에게 강제된 건강」, 『사회와 역사』 68, 한국사회사학회, 2005 참조.

66 1939년 10월 국가총동원법이래 가격 등 경제통제령이 시행되면서 경제사범의 급증이 예상되었고 이에 대한 대책으로 경제경찰은 '防犯第一主義'에서 '엄벌주의'로 태도를 바꿨으며 전시특별법 이후 더욱 강화했다. 松田利彦, 『日本の朝鮮植民地支配と警察 : 一九〇五~一九四五年』, 校倉書房, 2009, pp.666~673.

67 「따뜻한 同胞愛를 發揮 犯罪도 未然에 撲滅─司法保護運動의 意義를 알라 佐藤法務局保護課長談」, 『매일신보』, 1942.9.10, 3면.

하지만 사상취체가 강화되면서 전쟁기 사상범은 어느 정도 관리가 된 것과 달리 소년범죄는 증가 추세였다. 소년구호의 필요성을 절실히 강조한 당국은 수형자의 교육 정도에 따라 간이보통과 보통과 보습과, 특별과 등으로 구분하여 지덕육知德育을 겸비한 소국민으로 재탄생하도록 했고 석방 후에 일정한 직업을 갖게 하기 위해 전문적 기술도 가르쳤다.[68] 소년원, 감화원, 형무소 등에 구금된 소년의 수가 한정되어 있는 만큼 당국은 그외 다양한 방법으로 소년들을 관리했다. 석방자 보호 조치의 하나로 보호회 지부를 설치하고, 유년범죄 명부작성, 지문 제도, 시민자위단, 정총대의 조직 공작, 가정방범운동, 고아원, 애국반 자위방범운동 등을 했다. 여기에 더해 정신병적 이상을 판정받은 이는 정신병원에 격리되었고, 외부 사회에 소년범죄의 노출을 은폐하기 위해 만주로 이민을 보내거나 임의로 군에 지원토록 강제 조치를 취했다.

이러한 조치는 당국이 파악한 범죄 발생 원인 분석을 기반으로 한다. 철두철미한 인적 통제 제도뿐만 아니라 더 중요한 것은 소년수를 당국이 바라본 시선의 성격이다. 설립된 감화원은 소년의 보호와 교화, 소년 국민 양성, 재범방지, 범죄로부터 사회보호를 목표로 삼았다. 그러면서 당국은 급증하는 소년범죄의 원인을 체제 자체의 결함이 아닌 문명발달사의 보편적 현상인 듯 설명했다. 이는 문화 및 기계문명의 발달에 비례하여 범죄도 증가한다는 주장이다. 문명의 발달을 논한다면 그 발달에 뒤쳐진 존재가 상정될 수밖에 없다. 일본보다 열등한 식민지 조선, 그 안에서도 타파해야 할 봉건적 가정의 조혼 관습은 여성으로 하여금 가

---

68 「國民將來에 暗影! 少年의 犯罪가 激增―절도가 8할이 넘고 소녀범죄도 다수, 긴급을 요하는 구제시설」, 『매일신보』, 1938.5.12, 3면.

정파탄과 범죄로 인도하는 요인으로 지목된다. 또한 편모, 편부, 계모 등의 가정에서 학대 받거나 경제적 환경이 열악한 가정에서 자라는 아이들, 이와 반대로 직장에서 일을 하면서 돈의 맛을 알고 '타락한' 소년들의 존재는, 교육을 똑바로 하지 못한 가정의 책임으로 전가되었다. 그러나 범죄자를 바라보는 더욱 근원적인 시선은 다음과 같다.

> 범죄인이에게는 어떠한 특수한 **범죄병**犯罪病이 잇는 것이 아닐가 하는 것을 미국 '치카코'시의 보건부원 'S. W. 뿌라운스타인' 박사가 형무의刑務醫 'M. H. 레뷔' 박사의 협력을 어더 과거 9개년간에 긍하야 열심히 연구한 결과 과연 범죄인에게는 일종의 병이 잇다는 것을 발견하야 전미의 시청을 모흐고 잇습니다. 동박사는 전과2범으로부터 25범에 이르는 **범죄자의 지수**指髓로부터 수액을 빼내어 이 가운데 포함된 세포의 수를 비교실험한 결과 범죄자의 수액은 보통사람의 것보다 몹시 혼탁混濁하고 세포의 수효도 대단히 만흔 것이 판명되여 범죄자의 뇌수는 일종 **이상상태**에 잇는 것이 증명되엿습니다. 동박사는 말하기를 좌우간 **범죄자는 일종의 병에 걸녀잇는 것을 알엇다.** 그러나 어떠한 병인지 또는 어떠한 치료를 해야 할는지는 금후의 연구과제이다. 이것이 판명되면 석방할 범인과 석방치 안어야할 범죄인의 구별이 생겨 사회의 안전은 현저히 보호될 것이다.[69]

소년령을 시행하고, 학교를 비롯한 각종 연성기관에서 교련 · 라디오체조[70] 등의 군사교육 강화, 징병을 위한 체위 검사 실시 등 일련의 움직

---

69 「"犯罪病"의 존재를 발견」, 『매일신보』, 1937.10.12, 4면.
70 라디오체조는 1937년 10월 8일 황국신민체조로 바뀐다. 라디오체조는 국가총동원 체

임은 전쟁 동원을 위한 황국신민의 선별 작업이라 할 수 있다. 선진제국의 과학 발달은 "특수한 범죄병"의 실존과 확증을 강화했고 사회와 민중의 안전을 위한 '범죄인 격리'가 당연시될 만큼 사회적 합의가 형성되었다. "범죄자의 수액" 이상은 '사회환경적 요인에 의한 범죄 발병'이 아니라 '유전성 질병'을 가리켰고 우생학을 떠올리게 했다. 실제로 독일의 정책을 참조하고 반영했던 일본은, 1933년 나치의 집권과 유전적 질병 환자의 자손 증식을 억제하기 위한 「위험한 상습범죄자에 대한 법률 및 보안, 교정처분법」(1933.11.24)을 목도한다.[71]

1933년 식민지 조선에서도 조선우생협회(회장-윤치호)가 창설돼[72]

제의 상징적 행위 중 하나였고, 신체 및 시간의 근대화라는 맥락 속에 놓여 있었다. 여기에 대해서는 구로다 이사무, 서재길 역, 『라디오 체조의 탄생』, 강, 2011 참조.

71 노갑술, 「형벌의 세계—斷種」, 『신시대』, 1941.8, 90면 참조. 독일에서는 1935년 9월 뉘른베르크에서 선포된 독일 혈통 및 명예보존법(뉘른베르크법)은 독일인과 유대인의 결혼이나 성관계를 금지했고, 한 달 뒤에는 깨끗한 건강 증서를 받은 종족 구성원과 유전 질환이나 유전적 장애가 있는 사람들의 결혼이 불법화되었다(강준만, 『미국사산책』 6, 인물과사상사, 2010, 156면). 이기영의 『처녀지』에서 남표가 403~412면에 걸쳐 과학 강연을 한다. 독일의 예를 들면서 우생결혼, 모계 혈통의 중요성에 따른 선천의학先天醫學, 유전우생학, 모친의 체위 향상 방법 등을 논한다. 다음은 그중 독일의 단종법과 관련된 내용이다. "즉 유전결혼상담소란 것이 독일에서는 국민학교 한 구역에 하나의 비례로 생겨서 거기를 사가보면 관활안의 가족관계도家族關係圖가 적어도 三대까지—하라버지 때까지의 계통도면이 있어서 그들은 어떠한 사람이였다는 것을 수쉽사리 알게 되는데 거기에 의사와 심리학자 두 사람이 있어서 당자의 신체는 의사가 보고 마음은 심리학자가 보아가지고 서로들 이 결혼이 장래 좋은 아이를 낳게 할 수 있을 것이라는 판정判定이 붙으면 곧 증명을 해준다 합니다. 그러나 이래서는 변변한 자식을 못 두겠다는 인정이 붙을 때는 법률로써 그 혼인을 금지시킬 수 있게됩니다. 임의 결혼을 한 자에 대해서는 소위 단종법斷種法이란 것이 있어서 그 부부간에 생산을 해서는 안 되겠다고 생각되는 경우에는 아이를 낳지 못하도록 단종의 수술을 강제로 하게 됩니다."(이기영, 『처녀지』, 삼중당서점, 1944.9, 405~406면) 표명된 것과 그 실천은 구분해서 접근해야 한다는 것을 알 수 있다.

72 독일의 의학박사 리갑수李甲秀씨가 주동이 되어 의학계 교육계 기타 일반 유지 등 다수가 망라한 '조선우생협회'를 조직했다. 회의사업으로는 비우생학적 사례에 관한 조사, 우생학적 이론과 실제 응용에 관한 연구, 일반 민중에게 우생운동의 정신과 우생학적 지식을 보급시키기 위한 강습회 등의 개최, 잡지 발간, 아동 보호와 결혼의학 등에 관한

기관지『우생』을 발행하고 강연회를 여는 등 우생계몽운동이 본격화되는데, 독일 우생학의 영향을 받지만 '단일민족'인 현실에서 단종이 아닌 우생결혼이 핵심이 되었다. 우생학은 그 이전 이미 영미에서 사회다윈주의와 결합해 활발한 조명을 받아왔고[73] 일본에서도 1940년 「국민우생법」이 제정되었다. 그 이전 국민의 체위와 체력 향상을 요구하는 육군의 요망이 반영돼 후생성(1938)이 성립된 바 있는데 그 안의 예방국 우생과의 주관 업무는 민족우생民族優生, 정신병, (알코올)만성중독, (각기, 암 등) 만성병, (성병)화류증, 나병 등의 체계적 관리였다. 여기서 민족우생은 우생학과 민족위생이 결합된 것으로, 사회의 역도태와 민족독民族毒의 악영향을 배제해 민족의 변질을 막고, 우량 건전아의 생산을 장려하여 민족소질의 향상과 인구 증가를 도모해 국가 영원의 번영을 기하는 것으로 정의된다. 독일의 인종위생학으로부터 강한 영향을 받은 후생성의 민족우생民族優生의 민족우생방책은 민족우생사상의 개발, 민족우생에 관한 조사 연구, 민족독 예방, 민족우생적 다산장려, 유전건강방책遺傳健康方策 등이었다. 이중 유전건강방책이 주목되는 것은 그것이 악질유전질의 근절을 목표로 격리, 우생결혼, 임신중절, 거세, 단종 등의 지향에 있다. 그리고 그 악질 유전질의 종류도 다양했다. 유전성 정신병, 유전성

상의 등으로 간단히 말하면 조혼 아이를 낳아 기르자는 뜻 깊은 민족사회의 큰 사업이다. 「우생학협회 발기. 민족사회의 장려를 돌아보아. 14일千代田구릴서」,『조선일보』, 1933.9.13, 조간 2면.

73 1920년대 록펠러재단은 독일이 폴란드 침공(1939)할 때까지 독일 우생학 연구를 지원하고 미국 내 우생학 연구를 주도했다. 1924년에는 유대인, 아시아, 동유럽, 아프리카인의 이민을 제한하고 앵글로색슨족의 이민을 장려하는 이민제한법 '존슨-리드 이민법'이 제정되었고, 같은 해 국경경비대가 창설되었으며, 1928년에는 인종개량재단이 출범했다. 단종법은 1931년 30개 주에서 시행된다(강준만, 앞의 책, 157~161면). 상세한 것은 김호연,『우생학, 유전자 정치의 역사—영국, 미국, 독일을 중심으로』, 아침이슬, 2009 참조.

정신박약, 유전성 병적 성격, 유전성 신체질환, 유전성 기형 등이 사회질서를 교란하는 문제적 질환으로 다뤄졌다.

당대 우생학과 일본 후생성의 한계는 '유전성'에 대한 부정확한 개념과 과학적 근거의 부족에 있었다. 당국은 정신병원의 입원환자, 국민학교의 성적불량자, 맹학교의 생도, 비행소년, 매춘부와 부랑자 등을 단종수술의 후보자로 간주해 유전성 질환의 개념을 극단적으로 확장했던 것이다. 실제로 1941년에서 1948년까지 538건의 불임수술이 이루어졌는데 다만 강제 단종은 한 건도 실시되지 않았다. 왜냐하면 단종법안에 대해 당시 일부 정신의료진들이 과학으로서 아직 미숙한 인류유전학의 결함을 지적하며 격렬하게 반대론을 펼쳤고, 천황을 중심으로 한 '가족 국가주의' 그리고 전쟁하 다산 장려책과 어울리지 않아 실현되지 않았던 것이다.[74] 중요한 것은 소년수, 간질병자 역시 정신박약자, 병적인격자 등 정신적 결함을 가진 자로 분류돼 유전건강방책遺傳健康方策의 대상이었다는 점이다.[75]

그렇다면 일개인의 질환이 국가공동체의 인구 증가와 국력과 관련하여 제국 일본과 식민지 조선에 어떤 담론으로 형성·유포되었는지도 이해할 필요가 있다. 주지하듯 '대동아전쟁'은 미영귀축이 지시하는 바 서양인종과 동양인종 특히 동양을 대표한다고 자부하는 일본인의 대결이었다. 국가 간의 적자생존은 인종주의, 민족성과 필연적으로 결부되었고 일본 내 식민지민의 일본인화 역시 열등한 민족의 갱생을 의미했다.[76]

74　松原洋子,「戰後の優生保護法という名の斷種法」, 米本昌平 外,『優生学と人間社会』, 講談社 現代新書, 2000, pp.175~183.

75　「양심있는 부모되어 가정을 건전하게 하자─윗물이 흐리면 아랫물도 흐린다 少年犯罪 對策 ③─少年審判所所長 上野義淸氏 談」,『매일신보』, 1942.9.15, 2면 참조.

조선인을 저열한 민족으로 간주하고 일본을 문명의 중심이자 보편으로 설정하려는 구도는 제국주의의 일반화된 시선이다. 굳이 식민 주체를 거론하지 않더라도 개화기에 불어 닥친 제국주의와 근대 과학은 조선인의 습속을 뒤흔들었고 새롭게 부상한 지식 청년은 여타의 민중을 타자화했다. '야만-미개-반개-문명'의 문명론이 보여주듯[77] 그 동력 중에는 인종주의, 우생학과 다윈주의라는 유행 지식도 있었다. 민족, 국가의 벽을 넘어 과학을 가장한 유행 지식이 전인류의 보편적인 문명사적 사유를 만들고 개개인의 정신에 침윤되었다고 할 수 있다. 여기서 식민 모국과 식민지민 간의 무/의식적인 공모지대가 형성되는 것이다. 그리고 그 공모는 소년수와 같이 사회 내 또 다른 하위 주체를 양산한다.

근대는 계급 제도가 타파된 자유 평등사회이지만 환언하면 개인 간의 실력경쟁시대로 인식되었고 다윈의 종원론種源論은 자연도태, 적자생존이라는 진화의 이법을 확증했으며 인종개량론과 인구 조절에 따른 빈민 거세론을 주창하기에 이른다.[78] 그리고 그 거세론에 소년수 역시 포함되었다.

---

76 일본 본토의 순혈론과 조선총독부의 혼합민족론이 충돌할 때 포용성이 강조된 혼합민족론에도 우생학적 시선이 반영되어 있었다(小熊英二, 조현설 역, 『일본단일민족신화의 기원』, 소명출판, 2003, 336면). 조선인의 '일본인-되기'는 (동일 인종이라 하더라도) 혼혈인을 상상할 수밖에 없다. 그 가능성을 다음과 같은 당대의 글에서도 간접적이지만 엿볼 수 있다. "핀랜드의 주민은 대부분이 몽고계통에 속하는 '훈'족인데, 오랫동안 구주에서 살기 때문에 지금과 같은 구주인과의 혼혈인이 되었다." 「춘철지식」, 『신시대』, 1941.9, 112면.

77 「인종과 나라의 분별」(『독립신문』, 1899.9.11), 서울대 정치학과 독립신문강독회 편, 『독립신문 다시 읽기』, 푸른역사, 2004, 369~371면.

78 白樂天子, 「시대일별기」(『매일신보』, 1917.1.10), 권보드래, 『1910년대, 풍문의 시대를 읽다』, 동국대 출판부, 2008, 298~302면. 그 이전 사회진화론을 최초로 수용한 격에 속하는 유길준은 가토 히로유키 류의 사회진화론과 유교적 도덕주의 사이에서, 윤치호는 기독교 신앙과 미국의 사회진화론 사이에서 갈등을 겪었다. 여기에 대해서는 박노자, 『優勝劣敗의 신화』, 한겨레출판, 2005; 우남숙, 「사회진화론의 동아시아 수용에 관한 연구」, 『동양정치사상사』 10-2, 한국동양정치사상사학회, 2011; 양일모, 「서양을 번역한 엄복의 "천연론"」,

대개 한 국가나 사회의 흥망성쇠가 그 국가나 사회를 구성한 민족의 질과 양에 따라서 결정될 것은 명백한 사실입니다. 그중에서도 특히 이 질적 요소는 그 민족의 운명을 지배한다고 하여도 과언이 아닐 것입니다. 그러므로 국민의 수가 아무리 만타하드래도 질적으로 저열하다면 국가나 사회의 발전을 기대하기는 어려울 것입니다. 따라서 국민의 질적저하를 이르키는 모든 원인을 예방한다는 것은 국책상으로 보든지 또는 사회위생상으로 보든지 가장 중요한 문제일 것입니다.

그런데 최근 위생국에서 조사한 것을 보면 국민의 질적저하의 중대한 원인이 되는 정신병자의 수효는 해마다 놀랄만치 증가하는 경향을 보이고 잇음니다. 즉 소화원년에는 인구 일만에 대해서 정신병자의 수효가 아홉사람 평균밖에 되지 안튼 것이 소화 12년에는 열두사람 평균으로 증가되어 잇음니다. 그리고 현재의 정신병자 총수는 약 8만여명으로 헤아리고 잇음니다. 그러고 보면 십년전의 정신병자 6만명에 비하야 약 2만명의 증가를 보고 잇는 셈입니다.

이와 같이 늘어간다면 머지 안흔 장래에 정신병자의 수효는 참마로 놀랠만한 수짜에 이르리라고 생각합니다. 더군다나 문화정도가 향미되고 사회정세가 복잡하게 됨을 따라서 우수한 사회층에서는 晚婚하는 경향이 농후하고 또 의식적으로 산아제한을 하는 경우가 만케 되는 반면에 이들 정신병자는 박약하고 지능이 저열해서 다만 본능의 지배만을 받기 때문에 스스로 생산을 제한할 줄 모르므로 만일 이대로 방임한다면 결국은 이들 변질자로 말미암아 건전한 민족의 소질은 도태되고 말 것입니다. 그러므로 국가의 권능으로써 종족의 우수한 소질을 보호하고 악질의 유전을 방지하자는 것이 즉 단종법의 취지입니다. 이

『중국현대문학』 47, 한국중국현대문학학회, 2008 참조.

단종이라는 것은 지금에 한 새로운 유행어처럼 되엇지마는 실상인즉 옛적부터 여러가지 의미의 단종이 잇엇든 것입니다.[79]

앞의 기사는 당대 우생학적 시선을 가장 압축적으로 보여주고 있다. 국가 간 경쟁을 위해 양질의 인구 확보가 절실한 상황에서 정신병자의 증가는 사회적 퇴화의 징후를 드러낸다. 이 글의 필자는 지식의 역기능으로 엘리트들이 스스로 산아 제한을 해 출산율이 낮아지고 본능에 지배된 정신병자로 인해 현실에서는 자연선택이론이 성립되지 않는다고 지적하며, 그 대책으로 단종법을 주창하고 있다. 다윈주의는 동일 집단 내 개인간의 투쟁을 강조하는 개인주의적 사회다윈주의와, 국가의 사회개입과 인종 간의 투쟁에 초점에 둔 전체주의적 사회다윈주의로 나눌 수 있다. 식민지 말기 조선과 일본에서는 국가의 간섭을 배제하려는 스펜서식 개인주의적 사회다윈주의가 아니라 후자의 경향을 보였다.[80] 식민지 조선에서는 우생 결혼과 탁월한 인재의 출산을 장려하는 골턴류의 포지티브 우생학과 나병 환자, 성병 감염자, 부랑소년, 정신병자 등 부적자의 출산율을 감소하는데 중점을 둔 네거티브 우생학(거세, 결혼금지, 불임수술 등)이 동시에 이루어졌다. 다른 나라와 달리 실제로 일본에서도 국민우생법이 고안될 때 전쟁이란 상황이 영향을 미치면서 네거티브 우생학인 우생단종법과 건강한 소질을 가진 국민의 증가를 꾀한 포지티브 우생학이 함께 고려되었다.[81]

79　金思馹(帝大병원 岩井內科),「우생학상으로 본 단종법, 단종법이란 어떤 것 (中)」,『동아일보』, 1938.6.29.

80　앙드레 피쇼, 이정희 역,『우생학―유전학의 숨겨진 역사』, 아침이슬, 2009, 130~190면 참조. 김예림은 경성 우생학(열성퇴치론; 단종법)과 연성 우생학(우생정책론; 신체 '오락')으로 구분하여 논의를 전개한 바 있다. 김예림,「전시기 오락 정책과 '문화'로서의 우생학」,『역사비평』73, 역사비평사, 2005.

'제국 일본'의 입장에서 격리와 엄벌에 상응해 필요한 것이, 교도의 결과물이며 그 사회적 선전이다. 강제로 만주로 보내거나 입영 조치를 취했던 당국은, 언론에 남경 도양폭격에 참가한 해군항공부대의 용사 중 한 명이 소년심판소에서 보호를 받았던 소년이었고 전공 후에는 그 무공으로 항공 교관으로 활약한다는 소식을 전했다.[82] 여기에는 교도 정책의 성공과 소년의 전시동원뿐만 아니라 입신출세까지 포괄되어 있다. 또한 교정원과 소년심판소의 유효성을 강조하기 위해 소년원 출신의 해군 지원병의 편지를 그대로 신문에 싣기도 했다.[83]

가정은 **생물적으로 보면 생산장**生産場**이요 사회적으로 보면 세포단**細胞團**이다.** 생물의 번영이 자연에만 맡겨두는 데 있지 않고 **과학적 원리를 응용하여 인위**人 **爲로 촉진시키는** 데 있는 것이 많고 사회의 발전이 습속習俗 그대로 되는 것이 아니요 문화적 연구를 기다려 **시대적으로 개혁하는** 데 있는 것이다. 조선 재래의 가정은 이 **과학적 인위와 문화적 개혁**이 없이 자연 그대로 습속 그대로 **방임하여 몇백년을 지나왔다.** 이것이 오늘날 **가정생활에 불합리가 많게** 된 원인이다. 이것을 다시 비평하고 검토하는 것이 시대의 요구가 아닌가하여 이 독본을 쓴 것이다.[84]

---

81 松原洋子,「戰後の優生保護法という名の斷種法」, 米本昌平 外,『優生学と人間社会』, 講談社 現代新書, 2000, p.181.

82 「따뜻한 同胞愛를 發揮 犯罪도 未然에 撲滅─司法保護運動의 意義를 알라 佐藤法務局保護課長談」,『매일신보』, 1942.9.10, 3면.

83 「〈「불량」의 굴레벗고 황군으로서 대활약─눈물로 역근 소년원 출신의 편지〉 少年審判所少將 上野義淸氏 談─少年犯罪對策 ③」,『매일신보』, 1942.9.16, 2면.

84 이만규,『가정독본』(1941), 창작과비평사, 1994, 5면.

그렇다면 식민지민은 이러한 일련의 조치를 어떻게 인식했을까. 언론매체의 언설은 당국의 입장과 거의 흡사하다. 여기서는 미디어가 아닌 홍업구락부사건, 조선어학회사건 등 일제에 저항하다 검거된 민족주의 교육자 이만규가 1941년에 출간한 『가정독본』을 통해 엿보고자 한다. 저항적 지식인이 바라본 식민지 조선의 자식(소년)은 어떤 상태에 있었을까. 이 책의 서문에는 "생산장, 세포단, 과학적 인위, 개혁, 방임, 가정생활 불합리" 등의 단어가 등장한다. 당국이 소년을 정신병자로 보듯 이만규 역시 선도자의 인위적인 조작과 개량, 세포라는 표현에서는 민중을 나라의 공민으로 간주하는 등 소년과 가정을 사회의 세포로 여기고 있다. 근저에 깔린 진화론적 사유가 쉽게 드러난다. 그는 식민 당국이 보는 것과 마찬가지로 조선의 가정을 미신이 많고 과학적 지식이 부재한 상태로 본다. 또한 이 책은 원산감화원에 수용된 불량소년의 가정을 살펴보면 60% 이상이 계모 밑에 있는 아이라고 소개하여 소년의 불량화 내지 고아화 현상은 (학교보다) 온전히 가정의 책임으로 전가되고 만다.[85] 그러면서 부모가 습득해야 할 지식이 대두된다. 우생결혼이 그것이다. 자식을 결혼 보낼 때 우생결혼을 성사시켜야 우량의 자손으로 가문을 번창하게 할 수 있다는 논리이다. 소년(자식)을 바라보는 시선이 지배 당국과 식민지민이 사실상 흡사하다.

즉 소년원령에 의한 구금 등, 체제의 폭력이 가해져도 식민지민은 묵인하고 오히려 동조하면서 결과적으로 식민 체제의 구조적 모순이 은폐

---

[85] 그러나 도시에 소년 부랑아가 급증한 원인에는 농촌경제의 몰락으로 인한 시골소년의 도시집중도 한 몫을 했다. 강만길, 『日帝時代 貧民生活史 硏究』, 창작과비평사, 1987, 107~114면 참조.

되는 것이다. 그 과정에서 범죄를 저지를 것만 같은 우범소년과, 자신의 의지와 상관없이 끌려가 감금된 거리의 소년들의 구속, 그 인권 침해는 전혀 고려되지 않는다. 이것이 식민 지배 권력만의 책임인가. 그런데 여기서 유의해야 할 점은 묵인·동조하는 식민지민의 시선이 '우생적 인식'인지, 아니면 '우생학적 인식'인지의 문제다. 일반적으로 '우생학적 인식'은 학문으로 체계화되어 국가 권력에 의해 유포된 것이며 그에 따라 내면화와 폭력을 수반한다. 이에 비해 '우생적 인식'은 생물학적 근거에 기반한 일반적 경향성이며 권력 기제가 아니다. 그래서 보통 '우생학적 인식'은 일본의 것, '우생적 인식'은 식민지 조선인의 것이라고 생각하기 쉽다. 그러나 이 시기는 우생학과 소년령을 둘러싼 담론을 살펴봤듯이 식민지 말기는 우생학이 제도 차원에서 그치지 않고 유행지식으로써 식민지 조선인에게 유입되었고 그것을 바탕으로 우생학적 시선이 형성되었다. '우생적 인식'과 '우생학적 인식'이 착종되어 있는 것이다. 그래서 해방이 되자 전 세계적으로 끔찍한 전쟁의 폐해를 성찰하고 청산하는 과정에서 우생학이라는 지식도 새롭게 비판을 받게 되는 것이다.

3) 해방, 긍정되는 일제의 소년원령

해방이 되고 미군정이 들어서면서 일제 잔재 청산 작업이 이루어진다. 이 과정에서 소년범과 소년령은 어떻게 다루어졌을지 살펴보자. 식민지 시대에는 범죄자가 정신질환자로 간주됐듯, 범죄를 다루는 경찰이 같은 방식으로 질병을 다루었다. 이것을 이해하지 못한 미군정은 별도로 질병을 전담할 위생국을 만들고 이후 보건후생국(1945.10.17)으로 개편한다.[86] 이 때문인지 명확히 알 수 없지만 해방 후 소년범죄의 원인을 분석할 때 식민지 시대와 다른 유일한 점은 그것이 '정신병'으로 치부되지 않았다.

그런데 보건 후생국이 담당할 소년은 단일하지 않았다. 급격한 인구 이동 특히 월남인이 새롭게 범주에 포함되었고, 제2차 세계대전 말기 미국의 일본 본토 공습 때 조선으로 피신했다가 다시 일본으로 돌아가고 남은 아이들, 또는 공습 때 일본학교의 집단 소개에서 배제되어 조선행을 한 소년들도 포함되어 있었다.[87] 이들은 민족의 대이동 속에 발병한 두창, 발진티푸스, 디프테리아, 재귀열, 유행성 뇌염, 적리, 결핵, 디스토마 등 각종 전염병으로 상당수 사망했다. 이러한 현실은 이미 붕괴한 조선의 경제와 맞물려 치솟는 물가 속에 가정의 경제적 기반을 뒤흔들었고 그 여파로 소년들은 길거리로 쏟아져 나와 담배를 팔거나[88] 공장 등과 같은 일자리를 찾아 헤매게 된다.

당시 미국 대부분의 주에서는 아동이 16세까지 학교에 다녀야 하고

86　전우용, 『현대인의 탄생』, 이순, 2011, 68~69면.

87　장세진, 「귀화의 에스닉 정치와 알리바이로서의 미국」, 『현대문학의 연구』 45, 한국문학연구학회, 2011, 48~49면 참조. 1946년 12월경 전재민들의 범죄는 예상보다 적은 편이었다. 소년범죄가 약간 있을 뿐이다. 「범죄는 희소, 경찰이 본 전재민」, 『동아일보』, 1946.12.10, 2면.

88　"해방후 사회질서의 혼란과 아울러 민생의 도탄에 빳게 되매 각종각색의 범죄가 나날이 늘어가는 것은 자연의 추세라 하겠지만 특히 가두에 소년이 진출하야 담배사료 다이야쩡이오 웨치는 현상은 일즉이 상상도 못하였든 바로 학교교육의 질적 저하와 아울러 순진한 동심은 점차 사회악에 저저드러 마츰내 범죄를 구성하야 양랑한 앞길에 검은 그림자를 남기는 한심과 결과를 비저내고 있다. 서울 소년심리원 통계로 보면 금년1월부터 3월까지 불과 석달동안에 동 심리원에서만 취급한 소년범이 438명으로 (…중략…)" 「좀먹는 童心. 선도가 시급. 금년들어 소년범죄 4백여건」, 『조선일보』, 1948.3.27, 조간 2면.

노동하는 것이 불허되고 있었다.[89] 그러나 조선의 경제적 여건은 너무나 열악해 소년들이 일을 해야 했기 때문에 미군정은 성인교육국이 13세와 16세 사이의 고용된 청소년들에게 교육받을 수 있는 기회를 제공하도록 어린이노동법을 제정했다. 또한 소년을 사회 안으로 포섭하고 국가의 공민으로서 성장시키기 위한 가장 기본이 학교였기 때문에 학무국(교육부로 개편, 1946.4)은 재소자 한글교육, 국문강습소, 성인문맹퇴치 전담 교육기관으로서 공민학교, 13~16세 소년을 대상으로 한 공장학교 프로그램, 대학생을 동원한 문맹퇴치사업 등을 추진했다.[90] 이러한 미군정 나름의 노력에도 불구하고 식민 말기보다 해방 후 학부모들의 수업료 부담은 높았다.[91] 이것은 소년들의 이탈을 촉진시켰다.

이러한 실정으로 인해, 해방이라는 '혁명' 상황 속에 소년범죄는 식민지 시대 보다 외려 증가했다. 앞에서 언급했듯이 범죄의 원인은 정신병을 제외하고 식민지 시대의 관점과 동일했다. 그러나 범죄의 성격은 강력범죄가 격증했다. 식민지기에는 절도가 가장 다수였으나 해방 후에는 강도가 수위를 차지했다. 이에 대한 조치로 경무부에서는 소년범죄 방지를 목적으로 남조선 일대에 경찰소년단을 조직했다. 8세부터 15세까지의 소년은 누구나 단원이 되어 소년경찰로서 훈련을 받게 했다.[92] 또한 군정청 보건후생국에서는 38이남에 감화원을 일대 확충하기로 한다. 국립감화원(목포), 부림감화원(서울), 인천 지역 감화원, 광주·대구·부산에 소년원 증설, 소년심리원(부산) 등이 신설되었고, 사설고아원 및 보호기관

---

89 「미국이 본 조선」, 『민성』, 1946.2, 10면.
90 김종서, 『한국 문해교육 연구』, 교육과학사, 2001, 52~66면.
91 강일국, 『해방 후 중등교육 형성과정』, 강현출판사, 2009, 60면.
92 「민주경찰에 만전 경찰소년단이 등장」, 『동아일보』, 1946.5.25, 2면.

에 의탁하기도 했다.

당시 해방 직후 조선에서는 의식주와 도의심 개선을 주창한 '신생활운동'이 펼쳐지고 있었는데 그 지향점에는 타민족과 더불어 동거해서 생활할 수 있게 민족성 개혁도 있었다.[93] 다시 말하면 감화원 확충은 타민족과 같이 동거할 수는 있지만 부랑소년과는 함께 할 수 없다는 당대의 시선이다. 식민지보다 더 보호시설을 확장해 놓고는 오히려 식민지 시대에는 수용인원이 너무 적었다며 "과거 일제시대의 소위 총독정치는 소년보호라는 명칭만 세워 놓고 실상은 범죄소년에 대한 감화나 지도보호를 게을리 하고 한번 범죄를 저지른 경우는 체형을 내려 전과자를 만들어 버린 무자비한 방침을 써왔다"[94]고 힐난하면서 정책이 미화됐다. 일제 당국은 각종 수용소의 성격을 '교정 시설'로 선전했지만 해방 이후 조선인은 과거 시대의 조치를 '격리'로 간주한 셈이다.

그러면 식민지 시대 때 문제가 된 '범죄를 저지를 우려가 있는 우범소년'의 구금은 해소되었는가. 별반 다를 바 없었고 구금은 오히려 강화되었다. 당국은 시내 각처에서 부랑아 보호검거를 실시해 보건후생부에 인도하거나[95] 서울 거리를 헤매는 부랑소년 중 범죄가 우려되는 아동을

---

93 해방 공간의 신생활운동은 가정개량도 강조하였다. 부녀자 매매 금지(1946.5.28)와 부인국 설치(1946.9)로 불량부녀의 해소를 도모했고 이듬해에는 공창폐지법이 통과(1947.8)되기도 했다.

94 김사림 편, 『新聞記者手帖』, 모던出版社, 1948, 柱7면.

95 「로방의 부랑아 "갱생의 집" 감화원으로」, 『동아일보』, 1947.7.29, 2면. "26일 오전 일곱 시 30분부터 7대의 트럭 부대가 안개가 자욱한 장안거리에 출동하야 골목골목에서 거리를 소년들을 발견하는대로 트럭 우으로 인도하였는데 이들 부랑아는 처음엔 공포심에 떨며 안가겠다고 몸부림을 치다가 인도하는 사람들의 친절한 설유로서 극기야 트럭에 실려서 소년심판소로 모여들었다." 「거리의 소년에 안식소, 소년심판소에 수용」, 『경향신문』, 1946.11.27, 2면.

일주일 내지 1개월 간 특별 수용하여 특수교육을 하기도 하고 서울 사직공원에 부랑아 수용소를 설치하기도 했다.[96] 거리의 소년들은 가두미관을 어지럽히고 범죄의 가능성이 높다는 것이 그 이유였다. 이것은 시당국의 시책으로 더욱 강화되는데 서울을 중심으로 적어도 삼백 리 내외의 거지를 일소해 지방으로 내버리는 정책이 제안되었던 것이다. 이에 대해 나름 비판적 지식인으로 간주되는 오기영마저도 참으로 반갑고 명랑한 시책이라고 하면서 그보다 더 좋은 대안으로 "강제수용과 노역"을 제안했다.[97] 사정이 이와 같으니 부랑소년의 인권이란 여전히 보장되기 어려웠다. 국민의 자유와 권리를 보호한다는 민주헌법이 만들어지고 있는 상황에서도 부랑소년의 인권은 '질서유지와 공공복지'의 이름으로 외면받았던 것이다.[98]

소년법 제정을 둘러싼 논의 역시 있었다. 해방 이후 전민족의 지향점 중 하나가 일제 잔재 청산이었다는 점에서 소년법은 당대인들이 일제의 제도를 어떻게 이해했는지 일부분이지만 파악할 수 있는 참조점이다. 소년법 논쟁은 대한민국 수립 이후인 1949년 3월 11일 국무회의를 통

---

96 「社稷公園에 浮浪兒收容所」, 『경향신문』, 1947.10.19, 3면.
97 오기영, 「거지 추방」(『신천지』, 1947.10), 『해방경성의 풍자와 기개』, 성균관대 출판부, 2002, 44~47면.
98 "제9조. 모든 국민은 신체 외 자유를 향유한다. 법률에 의하지 아니하면 체포, 구금, 수색, 심문처벌 및 강제노역을 받지 않는다. 체포, 구금, 수색에는 법관의 영장이 있어야 한다. 그러나 범죄의 현행, 범죄의 도피 또는 증거인멸의 염려가 있을 때는 수사기관은 법률의 정한 바에 의하야 사후에 영장의 교부를 청구할 수 있다. 제10조. 모든 국민은 법률에 의하지 아니하고는 거주와 이전의 자유를 제한받지 아니하며 주거에 침입 또는 수색을 받지 않는다(「憲法草案全文(1)」, 『경향신문』, 1948.6.16, 1면). 제27조는 국민의 모든 자유와 권리는 헌법에 열거되지 아니한 이유로서 경시되지는 안는다. 국민의 자유와 권리를 제한하는 법률의 제정은 질서유지와 공공복지를 위하여 필요한 경우에 한한다(「憲法草案全文(2)」, 『동아일보』, 1948.6.17, 1면).

과하면서 본격화된다. "7장 75조로 되어 있는 소년법은 20세 미만의 소년을 대상으로 왜정시대의 소년법과 대동소이하나 다른 것은 소년이 죄를 범할 우려가 있을 때 또는 경한 죄를 범하였을 때 보호 등에 대하여는 왜정 때 보다 잘 보호선도 하기로 규정되어 있었다."[99]

사회발전에 따라 다각도로 전개되는 소년범죄는 근대 형사정책의 중대한 문제가 되고 있다. 이들 소년의 선도는 긴급한 사회문제가 되고 있는데 우리나라에서는 아직껏 일본법률을 적용하고 있는 관계로 성년범죄와 동일시하는 가혹한 처벌을 내리는 때가 없지 않았으며 누범累犯하는 폐단을 시정하기 어려웠는데 서울지방법원 소년부에서는 이를 시정하고저 소년법안을 예의 초안중이던바 요지음 성안을 얻어 국회에 제출하였다.

동초안을 보면 엄벌을 피하고 경벌주의를 채택하였으며 소년재판소를 독립기관으로 하여 소년범죄방지와 선도에 치중한 것이다. 또 특이한 점으로는 내란외환죄에 걸린 소년에 대하여는 사형무기형을 인정치 않았으며 소년으로서 형의 선고를 받은자는 공권公權 기타 자격에 관한 법령의 적용에 있어서도 형의 집행종요와 함께 소멸됨으로 전과자는 죄명을 씻고 갱생할 수 있게 한 것이다. 그리고 누범소년의한게와원심에 대한 항고의 조항이 삽입되어 있다.

그런데 이와 함께 법제처에서도 소년법안을 초안하여 국회에 제출한 바 있었는데 동안은 소년법원측안에 비하여 **엄벌주의로 임하고 있으며** 특히 **내란의환죄에는 사형 무기형**으로 처할 수 있게 된 것이 특이한 점이다.[100]

---

99 「소년은 國家住礎」, 『경향신문』, 1949.3.15, 4면.
100 「少年法國會에」, 『동아일보』, 1949.10.29, 2면.

그러나 제정 과정은 순탄치 않았다. 소년심리원은 소년 처리를 보호처분에 그치느냐 아니면 형사 처분까지 겸행하느냐의 문제(경벌주의와 엄벌주의), 그리고 소년심리원을 법무부와 대법원 중 어느 곳에 소속시킬지가 갈등의 쟁점이었다. 기존의 원안은 소년원을 법무부에 소속시켜 보호 처분만을 취급하고 형사 처분은 일반 법원에서 처리토록 하는 내용이었고, 범죄소년 연구 선도를 위해 보호와 형사의 처분을 총괄하여 대법원장의 감독하에 특별법원을 설치해야 한다는 주장은 채택되지 않았다. 그러나 1950년 2월 14일 제30차 국회본회의에서는 보호형사처분을 겸행할 것, 소년심현원의 설치·폐지 및 관할에 관한 규정은 법률로 정할 것(원안은 대통령령) 소년심리원은 대법원장의 감독하에 둘 것(원안은 법무장관) 등의 수정안이 제출되어 2시간 후에 걸쳐 논전이 전개되었다가 타협 지점을 찾지 못하고[101] 결국 법안은 폐기되었고 1958년에 가서야 신소년원법이 제정된다.

여기서 중요한 것은 감독기관은 차치하고 그 논의 내용이 일제의 조선소년원령과 대동소이하다는 대목이다. 일본 소년법에 대한 인식에 대해서는 당시 정판사 위조지폐사건을 담당하고 이후 서울지방법원 판사로 재직하다 변호사, 중앙대 법리학 강사를 하고 있었던 김홍섭金洪燮을 통해 조선소년원령에 대한 인식을 분석하고자 한다. 김홍섭은 엄정하고 청렴한 법조인으로 유명하며 1940년 8월 조선변호사시험에 합격한 인물이기에 적절한 참조 모델이다.[102]

그에 따르면 조선소년령은 '대동아전쟁'의 전력 보충 등 필요에 의해 도입됐지만 해방 조선, 신생 대한민국에 있어서 소년 문제를 다루는 데

---

101 「少年法案廢棄? 所屬問題圍繞一大論戰」, 『동아일보』, 1950.2.15, 1면.
102 최종고, 『한 법률가의 사상과 신앙, 사도법관 김홍섭』, 육법사, 1985, 206면.

그 원류가 되었다. "1945년 군정이 시작하면서 이 제도가 그대로 답습철행되다가 1948년 군정법령으로 법원조직법이 실시되면서 기간사법부 직할의 독립기관이던 소년심리원이 법원내로 편입되어 형식상 기 일부서를 이른 채로 현금에 이르렀"다는 것이다.[103] 그러면서 "반세기 전부터 선진문화제국에서 착한실시하여 기간다대한 성과를 당증하여"[104] 왔다는 설명이 이어진다. 즉 일본이 도입한 조선소년원령은 "일본법의 모국인 독, 불, 백, 이 등 대륙제국과 및 영미에서 실시"해 온 합리적인 근대법으로 인식됐기 때문에 청산의 대상이 아니었다. 다만 "소년극형의 문호를 무단확장함은 문화국가로서의 자가훼손이며 세계사조에의 역행함과 동시에 시국에 대한 고려라는 이유로서도 졸렬"[105]하다는 판단에서 엄벌주의가 아닌 경벌주의가 주장됐다. 또한 후에 국회에서 법안이 폐기될 조짐이 보이자 그는 여러 대안을 내놓기는 하지만 기본적으로 소년범죄 관리의 효율성을 위해 관리 기관 분산에 반대했다.

법을 잘 모르는 민중, 더 나아가 법조인조차 당시의 소년원령을 합리적 규범으로 여긴다면, 그 시행은 식민 지배 체제라 하더라도 '착한 국가'의 선정善政이 되고 만다. 이는 식민 지배 체제의 폭압정치에서 벗어나 민족을 위한 민주공화국이 수립되었으니 인권이 신장되어야 하는데, 이러한 '기대'가 무너지고 소년들이 더욱더 억압받았다는 것만을 지적하려는 것이 아니다. 주지하듯 인권이란 먼저 인간으로 인정받아야 누릴 수 있는 것, 다시 말해 주권자로부터 국민으로 인정받아야만 보장받

103 김홍섭, 「少年法案修正鄙見 (上)」, 『동아일보』, 1949.2.8, 2면.
104 김홍섭, 「少年立法에 提言함 (一)」, 『동아일보』, 1949.4.12, 2면.
105 김홍섭, 「少年法案修正鄙見 (下)」, 『동아일보』, 1949.2.9, 2면.

을 수 있다. 주권자의 '권능'의 한계를 노출하는 (우범)소년수가 공동체를 위협하는 존재로 규정되고 소외되는 것은 '당연한' 수순이었던 것이다. 또한 그 배제를 민중 역시 지지했다면 이들 국가와 민중은 처음부터 가해자가 아니었기에 우범소년수는 피해자도 아니며 따라서 기억될 필요조차 없게 되는 것이다.

지금까지 2항에서는 식민지 말기를, 3항에서는 해방기, 이렇게 두 시기의 법과 제도, 우생학 담론 등을 살펴보고, 그러한 식민지(적) 정책을 바라보는 조선인의 시선을 들여다봤다. 그리고 그 결과 소년수를 관리하는 '국가 장치'가 해방기에서 (우생학 지식은 비판받았지만) 여전히 존속하고 작동했다는 것을 알 수 있다. 국가가 폭력을 독점한 시스템이라는 정치철학자의 지적이 재삼 확인된다.

하지만 '국가와 한 개인' 사이에 작동하는 우생학이 아니라 개인과 개인 사이, 즉 식민 말기 재조일본인과 식민지 조선인 혹은 해방 후 지식인과 인민 사이에서는 어떻게 작동했을까. 다음 4항에서는 정책을 중심으로 다루었던 지금까지와 달리, 일상을 재현하는 문학 작품을 통해 그것의 해방 전/후를 탐색하여 논의의 깊이를 더하고자 한다.

4) 엘리트주의와 배제되는 동정

필자는 인민의 수난사 중 소년수를 살펴보고 있다. 이들은 사실상 문화·경제·정치적 계급 투쟁의 역사에서 밀려난 존재들의 자녀라 할 수 있다. 식민 말기 종이난은 물론이고 전민중의 팔 할이 고쿠고(일본어)에 대해

문맹인 상황에서 소년들에게 일기 문화가 일반화되었다고 생각키도 어렵다. 사회로부터 배제된 소년들이 무엇을 통해 '자기-증언'을 할 수 있었겠는가. 그렇다면 이들이 아동문학의 질료는 되었을까. 식민 말기 라디오방송 소설 속 아동문학은 일제의 이데올로기를 전달하는 도구로 전락했고, 당시 아동문학가로 이름을 떨친 현덕의 작품은 지난한 현실을 아이들이 낙관적이고 적극적으로 대처하는 것으로 그렸다.[106] 박태원의 「재운財運」(『춘추』, 1941.8), 박노갑의 「소창消暢」(『춘추』, 1942.5), 이근영의 「소년」(『춘추』, 1942.10), 이기영의 「공간空間」(『춘추』, 1936.6) 등 편모, 편부 내지 직업이 없는 부모를 대신해 일터에 나가 가족의 생계를 책임지는 소년들이 등장하는 서사 역시 별반 다르지 않다. 아이들에게 양심과 교훈을 짐 지우는 반면에 그들의 사회 구조적 억압의 고통은 말해지지 않고 기억되지 않는다. 식민 지배 권력의 모순을 드러내는 '사건'인 소년범죄는 애초에 '쓸 수 없는 문학'이며, 우생학에 공명한 식민지민들에게 소년수란 본래 관심의 대상이 아닌 '쓸 필요도 없는 문학'적 존재였을지도 모른다. 하위 주체에도 등급이 있는 것이다. 해방 이후 억압의 사슬에서 풀려나 식민 말기에 말하지 못한 '무엇'을 토해내기 시작했을 때 제한적이지만 여성, 징용, 징병 등은 논의되었고 소년수는 그렇지 못했다.

그럼에도 지배 체제란 자신의 필요에 따라 언어를 빼앗긴 존재를 대신해 자신의 언어를 부여하고 '쓰이는 대상'이 되게 했다. 소년수가 될 가능성이 가장 높은 '고아'의 충량유위한 황국신민화는 〈집 없는 천사〉(1941)라는 국책영화로 쓰였다.[107] 노동과 교화를 통해 건강한 일본인으로 재탄

---

106 오혜진, 「1930년대 아동문학의 전개-이주홍, 이태준, 현덕의 작품을 중심으로」, 『어문논집』 34, 중앙어문학회, 2006.3, 230~243면 참조.

생하게 하는 고아원, 사랑 넘치는 의사를 통해 거리의 불량배까지 교화시키는 영화 현실은 일제의 목소리일 뿐이다. 1940년 방수원이 설립한 향린원이라는 고아원을 소재로 한 이 영화는 수표교를 배경으로 활용하고 있는데, 이것은 마찬가지로 1940년에 우미관 근처 수표교 밑의 가난한 인생을 '갱생, 교화' 없이 재현하려던 박영호의 연극 〈우미관 근처〉가 일본 경찰의 공연금지로 공연이 무산된 것과 좋은 대비가 된다.[108]

현실의 '고통'을 재현한다는 것은 문학자에게도 역시 현실적 고뇌일 수밖에 없다. 1941년 11월『국민문학』 창간호에는 조선문단을 논하는 좌담회가 열린다. 재조일본인이 임석한 이 자리에서 요시무라 고도(박영희)는 시대의 고통을 겉으로 드러낼 필요가 없다고 주장하고 반면에 최재서는 그것에 얽매이지 말고 드러내야 한다는 입장을 취한다.[109] 종국에는 문학의 국민화로 귀결되고 마는 이 대화에서 '고통'어린 문학적 소재의 문제 역시 무화되고 만다. 그렇다면 소년수의 목소리를 직접 들을 수 없다고 했을 때, 이제 가능한 것은 소년수로 전락하게 하는 '원인' 중 '착한 국가'의 선정善政과도 연계될 수 있는 '식민지 조선의 가정'과 '학교교육'을 통해 소년들을 지도하는 일본인의 시선과 우월감·불안·공포 등을 제한적으로 읽어낼 수 있을 뿐이다.

소년이 부랑소년이 될 가능성은 '불우한 가정'과 경제적 곤란으로 인

---

107 영화 〈집 없는 천사〉는 '발굴된 과거' DVD(한국영상자료원) 안에 들어있다. 이외 소현숙, 「'황국신민'으로 부름 받은 '집 없는 천사들' ─ 역사 사료로서의 영화 〈집 없는 천사〉」, 『역사비평』 82, 역사비평사, 2008 참조.

108 김영수, 「轉換期의 一年─演劇」, 『문장』, 1940.12; 유민영, 『한국근대연극사 신론』, 2011, 태학사, 510면 참조.

109 「조선문단의 재출발을 말한다」,(『국민문학』, 1941.11), 문경연 외역, 『좌담회로 읽는 국민문학』, 소명출판, 2010, 42~46면 참조.

해 '국민학교 교육'을 받지 못하거나 그 교육을 부정하는 데서 발생한다. 이 시기 문학이 자의 반 타의 반 국책문학을 포함한 '국민문학'을 지향한다고 했을 때 그 친일 협력문학 속 식민지 조선인 소년의 성공적인 '황국신민-되기'는 국민학교 일본인 교사의 감화를 성공적으로 받거나, 고쿠고를 빠른 속도로 습득해 구사 능력이 출중해지는 것으로 가능했다. 다시 말해서 이런 소설들 내지 당국의 국책은 (우생학과 사회다원주의를 기반으로 한) '엘리트주의'를 기반으로 한다. 일본인 병사가 되기 위해서는 식민지 소년들이 일본정신과 고쿠고를 내면화하는 '각성'의 과정을 재현할 수밖에 없고, 역으로 경제적으로 학교를 다닐 수 없거나 언어 습득 능력이 떨어지는 소년은 소설의 주인공이 될 수 없다. 따라서 소설 속에서 이들과 달리 불우한 가정 아래 말썽을 일으키고 일본인 교사의 감화를 무용한 것으로 여기거나 경제적으로 곤란한 아이들, 즉 학교를 이탈해 '거리'로 나설지도 모를 소년을 어떻게 서사화하고 있는지 살펴보는 것이 소년수少年囚가 될(수도 있는) 소년을 둘러싼 맥락을 아주 일부라도 독해할 수 있을 거라 생각한다.

이를 위해 식민지 조선의 소년을 지도하는 일본인 교사를 등장시키고, 조선인 작가가 아닌 일본인 작가의 작품이 적절하다고 생각되어 재조일본인 교사 이히다 아키라飯田彬의 『반도의 아이들』(1942.6)[110]을 참조했다. 1~3부가 각기 다른 내용으로 구성된 이 소설은 미네 교사가 지역 사회에 투신해 아이들, 어머니, 마을 사람들을 황국신민화하는 과

---

110 이 작품과 작가의 구체적인 맥락은 정선태, 「일제 말기 초등학교, '황국신민'의 제작 공간─이히다 아키라의 "반도의 아이들"을 중심으로」, 『한국학논총』 37, 국민대 한국학연구소, 2012 참조. 이 글은 '동화'의 역학에 중점을 두고 있다. 이와 달리 본고의 글은 배제에 초점을 두고, 그 과정에서 일본인 교사가 열등한 조선인에 느끼는 내면에 주목했다.

정을 다루고 있다. 1부 「국어로 살다」는 미네 선생에게 감화되어 고쿠
고를 빠르게 습득하고 건강하며 명랑한 소국민으로 성장하는 내용으로
'엘리트 학생'들이 나오기 때문에 논외의 대상이다. 이와 달리 2부 「마
을의 기록」은 국민학교(더 정확히는 심상소학교)를 이탈하려는 아이와 그
어머니를 통해 저열한 조선인상이 드러나고, 부랑소년의 탄생에 미치는
어머니의 영향이 우생학적 맥락에서 여실히 나타내고 있다.[111]

남포등 빛에 나방이 날아들지 않을 무렵이 되자, 어느새 마을은 밤 추위가
살을 에는 듯한 계절로 접어들었다. 그러자 내가 주최하는 야학에 다니는 어
머니들의 수가 눈에 띄게 줄어들었다. **특히 오늘 밤 같은 날은**……. 어제 밤에
한밤중까지 심혈을 기울여 그린 병원균도病原菌圖**를 겨드랑이에 끼고,** 그 기괴한
모양을 통해 어머니들의 공포의 바닥으로 몰아넣고, 그럼으로써 그녀들의
위생관념을 일깨우려는 마음에 왠지 아이처럼 흥분에 휩싸여 기세 좋게 교
실 문을 열어 제쳤더니, 그곳에는 온통 차가운 공기가 떠돌고 남포불의 희미
한 그림자 아래 고작 네 개의 머리가 비칠 따름이었다. (…중략…) 야학회
계회의 동기는 단 한 사람, 단 한 사람이라도 좋으니 아이들을 위해 **눈 뜬 어**
머니를 양성하는 데 있었다. (…중략…)

카야마 토오콘의 경우 그의 난폭함은 나쁘게 말하면 분명히 어머니의 피 때문
이다. 물론 어머니의 난폭함은 **교양의 낮은 데서 기인한 것**임에 틀림없지만,
'아아 세상에 이런 아이도 있는가'라며 나의 얄팍한 아동심리학으로는 이해

---

111 3부 「아이들이 있는 풍경」에서는 젠이치의 집안과 신이치의 집안 간 다시 말해 조선인과
일본인의 내선결혼 이야기가 나오는데, 젠이치의 "아버지는 시골 경찰서장으로 일할 때,
부근의 고아를 모아 몇 년 동안이나 넉넉하지 않은 사재를 털어 훌륭하게 갱생시킨 적이
있다"고 소개되고 있다. 飯田彬, 『半島の子ら』, 東京 : 第一出版協會, 1942, pp.292~293.

할 수 없는 못된 얼굴을 말없이 팔짱을 끼고 바라보는 것이 몇 번이었던가. 카야마는 매일같이 반드시 여러 명의 아이들과 심하게 충돌했다. 그의 상대가 된 아이들은 한결같이 반드시 몸의 일부에서 피를 흘렸다. 그것은 그가 좋아하고, 그런 까닭에 득의의 전법이기도 한 '물어뜯기'를 구사했기 때문이었다. (⋯중략⋯)

이런 아이에 대하여 나의 얄팍한 교육학으로는 이미 적절한 지도 방침도 발견하지 못해서, 이 아이는 극도의 정신병자가 아닐까, 학교에서 교육할 만한 아이가 아니라는 생각이 들기도 했다. 나의 격렬한 질책을 아무렇지도 않게 귓등으로 흘려듣고 콧방귀를 뀌며 대담하게도 다른 쪽을 바라보는 카야마에게 갑자기 나는 격심한 밉살스러운 눈길로 바라보면서, 선생님은 너 같은 애는 처음이다. 오늘부터 학교에 오지 마라. 와서는 안 된다.

라며 마침내 최후의 선고를 내렸다.

하지만 마음 한 구석에 조금이나마 남아있는 미련은 카야마가 사과하는 것이었다. '지금이라도 용서를 빈다면⋯⋯'이라고 중얼거리는 것이었다. 이런 카야마의 일면에는 일단 자신의 뜻에 맞으면 일을 끝까지 해 내는 그의 장점이 크게 나를 지배해서 그 난폭함이 극히 단순한 것처럼 생각되기도 했다. 아, 내가 져서는 안 돼. 서둘러 굳은 얼굴을 풀고, 오늘은 이만 돌아가거라. 잘 생각해 보는 게 좋겠다. 이곳의 분위기만 보면 실로 참담한 나의 패배였다. 그 순간, 그가 히죽 비웃었는가 싶자, 꾸벅 고개를 숙이고 어깨를 흔들며 밖으로 나갔다.

나는 그의 정신병적인 광폭성狂暴性의 요인을 그의 가정에서 찾으려고 결심했다.[112]

조선인 어머니들의 위생관념을 일깨워 주기 위해 '병원균도病原菌圖'를 그리는 간이학교 교사 '나'는, 난폭한 학생 카야마 토오콘의 성질이 어머니로부터 기인했다고 믿는 인물이다. 난폭함은 '교양' 부족을 의미했지만 종국에는 "어머니 피" 때문이라는 게 그의 판단이다. 또한 그는 카야마를 "극도의 정신병자", "정신병적 광폭성" 등으로 진단했다.[113] 교사 '나'는 우생학적 시선을 투사하고 있지만 조선인의 황국신민화를 완수해야 하는 사명을 지녔기에 문제 학생의 포기란 있을 수 없다. 그러나 '나'는 "학교에 오지 마라"는 선언을 하고 카야마가 사과를 해야만 다시 제자로 받아주겠다고 다짐한다. 천황의 일종의 대리인이라 할 수 있는 황국의 교사는 현인신이 아니기에 자신이 딛고 있는 지식의 불완전함과 인내심의 한계를 자각하지 못한다. 오히려 토오콘의 어머니로부터는 "토오콘은 학교에 들어가고부터 못되졌어요, 선생님"(187면)이란 대답이 되돌아 올 뿐이다. 학교와 교사를 부정하는 조선인의 '무지'는 역으로 지역의 최고 지식인 중 하나인 교사의 권능이 지닌 한계를 드러낼 뿐만 아니라 그 교사의 우생학적 시선 역시 거부되는 것이다.

1부에서 보여주는 국민학교와 이후 진학을 둘러싼 선택의 문제는 입시 최적자의 생존이라는 적자생존법칙을 드러냈다. 식민지 본국의 입장에서 식민지민은 우생학적 배제의 대상이지만[114] 조선총독부의 입장에

---

112 飯田彬,『半島の子ら』, 東京 : 第一出版協會, 1942, pp.178~182.

113 이 작품을 읽은 당대 일본 학생들에게 교사 '나'의 생각과 행동은 전혀 낯선 것이 아니었을 것이다. 문부성은 1938년 일본의 청년학교 제3학년 교수항목에 '생물의 진화·변이·유전'을 넣었고, 1942년 고등여학교 생물 교수항목에 '진화론'을 도입했다. 이것은 건민건병사상의 근본인 우생학을 국민에게 광범위하게 유포하려고 했던 육군의 의도가 강하게 반영된 결과였다. 右田裕規,『天皇制と進化論』, 靑弓社, 2009, pp.136~137.

114 일본 내 우생학과 혼혈을 둘러싼 논의는 강태웅, 「우생학과 일본인의 표상-1920~40년대 일본 우생학의 전개와 특성」,『일본학연구』 38, 단국대 일본연구소, 2013을 추가 참조.

서는 식민지민을 육성하고 발굴할 수밖에 없다. 이러한 착종된 시선이 식민지의 '양'의 모습이라면 2부의 조선인의 미신과 저열한 위생관념, 정신병적 '문제 학생'과 어머니의 무지, 가정 문제는, 제국의 시선이 조형한 '음'의 산물이며 사회의 역도태 현상을 야기할 수 있는 부정의 사례이자 제국에 의해 해소되어야 할 것들로 표상된다. 재조일본인 교사와 식민지 조선인 사이에서 우생학이 강하게 작동하는 것을 확인할 수 있다. 따라서 이 강요된 갱생에는 '동정'이 배제되는데 이 소설의 「추억 1」 부분이 조선 아이들의 미신을 다루고 있다.

조선인의 미신풍속은 조선 문인들에게도 부정의 대상이었지만 그것에 매달려야만 하는 조선인의 처지에 동정어린 시선 역시 동반되는 게 보통이었다. 일례로 잡지 『국민문학』이 출간되어 '국민문학'을 모색·시험해 나갈 때 쓰여진 정인택의 「청량리계외淸凉里界畏」(『국민문학』, 1941.11)에는 손가락을 잘라 피를 먹이면 죽은 사람도 소생한다는 미신이 그려진다. 주인공 '나'의 이웃에 사는 갑돌이의 어머니가 불치의 병(폐병)에 걸리자 갑돌이가 자신의 왼손 약지 첫 번째 관절을 잘라 그 피를 먹이려 한 사건이 발생한다.[115] 의학보다 미신을 믿는 마을 사람들이 어려운 미신을 실천한 갑돌이를 경원하게 되면서 갑돌이는 결과적으로 외로운 존재가 되어 버리지만 그것을 지켜보는 지식인 '나'는 갑돌이도, 마을 사람들도 비판·멸시하지 않고 따뜻하게 갑돌이를 안아 준다.

이와 달리 「추억 1」에서 일본인 선생은 미신을 믿는 조선 아이들에게 "값싼 동정조차 허락하지 않"았고 외려 꾸짖었다. 그 미신이란 이 일대의

---

115 정인택, 「청량리계외」, 『국민문학』, 1941.11, 193~194면.

아이들에게 뼛속 깊이 스며들어 있는 호랑이와 늑대에 대한 공포였다. 문제는 앞에서 선생이 어머니를 설득하지 못하고 오히려 부정당했듯이 아이들도 설득하지 못하고 간극을 재확인할 뿐이다.[116] 그러나 이것이 단순히 열등한 조선인의 표상에 그치지 않는다. 아이러니하게도 공포에 휩싸인 아이들을 집에 데려다 주고 돌아가는 길에 선생 역시 공포에 직면한다. 그는 어둠에 등불마저 사라진 칠흑 같은 내리막길을 자전거를 탄 채 엄청난 스피드로 내려갔던 것이다. 그 과정에서 선생은 만약 자신에게 명확한 사고思考가 허락되었다면 자신의 공포는 몇 배로 심각했을 거라고 생각한다. 이 사건을 계기로 선생은 미신은 아니지만 불분명한 의식에 의한 공포의 경감을 자인하게 되고 종국에는 조선인과의 거리가 좁혀지게 된다.

앞에서 본고는 '소년수로 전락하게 하는 원인' 중 '착한 국가'의 선정善政과 식민지 조선의 '가정'과 '학교 교육'이 연계된다고 했다. 가정과 학교, 미신 등이 한 사회의 문화를 형성하는 중요한 기제라고 할 수 있다면, 그것을 비판적으로 바라보는 일본인의 시선은 "일본의 문화·관습을 타국보다 우수한 것으로 선전"[117]했던 당대와 그 맥이 닿아 있다. 그리고 무지한 어머니와 미신을 믿는 소년 등 열등한 조선인을 바라보는 일본인의 시선에는 우생학과 사회다원주의가 근저에 깔려 있는 것이

---

116 "나는 아이들의 공포가 얼마나 과장된 것인지를 누구가 지적하지 않으면 안 되었다. 그러나 그것이 정말이지 뼛속 깊이 스며들어 있는 이상 나의 논리는 쉽게 아이들을 굴복시킬 수 없었다. 그때마다 나는 빛바래고 퇴색한 쓸쓸함에 빠져서 아, 이건 어른들의 세계다, 틀림없이 아이들이 가진 논리는 아니다, 하지만 어떤 경우에도 어른의 논리는 아이들에게 받아들여지지 않는 것일까—라고 유치한 회의에까지 빠지곤 했다." 飯田彬, 『半島の子ら』, 東京 : 第一出版協會, pp.1942, 167~168.

117 金哲宇, 『日本戰犯者裁判記』, 朝鮮政經研究社, 1947, p.60.

다. 하지만 이들을 계도하여 우등국민을 양산하려 해도 식민지 조선의 열등성이 이미 어머니의 더러운 피와 맹목적인 미신 등으로 진단된 이상 쉽게 이루어질 리 없다. 『반도의 아이들』에서 열등하다는 조선인이, 외려 유행 지식과 일본인의 조선관이 지닌 불완전성과 폭력성을 드러내고 있는 것은 아닐까.

식민자에게 민족 간의 우열을 가늠하는 도구로 전유된 우생학은 개인 및 민족의 저열성을 드러냈다. 하지만 유행 지식에 식민자와 식민지민이 침윤되어 있다고 해서 그 성격이 온전히 동일할 수 없다. 또한 식민지민에게 소년범죄는 개인뿐 아니라 사회의 '실상'을 드러내 당국의 책임을 물을 수 있는 '사건'이 되기도 했다. 식민자가 사회적 책임을 식민지민에게 돌리는 반면, 식민지민인 조선인 어른은 같은 식민지민으로서 혼탁한 세상을 어렵게 헤쳐 나가는 소년을 동정할 수 있는 여지가 있다. 따라서 『반도의 아이들』과 해방 이후 조선인이 소년범죄를 서사화한 작품과 대조를 통해 식민자와 조선인의 시선의 차이에서 우생학이 차지하는 비중을 확인할 수도 있겠다.

일례로 해방 이후 최정희는, 6년 전인 1941년 정인택이 소설화했던 청량리를 다시 활용하여, 소녀범죄를 다룬 「청량리역근처淸凉里驛近處」(『백민』, 1947.11)를 썼다.[118] 전재민들과 오물로 넘쳐나는 청량리역에서 원주행 기차를 기다리던 '나'는 빵집 라디오에서 흘러나오는 노래를 듣게 된다. 소학교 다닐 때 경찰의 폭압 속에서도 학교에서 몰래 배웠던 〈금수의 강산〉이란 어린이 노래였다. 그것을 이제 자유롭게 부를 수 있

---

118 최정희, 「淸凉里驛近處」, 『백민』, 1947.11, pp.68~71.

어 기쁨에 들뜬 순간 그의 눈앞에는 세 명의 소녀가 한 사내에게 쫓겨 더러운 개천을 넘는 광경이 펼쳐진다. 그 중 한 아이가 사내에게 잡혀 모진 추궁을 받았는데 열차의 숯을 훔쳤던 모양이다. 다행히 어떤 양복 쟁이가 개입하여 배가 고파 잘못을 저지른 것 같으니 용서해 달라며 사건을 무마시켰고, 이를 지켜본 다른 시민들도 소녀에게 동정의 시선을 보냈다. 라디오에서 흘러나오는 어린이 노래와 전혀 다르게 집도 없고 쌀을 사먹을 돈이 없어 절도를 해야 하는 소녀들의 '현실'에서, '피'를 운운하는 우생학을 논하기는 어렵다. 재조일본인 교사의 경우와 달리 해방 이후 조선인 사이에서는 우생학적 시선이 사라지고 '동정'적 시선 이 온존한 것을 알 수 있다. (앞에서 살펴봤듯이 소년수를 관리하는 '제도'는 해 방기에도 여전히 존속했지만) 해방기에서 우생학은 현실적 합성이 떨어지 는 지식이 되어 갔던 것이다.[119]

5) 지식과 인권의 확대

패전 후 일본 미디어에는 '부랑아 사냥'이라는 말이 자주 쓰였는데, 당시 피폭의 후유증으로 세상을 떠난 과학자 나가이 다카시는 일본 내 어린이 전체의 20%는 전쟁고아라고 하면서 '전쟁'과 '인플레이션'에 고 아가 무슨 '책임'이 있냐고 묻는다. 고아원에 수용된 아이들도 50% 이상 도망치고 있는 상황이었다. 당시 고아는 사회악의 근원으로서 서둘러 한

---

119 알펜펠스는 인종의 우위성이란 신화에 불과하며 우리의 머릿속에서 지워야 할 지식이라고 말하고 있다. 에텔. J. 알펜펠스(인류학자), 「人種의 優位性이란 있는가」, 『민성』, 1947.5, 21~22면.

곳에 수용해 두지 않으면 화근이 될 수 있다고 인식되었기 때문에 사회 치안을 위해 고아원이 설립되고 있었다. 그 직원으로 감화원 출신들이 채용된 경우도 있었다. 나가이 다카시는 고아를 사회 문제를 야기하지 않을 정도의 인간으로만 성장시키면 된다고 생각해서는 진정으로 고아를 돌볼 수 없다고 주장했다.[120] 이는 소년원, 감화원 제도의 기저에 작동하는 사유에 대한 비판인 동시에 이런 제도를 묵인하는 일반 인민에 대한 각성을 촉구하는 것이기도 하다.

이 연장선상에서 본고는 이웃 '국민'에 의한 배제의 폭력 즉, 각 국민에게도 가해자로서 책임이 있는지 묻고 있다. 이러한 국민에게 국가는 어떻게 해야 '착한 국가'가 될 수 있겠는가. 일본인이 전쟁 책임을 인정하면서도 일본인의 우수성을 주장하고 싶은 욕망이 있는 것처럼,[121] 해방 조선은 전쟁의 피해자이자 열등한 국가라는 것을 인정하면서도 조선인의 우수성을 주장하고 싶어서 소년수와 같은 '열등 국민'을 사회로부터 추방한 것인가. 이것으로는 설명이 부족하다. 지배 권력 정책의 배경과 존치하는 제도에 대한 인민의 인식이 동일하다면 그 제도가 불합리하고 특정 대상이 피해자가 된다고 하더라도 상당 기간 지속될 수밖에 없다. 그래서 이 글에서는 '우생학과 사회다원주의적 사유'를 매개로 사회에서 고립되고 배제되는 소년(수)의 삶의 현실을 고찰한 것이다. 소년은 새 시대의 희망으로 호명되면서도 제대로 된 보살핌을 받지 못했다.

근대가 식민지 근대와 같다고 했을 때 (서구 중심주의에서 벗어나는 것뿐

---

120 나가이 다카시, 홍성민 역, 『사랑하는 아이들을 남겨두고』(1948), 베텔스만, 2003, 35~107면.
121 다카하시 데츠야, 이규수 역, 『일본의 전후책임을 묻는다』, 역사비평사, 2000, 15면 참조.

만 아니라) 식민 모국의 식민성이 구명되어야 한다. 이에 따르면 그릇된 유행 지식에 '감염'된 식민자, 그리고 그와 동일하게 물들어 있는 식민지 조선인의 자화상이 그 예라 할 수 있다. 대동아공영권은 민족 간 위화감과 이질성을 해소하는 '국민통합의 신화'라 할 수 있지만, 동일 인종, 동일 문화권 안에서도 민족 간 우열의 차이가 체제 질서로서 자리하고 있다. 우생학적 엘리트주의를 신앙으로 한 근대적 사유가 체제의 폭력을 낳고 내부 식민지를 초래하는 것이다.

영문학자이자 문학가인 설정식은 해방기의 혼란한 상황을 바라보며 "學의 한 체계를 세우기보다 세워 놓은 그 학의 체계를 깨뜨리는 것이 正 힘들다"는 찰스 다윈의 말을 빌려 지금 '진리'라고 믿는 것이 편견과 선입견은 아닌지 되물은 바 있다.[122] 현재의 '진리'를 타자화할 수 있는 하나의 방식이 '지식의 합리성'을 검증하는 것이다. '불합리한 지식'과 그것이 제도화한 체제의 폭력성이 무비판적으로 내면화되어 자명화된 사회에서 소년수란 '배제되는 사회적 약자'를 실증하는 상징적 존재인 것이다.

---

122 설정식, 「故鄕 친구」, 『경향신문』, 1947.3.24, 3면.

/ 제6장 /

나가며

인민에서 사람으로

한국 사회의 현재를 형성케 한 핵심 요소가 식민유산, 미군정, 한국전쟁, 냉전, 4·19혁명, 군사독재 등이라고 했을 때 해방기는 한국 사회의 구조와 성격을 구명究明하는 중요한 지점이다. 과거 오랫동안 대한민국은 권위주의적 정치 체제로 평가받았다. 그리고 그 토대는 해방기의 국가 형성 과정에서 구축되었다. 대한민국의 국가 정체성은 미군정에 기원을 두고 있다. 주권을 대리한 미군정은 조선 인민이 아닌 본국의 이해를 정책에 반영한 점령통치를 행했다. 이것은 외부로부터 주어진 국가권력에 의해 국가 형성이 주도되었다는 논리이다. 이러한 평가는 미군정의 규정력을 분석하고 강조한다는 점에서 적실하다. 그러나 이는 군정과 조선 권력 집단과의 관계에서 국가기구를 선점한 미국의 우위성만을 재확인하는 인식의 틀이기도 하다.

우리는 미군정의 규정력을 강조하면서도 정작 해방기의 중요한 인식 틀인 연속/단절의 문제를 논할 때 식민지기와 그 이후를 단절로 볼 수 있는 결정적 차이로 미군정이 아닌 '정부 수립, 건국, 헌법' 등을 거론한다. 이 세 요소는 모두 1948년 단정기에 해당한다. 그렇다면 그 이전 시기 미군정의 권력 독점과 통치는 어떻게 해석해야 될까. 여기서 권력과 정치의 차이에 주목해야 한다. 정치는 지배권의 독점을 위한 권력투쟁만을 의미하지 않는다. 지배 세력 간의 권력 투쟁으로 사회의 성격을 구명하는 것은 지배 엘리트와 이데올로기, 국가기구만을 조명하게 된다. 미군정의 규정력을 강조할 경우 군정의 권력 행사는 '통치'가 되지만, 통치와 직·간접적인 이해관계가 얽힌 피통치자의 입장을 강조하면 '정치'의 문제가 된다. 따라서 정치를 문제 삼는 것은 권력의 일방적 우위가 아닌 쌍방향적인 영향 관계를 고려하여 피지배자의 정치적 힘을 파악하려는 노력이다.

미군정의 힘이 강고하다는 해방기에서 조선 인민의 삶은 어떠했을까. 그리고 그 삶의 실존적 조건을 규정짓는 '정치'는 무엇이었을까. 이러한 물음은 이 시기가 국가 형성기이면서 인민의 형성기라는 점을 직시하게 한다. 즉 해방으로 인민이 정치의 주체가 되는 정치의 장이 열렸다. 따라서 새롭게 권력 구조가 재편되는 현실에서 '미군정-조선 지배집단'의 구도가 아니라 '대표하려는 자(지도자)-대표되는 자(인민)' 간의 관계로 정치를 이해할 필요가 있다. 대표가 인민의 권력을 대신하는 과정에서 권력과 권위를 유지하고자 하는 대표와 보다 나은 삶을 원하는 인민의 요구가 충돌하는 정치 갈등이 자연스럽게 나타났다. 대의제 정치에서 필연적으로 수반할 수밖에 없는 이 대표성의 문제에 개입하는 인민의 정치성을 통해 당대 인민의 형성과 인민주권의 의미를 고찰할 수 있는 것이다.

근대 국가의 통치의 근거가 구성원의 동의에 있다고 했을 때 해방 이후 인민은 정치적 주체가 된다. 미국 헤게모니하의 냉전적 자본주의 질서로의 편입 과정은 과거 '식민자–식민지민'의 정치·경제적 지배질서가 '미군정–신식민지민'으로 단순 교체되는 것을 의미하지 않는다. 과거의 식민지적 법과 억압기구가 여전히 상당 부분 지속되었지만 제국주의와 식민주의가 부정되어 가는 세계사적 변화의 흐름 속에서 조선의 자주적 민주국가 모색은 '인민에 의한 정치'의 시작이라 할 수 있다. 인민이 주권인민으로서 정치에 참여하고 인민주권이 보장되는 사회가 구축되는 것이 민주국가의 건설이다.

당시 대내적으로 사회주의가 복원되는 과정에서 '인민'이 (재)주목받게 되었고 대외적으로도 종전의 영향으로 민주주의, 민족 자결주의 열풍이 불었으며 미군정뿐만 아니라 조선 정치 세력도 이념을 불문하고 민주주의를 제창했다. 이때 좌익의 '인민'을 넘어선 모든 인민의 권리와 역능이 조명받게 되었다. 이러한 민주주의 논의에서, 정치 권력이 양산한 '소련식 민주주의/미국식 민주주의'의 체제 선택 문제나 좌익이 민주주의를 선점했다는 (잘못된) 통념은 중요한 게 아니다. 민주주의란 기호는 인민의 정치·경제민주화를 향한 뜨거운 열망 그리고 민의를 반영한 정치의 시작을 함의했다. 민의를 반영한다는 것은 그것을 대행하는 권력 주체가 있다는 뜻이다. 그래서 근대 민주주의는 '인민에 의한 정치'만이 아닌 '인민을 위한 정치'이기도 했다.

그렇다면 해방기에서 누가 조선 인민을 위한 대표가 될 수 있었는가. 선거에 의한 대표 선출은 단정 즈음에야 가능했다. 그것도 직선(국회의원)과 간선(대통령)이 결합한 혼합정부였다. 그렇다면 그 이전 시기에 조선의 대표는 누구였던 것일까. 그 힌트는 1945년 10월에 한 달 동안 진행한 선구회先驅會의 여론조사 결과인 「조선 지도인물 여론조사 발표」(『先驅』, 1945.12)에서 찾을 수 있다. 선구회는 조선의 양심적 정치가를 추천해 달라는 투표용지를 배포했다. 여기서 알 수 있듯 해방기 조선인의 대표는 추첨(제비뽑기)이나 선거가 아닌 '추천'을 통해 잠정적으로 공유되었다. 그 추천 기준은 "국제정세에 정통하고, 조선 사정에 통달하고, 가장 양심적이며, 가장 과학적, 가장 조직적, 가장 정치적으로 포용할 아량을 가진 지도자"였다.

하지만 사실상 대표는 식민 시대 저항의 이력에 의해 결정되었다. 독립운동가 출신은 민족의식의 투철함이 인정될 수 있었다. 그러나 이들이 잠정적으로 조선의 대표자가 되는 것은 문제가 있었다. 먼저 이들이 조선의 미래를 책임지고 국정을 운영할 지도 능력과 소통 능력이 있는지는 누구도 확신할 수 없는 문제였다. 무엇보다 이념 갈등이 심화되는 상황에서 특정 지도자가 모든 인민의 동의를 기반으로 한 정치적 정당성을 갖는 것은 힘들었다. 정당도 강령보다는 인물 중심의 정당이 형성되었으며 정치 문화도 권력을 독점하기 위한 금권정치 및 테러정치가 주를 차지하고 있었다. 지도 세력이 냉전이라는 또 다른 식민주의에 기생하기 시작하면서 당대는 폭력의 정치가 난무하는 '테러 조선'이라 할 만 했다. 그럼에도 인민의 추천과 지도자에 대한 암묵적 동의가 대통령 간선제를 묵인하는 결과로 이어졌다.

이렇게 추천을 통해 선출된 대표들은 주권을 가졌다는 인민을 어떻게 바라봤을까. 헌법 제정 과정에서 "인민이 주권을 가진 것과 직접선거는 별개"라는 서상일 헌법위원장의 발언이 보여주듯 인민주권은 온전히 인정받지 못했다. 국민국가 수립을 위한 준비는 인민주권이 대표에 의해 국민주권으로 규정·제한되는 과정이었던 것이다. 그래서 혼합정부 안의 의회주의는 사실상 '과두제적 법치국가'의 수립을 의미했다. 이러한 지배 엘리트의 인민에 대한 폄하는 어디에서 비롯된 것일까.

일본을 대신해 주권을 대리한 미국은 일본 식민자의 지배 감각을 이어받아 조선과 조선인의 후진성을 지적했다. 이와 함께 미군이 일본에도 주둔했기 때문에 일본의 혁신적 개혁 소식은 조선의 사정과 비견되었고 조선인의 수치심을 자아냈다. 미군정하 조선인의 정치적 주체화 과정에서 식민지 시절처럼 '자기 멸시'가 재현된 국면이다. 구체적으로는 자치 능력과 조국애의 부재, 사대주의 등이 그 예였다. 민주주의는 자치 능력이 있어야 실현 가능하다는 '통념'의 폭력이 작동했다. 민주주의의 부산물이기도 한 사회 구성원의 분열은 조선인의 고질적인 '당쟁'과 연결되어 조선 민족성의 저열함과 자치 능력의 부족을 드러낸 대표적 예로 표상되었다. 아직 조선인이 스스로 자립할 능력이 부족하다는 자기비판은 문해력이 떨어지는 조선 인민에게 향했다. 이러한 현상은 미국 체제에 편입되기 위해 조선인이 치러야 할 대가이기도 했다.

하지만 '무지한 인민상'으로는 당대 인민이 지닌 민주화의 열망과 삐라, 민중봉기, 유행어 등의 정치적 표현, 높은 투표율, 사회 민주주의적 심성 등을 온전히 해명하기 어렵다. 이미 인민은 식민지 경험과 총력전의 총후적 삶 그리고 징용·징병 및 이산 등을 통해 상당한 '경험-지'를 축적하고 있었다. 이들은 지배 권력의 교체와 그 차이를 체감하면서 정치 권력의 의미를 파악한 존재이기도 했다. 지난한 삶을 견뎌 낸 인민은 스스로 지식인이라 자부하는 지배 엘리트보다 강인한 생명력을 지녔다.

따라서 지도층이 당대 사회의 혼란을 '무지한' 인민의 책임으로 전가하는 것은 적절하지 않다. 이 시기를 혼란으로만 간주하는 것은 공안公安적이고 보수적이며 계몽적 지식인의 시선이다. 그 혼란은 인민보다는 오히려 권력과 금권의 (재)결탁에서 기인한 바 크다. 요컨대 해방기에서 지도자는 정치적 열정(정치열)에 사로잡힌 인민과 대면하게 되었다. 책을 기반으로 한 지식인의 앎이, 인민의 경험과 경합하는 장이 해방기였다.

이러한 대표-인민의 시각 차이에도 불구하고 전인민이 공유하는 한 가지가 있었다. 조선인은 식민지 억압에서 어렵게 벗어난 상황에서 다시 과거로 회귀할 수도 있는 내전 및 제3차 세계대전 등의 전쟁을 두려워하고 '평화와 자유'를 갈망했다. 그래서 대표자는 극우와 극좌를 지양했고 미국식도 소련식도 아닌 조선식의 사상과 체제를 만들기 위해 노력했다. 이러한 노력의 근저에는 엘리트뿐만 아니라 인민, 그중에서 우익 성향의 인민조차도 사회 민주주의적 체제를 갈망하는 심성이 있었다. 이 심성은 조선인이 미국식 제도나 미국적 가치에 쉽게 휩쓸리지는 않았다는 방증이다. 동시대 영국 국민이 사회당을 지지한 것처럼 조선에서도 역시 자본에 맞서 좀 더 평등을 지향한 정치가 일부 가능했던 셈이다. 이런 상황에서 민주주의를 표방한 미군정 역시 기본적으로 민주 정치를 펼쳐야 했다. 소설이 검열에서 벗어나고 (결국 탄압을 받긴 하지만) 언론과 라디오, 영화, 연극 등 문화 민주주의의 진폭이 확장하였다.

대표-인민의 정치적 갈등에도 불구하고 공유되고 있었던 사회적 가치는 민주화와 평화 그리고 또 무엇이 있었을까. 그것은 조선과 유사하게 반식민지를 겪었던 중국 인민의 심성을 통해서 힌트를 얻을 수 있다. 반/식민지를 겪은 나라의 인민이 서로 공유하는 무/의식적 지향은 무엇이었을까. 이는 중국의 삼민주의가 잘 보여주고 있다. 삼민주의를 통해 본 조선인의 주의와 심성 및 '국가 만들기'는 당시 조선인이 '일본의 식민지적인 것과 미국 그리고 조선의 전통', 이 세 범주에서만 탈식민화와 '조선적인 것'을 모색하지 않았다는 것을 드러낸다. 중국, 조선과 같이 인접한 후발 반/식민지 간 공유하는 정치 현실과 이동하는 문화가 양산한 '문화적 자산'에 대한 고민이 태부족한 현실이다. 문화의 혼종이란 식민 모국과 식민지 간에서만 이루어지는 것이 아니다. 인접 반/식민지 간의 교섭이 간과되어서는 안 된다.

후발 반/식민지민이 공유하는 바를 참조했을 때, 해방기의 '조선적인 것'이 온전히 순혈한 이데올로기의 문제만으로 환원되지도 않으며, 조선인의 정치·경제 감각과 생활 속의 민주주의적 전통 및 지향이 식민지기부터 존재했다는 것을 확인할 수 있었다. 그래서 과거의 문화가 해방 이후 단순히 식민지적 잔재로 치부되어 부정당한 것만은 아니란 것도 알 수 있다. 해방기 문화를 구성하는 것들의 긍정적 가치를 발견하고 그 영향력을 논구해야만 '순혈한 민족 문화·국가를 구성하는 해방기'라는 이데올로기적 인식의 굴레에서 조금이라도 벗어날 수 있다. 문화 엘리트가 주조한 민족 문화 담론과 기억이 인민의 그것과 온전히 일치하지만은 않기 때문이다. 이렇듯 '민주주의와 민족주의, 반외세, 반봉건'이 절합한 당대의 사유思惟들은 조선인이 국제 정치 질서에서 파생되고 있었던 '냉전적 사고'에 무비판적으로 휩쓸리지 않게 하는 문화적 가치로서도 가치를 확보하고 있다.

삼민주의는 민주화와 함께 '강력한 국가' 수립의 염원도 시사하고 있다. 조선에서는 전후의 혼란을 수습하고 강력한 국가를 세우기 위한 헌법과 정부 형태, 국가정통성의 구축이 관건이었다. 제헌헌법은 정부가 임시정부의 법통을 잇는다고 규정해 정통성 확보를 꾀했다. 그러나 임정을 대표하는 김구, 김규식이 가능지역선거에 참여하지 않아 대한민국의 정통성이 부정된 셈이었다. 대한민국의 정신도 논란이 되었다. 임정 법통을 이어받겠다고 하면서도 헌법 초안에는 삼균주의가 아닌 삼일혁명의 위대한 독립정신을 계승하겠다고 명시해 심의 과정에서 질의를 받기도 했다. 여기에 헌위위원장 서상일은 "삼균주의뿐만 아니라 만민균등주의를 이 헌법 초안이 가지고 있다"고 대답했다. 이는 정치 세력 간의 다툼 중인 상황에서 조소앙 일개인의 사상으로 비춰질 수 있는 삼균주의의 의미를 가능한 축소하려는 의도였다. 이후 조소앙이 독자적으로 사회당을 설립하고 삼균주의를 내세웠을 때에도 다른 당은 삼균주의를 임정의 정신이 아닌 조소앙 개인의 것으로 간주하려 했다. 임정의 법통과 삼균주의 모두 그 권위가 흔들리는 형국이다.

국가정통성의 약화는 해방기 내내 지속되었던 이념 대립과 정부 수립을 둘러싼 갈등에서 이미 예고되고 있었다. 특히 미군정의 조선 통제 실패는 인민들이 더욱더 강한 국가를 열망하도록 하는 가장 중요한 기제였다. 전후 경제적 혼란을 정비하는 문제뿐만 아니라 정치·경제민주화를 수행하기 위해서도 강한 추진력과 통제력이 필수적이었다. 조선 인민이 사회 민주주의적 심성을 지녔지만 현실의 난제를 해결해 줄 주체로 강력한 정부를 상정할 수밖에 없는 것이 진정한 민주화를 가로막은 아이러니였다. 대표자는 권력 쟁취와 국가 수립을 우선순위로 설정함으로써 인민의 민생 현안은 오히려 의제화되기 어려웠다. 제1·2차 미소공위 때문에 인민의 갈등 분출이 계속해서 유예되었다. 또한 당대 삶의 자기결정권을 주장했던 민중운동 및 봉기들을 지속적으로 이끌 노조·정당 등의 정치적 대의그룹도 미흡한 실정이었다. 오히려 농회와 금융조합, 정회, 신한공사, 경찰, 청년단체 등 국가기구를 독점한 당국에 의해 주권인민의 범주가 설정되고 인민주권은 국민주권으로 제한되기 시작했다. 그 결과 대표-인민 간 갈등이 표출되었지만 다른 한편으로 모든 문제를 정부가 해결해 주기를 바라는 인민의 정치 의식이 형성되기 시작했다. 이 점이 일제 식민과 미군 점령의 유산이었다. 기존에는 해방기의 중앙집중화 현상이 미군정에서 기인한 것으로만 인식되어 왔다. 하지만 거기에는 당대 인민의 암묵적 동의도 일조했다는 사실을 확인할 수 있었다. 인민과 지배 권력이 공유 및 (암묵적으로) 합의한 '강한 국가'는 당대 전조선인의 지향점을 드러낸 점에서는 가치가 있다. 하지만 이로 인해 대표-인민 간 정치적 적대의 선이 흐려지면서 '정치'가 약화되는 결과를 낳고 말았다. 정치에서 '민족국가 수립'이란 의제가 '민주국가/민주사회 건설'보다 우선순위에 놓였던 것이다.

그래서 인민이 축적한 '경험-지'에도 불구하고 권력이 지배 엘리트로 집중되는 대의정치의 한계 상황이 연출되었다. 이때 정치는 무엇이었을까. 인민은 인민의 방식으로 대표에게 정책을 요구했다. 하지만 제도화된 국가 체제 안에서 국가가 독점한 정치적 의사소통의 제도가 아닌 방식의 정치적 표현은 불법으로 간주되어 탄압을 받았다. 따라서 이 탄압을 제어하거나 넘어설 정도의 정치적 표현이 있어야만 대표가 인민을 위해 조금이라도 움직이도록 '강제'하는 게 가능했다. 이처럼 '법치국가의 합법주의'와 인민의 정치투쟁(직접 행동)의 충돌을 둘러싼 해방기의 모습은 현재를 사는 우리에게 기시감을 준다. 이는 '지금-여기'의 시점에서 인민의 주권과 정치성을 왜 주목해야 했는가 하는 물음으로 이어진다.

현재 우리는 정당정치와 대의 민주주의의 한계를 목도하고 있다. 또한 외국인의 유입이 급증하고, 사회적 약자가 '비국민'으로 취급받는 현실이다. 이제 국민이라는 말이 모든 사회 구성원을 대변할 수 없게 되었다. 대표가 (국민이 아니라) 인민 모두의 이해를 고려하지 못할 때 사회 갈등은 심화되고 소통과 인권의 정치는 실종하게 된다. 인간다운 삶을 위한 사회공동체의 가치 및 사회 정의를 정립하고 유지하기 위해 한 사회의 민주주의 정치는 내재된 한계를 극복하기 위한 노력이 지속적으로 필요하다. 그리고 그것은 인민의 주권은 어떻게 보장되고 확보될 수 있는지에 대한 고민에서 출발해야 한다. 이를 위해 본고는 분단과 이념의 감옥 안에 갇힌 좌익적 '인민'을 해방시켜 '사회나 국가를 구성하는 자유로운 인격으로서의 인간'을 가리키는 '인민'으로 재범주화했던 것이다.

이제 지금-여기의 현재적 의미에서 보다 중요한 것은 인민이 가진 용어의 시대적 함의와 효용성일 것이다. 인민은 해방기 헌법이 구상되는 과정에서 법학자들이 넣고 싶었던 긍정적 개념이었지만 이념 갈등 때문에 그 바람은 현실화되지 못했다. 그러나 최근 정부의 2018년 개헌(改憲)안 논의에서 '사람'이란 단어가 헌법 전문에 들어갈 수 있다는 발표가 있었다. 근 70년 만에 '인민'의 구상이 (국민을 넘어선) '사람'의 구상으로 대체 실현되어 가는 국면이다. 이러한 변화의 노력은 그동안 사회가 성숙되고 의식이 발전해 온 시대상을 반영한 결과라는 점에서 의미 있는 사회적 진전이라고 할 수 있다.

참고문헌

1. 1차 자료

신문

『국민문학』, 『경향신문』, 『동광』, 『동아일보』, 『매일신보』, 『매일경제』, 『자유신문』, 『조광』, 『조선일보』, 『조선중앙일보』, 『중외일보』, 『現代日報社』

잡지 및 사전

『문학』, 『민성』, 『백민』, 『삼천리』, 『새한민보』, 『신시대』, 『신천지』, 『인민예술』, 『춘추』, 『학병』, 『학지광』, 『친일반민족행위진상규명보고서』, 『친일인명사전』(민족문제연구소), 『자료대한민국사』

단행본 및 기사

강용흘, 장문평 역, 『초당』, 범우사, 1999.

강형구, 「탈피」(『우리문학』, 1947.3), 『해방 공간의 문학』 2, 돌베개, 1988.

김광섭 편, 『李大統領訓話錄』, 중앙문화협회, 1950.

김기림, 『김기림전집』 6, 심설당, 1988.

김남식 외, 『한국현대사자료총서』 11, 돌베개, 1986.

김남천, 『1945년 8·15』, 작가들, 2007.

김동리, 「혈거부족」, 『백민』, 1947.3.

김동인, 「續 亡國人記」, 『백민』, 1948.3.

김만선, 『압록강』, 깊은샘, 1989.

김사림 편, 『新聞記者手帖』, 모던出版社, 1948.

_____, 『一線記者의 告白―新聞記者手帖 姉妹篇』, 모던出版社, 1949.

김오성, 「박헌영론」, 『지도자군상』, 대성출판사, 1946.9.15.

김일수, 『쏘련의 일상생활』, 세계문화연구소, 1948.5.

김철우, 『日本戰犯者裁判記』, 朝鮮政經研究社, 1947.

나가이 다카시, 홍성민 역, 『사랑하는 아이들을 남겨두고』(1948), 베텔스만, 2003.

모택동, 김승일 역, 『모택동선집』 2, 범우사, 2002.

문경연 외역, 『국민문학』, 소명출판, 2010.

문화당편집부, 『主義와 解說』, 서울문화당, 1947.8.

민조사출판부 편, 『신어사전』, 民潮社, 1946.4.

박노갑, 「역사」(『개벽』, 1946.1), 『해방 공간의 문학』 1, 돌베개, 1988.

박원민, 「蘇联紀行 1~7」, 『동아일보』, 1948.10.28・29・31, 11.2~5.

박태원, 「亞細亞의 黎明」, 『조광』, 1941.2.

박헌영, 『조선 인민에게 드림』(1946.8), 범우, 2008.

백 철, 「歐米現代作家群像 (나의 지드觀) 상, 하」, 『동아일보』, 1938.2.5~6.

백남운, 『조선 민족의 진로・재론』, 범우, 2007.

서광제, 『北朝鮮紀行』, 청년사, 1948.

서인식, 차승기・정종현 편, 『서인식 전집』 1, 역락, 2006.

서재필, 최기영 편, 『서재필이 꿈꾼 나라』, 푸른역사, 2010.

설국환, 「일본의 언론자유」, 『일본기행』, 수도문화사, 1949.

설정식, 설희관 편, 『설정식 문학전집』, 산처럼, 2012.

손 문, 권오석 역, 『삼민주의』, 홍신문화사, 1995.

_____, 성인기 역, 『三民主義』, 대성출판사, 1947.3.

안나 루이스 스트롱, 「북한, 1947년 여름」, 김남식 외, 『해방전후사의 인식』 5, 한길사, 2006.

안재홍, 『新民族主義와 新民主主義』, 민우사, 1945.

안종묵, 「한국 언론 구조의 성격과 형성에 관한 고찰」, 정근식・이병천 편, 『식민지 유산, 국가 형성, 한국민주주의』 2, 책세상, 2012.

안회남, 「불」, 『문학』 1호, 1947.7.

앙드레 말로, 서명숙 역, 『정복자』(1928), 지만지, 2008.

에드가 스노, 왕명 역, 『民主主義의 勝利-대전중 소련・중국・몽고 여행기』, 수문당, 1946.

염상섭, 「폭력행위를 절멸하자(상), 테러와 정계(하)」(『경향신문』, 1946.11.28~29), 한기형・이혜령 편, 『염상섭 문장 전집』 III, 소명출판, 2014.

_____, 『효풍』, 실천문학, 1998.

오기영, 『해방경성의 풍자와 기개』, 성균관대 출판부, 2002.

온낙중, 『北朝鮮紀行』, 朝鮮中央日報出版部, 1948.8.1

월터 릳맨, 박기준 역, 『冷靜戰爭』, 고려문화사, 1948.

웬델 L 월키, 옥명찬 역, 「우리의 同盟-소련」, 『하나의 世界』(1943), 서울신문사출판부,

1947.9.

이강국, 『민주주의 조선의 건설』(1946.4), 범우, 2013.

이관용, 「赤露首都 散見片聞 (1~5)」, 『동아일보』, 1925.6.13~18.

이광수, 「서울」(『태양신문』, 1950), 『이광수 전집』 19, 삼중당, 1963.

이기영, 『處女地』, 三中堂書店, 1944.9.

이동규, 「그 전날 밤」(『그 전날 밤』, 1948.7), 강혜숙 편, 『이동규 선집』, 현대문학, 2010.

이동봉, 「理想과 實體 尙虛의 蘇聯紀行을 읽고 (상·중·하)」, 『경향신문』, 1947.8.10, 9.7, 9.14.

이만규, 『가정독본』(1941), 창작과비평사, 1994.

이봉구, 「모사」(『문학평론』, 1947.4), 『해방 공간의 문학』 1, 돌베개, 1988.

이시카와 다케미[石川武美], 『내가 사랑하는 생활』, 主婦之友社, 1941.

이종항, 『新語辭典』, 영웅출판사, 1952.1.20.

이태준, 「아버지의 모시옷」(『첫전투』, 1946.8.14), 『해방전후·고향길』, 깊은샘, 1995.

_____, 「해방전후」(『문학』, 1946.8), 『해방전후·고향길』, 깊은샘, 1995.

_____, 『무서록』, 깊은샘, 1994.

_____, 『소련기행·농토·먼지』, 깊은샘, 2001.

이혁 편, 『愛國삐라全集』, 京城 : 祖國文化社, 1946.

정비석, 『都會의 情熱』, 平凡社, 1949.

정선태·김현식 편, 『'삐라'로 듣는 해방 직후의 목소리』, 소명출판, 2011.

정진석 편, 『日帝시대 民族紙 押收기사모음』 Ⅰ·Ⅱ, LG상남언론재단, 1998.

조선문학가동맹 편, 최원식 해제, 『제1회 전국 문학자대회 자료집 및 인명록-건설기의 조선문학』, 온누리, 1988.

조선총독부 경북경찰부, 류시중·박병원·김희곤 역주, 『고등경찰요사』(1934), 신인, 2009.

주요섭, 『구름을 잡으려고』, 좋은책만들기, 2000.

지하련, 「도정」(『문학』, 1946.7), 서정자 편, 『지하련 전집』, 푸른사상, 2004.

채만식, 「낙조」, (『잘난 사람들』, 1948), 『한국소설문학대계』 15, 동아출판사, 1995.

_____, 「民族의 罪人」 上, 『백민』, 1948.10.

천일방, 『속 사교실』, 수도문화사, 1954.

최정희, 「風流 잡히는 마을」, 『백민』, 1947.9.

파냐 이사악꼬브나 샤브쉬나, 김명호 역, 『1945년 남한에서』, 한울, 1996.

필 벅, 은하랑 역, 『청년 쑨원』(1953), 길산, 2011.

_____, 장왕록·장영희 역, 『대지』(1931), 소담출판사, 2010.

_____, 조용만·조정호 역, 『愛國者』, 삼중당, 1962.

한치진, 『미국 민주주의』, 중앙청공보부여론국정치교육과, 1948.5.

함돈익, 『增補 朝鮮歷史』, 조선문화사, 1945.10.

_____, 「야한기」(『조선일보』, 1938.9.3~11.11), 서재길 편, 『허준 전집』, 현대문학, 2009.

_____, 「잔등」(『대조』, 1946.1~7), 서재길 편, 『허준 전집』, 현대문학, 2009.

홍구범, 『홍구범 전집』, 권희돈 편, 현대문학, 2009.

후지와라 데이, 위기정 역, 『흐르는 별은 살아있다』, 청미래, 2003.

A. 기토비차·B. 볼소프, 최학송 역, 『1946년 북조선의 가을』, 글누림, 2006.

Shakespeare, William, 설정식 역, 『Hamlet』, 백양당, 1949.

2. 단행본

국내

강만길, 『日帝時代 貧民生活史 研究』, 창작과 비평사, 1987.

강일국, 『해방 후 중등교육 형성과정』, 강현출판사, 2009.

강준만, 『영혼이라도 팔아 취직하고 싶다』, 개마고원, 2010.

_____, 『미국사산책』 6, 인물과사상사, 2010.

고려대 박물관 편, 『현민 유진오 제헌헌법 관계 자료집』, 고려대 출판부, 2009.

고병권, 『민주주의란 무엇인가』, 그린비, 2011.

고영란, 김미정 역, 『전후라는 이데올로기』, 현실문화, 2013.

공임순, 『스캔들과 반공국가주의』, 앨피, 2010.

권명아, 『역사적 파시즘－제국의 판타지와 젠더정치』, 책세상, 2005.

권보드래, 『1910년대, 풍문의 시대를 읽다』, 동국대 출판부, 2008.

김 구, 도진순 주해, 『백범어록』, 돌베개, 2007.

김기승, 『조소앙이 꿈꾼 세계』, 지영사, 2003.

김남식, 『남로당연구』, 돌베개, 1884.

김남식 외, 『解放前後史의 認識』 1~6, 한길사, 1979~1989.

김민환, 『미군정기 신문의 사회사상』, 나남출판, 2001.

김상웅, 『禁書－금서의 사상사』, 백산서당, 1987.

김영미, 『동원과 저항』, 푸른역사, 2009.

_____, 『그들의 새마을운동』, 푸른역사, 2009.

김용직, 「근대한국의 민주주의 개념－『독립신문』을 중심으로」, 하영선 외, 『근대한국의 사회과학개념 형성사』, 창비, 2009.

김윤식, 『해방 공간의 문학사론』, 서울대 출판부, 1989.

_____, 『해방 공간의 내면풍경』, 민음사, 1996.

_____, 『해방 공간 한국 작가의 민족문학 글쓰기론』, 서울대 출판부, 2006.

김인걸 편, 『한국현대사 강의』, 돌베개, 1998.

김종서, 『한국 문해교육 연구』, 교육과학사, 2001.

김지태, 『나의 履歷書』, 한국능률협회, 1976.

김진균 외, 『근대 주체와 식민지 규율권력』, 문화과학사, 1997.

김행선, 『해방정국 청년운동사』, 선인, 2004.

김호연, 『우생학, 유전자 정치의 역사－영국, 미국, 독일을 중심으로』, 아침이슬, 2009.

김홍중, 『마음의 사회학』, 문학동네, 2009.

김효순, 『나는 일본군·인민군 국군이었다』, 서해문집, 2009.

나미키 마사히토, 「식민지 시기 조선인의 정치 참여－해방 후사와 관련해서」, 『해방 전후사의 재인식』 1, 박지향 외편, 책세상, 2006.

동선희, 『식민권력과 조선인 지역 유력자－道評議會·道會議員을 중심으로』, 선인, 2011.

문제안 외, 『8·15의 기억』, 한길사, 2005.

민주화운동기념사업회 편, 정근식·이병천 편, 『식민지 유산, 국가형성, 한국 민주주의』 1·2, 책세상, 2012.

박광현, 『'현해탄' 트라우마』, 어문학사, 2013.

박노자, 『優勝劣敗의 신화』, 한겨레출판, 2005.

박명규, 『국민·인민·시민－개념사로 본 한국의 정치 주체』, 소화, 2009.

박상기 외, 『형사정책』, 한국형사정책연구원, 2012.

박찬승, 『마을로 간 한국전쟁』, 돌베개, 2010.

박찬표, 『한국의 48년 체제』, 후마니타스, 2010.

박치우, 윤대석·윤미란 역, 『사상과 현실』, 인하대 출판부, 2010.

박지향 외, 『해방 전후사의 재인식』 2, 책세상, 2006.

반재식, 『漫談 百年史』, 백중당, 2000.

백영서, 『동아시아의 귀환』, 창비, 2000.

백 철, 『문학자서전』 하, 박영사, 1975.

서경식, 임성모·이규수 역, 『난민과 국민사이』, 돌베개, 2006.

서울대 정치학과 독립신문강독회 편, 『독립신문 다시 읽기』, 푸른역사, 2004.

서인식, 차승기·정종현 편, 『서인식 전집』 2, 역락, 2006.

서중석, 『이승만과 제1공화국－해방에서 4월 혁명까지』, 역사문제연구소, 2007.

_____, 『대한민국 선거이야기』, 역사비평사, 2008.

서중석 외, 『대한민국의 정통성을 묻다』, 철수와영희, 2009.

서희경, 『대한민국 헌법의 탄생』, 창비, 2012.

선우진, 최기영 편, 『백범 선생과 함께한 나날들』, 푸른역사, 2009.

소영현, 『불량청년 전성시대』, 푸른역사, 2008.

송건호 외, 『한국언론 바로보기 100년』, 다섯수레, 2012.

송기섭, 『해방기 소설의 반영의식 연구』(1994), 국학자료원, 1998.

신형기, 『해방직후의 문학운동론』, 화다, 1988.

_____, 『해방기 소설 연구』, 태학사, 1992.

심지연, 『해방정국의 정치이념과 노선』, 백산서당, 2013.

안경환 외, 『법·정치와 현실』, 나남, 2005.

안재홍선집간행위원회 편, 『민세안재홍선집』 2, 지식산업사, 1983.

안한상, 『해방기 소설의 현실 인식과 구조 연구』, 국학자료원, 1995.

안회남, 『한국소설문학대계』 24, 동아출판사, 1995.

오기영, 『진짜 무궁화 해방 경성의 풍자와 기개』, 성균관대 출판부, 2002.

오성철, 『식민지 초등 교육의 형성』, 교육과학사, 2000.

유명익, 『한국인의 대미 인식』, 민음사, 1994.

유민영, 『한국근대연극사 신론』, 2011, 태학사.

유선영, 「대한제국 그리고 일제 식민 지배 시기 미국화」, 김덕호·원용진 편, 『아메리
　　　카나이제이션』, 푸른역사, 2008.

유진오, 『구름위의 만상』, 일조각, 1966.

윤대석, 『식민지 국민문학론』, 역락, 2006.

_____, 『식민지 문학을 읽다』, 소명출판, 2012.

윤해동, 『지배와 자치』, 역사비평사, 2006.

_____, 『식민지의 회색지대』, 역사비평사, 2003.

_____, 「식민지의 젊은이들, 오늘의 젊은이들」, 이기훈 외, 『쟁점 한국사－근대편』,
　　　창비, 2017.

이대근, 『解放後·1950年代의 經濟』, 삼성경제연구소, 2002.

이명자, 『신문, 잡지, 광고 자료로 본 미군정기 외국영화』, 커뮤니케이션북스, 2011.

이병순, 『해방기 소설 연구』, 국학자료원, 1997.

이성용, 『여론조사에서 사회조사로』, 책세상, 2003.

이우용, 『해방 직후 한국소설의 양상』, 1993.

이임하, 『해방 공간, 일상을 바꾼 여성들의 역사』, 철수와영희, 2015.

이중연, 『책, 사슬에서 풀리다-해방기 책의 문화사』, 혜안, 2005.

이혜숙, 『미군정기 지배 구조와 한국사회』, 선인, 2008.

임경석, 『이정 박헌영 일대기』, 역사비평사, 2004.

임지현, 『민족주의는 반역이다』, 소나무, 1999.

장석흥 외, 『해방후 한인 귀환의 역사적 과제』, 역사공간, 2012.

장세진, 『상상된 아메리카』, 푸른역사, 2012.

_____, 『슬픈 아시아-한국 지식인들의 아시아 기행(1945~1966)』, 푸른역사, 2012.

전상인, 『고개 숙인 수정주의』, 전통과현대, 2001.

전우용, 『현대인의 탄생』, 이순, 2011.

전흥남, 『해방기 소설의 시대정신』, 국학자료원, 1999.

정병준, 『한국전쟁-38선 충돌과 전쟁의 형성』, 돌베개, 2006.

정종현, 『제국의 기억과 전유』, 어문학사, 2012.

_____, 『식민지 트라우마의 현재성』, 황해문화, 2010.

정진석, 『조선신문학원의 기자양성과 언론학연구』, 서강대언론문화연구소, 1995.

_____, 『극비 조선총독부의 언론검열과 탄압』, 커뮤니케이션북스, 2008.

정태헌, 『문답으로 읽는 20세기 한국경제사』, 역사비평사, 2010.

조선일보사 사료연구실, 『조선일보 사람들』, 랜덤하우스중앙, 2005.

지수걸, 『한국의 근대와 공주사람들』, 공주문화원, 1999.

진덕규, 『권력과 지식인-해방정국에서 정치적 지식인의 참여논리』, 지식산업사, 2011.

천정환, 『끝나지 않는 신드롬』, 푸른역사, 2005.

최영희, 『격동의 해방 3년』, 한림대아시아문화연구소, 1996.8.

최장집, 『논쟁으로서의 민주주의』, 후마니타스, 2013.

최종고, 『한 법률가의 사상과 신앙, 사도법관 김홍섭』, 육법사, 1985.

하영선 외, 『근대한국의 사회과학 개념 형성사』, 창비, 2009.

한림과학원 편, 『한국근대신어사전』, 선인, 2010.

한림대 아시아문화연구소 편, 『미군정기 정보자료집-시민소요·여론조사』 1·2, 한림대 아시아문화연구소, 1995.

한민주,『권력의 도상학』, 소명출판, 2013.

허 수,『식민지 조선, 오래된 미래』, 푸른역사, 2011.

허 윤,『1950년대 한국소설의 남성 젠더 수행성 연구』, 역락, 2018.

허 은,『미국의 헤게모니와 한국 민족주의』, 고려대 민족문화연구소, 2008.

황준헌, 김승일 편역,『조선책략』, 범우사, 2007.

황호덕,『벌레와 제국』, 새물결, 2011.

후지이 다케시,『파시즘과 제3세계주의 사이에서』, 역사비평사, 2012.

국외

가타기리 요시오·기무라 하지메 외, 이건상 역,『일본 교육의 역사』, 논형, 2011.

게오르크 루카치, 박정호·조만영 역,『역사와 계급의식』, 거름, 2005.

구로다 이사무, 서재길 역,『라디오 체조의 탄생』, 강, 2011.

기 드보르, 이경숙 역,『스펙터클의 사회』, 현실문화연구, 1996.

나오미 울프, 김민웅 역,『미국의 종말』, 프레시안북, 2008.

나카무라 유지로, 박철은 역,『토포스』, 그린비, 2012.

노암 촘스키, 장영준 역,『불량국가』, 두레, 2001.

놀렌, 박병석 역,『선거제도와 정당체제』, 다다, 1994.

니콜라스 V·랴자놉스키·마크 D. 스타인버그, 조호연 역,『러시아의 역사』下, 까치,
    2011.

다니엘 리비에르, 최갑수 역,『프랑스의 역사』, 까치, 2013.

다카하시 데츠야, 이규수 역,『일본의 전후책임을 묻는다』, 역사비평사, 2000.

딩링[丁玲],「발사되지 않은 총알 하나」(1936.10),『내가 안개마을에 있을 때』, 창비,
    2012.

레닌, 김영철 역,『국가와 혁명』, 논장, 1988.

레이 황, 구범진 역,『장제스 일기를 읽다』, 푸른역사, 2009.

로버트 서비스, 윤길순 역,『스탈린』, 교양인, 2010.

로버트 J.C. 영, 김택현 역,『포스트식민주의 또는 트리컨티넨탈리즘』, 박종철출판사,
    2005.

마에다 아이[前田愛], 유은경·이원희 역,『근대 독자의 성립』, 이룸, 2003.

미야모토 유리코, 이상복·김영순 역,『반슈평야』, 어문학사, 2011.

바진[巴金], 김하림 역,『차가운 밤』, 시공사, 2010.

발터 벤야민, 김남시 역,『발터 벤야민의 모스크바 일기』, 그린비, 2009.

버나드 마넹, 곽준혁 역, 『선거는 민주적인가』, 후마니타스, 2004.

보드리야르, 하태환 역, 『시뮬라시옹』, 민음사, 2001.

브루스 커밍스, 김자동 역, 『한국전쟁의 기원』, 일월서각, 1986.

사에구사 도시카쓰[三枝壽勝], 심원섭 외 역, 『한국문학 연구』, 베틀·북, 2000.

샹탈 무페, 이보경 역, 『정치적인 것의 귀환』, 후마니타스, 2007.

쑨거·윤여일 대담, 『사상을 잇다』, 돌베개, 2013.

쑨거, 윤여일 역, 『사상이 살아가는 법』, 돌베개, 2013.

싱클레어 루이스, 이종인 역, 『배빗』, 열린책들, 2011.

조르조 아감벤 외, 김상운 외역, 『민주주의는 죽었는가?』, 난장, 2010.

아사노 도요미, 이길진 역, 『살아서 돌아오다―해방 공간에서의 귀환』, 솔, 2005.

안드레이 플라토노프, 정보라 역, 『구덩이』(1930), 민음사, 2007.

_____, 김철균 역, 「회의하는 마카르(1929)」, 『예피판의 갑문』, 문학
    과지성사, 2012.

알랭 바디우 외, 서용순·임옥희·주형일 역, 『인민이란 무엇인가』, 현실문화, 2014.

알렉산드라 콜론타이, 김제헌 역, 『붉은 사랑』(1927), 공동체, 1988.

알리 라탄시, 구정은 역, 『인종주의는 본성인가』, 한겨레출판, 2011.

앙드레 지드, 김붕구 역, 『앙드레 지드 전집』 4, 철문출판사, 1966.

앙드레 피쇼, 이정희 역, 『우생학―유전학의 숨겨진 역사』, 아침이슬, 2009.

앙리 카르티에-브레송, 권오룡 역, 『영혼의 시선』, 열화당, 2006.

앤드류 클래펌, 박용현 역, 『인권은 정치적이다』, 한겨레출판, 2010.

엘리자베스 영-브루엘, 서유경 역, 『아렌트 읽기』, 산책자, 2011.

E.E. 샤츠슈나이더, 현재호·박수형 역, 『절반의 인민주권』, 후마니타스, 2008.

오구마 에이지[小熊英二], 조현설 역, 『일본단일민족신화의 기원』, 소명출판, 2003.

요코미쓰 리이치, 김옥희 역, 『상하이』, 소화, 1999.

이하라 사이카쿠[井原西鶴]. 정형 역, 『일본영대장』, 소명출판, 2009.

자크 랑시에르, 양창렬 역, 『무지한 스승』, 궁리, 2008.

_____, 허 경 역, 『민주주의는 왜 증오의 대상인가』, 인간사랑, 2011.

자크 랑시에르, 양창렬 역, 『정치적인 것의 가장자리에서』, 길, 2013.

조너선 스펜스, 김희교 역, 『현대중국을 찾아서』 1·2, 이산, 1998.

조지 세이빈·토머스 솔슨, 성유보·차남희 역, 『정치사상사』 2, 한길사, 1997.

존 다우어, 최은석 역, 『패배를 껴안고』, 민음사, 2009.

존 프랭클, 『한국문학에 나타난 외국의 의미』, 소명출판, 2008.

쭝청, 김미란 역, 『딩링』, 다섯수레, 1998.

찰스 테일러, 이상길 역, 『근대의 사회적 상상—경제·공론장·인민주권』, 이음, 2010.

프랭크 뉴포트(미국 갤럽 편집장), 정기남 역, 『여론조사』, 휴먼비지니스, 2007.

프랭크 푸레디, 박형신·박형진 역, 『공포정치』, 이학사, 2013.

플로렌스 J. 머레이, 박광화 외역, 『리턴 투 코리아』, 대한기독교서회, 2005.

타케마에 에이지, 송병권 역, 『GHQ 연합국 최고사령관 사령부』, 평사리, 2011.

토머스 칼라일, 박상익 역, 『영웅숭배론』, 한길사, 2003.

트루먼 카포티, 박현주 역, 『차가운 벽』, 시공사, 2008.

H. 포터-애벗, 우찬제 외역, 『서사학 강의』, 문학과지성사, 2010.

한나 아렌트, 김선욱 역, 『공화국의 위기』, 한길사, 2011.

헨리 루이스 맹켄, 김우영 역, 『맹켄의 편견집』(1919~1927), 이산, 2013.

高岡裕之, 『総力戦体制と'福祉国家'』, 岩波書店, 2011.

武田知弘, 『戦前の日本』, 彩図社, 平成21年.

松田利彦, 『日本の朝鮮植民地支配と警察 : 一九〇五~一九四五年』, 校倉書房, 2009.

松原洋子, 「戦後の優生保護法という名の断種法」, 米本昌平 外, 『優生学と人間社会』, 講談社現代新書, 2000.

右田裕規, 『天皇制と進化論』, 青弓社, 2009.

文部省, 『國體の本義』, 昭和12年.

佐藤卓己, 『輿論と世論—日本的民意の系譜額』, 新潮社, 2008.

생텍쥐페리, 堀口大學 譯. 『夜間飛行』, 東京 : 第一書房, 昭和9.

飯田彬, 『半島の子ら』, 東京 : 第一出版協會, 1942.

外務省調査部, 『三民主義』孫文全集 第1卷, 東京 : 第一公論社, 1939.9.

吉田 裕, 『歴史のなかの日本国憲法—戦場·兵士·戦後処理』, ケイ·アイ·メディア, 2006.

Cremieux, Benjamin(バンジャマン クレミウ), 増田篤雄 譯, 『不安と再建 : 新らしい文學概論』, 東京 : 小山書店, 1935.

Buck, Pearl, 內山敏 譯, 『愛國者』, 東京 : 改造社, 1939.5.

gayn Mark, *Japan Diary(1948)*, Charles E. Tuttle, 1981.

3. 논문

강준만, 「죽음의 문화정치학」, 『한국언론학보』 54-5, 한국언론학회, 2010.10.

강태웅, 「우생학과 일본인의 표상-1920~40년대 일본 우생학의 전개와 특성」, 『일본학연구』 38, 단국대 일본연구소, 2013.

강호정, 「새로운 국가의 주체와 공동체 지향의 언어-해방기 시에 나타난 시어로서 "민족"의 유사개념을 중심으로」, 『우리어문연구』 31, 우리어문학회, 2008.

곽명숙, 「설정식의 생애와 문학연구」, 『한국현대문학연구』 33, 한국현대문학회, 2011.

권보드래, 「신문, 1883~1945」, 『오늘의 문예비평』 47, 오늘의 문예비평, 2002.

권성우, 「이태준 기행문 연구」, 『상허학보』 14, 상허학회, 2005.

김동석, 「해방기소설의 비판적 언술연구」, 고려대 박사논문, 2005.

김범춘, 「이데올로기 비판과 해방의 기획으로서 랑시에르의 정치철학」, 『시대와 철학』 21-1, 한국철학사상연구회, 2010.

김보미, 「미군정기 여론조사에 관한 정치사회학적 연구」, 서울대 석사논문, 2012.

김성은, 「1920~1930년대 미국 유학 여성지식인의 현실 인식과 사회활동」, 서강대 박사논문, 2011.

김성보, 「남북국가 수립기 인민과 국민 개념의 분화」, 『한국사연구』 144, 한국사연구회, 2009.

김수자, 「대한민국 정부 수립 전후 국적법 제정 논의 과정에 나타난 '국민' 경계 설정」, 『한국근현대사연구』 49, 한국근현대사학회, 2009.

김승일, 「미군정의 언론정책이 한·일 언론에 미친 영향에 관한 연구」, 동의대 석사논문, 2010.

김익균, 「해방기 사회의 타자와 동아시아의 얼굴-해방기 소설에 표상된 상해에서 온 이주자」, 『한국학연구』 38, 고려대 한국학연구소, 2011.

김예림, 「전시기 오락정책과 '문화'로서의 우생학」, 『역사비평』 73, 역사비평사, 2005.

_____, 「'배반'으로서의 국가 혹은 '난민'으로서의 인민-해방기 귀환의 지정학과 귀환자의 정치성」, 『상허학보』 29, 상허학회, 2010.

김은철, 「정치적 현실과 시의 대응양식-설정식의 시세계」, 『우리문학연구』 31, 우리문학회, 2010.

김지영, 「식민지 대중문화와 '청춘' 표상」, 『정신문화연구』 34-3, 한국중앙연구원, 2011.

김학재, 「정부 수립 전후 공보부·처의 활동과 냉전 통치성의 계보」, 『대동문화연구』 74, 성균관대 대동문화연구원, 2011.

김휘열, 「비정치적 주체의 정치적 상상 : 설정식 소설 연구」, 『우리문학연구』 40, 우리

문학회, 2013.

박노자, 「해방전후사의 재인식, 혹은 우리는 왜 역사를 이야기하는가?」, 『인물과 사상』 98, 인물과사상사, 2006.

박연희, 「해방기 '중간자' 문학의 이념과 표상」, 『상허학보』 26. 상허학회, 2009.

박용재, 「해방기 세대론의 양의성과 청년상의 함의」, 『비교문학』 53, 한국비교문학회, 2011.

박지영, 「17~19세기 동아시아 지식 정보의 유통과 네트워크 해방기 지식 장(場)의 재편과 "번역"의 정치학」, 『대동문화연구』 68, 성균관대 대동문화연구원, 2009.

박찬표, 「제헌국회 선거법과 한국의 국가형성」, 『한국정치학회보』 29-3, 한국정치학회, 1996.

박태상, 「새로 발견된 이기영의 『기행문집』 연구 : 공산주의적 유토피아로서의 '소련'」, 『북한연구학회보』 5-2, 북한연구학회, 2001.

박헌호, 「1920年代 前半期 『每日申報』의 反-社會主義 談論 硏究」, 『한국문학연구』 29, 동국대 한국문학연구소, 2005.

변은진, 「유언비어를 통해 본 일제 말 조선민중의 위기 담론」, 『아시아문화연구』 22, 아시아문화연구소, 2011.

서승희, 「해방기 문학과 '신생활' 담론의 역학」, 『한국문학이론과 비평』 76(21-3), 2017.

서준석, 「1950년대 후반 자유당 정권과 '정치깡패'」, 성균관대 석사논문, 2010.

서희경, 「이승만의 정치 리더십 연구」, 『한국정치학회보』 45-2, 한국정치학회, 2011.

소현숙, 「경계에 선 고아들 – 고아문제를 통해 본 일제시기 사회사업」, 『사회와역사』 73, 한국사회사학회, 2007.

_____, 「'황국신민'으로 부름 받은 '집 없는 천사들' – 역사 사료로서의 영화 〈집 없는 천사〉」, 『역사비평』 82, 역사비평사, 2008.

_____, 「식민지시기 '불량소년' 담론의 형성 – '민족/국민' 만들기와 '협력'의 역학」, 『사회와 역사』(구 한국사회사학회논문집) 107, 한국사회사학회, 2015.

손윤권, 「기지촌소설의 탈식민성 연구」, 강원대 박사논문, 2010.

신주백, 「일제 말기 체육 정책과 조선인에게 강제된 건강」, 『사회와 역사』 68, 한국사회사학회, 2005.

신정은, 「해방기 잡지의 문예평론 연구」, 홍익대 박사논문, 2016.

신형기, 「해방 직후의 문학운동 연구」, 연세대 박사논문, 1987.

_____, 「해방 직후 북한문학의 "신인간"」, 『민족문학사연구』 20, 민족문학사학회, 2002.

_____, 「해방 직후의 반공이야기와 대중」, 『상허학보』 37, 상허학회, 2013.

여상임, 「해방기 좌익측 민족문학론의 인민성 담론과 초코드화」, 『한국문예비평연구』 37, 한국현대문예비평학회, 2012.

오태영, 「민족적 제의로서의 '귀환'」, 『한국문학연구』 32, 동국대 한국문학연구소, 2007.

_____, 「해방기 기억의 정치학-해방기 기억 서사 연구」, 『한국문학연구』 39, 동국대 한국문학연구소, 2010.

오혜진, 「1930년대 아동문학의 전개-이주홍, 이태준, 현덕의 작품을 중심으로」, 『어문론집』 34, 중앙어문학회, 2006.

우남숙, 「사회진화론의 동아시아 수용에 관한 연구」, 『동양정치사상사』 10-2, 한국동양정치사상사학회, 2011.

이경돈, 「신민(新民)의 신민(臣民)-식민지의 여론시대와 관제 매체」, 『상허학보』 32, 상허학회, 2011.

이경훈, 「청년의 다이내믹 청춘의 테크닉」, 『문학과 사회』 18-3, 문학과지성사, 2005.

이기훈, 「일제 시기 청년 담론연구」, 서울대 박사논문, 2005.

_____, 「근대지식으로서의 사회주의와 그 문화, 문화적 표상-단정 수립 후 전향(轉向)의 문화사적연구」, 『대동문화연구』 64, 성균관대 대동문화연구원, 2008.

_____, 「해방 공간의 문화사」, 『상허학보』 26. 상허학회, 2009.

이선옥, 「우생학에 나타난 민족주의와 젠더 정치-이기영의 『처녀지』를 중심으로」, 『실천문학』 69, 실천문학사, 2003.

이성근, 「해방직후 미군정하의 여론동향에 관한 연구」, 『국제정치논총』 25, 1985.

이송순, 「일제하 조선인 군수의 사회적 위상과 현실 인식-1920~30년대를 중심으로」, 『역사와 현실』 63, 한국역사연구회, 2007.

_____, 「식민지기 조선의 식량관리제도와 해방 후 양곡관리제도의 비교-식량관리법령에 대한 분석을 중심으로」, 『한국사학보』 32, 고려사학회, 2008.

이영미, 「정비석 장편연애·세태소설의 세계 인식과 그 시대적 의미」, 『대중서사연구』 제26호, 대중서사학회, 2011.

이종호, 「해방기 이동의 정치학」, 『한국문학연구』 36, 동국대 한국문학연구소, 2009.

이해연, 「프로문학자의 행동주의 문학론-지식계급론에의 편중성」, 『한국문학논총』 16, 한국문학회, 1995.

이행선, 「(비)국민의 체념과 자살-일제 말·해방 공간 성명·선거와 도회의원을 중심으로」, 『순천향 인문과학논총』 31-2, 순천향대 인문과학연구소, 2012.

_____, 「북풍회원(北風會員)이 바라본 관동대진재(關東大震災)-진재소설 「震災前後」」, 『민족문학사연구』 52, 민족문학사연구소, 2013.

_____, 「총력전기 베스트셀러 서적, 총후적 삶의 선전물 혹은 위로의 교양서-'위안'을 중심으로」, 『한국민족문화』 48, 부산대 한국민족문화연구소, 2013.

_____ · 양아람, 「『추악한 미국인』(1958)의 번역과 동아시아의 추악한 일본인, 중국인, 한국인(1993)-혐오와 민족성, 민족문화론」, 『한국학연구』 48, 인하대 한국학연구소, 2018.

_____, 「1945~1982년 야간통행금지(통금), 안전과 자유 그리고 재난」, 『민주주의와 인권』 18-1, 전남대 5·18연구소, 2018.

이혜령, 「사상지리(ideological geography)의 형성으로서의 냉전과 검열-해방기 염상섭의 이동과 문학을 중심으로」, 『상허학보』 34, 상허학회, 2012.

_____, 「"해방기" 식민기억의 한 양상과 젠더」, 『여성문학연구』 19, 한국여성문학학회, 2008.

_____, 「해방(기)-총 든 청년의 나날들」, 『상허학보』 27, 상허학회, 2009.

임세화, 「해방기 소설에 나타난 '적산'에 관한 연구」, 동국대 석사논문, 2012.

임영언, 「일계인디아스포라 브라질 이주사와 전시 문화콘텐츠 고찰」, 『일본문화학보』 50, 한국일본문화학회, 2011.

임유경, 「미 국립문서보관소 소장 소련기행 해제」, 『상허학보』 26, 상허학회, 2009.

_____, 「'오빼꾼'과 '조선사절단', 그리고 모스크바의 추억-해방기 소련기행의 문화정치학」, 『상허학보』 27, 상허학회, 2009.

임종명, 「조선민족청년단(1946.10~1949.1)과 미군정의 '장래 한국의 지도세력'양성정책」, 『한국사연구』 95, 한국사연구회, 1996.

_____, 「脫식민지 시기(1945~1950년) 남한의 국토민족주의와 그 내재적 모순」, 『역사학보』 193, 역사학회, 2007.

_____, 「1948년 남북한 건국과 동북아 열강들의 인식-해방 이후 한국전쟁 이전 미국 기행문의 미국 표상과 대한민족(大韓民族)의 구성」, 『사총』 67, 고려대 역사연구소, 2008.

_____, 「해방 공간과 신생활운동」, 『역사문제연구』 27, 역사문제연구소, 2012.

장명학, 「해방 정국과 민주공화주의의 분열-좌우 이념 대립과 민족통일론을 중심으로」, 『동양정치사상사』 8-1, 한국동양정치사상사학회, 2009.

장세진, 「귀화의 에스닉 정치와 알리바이로서의 미국」, 『현대문학의 연구』 45, 한국문학연구학회, 2011.

전지니, 「1940년대 희곡 연구-역사·지정학·청년을 중심으로」, 이화여대 박사논문, 2012.

정병욱, 「해방 직후 일본인 잔류자들-식민 지배의 연속과 단절」, 『역사비평』 64, 역사문제연구소, 2003.

정선태, 「일제 말기 초등학교, '황국신민'의 제작 공간-이히다 아키라의 "반도의 아이들"을 중심으로」, 『한국학논총』 37, 국민대 한국학연구소, 2012.

정용욱, 「1945년 말 1946년 초 신탁통치 파동과 미군정-미군정의 여론공작을 중심으로」, 『역사비평』 62, 역사비평사, 2003.

정우택, 「한국문학의 로컬리티와 디아스포라 현해탄의 청춘공화국 『정지용시집』(1935)을 중심으로」, 『민족문학사연구』 44, 민족문학사학회, 2010.

정종현, 「해방기 소설에 나타난 '귀환'의 민족서사-'지리적'귀환을 중심으로」, 『비교문학』 40, 한국비교문학회, 2006.

정재석, 「해방기 귀환 서사 연구」, 연세대 석사논문, 2006.

조소영, 「미국정기 및 제헌기의 한국헌정사-미군정의 점령정책으로서의 언론정책과 언론법제의 고찰」, 『법과 사회』 24, 법과사회이론학회, 2003.

조은애, 「통역/번역되는 냉전의 언어와 영문학자의 위치-1945~1953년, 설정식의 경우를 중심으로」, 『한국문학연구』 45, 동국대 한국문학연구소, 2013.

주창윤, 「해방 공간, 유행어로 표출된 정서의 담론」, 『한국언론학보』 53-5, 한국언론학회, 2009.

차성수, 「시민권의 사회학-마샬의 이론을 중심으로」, 『사회과학논집』 12, 동아대 부설 사회과학연구소, 1995.

차희정, 「해방기 소설의 탈식민성 연구 : 잡지 게재 소설을 중심으로」, 아주대 박사논문, 2009.

천정환, 「식민지 시기의 청년과 문학·대중문화」, 『오늘의 문예비평』 55, 오늘의 문예비평, 2004.

_____, 「해방기 거리의 정치와 표상의 생산」, 『상허학보』 26, 상허학회, 2009.

최성민, 「청년개념과 청년 담론 서사의 변화 양상」, 『현대문학이론연구』 50, 현대문학이론학회, 2012.

최윤정, 「식민지 이후의 탈식민주의-설정식 시를 중심으로」, 『한민족문화연구』 39, 한민족문화학회, 2012.

최종일, 「냉전체제 형성기(1945~1948) 한국인의 중국 인식-『신천지』를 중심으로」, 연세대 석사논문, 2012.

한만수, 「만주침공 이후의 검열과 민간신문의 문예면 증면, 1929~1936」, 『한국문학연구』, 동국대 한국문학연구소, 2009.

한수영, 「사상이냐 윤리냐―일제 말 문학을 인식하는 에피스테메」, 『인문논총』 66, 서
　　울대 인문학연구원, 2011.
황종민, 「해방기 소설에 나타난 미국 표상 연구」, 서울대 석사논문, 2009.

새 천 년이 시작된 지도 벌써 몇 해가 지났다. 식민지와 분단국가로 지낸 20세기 한국 역사의 와중에서 근대 민족국가 수립과 민족 문화 정립에 애써온 우리 한국학계는 세계사 속의 근대 한국을 학술적으로 미처 정리하지 못한 채 세계화와 지방화라는 또 다른 과제를 안게 되었다. 국가보다 개인, 지방, 동아시아가 새로운 한국학의 주요 대상이 된 작금의 현실에서 우리가 겪어온 근대성을 다시 한번 정리하고 21세기에 맞는 새로운 모습으로 탈바꿈시키는 것은 어느 과제보다 앞서 우리 학계가 정리해야 할 숙제이다. 20세기 초 전근대 한국학을 재구성하지 못한 채 맞은 지난 세기 조선학·한국학이 겪은 어려움을 상기해 보면, 새로운 세기를 맞아 한국 역사의 근대성을 정리하는 일의 시급성은 아무리 강조해도 지나치지 않다.

우리 근대한국학연구소는 오랜 전통이 있는 연세대학교 조선학·한국학 연구 전통을 원주에서 창조적으로 계승하고자 하는 목표에서 설립되었다. 1928년 위당·동암·용재가 조선 유학과 마르크스주의, 그리고 서학이라는 상이한 학문적 기반에도 불구하고 조선학·한국학 정립을 목표로 힘을 합친 전통은 매우 중요한 경험이었다. 이에 외솔과 한결이 힘을 더함으로써 그 내포가 풍부해졌음은 두말할 나위가 없다. 연세대학교 원주캠퍼스에서 20년의 역사를 지닌 매지학술연구소를 모체로 삼아, 여러 학자들이 힘을 합쳐 근대한국학연구소를 탄생시킨 것은 이러한 선배학자들의 노력을 교훈으로 삼은 것이다.

이에 우리 연구소는 한국의 근대성을 밝히는 것을 주 과제로 삼고자 한다. 문학 부문에서는 개항을 전후로 한 근대 계몽기 문학의 특성을 밝히는 데 주력할 것이다. 역사 부문에서는 새로운 사회경제사를 재확립하고 지역학 활성화를 위한 원주학 연구에 경진할 것이다. 철학 부문에서는 근대 학문의 체계화를 이끌고 사회과학 분야에서는 학제 간 연구를 활성화시키며 근대성 연구에 역량을 축적해 온 국내외 학자들과 학술 교류를 추진할 것이다. 이러한 연구들은 일방성보다는 상호 이해와 소통을 중시하는 통합적인 결과물의 산출로 이어질 것이다.

근대한국학총서는 이런 연구 결과물을 집약적으로 정리하기 위해 마련한 총서이다. 여러 한국학 연구 분야 가운데 우리 연구소가 맡아야 할 특성화된 분야의 기초자료를 수집·출판하고 연구성과를 기획·발간할 수 있다면, 우리 시대 연구자들뿐만 아니라 학문 후속세대들에게도 편리함과 유용함을 줄 수 있을 것이다. 새롭게 시작한 근대한국학총서가 맡은 바 역할을 충분히 할 수 있도록 주변의 관심과 협조를 기대하는 바이다.

2003년 12월 3일
연세대학교 원주캠퍼스 근대한국학연구소